张承志作品系列

卷一 · 短篇小说

骑手为什么歌唱母亲

张承志　著

人民东方出版传媒
東方出版社

在乌珠穆沁大草原　1969 年

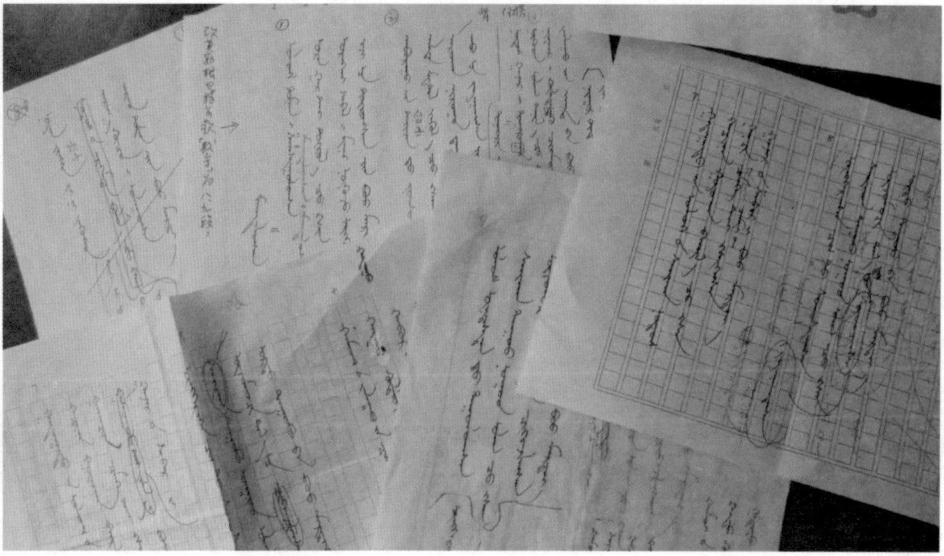

蒙文手稿

目 录

骑手为什么歌唱母亲

朋友，你喜欢蒙古族的民歌吗？那山泉一样轻快流畅的好来宝；那号角一样激动人心的摔跤歌；那曲折、辽远，拖着变幻无穷的神妙长调的《黑骏马》；那深沉、悲愤，如泣如诉的《嘎达梅林》，自古以来打动过多少人的心啊！每一个草原上的骑手都会说：马头琴的乐声沸腾了我们的血，点燃了我们的心！

我特别喜欢唱歌。来到乌珠穆沁草原以后，我深深地爱上了那些朴实无华的蒙古族长调歌子。刚穿上牧民的袍子，我就用汉字把蒙语歌词拼写在小本上，一天到晚“啊嗬咴”地唱。牧人们见我爱唱蒙古歌子，高兴地称我为“玛乃道钦”——我们的歌手。

可是，虽然我很快学会了几支流传草原的民歌，但我并没真正理解牧人歌手的心情。比如说，我就曾经好久不理解，草原上的人们为什么总是歌唱母亲。

“母亲”常是蒙古民歌的主题。渐渐，我发现了一个规律，只要你喜爱蒙古民歌，你就会发现：以母亲为主题的歌子，简直有着神话般的力量！

记得我刚到内蒙草原插队时，有一次到牧民吉格木德爷爷家里做客。牧民们围着吉格木德爷爷喝着奶子酒谈笑。威风凛凛的吉格木德爷爷微笑着，一面拉着那把自制的，安着一个紫檀木长鬃马头的马头琴，一面唱着歌。

几支歌子唱过以后，马头琴奏起了《乃林呼和》——译过来就是《修长的青马》。这是一首驰名乌珠穆沁草原的、歌唱母亲的古歌。

当歌中唱到“头发斑白的母亲啊，你的恩情像东方的晨曦；头发银白的母亲啊，你的恩情像温暖的朝晖”时，我突然看见吉格木德爷爷那皱纹密布的紫铜色脸庞上滚下两颗泪珠。再唱到“酷夏的夜是多么难熬啊，是母亲喂给了我奶水；严冬的夜是多么冻人啊，是母亲掖紧我的皮被……”，蒙古包里静悄悄的，男人们低下了头，女人们轻轻啜泣起来。歌声拖着委婉的长调，穿过蒙古包的天窗，轻轻地向草原飘去……

这是为什么？朋友，我相信你一定愿意听听我所找到的答案吧！这答案是我亲身经历了草原上严冬酷暑、风云变幻的艰苦生活找到的。我是多么希望告诉你这些体会啊，可是，我不知道能不能讲清楚……

和大多数在牧区插队的知识青年一样，我也有两个母亲。一个是我的生身母亲，住在北京；另一个是我的蒙古族母亲，我叫她“额吉”，住在草原。按内地的习惯，额吉算是我的“干娘”；按蒙古族的习惯，额吉把我看成她的抱养儿子。我住在额吉家的蒙古包里——那是阿拉哈哥哥结婚时，卖掉了那匹漂亮的枣红白留马置下的。在这座蒙古包的毡顶下，我们迎送过多少难忘的岁月啊！

至今，我还记得第一天住进额吉家的情景。那时我一句蒙语也不会讲。虽说我已经是十九岁的小伙子了，可是到了这里，我却觉得什么都新奇。一放好行李，我就跑到门口去看风景。包前的牛车上拴着一头又高又壮的花山羊，它昂着头，像个小马驹子。这是阿拉哈哥哥抓来准备杀给我吃的自留羊。我在门口蹓跶了一会儿以后，就打上了它的主意。我偷偷解下它的绳子，一下子骑到它背上。那家伙真厉害，蹬蹬蹬驮着我就跑。正当我得意忘形之际，大山羊突然猛地一退，我一个趔趄摔在地上。它又不依不饶地用那尖尖的犄角狠顶了我屁股一下。

后来，隔了两三年，莲花嫂子还用这事取笑我。一提起这事，她先咯咯地笑个不停，逗得两个小家伙——舞蹈家达莫琳和小骆驼巴特尔也跟着笑。巴特尔一傻笑，鼻涕口水都流到他那宝贝木碗里。只有额吉不太笑，她疼爱地看我一眼说："当时我想：这北京孩子简直和三岁的巴特尔一样，什么时候，才能成个像样的牧人呢？"

唉，说起那时的事真怪不好意思的。可是你不要以为我就是那么一副淘气样，在草原上玩了几年。在乌珠穆沁辽阔的草原上，在母亲——额吉的身旁，我就像三岁马鞴上鞍子一样，一眨眼，在流矢般的岁月中成长起来了。夏天，我和额吉顶着烈日，并马驱赶着肥硕的羊群，额吉教我认着牧草的种类。冬天，额吉让我先裹着皮袍躺下，再用宽大的山羊皮被紧紧地包好我的脚。额吉掖紧的被窝是那么暖和，我躺在里面，看着额吉给我补毡袜，在驼毛线穿过毡子的嗤嗤声中，我香甜地入睡了。每当阿拉哈哥哥从马群回来，额吉就催他教我蒙文。一天晚上，我趴在额吉身旁，用蒙文写了一条

“我的额吉好”，念给她听。她那和北京妈妈一样和蔼慈祥的眼里，溢出了幸福的泪花。她扔掉牛腿骨做的纺锤，用粗糙的手掌抚摸着我的脸，然后在我的额头亲了一下，银白的乱发触到了我的脸。

在牧民的怀里，一块石头也会揣得滚烫。我们这些还不懂得人生的年轻人的心，揣在蒙古人民的怀里，也确实变得热起来。可是，烤热的东西，哪怕它是一颗心，也有再冷却下来的可能，要想得到一颗永远火热的心，还要经过特殊的磨炼。

一九七二年的春寒，对我就是这样一场磨炼。

朋友，我不相信任何一个住在北京城里的人还能记得一九七二年春天曾有过几天阴雨的春寒。但任何一个草原的牧人都不会忘记那春寒回袭的严酷情景，不会忘记那春寒降临五月的草原时引起的可怕灾难。——是哪个熟知草原的文学家写过这样的话：白毛风，春天的白毛风，是屠杀我们牧人的刀子！

但是，并不是因为我在那场风雪后，前额上增添了牧人的皱纹；也并不是因为我在白毛风中冻伤了双颊；当然也并不是因为我亲眼看到了脱过毛的胖马被冻得在寒风中倒毙——就能说我经历了特殊的磨炼。不，风餐露宿和铺冰卧雪固然是牧人值得骄傲的经历，但它远不能称为“特殊的磨炼”。你若想知道这种磨炼是什么，还得从暴风雪刮起的时候讲起……

暴风雪像一个狰狞的怪物，半夜时分闯进了草原。清晨——说是清晨，只是因为地球的自转，使黑漆漆的混沌迷茫变成了白蒙蒙的混沌迷茫。只要跨出蒙古包，马上会被风雪裹住，就像掉进了一个嗷嗷怪叫着的深渊。粗硬的雪粒狠狠地打在脸上，又冷又疼。迈开几步，就再找不到近在咫尺的屋门。天地间飞闪着急速卷过的灰白色雪雾。迷茫中，一个白色的人影出现了，这是下夜的额吉。她顶着一条皮被屹立在羊圈门口，浑身上下披了厚厚一层白雪，完全成了个雪人。

牧民一年工作三百六十五天，无论严寒酷暑，也不问雨雪风霜。女人下夜，男人出牧，这是乌珠穆沁草原的祖传分工。我牵来冻得发抖的马，准备给它鞴鞍子。额吉蹒跚地踏着积雪，取来一条棉毯给马披上，又帮我把马鞴好。在尖厉的风啸中什么也听不见，额吉把粘满冰雪的瘦削身躯靠近我，对着我的耳朵喊道："春天的马已经脱了长毛，不小心会冻死的！"她急切的声调，使我更清楚地意识到这场风雪的严重。

等风势稍稍减弱，我就赶着羊群顶风出牧了。我用厉声的吆喊和套马杆的套索，把羊群缓缓地赶向蒙古包北面的山洼，那里有我们小心保存了一冬的牧草，专门留在白毛风的日子用的。

一切可恶的自然灾害，如台风、暴雨、风雪、地震，常是一个浪头追着一个浪头，一个冲击接着一个冲击。我那企图设法熬过这场风雪的希望，就在暴风雪的第二个冲击下被粉碎了。大约下午三点钟，尖厉嘶喊了一夜半天的空中好像响了一声闷沉的雷鸣，大地剧烈地抖动起来。呜呜的风啸变成了轰轰的狂吼，铺满草原的厚雪向天空翻卷，世界好像消失了，只剩下白花花的一片。羊群吓呆了，停下脚步，咩咩叫起来。羊的惨叫声伴着狂暴的风吼，使我突然感到了恐怖！

我好像变成了一具稻草人，吓坏的羊儿不再理会我的喊叫和马杆子的抽打，它们扭头顺风狂奔起来。白毛风得意地怪叫着鞭挞着它们，羊群就像决了堤的河水，从我马前、马后，甚至马肚子下面，蜂拥着窜过。

我下意识地拨转马头，紧紧追上羊群，来回地跑着横线，企图拦截它们。但是，浑身粘满雪块的羊群像一堆雪球，一个劲儿地顺风滚去。我的嗓子嘶哑了，头脑也呆滞了，只是机械地左挡右拦和瘖哑地吆喊。小绵羊绊倒在雪坑里，我下马把它扶起来。羊群遇到冻死的马匹惊散了，我纵马把它们赶到一块……

右侧的山坡上，有一群受惊的马顺风狂奔，一个牧马人闪电似的在马群里飞驰。我只从呼呼的风吼中辨出他一声绝望的喊声——这群人马，就像腾云驾雾一样，在风暴的裹胁下倏然消逝。

不知什么时候，我的皮袍子在马鞍的银钉上划开一个大口子。风雪拼命地从那儿钻进我的怀里。冰冷的寒气扫尽了袍子里仅存的一点温暖，我的半个身子冻木了。我用一只手紧紧捂着这个破洞，继续拦截着羊群。

白毛风的呼啸中传来了一个声音："喂！——"

不管在多少只羊的叫声中，小羊羔也能辨出母亲的叫声。我马上意识到这是额吉！听："喂——小铁木尔——"

我猛地从马镫上立直身子，奋力喊着："额吉！我在这里——额吉！额——吉——"

一团雪雾冲到我身边，额吉的青马浑身披着冰甲，额吉穿着的达哈[①]，也粘着片片的雪块。她的眉宇中现出一股坚毅的神情，这种神情只有在抢救孩子的慈母脸上才能找到。额吉全不像个六十岁的老人，灵活的青马驮着她飞快地穿过雪雾，一根赶牛车用的粗鞭子，随着她坚定威严的吆声，有力地打在踟蹰不前的羊儿身上。

羊群似乎和我一样，由于额吉的来临而稍稍安下心来，它们不再烦人地咩咩乱叫了。在一根套马杆和一条粗牛鞭的催赶下，在两

① 达哈：羊毛朝外的山羊皮外套

骑快马的堵截下，羊群渐渐转身朝东，半顶风半顺风地，被赶进一个石头圈。

石圈墙挡住了白毛风。我也随着风声的减弱渐渐缓过神来，我们下了马。额吉心疼地打量了我一下：“小铁木尔，你迷路了吧？这白毛风真凶。没关系，一会儿——咦，你的袍子破了！”

她慈祥的眼中又出现了刚才那种神情：“穿上达哈！”说着她就脱下那件毛蓬蓬的达哈。可是额吉里面只穿着一件薄薄的羔皮袍，我坚决不答应。我一只手捂着破洞，一只手推开额吉的达哈。

“孩子，薄袍子总比破袍子强！一会儿顶着风赶羊回家时，你会冻死的！你这小铁木尔怎么不听话！快，快穿！快穿！”——额吉眼里的那种神情是无法拒绝的……

后来，我曾经为当时接过那件达哈悔恨不已。达哈挡住了要吞噬我的白毛风，而薄薄的羔皮袍子却没能保护好额吉瘦削的身躯。

万恶的寒风唤醒了潜伏在许多草原牧人体内的魔鬼——关节炎。暴风雪过去了，战胜寒潮的春天终于降临到我们的草原。可是，当我独自坐在五彩缤纷的山岗上，在轻柔的和风中，看着雪白的小山羊嬉戏的时候，额吉却倚在蒙古包的木墙上，看着莲花嫂子默默地烧茶。我的额吉，由于在白毛风中把温暖让给了我，她的下肢瘫痪了。

我再也不唱歌了，不懂事的达莫琳总求我吹口琴，给她跳舞伴奏，可我总推说有事。我也不淘气了，晚上赶羊进圈时，爱学骆驼叫的巴特尔一拿套马杆套羊玩，我就骂他，可是以前我是最爱玩这个把戏的。我不再像疯子似的纵马狂奔——过“马瘾”。我的羊群出牧最早，晚上回家时，羊儿都吃得肚子滚圆。人们都说我变了，我也觉得自己在变化。好像是在额吉病后，我才成了牧人……可是，尽管人们夸奖我，我却总是心情沉重。额吉，什么时候你能再和我一块骑马呢？

额吉可不这样。两个月后，她把一块小牛犊皮垫在膝下，挪一步，拉一下牛皮，又恢复了忙碌的生活。渐渐地，牧民们看见她跪在乳牛腿旁，膝盖下垫着块牛皮挤奶，也不再感到新鲜了。她只是不能骑马。可是，她是骑惯了马的人，额吉的丈夫去世早，她是又当男人又当女人地把独生儿子阿拉哈哥哥抚养大的。——所以，她总是爱操心马的事："小铁木尔，别让马喝泥塘的脏水，到井上去饮马！""阿拉哈，我的青马该剪剪鬃了！"有时，我抚弄着她的膝盖，难过地低下头来。她却笑着摸着我的头发说："草原上的勇士不是你这个样子。像我这样的人，草原上多着呢！"

真的，你看瘸马倌敖日布，放马摔断了腿；可他总是笑呵呵的。只要马杆一撑，他就轻巧地跃上马背。还有吉格木德爷爷，骆驼倒下来，砸断了他三根肋骨。可他连医生也不找，只是每天从驼群回来，朝图雅额吉要半碗酒喝。他还满认真地对我说：只要喝点酒，肋骨是会自己接上的。牧人从不把伤疾看成残废，也从不过多地对不幸者讲宽心话。那场春天的暴风雪一共毁坏了我们公社七个牧人的身体，可是这七个人都重新恢复了生活的能力。这就是我们草原上的人啊！……

额吉不光是我的母亲。她对所有知识青年都像对巴特尔、达莫琳和我一样心疼。每当有知识青年来我家做客，她总是把藏在柜子里的最好的东西拿出来给他们吃；要是来了女知识青年，她就更高兴了，一面问长问短，一面催促莲花嫂子烧奶茶。人家走了，她还倚着门框，跪在牛犊皮上喃喃自语："多好的姑娘啊……"

转眼间牧草变黄，金风飒飒的秋天到了。又一场灾难袭击了我们的草原：邻队查干宝力格的牧场发生了火灾。一连几天，空气中漂浮着一股刺鼻的烟味。夜晚，遥远的地平线上一片通红。

火灾扑灭的那天早晨，爽朗的大队书记班达拉钦叔叔路过我家时说：有两个北京知识青年在打火时烧伤了。

额吉一听就焦急地扯住班达拉钦叔叔的袍角问："他们烧得重吗？现在在哪儿？"

"在公社卫生院，准备送城里治疗。其中有个姑娘，烧伤得比较严重。"

额吉立刻命令似的说："小铁木尔，给额吉套车！莲花，把箱子里的甜奶豆腐拿出来，我要去公社看看孩子们。"

我把额吉背上牛车，莲花嫂子把一口袋奶豆腐塞给我。中午，我们赶到了公社卫生院，那里已经围着不少闻讯赶来的牧民。人们焦急地期望着什么。

那个烧伤的女青年全身缠满了绷带，只露出眼睛、鼻孔和嘴。额吉一进病房，见到这情景就大哭起来。泪水在她的脸上纵横，打湿了她的前襟和紧攥着的、装满奶豆腐的布袋。额吉的哭声惊醒了那个半昏迷的病人，只见她睁开浮肿的眼睛，好像要辨认这陌生的蒙族老妈妈是谁。

终于，她嚅动了一会嘴唇，声音颤抖地喊了一声："额吉。"声音是那么微弱，又是那么动人。好像她在这声呼唤中倾注了无限的深情。

我把那包洁白的奶豆腐轻轻地倒在她枕旁，然后小心翼翼地背起额吉，慢慢地退出病房，那双浮肿的眼睛一直凝望着额吉。

归途上，我和额吉都没有说话。牛车在草原上缓缓前行。一种崭新的意识在我心里萌芽了。好像，探求了多年的真理，这时才在我的脑海里逐渐清晰起来……牛车在草浪上颠簸，山峦、溪水、蒙古包、畜群，慢慢地向后移去，可是我的眼睛里，却仿佛只看到一个奔驰在烈火中的骑手，他高声地喊着:“额吉——”

是啊，为了这样的母亲，为了这样珍贵的情谊，我们有什么舍不得献出来的呢？

我和许多伙伴是在经历了无数风雨以后，才开始体会到母亲的意义。

秋风刚吹黄了牧场，草毯就披上一层松软的雪被，又是一个冬天。我紧张地劳动着，因为再不能依赖额吉帮忙了。捂得严严实实的弱畜棚里，青贮草堆得山高；拖拉机从盐池拉来了一车车盐块，预备给畜群增加过冬的营养。牧人们也到处忙碌着。书记班达拉钦叔叔那匹大黑马，每天跑得汗淋淋的，到处都能听见他那粗犷的声音。

就在这时，一场想不到的事发生了。那是下雪后不久，旗里来了几个蹲点的干部，他们竟宣布班达拉钦是阶级异己分子，撤了他的职，并把他关在队部交代问题。听到这个决定，我简直不能相信，因为我一向把他当成草原上传奇的大力士和有名的摔跤手来崇拜。后来，读了材料才知道，班达拉钦不是贫牧成分。他是在牧主蒙古包里长大的，是牧主的养子，他叫已死的牧主阿西尼玛为父亲，应当划成牧主成分！

晚上我在家里谈起了这件事。只见阿拉哈哥哥闷头抽烟袋，缕缕青烟在包里缭绕。额吉靠在木墙上，给巴特尔补毡靴。谁也不说话，包里静静的。

好一会儿，额吉轻声叹了口气，自言自语地说：“铁木尔，你懂什么叫‘格林包勒’吗？”

我摇摇头。从字意听，这个词是“家奴”。

额吉停住针线，稍带激动地望着我：“一顶蒙古包下面，有穷人和富人两种人。你听说过吗？”

我又摇摇头：“没有。过着一样的剥削生活，父亲是什么阶级，儿子不也就是什么阶级吗？”我确实是这样想的。因为材料上写着：班达拉钦自从八岁被阿西尼玛牧主抱养为子，直到解放，他一共参与了十二年剥削生活。

额吉又拿起针来，忧伤地说：“你们怎么会知道呢，就是有吃儿子血的父亲。祖祖辈辈，草原上这样的事多得很哪！……唉，你们怎么会知道呢？班达拉钦八岁就给阿西尼玛放羊。阿西尼玛用皮条把他的腿捆在鞍子上，逼他在白毛风里放牧啊！……”

一道电光闪过我的心头——“祖祖辈辈！”真的，我们不了解蒙族人民祖祖辈辈的故事，更不了解草原的历史啊！

从那天晚上开始，我决心钻研蒙古族历史。

我借来好多介绍蒙古族的书籍。很快我就发现：自古以来——也就是额吉说的“祖祖辈辈”，蒙古族社会的剥削现象，经常是在家庭的掩蔽下进行的！在恩格斯的一本书里写着:“家庭中的奴隶制度……是在不知不觉之间溶化到家族中去的。”

我把这些书也介绍给其他知识青年看。我们还在三个大队作了社会调查，除了班达拉钦叔叔以外，我们又发现了几个例子。这些事例证明：养子这种剥削方式是蒙古族社会的一个历史特点。于是，我们全队知识青年联名给旗委写信反映了这一情况。

不久，旗委派调查组来进行了调查。半个月后，调查组召开社员大会，说班达拉钦从八岁起就受尽了压迫，宣布目前对他的处理是完全错误的！

至今我还记得班达拉钦叔叔那天的神情。他扑过去抓住调查组干部的手，热泪滚滚。他那又宽又厚的胸脯急速地起伏着，半晌，他才说出一句话："党，毛主席……"

谁能理解我们那时的激动和喜悦呢？我飞马赶回家，拉着额吉的手又笑又叫……人民的命运、人民的利益，还有人民的团结，就像草原上冬尽春来时的鲜花一样，我们要珍惜她，保护她，让她到秋天结下累累的果实，而决不能让偷袭而来的暴风雪把她摧残……

冬去春来，美丽的夏天接踵而至。我们的草原美极了。雪白的毡包在夏牧场的绿草里星罗棋布；接完羔的羊群一下子膨胀起来，像晶莹洁白的珍珠在草原上徐徐滚动；家家门口拴着肥壮剽悍的骏马，人人身上换了色彩鲜艳的"特里克"①。

一个喜讯传到我们家里。

远方三百里外的阿拉坦公社，来了一个银发飘洒的老奶奶。她是个妙手回春的民间医生。她在阿拉坦已经治好了三个半身不遂的病人。人们都说她像神仙一样灵验！

阿拉哈哥哥和我争着要陪额吉去治病。可是莲花嫂子胸有成竹地说："你们一人放着马群，一人放着羊群，哪里离得开呢？还是我带着孩子和帐篷，住到白发老奶奶那儿去，彻底治好额吉的腿再回来。"几天后，我们送走了她们的牛车。自此，没有一天我不在思念着额吉。羊群静静吃草的时候，我总是打马走上附近的山顶，眺望着那浩渺的通往阿拉坦公社的天际。那里有一道若隐若现的淡蓝色山影，听人们讲，翻过那道山，再走一天就是阿拉坦。

额吉瘫痪已经一年多了，白发老奶奶真的能靠她那起死回生的

① 夏季穿的布袍子

医术，把我的额吉治好吗？

额吉一去就是两个月。两个月里，我茶饭不香。要不是羊群缠着，我早就骑上马去看额吉了。我变得比以前更不爱讲话，一天到晚总是坐在羊群旁边，默默地出神。这时，如果有人来安慰我，我会烦得跨上马就跑掉。

夜里做梦也总是想着额吉。有一天夜里，我梦见一个白发飘拂的老奶奶，身穿一袭古铜色的蒙古袍子和一双古铜色的翘头靴子。她的眉毛和头发像擦亮的银丝一样雪白，看上去怕有一百岁了。她笑眯眯地对我说："小铁木尔，你额吉的病已经好了，可以走路了，只是她没有马靴穿，回不来。"我慌忙抓住老奶奶的袖子大声喊："有莲花嫂子的牛车！有牛车啊！"

阿拉哈哥哥提醒我问："什么牛车？铁木尔，你在做梦吧？"我发现自己手里紧紧攥着被角，急出了一头汗。

第二天，我就悄悄地买了一双三十六号的马靴。啊，我是多么盼望额吉能再穿上靴子，哪怕只是穿着靴子站一站啊……

一个傍晚，我牵着自己的红马和额吉的青马，去井台饮马。斜阳的金晖撒在水槽里的水面上，闪着粼粼的光。周围一个人也没有。突然从井旁吉格木德爷爷的蒙古包里飘出一阵马头琴声，伴和着一个低沉沙哑的男低音。那熟悉的委婉曲调，一下子揪住了我的心：

头发斑白的母亲啊
你的恩情像东方的晨曦
头发银白的母亲啊
你的恩情像温暖的朝晖
酷夏的夜是多么难熬啊

是母亲喂给了我奶水

严冬的夜是多么冻人啊

是母亲掖紧我的皮被

长久积郁心底的感情一下子冲上来，我再也忍不住了，一撒手，帆布桶摔在水槽里。我蹲在地上，呜呜地哭起来。正在埋头长饮的两匹马儿吃惊地抬起头来，不安地望着我……

然而终于到了这一天——

额吉走后第四个月的一天，正是剪秋毛的日子。牧场上一个个棚圈里都挤满了肥壮的羊群。圈外的牛车上拴满了毛皮闪亮的乘马。男男女女的牧民们谈笑着，敏捷地把厚墩墩的羊毛剪下来。小孩子们抱着大人的马杆子，装模作样地甩着，追逐那些剪过毛的羊。

一个女人喊起来："铁木尔！你家额吉回来了！"

我浑身一震，站起身来一望：西南方的山嘴那里，正缓缓地绕过两辆牛车，隐约可以辨认出第一辆车上套的是头白牛——啊，是真的！

我跳过一只只捆翻在地的羊儿，冲出圈门，抓过一匹马，飞也似的迎着牛车的方向狂奔！

近了，近了！是额吉！她正坐在第一辆车上，挽着大白牛的缰绳。第二辆车上，莲花嫂子朝我挥舞着花头巾，她的背后，并排伸出两个小脑袋。

近了，近了！额吉扯住了大白牛。啊，额吉下了牛车！啊，额吉走着，走过来了！

"额吉！额——吉——"我翻身下马大叫着跑了过去，一头扎在额吉的怀里……

亲爱的朋友，我想，故事就讲到这里吧！因为这样的故事，用一千张纸也不能写到尽头，它就像蒙古袍子上的针脚一样，密密地缝在我们生活的路上。骑手究竟为什么歌唱母亲呢？我想你已找到了答案。你可能从没到过我们的草原，但是你也生活在母亲一样的人民中间。

你会猜得到：额吉又骑上了她的青马，而且是穿着我为她准备的马靴。而我呢，又变成一个爱唱歌的骑手，让歌声飞上了蓝天。当然，我最喜爱的歌子，还是那首有名的古歌。

每当我在高高的山岗上放声唱起这首歌的时候，我觉得自己唱出了那么多的内容：酷暑、严寒、草原和山河；团结、友谊、民族和人民。在“额吉——母亲”这个普通的单词中，含有那么动人的、深邃的意义。母亲——人民，这是我们生命中的永恒主题！

这个永恒的主题，是用金子铸成的，无论岁月流逝，无论地动山摇，她的光芒将永远永远闪烁！

一九七八年六月

刻在心上的名字

一

一弯新月从查干敖包山后升上天空，飒飒的凉风吹拂着卧在包外的羊群，繁星挑逗着稀疏的灯火，草原还没有睡。时而有晚炊的火星跃出烟囱，随即又消失在深蓝色的暗夜里。

“阿爸！别的知识青年早就有了蒙古名字了。牧民怎能没有个草原名字呢！”

小刚认真的时候总是有点激动，今天他是和阿爸谈一件重要的事情，这件事他已经想了好久。“阿爸！你看，李雄叫巴特尔，小虎叫特木其尔，永红叫乌尼琪，——都是他们的阿爸额吉给的名字！草原上孩子的名字是由长辈取的，您给我也取一个吧！”

“嗯，你喜欢什么样的名字呢？”桑吉阿爸在羊油灯下端详着几株草药。他是医生，有空总是摆弄那些草药。

小刚的脸涨红了，他轻轻地回答：“我想要个意思和红卫兵一样的名字。”

这才是小刚的心里话。应当说，他心里早就有了理想的名字，可是“红卫兵”译成蒙语要长长的一串“乌兰哈木嘎拉喝其里格”，太长了！为了这件心事，他烦恼了不止一天两天。

哦，不是那个年龄的人，不在那个年代里成长并且真诚地奋斗过的人，是不会理解小刚对红卫兵的感情的——包括有些也曾神气活现地戴过同样袖章的人。一群十几岁的青少年，当他们被时代的潮水推上政治生活的舞台，当他们在汹涌的激流中搏击浮沉而受到得天独厚的锤炼，当他们摘下那红色袖章，怀着他们坚信为真知灼见的信念走上和工农结合的大道，那他们又怎能不强烈地留恋这些难忘的往事呢？

感情炽热的人对生活的兴趣也是炽热的，小刚那股红卫兵的精神乳水交融地投入了草原奔放的空气中。他简直是过分地“蒙古化”了，他爱骑烈马，爱唱民歌，爱吃最酸的奶豆腐，爱像牧民那样盘腿坐在炉火旁。他蔑视一切不习惯草原生活的城里人，尤其是那些嫌牧民脏、嫌牧区冷的人。他似乎认为，只有茫茫的内蒙古大草原，才是红卫兵战斗的天地，只有草原宽阔的怀抱，才能装下红卫兵的思想！

这样一个小刚，怎能不重视自己的草原名字呢！

桑吉阿爸是个见过世面的蒙古老人。他在草原上行医几十年，足迹踏遍了乌珠穆沁。和小刚在一顶蒙古包下面生活了这么久，他早就看透了小刚的心思。听了小刚的请求以后，他放下了草药。微微眯着的眼睛打量着小刚。

“孩子，”阿爸开口了，“我看，普遍的名字你是不愿的。比如说，你哥哥小时家里穷，盼他长命，我就给他取名叫‘乌力记，——长寿。你呢，你有点像传说里的吉尔格拉。”

坐在蒙古包一角修理马鞍的乌力记听见在讲他，抬起头来，不好意思地朝小刚笑了笑。一面烧茶，一面饶有兴趣地听着的乌日娜嫂子看看乌力记，也笑了。

小刚顾不上看哥哥：“阿爸！吉尔格拉是谁？”

“听我慢慢讲……从前，乌珠穆沁草原上有一个穷苦的青年。他没有家，又没有畜群。他从这片草原到那片草原，给一个又一个牧主放羊。小伙太穷了、连讨饭吃的姑娘也不愿意嫁给他；小伙子太瘦了，连芨芨草丛的蚊子也不愿意咬他。他非常难过，就去朝喇嘛寺里的活佛诉说。活佛告诉他：你的穷困和痛苦是因为你没有献上酥油贡品。可是，小伙子去哪儿找这么多东西呢？他摇摇头，又去朝部落里的老人诉说。老人告诉他，你的穷困和痛苦是因为你没有一个吉祥的名字。小伙子跪在老人面前，求老人给他取个吉祥名字。可是老人说：要给部落带来一些吉祥，你才能得到吉祥的名字。青年坐在山坡上，想呵想呵，终于想出了办法。他刺破了自己的血管，让鲜血流在地上。这鲜血化成了清清的流水，滋润了干旱的草原。马儿饮了这股流水，一天能跑五百里；羊儿饮了这股流水，一天长肥了一斤。牧人们称这奇异的流水为‘吉尔格拉’，也就是‘幸福’。牧人们溯水登山去祭祀水源，结果看到清水正从死去的青年身上涌出。他们齐声礼赞青年，称他为幸福——吉尔格拉。就这样，这穷苦的青年终于得到了自己追求的名字……”

若不是乌日娜嫂子催促他，听得出神的小刚差点儿忘了今晚知识青年要在大队部开会。直到他骑着大黑马在月光下行走时，还在回味着那个动人的故事。

对啊，还是在斗争的道路上，自己去寻找一个最理想的名字吧！

二

小刚的黑马走进大队部土坯院墙时，会议已经开始了。牧民打扮的青年人正簇拥着一个四十开外，和蔼随便的中年人，他满怀兴趣地听着知识青年们的发言。这是自治区革委会的干部老徐，昨天刚刚来到白音塔拉大队蹲点。

身材胖胖的永红正在发言，低矮的屋里回响着她那银铃般悦耳的声音。

“……那时，我看见烧牛粪就恶心。有一次，额吉那么热情地端给我一碗热气腾腾的羊肉面条，怎么我也吃不下。在贫下中牧的再教育下，我明白了，这是我头脑中的资产阶级思想作怪！在长期的斗私批修中，我在变！现在，我不但不觉得牛粪脏，反而觉得——”

“阿——嚏！”小刚打了一个又长又响的喷嚏。这一套他简直腻烦死了，他不管那姑娘怎样面红耳赤，紧接着又打了个更难听的。富有经验的老徐注意地观察着这个感情露于眉宇的小伙子。等永红讲完以后，他亲切地朝小刚挥挥手，请他谈谈。

“我谈什么？我可没有那种粪臭粪香的宝贵经验！”这粗犷的青年毫无礼貌，“谈也可以，我给上级，包括自治区领导提点意见：不能只把我们当劳力看待。我们要好好劳动，要拜穷下中牧为师。可更重要的，是要在阶级斗争的大风大浪中锻炼！老徐同志，领导应当看到，我们是红卫兵！我们的目标是无产阶级革命事业的接班人！”

“很好，”老徐同志高兴地站了起来，解开制服上的扣子，“我很赞同这位小同志的发言。是的，你们从北京千里迢迢地来到这里，是为了什么呢？是为了在草地上看羊？是为了啃那种酸酸的奶豆腐吆？”他背着双手，在屋子里踱了几步，“要记住：我们来这里是干革命！党把你们放在这里也是希望你们成为一支冲锋陷阵的突击队。今天我所以强调这一点，是因为今天的内蒙古正处在一场你死我活的决战之中，我代表自治区革委会的首长，严肃地告诉大家：我们已经掌握了内人党的大量罪证，缴获了他们的党旗和武器，还有叛国的纲领和计划。现在的任务是在全自治区挖出这个内人党的党徒并且肃清他们的流毒！”老徐神情严峻。

内人党？！小刚和伙伴们的心被紧紧揪住了。

“所谓内人党，全称是内蒙古人民革命党。这个反动组织根子很深，党徒遍于全内蒙。解放二十多年来，它在地下发展了大量党员，企图分裂祖国、叛国投修！当前我们的中心任务，就是掀起一场十二级的红色风暴！彻底扫荡这个反革命叛国集团！同志们，在这场你死我活的阶级斗争中，我们能袖手旁观吗？”

“不能！”愤怒的喊声像炸雷，震撼着草原深处的这个院落。老徐富有感召力的声音又继续下去：

“我到你们公社蹲点，不是没有原因的。根据确凿材料，你们公社的内人党分子搞过一次气焰嚣张的叛国演习，人数有五百人之多！同志们，在这种社会情况极复杂的民族地区，你们是我们依靠的主要力量。自治区领导同志特地让我捎给大家一句话：‘希望毛主席身边来的小将在这场红色风暴中，再次成为勇敢的闯将！’”

“老徐！”青年们沸腾了！他们扑上去，把老徐紧紧围在中央。焦急的询问、激动的倾诉响成一片，年轻人的纯真和热情强烈地感染着老徐，他感到非常兴奋。

当伙伴们激动地围住老徐的时候，小刚站在后面。此刻他的心正在燃烧。这个浓眉大眼的年轻人是多么热切地盼望投入这场风暴啊。正是为了参加这样的风暴，他曾悄悄地推开家门，用目光告别了沉睡的母亲，在黎明中登上开往草原的列车；为了在这样的斗争中锻炼自己，他曾刺破手指，用鲜血写下扎根边疆的决心；为了这样的理想，他曾不顾冻伤的双脚，在风雪里跟着马群下夜；在这种理想的鼓舞下，他牢记着红卫兵的使命，从未在自然界和内心世界的斗争中后退一步。……

他分开伙伴们，紧紧握住老徐的手。他的声音热烈而坚定：“冲锋陷阵，有我们毛主席的红卫兵！”

老徐锐利的目光从眼镜里注视着小刚，一份标题为“已查明的内人党骨干分子”的材料放到他手中。

一行字跃入小刚眼帘：

白音塔拉大队民兵排长——乌力记。

三

乌力记被带走了，他那铁塔般的身影消失在门外。当他读了那份盖有公章的隔离审查决定以后，一句话也没有说。似乎他有精神准备。草原上有这样的话：人骑着马走，消息骑着风走。秋风可能早已带来了冰雪的寒气，白音塔拉的草儿已经摇曳了好久。

包里留下的是沉默和难堪。小刚心里在剧烈地斗争着。搬走！大队专案组长怎能住在内人党分子的家里？可是，怎能搬起乌日娜嫂子细心叠好的被褥呢？怎能离开这顶亲切而又熟悉的、熏得发黑的蒙古包呢？……然而，这是一场决定草原命运的阶级搏斗啊，一个红卫兵怎能模糊阶级阵线呢？走！搬起被褥，搬到队部去住！

小刚一咬牙，弯腰抱起被褥。“阿爸、伯勒根①，再见”这几个单词，生硬地、费劲地从他的嘴唇里嚅动出来。没有回答。那两个人都低着头，乌日娜甚至背对着他。

小刚推开蒙古包的红漆小门。一阵初冬的冷风扑来，他打了个寒噤。

一年以前，正是他自己兴冲冲地迈进这道门坎。憨厚的乌力记笑得合不上嘴，他挟着小刚的行李，身上还穿着缀满银钉的牛皮摔跤服。在欢迎北京知识青年的摔跤比赛场上，小刚被这威风凛凛的冠军迷住了，他刚刚退下场来，穿着旧军衣的小刚就拉住了他，向他提出了住到他家的请求。……一年来，这一家人待他的心，真比奶子还要纯洁啊！……小刚犹豫了，他慢慢地转过身来。四双眼睛正在痛苦地注视着他，桑吉阿爸眼里布满血丝，乌日娜嫂子眼里满盈着泪水。但小刚很快恢复了理智，斗争的原则挣断了感情的线。他一低头，跨出了低矮的包门。外面是伸向地平线的广阔草原。……

时间过得很快，紧张的工作和劳动占据了小刚的全部身心。

上级接连发下指示。专案调查在广泛进行。马蹄在大道上扬起尘土。白音塔拉大队一共隔离审查了十二个人，巧得很，这十二个

① 伯勒根：蒙语，嫂子。

人正好是全部党支部、领导班子和民兵的领导人。

草原进入了一种自由放牧的岁月，羊群还是安详地嚼着枯黄的牧草。自古以来，草原社会有自己天然的生产结构，牧人们更有天然的保护畜群的责任感。谁也没有注意到：每天默默地随着羊群出牧的牧民，是在维持着草原的呼吸。

起初，小刚暗暗怀着乌力记将很快过关的幻想，他无法真的割断和这摔跤手的感情。他坚信这质朴粗犷的大汉一定是受了坏人的蒙蔽，他决定一旦乌力记讲出真情就立即放他回家。可是，乌力记似乎选择了另一条道路，这条道路给他带来了苦头。

一天夜里，小刚听见关在隔壁的乌力记那儿有一种声音。他悄悄走进房间里。原来乌力记是在睡梦中呻吟，他那厚厚的胸脯剧烈地起伏着，粗重的喘息和下意识的哼声，震动了小刚的心。

不，小刚并不支持公社专案组那几个干部，他讨厌那种专断作风。曾因拷打乌力记的问题他和他们辩论过。似乎他也能理解那些人的焦躁情绪。材料像铁一样沉重；乌力记一身集中了多少线头啊！经上级文件查明，一九六五年内人党在这里搞了次三社十一队联合叛国演习，乌力记在演习中极为活跃。几乎所有的社队，都有揭发他的材料啊！

每当小刚负责审问乌力记时，他总是从眼前这个宽肩膀的骑手身上看见一连串往事的叠影。他看到乌力记像天神一样驰骋在马群中，用马杆子套住那长鬃飘飘的暴烈儿马；他看到乌力记挥动着银光闪闪的“角得格”[①]，在牧人们的欢呼声里跳上摔跤场；他看到乌力记一个劲儿地给自己碗里添炒米，他看到乌力记把黑骏马的缰

① 角得格：蒙古式摔跤服。

绳塞到欣喜万分的自己手中……想到这些，小刚的心里就涌起一股怜悯和同情。他充满诚意地对乌力记说："讲吧！把内人党欺骗你干的事情讲出来！党会宽大你的！"

乌力记也充满真诚地向他分辩："真的！小刚！我没有干过坏事！你们会搞清楚的！"

老徐经常坐着吉普车往来于旗社和白音塔拉之间，他特别关心乌力记案情的进展。那摔跤手憨声憨气的分辩特别叫他恼火。一次，老徐从旗里回来，他跨进乌力记那间屋，用手指头戳着他的眉心，恨恨地说："告诉你！如果在其他旗县，你这颗叛国脑壳早就给砸烂了！你放明白点，不要把我的涵养视为书生的无能！"

乌力记当然听不懂他这江南口音的汉话。他只是明白这大干部生气了。他不愿再多嘴，但又总想讲点什么。乌力记小心地朝前迈了一步，轻轻地说道："我们应当相信群众，我们应当相信党。……"

老徐听了翻译后突然怒不可遏。他猛地一把揪住乌力记的袍领，抡圆手臂，发疯似的一连打了他十几记耳光。"你相信的是他妈的反动透顶的内人党！我们早晚把你这个混账党砸烂！"

乌力记本以为自己真的能说服老徐，听了翻译后，他抬起了头，脸上浮现出痛苦和吃惊的表情，鼻子里流出来的一股鲜血一直淌到脖子里。他满含泪水的大眼睛莹光一闪，从此他拒不讲话。只有一次例外。

初雪那天，小刚和另一个知识青年合放乌力记的马群回来。大队部院里，那些与内人党有牵连的人正在监视下劳动。当小刚走过乌力记身边时，听见他在自言自语："下雪了，马群要多吃些硝，不然过不了冬啊，唉，下雪啦。""……恩格尔哈达的南坡，是最背风的地方。离那儿不远是哈拉戈壁。秋天我去看过，唉，戈壁里今年硝出得多好哇！……”

小刚猛然悟到这是说给自己听的！嘿，乌力记终于开口了！小刚一把抓住他那又脏又油、日夜不脱的皮袍。

“乌力记！马群的事不用你多操心了，你——”

乌力记不容他说完反转过脸去，拾起地上的皮条，一心一意地做起皮活来。他又慢悠悠地好像是说给手里编的那个马笼头听的。

“……好马倌该在入冬时看好暴风雪日子里的躲命地方。恩格尔哈达山不近呢！该认认路嘛……”说完，乌力记收起皮条和黄羊角之类工具，拍打了一下穿破的袍子前襟，摇摇晃晃地走了。

当时，小刚除了对他的顽固不化又烦又恨之外，并没有过多地想到什么。半个月后。当他接到风雪警报时，恩格尔哈达这个地名突然浮现在脑际。

夜间，当雪花一片片地落在马鬃上的时候，小刚早已把马群赶进了恩格尔哈达的凹字形山坳。三百多匹蒙古马下午吃足了哈拉戈壁的咸草和硝土，此刻显得很有精神。

这架屏风似的山是奇异的。雪停后就开始逞凶的狂风沿着两侧山沟呼呼南去，山南面的山洼里风力却微乎其微。戴着大皮帽子的小刚仰起头来，只觉得滚滚雪雾掠过头上的山顶。他寻思，乌力记，乌力记，你这样一心挂着马群的出色的牧民，怎能是个内人党呢？……

第二天，阳光和煦。小刚把马群赶到大队部附近的山坡上。三五成群的马儿用蹄子刨开积雪，津津有味地吃着。小刚驰马跑进院子。在关押乌力记那间屋的窗户上有一个人的面影。小刚一靠近，那张脸马上消失了。

小刚看清了那张脸孔，确切地说，他看清了一道牧马人特有的目光——乌力记是在数着马群，是在了解他心爱的马群在风雪后的情况。

乌力记还是不开口。

四

这一天，小刚从早晨就浑身发烧。

中午，公社来电话要专案组立刻派人去取一份重要材料。老徐坐着吉普车不知到哪儿去了，小刚忍着头疼，跨上黑马，顶着纷纷扬扬的雪花上了路。

当小刚咬着牙，在白音塔拉大队那黑黝黝的房子前拉住马时，天已黑了。他只觉得头晕目眩。滚烫的前额突然重不可支，当他抬起右腿翻身下马时，突然失去了重心。仿佛一条麻袋沉重地从马鞍上摔下来，咚地一声砸在雪地上。

办公室里正在审讯乌力记。手忙脚乱的人们把昏迷的小刚抬到炕上，剥掉他那沾满雪块的皮袍子。他的耳际只有轰鸣着的呼呼风声和嘈杂的脚步声。

一声尖叫刺进他的耳膜："乌力记逃跑了！"

什么？小刚下意识地蹦了起来。只见低矮的土房里人们挤做一团。有人在寻找鞍具，有人披挂上子弹带。他吃力地问道："怎么？谁……谁跑了？……"

"乌力记逃跑了！他把你的马骑上逃跑了！"

"快……快追！顺着……脚印追……"小刚绝望地喊着。他知道那匹追风的黑骏马，乌力记是它的老主人，想在雪地里追上这匹马和这骑手简直是不可能的。

“白毛风刮得什么都看不见！马蹄印全被雪盖住了！怎么办呢？”

“去……去边境，……通知……边防站……”小刚一急，一阵晕眩，又重重地摔倒在炕上。他好像堕入了深渊，在无边无底的雪雾中下沉，下沉……

不知过了多久。

干裂的嘴唇触到一个硬硬的东西。那东西有一股金属的淡淡甜味。浮肿的嘴被那东西轻轻撬开，一股苦得要命的汁液流进他的口腔，接着又流进他干燥疼痛的喉管。

一口，又一口。苦汁缓慢地灌到他的胃里。不知是那液体的效力，还是那种金属的触感，小刚渐渐感到清醒了一些。

模糊的视野中，一个虚幻的影子显出了轮廓。在昏黄的羊油灯下，他先是看见一个佝偻的身影，接着又看见一头花白的头发。啊，是桑吉阿爸！

桑吉老人褪下了双袖，只穿着一件贴身衬衫。在那件皱巴巴的灰布衬衫下，他瘦骨嶙峋的躯体显得棱角分明。一堆黄羊皮缝成的小药袋排放在旁边，他正用一柄黄铜打成的药匙搅拌着瓷碗里的药汤。小刚熟悉这柄磨得锃光明亮的铜勺。以前他住在桑吉阿爸家里时，看惯了阿爸用它给四方赶来求医的病人配药。

屋里弥漫着煎药的蒸汽。清苦的药香使病人闻着很舒服。铁皮炉子上的小锅里，深褐色的药汤翻滚着。一阵蒸汽飘过，小刚看见了蹲在下面煮药的人。宽宽的肩膀——啊！小刚惊呆了！

乌力记？！他……这么说，他并没有逃？对，在这种漆黑的雪夜，只有他能摸到桑吉阿爸的蒙古包。这么说，他并非是利用白毛风的掩护和人们的忙乱，去企图偷越近在咫尺的国境线？他是在风雪中，在伸手不见五指的雪夜中，为关押他的专案组长找来救命的医生？……

这一切怎么解释呢？……小刚的血凝固了。

雪停了。隐隐可见的乔里玛星①送来了乌珠穆沁草原的又一个黎明。镶在灰色铅空上的一抹淡白，给过冬的草原带来对新的一天的希望。冬窝子里的下夜人一次次地迎来这样的拂晓，一天天地挨到解冻的节气。

“嘟嘟——”吉普车的马达声和喇叭声。

老徐大步流星地走进屋子，把一个布口袋掼在桌上。他一面擦拭着眼镜片上的水汽，一面自嘲地说：“为了搞这点大米，在雪地里冻了一夜！这鬼地方真容易迷路！”

戴上眼镜后，他看见了躺在炕上的小刚。

“小刚！我听公社专案组讲你把旗里的材料带回来了？快拿给我看看！”

小刚吃力地取出那个牛皮纸口袋。老徐读着。他那黑框的眼镜闪着冰冷的光，那高高向两翼翘起的黑镜框，好像是他果断的双眉。文件只有一页，老徐抬起眼睛：

“你们白音塔拉大队有个名叫桑吉的蒙古大夫吗？”

“有，呶，他就是桑吉。”有人指指桑吉阿爸。这时，老徐才注意到屋里的情景。

大概老人已经从那不熟悉的汉语中听到了自己的名字，白发微微地颤动着。闪亮的铜勺从黄羊皮药囊中挖出一小勺一小勺药末，

① 乔里玛星：启明星。

分别倒在一些小纸片上。他瘦削的肩头在那件又皱又脏的衬衣下显得又瘦又窄。

小刚突然想到一种可怕的情景！他霍地坐起来，一把抓过那页公函："老徐！怎么回事！"

房间里气氛骤然紧张了。小刚等青年们都盯着老徐。他感到这些目光充满敌意。他严厉地瞪着他们，把公函递过去。

旗专案组来函中这样写着："现查明：白音塔拉大队蒙医桑吉（男，六十二岁）长期以行医为名，大量参与内人党叛国活动。据旗委机关和旗医院内人党分子招供，桑吉是内人党地下组织的交通员；在他们背叛祖国的阴谋罪行中，扮演着串通上下的重要角色。抓住此人，对于解决全旗案子有重要意义。请你处速将桑吉押来旗所在地。具体措施，委托自治区革委会干部徐同志负责。"

五

小刚噙着泪水，用冻僵的双手，把乌力记的尸体从小屋的房梁上解了下来。

憨厚朴实的乌力记，就像他默默地被关了几个月一样，也默默地死去了。他只有二十八岁，他的命运和他那意味着长寿的名字很不一致。人们并不一定永远记住这个名字和这个名字的悲剧。往往是那样：人们习惯于为那些在风暴中折断的大树叹息，没有注意风暴中摧折了多少牧草。后来，当牧民们听说屈死在那场风暴中的蒙族和其他民族的人数以后，他们的心情似乎反倒平静了一些。可是，如果小刚当时能够知道乌力记的悲剧正在辽阔的内蒙古大草原上处处出现，他是决不可能无动于衷的。不！如果他了解这种悲剧的蔓延，他决不缺少挺身反对它的勇气！……

小刚蹲在乌力记的尸体旁，心如刀绞。那一幕难忘的情景又浮现在眼前：

……桑吉阿爸的手颤抖着给小刚包着药。十个包成三角形的小纸包滚到小刚手里。老人蹒跚着走向门口，赤裸着瘦嶙嶙的胸膛。吉普车的马达又轰响起来。

老徐正把那袋南方人喜爱的大米交付给人。小刚踉踉跄跄地走过来，扯住他的深蓝色呢制服。他喘着气声音嘶哑地说："老徐！再调查……调查再抓……桑吉阿爸是……阿爸……他不可能是……"

"要记住革命原则！你的眼睛被敌人迷住了！"老徐厉声喝道。他的眼镜里闪烁一种近乎残酷的光芒。伙伴们把小刚又抬回炕上。

桑吉在屋门口站住了。他深陷的双眼直勾勾地看着他的独生儿子。他把那柄铜勺塞到乌力记手心里，声音嘶哑地大声说："孩子，阿爸一生只是磨光了这个药勺。它一点锈也没有。要是可能，你把它交给……交给毛主席！……"

老人走进外面的寒风，老徐随后跟了出去。吉普车的马达声远去了。……这个时代的草原就是这样，没有一个人能反抗命运，如果命运上盖有一个公章。

乌力记一动不动，像尊铁塔一样矗立在房间中央。他凝视着那扇门。人们没有发现：这个摔跤手已经绝望。他曾经以为自己那简单的道理能洗净冤屈，因为他相信党的眼睛。当他那牧人式的信念和自白被践踏之后，他只能忍受，在忍受中等待。然而，他已经忍受和等待了很久。

夜里，他解下腰带，在屋里自尽了。……

没有一个牧民敢来看乌力记。从队部向草原望去，那些蒙古包的烟囱仍旧静静地冒着炊烟。草原是沉寂的。小刚恐怖地感到，这种沉寂中充满了不平、隔阂和压抑的愤怒。

黄昏时分，小刚还守在乌力记那里。这时，他听见一缕若断若续的马头琴声在飘荡。过了一会儿，晚风又吹来一阵歌声，一个沙哑悲怆的嗓子在唱：

十两黄金打成的护心镜哟
在他的背上闪着金光；
二十两银线锈成的摔跤裤哟
在他的膝上闪着银光。

那黑皮子缝成的靴筒哟
没听说沾碰过哪块草地；
那鲜奶子喂大的勇士哟，
没听说摔倒在谁的手里……

小刚曾在摔跤场上听那些助兴的歌手唱过这支歌，它是歌颂乌珠穆沁草原一位传说中的摔跤手的。小刚清楚地感到，今天歌手们是用它呼唤着自己的草原之花，呼唤着冤死的二十八岁的摔跤手乌力记。……他痛苦极了，双手痉挛地攥住了死者的袍襟。

一个人粗暴地推开小刚。他抬起头，望见乌日娜嫂子模糊的泪眼。这蒙古女人啜泣着，吃力地抱起乌力记的遗体，把他往一旁的牛车上搬。小刚急忙伸手帮忙，但乌日娜仇恨的目光使他停住了手。他呆呆地站着，看着这纤弱的女人费劲地把丈夫的遗体挪上了木轮车。

牛车转动着两只粗糙的木头轱辘，高一下低一下地，缓缓地驶出了大队部院墙。在迷茫的暮色中，小刚凝视着牛车缓慢地走向南方，走向那遥远的、马群和羊群都不去的山谷。自古以来，草原的牧人都在那儿安葬。蒙古族人民是轻生死的，他们觉得安睡在茂密的青草丛中并没有什么不安。因为，那儿是生养他们的故乡草原深处，也是祖国的草原深处。……

这场运动关押了不知多少人。小刚一直相信了这些被逼的口供，而没有相信乌力记的分辩。此刻，他相信六五年的演习是党领导的一次保卫边防的民兵演习了。因为在乌力记的分辩上，有一条生命做保证。……

草原和边疆毕竟离得太遥远了，她们没有享受第一束阳光的福气。无论是乌力记还是小刚都不知道，那覆盖了一冬的阴沉沉的天空已经从南边开始晴了起来。乌力记啊，你可知道，在你绝望地含冤而死之前几天，北京城已经发出了挽救草原的声音！

六

平反大会开完了。会上传达了中央对内蒙古这场运动的批评。各种专案组全解散了。

小刚骑在马上，伫立在公社背后的山梁上。一条蜿蜒的车道经过这儿通向白音塔拉大队。

早春的和风吹融了冰封的雪原，在积雪下埋了一冬的牧草掀动着微微的波浪，草原复苏了。

远处慢慢走来一骑马。小刚根据马的颜色和姿态，知道那正是他等的人。他下了马，从怀里摸出一柄闪闪发光的铜勺，把它托在掌心，低下了头。

铜勺是他亲手从乌力记僵硬的手心里取下来的。他发现铜勺上被人刻上了一个桃形的心。摔跤手并非真的沉默着离开人间，他拔下门框上的铁钉，用这个线条简单的图案，留下了他的控诉，他的忠诚，也留下了他对自己那用一生磨亮了这柄铜匙的老父亲的依恋……那天，小刚没有勇气把它交给乌日娜。现在他要亲手把它交还桑吉阿爸，哪怕这晚年失子的老人用马绊子狠狠地抽他……

马蹄停住了。一只瘦棱棱的手颤抖着，从小刚掌心取走了那柄铜匙。又是这只手，颤抖着把一张印满铅字的纸放在小刚手里。

“孩子，给阿爸再翻译一遍吧！”桑吉阿爸声音喑哑。小刚读着，一句句地把中央对内蒙这场运动的批评译给阿爸听：

“……事实证明，广大蒙古族人民是伟大的人民。那么多人受了冤枉，那么多人被拷打关押甚至逼死，但没有一个人叛国外逃。我们的内蒙人民是多么好的人民啊！他们也有跑的，不是跑到国外，而是跑到北京……”

“孩子，这最后几句话是谁讲的？”

“周总理。”

桑吉阿爸接过那页纸，把它和那把刻着一颗心的铜勺捧在手里。他的手剧烈地抖动着，最后连肩头也抽动起来。阿爸一下子蹲在草地上，泪水沾满了花白的胡子。

摇动着的青草抚弄着阿爸的蒙古靴，草原屏住了呼吸。只听老人那低低的哭声。小刚感到：这是伟大的蒙古民族哭了。……

小刚的血冲腾起来，他觉得自己变成了一团烈火。他跳上马，疯狂地抽着它风驰电掣地冲下山梁。那乌黑的骏马仿佛一道黑色的闪电向公社方向劈去。鼓点般急骤的蹄声裹着这激怒而悲愤的骑手，一直冲进公社大院。若不是黑马在房前猛地站住，一定会撞死门前的人。

那是风度翩翩的老徐，正在和公社宣传队的永红在门口谈笑。

小刚声嘶力竭地吼叫起来，他已经激动得语无伦次：

“你在这里！你……你为什么说乌力记哥哥和桑吉阿爸是内人党！你的内人党旗在哪里？把你说的内人党旗拿出来看看！你，你说！”

这位自治区的干部沉着地把右手拿着的风衣移到左手上。他脸上现出鄙夷不屑的神色。

“你喊叫什么？有什么事值得大惊小怪？”他的声调仍充满自信和力量，“告诉你，我所做的一切，都是遵照上级的指示。一切都有案可查，我问心无愧。服从上级的指示，这就是我作为一个党员的纪律和原则。过去我这样做，将来我仍然——”

刷——一记马鞭狠狠地凌空抽下来，啪的一声打在他头上。整洁的呢帽和黑框眼镜随着鞭子的弧线，摔在化冻时节泥泞的地上。永红吓得脸色苍白。躲在一边。

黑马挣咬着嚼铁，驮着骑手旋风般地冲出了公社大院。

七

小刚和参加专案组的知识青年们挨门挨户向被关押过的牧民道歉。可是，被践踏的感情并不能随着牧草在阳光下发芽，尤其是当她被践踏得流血以后。在这段时间里，他们经受了最痛苦的感情折磨。

那天，他们来桑吉阿爸家道歉。阿爸不在家，乌日娜嫂子正在缝衣服。小刚一行刚刚进包坐定，她就推门出去了。这刚刚二十六岁就失去丈夫的女人伏在牛车上呜呜地哭着。小刚谨慎地走过去，却又不知说什么。乌日娜突然抬起头来喊道："你们为什么不把这匹黑马也打成内人党？六五年民兵演习时，乌力记就是骑着它去的！……"

小刚徒步走了。伙伴们把黑马撤回马群。这个家他无法再回了。……只有在这时，小刚才体会到以前住在这顶蒙古包下的日子是多么幸福。

小刚他们来到了查干敖包山下打井。他们为重建和牧民的血肉关系，决心把全部力量投入最艰苦的劳动。

查干敖包是大队的无水草场。这儿丘陵纵横，山脉交错。看水脉的人说，这种地势一定藏着好水，可是，每年都有失望的打井人捆起帐篷，离开他们住了一冬的营盘和一个干枯的井洞。小刚他们请了许多行家看水脉，定下了井位，堆下了山积的井石，决定夏天打井[①]，争取从这里走出他们的新道路。

这刚满二十岁的青年所经受的磨炼，恐怕很多成年人也未必经历过。他变得罕言寡语。每天他披着星光，一个人悄悄地在工地上干到黎明；夜晚，他凝视着帐篷天窗外的弯月，常常苦思不眠。他回忆着自己留在草原上的每一个脚印，也常常追溯到那启蒙的文化革命年月。他承认自己的过失和错误，他比别人更不能宽恕自己。

① 牧区通常冬天打井，烧化一层冻土下挖一层，以防出水时控制不住水流，来不及砌井。

乌力记哥哥那魁伟的身影常常在他眼前晃动，他企图像他崇拜的英雄保尔·柯察金一样审判自己的行为和灵魂。

呵，今天他才明白昨天的自己是多么糊涂。自己就像鸟儿向往驰骋一样，向往着阶级斗争的大风大浪。可是自己为什么想不到这种斗争必须保护群众利益呢？难道我们冲锋陷阵，就是为了伤害像乌力记哥哥一样可爱纯朴的老百姓吗？小刚，把你的灵魂掏出来，在乌力记哥哥的注视下，让它接受严峻的审判！

只有他清楚自己的灵魂是什么。那就是心爱的红卫兵。当他忍着三十九度的高烧，在零下三十九度的严寒中挣扎前行的时候，是这个响亮的名字给他力量。他渴望风浪，渴望斗争，是因为他珍藏着在天安门城楼上和毛主席、周总理一起拍下的照片。他只是热烈地追求那样的理想：希望在红卫兵精神的支持下成为革命事业可靠的接班人。……今天，他犯了错误。这就像奶子是白的一样清楚。他决不可耻地企图逃避责任。但是，红卫兵的原则，红卫兵的精神是否也错了呢？

有的人没有这种精神，他们反而也没有犯那样大的错误。比如永红，她在公社唱唱歌，跳跳舞，并没有要求留在“第一线”。她今天的心情是轻松的。牧人们都觉得她没有在那场害人的运动中卖力气，连乌日娜嫂子见了她也是和颜悦色的……毫无疑问，自己的错误和自己的红卫兵精神之间有着联系……他想了很多个夜晚，还是没有想通。他不愿把自己那个灵魂否定掉。那些喜欢轻易否定的人将来还会再否定的，因为他们从来没有真诚地追求过什么灵魂。小刚不这样，他深感自己的那个灵魂是有价值的，他坚信将来的实践会证明这一点。只是他注意到，在红卫兵的精神之上，应当有一个更重要更伟大的前提，就像要射出一枝箭，必须有一张弓一样。……

井一天比一天深。入夏的时候，他们打穿了一个地下水层。青年们终日泡在齐腰深的水里，一面用水车淘水，一面放石头砌井。夜里他们轮班睡觉，和慢慢上涨的水位斗争。十天后，查干敖包打成了一口好井的消息传遍了草原。

大队领导班子决定命名这口井为“知识青年井”。每天都有欣喜的牧民骑马来看，一袋袋奶豆腐倒在帐篷里，这使那些满手血泡的小伙子们激动得落下泪来。

伙伴们纷纷走了，有的回到原来住的牧民家，有的去边防上站岗。他们从马群牵来了小刚的黑马，小刚说，他想住在这个帐篷里，等队里安排新的劳动。……

身材匀称、毛皮漆黑的马儿拴在帐篷门口。小刚抚弄着它漂亮的马鬃。他一看到这匹马，就想起了乌力记哥哥，想起他怎样送给自己这匹骏马，又怎样……

小刚痛苦地把头埋在黑马长长了的秀鬃上。草原呵，请给迷惘的骑手指一条路吧！

八

一天，两个人钻进了帐篷。为首的老人白发飘拂，随后的妇女拎着一只暖壶。他们都望着小刚，眼睛里流露着亲切的神情。小刚的嘴唇动了动，但什么也说不出来。

乌日娜嫂子蹲下来，给小刚倒了一碗浓浓的热奶茶。咖啡色的奶茶冒着热气，露在上面的一块奶豆腐显得特别白净。

小刚端着碗，怎么也喝不下去。他不掏出心里的言语，是无法喝下这碗喷香的奶茶的。他颤抖的手把茶碗放在毡子上，一手抓住了阿爸的衣襟，一手抓住了嫂子的袖口。

“阿爸！伯勒根！要是乌力记哥哥能回来，我情愿马上去死！可是乌力记哥哥他……他不会回来了。……”两串又大又亮的泪滑过小刚的脸颊，噗地溅在奶茶里面。

“孩子！风雪的春天总有死去的羊羔子，可是羊群里的羊羔子还是越来越多……”

小刚半跪下来，他紧紧抓着阿爸的袍角：“阿爸！难道我能变成清明四月的羊羔，顶替死了的乌力记哥哥吗？阿爸，那您情愿收下我当您的儿子吗？”他的声音里充满了真情。

桑吉阿爸沉思了一下。突然，这老人的眼睛里闪出一道智慧的光芒。

“孩子，我记得很久以前，你求我给你取个蒙古名字。我看你和别人不一样，觉得不该随便给你取一个，所以就给你讲了一个吉尔格拉的故事……

小刚也记起来了——“可是，神话里的吉尔格拉找的是幸福，而我……”

“依阿爸看，这几个月以来，你也像吉尔格拉一样在寻找着理想的名字。你刚才说，愿意给阿爸当个儿子顶替死去的乌力记；可是草原上失去儿子的不单是桑吉一家。孩子，你还是给他们大家——给人民当个忠实的儿子吧！在我们蒙古草原，有人叫巴特尔夫——勇士的儿子，有人叫玛拉沁夫——牧民的儿子；阿爸想到了一个最最美好的蒙古名字——阿拉丁夫。阿拉丁夫——人民的儿子！孩子，你有了这个名字，心里记住这个名字，就不会再犯错误，因为阿拉丁夫永远和自己的父母人民站在一块，永远不会和自己的父母人民分开！”

像是一般甘泉流入了心田。小刚体会着这个名字的含义，似乎他一下子还无法彻底理解这个全新的概念。阿爸用那深沉的声音继续讲下去：

“记得，你希望这个名字的含义能和你喜爱的红卫兵一样。我想，这两个名字的意义应该是一样的。只是阿拉丁夫更重要。孩子！红卫兵首先应当记住自己是人民的儿子！没有这个原则，你的红卫兵会陷进雪坑里的！”

“您是说，我以前虽然时刻想着红卫兵，可是我忘了红卫兵首先要站在人民一边吗？”小刚在沉思着。这是多简单的道理啊，人们觉得这种道理简直是老生常谈。可是，为了使人们看见朴素真理的光辉，居然要付出这样惨痛的代价……

桑吉阿爸也在沉思，他的话似乎也是在讲给他自己：“你那种红卫兵的精神也不能丢掉。你看，你乌力记哥哥能摔倒一百个摔跤手，可是他不敢反抗那个戴眼镜的瘦干部。他忍不下去了，就结束自己的生命。阿爸想，他应当也像红卫兵那样，举起鞭子反抗，就像你敲那个眼镜一样地反抗他们。马驹子生下来，要紧的不是个头大小，而在它是不是有一股劲；羊羔子生下来，要紧的不是胖瘦如何，而在它是不是有一点精神。孩子，爱惜你的这股精神吧！阿爸想，毛主席他老人家就是看重你们这股精神，才把你们请到天安门上……这股精神要是为人民而用，真是像灵芝草一样的宝贝呢！”

明亮的阳光照进了这年轻人的心房，一团更炽热的火焰在他胸膛里点燃了。感谢你啊，可尊敬的蒙古族老人！你把这枝利箭搭上了硬弓，你为迷惘的骑手指点了前进的路径，你为整整一代红卫兵找到了伟大的前提和原则，未来和革命将永远记住你！

“阿爸！传说中的吉尔格拉找到他的名字，流的是他自己的血，而我找到这个名字，是乌力记哥哥替我流的血……阿爸！我决不会辜负这圣洁的名字的！”

饱经沧桑的桑吉老人拉着阿拉丁夫的手，走出了帐篷。他望着天蓝色的远山，深有感触地说，“孩子，你这样热爱这个名字，乌力记哥哥也就可以瞑目了。唉！要是所有的青年，要是那戴眼镜的自治区干部也能懂得这个名字的意义，那该多好啊……”乌日娜嫂子把小刚的行李装上了牛车。一匹黑马，一匹白马，随着一辆牛车缓缓地出发了。碧绿的乌珠穆沁大草原像海洋一样伸展在眼前。

啊，阿拉丁夫！记住你名字的由来，记住你找到它的代价，记住你阿拉丁夫的责任。你还年轻，你要把这个名字永远记住，不，要把它刻在你火热的心上！

一九七九年七月

（《青海湖》1979 年第 10 期）

雁阵在前方

一

房门猛地被推开，“爸爸！”随着充满欣喜和思念的喊声，一个健壮的姑娘扑向刘峰。

上一次见到女儿，自己还蹲在牢房里。探监的女儿走进来时，也这样高喊过一声，摧心裂肺的一声。……两年相别，沧桑已变。刘峰恢复工作以后，女儿秋拖冬，冬推夏，一直没有回北京看看爸爸。若不是打了电报催她，女儿恐怕今天还不会回来呢！

不过，刘北雁并不是一个人回来的。门口此刻还站着一个农民装束的老人：蓝布上衣，黑布裤了，黝黑瘦削。他此刻正同情地望着这父女俩。北雁抹掉眼泪，挽住那农村老汉的手，向刘峰说：

“爸爸！这是我们村的吴大伯，来北京看病。这些年，我一直住在大伯家，大伯一家人待我可亲呢！”

吴老汉笑笑，可说不出个寒暄话来。他提过一个白布口袋，掏出一把把柿饼、梨干、醉枣，塞给房间里的每一个人——原来正围桌吃饭的几个人，都忙不迭地站起来接过。

风尘仆仆的一老一小洗了洗脸，坐下来吃饭，刘北雁这时才顾上观察一下这在通信中听说已久，而今天是按着地址找到的自己家的新居，也是在这时才注意地看了看屋里的人。

这是一套宽敞明亮的楼房单元住宅，共有五个房间。坐在这间充做餐厅兼阿姨卧室的屋里，可以看见对面客厅里一尘不染的落地窗帘和漂亮的沙发。饭桌上，除了爸爸和哥哥延生以外，还有一个不认识的年轻女人，她身材窈窕，皮肤雪白，烫得弯弯曲曲的黑发像在头上涌起一堆柔软的波浪。

看到北雁眼睛中的询问，刘峰笑道：“小雁，你还不认识吧？这是你未来的嫂子玲玲……”

玲玲优雅地微微一笑。北雁觉得她的笑容中娇媚多于亲切，同时一个念头闪过心头：咦，那个兰姐到哪儿去了？

饭后不久，玲玲告辞了。

父亲在同吴大伯闲谈，从农村生活扯到北雁情况，海阔天空。哥哥送走玲玲回到家里，陪着北雁一面在各个房间里转，一面闲谈。北雁漫不经心地听着，突然又想起兰姐。

“哥哥，你的女朋友是什么时候认识的？唔，文工团的！我问你，”北雁抬起眼睛望着延生，“哥哥，兰姐呢？”

延生躲开妹妹清澈的眼睛，取过一支香烟点燃，长长地吐出一口烟：“早吹了……小雁，你怎么还带回来个老乡？”

“吴大伯病情复杂，我们山沟里查不清楚。上省城和来北京都一样不容易，北京还有咱家落脚。……哦，哥哥，他和你住在一个屋里吧？一会儿就让大伯躺躺才好。”五个房间，父亲住一间，北雁延生各住一间，另外两间一间是客厅，一间是阿姨的卧室兼饭厅。当然，老大爷还是和哥哥住在一块方便。

“那怎么行？我……我可不习惯。我得读外文……谁知他有什么毛病，打呼噜什么的。而且，我常常有客人来啊……”

“什么话！哥哥，那让老人住哪儿？和爸爸挤？住客厅里？”

“那我可就管不着了，”延生冷冷的声调中流露着不满和腻烦，“谁让你往家里招这种客人的！”

北雁站起身来，她不愿一进家门就跟哥哥生气。可是走到房间门口，她又想起兰姐来。

“哥哥，两年没见，你像是变了。”她一转身离开了延生的房间。

北雁把爸爸拉进厨房，建议在客厅里搭一张床。这回爸爸也面有难色了。是呀，客厅里摆上一张床，像什么呢……

刹那间，北雁想起了那遥远的山庄。已经多久了？是的，一共七年。漫长的七年有多少个夜晚呵！自己先是和两个女同学，后来是独自一人，一直住在吴大伯小庄户院的西屋里。七年，人家没嫌过烦。去年春节，参加治河没回北京，小妮把自己拉到家里过年。吃饱了饺子，挤在大娘和小妮被窝中间叽叽喳喳地说笑，吴大伯在外面一边烧炕，一边给自己修理锹把。啊，那庄户人家的土炕是多么暖和啊……

“算了！我就让大伯住我房间，我睡在客厅的长沙发上！”她生气地说。

旁边，阿姨正在默默地涮洗着碗筷，她头也不抬地说道：“小雁哪，你要是愿意，就来和阿姨挤吧，把你那屋给客人腾下。”

当北雁把吴大伯领进自己房间，给老人铺开被子时，一阵感慨涌上心来，冲尽了她刚进家门时满心的欢喜。

二

第二天，北雁坐在医院的候诊室里等着吴大伯在里面检查，意外地看到了兰姐。

穿着护士白衣的兰姐经不住她热情的拥抱和急切的催问，终于告诉了她一些情况。

兰姐是哥哥的中学同班同学。爸爸被审查时，北雁插了队；哥哥作为“困留”，一个人守着当时那个被抄得七零八落的家。机关每月给哥哥二十五元生活费，兰姐每月从她微薄的工资里抽出钱来，帮助哥哥和这个家。……后来，父亲恢复了工作，搬进了新房子；哥哥呢，也结束了临时工的生活。一年多时光，他换了三次工作：从工人调到行政工作，从工厂调到国家机关。现在，他正在脱产进修英文，准备有机会出国。

兰姐善良的大眼睛在痛苦地闪动着。她告诉北雁：后来，家里来往的人也多了，她一连几次在家里遇到了那个叫玲玲的娇滴滴的演员。兰姐说，她预感到事情不妙，那几个月总是心跳。可是事情果然如此，哥哥对她愈来愈冷淡，后来，终于提出“吹”了……

“我去骂他！兰姐，我回去狠狠骂他！”北雁激动地摇撼着兰姐的手，她愤怒得声音发抖。

“不用了，”兰姐淡然一笑，“延生不是以前的延生了。”她很平静，像是在说别人的事。北雁看到，在她的眼睛里，一种自尊的神采出现了，使那永远不会消失的痛苦显得黯淡下去：“而且，我的生活，也决不只是为了他……”

跑了几天医院后，吴老汉住在北雁家里等着检查结果。这一辈子没有出过家乡那条长川的陕北老汉，倒并没有像刘姥姥进了大观园那样土里土气。黄土高原的水土使老汉言行谨慎，深知礼节。他从不多问多说，每天除了黎明即起，在楼外蹓蹓腿脚外，若是北雁不招呼老汉出门，他就坐在北雁那间闺房的椅子上，静静地叭嗒旱烟袋。

可是老汉还是渐渐觉得不自在起来。虽说雁子家对自己照顾得很周到，但他总觉得住不安生。唉，其实若不是雁子大惊小怪得使一山沟的人都犯了愁，自己也决不会千里迢迢地跑来北京。好啦，这几天，胃也照了影了，橡皮管子也直着脖咽下肚了，几天后就知个结果啦！……老人有点想回家了。北京街头杨柳梢条上的一抹嫩绿催促着庄户人的心，他已经开始惦念这青黄不接时节一家人的生计，惦念地里的青庄稼，惦念收拾夏收用的镰刀家什了……

老汉的思路又转到雁子兄弟身上，想起那后生，老汉心里也怪纳闷。来这里第二天清早，太阳刚起，天气清凉。老汉蹓跶回来到了家，见那后生推着自行车，火急火燎正出门。老汉还问了问：“娃呀，上工走么？”可第二天，还是那个时辰老汉回到家，墙上大挂表指着七点半，可是听那后生还在自己屋里打呼噜。老汉担心年轻人瞌睡多误了公务，忙进屋推醒了他。结果呢，那后生好一阵生气。原来，他根本不上班。听那做饭洗衣的妇女说，那天早起是去看“内部电影”！……老人一听“内部”二字，马上缄口不问了，只是心里寻思：这娃不上工，咋挣下的工钱呢？

还有一件不舒心的事。那天雁子父亲说，老人不容易来趟北京，去颐和园逛逛吧。全家人——包括雁子那没过门的嫂子和老汉自己——坐上雁子父亲的小汽车，气气派派地，一溜风开到那公园门口。玩嘛是玩得美，还照了相。出了公园，又到一家大饭店吃饭。点了菜，服务员说了句："二十八元四角"，这话简直像在吴老汉头上响了声炸雷，吴老汉痛苦地想着这个数目字。一九七五年，天灾人祸，减产再加上赔机器钱，吴老汉跟上庄里的后生们进山背炭，趟着泥泞积雪，磨烂了棉袄肩头，从冬三月的西北风里死活挣下的，就刚好是这个二十八元！第二年春天，就靠这二十八元，维持着一家三口熬到了麦收啊。

老汉心里发慌，仿佛自己造了孽，心口一直在跳。那顿饭，除开咬了两口面包片，他再没动一口。而人们倒都很理解，没有劝他吃。雁子父亲笑着说："西餐这东西，确实是不太容易习惯的！"只是北雁一直盯着老汉。唉，雁子啊，你也嚼过咱那掺了糠的饼子，你该知道大伯的心事吧！

北雁从小生性热情爽快，像个男孩子。她并没有发觉吴大伯的这些心思。回到北京，除了服侍大伯看病，还得帮村里买些公私杂物，会会几年没见的老师同学，忙得也是不可开交，因此对哥哥延生的满肚子意见，也没有来得及多想。

可是，有天晚上，她从中学老师家里回来，却和哥哥发生了一场冲突。

已经是晚上十点了。门一推开，一阵节奏很急的电子琴声扑面而来。客厅里灯光通明，五六对青年正在跳舞。那刺激人的阵阵节奏，那尾音轻佻的旋律，伴和着旋转的躯体，滑动的皮鞋，使整个住宅弥漫着异样的气氛。虽然外面还是春寒料峭，但女客中却有几位换上了裙子，她们舞兴正浓。

北雁明白：父亲今天去了天津，哥哥就趁爸爸不回家的机会把舞会办到了家里。自己的房间也大敞着门。咦，吴大伯不在屋里，屋里坐着几个不认识的客人——哥哥请来至少二十多人，客厅、他自己的房间和北雁房间都挤满了。

走进阿姨房间，北雁看见老人歪在饭桌旁边，已经睡熟了。阿姨正在做针线，她告诉北雁：哥哥说今晚客人多，请吴大伯先在这里坐一会儿。阿姨陪着老人谈家常，可是老人早睡早起成了习惯，说着说着，就睡着了。

一股怒火窜上北雁心头。她冲进客厅，一把扯下录音机的插销。舞步的移动、裙裾的拂摆，和压低的兴奋的话语，顿时随着音乐戛然停止。客厅里只听见北雁气愤的喊声："十一点了！你们不休息，我们还要休息呢！"

一阵难堪的寂静。延生瞪着妹妹，气得脸色铁青。在黑色百褶裙上罩着一件天蓝色毛衣的玲玲冷冷地瞟了他一眼，走到旁边去更衣。延生很想发作，但客人们都很知趣，纷纷离开了。墙上，镶嵌在镜框里的周总理像正注视着这一幕……

当延生把客人们送出大门又回到客厅时，他看见妹妹正扶着睡眼蒙眬的吴老汉走进自己的房间。他咬着牙，悻悻地小声骂了一句："讨厌！"

"你说什么？"北雁的眼睛里冒着火焰。她紧紧拉着房门的电镀把手，好像怕吴大伯听见。姑娘正强压着心头的波涛，那波涛在翻滚着，把她的胸膛撞得急速地起伏。延生那擦得雪亮的皮鞋刺痛着她的眼。半天，她才找到了一个词："……寄生虫！"

三

这些天，北雁思绪纷纭，心情沉重、不安笼罩着她的心。她总是想着哥哥和哥哥的名字。延生，延生，你难道真的生在延安吗？……

晚饭后，她想找爸爸谈谈心里的想法。可是，吴大伯却把她喊到了自己屋里。

“雁子啊，大伯想明后天就回村去。你呢，在外面飞了好几年，也该飞回家来啦。挺好，这次就算大伯把个雁子活蹦乱跳地还给你爸爸啦！……”老汉装上一袋烟，接着说，“可惜没来得及跟你大娘和小妮妹子再个见，唉，她俩比大伯更不舍得你呢！……不要紧，往后上级跟前请个假，回村看看她娘俩，也就行啦……”

说着，老人眼圈红了。他用手指扯过布衫袖口，揩揩眼角上溢出来的老泪。

“您说啥呀，大伯？”北雁惊奇地问。姑娘亲热地挤在老汉身边，掏出手绢给老人擦着眼睛。——她还不知道，父亲昨天已经同老人谈过一次话。

刘峰这次打电报叫女儿回来，是为了给她安排工作。方案是这样的：有一个新恢复的机关，编制上缺一名打字员。已经谈妥，小雁可以马上上班。等她户口回来，再补齐手续。

刘峰早把这些打算告诉了北雁。那时女儿正忙着陪吴大伯看病，似乎有些心不在焉：哟，我不会打字嘛！何况我还得照顾大伯回村呢！

那机关来电话催打字员上班。刘峰考虑再三，认为女儿主要是放心不下吴老汉。自己单位去西安方向出差的干部长年不断，找一个出差干部，请他负责把老人送到铜川长途汽车站并不费事。北雁呢，就让她立即上班。这样，刘峰决定找吴大伯恳谈一次。

老汉坐在沙发前沿上，双肘支着膝盖，叭嗒着烟袋，听完刘峰的叙述后，老汉说：

“雁子他爹，你的心思咱明白：当爹的怎能不疼闺女！要是让孩子一辈子在山沟里受苦，连我心里也不安生呢……医院检查的结果下来了：不是癌。两三天里我想就回去。跟雁子，我去说。”

北雁静悄悄地走进父亲的房间，轻轻叫了一声“爸爸”。

刘峰摘下花镜，从写字台上抬起斑白的头。从前，女儿也常常跑到自己的房间里，爬上自己的大靠背椅，一面玩弄着自己的钢笔或花镜，一面天真地和自己漫谈。每当这时，刘峰就觉得一天的紧张会议、批示、视察、汇报得到了调剂。妻子牺牲在朝鲜战场以后，这两个孩子就成了他心灵的慰藉。

今天，刘峰感到面前的女儿已经是个大姑娘：她健壮、挺拔，一双眼睛，充满了坚决、沉着和纯洁的神采，——多像她妈妈呵！

“爸爸”，北雁的声音打破了寂静，“昨天我一夜没睡。您的话，我认真考虑了，您同吴大伯谈的话，大伯也转告我了。但是，我决定明后天和大伯一块回村。”

刘峰惊讶地望着女儿：几天之间，她好像变成了一个陌生人。她沉静地说下去：“刚回来时，您的主意曾经打动过我的心。如果不是哥哥，如果我不是看到了哥哥，我也许会答应的……

“你哥哥？你哥哥怎么啦？他——”

“他是革命的耻辱。爸爸，”北雁平静的声音里充满了难过，“他寄生在我们这个社会里。”

“小雁！你太过分了，”刘峰生气地打断了女儿，“你哥哥是安分守己，勤奋好学的！你看他英文进步多快！还有……”

“不！爸爸，难道只有犯罪和违法乱纪才是变质吗？他没有一丝一毫劳动人民的感情！”女儿斩钉截铁地又把父亲的话打断。她愤慨地说：“究竟从什么时候起，我们的标准降低到这样可怜的水平？”她痛苦地、火辣辣地望着父亲轻声说：“他靠着……特权生存。”

北雁一把抓起父亲的大茶缸，喝了一大口茶。她显得心绪很坏，脸上充满了疲惫。“爸爸，就这样吧！我原来想好好同您聊一晚上，可是心里不知为什么很难过，想哭。也想……妈妈。我回去了。”

刘峰抢在女儿之前站起来，苍白的头发在台灯下银光一闪。也许是由于激动和久坐的缘故，他摇晃了一下。北雁忙伸手扶住他。女儿叹口气说：“爸爸，哥哥和那个娇小姐不会照顾好您的。就为了这一点，我要回来……但我决不能靠特权回来！我可以等招工，或者报考大学……”

北雁松开父亲，沉思地凝望着深邃的夜空。她仿佛真的变成了一只鸿雁，要随着威武的雁阵出征。她轻声自语着：“只有这样，想到村里终年劳累的乡亲们，我的心才能平静一些……这几天，我总感到他们就站在我眼前。面对着他们，面对着养育我们的人民，我必须坦白地掏出心来……”

女儿离开了。但她的声音继续在刘峰的耳际、在这套宽敞住宅的每个角落里震荡。这声音刘峰并不陌生，但此刻却使他的心为之一震。这声音冲击着他心灵最深处的地方，检查着那里的每个细胞：

“面对着养育我们的人民……”

青草

青草里埋藏着草原的生命，

牧人，你不能离开青草。

七月的锡林郭勒，蓝天下是绿波拂动的茫茫草原。

在蓝天绿草之间伫立着一骑马，一动不动。

炎热的阳光直射在这无边无际的草地上，蒸发着野花、灌木、野葱和箭草的水分，空气中弥漫着一股饱含着浓郁扑鼻的青草苦味儿的气息，一股牧人闻惯的气息。和风中，青草低着头，抚弄着那匹海骝马毛皮闪亮的脚踝。

骑手是个蒙古装束的年轻人。从他褪色的青布袍子右肘磨破的情形，一望而知这是个终日挟着套马杆子颠簸的牧马人。他脸膛黑红，眉头紧锁，目光深沉。他那凝望远方的眼睛里，充满了蒙古民歌里常常唱到的、牧人离别家乡时的那种依恋和痛苦的神情。

他叫杨平。明天，漆成蓝白两色的公共汽车将把他带向南方，带向北京。年迈的母亲翘首望着游子归来，今天，他已是最后一次骑着马，走上草原上的最后一段路程。

海骝马静静地站在草地上，它和骑手一样，正默默地望着碧绿的草原和草原尽头那化成一抹淡蓝的远山。

肩头上还留着那粗犷拥抱的触觉，耳际还响着那美好的告别声。他推开了几个最热情的朋友的马头。牧民们送行的马队远远地隐去了。他想独自走，想一个人一步步地穿过这片他曾经作为劳动者生活过的草原，想最后一次向他熟悉的每个山岗、每口水井、每片盐碱地告别。

可是，这段路是怎样地折磨着他的感情哪……那靴底的铁钉磕碰着生铁马镫的叮叮声，那海骝马的鬃毛一下一下触着拉住缰绳的左手的感觉，都强烈地唤醒着他的回忆，无情地勾动着他的心弦。

于是他忍不住了。拨转马头，微风拂面而来，带着那股苦涩的青草味儿。他深深地吸了一口气，清苦、新鲜的空气立即涌进了他的胸膛。这是让牧人心醉的、催促草原上万物生长的、七月时节的空气啊。他像尊雕像一样肃立在山岗上，一颗又大又圆的泪珠慢慢地溢出被烈日晒裂的眼角，滑过他干燥的脸颊。

载着歌声的热情马队，令人如醉如狂的送别赛马，不是常常可以安慰离别时痛苦的心吗？年轻的骑手啊，你心里还有什么更深沉的感情，需要独自一人来回忆呢？

碧绿的牧草轻轻摇动着，渐渐地，化成了一个身穿绿绸蒙古袍的姑娘。她健康、红润、娴静。羞涩的大眼睛望着年轻的牧马人。她熟练地把小牛犊拴在勒勒车的木轮上，有力的双手一上一下地挤着牛奶。她柔韧的身体晃动在马背上，把牛群赶上高高的查干哈达山。她低垂下含羞的眼睛，把喷香的奶茶双手端给做客的边防军人——啊，索米娅！你像草原上的小花一样，美丽但不出众，鲜艳而又朴实。你的情意，一点一滴都盛在我心里。在这最后的草原行程上，我是多么希望像以前那样，转过一个山脚，突然看到你那穿旧的绿袍子，看到你清澈似水的大眼睛啊。

海水似的草浪似乎凝固了，在杨平沉思的眼前化成一片茫茫的白雪荒原。是的，那是一个寂静的、恐怖的、被暗黑的夜幕遮盖着的白雪荒原。

海骝马陷在没腹的积雪里，绝望地长嘶了一声。马群在哪里？这儿是哪里？杨平完全迷失了方向。他拼命地拉着马笼头，但马儿只是可怜地伸着脖子。其实，这儿只是一片小洼地，夏天可以唱着歌疾驰而过的小洼地。要是有一把锨来铲雪多好。要是出不去，人马皆亡；如果弃马而走，一个迷途的人也是吉凶难料——

暗夜的地平线上跃出一个火球，伴随着一个嘶哑的，姑娘的喊声。熊熊的火光渐渐映出一个蹒跚步行的人影。

……只记得他惊喜地夺过索米娅手中的木锨，疯狂地铲起雪来。当两个人牵着马终于登上雪薄的高坡时，姑娘浑身瘫软地坐到地上。

在温暖的蒙古包里，索米娅的父亲阿拉根登告诉杨平：姑娘曾举着煤油火把，提着木锨，辨认着他的脚印，在黑夜里喊着他的名字，寻找了整整五个小时……

“咦，你怎么能认出我和海骝马的脚印呢？”杨平拥着阿爸的大皮袍子，炉火把他的胸口烤得热乎乎的。

“……”索米娅害羞地垂下眼皮，轻轻地搅动着铁锅里翻滚着的奶茶。

积雪在杨平的视野中融化了，汇成了汩汩缓行的、锡林郭勒草原最大的内陆河——有名的锡林河。那河水像一条弯弯曲曲的蓝色玻璃，嵌在北国这片最富饶的牧场上。马群常常在这里饮水，牧民们也喜欢把蒙古包扎在河岸绒毛似的嫩草上。

马群拥挤着，踏溅着蓝色的河水，儿马子抖动着长鬃上的水珠，率领着骒马和马驹子，一小群一小群地走上河岸，香甜地啃着咸滋滋的硝土和嫩草。杨平把蒙古袍的袖子绕在腰上，帽檐朝着脑后，悠闲地吹着口哨。半圆形的牛筋套索漫不经心地甩动着，海骝马踏上山梁。

索米娅正坐在草地上，全神贯注地缝着一件老人穿的那种黑面羔皮坎肩，装满的牛粪筐和拾粪杈放在她鲜艳的绸袍旁。

“嘿！好漂亮，还钉着银扣子呢！咦，索米娅，你为什么用黑布做面呢？只有老人才穿黑色的嘛！”

索米娅抬起头，温柔地瞧了他一眼，她把针别在那件坎肩上，递给杨平。

精致的坎肩里子上绣着一行很不熟练的字：“北京的慈祥母亲，愿您吉祥如意。”杨平的心怦怦跳起来。他一抬眼皮，正遇到索米娅大睁着的眼睛。那清亮的眼睛像锡林河水一样，那么深，又那么纯净。小伙子手慌脚乱地抬起手，把帽檐从后脑勺拉到额头上来……

从那以后，他渐渐感到了索米娅一家人待他的友爱。每当马群要离开大队去走场时，索米娅的母亲，那总是笑眯眯的阿伽总是老远赶着牛车，把一大口袋炸果子、熟肉和奶豆腐送到马倌的帐篷。她以长辈的身份嘱咐其他的马倌要爱护这个北京来的“嘎林都”①，

① 嘎林都：蒙语“火弟弟”。蒙古牧民习惯，几个男人外出劳动时，由最年幼者管火做饭，称为嘎林都。这里指最年轻的马倌杨平。

而且笑咪眯地看着他，看得他发窘。

索米娅的父亲阿拉根登，是个有着使年轻人羡慕不已的二十五年放马史的长者。有一次，他卸下杨平的马鞍子，戴上老花镜，把四枚打成莲花形的银饰嵌在上面。银鞍饰是老牧民心爱的东西，通常那是留给儿子的。

“唉，把这四朵银花钉在你的鞍子上，我也就放心啦！”老人轻轻地吁了一口气。不知为什么，青年的心却被不安紧紧捉住了。

往事就像锡林河水一样静静地逝去了，回忆却掺着河岸茂盛的青草味儿，留在杨平的心里。今天，这亲爱的一切真的要永远成为历史了。一股混合着温暖、眷恋、痛苦和迷茫的感情，揉搓着他的心。他要在这个时刻匹马单骑地走一会儿，想一想那使他感到亲切的一切，想一想自己在记忆里该留下些什么……

“哥——哥！”远远传来的一个清脆的童音打断了他的沉思。

从查干哈达山的方向，有一骑白马疾驰过来。可以看见骑者短短的小腿打着马肚子，就像拨浪鼓上的两根小辫槌。

哦，就是从他开始的。杨平与索米娅的感情，就是从这个巴特尔——索米娅唯一的小弟弟这儿开始的。

那时，杨平不过才在马背上度过一年多时光，还远不是个像样的牧民呢。他的眼角和前额都光滑而开朗，岁月还没有在那儿刻上些记号。不过，他也整天拖着根马杆子，模仿着标准牧民的浪漫姿态，歪斜地跨在海骝马上，跟着马群吹口哨了。

“哥——哥——，等等我！”渐渐跑来的小巴特尔在马背上一起一伏，小家伙骑马还是那么吊儿郎当。对，那天他就是这样一副满不在乎的骑姿……

那天，杨平来到马群时，巴特尔正和另外两个小家伙套马驹子玩。这十岁的小骑手骑在他那匹新调教出来的三岁小白马上，两腿像拨浪鼓槌一样敲着马肚子。

被三个小骑手堵截得左躲右闪的一匹红马驹惊恐地变换着方向。巴特尔瞪着小虎眼，穷追不舍。旁边的小山包上，杨平满有兴趣地在看热闹。突然，那匹小白马猛地一个急转弯，巴特尔尖叫一声倒栽下来！但是，他的小马靴牢牢地卡在镫子里。野性的三岁白马惊嘶一声，疯了似的倒拖着孩子冲出马群！

“套镫啦！”杨平恐怖地大吼一声。他双手一阵痉挛，同时松开了右手提着的马杆和左手挽住的马缰。

天下的骑马人都明白：套镫就是死亡。受惊的马会把落马者拖得血肉模糊，踢得头骨粉碎。——说时迟，那时快：马倌训练有素的杆子马早把杨平左手的松缰当成信号，海骝马如箭离弦，闪电般从山包上射下来！一道长长的烟尘迅速靠近小白马趟起的烟尘，飘成水平的马尾，就宛如带风的箭翎。当海骝马快要咬住白马尾巴时，它发现头上并没有探出那细长的马杆。这通晓人性的马儿突然长嘶一声，抖动黑鬃，腾空一跃，一下子冲到了小白马侧面。就在这千钧一发的刹那间，杨平像鹞鹰扑羊一样张开双臂，从鞍上一跃而下，攫住了那只可怕的马镫！

他记不清挨了多少下马蹄，只记得自己用充血的手指把那只套在镫内的小马靴扳了出来。就在两个人与发疯的白马从那只马镫上——从死亡的链条上——分离开来的瞬间，杨平的眉头被重重地踢了一下……

醒来，已是躺在阿拉根登家的毡子上。

阿拉根登阿爸去找医生了，阿伽跪坐在杨平身旁，用蘸了白酒的棉球给他洗伤口，口中念念叨叨。她骂一阵惹祸的巴特尔，安慰一阵受伤的杨平。巴特尔犯了错，吓得缩在蒙古包的角落里。杨平想朝他做个鬼脸儿，微微欠起身来。一只温暖的手按住了他的肩头，他抬起眼睛，一双泪汪汪的大眼睛正望着他……

唉，那是一双多么深情的眼睛啊。

杨平同这家蒙古牧民愈来愈亲密了。牧马人的生活是到处流动的，后来，他更是常常在阿拉根登这顶破旧的毡包里过夜或喝茶。这座熏黑的毡包里，每个人都非常欢迎他。可是，他是个粗心的小伙子，他不知道，草地上的姑娘喜欢在危难中选择爱人，勤劳善良的索米娅，竟由于他抢救巴特尔，向他倾出了全部柔情！

直到他看到索米娅给他的妈妈缝的羔皮坎肩，他才发觉了这罕言寡语的蒙族姑娘心里的那一团扰人的火。可是，是什么遏止了他的喜悦和激动，使他远离这真挚纯洁的爱情而去呢？

他难过地低下了头。

“哥哥，我再送送你！”巴特尔气喘吁吁地扯住了白马。这匹白马已经发育成一匹剽悍强壮的骏马了。身材细长，胸肌凸起的海骝马和虎头虎脑、腿粗臀圆的白马亲昵地紧靠着，缓步向前走去。

“哥哥！姐姐要我把这个送给你！”巴特尔从怀里掏出一个五彩鲜艳的荷包。他高兴地补充说：“看，姐姐把你给我画的骏马也绣在上面了！”

很多牧民都有这样的荷包。草原的妇女就像一些工艺美术家，她们用一条条“好勒该”贴边，用一股股金银丝线，把传统的吉祥图案均匀地绣在一个长方形的平面上。好勒该花绣是蒙古族妇女的骄傲。人们翻弄着、欣赏着男人们身上的荷包、袍子镶边和光彩夺目的摔跤裤，却夸赞着做得一手好针线活的女人。

索米娅在金银贴边里面，绣着一匹双翼的飞马。看着这匹马，杨平的手颤抖了。

以前，巴特尔曾不止一次地缠着他："哥哥，给我画一匹马吧！"岁月倥偬，他一直没有抽出手画。只是前几天，因为自己就要走了，他才画了二匹奔驰着的银白骏马给他。巴特尔高兴极了——哪一个草原上的男孩子不喜欢骏马呢？

可是，索米娅绣在荷包上的这匹马，虽然骨架、线条姿态都和他画的一样，然而从颜色看，却是一匹海骝马！不仅如此，姑娘还意味深长地给它绣上了一双翅膀。那海骝马正从草原上腾空而起，它长鬃飘飘，前蹄扬起，回首嘶鸣，后面，是一片青青的草原。

索米娅就这样同他告别了。近一年来，虽然杨平和阿拉根登一家还是那样亲密，但他和索米娅却都悄悄地藏起了心里的感情。可是，心底的这股感情一直折磨着他，愈是临近告别的日子，这种感情就愈是使他痛苦。直至昨天同阿拉根登一家道别时，他仍然没有勇气，也不知如何同这善良的蒙族姑娘谈一谈，——他害怕在那双温柔的大眼睛里看到责备和怨恨。

不，这一针针绣成的荷包表达了姑娘的心情。她愿他像飞马一样飞向自己广阔的前程，她愿为他添上一双翅膀，而不愿像皮条编成的马绊一样，把骏马永远留在家乡……

啊，索米娅，你是多么纯洁啊。

那是在去年的八月……七月的草是金，八月的草是银，那时的草原就像今天这样美。畜群纷纷离开锡林河的河湾，到东面山里去抓油膘，杨平马群也迁到一口名叫"诺木汗"的井上饮水。

只记得那天的晚霞很美。他刚刚在井台上饮完马群，索米娅就准时地赶着牛车来拉水。海骝马拉着水车轻快地转着。杨平在槽口一桶桶地汲满水，帮索米娅倒进牛车上的圆肚子大木缸里。

他斜躺在一片青灰色的艾可草地上，嚼着姑娘用手绢给他包来的，夹着炒米白糖的奶皮子。红日渐渐西沉了，融化在一片淡紫色和橙红色的晚霞里。海骝马、水缸车，还有井台上的机器都镀上了一层红彩。索米娅安闲地坐在草地上，侧面迎着晚霞，脸庞和身体的曲线上也涂着一线金红。杨平感到，这朴实的姑娘是那么美好。

“你看，”索米娅拔下一根草。这是艾可。一种畜群吃了可以催奶的，茎杆上长着一粒粒青灰色草球的有名牧草。牧人们都喜欢在长满艾可的草滩放牧，也常常在自己的民歌中唱到它。有一支歌的名字就叫《长满艾可的山沟》，著名的古歌《黑骏马》里，也有“举目眺望那茫茫的四野啊，那艾可多的山梁上有她的影子”的句子。索米娅轻轻咬着那苦涩的小草球，“你看，这艾可使母羊下奶，使小羊羔长大。我们呢，也就跟着一块儿长大了。你听老人说过吗？——青草里埋藏着草原的生命，牧人离不开青草……”

杨平的心又跳起来。从那次看到姑娘给妈妈缝冬天穿的坎肩以来，已经有很多次了：一股闪动的爱情的火苗在他胸膛里跳跃着。给马群下夜时，他常常凝望着星空和弯月，兴奋得合不上眼。可是，他小心地控制着自己，不让这火苗蔓延开来。有时远远看见索米娅绿色的绸袍，他悄悄地扯开马头绕到山岗另一侧，暮色苍茫时分，他常望望那座熟悉的蒙古包上冒出的炊烟，却策马跑向另外一座……索米娅是个容易害羞的姑娘，她是没有勇气多说一句的。

杨平接过那根艾可，无意中瞟了索米娅一眼。这一天的索米娅没有往常那含羞的神情，她清亮的眼睛一眨不眨地直视着牧马人。是那绚丽的落霞给了她力量，还是这艾可草的启示使她相信着幸福的降临？

杨平不安的眼睛瞥见了自己的马群。一个闪过脑际的比喻涌到嘴边。不知为什么，杨平的嗓子沙哑了："索米娅，你看见那只黑花的小马驹了吗？它一步也离不开那匹青骒马。……你想过吗？索米娅！马驹子有自己的母亲和家乡啊！……"

索米娅的大眼睛惊讶地睁圆了，转瞬间就盈满了泪水。杨平不敢再抬头看她，只是呆呆地盯着那口井。可是，就连这口井也在默默地责备他：因为，井的名字"诺木汗"，就是诚实。小伙子，你没有勇气诚实地挖掘自己的深处……

姑娘的感情是火热的，但姑娘的自尊更有力。以后，索米娅再没有向他说过一句使他心跳的话。时间就这样从秋到冬、由春至夏，过去了一年……

使杨平暗自惊奇的是，她还是那么热心地给他补衣服、烧奶茶，也许，比以前还要更热情一些。

无论杨平怎样留心观察，他还是看不出来阿拉根登阿爸和阿伽是否了解这一切。直到一个月前，他把将要离开的消息告诉两位老人的一刹那，他也没有发觉他们有什么异样。

他只是发现大队里的牧民们都注视着他。有一次在锡林河饮马群，小个子马倌准迪斜坐在马上，竖着他那根一丈五高的套马杆，默默地望着蓝玻璃似的河水。一会儿，他叹口气说："你看这锡林河的流水，它并没有流到东海去，它就在这干旱的蒙古草原找到了归宿……"

准迪大哥，难道我不愿像这河水一样，深深地渗入到这片可爱的土地中吗？可是，人总是闯不过人生中的某些关口的。你知道这个道理吗？

杨平打开了灵魂的窗口。是的，他爱草原，但不愿在马背上终生颠簸；他爱牧民，更爱牧民的女儿索米娅，但没有勇气永远做一名普通的、长年劳累的、远离一切城市生活的牧民……在索米娅纯洁的目光面前，他只能以自己北京母亲的年老体衰为理由，因为他明白，只要提起母亲，姑娘就会沉默的。像她那样善良的人都会沉默的。

索米娅，你懂得这样的关口么？

杨平从沉思中醒来，勒住了马缰：巴特尔该回去了。

少年抚摸着海骝马光滑的脖颈。“哥哥，昨天晚上，阿伽哭了。她趴在牛粪箱上捂着脸哭。她舍不得你……”

“巴特尔，哥哥北京家里还有额吉，她老了，家里只有哥哥一个儿子……”杨平机械地说道。

“我知道，阿爸就是这样劝阿伽的。只是，以后你会难过的，你会想你的海骝马……昨晚十几个人都谈着你，他们都这样说。”

原来，那些牧人昨晚齐聚在阿拉根登家里。他仿佛看见牛粪在炉架上闪着黄色的火焰，青烟袅袅上升。火焰映红了一群牧人的古铜色脸膛，他们的背影在熏黑的顶毡上晃动。在缭绕的青烟中，牧人们低声地谈论着他。他仿佛听见了惋惜的叹息声。

在杨平的心底，有一种坦然的心理。因为他和索米娅并没有山盟海誓，他并没有欺骗过这纯朴的蒙族姑娘。但此时，数不清的粗糙黝黑的脸庞，数不清的平凡而动人的往事，像河水一样缓缓流来，冲击着他的思想。难道真能坦然地离开这一切么？

巴特尔的白马渐渐远去了，这儿是大队的边界。

杨平又一次拨转马头。大队部、配种站，蜿蜒的锡林河的波光，星星点点的蒙古包，甚至诺木汗井的黑影——整个大队的草原，都历历映入他的眼帘。而怀抱着这一切一切的，是无垠无际的草海。查干哈达山矗立在草海中央，山顶雪白的巨石，像是海浪拍溅的浪花。在那白色的石头上面——

杨平眼睛一亮：在那白色的石头上，伫立着一个小小的黑点。可以看出那是一个人。在七月骄阳下，模糊地可以辨出那人穿着一件绿色的袍子。

索米娅！……杨平声音颤抖地喃喃唤道。他仿佛看到了姑娘苗条健壮的身影，看到了她的绿绸袍子被风掀动，看到她眼睛中满盈的泪水。

杨平抖动的手从怀里摸出那个彩色的荷包。一根青青的艾可从荷包里露了出来，青灰色的，茎杆直直的艾可。

他想起来了：艾可，它使母羊下奶，使小羊羔长大，我们也一块儿长大了。青草里埋藏着草原的生命，牧人是离不开青草的……

荷包上绣的海骝马留恋地回首望着草地。是啊，只要在广阔的人间，它飞到天涯海角，总离不开青草的哺育，忘不了青草的恩情。

杨平深深地吸着饱含青草味儿的空气。他在用呼吸，用面颊，用整个身心记忆着这清新而亲切的气息。牧草一排排地摇曳，后浪推前浪地涌过来，仿佛在向他点头。

极远的、索米娅那小小的绿色身影一动不动。

那身影就像是草海中的一株青草。

一九七九年七月十五日

湟水无声地流

老赵坐定在河滩的青石上，从衣兜里捏出一撮绿色的黄烟末末来卷烟。他不时眯着昏花的老眼，望着村子。最后，他擦亮了火，把卷好的那个喇叭筒放到嘴上。

浑浊的湟水翻着白沫沫，黄泥汤般的水流冲刷着崖壁上的生土：正是春汛时节。

这河漫滩倒是个安生地方。 片片白杨树林了，隔开 哇哇麦田。白杨梢条上坐满了鸟雀，喳喳地叫声和大河的哗哗水声响成一片。天晴得瓦蓝，远处的雪山白得耀眼。河漫滩旁绿盈盈的麦地里，包着花头巾的妇女们，一面拔着草，一面漫着“伊伊呀呀”的“少年”。

阿拉谷山上烟瘴大

大通河的水大

唉，“花儿”也罢，“少年”也罢，一听见这些挑逗人隐痛的本地民歌，老赵心里就觉得说不出的难过。不是么？你听——

阿哥们出门的孽障大
尕妹妹在家的苦大

唱的是些个年轻人的心声，却使老赵这挨斗的县委书记想起自己的事情。

三年啰。他深深吐出一口淡白的烟雾，凝神盯着河里的浪头。三年啰。调来这个县，顺着这条河，他整整跑了三年，前面峡口的水渠工程，是他拉着一些个教授先生设计下的。河田里一漫青青的“墨麦”（即墨西哥小麦），是他亲自组织引进的。还有县城镇里的小剧场，新商店，都是他督阵盖下的。这湟水两岸的台地和浅山虽说有改变几成的模样，可是他老赵的心血却没少花费。

现在他靠边站了。这八九个月，除了在这块河漫滩上捣捣土坷垃再没有别的事啦，县里那些个造反队硬是冤枉他老赵走“资本主义”。唉，这大河的水是知深知浅的，它不会忘掉咱老赵那一点一滴，咱那心血都淌在这河水里啰……

青白色的烟雾从老头子嘴角弥漫开来。可是，又一股烟雾升上来，遮着他呆滞的双眼。

老赵定了定神，又看了看，才断定不是自己嘴里冒的烟。怕是谁在野地里生火吧？想着，他披着旧制服棉袄，提着锨，摇摇晃晃地朝前面河边的白杨树林走去。

一股袅袅的青烟正从白杨树林冒出来。

一座尕帐房支在湟水边上。

一群人正忙着：有的提水，有的堆柴。一个红脸汉子挥着斧头砸着帐篷钉钉，浑身的筋肉绷成串串疙瘩。怕有七八个人吧，一望可知都是些回民：男人戴着尕白布帽，妇女遮着黑绸子盖头。两个嫩嫩的尕娃，痴呆呆地看着老赵。

一个老汉警惕地瞟着这披干部服的人，把几捧干粮丢进一个熏得紫黑的笼屉。干粮不多，却是花花色色：有馍馍块块，有啃剩的清油饼，还有几个煮熟的土豆子。

“忙饭吃么？老乡！”老赵后悔不该没趣地走来，只得搭讪地问着。

“对呀。”老汉冷冷地答道。顺手理了下长长的花白胡子。那红脸的粗壮汉子把斧头摔到蒸屉旁，又添了一句：

“莫笑话，要饭人吃的就是千家食。”

老赵觉得自己唐突了这伙回民叫花子，生怕人家把自己当成了温饱闲散的人，于是一半分辩一半解嘲地说：

“哪里，要吃也强似我这走资派哩！”

红脸大汉似乎不愿听这种对要饭的恭维，他挥挥手：“哎，再别说这难心的话吧！”

炊烟冒得更浓了，轻轻的炊烟浮在湍急的河水上顺流而下。老赵没有心思逗留了，他想起还有两个“专案”监视着他。那两个孙可不是好孙：一个刚刑满释放两年，一个原是吃马家骑兵军粮的兵痞。若是他俩发现自己在这河边浪荡——老赵摔开半截黄烟，转身要走。

“您……您买下这尕拉鸡鸡吧！”

背后原来悄悄站着个穿黑的女人。她戴着一幅披肩的暗花黑绸盖头，头低着，看不见眉眼。一只这浅山上常见的尕拉鸡子提在她手里。

“大干部不缺这点钱，您买下它吧！这尕拉鸡鸡肥呢……”低着头的妇女挡着去路，把手里的野山鸡又递过来。她的两只手在颤抖。

“就算帮帮忙吧……”她声音也微微颤抖着，“我跑了两架浅山才抓下它呢！”

老赵急忙把铁锨把子揽在怀里，伸手拦住她，嘴里忙不迭地说道：“你看看我是个啥身份嘛，劳改着敢买鸡吃么？看，这里有老人，有尕娃，炖炖他们吃吃不行么？”

低垂着的黑绸子盖头抬了起来，原来是个年轻的回族丫头。这丫头子长得好：双眼皮，大眼睛。那眼神里有一股说不出的清秀味道。

老赵心里动了一下：哦，这丫头多像咱家的闺女小兰哟……不过他马上惋惜地想到，孽障啊，这么好个丫头子也走州串府地出门要饭啦！

……这回族丫头的一双眼搅动了老赵心底父爱的深潭。虽说他不是回民，他闺女小兰那对活灵灵的眼睛里也没有这种特别的味儿，可是老赵还是觉着一股熟悉的女儿的气息迎面扑来。

“老人尕娃现今没吃鸡肉的命，俺们只求一天啃上一口馍。您买下吧！费不了你们挣工资人的一块八毛，俺攒下三块五块，捎回家救阿大的命呢！……”

一群人都停下手里的活计，那两个尕娃娃也走到了近前。老赵被人们围在当间，一阵说不出的滋味涌上来，冲散刚才那刹那间的朦胧父爱。他沉重地叹了口气，不知怎的，一种习惯的口气冒了出来：

“怎么搞的？把情况全面说说！”

红脸大汉把头上的白帽往后一推，冷笑道：

“全面说说也是几句话：集体逃荒是俺们庄的章法。春天动员能走的人都往出走，把张嘴在外面放两三个月，麦子下来，回家割了麦，再喂这张嘴！……唉，我当个孽障的副队长，就得带上一支老小出来。”

大汉看了眼那穿黑的丫头，又说：“她家里只一个年老的阿大。她不甩下个脸皮多扒拉几个钱，家里那病父亲咋过日月？乡亲们有心无气力，谁家不困难哪……”

第二天和第三天，老赵总支着锨把瞭望着河滩上的那座尕帐篷。他不愿再去看望他们，他苍老的、但又是党的干部的那颗心受不了那种痛苦的折磨。平日生活费卡在两个狗日的专案手里，他身无分文。只有看见那阵熟悉的轻烟从白杨树林子背后飘出来，也就是说，要饭的老乡没有空手回来时，他才拖着疲惫的步子回家转。

他恨透了现在坐在他那张书记办公桌前的那个人，鬼知道那个孙又造哪里的反呢！那些尕帐房里的人怕该默默地吞咽千家食了吧？……下台前自己在县委是主管民族政策的，眼睁睁地看着这些吃喝上戒规最严的少数民族讨口吃，他心里像灌了铅一般地沉。

第四天，他远远地看见那黑的丫头走回河滩，西边暗红色的天空上，白杨梢条的剪影中闪跳着一盘红日头。就着夕阳的斜射，他望见那丫头手里依旧提着那只尕拉鸡子。嗯，又没有卖出去……老赵的眼湿润了。

“在我们社会主义农村，能允许么？……”他愤怒地想，紧紧攥着锹把。“妈的，你算什么共产党的干部！”他狠狠地咒骂着那没见过面的县太爷。“只要我们有一口饭吃，也不能让老百姓遭这个罪啊！”

是啊。老赵领导本县的时节，也并不是没有过青黄不接的时候。可是没听说过这种孽障的事：有计划地集体逃荒！……来本县三年，前两年他都是亲自抓救灾工作的。第一年，他亲自跟着粮车，下到几个受灾的公社去慰问受灾社员；第二年，因为县里党校开学，虽然没抽出空下灾区，但他戴着老花镜，一份一份地读过救灾工作的总结和汇报。啊，如果现在把县委交给他，不，哪怕只交给他一个公社。哪怕让他以一个普通共产党员的身份工作，他也绝不会心安理得地看着人家黄花闺女讨饭卖尕拉鸡子！

不平、愤怒、痛苦、悲凉的心情笼罩着他，他望望天，簌簌抖响的白杨树上头，那通红的太阳又朝着湟水上游落下来了。

他从村东口进了村。西简斜的落日晃得他眼花。他走得很慢，显得虚弱无力。

这时，仿佛有一个蒙着黑盖头的细细身影在前面一闪。老赵拐进巷子朝自己住的尕院走去。此刻，他看见那蒙黑盖头的女人正推开自己和两个专案的尕院门。远远一见那瘦溜的身材，老赵便认出是她。

唉，这回回丫头要饭要到我院里啰。若是那两个孙不在，我就把小学伙房送来的晚饭全送给她。想着，捶着腰，他慢慢走到尕院门口。

他首先听见那兵痞的调门：

"回去干啥哩，屋里吃嘛！你住下吃上半年也行嘛！哈哈，美得很呀！"

"进屋来呀，我的尕妹妹！阿哥屋里有炖下的羊肉！"

老赵的血一下子冲上头顶，绷得额角青筋暴跳。他早有血压高的旧病，这时一下子头晕，不由得靠住了门框。

那两个狗日的手已经抓住了丫头，把她朝院子北屋拖。那兵痞还念叨着："尕妹妹，没听过这个少年么？'你把阿哥莫嫌少，尼龙裤裤穿多少'……"

回族丫头又惊又怕地挣扎着，躲闪着，哑着嗓子喊着："放开！你们欺负俺穷人……你们欺负俺回回……放开你这个狗爪子！俺喊队长拿斧子劈死你……放开……"

可是一个饥肠辘辘的丫头哪能抵挡得住两个虎狼般凶恶的歹徒！那兵痞一边扯她，一边企图把那黑绸盖头塞进她嘴里。当那团黑绸子真的塞到她嘴边时，这可怜的丫头恐怖而绝望地大喊了一声——

"主啊！你在哪里——"

这声揪心扯肺的尖叫似乎一下子唤醒了老赵！唤醒了他身上的正义、愤怒的勇气和干部的威严。他怒吼一声，抡起铁锨跳了过去。

"畜生！你们这些畜生！"他气得剧烈地抖动，两眼瞪得滚圆，那柄铁锨紧紧攥在他双手之中，高高地举着。

丫头顾不上扶正盖头，就从老赵的铁锨下头冲了出来，她只朝老赵投过感激的一瞥就发疯似的冲出了尕院子。

那两个孬种愣了好久，一动不动地原地站着，劳改犯还抱着头。可能在这刹那之间，他们也怀疑世道变了。这简直可以当个球踢着消遣的走资派糟老头子，眼下正是个金刚神。

他们对峙着。铁锨还在老赵头上高举着。可是在静静时间的流逝中，三个人的心理渐渐地变了。老赵首先感到手里锨把的重不可支，他头上冒出汗粒。那劳改犯慢慢地直起腰来，接着，兵痞脸上也恢复了原来无耻的神情。他们互相看了看，会心地微笑了。

兵痞慢慢抽出了腰间的皮带……

惨叫声，咒骂声，啪啪的皮带声，沉闷的锨把声。这回可用不着像对付那回回娘们那样先堵嘴了，这样干正是老子的职务，这尕院子也正是他们的天下！

忽然响起一个炸雷般的吼声：

“住手！狗娘日下的杂种！”一个红脸汉子，赤着臂膊，浑身的肌肉腱子愤怒地抖动着，两条浓黑的眉毛高高挑起，一直挑到头上扣着的那顶白帽旁边。大汉提着一柄雪亮的木匠斧子，他身旁躲着那个回族丫头，她那双眼睛里充满了仇恨的火。

红脸副队长像鹰一样扑过来，可是两个歹徒此刻变得比兔子还灵活，他们不等那大汉的斧头抡圆，就窜进伙房屋，开了后门。回回打架不要命——这一点他们不是不知道。

等老赵醒来时，他已经躺在湟水边的土崖旁。半片片镰刀刃悬在南山雪峰头上，听得见白杨树叶子哗哗响着，可是觉不到一丝风。晚间河里水势弱了，湟水无声息地绕着河心的牛轭滩淌着。月光打在水波纹纹上，像是闪烁的一条乌金。

篝火旁边人影闪来过去，夜色苍茫，只能认出男人头上的尕白帽。

有人用热腾腾的湿布，轻轻地擦洗着老赵身上的血块。老赵费劲抬起头来，想看看这个好心人。

他看见那丫头子的大眼睛。在月光和篝火的映衬下，那水汪汪的眼睛似红似青。

老赵苦笑了一下。那双眼睛也紧忙随着闪了一下。一条粗辫垂下来，碰着老赵的脸。刹那间，老赵感觉到热乎乎的湿布正是这回族丫头的绸盖头。

“莫说话，老同志……”她声音哽着。

篝火旁的男人喊了一嗓，丫头应了一声跑过去。一会工夫，她双手捧回个瓦罐。一股透肺入心的肉香飘了过来。

“吃了补补身子吧，老同志！这——这尕拉鸡鸡肥呢。”

老赵撑起身子半坐起来，急急问道：丫头！我怎能吃你的尕拉鸡子！你不是要换钱养活你阿大么？”

“你救俺的命。你就是俺阿大。”那双深沉的眼睛里又涌上了泪水，“说啥也吃下这罐罐肉，俺讨饭人端不出像样的茶饭，可你老同志莫嫌弃哪……”

红脸汉子走拢来，粗声粗气地说：“吃下吧！你替她遭下罪么。你不吃，这丫头子今生再抬不起头来！讲礼性，她该给你炸上些油香散子！”

大人尕娃，七八个讨饭的回民围成个圈圈。白帽帽下，黑盖头下，一双双憨直的眼睛直望着他。老赵颤抖的手捧起瓦罐，这样的举动是动人的，尤其对于这个身陷逆境的苍老干部，世间难得的是个人心，老赵觉得委屈的心受到了可贵的安慰。可是，他怎么咽下讨饭人嘴里的食物呢……

他为难地望着满罐的鸡汤顺口问了声：

“我忘不了你们——乡亲们，你们是哪个县的人氏？”

“就是本县马厂坪的，天下最苦的那个山窝窝！”红脸汉子回答。

“本县”一句话唤起了老赵的心火。“刚刚一年，就搞得人离乡背井！妈的！这该死的龟孙！”他咬着牙骂那个占领了县委办公室的人，为自己的人民愤慨，也为自己的遭遇不平，心情又一次冲激起来。

“今年日月苦哟，这么个尕娃也相跟上出门讨口，孽障啊！”他同情地对这群要饭的说。

“老同志，三年啰！一连三年都是这个章法！”那红脸子解释道，“俺们当干部的想不干都不成呀，到了春天就断了粮。俺几个队干部说：撂挑儿也熬到夏收再撂，这时节再难，也得拉扯着乡亲挣条活路啊……俺当副队长两年了，两年春天光是领着社员出川进峡地往外走，打零工，讨剩饭！”

“什么！”老赵的心像是给蝎子咬了一口，手一抖，鸡汤从罐罐里溅出来。三年？这么说，就连前两年，自己当权的年月，这个县份里的农民也曾忍着饥饿，组织起来要饭么？”

“喝鸡汤哪，老同志！莫凉了……”那丫头亲切地把罐罐又推过来。

“不！”这时老赵已经坐了起来。他推开罐罐，瞪着眼，完全用县委书记的调门问道：

“救济粮呢？政府年年都给灾区发下救济粮呢！”他简直是在争辩了。因为他这两天一直回忆着，回忆着他怎样跟着运粮车下到灾区，怎样戴着老花镜修改着上报的救灾工作总结。

可是他的心慌乱了，马厂坪，这个马厂坪他确实没有去过……不，他只去过几个公路沿线的公社。难道……他嗫嚅着重复道：“救济粮……”

“救济粮！”叭地一声，红脸汉子折断了一根粗粗的树枝，把它狠狠抛进火堆。“救济粮！一春的救济粮，家家户户吃不下四十天！公社那孙书记昧着良心吹牛皮，说俺公社有能力，铁骨头。他挣下个表扬心里喜欢，城里的大官更是从来不兴下来劳累身体。哼！谁知俺庄稼人作难！”他的牙齿咬得咯咯响，“汉族人家还能杀了看门的狗，圈里的尕猪娃，俺回回除了讨饭哪里找第二条活路！”

篝火旁的人们静默了。半片片残月在云朵里穿走着，那湟水屏住气在无声地流。可能是夜色太沉重太浓厚吧，男人的尕白帽都低垂下来。

老赵周身的伤突然疼了起来。那些歹徒暴打他的时候，还有以前挨斗遭打的时候，他都没曾这么疼过。或者那样的打击更挑起了他的那种问心无愧的感觉。是哟，这才是真正的打击。这种打击直接打在心上。老赵觉得，那些数不清的罪名都顺着河水无影无踪了，只有在此时此刻，他才发现了自己真正的罪过，这种罪过使他痛苦得抽搐起来。

丫头扶住他，轻声唤道：“老同志！你怎么啦……”她惊恐地收住了声。一行冰冷的老泪滴在她的手上，也滴在瓦罐里的尕拉鸡上。

老赵哭了。他的哭声沙哑、粗重。河漫滩上静悄悄的，只听见这老汉低沉的啜泣。好一阵，他才抬起泪眼，低声说道：

“晚了，已经晚了！”

“怎么——晚了？老同志，再莫落泪吧！”

“不，晚了……乡亲们，前几年的救济粮都是我批下的，我就是你们骂的坐在城里的官，我……我就是县里的赵书记呀！”

人们一时都不知说什么好了。

“我为什么不下去和乡亲们度春荒？我为什么不去马厂坪，不，去全县所有庄子去看看老百姓到底咋过的日月？我为什么只信几张汇报，也汇报给上级呀！”泪水横横竖竖地淌过他满脸的皱纹，他痛心地摇着斑白的头，伤心地哭诉着。“可今天呀，我再不能补救补救了……我真想求求上级，让我老赵再给老百姓干点事，补救补救呀……可是，都已经晚了……”

谁能体会这样的一颗心呢？这颗渴望挽回自己的过失、但又被剥夺了挽回的可能的一个老共产党员的心呢！人们责难了他那么多，可是没有责难过他真正的过失。这些若不是在这逆境中，若不是在这特殊的场合，恐怕老赵永远也不会发现。可是他不但发现了，而且也发现了最宝贵的道理，发现了怎样当一个书记，怎样当一个共产党员的方法。

可是，这赎罪的渴望，这工作的渴望，都已经被无情地锁住了。绝望和渴望像是两束针深深刺着县委书记破碎的心！

那丫头又轻轻地扶住了老赵，她捧起那个瓦罐罐。诚心诚意地端了起来。静谧的月光影里，她的声音显得那么清楚：

“老同志，不，老书记，再不说这难心的话吧！俺知道，您有朝一日必定给庄稼人做下功德事的——吃吧？老书记！这尕拉鸡鸡肥呢！”

唉，她的眼睛那么深，那么美，那么纯纯净净地充满着真心实意！

县委书记捧起讨饭人的瓦罐罐。他呷了一口，那浮着一层油皮的山鸡汤还是滚烫，顺着嗓子暖和到肚肠。他又呷了一口，然后想了想，把罐罐双手捧给这回回丫头。丫头看见他的神情，心领神会地郑重接过，也喝了一口，然后端给那粗壮的红脸大汉……

这样，盛着炖尕拉鸡子的瓦罐在一群叫花子和一个县委书记手里接递着，像是祈念着那朦胧的希望，又像是表达着沉重的情感。瓦罐传到谁手里，谁就吃上一口。

传到那烧火的白胡子老汉手里时，他闭上眼，轻声地念了些什么。接着，其他人也照样念了起来。他们双手庄重地捧起瓦罐，轻声地念一句，然后才吃掉轮到自己的那一口。

老赵看得出，这是一种伊斯兰教的仪式，当然他不会那些大概是阿拉伯话的神圣祝词。可是，等到瓦罐又一次传到他手里时，他突然激动得难以自制。集体讨饭，丫头的鸡汤，小兰的眼睛，专案的棍子，救济粮的发放，上报的表格，党校的开学仪式，还有黄烟的呛劲，都一齐翻滚过来，在他心里形成一片惊涛巨浪的海洋。这一切，这汹涌的海洋又忽而化成一股痛苦的折磨，一股渴望与绝望交织的折磨……

他端着瓦罐，照着这些回民的样子，笨拙地颤抖着嘴唇，也嘟囔起来……当然没有人听得清，也没有人听得懂。老赵自己也不知念的是什么语言。但是，他清楚地听见自己心底另一个强烈的呼喊："主啊……给我再次工作的机会！求求您！……"他觉得，此刻没有比这仪式更能寄托他的感情的方法；虽然他是个汉族人，又是个无神论者。

半片片镰刀月牙还挂在南山雪峰上头，白杨树不再响动了，湟水也流得更加悄然无声……

一九七九年十一月

黄羊的硬角若是断了

我感觉到牧民们都在盯着我。那些男人们扯转马头指着我小声议论，女人们松开了正挤着的乳牛奶头，好像劝阻似的望着我。

我低下头继续走。山坡下鲜嫩的野苜蓿、箭草和羊胡子草缠着我的蒙古靴子，可是登上山坡，脚下就全是绒毛一样的“西勒干”草啦。又看见那个旧羊盘了：那几块熏得乌黑的烧土块，原来可是个挺好的泥灶火呢！踩上这片青灰青灰的干羊粪渣滓，我的心一下子就静下来了：什么马群、浩特和来来往往的骑马人，好像都随着风，随着云，飞走了，飘远了。

每天我都在这儿坐到天黑。有时候，人们大概是可怜我这老婆子，跑上山坡来问这问那，我呢，就闭上眼睛，靠着坍了的泥土灶火，一直等他们走开。我听见他们悄悄地说着：巴特尔的母亲怕是疯了吧？

我不愿开口，说话多累啊。

连旗委书记阿木格楞那样的大干部走来时，我也不愿开口，我用眼睛求求他，他就默默地走开了。

天空的颜色多奇怪啊，尤其是当太阳沉进遥远的海勒汗大山背后的时候。我想没有一个女人能绣出那样好看的颜色，紧贴着那道山影是一条金黄，然后是枣红马一样的红褐色。在那些淡紫、淡青和淡蓝的流云和雾霭上面，天空又变成深蓝，那么浓，那么暗，衬着缀在上面的几颗星星。昨天和前天也有这样的晚霞的，那个汉族小伙子李华望着它不住嘴地称赞。可我，听着就流下了泪……

哎，李华哪里知道，那天边的云霞和彩雾，简直就和那堆花布片片一样刺痛着我的心啊！

巴特尔，你却是知道的。你还记得吧？那还是道尔吉王爷带领着几万羊群和东三部的牧民毡帐，慌慌张张离开乌拉盖草原，朝北开拔那年的春天，你刚刚五岁。你那时穿得多破烂哪，就连从阳原、张北跑到草原逃荒的叫花子也穿得比你强些哟：羊皮、狗皮、旱獭子皮，喇嘛扔掉的破黄布，人家营盘上拾来的旧帽里，我都拆洗了，弄平了，给你缝在你那件既不算是汉人的衫褂，又不像蒙古人的袍子的衣服上。那年清明热风来得早，天热得快，为了给你缝件新袍子，我给拉木家搓了二十丈硬马鬃绳。我的两手搓得出了血哟！……可是，拉木的黑心老婆还是舍不得给我一块整布。她啧着嘴，不停地说："你看看，都是全新的绸缎哪！"不假，那几块布都是她用剩的彩缎碎料：大红的，淡青的，淡黄的，还有一块深蓝的，上面嵌缝着银丝线，和现在天边那五彩的落霞多像啊。我高兴地抱着这些布头跑回咱们的小黑包，亲着你说："巴特尔，阿孃的好巴特尔，今天夜里阿孃就给你缝出来！……"

你呢，眼睛一眨，两颗那么大的泪珠儿滚下来，说："阿嬷！您给我缝一件像娜日娜的哥哥穿的那种蓝布袍子吧！"

巴特尔，阿嬷对不起你！你还那么小就懂得在娜日娜面前穿得像个男子汉了。唉，当时我如果知道这瘦小的女孩后来就是你的妻子，我一定会再去求求拉木老婆，求她赏块蓝布的！草原上整天和你一块玩耍的男孩子，谁没有一件像样的蓝布袍子啊。可是阿嬷太穷了，人们都说乌拉盖草原穷人多，可是没有人比咱们更穷。娜日娜的爸爸能骑烈马，他专门给人家调教生个子马，在往来的骑兵那里，他压出五匹马，人家就给他一只羊羔子。但是你的阿嬷只会搓鬃绳、补毡子，阿嬷的包里没有男人，就像帐篷没有支顶的柱子，阿嬷只能给自己的亲生儿子缝那种花花绿绿的杂色袍子！……孩子，你知道吗？那天我抱着那堆花布片片，跑上高高的敖包，一边往上堆着经石，一边伤心地嚎啕大哭啊。

今天，你的白骨旁已经长满青草了。……巴特尔！你不会记恨阿嬷吧？为了这件事，阿嬷心里永远难过。你的阿嬷对不住你，在你五岁时，已经长得像只结实的小牤牛了，我还只能给你缝那种让人耻笑的杂色蒙古袍子。

你看，人们见我不愿说话，就觉得我病了、疯了。那些骑手们只会甩马杆头上的牛筋绳套，他们哪里知道，阿嬷是在这儿和你说心里的话呢！难道母亲对儿子的话一定要用嘴说么？不，自古以来那都是用一颗心来诉说的……

孩子，如果人家把这样的故事告诉我，我也不会相信的。谁能信呢？你，一个被打成"内人党"，关在黑屋子里的受冤屈的人，竟然干了四五个男子汉都干不了的活，而且一直就这么拼命干，一直到累死在劳动的地方！

李华这些天总住在咱们家里，还是听了他的话，我才真正知道了你被关起来这一年多的生活。李华说，他把你锁在羊毛仓库里，本来是为了让你夜里睡得暖些；可你一夜一夜地不睡，就在那昏白的月亮光下，搓出了一百多盘毛绳！他说，他早就觉得你累得过度；你的眼睛满是血丝，他提醒你要小心，可你干得更凶。

我的巴特尔！你这究竟是为什么呢？打“内人党”这场灾难，胜过了一场百年不遇的雪灾。我们蒙古人死了那么多呵，就像冻死在暴风雪里的绵羊一样。但是命运原来是要把你留给我呀——它让好心的李华看守你的黑屋子，你是可以活着回到我怀里的哟，孩子！你为什么不能少搓一些那可恨的羊毛绳子呢？

孩子，直到今天，一想起那天的事情，我的心就咚咚乱跳。那天我正用袍襟兜着一抱干牛粪，听到一个骑手说：你从弱马圈正盖的新房子上面摔了下来……

不，这不可能！巴特尔，阿孃一到你就会站起来的！我连腰带也没系，踏着积雪朝弱马圈跑。靴子踏住袍子角，一步一跤，摔得浑身污雪。……可是，那就是你吗？！雪块和鲜血在你脸上结成了冰，淌在雪地上的血又把你冻得黏在地上！孩子，阿孃不相信啊！我拼命地摇晃你，喊你，我相信你马上就会睁开眼睛，喊着阿孃，钻进阿孃暖和的怀里的！那冻土上的冰雪多凉啊……

李华说，出事的前一天晚上，你看到送来用坏的羊圈围毡，就补了一夜。天亮时，你困得睁不开眼，又爬到房顶上铺芨芨草笆。他说，你用力拉那张一丈长的草笆，可是两腿却站不稳了。他说，眼见你歪斜了几下，就一下子从屋顶栽了下来！……

阿木格楞书记在平反大会上说：你使他懂得了怎样做一个共产

党员。他说，你使他懂得哪怕在最坏的处境里，共产党员也能找到为大家造福的办法。他说你一冬修补了一百多块羊圈围毡，打开了六口冻死的水井，在白毛风里给畜群运了五十多车盐块和硝土……他还紧紧攥着我的手说：只有劳动人民才能养育巴特尔这样的优秀儿子。

劳动人民？是的，巴特尔，你从很小起就开始劳动了……

还是你五岁的那年，有一天我从庙里塑佛爷的匠人那儿要来了一点金银粉，给你把两个羊拐骨染成一黄一白。你快活地对娜日娜说："你看，我们和神话里的那个小孩一样，也有一个金羊拐和一个银羊拐啦！"看着你俩玩得安静，我背上粪筐去给拉木家拾牛粪。一会儿，你拉着她气喘吁吁地追上我，左蹦右跳地帮我拾。筐满了，你俩硬要抬着走。我说，好巴特尔，你们不去玩金银羊拐吗？让阿嬢自己背吧！你却瞪着我说："不，阿嬢，你太累了！"我难过地一把搂住你，泪水一串串地溅在破烂油污的袍襟上。你抬起又黑又脏的小手，抹着我眼角的泪说："阿嬢，等我长大了，也像娜日娜的阿伽[①]那样，去给人家放牧苏鲁克[②]，你就不用再给白音家干活了！"

娜日娜呢，她更傻。她闪着那对驼羔一般温柔的眼睛[③]对我说："阿嬢，等我长大了，我来帮你背粪烧茶，让巴特尔去放羊，你就

① 阿伽：这里是父亲的称呼。本文中"阿嬢"则是母亲的称呼。而常见的"额吉"一词，则是一个含义更广泛的称谓，并不仅是"母亲"。

② 苏鲁克：畜群，以前专指牧人雇人租放的畜群。

③ 驼羔的眼睛确实很美。在有些游牧民族的语言里，"美丽的眼睛"一词原文就是"驼羔的眼睛"。

不会这么累啦！”我丢开你，又一把抱住她，在她的小嫩脸蛋上拼命地亲……哦，那些事多么遥远，又多么甜蜜啊。

这姑娘长大以后真的来帮我拾粪烧茶了：公社化以后的第二年，她穿着新娘的红绸袍，垂下那对美丽的驼羔一样的大眼睛，坐在灶火东侧我的位置上烧茶啦。巴特尔！你知道吗，当我从媳妇手里接过她煮的第一碗奶茶时，手在颤抖，心都醉了。我以为，我命里的苦难已经过去了，坐在蒙古包西南角“暖和的老人位置”上，我该尝尝人间的幸福啰。

可是，我没有福分一直过那么甜美的生活！两年以后，我和你竟眼看着娜日娜难产死去了……她在牛皮上挣扎着，疼得直哭。可是那时乌拉盖草原还没有合作医疗啊，我不该有抱孙子的福气，看来命里就是这么注定的。我只可怜娜日娜，她一丝不差地按着小时候说过的那句话，帮我干活，一直到死在我的怀里……

巴特尔，你就更是辛苦了。从那回和娜日娜一起帮我抬粪筐起，二十多年里，直到你从弱马圈房顶上摔下来前，你一直那么勤快地干活。

长辈的老人们总是说，牧人受一辈子苦没什么，到了晚年总会休息几年的。我们蒙古女人不都是在和儿媳妇交换了座位以后，就放松了身上的老骨头么？可是孩子，你一直到死都没有休息一会儿，你让阿孃多心疼啊，你不累吗？……

或许，真的像阿木格楞书记说的，你是在黑屋子里继续领着牧民抗灾保畜？……

哦，孩子，阿孃每天坐在这儿，絮絮叨叨地和你说着这些悄悄话，也许你冤屈的心多少舒服了一些吧……你看见了吗？这个小山坡和这个旧营盘。这不是黑营盘，是个快要褪尽颜色的青营盘。[①]孩子，这可是你的出生营盘呵！三十多年前，阿嬷就在这儿支起破烂的小黑包，生下了你。你在我怀里的一张白山羊皮里使劲地哭，哭声像马驹子嘶叫一样洪亮。你的啼哭穿过咱们那低矮的小窝棚包，传到他——传到你的父亲、你的阿伽的耳朵里……

懂了吗，孩子？我一定要跑到这个营盘上来和你说话，是因为我静静地，独自地坐在这儿的时候，总觉得是咱们一家，包括你的阿伽，都坐在一起呢！

说到这里，好巴特尔，阿嬷的心像被撕碎了：你直到死都不知道你的父亲是谁！而且我早就发现，这桩心思是怎样刺伤着你的心……

那时还没有公社化呢。一天你赶羊回盘，拉木家的儿子甩着套马杆子，把怀了三个月胎的母羊套得一个斛斗接一个斛斗。你跑去扯住他的马杆子说："住手吧！你不爱惜母羊，也不可怜它肚里的羊羔子？"他冷笑着说："是不是因为你和它们都是野种，所以才那么可怜它们？"

我看见你嗖地抽出了腰间的蒙古刀。拉木的儿子打着马，一溜烟跑掉了。你转身看见了我，脸色惨白。我嘴唇颤抖着，等着你问。但是你什么话也没有说……

你爱自己的母亲，大概就因为这个你不愿开口问我。但我为什么不告诉你呢？天哪，让一个男子汉直到死去都不知道自己的父亲

① 营盘：这个词的蒙文原义有家乡、故乡、蒙古包迁走后留下的印迹等几个含义。隔年的冬春季羊盘蒙语称为青营盘；不隔年的，或夏秋季的羊盘称黑营盘。前者的痕迹是不易消去的。

是谁，这是多深的罪过呵！孩子，阿孃现在就把一切讲给你听。孩子，你会相信阿孃的，这一切并不像有些人说的那样。巴特尔，你会相信的，你的父母并没有值得羞耻的事情，他们的心都像奶子一样洁白，只是他们的命太苦，苦得就像《紫红快马》里唱的那样。

巴特尔！阿孃现在就讲给你听……

那些天雨下个不停，除开盖得严严的牛粪，一切都是湿漉漉的：毡子、袍子、靴子——连羊的四蹄都被雨水泡肿了，走起来一跛一跛。可是一连两天拉木老爷不许我吃饭。秋风早已吹白了牧草，草地上已经找不到可以充饥的野葱了。我饿得浑身发冷。跪在雨地里挤奶，双手握不住乳牛的奶头。这时，拉木的女人扔给黑狗哈拉巴拉一根油晃晃的牛肋条。那狗就蹲在乳牛边撕咬着。我忍了又忍，可是实在忍不住了，眼看着肋条骨上的肉已经快被黑狗吃光了，我轻声唤过狗来，夺下那根肋条，趴在乳牛脚下的泥水里，发疯似地啃……

唉，好像现在我还听见那沉重的、男人的叹息：

“唉！姑娘，你太苦啦！”

我抬起头，他正倚在水缸车上注视着我。他静静地望了我一会儿，然后撑着马杆跳上鞍子，慢慢地走开了。蒙蒙的秋雨里飘来他那低低的歌声——

白象的巨牙若是掉了
又有谁能安得好呢
头上的屋顶若是倒了
又有谁能躲开呢

黄羊的硬角若是断了
又有谁能接得上呢
命里的苦难若是来了
又有谁能逃得脱呢
……

孩子，记得我当时就那样一动不动地跪在泥泞的雨地里，呆呆地听着那歌声，手里还抓着那块牛骨头。雨水刷刷地打着我的脸，混着泪水，一块淌进嘴角，那么苦，那么咸……

晚上，我听见一阵马蹄声在我的小黑包外停住了，通地一声，一个小口袋砸开门帘丢进来，里面是一捧炒米和一大块烤熟的羊肉。我等不及烧茶了，抓起干炒米就嚼……

第二天，该死的冷雨还是不停。我抱着木锹清理羊盘，不远的草原上，马群里牧人们正在套马。一匹暴烈的儿马子又踢又趵地飞奔过来，挂在它胸脯上的马杆子绷得笔直。那倒霉的套马手死握着杆柄，被儿马在泥水里拖着滑行。马杆子终于被踢断了，雨雾里，那人拄着半截马杆把子，摇摇晃晃地走过来……是他！我惊恐地望着他满脸的泥污，给他掀开门帘。

他看见我吃剩的那块肉，双手攫住，像狼一样大口吃起来。饿成这个样子，哪里还拉得住凶猛的儿马呢？我忘了说过些什么，只记得泪珠儿滴在端给他的那碗茶里。

他却说："没有什么。哪个马倌没有从马上摔下来过？不过，——你可是太苦啦！"

往后，他常常把几块奶豆腐，一张从汉族人那儿要来的大饼，或是一只套来的旱獭丢进我的小黑毡包。我也修补他的蒙古靴和磨破的袍子，冬天给他烤毡袜和垫靴子的马鬃，秋天把那气味刺鼻的獭子肉给他煮好……

再往后，就有了你。

他决心把我赎出拉木家。可是那时的规矩，赎家奴至少要有一匹马或者一叠银洋，我呢，又胆小，不敢像歌子里唱的那些姑娘那样，黑夜骑在他的鞍后随他逃走……

巴特尔，你的阿伽说，不能让我的巴特尔长大又是一个家奴！他吩咐我给他缝一条摔跤手的花套裤，他把希望押在祭祀敖包的摔跤赛上。因为得胜的前两名摔跤手能领到最重的赏——活佛赏给的骏马。

孩子，你阿伽的眼睛睁得多大呵，他低声地对我说：

"要是能得到第二名，我就把马牵到拉木家赎你！要是——要是第一名的全鞍马被我牵出来，那么，啊！不但能赎出你，咱们的巴特尔长大也就有了马鞍啦！"

孩子，他紧紧地把你搂在胸前，一晚上不让我抱你。

……整整两天，我抱着你挤在人群里，祈祷着、恳求天地佛爷的保佑，心惊肉跳地盯着那圆圆的摔跤场。巴特尔，我记得你也瞪大着眼睛，望着你父亲和那苦难的命运搏斗。

他像鹰一样抡圆手臂，跳着疯狂的摔跤舞冲向场子中央。他跪在地上向天上的佛爷呼喊。他的两眼喷出火焰。几次，那些铁塔般的布和[①]把他凌空抱起，——我的眼泪已经一下子流出来了，——可是你父亲在半空中怪吼一声，接着那些铁塔就被他压在下面。一轮、两轮……他一直摔进了第五轮。已经只有四个摔跤手了，只要

① 布和：荣誉摔跤手身份的称号。

再胜一场！

可是，他没有能再胜这一场。在最后一天比赛之前，活佛为了保住他豢养的那几个喇嘛摔跤手得赏，不，是为了保住寺庙和自己的威风，在黎明之前把你阿伽抓出了蒙古包……

你的父亲被拴在一块大石头上，沉进了乌拉盖河！

“命里的苦难若是来了，又有谁能逃得脱呢？”天哪，这首《紫红快马》是在唱我吧？

你听见了吗？这就是你父亲的故事……巴特尔！我为什么不早把这些故事告诉你呢？难道流言蜚语已经把纯洁变成羞耻了么？难道只是缺少一桶酒、一群客人和祖先传下的那一套仪式，你就不配有自己的父亲么？！不，巴特尔，我更对不起他，他怎么能相信，他心爱的巴特尔竟死得也这样可怜！若是他知道了这一切，孩子啊，那埋在河底的白骨也会流出带血的泪的！

孩子，海勒汗大山那边的晚霞已经落尽了，那弯弯曲曲的乌拉盖河也不再闪闪发光。可是阿嬷还是舍不得离开这里，在这个难忘的青营盘上，好像飘浮着你小时身上的奶味儿，好像能看见你宽宽的脊背和善良的笑容……

不，巴特尔！别这样笑吧，别在阿嬷面前装得那么满不在乎，不要用那么一副平静的笑容劝我回去！你要知道，那次你也是这样笑的，可是你的笑脸反而让我更伤心！

那次，我扑到大队部的玻璃窗前，撕扯着自己的头发，喊叫着你的名字，我连捶带抓地砸烂了玻璃，像抓羊毛一样一把把扯下玻璃碎片。李华后来告诉我，他当时背着步枪当黑屋子的看守，看见我两手鲜血淋漓地揪扯着那些尖刀一样锋利的玻璃片片，心都抽搐了。他还说，他当时就感到你不可能是什么叛国分子，因为这样的母亲不可能养出反对人民的儿子！

可是你却笑着，在黑屋子里平静地看着我，劝我回去。本来我是来救你的。一听说你被抓到队部我就跑来了，跑来时我觉得自己可以打败任何一个魔王或是英雄。可是你的笑容抽掉了我浑身的力量。当我回来时，发觉自己又成了一个软弱瘦削的老婆子。

但是孩子，我清楚地明白你心里有多痛苦。你的笑脸说明你在为母亲担心，因为如果受了一般的委屈，你是从不掩饰那股孩子气的，从小你受不了一句错骂，我经常要费好大劲儿，才能哄得你不哭。长大了也是一样，同别的牧民发生了争吵，你回家气得饭也不吃。啊，巴特尔，阿嬷能看见你没流出来的泪水，在这儿，在你出生的营盘上，在阿嬷一个人面前，孩子，你可以把苦水都倒出来了……

唉，我的娜日娜哟，也许你先离开他是对的。我们女人受不了这样的折磨！以前我总是心疼你那样命苦，现在看来，你的一生虽然太短，但可能还算是……幸福吧？

巴特尔，你本来是能逃脱这场灾难的。你被关起来不久，李华就对我说："放心吧额吉！巴特尔大哥在我手里是不会吃苦的！"

我拉住这好心肠的汉族小伙子，流着泪对他说："李华呀，额吉忘不了你呢！"

李华却说："不对呀，额吉！巴特尔大哥教我懂得了怎样做人呢！……只是我不敢把他放掉……而且，放了他，下一步又怎么办呢？上级说，巴特尔大哥是'内人党'骨干啊！"

"内人党"！今天我们蒙古人总算摘掉了这顶帽子。可是在那些日子里，这顶帽子简直像沉重的乌云一样，压得我透不过气来。

孩子，我忘不了阿木格楞书记，因为只有他在那时说过真话。

阿书记当时被押到咱们队挨斗争。那时我赶着五只新疆种羊住在三眼井那里，他被罚在那儿打石头、砌井台。阿书记每天低着头，见了人就垂下双手，听完了训话就低声地应一声“扎”。他的家远在旗里，没有人给他送饭。我看见他常常一把把掏出炒米，蹲在成堆的井石旁嚼着。

要是他的母亲知道儿子肚子饿会怎么样呢？我用羊油煎了一个面饼，趁人不注意时递给他。他刚刚咬了一口，就落下泪来……唉，以后我总是弄点吃的偷偷塞给他吃，每次也止不住挂念起你来，包上一小包，求李华带给你。

去年春节那天，看守阿书记的两个人喝酒去了，把他一个人打发到采石工地。我去大队部看你回来，看见他一个人在白毛风里干活，雪雾里，他的身影摇摇晃晃的。

我把他拉进蒙古包，把剩下的食物都端了出来。吃完，他要走了，这时，我突然想到阿书记是个大干部，他会比你懂得多的！蒙古人不忘风雪里一碗奶茶的恩情；他会给你指条路的！我紧紧抓住他问：

“您是见过大世面的人，请您给我的巴特尔指条路吧！您也是和他一样的‘内人党’罪，把您求生的路教给他吧！我求求您，我只有巴特尔一个亲人了……”

我哭了，怎么忍也忍不住。泪水顺着脸流淌，擦也擦不及，虽然我使劲提醒自己：春节流泪对孩子是不吉利的。

他失神地看着我，低声说：“额吉，我们只能熬着，能熬条活命就是最好的结果……不过，我告诉你，我们都不是‘内人党’，你的巴特尔入的是共产党……”

孩子！我的巴特尔！你为什么不能像别人那样熬一条活命呢？为什么一定要那样劳累你那没有自由的身子呢？阿孃知道，你忘不了自己是个共产党员，可是你不能忘了，阿孃这一辈子太苦了！阿孃从小在拉木家当奴隶，阿孃死掉了你的父亲，死掉了你的娜日娜，也没有个小孙子陪伴，阿孃不能再失掉你啊！巴特尔，为了我，你不能多爱惜一些自己么？现在，黄羊的犄角已经断了，阿孃再也没有丈夫，没有儿媳，没有儿子了。孩子啊，阿孃一生唱着那首苦歌，已经唱够了……

别的羊群走在牧人前面；我的小羊群，我的五只新疆细毛种羊却跟在我的背后。你看，它们又跟着跑来了。不，这儿可没有胡萝卜和豆饼，这儿只有我儿子的气息……

我要远远地躲开人们，在这个你出生的营盘上陪着你冤屈的灵魂说说心里话。李华说看见了你诚实坦白的品质，阿书记说看见你是共产党员的典型。我可不，巴特尔，阿孃看见了你心底的痛苦、泪水和委屈。干部们说，他们懂得怎样工作了，你就是他们的榜样；青年们说，他们懂得怎样做人了，你就是他们的老师和兄长。可是，这又有什么用呢？我的孩子，你就像那黄羊折断了犄角一样，再快的马也追不回，再巧的手也接不上了……

记得过去我哼那支《紫红快马》时，你总是反对我。你说，不对！阿孃，只要我们再勇敢些，再苦的命运也会闪出金光的！看你多傻，孩子！难道这不是命么？我找到了你的阿伽，可是命运不许他做我的丈夫；我遇上了那么温柔孝顺的儿媳，可是命运又把她夺了回去；我养大了你，可是命运那么凶狠，连你也不给我留下！

智慧的、我们的祖先哟，你们编下了那支苦歌，难道就是为了让我们后代永远唱下去么？……

巴特尔，海勒汗大山已经暗淡下去，一牙上弦月已经飘出了那黝黑的山凹。我的五只新疆种羊该卧盘了，你呢，也该睡了……明天，后天，以后我天天都会来陪你的。……怎么，孩子？你睡不着么？要阿嬷唱着歌哄你睡吗？好好，孩子，阿嬷也很想唱唱那首紫红马的苦歌……

真的。“黄羊的硬角若是断了，又有谁能接得上呢？”可是，我要请月亮和草原答应我：这首歌，就只让我一个人唱吧，让草原上的牧民永远离开苦难的命运，让我们的子孙永远忘掉世界上还有这样的苦歌吧！

巴特尔，我的孩子！你看：那月亮仙女靠近过来了，她在听你的母亲唱呢。上弦月总会变成圆月的，等着月亮圆了的时候，人们大概就不会再唱这样的苦歌了吧！……

一九七九年十一月

阿勒克足球

一

还记得童年时代那些遥远而又甜蜜的情景么？……羊油灯已经熄灭了，蒙古包里那么安静。我们躺在一张山羊皮上面，望着头顶上那块被天窗切成半圆形的、缀着簇簇星花的暗蓝色夜空，听着老年人讲故事。

那都是一些口头流传的美好韵文。静静地听着，你会深深感动。我的童年好像就是在那些神秘的半圆形天空中的星星注视下，在那涓涓流水般的、音乐一样动人的古老故事中度过的。对于生长在荒僻的、骑一个月的马也走不出去的广漠草原上的儿童来说，传说故事就是智慧的祖先留给我们享用的全部精神食粮。

可是听到后来，我往往疲倦得一歪脑袋，便昏昏沉沉地枕着母亲柔软的臂膀睡着了。第二天清晨，用手揉着惺忪睡眼，那些光怪陆离的传说还在脑子里不可思议地闪现着。等到喝了早茶，推门跑到草地上——那些故事也就忘啦。是呀，故事终归是故事。它们只是一股流水，淌过幼嫩的心田。可是，如果一切并不是故事，而是真的事情；生活中那些带着牛粪火的灼热、掺着萋萋青草的苦味儿的撩人心思的事情；也就是说，不是一股流水，而是一个泉眼，一个埋在心灵的茂密草丛深处的清亮的小潭，那么，我们就不可能忘怀。它会随着我们的长大成人而更加深邃澄净，常常在不觉之间漾起一片波纹。在骑马跃过一条小溪时，在路过一口熟悉的水井时，在看到秋风掠过结了实的草梢时，或是听到一阵熟悉的歌声时，突然，颤抖的手拉紧了马缰，只觉得一阵晕眩。甚至，我们会悄悄地、独自一人伏在草地上，亲吻着一条若隐若现的车辙印，把感伤的泪水倾洒在上面……

这样的往事是那么珍贵，我们往往不会轻易把它告诉别人。哪怕是对自己刚刚爱上的姑娘吧，也是观察着她的反响，小心翼翼地去说。哦，从心田的沃土里刚刚捧出的花瓣多娇嫩哪，不能让它受到一点儿委屈。如果，听的人完全老于世故或毫无共鸣地说：“噢，知道了。就那么回事呗。”我们会感到难忍的屈辱，满脸涨得通红，扯转马头就走。等到他看不见的时候，再悄悄抽出手来，擦掉眼角溢出的泪珠……

我早已长大成人。我是一个套马好手，又是一个通晓蒙汉两种文字的“知识牧民”。草原上的长辈们已经对我另眼看待。然而，我还是常常斜靠在开满鲜花的山岗上，痴痴地注视着生养我的乌珠穆沁大草原，注视着草原上恣情戏耍的小山羊。常常在这一刻，我的心变得透明了，仿佛一株株嫩绿的、沾满露珠的小草在回忆中萌生……

一九七九年秋天，我考上了民族学院语文系。没想到一场迎新足球赛，竟也催发了埋藏在我心底那样久的往事的萌芽。

两个运动员在争抢中把球踢出了边线。那个足球贴着地面朝我滚来。在我的视野里，它急速地转动着，闪烁着美丽的黑白相间的花纹。我觉得它越来越大，旋转得也越来越急。瞧，它滚过来了，滚过来了！……它一直滚到了我面前。我走上前去，捧起了那个足球。这是一个用黑白两色皮子缝成的花足球。按照蒙古语的颜色分类，这种花色称作“阿勒克”。我呆住了：对，是它，就是它，阿勒克足球……我的泪水夺眶而出。但是，成熟的牧人性格唤醒了我，我把球丢在地上，站起来跑出了操场。

跑啊，跑啊，我觉得世界上只有我一个人在跑……我跑到校墙外面，一片无边无际的稻田挡住了我。沉甸甸的金色稻穗点着头。哦，它多像我的家乡，那乌珠穆沁草原金黄的九月啊！

我斜躺在田埂上，一会儿又翻个身伏在地上，用双手撑着脸——好像在家乡放羊时那样。辽阔的庄稼金波浮动，是的，那天的草原也是这么金黄一片，金黄一片——

二

那天，远远有一个骑手独自走过山坳。

邻居的小女孩索依拉忽然喊着我的名字：“白音宝力格！快来，快来看！”

我跑到她身旁，这小姑娘睁圆了一双驼羔似的眼睛，盯着远处那骑手的背影。

我们俩像湖畔觅食的小野鸭子一样，扇动着手臂，甩动着翘头靴子，费劲地朝山岗上跑着，想追上去望望那个骑手。

人们说乌珠穆沁是世间的一颗明珠，我却认为世界就是乌珠穆沁草原本身。登上高坡时，准会有一丝清新的风吹来，莽莽世界就在这清风中展现眼底。那时候我不知道还有无边的森林，奔腾的江河，浩瀚的大海，只知道天的尽头是神秘的地平线那浅蓝色的幻影。雾霭缭绕、若隐若现的远方是多么诱人啊，望着它，你无法遏止某种“去看看那边究竟有什么”的念头。可当你真的跨上马，焦急地一道道地越过了那些淡蓝的远山时，乌珠穆沁母亲却又微笑着，在你眼前变出一道更静谧、更辽远、更撩人的新的地平线……

我们扒下了挺沉的小蒙靴，才轻快地登上了家门前那座障人眼目的小山。那个骑手已经走远。秋天的傍晚时分，暮色浓重而清凉。太阳在天际留恋着草原，挣扎跳跃着不愿西沉，贴着地面平射而来的光线把那骑马人的背影拖得很长很长，好像他的马儿有一条无穷无尽的、低拂着草梢的长尾。

他的姿势属于最散漫的牧人那一种。歪歪的，半个屁股斜压在鞍上。他深深地把头埋在怀里，身体向前弯成弓形，仿佛熟睡在马背上。我想，那样骑马心里一定憋闷得难受。

“看见吗？就是他。”索依拉眨着聪明沉静的驼羔眼告诉我，“昨天，我听见队长和几个老爷爷说话。队长说：唉！你看，要我挑选一百个套马手、一百个摔跤手或者一百个歌手并不难，因为我们哈达图大队正好有一百个男人。可是，要我找老师么？唉——喇嘛！那可连一个半个也难哟。我们哈达图命里注定没有文化，没有办学校的喜庆！……”

我生气地打断了这罗里罗嗦的小姑娘："真烦人——老师的事和这个家伙有什么关系？"

"你别急嘛，白音宝力格！……"索依拉望着那骑手的影子，它已经快要消失在黄昏迷茫的暮色里了，"……嗯，队长正在说呢，他碰巧走过来。队长用烟袋指着他说：你哟，只会喝酒打架。真可惜你说的那么一口蒙古话啦！你知道吗？白音宝力格！他阴沉着脸，皱着眉头坐了一会儿，然后忽然问队长：喂，要是我愿意，你们会同意我当老师吗？队长哈哈笑了！说真的，我也差点笑出来：老师——人人尊敬的巴哈西①。怎能是这种好打架的人呢！……可是，他生气了，一把揪住队长的肩膀，哟，就像捉住一只瘦羊。他的嗓子里咕噜噜地响，两眼红红的。我吓得躲在牛车背后。可是，你猜他说什么？他说：那么，让我试试吧！……队长，说真的！让我试试吧！咦，白音宝力格，你说他的眼睛为什么是红的呢？"

"不知道，"我烦恼地说，"看来，我该倒霉啦。坏老师总是恨我们男孩子的……红眼睛，哼！他和我阿爸打架那次眼睛还要红呢！难道你忘了吗？"

索依拉当然不会忘记的。那场打架的事不过是一个月以前刚发生的。

那天，我和索依拉正兴致勃勃地蹲在地上，用小棍捅一个洞里的老鼠呢。被风沙侵蚀退化的夏牧场上，这种老鼠打的小洞到处都是，奔驰的骏马常常被它们害得筋断骨折。我恨它们，所以总是不辞辛苦地在太阳曝晒下，率领着大黄狗，拖着鼻涕捉老鼠。多管闲

① 巴哈西：蒙语，老师、导师。

事的阿嬷总是突然在我聚精会神的时候揪住我的袍领，狠狠骂我一通。所以，那天听到有人喊我的名字时，我还以为又是阿嬷呢！

我们慌慌张张地跑到剪秋毛的黄石头圈。在一大堆人中间，阿爸正和一个穿着黑布袍子的大个青年扭作一团。阿爸显然是喝醉了酒，他歪斜着身子朝对手乱踢，可是踢不准地方。那个黑衣青年抡起拳头，咚咚地擂着阿爸的后背，像一头顶架的牤牛，喘着粗气，瞪着充血的红眼睛。牧人们扯开了阿爸。另一边——一群知识青年拉开了黑衣青年。这里已经是两个营垒，敌视的、隔阂的两个营垒。知识青年那一边，有人怪声怪气地吹着口哨，引起一阵粗野嘲弄的嘎声大笑。

黑衣青年站在他们前面，一副不顾一切地要拼命的样子。他嘶哑地吼着："哼！想骑在我头上吗？试试吧！……告诉你们，我可不是好惹的！……别以为我走不了就可以随便让你们欺负！今后，谁敢动我一指头，我就还他两拳头！……"

我发现，这恶棍的蒙古话讲得很漂亮，连骂人的脏话也说得那么流利。呸！

醉得像泥一样的阿爸也在牧民们怀里语无伦次地大吵大嚷。他在喝醉的时候总是喜欢口齿不清地把心里的东西全倒出来。在家里，有时我和阿嬷要整整听他吵嚷半夜呢。

"你们的心被冬天的狼叼去啦！呜呜……"父亲捶胸顿足地哭闹着，说着一些毫不相干的东西，"我们用马队和汽车赛跑欢迎你们哟，呜呜……纳木吉拉家的瞎老婆子在草地上爬着，把奶豆腐捧给你们哟！呜呜……"

我感到一个蒙古男人的羞耻。虽然我只有十岁，但是在这种时候，在父亲已经像个没用的女人一样只会哭闹，满嘴胡说些让我们光荣的家族丢脸的昏话的时候，我白音宝力格必须站出来。我紧紧攥住小老鼠的尾巴走上前去，逼视着那凶神般的黑衣青年。如果我能像传说中的勇士那样突然长成高山一样的身躯，我一定会把这个眼里充血的人举过头顶，再摔在草地上。

听着阿爸的胡说八道，我只感到害羞。可是，铁塔般立在我面前的这个黑衣大个子却好像不是这样。他那凶恶地瞪圆了的眼睛里渐渐出现了一种茫然若失的神情，捶着胸脯的拳头放了下来，不安地揉搓着袍襟。他的两脚不停地动着地方，好像原来的姿势很不合适。最后，大概是因为我正在和他对峙着吧，他的一双眼睛便盯着我。那双眼睛好像在祈求着我说："不要怨我！小弟弟，难道你不知道你阿爸喝醉酒会怎样么？难道他不曾在喝醉后无缘无故地欺负你阿嬷么？……"他那裂开的眼角，那黑夜一样的眸子，那咬得青肿的嘴唇，都使我隐隐地感觉到他内心深处正忍受着一种痛苦。

世上的事情往往是不可理解的。有时你会突然对一个恨得要死的仇人产生莫名其妙的同情，也会突然感到这种仇恨的无聊……他那线条粗犷的脸上，肌肉抽搐着，这个庞然大物一样的大个子，此刻显得像披着一片烂毡子的曼诺尔[①]一样可怜。

人群散去了。从圈里放出去吃草的羊已经散满了山坡。已是正午时分，牧民们都急匆匆地催着马，在明亮的太阳光下赶回家去喝茶。我肚子饿了，但我没有走，因为他还在原地呆呆地站着。附近不会有一家牧民欢迎他去喝午茶的，刚才他当众说的那些话太伤人啦。

他的黑布袍子飘拂着，一只裤筒露在马靴外面，马靴上粘满了

① 曼诺尔：牧区夜间用来吓狼的假人，相当于汉族地区的稻草人。

羊圈里的脏泥稀粪。我这时倒真想劝他一句：算啦！“醉鬼打架等于亲嘴”……可是我说不出口。我看见，他眼角的裂口更大了，已经有一粒晶亮鲜红的血珠凝挂在睫毛上。我惶然了，但这大个子的伤心事还不是我能懂得的。站在那里，我只是想起曾在达古图湖畔的一块岩石上见过一匹濒死的二岁小马。那匹小马虚弱得连头都抬不起来，用一对满盈泪水的眼睛留恋地望着湖水。当时我曾想过：只要有人推它一下，这可怜的生灵就完啦！……黑衣青年挂着血珠的眼睛里，有一股和那二岁弱马一模一样的神情！

哦，阿爸，你壮实得很，顶多你多挨了他几脚。可是你给他的却可能是一刀，你懂么？给那匹湖畔的瘦马深深的一刀。

在深秋的草地上，只有我这小孩子默默地站在他对面，吸溜着鼻涕，手里还捏着那只小老鼠的尾巴。

……

“白音宝力格，”索依拉问我，“他当老师，你阿爸会让你上学吗？”

“为什么我要听阿爸的？你倒是该问问我愿意不愿意去上他的学！”我生气地回答。

确实如此，作为一个受过侮辱的牧人的长子，我能到侮辱过父亲的人办的学校里念书吗？当然，那次打架可能是阿爸先动的手，但毕竟是这个混账的老师曾经使我们这个家族当众出丑。难道我不该给这个讨厌的家伙一点颜色吗？不去上学，将是我对他的惩罚。可是，湖边岩石上的那匹孤独的弱马又鬼使神差地出现了……

海勒格纳草从深处最后残余的一点绿色已经褪尽了，蹲下来，你会发现一切牧草都变成了真正的“白草”。初雪不会远啦。小学校会怎样办呢？而且那弯曲的、具有魔力的蒙文字母，和四方块的、同样神通广大的汉族字母，究竟是怎么回事呢？我已经十岁了，可是这一切的奥秘我一点儿也不知道。那见鬼的学校里该不会有什么新鲜的玩艺儿吧？要知道，整天地逗家里那条大黄狗，在羊盘上来回跑着装骆驼叫，已经让我腻透了！……唉，乌珠穆沁草原，我们万能的母亲哟！你为什么把打开一切奥秘宝库的金钥匙，偏偏交给那样一个野蛮的、好打架的人呢？

从他和阿爸在黄石圈打了架以后，牧民们都用“好打架的”这个词来称呼他。

“知道吗，他在哈达图大山的南坡上睡觉呢！好家伙，一个人，在漆黑的夜里！”

“谁呀？真是新鲜事！”

“还有谁？那个好打架的呗！……”

那个时候，“草原新牧民”们正一个接一个地离开草原。有的人截住一辆汽车，把带鞍的马扔在野地上，跳上车连头也不回，也有的人紧紧搂住老额吉的腿，把脸埋在那些老太婆油污破烂的前襟上，然后挥泪跨上马背。当牧人单独在一起时“北京孩子”的去留常常是一个消磨时间的话题。

有一天，我骑着阿爸的马去井台饮马。一群牧马人围坐在井旁的碱草地上，叼着烟袋，随口乱扯着草原上的种种轶事。忽然我听到人们又谈到“好打架的”，我拉着马，也凑到大人们背后。

“看见了吧，都是要走的！”

“不过，那个好打架的走不了。”

“咦——为什么呢？”

“听说，他的父亲早已不在了（我们禁忌说人“死了”，总用比较温和的字眼儿来表示虔诚的同情）。他母亲嫁了别人，把他撇给了学校。懂么？这就是说，他没有家可回，城里也没有人帮他回去。”

“唔——是个苦命的人哪……”

我心情沉重地牵着马离开了那口水井。一只折断了翅子的百灵子扑楞楞地从草地上飞起来，惊得马儿甩动着笼头。

哦，就是说，他成了个孤儿。孤儿，在草原上也有的是。他们给人家当养子、配劳力，一年换一户人家栖身。当然牧民是不会叫他们饿死的，但是我也不能保证草原上就没有几家小气鬼——那时，同是一碗奶茶端过去，恐怕就只有这些可怜的、寄人篱下的孤儿心里才明白：在不透明的棕黄色奶茶下面，究竟有多少炒米啦。阿孃经常在家里数说这些事情，所以，我在嚼着她递给我的奶豆腐的同时，也多少懂得了一些。当那些人来我家串门时，用不着阿孃示意，我自己就会跑到木架上，把一个谁也不用的、偶尔给我和妹妹达莫琳洗脸用的大碗取出来给他装炒米，让他在我们家里吃个饱……

但这个黑衣大个子是生在伟大的北京城的！北京——我不能相信：在那个圣洁的地方，也会有屈辱痛苦的孤儿？

怎么办呢？……我犹豫地站住了。不远的前方，我家那顶破旧的毡包上正飘出浓浓的炊烟。在那打满黑补丁的、简陋的毡包里，有煮熟的肉，滚烫的茶。夜间还有母亲温暖的臂膀。而他呢？什么都没有。他像那匹湖边的二岁弱马一样，孤零零地在阴森的荒野里蜷卧……

我没精打采地把马拴在车上。然后走到旁边索依拉家门口，把她喊了出来。“呶，索依拉，把你的新书包拿来。我要让阿孃也给我缝一个。”

“真的吗？白音宝力格？你决定上学啦？”

她虽然眼睛漂亮，但终归是女孩，太傻气。

"唔，"我说，"我不打算惩罚他啦……"

有时我常想，祖先为什么偏偏把马头琴留给我们呢，好像他们断定我们永远会有抒发不完的忧伤和哀怨。我很想扰乱那幽幽而来的呜咽琴音，因为我喜欢快乐地生活。但我不敢：大人们正听得像着了魔。我无可奈何地缩在蒙古包的一角，听任那琴声随便把什么不祥的预感送入我的耳中。往往第二天，注定要来的倒霉事就会使我挨揍。

开学的前一天晚上，我又听到了那低低的琴音，所以我整个晚上心情烦躁。阿爸瞥见阿孃给我缝的新书包，冷冷地哼了一声："哼！鬼才相信！"

"为什么？"我急忙争辩，"为什么不信？我能学得会的！"

他不再理我。掏出扁酒壶，咕咚灌了一口，叹口气躺倒睡了。我也叹了口气，躺了下来。那块被蒙古包的天窗切成半圆形的夜空是深紫色的，银白的上弦月刚巧嵌在上面。我猜想，既然我看见了月亮，那么我的脸上一定也满洒着月光吧。

黄狗吠叫起来。我跑出包外吆狗。一个高个的人正把一匹白马拴在车轮上。他迟疑地转过身。是他！我差点儿喊出声来。

阿孃忙碌着，飞快地捅旺了炉火，把茶砖垫在前襟上砸碎。她不住声地说这说那，还把新缝好的小书包递给客人看。我已经胆怯地盘腿坐在毡子上。阿孃催我："快，白音宝力格！快喊巴哈西呀！"

我费劲地喊了一声："巴哈西——"

唉！老师——对于我们这些七八岁时已经过早地投入了劳动，十来岁还没有产生过读书奢望的牧民孩子来说，这简直是和阳光、春天、幻梦一样美妙的词汇。喊了这么一声，我们就变了，变成了文明和知识的朋友，并有了能与草原上白发老人媲美的荣誉和地位。

当我光着脚丫，盘着腿在那儿激动得胡思乱想的时候，老师已经在同阿嬢说明来意：学校明天就要开学了，可是还缺些家具什物，想和仓库管理员，也就是和我阿爸商量一下。

阿嬢开始推躺在里面的阿爸。“喂！起来！巴哈西来见你了！……”

可是阿爸一动也不动。我明白他没睡着，他连呼噜也没有打。

“喂，快起来！老师……”

躺着的阿爸猛地把阿嬢推他的手打掉！

阿嬢噙着泪水望望老师，不敢再喊了。

大茶壶嗞嗞地响，但总是煮不开。

老师终于站了起来，费劲地转向我说：“白音宝力格！明天到学校来吧……”

他的嗓音低沉，胸音很重。他的头深埋在胸前，上身弯成弓形。虽然在对我说话，但他似乎不敢抬起眼睛望望我。

我抢先推开门，第一件事就是狠狠踢了黄狗一脚，然后跑到车旁，帮他解下缰绳。

乌珠穆沁草原的夜是美丽的。轻泻而下的水一样柔和的月光，把远近黑色的山峦涂抹得只剩一条乳青色的轮廓。从南边达古图湖那儿传来浪头拍击湖岸的悦耳的低鸣，好像湖水真的在唱着一首旋律单调而音响丰富的夜歌[①]。可是，即便这是个最适合夜行人的秋夜，我也不能为自己开脱：呵，我们这个家庭还从来没有过把夜行人关在门外的事呢！我害怕地想到，纯洁的蒙古人的习惯和良心会饶恕我们这一家人吗？偏偏就在这时，一丝微风挟着一丝比微风更

① 达古图湖：即响着的湖，唱歌的湖。

细微的马头琴音飘飘而来。这就是那不祥的征兆么？我牵着马的手发抖了，简直没有勇气把缰绳递给这不幸的老师。

他蹲下来，捉住我的肩膀，仔细地端详着我。在朦胧的月光下，我第二次看到了那种充满痛苦的眼神。虽然我仅仅十岁，但我已经从那眼神中看到了一些难以名状的东西。

“白音宝力格！明天……你真的来学校吗？”

我听到他带哭的腔调里的乞求。我感到，如果我不去上学，这个宽肩膀的男子汉就会像那匹羸弱的二岁马一样，要立即倒毙的吧。于是我使劲“嗯”了一声。

索依拉的家近在咫尺。东边和北边的山沟里，布满了我们哈达图队的毡包。可是，老师仅仅在马背上沉思了一会儿，就拨转马头，对着南方那金钉星[①]。指着的方向缓辔而去。南边没有一户人家，穿过一片细长的芨芨草丛，就是汹涌喘息着的达古图湖。老师，我的巴哈西，莫非你要去那湖边过夜吗？

白马的影子渐渐溶化在水一样均匀的暗淡的夜色里。我踩着冰凉的草地走回来。走到门口，突然被一双从黑影里伸出的手臂搂住了。原来，阿嬷也一直悄悄地蹲在门口。

我一声不吭地把头扎进阿嬷的怀里。母亲怀里的气息多么温暖和醉人啊。可是这位老师却只能在乌珠穆沁母亲那广袤的怀抱里去寻找温暖啦。老人们就是这样念叨的：孤儿如果不学会到乌珠穆沁母亲怀里寻找母爱，他一定会苦死的……看来，他去达古图湖边的芨芨草和芦苇丛里过夜是对的。

……开学了！

① 金钉星即北斗星。

草原上就是这样，随便一件小事或一个偶然的聚会，都会造成一种奇特的喜庆气氛。不是吗？当我们上第一堂课的时候，巡回小学的门口挤满了看热闹的牧人，晚秋的草滩上布满了绊住三条腿的全鞍马。啊，虽然我们刚刚度过昨天那么一个不愉快的夜晚，但我们还是迎来了这个欢乐的、充满阳光的白天。那些牧人，尽管嘴角带着嘲笑，眼中流露着怀疑和轻蔑，但他们不知道，当他们把马匹上了皮绊，把马杆子抛在草地上，盘腿坐在门外的时候，他们已经是在给我们举行典礼了。

老师毫无疑问要在牧人们面前显显本领。第一节偏上蒙文。当他用粉笔把三个元音写在黑板上时，我清楚地听见了门口挤着的那些牧人们粗重的、像牛一样的呼吸。

“阿——哦——依——”[①]老师念着。

“阿！——哦！——依！——”我们清脆地念着，不，是鼓足气力喊着。

亘古以来，大概只听过牛羊的叫声，骏马的驰骤和婴儿的啼哭的乌珠穆沁母亲，第一次听见了牧民子弟的琅琅书声。我好像听到南飞的大雁在回首鸣啾，茫茫的草海在飒飒低唱，达古图湖从胸膛深处发出动听的哗哗声。瞧那正襟危坐在门外草地上的队长大叔，他听得出了神，甚至没有发觉腮上挂着两滴混浊的老泪。还有那几个目空一切的马倌，他们一向自认为是草原的骄子，走到哪里都大声吵嚷。可今天却老老实实地坐在门外，连大气也不敢出。我乐坏了，哈，让他们听吧，看吧，嫉妒我们吧！让大人们可恨的威风无影无踪吧！我们是乌珠穆沁母亲的第一代称作学生的儿子！……念

① 阿、哦、依：a、e、i 蒙文七个元音的前三个。

啊，喊啊，伙伴们，阿——哦——依——！

但是，还有更快活的事呢：我早就发现了一个褪了色的旧皮球！尽管它因为打了一个补丁而显得不太圆，但我们还是汗流浃背地踢了它一通。老师费劲地教我们分成两队，但我们根本不听。几个大些的孩子只要一抢到球，就一个人拼命踢着跑，踢得越远越好，反正草原宽敞极啦。什么射门不射门，反正比在家里逗大黄狗有意思多啦。我发疯一样地跑着，可是常常被老师截住，一脚又把球踢回去。

围观的大人们已经痴呆了。山上有两群羊混了群，他们狼狈地跨上马，怪舍不得地去分羊，我们呢，幸灾乐祸地在后面起哄。

中午啦。我们心满意足地回到巡回小学的大蒙古包里。一位漂亮的姐姐给我们烧开了茶。她温柔地望着我们——包括满头冒汗的老师。

老师问我：“认识她吧？这是咱们队里的医生！”

当然认识。

她用甜甜的声音问我们：“哈达图小学的学生们，你们有谁生了病或是不舒服吗？”

哗的一声，我们像小鸟一样喊起来：“姐姐！姐姐！我要扎银针！扎银针！”……

啊，一想起那天，我的心就醉啦……那天，我们高兴地围着老师和那位美丽的姐姐，喝着她烧的喷香的黑茶①。我们唧唧喳喳地吵嚷着，尽管没有一个人头疼脑热，每人眉头当中却都扎着一根银针——那是拗不过我们满心的愉快，医生姐姐才给我们扎上的。我们不许老师和姐姐吃自己的炒米，争先恐后地把自己带来的食物塞

① 黑茶：不放奶子的茶叫黑茶。

给他们……

喝茶时，我偷偷瞥着老师。真奇怪，我突然发现他在这样的时候是蛮漂亮的呢。雪白的牙齿，黑亮的眼睛，英武的面庞。那种凶神般恶狠狠的神气哪儿去了呢？那被痛苦压得弯成一个弓形、裂开的眼角凝挂着一小点血珠的样子怎么不见了呢？坐在我们中间，紧紧挨着那仙女般好看的嗓音甜甜的姐姐，你看他完全不像是个孤儿了。我甚至想，若是他穿上摔跤手金碧辉煌的摔跤服，一定会是个使满场喝彩的漂亮布和[①]呢！

巴特尔这胖子的一句话，打断了我美好的遐想："咦，你们看，地上铺的是巴哈西的棉被和毯子。为什么不铺上垫毡呢？"

"对，白音宝力格！回去朝你阿爸要几块垫毡吧！"

"白音宝力格！要那种栽绒绣花的垫毡！你记清楚！……"

他们七嘴八舌的吵嚷，一下子就埋葬了我在这一天的幸福和快乐，把我又推回昨天那个丢人的夜晚。我恨恨地咬着牙：巴特尔，不要以为你聪明！你懂什么？什么也不懂！

索依拉为我解了围。她睁着那对沉思的大眼睛，有条有理地说："孩子们，我家也有栽绒的毛毡的。明天我从家里带一块来。如果你们也都从家里带一块来，我们学校里就可以铺上好几层啦！"

孩子们马上又像百灵子一样喳喳嚷起来。最后我们约定：明天每人从家里带一块垫毡来。

我挤到老师身边问："巴哈西，你说吧，学校还缺什么，我们大家从家里带来！"

老师默默地看着我的眼睛。我们俩目光中传递的语言，是无论

① 布和：摔跤力士的称号。

哪个孩子也不懂的，包括索依拉，别看她是那么聪明懂事。这时，医生姐姐忽然扭过头，用一双噙着泪花的眼睛望着门外的草地。好像，她也懂啦！

三

草原的冬季仿佛是与世隔绝的。不过，当初雪带来的寒风渐渐变成凝固的清冷之后，我们也就马上习惯啦。在白皑皑的软雪地上，我们照样拼命地踢着那个破皮球。骑着马的牧民们照样把学校里的每件新鲜事，每一天的课程进展传遍冰雪覆盖的草原。

医生姐姐围上了一条鲜艳的大红围巾，每天骑马来我们这儿巡诊。她一到仍然是忙这忙那，有时老师开始讲课了，她就静静地坐着，把羊粪火烧得轰轰作响。我时常发现她在出神地凝视着老师的侧影。那么专注，那么忘情。在那种时候，她那美丽的大眼睛里就闪跳着一种莫名其妙的火花。什么火花呢？好像我在阿嬷的眼睛里也看到过。痴痴的，带着一种淡淡的哀伤。

有一天早晨，我和索依拉提前跑到学校。姐姐的青马已经绊在雪地上。我偷偷地贴着门缝向里一望，被吓得屏住了呼吸。

我看见这样一幅图画：老师和姐姐紧紧地偎抱在一块儿，脸贴在一起。他们仿佛已经忘记了还有一个世界，只管盯着铁皮炉子里熊熊的烈火。奇怪的是，老师和姐姐的神情为什么显得那么严肃和深沉呢……然而我还是感到自己看到了一幅最美的图画，一种人们和我都热烈地向往的美好的生活。我笑了，我想像着我们的老师和这位美丽的姐姐搭起了一座雪白的毡包，大白马和小青马并排绊在绿茵茵的草地上。我呢，和索依拉快活地跑来做客，当然，随身带来阿孃送给他们的鲜奶。稍稍走开了几步以后，我把这种念头用耳语悄悄地告诉了索依拉，她激动得使劲点头。我们俩小心翼翼地屏住了气，不敢发出一点声响，蹲在包外峭厉的冷风里，生怕打扰了他们。我又悄悄地把我知道的老师的身世告诉给索依拉，为了让她也懂得那个关于濒死的二岁小马的道理。

索依拉捉住我的手，惊奇地看着我说："白音宝力格！你怎么会有这样好的心肠呢？"她想了一想，又小声说："那么，白音宝力格，咱们俩发誓吧，永远悄悄地帮助老师。好么？"

我们就这样，像两只傻乎乎的冻僵的小兔子，蹲在深雪里一本正经地发了誓。

后来，我的妹妹也来上学啦。当然，指望她念书是不可能的。我想阿爸阿孃送她来学校，大概是觉得我们在学校玩得挺快活吧。唉，达莫琳，达莫琳！你为什么不改名叫作小钥匙呢？我的红脸蛋的小妹妹，你打开了一把锈了多久的锁啊！……

事情是从那天的风雪开始的。

那天，从中午起就飘着纷纷扬扬的雪花，——下雪并没有什么，糟糕的是，傍晚时分，嗷嗷怪吼的白毛风刮起来了，仿佛一群狰狞的白色的魔鬼占领了草原。外面已是天昏地暗，对面不见人。我们十几个孩子怎么回家呢？

狂风把砂子一样硬的雪粒打在门上，像是威胁着我们。老师急得冒汗。有几个女孩子已经泪汪汪的了。

"别怕！别着急！我用马把你们一个个送回家去！"老师紧了紧腰带，抱起一个孩子走向门外。停了一下，他又说："唱歌吧！唱着歌你们就不害怕啦……"

可是我觉得他是在这样说："唱歌吧，孩子们，没有你们的歌声我会被白毛风撕碎的，为我唱吧，孩子们！"

我们都从小就会唱歌。可是我从来没有这样唱过，也从来没有在歌子里寄托那么多的希望。我们拼命地唱，当老师眉毛上沾着冰雪，带着寒流冲进门来，急促地靠着门大口喘气的时候，我们的歌声是饱含安慰、祝贺和喜悦的；而当他拖着两个孩子，咬着牙冲进那白茫茫的深渊以后，我们忍着恐怖和孤独，更高声地唱着，那时我们唱得声嘶力竭，像是绝望的尖叫，好像我们的可怜的呼喊真的能穿过风暴，送到老师的耳朵里，使他不至于迷失方向。

天黑透了。包里只剩下三个人：索依拉、达莫琳和我。我点着灯。不约而同地，我们已经停住了歌唱。索依拉紧紧抱着达莫琳，我真奇怪这娇惯了的妹妹为什么没有哭。

终于门"砰"地被撞开了，一个雪人闯进来。他的帽子、袍子和靴子上都积着厚厚的白雪。

哈达图小学最后走进风雪的行列是这样的：老师抱着达莫琳，在前面踏着雪步行。索依拉紧紧捉住我的腰带，把脸贴在我的后背上。我用马蹄袖口挡住脸，骑在老师那匹高高的大白马上。

风雪铺天盖地而来。达莫琳妹妹紧紧搂着老师的脖子。老师已经用翻毛的皮褥子把她连头蒙住，像是抱着一头大山羊。我突然从心底涌起一股豪迈感，我觉得我们小小的行列就像成吉思汗的大军一样不可战胜。老师的脚拔出来，又迈出去。在茫茫的雪夜中，我仔细地盯着老师在前面踏出的、那一串深深的脚印……

路过索依拉家，她不肯下马，非要到我家去过夜。她家的大人莫名其妙地挤在门口，望望这个，又望望那个。大人哟，总算也有了你们不懂的事情啦！

这回轮到我那骄傲的阿爸害羞了。他脸上的表情简直是无法形容的。他一会儿去弄弄马，一会儿进来找点什么东西。最后，所有的人都静静地围在炉火旁，包里安静下来了。桔黄色的火苗烤着老师和阿爸：这对过去的仇人，也烤着我们的胸怀，在那儿引燃了一种微微发酸的感情。达莫琳把小脚丫伸在红灰旁烤着，炫耀地对阿孃讲着刚才的事情。此刻，我想起了开学前夕那个难堪的夜晚，阿孃大概也想起来了，我们都不客气地盯着阿爸，故意不接他和解的话茬。我们等着他自己判决自己。当然是判决。是在祖先传下的、作为我们牧人最神圣的品质驱使下判决。

阿孃把散发着诱人香气的、浮着闪亮的黄油的浓奶茶舀出了一勺。这时，阿爸突然跳了起来，他唯恐落在阿孃的铜勺子后面，抢先从怀里摸出他那个爷爷传下的扁酒壶，像头牛一样笨拙、憨厚地嘿嘿笑着，讨饶地凑了过去，把气味呛人的烈性酒咕哆哆地倒进老师的碗里！

索依拉立即哭出了声。我却快活地蹦起来，扑过去抓抓阿孃的衣襟，又扑过来亲亲阿爸的大胡子，还不够，我搔起妹妹和索依拉的脚心来，弄得她们咯咯地笑个不停。白毛风啊，你这可爱的风！你尽情地刮吧！达莫琳啊，你这奇怪的小钥匙！你不停地笑吧！一切都过去啦！我们都原谅了过去。明天，我的美好的明天啊，你快些降临吧！……

冬天输啦！它灰溜溜地离开了草原。

春神似乎是踩着钟点走路，她准确地在四月开头的那几天，把一阵潮湿的、笔直笔直的长风送来，用它来抚摸着、唤醒着乌珠穆沁草原。解了冻的原野湿乎乎、胀膨膨的。洼地里、山沟间、顺势流下欢唱的轻盈的雪水溪。终日浸泡着百草的雪水是甜的，我们在帮助老师饮马时，总是忍不住地学着那匹俊美的马儿，把嘴先放在甜滋滋的流水里浸一会儿，然后长长地吸上一口……

我们学校结束了冬季的巡回，定居在大队部西面三间歪斜的小黄泥屋里。一杆红旗插在小泥屋的顶上，旗上面有我们每人用蒙文工工整整地写上的名字。知道吗，旗子上已经写满了哈达图儿童的姓名，也就是说，我们的小学已经有了二十多个学生啦。

不过，所有的顺心事加在一块儿也比不上那天的事让人兴奋。老师从公社开会回来，给我们带回来一个美妙绝伦的、用黑白两色皮子缝成的、简直是神奇的足球！

老师告诉我们：全公社五个大队的民办小学只分到这一个足球。白音淖尔大队的那个大胖子蒙族老师宣布：谁要想抱走这个阿勒克足球，首先得把他摔倒在地上！

“巴哈西，后来呢？”索依拉听得入了迷。

我使劲推她一把：“什么后来！后来我们巴哈西胜利啦！大胖子被摔倒了呗！”

“噢——噢！大胖子被摔倒啰！”我们哄着叫着，开心地在草地上翻着跟头。

黑白相间的阿勒克足球掠着草皮在飞，像一只黑白花毛的小狗崽在飞窜。牧人们谨慎地勒住马嚼，担心马儿被这奇异的小动物惊吓，女人们喜爱地抚摸着它，赞叹着缝工的精巧……我不好意思一个人踢着球往草原深处跑啦，有时蛮劲一来，正想像匹疯马驹子离群而去，一想到巴哈西并不是为你白音宝力格而去和大胖子摔跤的，马上又转身把球一脚踢了回来。男孩子们已经自然地形成了一个小足球队，每天晚上，我们轮流抱着阿勒克足球睡觉。女孩子呢，她们总用羊油块把球擦拭得光滑干净。

医生姐姐依旧骑着她的小青马到我们学校来，脱去沉重的羊皮袍子以后，她和她的青马显得非常相称：苗条、轻盈而又干净。索依拉早被她那双美丽的眼睛迷住了，我发觉她也常常把自己的驼羔眼像医生姐姐那样眨呀眨的。其实她很傻，因为她尽管学，可是爱沉思的驼羔眼睛里终究是不可能有那种深邃的忧伤的。

不如说姐姐更看重我。有一天，她对我说："白音宝力格！没有比你更懂事的孩子啦（听见吗？索依拉！）……可是，你要知道，你的巴哈西有一种病，每逢到了一个特殊的日子就会发作的。我知道，你是爱你的老师的。那么，好孩子，五一节那天你该多留心他一些才好……"

为什么要"留心"那么一个吉祥的日子呢？我不懂。姐姐急得很，她的蒙古话远远不像老师那样准确。我听了好久才大致明白了一个糊里糊涂的道理：如果一只小山羊在一丛芨芨草旁迷了路，并永远地失去了母羊的话，那么只要它再路过这丛青青的芨芨草，就会悲伤地回首咩叫……我去讲给索依拉听，她当然也不明白是什么意思。于是，我们只好忐忑不安地等待着那个日子。

五一节那天，草原上并没有什么庆典。老师照样教课，我们照常默写、唱歌和踢阿勒克足球。能说他那天话语不多吗？他从来都是少言寡语。音乐课的时候，我因为胡思乱想，一下子唱错了，在孩子们整齐地唱着低声时，我像一头驴子，尖尖地吼出一个高音。老师迅速地瞥了我一眼，正碰上我在直勾勾地盯着他。刹那间，我们的目光在半空击出了一个火花。老师迅速转过脸，背对着孩子们。然而，我已经清楚地看见了那种熟识的、被痛苦扭曲的灵魂的泪光……

傍晚时分，马倌札米扬醉醺醺地来到我们的黄泥小屋门前。他在马背上歪来歪去，打着恶臭的酒嗝儿，“喂……我的巴哈西老爷，春天吃顿肉不容易呢……我刚刚剥了那头黑眼睛的大羯子。嘿，全家已经围着那盆肉啦，老婆子偏把我撵出来，叫我把小宝贝驮回去。怎么样？你把我的巴特尔借给我一晚上……行不行？”

上午他已经托人捎来口信，要巴特尔回家吃肉。但老师说，学校是有规矩的，不能随便回家。况且，今天晚上我们还要开个小晚会。现在，他亲自来了。

“不行，大叔。只有合群的马，牧人才能放牧，而且，晚上巴特尔还应该参加晚会。”老师平静地回答。

醉得舌头发直的马倌发怒了：“你当的什么老爷哟！连我……喂喂我的小牤牛都不准？可真……真是‘格隆亥’扔下的！……”

我的血一下子冲上了头。“嗡”的一声，眼前闪烁起金星。我觉得老师是不会忍受这种剜心的侮辱和损害的，除非他不懂得这句蒙古话的意义！

“格隆亥”是专对那些拒绝给自己刚生下来的仔畜舐身喂奶的母畜的一个专用称呼。汉话中没有这个词。老师，你最好没有听懂！

但是，老师懂了。因为我恐怖地、真切地看见他那干燥的眼角在静静地裂开，裂开。他原来对札米扬马倌讲话时的笑容原样地凝固在开始发青的脸上。我一把握住老师的大手。那只结实的大手像铁钳一样慢慢收紧。他的一排指甲嵌入了我的手掌。就在这时，我猛地回忆起医生姐姐嘱咐我的话……

我奇怪老师为什么没有把札米扬从马背上扯下来，因为我已经在他脸上看见了那种粗野的过去的影子，看见了一股压抑不住的凶狠的报复冲动。但接着我又迷惑不解地看到了一种特别的神情，与其说是伤痛，不如说是羡慕，或者说，那是一种干渴，一种梦想，一种不能自制的追求……

他痴痴地望着醉鬼札米扬，喃喃地说：“让他去吧。让你的儿子也去吃点肉吧……”

晚上，我们十来个小男孩，还有老师，在教室的大炕上躺成一排。这里没有蒙古包的天窗，抬起头来，看不见那块被天窗剪成半圆形的深蓝色的星空，只能看见暗淡的屋顶上一排排七扭八歪的木椽子。

“白音宝力格，讲个故事吧，我想听。”老师轻轻地唤着我，大概屋里只有我们两个睡不着吧。

一定要讲个拿手的。我想了想，开始讲了：

从前有一只可怜的小羊。它觉得自己是草原上最不幸的生灵啦。它羡慕飞奔的骏马，强壮的犍牛和新婚的女人。它决定去向他们致敬并询问他们幸福的原因。于是，它出发了。走过了一片草原，它遇到了一匹飘着长鬃的骏马。

健美的骏马哟，你好吗？

骏马答道：

含着冻透的嚼铁，

背着坚硬的木鞍，

挨着呼啸的鞭子，

跑过坎坷的草原。

——我有什么好呢？

它告别了骏马，趟过了一条小河，遇见了一头红褐色的犍牛。

强壮的犍牛哟，你好吗？

犍牛答道：

忍着鼻孔的剧痛，
驾着沉重的车辕，
嚼着干硬的枯草，
踏上漫漫的长途。
——我有什么好呢？
小羊告别了犍牛，翻过了一道山梁，遇见了一位新婚的女人。
善良的大嫂哟，你好吗？
大嫂答道：
伴着清冷的晨星，
挤着调皮的奶牛，
受着男人的折磨，
咽下辛酸的眼泪。
——我有什么好呢？……

当我背出最后一句韵文时，我后悔了，愚蠢的白音宝力格呀，你怎么讲了这样一个不吉利的故事呢？你怎么不想想故事的内容，就像喇嘛念经似的只顾背呢？

老师久久没有说话。我猜想他一定被我的故事勾动了满腹愁肠。我在黑暗中睁大眼睛，望着那歪歪斜斜的屋子顶棚，懊丧极了。

“白音宝力格，”老师自语般地开口了，他悄然摸着我的脸，低声地说，“你讲得真美……是的，痛苦归痛苦，但马还是飞快的骏马，牛还是强劲的壮牛，女人还在哺育着儿子，支撑着草原上的每个家庭……”

四

乌珠穆沁母亲终于换上了绿色的纱衣。绿色，这是草原四季中最迷人的颜色。只有它才能变幻出五彩缤纷的异彩，才能在长长的，笔直地吹到天边的晚风中，使远山变成梦幻般的淡蓝，使白云透出娇嫩的玫瑰红。诗人的歌使我折服了，他们智慧的头脑，竟把茫茫的草原比喻成一个硕大无朋的花篮，而花篮的提手，便是雨后横跨大地两端的彩虹！春季里我是那样热烈地盼着绿色的夏天，甚至想像着阿爸会给我们捎来香脆的、夹着砂糖的奶酪。

可是，我在十一周岁时盼来的这个夏天却是难熬的。

第一个孩子离开学校时的情形，我已经记不清了。可是后来孩子们像是染上了可恶的瘟疫，越走越多。等到学校里只剩下不多的八九个人时，我才发现：这个夏天给我们带来的不是什么夹砂糖的奶酪，而是一种致命的威胁！

牧民们都说：挤羊奶，人手少，叫孩子回家帮帮忙。自古以来都是这样的，这是“连马肚带都不敢松一松的时候啊”。

阿爸却同情地叹口气，把实话告诉老师：“唉，愚昧的人哟！他们除了数牲畜再不会算别的账。嗨，他们是嫌孩子在学校吃饭费钱呢！”

老师吃惊地望着阿爸。阿爸先把酒壶摸出来，喝了两口。他是个笨嘴的人。不过这道理就像井水一样，一澄就清了。

每天下了课，老师就骑上白马出去。有时也把我带上。他像女人一样到处劝说着，我从来没想到他竟会这样对别人哀求。有时他会听到一些恶毒的、带刺儿的话。这让我气愤，真想朝那些冷冰冰的脸上吐一口！同时我找机会狠狠地捏那家孩子一把，用凶狠的目光威胁他滚回学校去。但是，每次我们都疲倦地跨上马背，在一片空虚浮华的晚霞里失望地踏上归途。

路过知识青年的毡包时，老师有时迟疑一下，然后领着我跨进去。天哪，一群小伙子排成一排，伸直长腿躺在垫毡上，谁也不去生火。盖严了天窗的昏黑的包里烟雾腾腾。老师会心烦意乱地坐在牛粪箱上，用汉话很快地对他们说着。那时我已经能听懂一些汉话了，老师是在把情况讲给他们听。看得出，老师和他们是好朋友，在这种心神不安的时候很想得到一些安慰。可他们呢，斜着眼睛打量着老师，好像打量着一头三只角的笨牛。时而还会爆发出刺耳的嘎嘎怪笑。没有兴趣听的人，随手敲起一个瓷盆，哑着嗓子唱起来："苦菜花儿——苦苦的瓣儿——飞不回家，上不了天儿——"

老师久久地凝神望着他们，一言不发。我缩在老师背后的角落里，觉得这些人又陌生又新鲜。他们就在这顶盖严了天窗的毡包里，各自想着自己的心事，一个个都是那么沉闷、压抑和故作粗鲁。我在一旁偷偷地望着老师，心里很奇怪，老师为什么要到他们这里来呢？在这顶窒息的，没有光线的帐篷里，他能得到什么东西呢？

……一直到很久以后，每当我看到一位教师，都会按捺不住一股欲望。我总想问问他：既然你也是巴哈西，那你知道学校最怕的困难是什么吗？算啦！快闭上你的嘴吧！哪怕你是大学教授，我也敢发誓说你什么也不知道！然而，我白音宝力格却在十一岁时就知道了：对一个老师，一个学校来说，没有窗明几净的教室，没有取暖的燃料，没有课本和粉笔，都不是什么真正可怕的困难。最最可怕的，是学生根本不来上学！啊，我至今仍然相信，城里的老师们是无论如何也不会懂得这一点的！

骑在老师背后，我感到浑身发冷，我害怕地贴着他宽厚的脊背，望着那越烧越红的落霞。这种晚霞令人心烦意乱，我觉得它是那样虚伪。我的脸颊在老师脊背上感觉得到一阵轻微的战栗。我知道这个两肩宽宽的小伙子正在拼命地和绝望搏斗。刹那间，我又想起那匹溺死的小马，想起它那双留恋生活的眼睛……

这几天，医生姐姐常常来到学校的黄泥小屋，这给我们几个残留在学校里的孩子带来了一丝喜悦：温柔的姐姐一定会安慰老师的。我们老老实实趴在教室的炕上做功课，谁也不去打搅他们的谈话。他们常常谈到很晚很晚，我呢，也胡思乱想到很晚很晚。我的脑海里，总是闪动着那座门前绊着亲昵的大白马和小青马的雪白的新毡包。在那难熬的夏夜里，我脑海里的这幅鲜艳的图画，常常通宵达旦地陪伴着我。

上弦月已经变成一片像骏马额前的白斑一样的半圆形白玉片，稳稳地勾在金钉星座最末一颗小星上。一天，我和索依拉一起溜出低矮的黄泥小屋，正巧碰见医生姐姐赶着一辆牛车离开这里。奇怪的是，她的小青马卸下了鞍鞯，被拴在门口的木柱上。

老师高高的黑色身影，陪着她走了几步。在一片茂盛的箭草地上，他们停了下来。

医生姐姐转向老师。一层银粉似的星光在她的身体上勾画出一条秀丽的曲线。我和索依拉远远地站着，一声也不敢吭。过了一会儿，我看到姐姐的身影一下子扑到老师的怀里。

“你不恨我吗？……”是她的声音。虽然带着颤抖的哭腔，但还是那么甜甜的。

老师静静地站着，一动不动。忽然，他猛地把姐姐拦腰抱起，一下子扔在牛车上。不等姐姐从牛车上爬起来，老师抡起拳头，狠命地擂了那头牛两拳。

吃惊的犍牛飞快地拉开腿，顺着车路飞跑起来……

白玉片般的月亮滑进一缕淡淡的流云，只有星光明亮晶莹，像是沾满了夏夜的露水。夜神低垂了它那黑里透蓝的、依然微微颤动着的羽翼。

牛车的影子消失了。老师迈动步子，一步步走进草原。在月光的映衬下，他显得又瘦又高。他斜躺下来，用一只手撑着头。我想露水一定打湿了他的夹袍子，但他不会觉得，因为他马上就要死去了。一个美丽的姑娘已经在那匹瘦弱的二岁小马的心上抽了致命的一鞭。老师好像嵌在草丛里的一尊石像，凝神望着这似静而动的、漆黑的草原之夜。

索依拉呜呜地低声哭了，我也觉得看到了末日。那幅有雪白的毡包和两匹亲昵的马儿的图画已经过深地印入了我们的心灵，并成了我们童心中的美神。现在，我眼看着它撕碎了……可是，我所以感到这样巨大的痛苦，还因为我意识到，我们的乌珠穆沁母亲在他们心目中原来是那么低贱和疏远。我懂了：住在我们的草原，这本身就是他们的痛苦。姐姐的鞭子不仅是打在老师心上，它更重地抽碎了我的自尊，抽碎了我们对草原母亲一往情深的爱。

索依拉的抽泣惊醒了老师。他走过来，担心地站在我们面前。我怨恨地望着他，好像望着一个陌生人。当他伸手来抚摸我的肩头时，我推开他的手，大声地问道:“巴哈西！告诉我，你讨厌我们吗?”

“不！我的白音宝力格！不要这么说！”

他激动地张开双臂，把我和索依拉紧紧抱住。我们使劲地贴在他宽宽的胸膛上，同时能听到三颗心的跳动。啊，这仍然是我的巴哈西，我的哥哥。他的爱情正从胸口涌出来，直接流入我们的心里。我清楚地感到了这流动是那样湍急。在这同一个瞬间，我也原谅了医生姐姐，因为我感到，她虽然离开了我们，但她的爱却永远留在了这里……远处，传来了达古图湖水浑厚低沉的叹息声。达古图，达古图！你不该这样摧人心肝地唱啊！

老师，老师！我的巴哈西！你听见吗？我在对你说话。我常常忆起在荒僻空旷的草原上度过的那些童年时光。那千金难买的无忧无虑，那傻乎乎的快活劲儿，是多么使人怀念呵。可是，面对着你的时候，我就被剥夺了撒娇地留恋那一切的权力，因为我知道在你生命小树的年轮上，从童年的那一圈起，就满刻着条条伤痕。在阿嬷看来，你倒好像是我的一个可怜的小弟弟，你看，每逢她来到学校，把炒米口袋扔给我后，就忙匆匆地去找你。她总是眼看着你一直把她炸的小面饼吃完。正是你，强迫我过早地结束了那无牵无挂的生活……

哦，那个夏天是多么艰难哟，我和索依拉都觉得自己是在那个夏天一下长大成人的。你想出了捡羊毛卖钱，学校养活学生的办法。孩子们和你就紧紧地抓住这个办法，好像抓着相依为命的救命绳。用阿爸的话来说，我们像成吉思汗的勇士一样，“割断了左蹬带”，下定了挽救学校的决心。我们满脸粪末和尘土，在一家家的羊盘上爬着，把被羊踩在污泥里的羊毛捡出来。我们蹚着达古图湖泛着白浪的碧水，把那些宝贵的羊毛涮洗得白白净净。有时，一阵风卷走了我们的羊毛，女孩子们尖叫着追去，跌破了膝盖都不叫疼。第一次羊毛车老板捎回我们的两条空麻袋和六十块钱的时候，我们黑污的小脸上露出了笑容。记得你紧紧握着那六十块钱说：“啊，这够十二个学生用一个月呢！”除了像巴特尔那样没良心的家伙之外，回到牧场的孩子们都托人捎来他们捡的一小包羊毛，他们没有背叛你和我们的学校！……

老师，我的哥哥！有件事是连你也不知道的。有一次，乘大车老板不在的时候，我死命地从他的羊毛车上扯出两大抱改良羊毛！……当时我吓得半死，因为我作了贼。我跑到草原上，把脸埋在茂密的青草里，小声地请求乌珠穆沁母亲原谅我。我说：大队的羊毛已经堆得像山一样，大队的钱已经够多啦，让我们可怜的穷学校也挣一点儿吧！我白音宝力格并不是为自己偷羊毛的！

你知道吗？老师！索依拉那时真正成了女孩子们的大姐姐。她每天晚上给小姑娘们铺好毯子和枕头，然后再把两个最小的女孩子（——其中一个是达莫琳妹妹）搂在自己的毯子里，哄着她们睡觉。要知道，连阿嬷也不过只哄一个睡啊。

我呢，也改掉了以前的坏毛病。在踢球的时候，我时常停下来，把抢在脚下的阿勒克足球“喂”给其他男孩子，让他们去当射门的英雄。巴哈西！我的老师，这一切你都知道吗？我们心甘情愿地告别了童年，随着你踏进了人生……

巴哈西，今天我们可以再谈谈那件事了。虽然它那么深地镂刻在我们的心里，但你我却从没有再提起过它。

我知道，你想说：白音宝力格，是巴哈西委屈了你！……但我想问你的是：老师，告诉我，为什么那个阿勒克足球总使我犯错误呢？难道真的有主宰一切的命运吗？

那件事你一定记得的。

巴特尔明明已经溜回家去了，而且他从来也不帮助我们捡羊毛。可是他偏偏死不要脸地跑到学校来踢足球。我当然不许他踢。我说：你还是滚回家去，跟山羊去顶架吧！他呢，抡着拳头就扑过来……

结果，他家阿嬢——也就是马倌札米扬的老婆，跑来学校吵闹。老师，那天你生着病，刚刚从炕上挣扎起来。那女人指着你的鼻子大喊大叫，说你天天教学生打人。可是你呢，居然就当着那个肥蠢的女人训斥我。你声色俱厉，训了我足足杀一只羊的工夫！

我哭了。长久郁结在心头的一股怨气冲了出来，气恨、委屈，还有一种野性一下子攫住了我。鼻涕和眼泪在我的下巴和脸颊上乱流着，哭声噎得我喘不过气来。——可是我还是嘶哑着嗓子，不顾一切地喊了出来："你……你还训我……我也走！我……我也回家！……回家！"

我吸溜着鼻涕，撞开你拦阻的手臂，冲进那又黑又旧的黄泥小屋，一把抓起我的破毯子和书包，伤心地哭着朝外跑。

出了门，猛地想起手里还抱着阿勒克足球，就狠命地把它摔在我捡的羊毛上。难忍的眼泪更像泉水一样，止不住地涌出来了。

我呜呜哭着，捂着脸朝自己家的方向奔跑着。柔韧的羊胡子样的海勒格纳草绊着我的脚。

突然，一阵急骤的马蹄声由远而近，一只大手猛地扯住我的腰带，像一只鹰抓起笨拙的羊羔一样，我被倒提着拉上马背。

啊，老师！我几乎认不出你了：你刀砍一样粗犷的脸上流淌着泪水，苍白的脸上现出难看的、吓人的凶相。你粗鲁地搂着我，搂得我骨头酸疼。你的脸紧贴在我的额头上，你发着高烧，滚烫的泪珠大颗大颗地溅在我的脸上。

"白音宝力格！我的弟弟！我不让你走，你听见吗？我不许你走！……"你喊着，喘成一团。老师，那时你多衰弱啊，我觉得你的脸像是一块烧得烫人的烙铁。

我使劲地、尽着性子哇哇大哭起来，自从变成你的学生以来，我还没有这样痛快地哭过。我把脑袋和受了委屈的心，一块扎在你宽厚的怀里。

你的大白马撒开四蹄，在碧绿的大草原上飞一般地奔驰着，风儿从耳边激动地呼啸而去，又落到身后莽莽的世界里。

巴哈西，我的老师！你知道吗？自从那天以后，白音宝力格就忠实地追随着你，并成了你始终不渝的朋友……

五

我想，孩子们大概都玩过彩色的玻璃片。趴在露出草地的灰色的岩石后面，用各种碎玻璃挡住眼睛，你会看见绿色的白云，红色的湖水和蓝色的牛群。隔着一层大地上蒸发起来扶摇直上的乳白色的雾，白云、湖水和牛群都会不易察觉地变幻着，整个世界也在令人眼花缭乱地闪烁不定。久久地盯着这种彩色玻璃时，我常常看见了生活。不是么？生活也是这样，一忽儿风雪呼啸，一忽儿百花盛开；一阵是泪水迷离的波光，一阵又是赏心悦目的微笑。

是因为阿爸常常不客气地教训那些牧人呢？还是因为我们有了羊毛钱贴补饭费？到了秋天，我们交好运的时候到了，孩子们陆续回到了学校。当整个原野变成一片黄色时，我们公社举行了小学生那达慕大会，那一天，我们像一颗彗星冲出夜空一样，在公办小学的学生、老师们惊诧的目光下，把荣誉之花夺到了手里！

虽然，在各种默写和速算比赛中，我们的成绩很一般。除了索依拉在蒙文书法比赛中得了个第三名之外，我们大多数只是个“及格”。但是，人们已经不可能再像以前那样对我们不理不睬啦，哈达图小学已经不是一个叫他们觉得可笑的名字。因为，在小学生足球比赛中，我们的足球队踢败了不可一世的旗小学！我们教训了一切看不起我们、不习惯平等地对待我们的人！

嘿，当我们这伙穿着普通的蒙古袍子和马靴的牧民娃娃，把那可爱的阿勒克足球一连三次踢进旗小学那些穿着白球鞋、红球衣的家伙们的大门时，我们有多么激动啊。我们好像飞离了草地，像一群幸福的百灵，在白云间穿梭欢唱，把满心的喜悦送上那浩渺的蓝天！

从公社到大队部整整四十里路。归途上，我们喊着、唱着、闹着。我们轰赶着道旁的马群，在柔软的草地上打着滚，累了，我们爬上四马大车和队长、阿爸、老师的马背，齐声唱起节奏明快的好来宝；唱够了，我们把阿勒克足球顺着伸展开去的三股车辙印抛出去，再跳下来蜂拥着追上它。啊，生活，生活！打开你的大门，我们来啦！

老师散漫地歪骑在马鞍上，前倾的身体随着白马弹性的碎步一摇一晃。他好像看不见我们和我们的欢腾，沉思的两眼深不可测地望着草原的尽头。他的眼角是湿润的，黑黑的眼眸深处跳跃着一星火花。这星火花点缀了他整个脸上的神采，在我看来，这张脸庞显得非常动人。坐在大车上唱歌的时候，我好奇地打量着他，我很奇怪为什么连这样伟大的胜利都不能引出他的笑容。确切地说，我对他有些不满意；唉，究竟有什么奇迹才能融化你心中的冰山呢？……

“白音宝力格！”他把我喊了过去。“白音宝力格，今年你已经十一岁啦。在城里，十一岁的孩子已经读到五年级。”他停了一下，接着又说，“你愿意在三年里读完小学六年的功课吗？”

我吐出了舌头：“哟，巴哈西！我会累死的！”

他皱了皱眉头：“那么，如果是我请求你这样做呢？也就是说，如果这是我的希望呢？”

我无可奈何地、深深地叹了一口气。

我敢说，在那个秋天里，连真正的大学生也没有我累！老师对我变得严厉起来。他的第一步是不准我整天抱着阿勒克足球。他常常那么不近人情地夺走我脚下的球，然后把我赶到新来的蒙文老师那里去默写。他打发我到队里的汉族老乡那里去传一些很复杂的话，晚上逼着我把肚子里的故事用汉话讲给他听。唉！你知道那有多难呵，为了对付那些骏马、犍牛和大嫂子的出口成章的韵文，我躺在炕上抓耳挠腮，一次次踢开破毯子！

很快，公社二年级学生的考试卷，我能答七八十分了。老师用一种羡慕的、祝愿的声音对我说道：“白音宝力格，你是个有天分的孩子。说不定，你真能当一个大学生呢……”

我被他的神态感染了，我第一次感到自己的生活中还有一个金色的未来。有时我用黄色玻璃挡住视野，仿佛闯入了一个黄金的梦境。金波起伏的达古图湖上，从芦花丛中腾起一只金色的小百灵子。那就是我，是我白音宝力格驾着黄金铸成的飞机在掠过金色的草原……

啊，金色的，收获的草原！你把一个十一岁的蒙古少年迷醉啦！

六

哦，朋友，我多想就在这里结束这个故事啊。如果生活就这样永远静止，永远凝固在这亲爱的金色中，该多好呀。我愿永远用二年级学生那种七扭八歪的笔法写满全部历史。但是，我的生活中偏偏有这样的一笔，它带着灼人的热风和乌黑的浓烟，在我幼嫩的心上烫下了永不平复的伤疤！

是的。那天的草原也是这么金黄一片……

先是半个天空弥漫着黑烟，后来，远远地滚来了一条火龙。荒火，荒火烧来了！

有经验的牧民们并不惊慌，因为荒火也和风雪一样，是草原上的家常便饭。打火的马队早在火场还远在几十里外的时候，就帮我们把学校里的一切杂物都搬了出来，堆在大队部宽敞的院子里。阿爸率领着一群骑手，在学校的黄泥小屋四周挖好宽宽的防火道。然后绕到逼近的火龙两侧去打火。

我们集合在大队部院子里。这个大院能装下一个马群，周围一根草也没有。在这里躲着是挺安全的。

风势很猛，火龙探出长长的红舌头，舔着干枯的牧草，从背后的小山坡上张牙舞爪地扑了下来。满天通红一片。浓烟呛得我们止不住地咳嗽。在噼噼啪啪的爆裂声和大火轰轰震响的吼声中，一丈多高、几十丈长的一道烈焰绕过水井、绕过菜地、绕过一块不长草的废弃的房基，凶恶地冲到眼前。刹那间火焰包围了大队部和我们的学校，也只有一会儿工夫，它就绕过这几片土坯房屋，乘着秋天的疾风，朝着南方，朝着达古图湖的方向，吞噬着一切可以燃烧的植物，向发抖的草原扑去！

我们和房屋都已留在黑黝黝的、冒着烟的硬土地面上。人们不约而同地舒了一口气。个子瘦小但见多识广的队长说起笑话来了。

突然间，一阵狂风从背后的小山上吹来几团燃烧着的蓬蓬草团。这几个火球跳着、滚着，一下子跃过防火道，被风刮到了我们那座泥屋的木头窗框上！大火喷出窗户，大火包围了我们的学校！

打火的马队已经追着火龙南去了。大队部院里的队长急忙跳起来喊道："不要动！……不要管它啦！这破房子已经太旧啦，小心它会忽然塌下来！……"他安慰地拍拍老师的肩膀，开玩笑地说："没关系，这种破房子早晚要塌啦，反正春天我们就要给你们盖更讲究的学校啦！"

老师紧紧拉着我们，默默地凝视着这罪恶的毒焰。我们都直直地肃立在院子里，忧伤地望着黄泥小屋——我们亲切的家。难道她一定要这样完结么？不，其实，纵使几十年后哈达图有了三层楼房的新式校舍，我们也情愿留下她。她是我们患难中最可靠、最温暖的宿地，她身上刻着我们艰辛的记忆。黄泥小屋的顶盖也起了火，那烧得褴褴褛褛的旗子一下落了下来。我们沉痛地、难受地站着，好像在举行着葬礼。

我忽然间想起来一件东西——

"巴哈西！阿勒克足球！阿勒克足球藏在教室的泥炉子里！"

哦，朋友！你应该诅咒我。连我自己都不能理解，我白音宝力格为什么是那样一个可恶的家伙！早晨，为了不让巴特尔在我默写的时候踢球，我悄悄地把球藏在教室正中那座冬天才用的泥灶膛里，而匆忙搬家运东西的时候，魔鬼竟使我忘记了这件事！我的错误永远绕着这个阿勒克足球打转，而这一次的错误，我无论怎样忏悔，无论怎样恳求草原母亲，也不能挽回了！

老师显得非常犹豫。他脸上淌着汗，胸脯急促地起伏着。我扯住他的袍子，哀求地望着他。

"巴哈西——"我哭了出来。可能就是因为我太了解这个足球对于我们的珍贵，所以我猜得到那个时刻老师在想些什么。

忽然，他猛地摔开了我的手，疯狂地朝烈火吞噬的小泥屋冲去。当他钻进那道火门时，我再也忍受不住了，“巴哈西——”我大叫着跑出院子。

老师的身影又出现在被火封住的门口。我已经看见他的黑布袍子了，他停了一下，不顾一切地朝火门外面扑来，但是，他撞倒了门框。一根火柱重重地砸下，随即砖坯轰隆隆地塌下来，冒着火焰的木头埋住了他。他只有两条伸向我们的胳臂露在火堆外面。

从那两只顽强地、不顾一切地伸出来的手里，一个黑白两色的阿勒克足球，顺着烧得黑黝黝、光秃秃的地面，朝着我滚过来了，滚过来了……

七

除了我们哈达图的学生，医生不准任何人进老师的病房。每天，从草原的四面八方，都有成群的牧民闻讯赶来，但他们只能扯着焦躁的马儿围着公社卫生院转上几圈，然后又怏怏地回去。在大火熄灭以后，几乎牧民中所有的猎手都走进了达古图湖的芦苇丛，他们专为老师治烧伤打来的獾子，堆满了卫生院的走廊。一个从大城市里来到牧区巡回治病的卫生队，赶到了我们公社，远近三百里内闻名的祖传蒙医都在公社附近的草坪上扎下帐篷。

两天以后，老师清醒过来了。他已经能喝奶茶了。

孩子们最后还是被大人们劝走了，连哭肿了双眼的索依拉也被抱上了牛车。但是没有人敢来惹我。阿爸在我身旁坐了好久，闷闷地喝干了一扁壶酒，最后，还是摇摇头，揣起酒壶独自走了。

我开始在公社镇子上流浪，一连几个小时站在老师那间病房的窗子下面。有位大城市卫生队的老医生在我面前蹲下来，他摘下眼镜，惊奇地看着我。过了一会儿，他领来一个蒙族护士，要她告诉我说，每天我可以进病房两次。

白天我随便到哪个蒙古包去喝些奶茶。那些老奶奶们慈祥地摸摸我的头，双手把木碗捧给我，好像我是一个值得尊重的人物。啜着茶，望着她们，我往往想起了母亲，也想起了我们的老师已经没有了母亲……

公社镇上的孩子们见到我抱着一个撒了气的阿勒克足球，就兴致勃勃地凑上来，建议我把球打上气，一块儿踢一会儿。我狠狠地瞪他们一眼，扭身走回卫生院。在那里，我掏出自己的课本。啊，这不是普通的一年级课本，而是老师亲自给我一个人编写的课本。我噙着泪小声读起来，恨不得把整本都背下来。我坐在卫生院门口的台阶上读着，读着，一抬头，周围站着一群穿白袍子的医生。他们静静地站着，看着我，脸上流着泪水。

夜里我不愿意睡在那些老额吉的蒙古包里。医院的走廊里有一条长长的木椅，我躺在那里，枕着瘪了的阿勒克足球，用脸摩挲着它凸起的皮块。我屏住气，倾听着老师那儿传来的声音。电灯熄灭之后是我最难熬的时候。那漆黑的、恐怖而沉寂的夜是多么不祥啊！我驱赶不走折磨着我的种种幻象。老师裂开的眼角上挂着的那粒晶莹鲜红的小血粒，他那烙铁一样滚烫的面颊和沙哑的嗓音，还有湖旁岩石上那匹濒死的二岁马，以及韵文故事中那浪迹草原的小羊羔，都一齐出现了。它们飞快地闪现着、跳跃着、旋转着，一会儿又变成一只急速旋转的阿勒克足球，朝着我的心窝滚来！当我被吓得一骨碌坐起，在可怕的黑暗中睁开眼睛的时候，一阵哀哀切切的、呜咽着的马头琴声又清晰地轻轻飘来……我哭了，哗哗地流着泪。我把头拼命埋在阿勒克足球里，闭上了眼睛。可是眼底又浮现出老师的眼睛，那枯竭的、含着隐痛、注视着别人的母亲、注视着离去的美丽姐姐的一双眼睛。啊，神圣的、养育我们的乌珠穆沁母亲哟，显显你无边的神通，把我身上的太多的温暖送给巴哈西吧！让他像明媚的春光一样健康和快乐吧！早晨醒来，书包和足球都湿透了……

当我走进他的病房的时候，我知道，我能为他做的一切就是读书给他听。老师没有力气说话，但能仔细地听。我读错一个音节，他就闪一下眼睛。他的脸被烧得又黑又肿，看不出一点表情。

有消息说：北京马上会有一架飞机飞来，把老师运到北京去治伤。在医生把这个喜讯告诉老师的那个下午，他不让我离开他的身边。我念完了书，静静地坐在一只凳子上。我们就那么互相望着。

我的罪过给他那本来已经太多的伤疤上，又添上了新的创伤，我希望他用眼睛狠狠地骂我打我。虽然我是个小孩子，但我总认为他已经习惯于在我面前打开他的心窗。真的，从我提着小老鼠的尾巴站在他面前那一次起，他一直是这样的。我比所有的人更多地看见过他的心。尽管我对他犯了罪，但只有我才是他最信赖的朋友。

可是，我弄不懂他用眼睛诉说给我的那些语言。看来，大人的事对我仍然是难猜的谜。他好像在用眼睛对我淡淡地微笑，那微笑就像达古图湖面上那种最温情的细浪，至于细浪下面究竟有多深的水、多强的力，究竟藏着多少痛苦和安慰，我就实在不知道了！

……过了两天，索依拉来了。她沿着枯黄的草地朝我奔来。快跑到我跟前的时候，她一下子张开两臂，哇地哭出了声：“告诉我，白音宝力格！巴哈西还活着吗？”

我勃然大怒，粗野地一把把她推倒在草地上。我大吼道：“住口！亏你问得出！巴哈西当然……当然活着！”

她双膝还跪在地上，就扑上来抱住了我的腿。她高兴地摇着我：“活着！当然活着！……白音宝力格，你真行！当然活着！”

……有谁能改变命运呢？唉，索依拉的不吉祥的预感竟是对的！

就在直升飞机降落在公社南边的草坪上那天，我们的老师死了。本来他是能活下来的，医生们都说，比他更重的烧伤北京也能战胜。夺去他生命的，是他身体里复发的肝病！

上千的马队和老幼男女围成一个巨大的圆圈，默默地望着我们哈达图的孩子们在卫生院门口排成队，哭着和亲爱的老师，和我们的兄长告别。

我们不依不饶地站在医院门口，在人们同情的注视下哇哇大哭。谁若劝一劝，我们就哭得更凶。我们认为这个世界上不会有谁能理解这群哈达图的儿童，我们的心里只有倾诉不完的委屈。乌珠穆沁！我们的母亲！你不觉得这一切太不公平了吗？……

我长大成人的这些年月，正是草原和祖国的多事之秋。然而，在乌珠穆沁母亲恬静沉稳的气质陶冶下，我学会了淡泊自己的情感。我喜欢模仿那些饱经战火熏烤远征归来的骑士，深埋着内心的情感，注视着人间的沧桑。所以，每逢牧草的枯荣又唤醒了深埋在心底的记忆，每逢年轻的心灵又因过分的重压而怦怦跳动时，我总是轻声地告诫着自己：喂，看看草原母亲吧！当明朗的圆月还是一颗小星、当汹涌的达古图湖还是一眼小泉时，她已经存在于天地之间了。你一个世事未谙的牧羊人究竟有什么了不起的经历呢？算了，不要总那么渴望向人诉说啦！记住深沉是草原母亲赋予我们的第一性格。要是那些往事真的如此地打动了你的心，那么，就珍惜你的这颗心，不要让它像世态人情一样变冷吧！

可是，难道这些小事情就真的那么怕人耻笑么？不，哪怕就是那个被城里人司空见惯的阿勒克足球吧，对于我们，它也是那样的亲爱和宝贵。因为，它补偿了我们土生土长的牧民儿童在孩提时代失去的一切。多少次，当我看到城里孩子那令人眼花缭乱的玩具时，总是轻声地喃喃着：“没什么，我们也曾经这样玩过……”

至于你们，我的朋友，你们不是也曾在那散了架的牛车上牙牙学语吗？你们不是也曾呼吸着那牛粪火上腾起的青烟，光着脚跑过晨雾迷漫的、湿漉漉的草原吗？……嗯，这样很好。你们的眼睛告诉我，你们也讨厌孤傲自负或胸有城府，你们也像讲着我们美好母语的牧人一样，喜欢诚恳地、哪怕是天真地互相倾诉。

我并不是在给你们讲故事。我是在问你们，我们那以忠诚和正直为灵魂的游牧祖先曾是怎样对待这样的一颗心呢？如果换了你们，你们觉得该怎样做才算是真正安慰了巴哈西他一生的艰辛呢？

差不多十年以来，我一直苦苦思索着这个问题。我曾经拼命地学习。因为他说过，这是他对我的请求和希望。可是当我真的考上了大学，打马离开故乡的草原，走过母校的废墟——那烧得焦黑的黄泥小屋的残垣时，我的心又迷惑了。难道这就是一切么？老师短暂一生的故事，他告别我时那淡淡的微笑，难道仅仅意味着这么一点儿意义吗？……

临行那天，索依拉和我一块儿，又来到了达古图湖畔。我们穿过瑟瑟作响的芦苇丛，在泛白的硝土湖岸上坐了下来，想得到乌珠穆沁母亲的启示。

瞧，这四面八方浅蓝色的山影构成的地平线内外，都是我们的家乡，那青青的蒙古高原。乳白色的晨曦轻轻推着启明星渐渐隐去，新的一天已经诞生。夜牧之后的小马驹子和我们一起，伸直脖颈，用裸着的肉体去触那清晨咝咝作响的凉爽空气。芦苇丛上轻柔地飞起的芦花正织着薄翼一般的云片。达古图，这不停地唱着的大湖奏出雄浑柔美的和弦。我和索依拉并排坐在湖边，又想起了我们童年时代天真的憧憬，想起了我们蹲在寒冷的雪地上发出的幼稚而真诚的誓言。可是，那座雪白的毡包，还有那只美丽的黑白两色的阿勒克足球，却都已消融在达古图湖神奇的晓歌里……

这时，湖面上低低地掠过一只银色的鹤，它啾啾地唱和着湖水的音乐，找寻着安歇的地方。突然，我们在那鸟儿银翅的闪光中看见了巴哈西的灵魂，用我们民族传神的语言来说，那是一颗洁白的心，在爱与苦中燃烧着的心……

老师，永远向我微笑吧！

一九八〇年一月

白泉

在我们这个游牧民族的母语中，表示“白色”的形容词 Ak 的含义远非那么简单。自古以来，它总是含蓄地、双关地寄托着我们的感情、我们的偏爱和我们对人生的看法。我曾经试图寻找一种完美和贴切的译法，来表达 Ak bulak 这个词组的意义，可是我不能如愿。于是，我只好改用直译的办法，把它译为“白泉”，并作为这篇小说的题目。

——作者

当人心事满腹的时候，坐在长途公共汽车临窗的座位上，到天山腹地的草原去旅行，是一种最好的排遣方法。离开了嘈杂、拥挤的城市，首先映入眼帘的是一团团白云朝着草原的尽头接连飘去。白云后面，极目所见，那雄伟而秀丽的天山山体就舒展在你的眼前。仿佛从雪线那儿倾泻而出的嫩绿的山前草原，一直向着你的怀抱伸来；抬起眼来，高处密密丛丛的松林，还有星星点点地从巍巍的山顶一直扎到湍急的河流旁的哈萨克人的帐房，都会闪烁不定地映入你的眼帘，挑逗着或是安慰着你的情思。

可不是么？艺术正挟带着时代的热潮汹涌奔突，波士顿交响乐团赢得的雷鸣般的掌声，也正在撼动着我们的天山和草原。当和你同年，甚至比你年轻的人，都已经写出了轰动一时的歌曲或乐章，而你却面对着乐谱一筹莫展的时候，歌舞团领导却冷冰冰地说："喂，艾力肯！准备一下，到伊犁去体验生活！"难道你会不是心烦意乱吗？……

在我心事重重地接受了歌舞团领导交给我的"体验生活"四个字的指示，茫然地登上前往特克斯的班车以后，我逐渐发现了坐长途车的这种好处。我的烦乱的心绪在这广袤的哈萨克草原的怀抱里渐渐平静了。当汽车摇摇摆摆地碾着浅滩底的花石子，驶过汩汩而去的溪流时，我注视着车轮溅起的浅蓝色的透明浪花，享受着那摇篮般舒适的颠簸，完全忘掉了自己的烦恼。

有时汽车会靠得很近地驶过一些帐房。那些巴郎子们争先恐后地挤出毡房的门，然后又在旅客的目光下胆怯地向后缩着。他们一眨一眨地闪着长长的睫毛，好奇而又害羞地盯着我们这些乘车人，仿佛我们是一群幸福的宠儿。他们的光脚丫揉搓着地上的羊粪球，破烂的衬衫袖子擦抹着鼻涕。你不会忘记这些孩子的眼睛和眼神，那显示着突厥人血统美的大眼睛，那渴望知道汽车前往的神秘世界的、令人心疼的眼神。那时，我的心突然颤动起来，好像这些哈萨克巴郎子唤醒了我儿时的记忆。哦，艾力肯，你是多么幸运啊……

幸运么？……不，我还不能因此同意那些哈萨克老人的感慨万千的结论。他们总是拍着我的肩膀，脸上浮出爱怜的神色："唉，幸福的哈萨克小鸟儿哟！……不过要牢牢记住：幸运的赐予者是胡大！"不，幸运和道路是我们这一代踩着荆棘，咽着泪水才争来的。老人家，你们怎能知道，在生活和五线谱这两道陡峭的阶梯上，我们曾经怎样地登攀过？我们曾经步行穿过炎热荒僻的戈壁滩，用充血的手扒开砾石，吮吸潮湿的砂子上的水滴。哦，当我提着一个绒线马褡子，走进大学艺术系玻璃砖的大门，走进大提琴、双簧管、圆号，还有贝多芬、肖邦和十二木卡姆的深邃海洋后，你们知道吗，一个哈萨克牧人的儿子曾经洒过多少血汗和泪水？……

长途公共汽车颠簸着。它很快地把几片戈壁滩甩在背后，然后开始沿着盘山道上坡。照不到阳光的阴坡松林呈现出一种绿得发蓝的色彩。在一丝长长的游云上面，可以看见山顶上的几座帐房。阿吾勒[①]里冒出的白烟和那一丝云彩融到了一起，缓缓地在天空里飘动着。

这时，所有车上的人都发出一声低低的惊叹：

"瞧，赛里木湖！……"

难道人间还能有第二个这样美的湖么？

只有天山的雪水才能汇成这种碧蓝碧蓝的、梦幻一样的湖。当然也只有天山才能用它的松林、白云、毡房和马群来衬托这蓝得迷人的湖水。遥远的天山雪岭就那样一丝不动地倒映在湖水中，没有帆影，没有水鸟，连白云也在湖水里静止不动。万物都被赛里木那

① 哈萨克族牧人的聚落。

蔚蓝的美丽惊慑了，凝固了。在这儿，我觉得整个世界都在向赛里木湖顶礼。而那湖水却无言地沉默着，静静地把从蓝幽幽的深处升起的醉人的美显示给一切崇拜者。

赛里木湖！我悄声地呼唤着。你是哈萨克草原的骄傲。我明白了：我离不开你。因为哈萨克既然有了像你这样美的湖，也就应当有像你一样美的音乐。不要总是用你的美丽折磨人吧！你该明白我的心有多痛苦。给我指一条路吧，你看我正在迷茫的沙漠中煎熬。告诉我，你那蓝宝石般的深渊里埋藏着的有魔力的泉眼在哪里？告诉我，该怎样我才能捕捉到表现你的手段、形式和旋律？唉，我的赛里木！你为什么不说话呢？……

“我的赛里木！……”身旁也有人在用哈语低声叹息着。这是一个喉音浑浊的男人的声音。我转过身来。

他不属于天山和阿勒泰山牧区常见的那种肤色黝黑、目光锐利、放荡不羁地斜咬着莫合烟的剽悍的哈萨克牧人。无论从他那窄削的肩头，和善的眼睛，还是从他正襟危坐的姿势看来，这个人都显得太老实，太普通了。发现我在瞧着他以后，他的两只手便不知所措地摸索着一柄竖放在怀里的冬不拉。那琴没有漆过，大概被羊油和手上的汗水打磨得太久吧，原木色的音箱已经变得黑亮光滑了。

“Salawmagalaykum，”我首先用哈语向他致意。

我们很快就熟悉了。显然，车上乘客中只有我们俩是哈族。这个五十岁的牧民名叫乌马尔别克，是塔尔巴合台地方的一个牧马人。他刚刚把卖向内地的马群赶到乌鲁木齐，现在乘车返回。

“咦，您为什么朝伊犁走呢？”去塔城的交叉路口早就错过了。

“想到家乡看看。我是特克斯地方的克扎依部落的人。离开家乡已经快十年啰！”

“啊，现在可是回家乡的好时候：马奶子，羊羔肉，您的亲戚们会使您快乐的！”

他没有回答，脸上现出一道严肃的神色。我望着他那黧黑的、专注地望着窗外湖光山色的侧影，没有继续追问。人生是多变的，谁知道在这些深深地刻向眼角的皱纹里，埋藏着怎样不堪回首的往事呢！

长途汽车在陡峭的果子沟山道上呜呜地哼着爬坡。一个哈萨克姑娘吆着几头乳牛从一边走过。她的花裙角飒飒飘着，漫不经心的骑姿婀娜健美。我痴痴地望着她驱着牛跑向一株巨大的塔松，此刻那儿正是炊烟袅袅。

一个灵感突然跳了出来：哎，如果谱一支《美丽的姑娘》的电子琴曲，效果会是怎样呢？

不知不觉地，我哼起想象中的这支曲子。也许是这支歌子实在太普及了（它不仅在新疆，就是在内地的汉族同志中间也是家喻户晓），也许是因为我在开头、结尾和乐曲中间哼出那么多的变奏和各种乐器的音响，所以乌马尔别克老汉很快猜到了我的职业。

“年轻人，你……是个音乐家吧？”

“哪里，只不过是在歌舞团搞作曲工作。”

他马上把那支木头削成的冬不拉往怀里抱了抱，并且改用“您”这种尊敬称谓。他充满敬意地望着我，连姿势也坐得更端正了，仿佛坐在他旁边的我并不是个初出茅庐的二十来岁的巴郎子，而是一位功成名就的音乐大师。

“您的工作一定很忙吧？……不用说，您一定读过很多很多书啰！……听说，您们那儿的冬不拉是能通电的，是么？……”

我随口回答着。当然，这样的谈话是一种享受。不是吗？他就是我们的哈萨克民族。而他的态度，就是我们民族对我以往努力的评价。有时他的问题过于常识化了，我回答时便不免有些敷衍了事。当我用眼睛瞟着车窗外的夏季牧场时，乌马尔别克马上知趣地缄口不问了，等我再次转过脸来时，他立即就会提出下一个显然想了好久的问题：

“您已经写过很多冬不拉曲子么？”

……总之，在这漫长的旅途上，我们已经成了朋友。晚上在那种蹩脚的小店里，我们同住一间客房。待兴致勃勃地喝上四百克“头痛大曲”后，我打开录音机，和乌马尔别克一块随着音乐低声吟唱。早晚上下车时，乌马尔别克总是抢先拎起我的手提包，朝挤作一团的乘客嚷着可笑的汉话：“喂咿！不挤不挤！我们这个包包子里机器有！不能挤——嘀咿！”我呢，有时也帮他提着那柄冬不拉。我已经在暗自考虑：是不是干脆就随他走吧，到他的家乡和亲戚们中间去体验生活。

可是，有天晚上我们之间发生了不愉快的事。

那天晚上住在伊犁，房间里的有线广播扩声器响了起来，正在播放哈萨克音乐。

“听！快听！”乌马尔别克欣喜得像个孩子。他坐立不安，跑到喇叭下面边听边叫：“听，冬不拉！您知道的，这是《春光》！……”

《春光》是这几年来很出名的一支曲了。作曲者在这里大胆使用了冬不拉齐奏和管弦乐配合的手法，是我们新疆音乐界的一首上乘之作。在这支由伊犁和阿勒泰文工团联合演奏的乐曲中，几十把冬不拉整齐地奏着，听起来宛如排成队列的马队驰过山岗，又宛如天山林海的松涛和数不清的溪水奔流。在这深沉的低音齐奏中，一阵婉转悦耳的管乐像流入渠道的清流一样涌了出来，奏出乐曲的主调。在这雄浑的合奏中，那管乐声像飞越高山峻岭和辽阔草原的一群夜莺，那么轻柔，明快，甜美，诱人。毫无疑义，作曲家是选用这一组西洋乐器来传达曲子中表现的春天信息的。我听着，觉得它们是那么优越，高傲，和不可否认的美。而我们的冬不拉呢？只能在曲子中成为公社的山河，牧场，牛羊，成为朴直浑厚的和声。怎能否认呢？冬不拉！自从我们哈萨克的远祖黑林拜克创造了你以来，你的黄金时代已经过去了！

"嗬咿！多么响亮的冬不拉！嘿，真美！"乌马尔别克没有理会我的心绪。他紧抓着自己的那只琴，点着头，晃着肩膀，打着拍子，兴奋地不停抚摸着琴弦，似乎也想随着弹上几声。

唉！他们对音乐的全部理解，只是区别音量的大小。他们既没有发现自己的乐器在音乐中的地位，也不理解正在苦苦探寻着的、自己的作曲家的痛苦心情！

啪的一声，我关上了扩声器的开关。

"咦，——怎么了？"乌马尔别克愤愤地朝我嚷了起来。

我没有说话。不过我觉得出自己的脸色一定很难看。因为我脸颊上的肌肉绷得紧紧的，并且在微微地痉挛。

当笑容和那副孩子式的神情消失以后，老汉的眼神突然显得黯淡了。他生气地、委屈地望了我一眼，抽出一条报纸，卷了根粗大的莫合烟。他侧过身去，摩挲着那柄丑陋的、黑乎乎的木琴。冬不拉的音箱被他摸得发出沙沙的响声。灰蓝的烟雾罩住了他。在黄昏时分的房间里，隔着弥漫的烟雾，他佝偻瘦削的身影显得那么迷惘而孤独。

"老人家，一块去吃饭吧！"

我和解的口气并没有生效。当我独自坐在食堂油污的方桌前，索然无味地吞咽着七寸盘子里的拉面时，我后悔了。

你忘了这是一个终年在高山牧场上甩着套索的普通牧人，他们对艺术的要求是多么淳朴而简单呵。只要听到他们熟悉的冬不拉的弦音，他们就会激动得跳起舞来。你不是曾为那样的厄鲁特蒙古人感慨不已么？他们骑着牛，驮着儿子，走三十公里山路去看一部低劣透顶的新片子，为的是那部影片上有穿蒙古袍子的演员。《春光》是上百人的大型乐队演奏的哈萨克名曲，冬不拉手在乐队中坐了整整三排。难道一个普通牧民能不为这样的演奏倾倒吗？唉，艾力肯，你真是个不谙世事的家伙，你怎么就不能体会一个牧民的心呢？……

我努力挽回自己的过错。回到房子里，我主动地同乌马尔别克闲扯，说东道西。我打开录音机，把广播中的歌和乐曲都录下来，再放给他听。乌马尔别克并不是斤斤计较的人，一会儿工夫，他就又接连提起那些儿童式的问题来啦。

当富有传奇色彩的方形渡船把我们的长途汽车运过浊浪滔滔的伊犁河以后，我们就算告别了伊犁——这个簇居着西装革履的维吾尔美丽少女的绿洲，也离开了这里洋溢着的、那过分浪漫和奔放的、中亚细亚式的明亮的生活气息。满身尘土的公共汽车开足了马力，在绿茸茸的山前草地上飞驰，远远可以看见特克斯河像一条缓缓滑过草滩的绿绸带。我们已经进入了牧区的最深处。粗犷的牧民的吆喊和锐声口哨，酷热的晴空上的烈日，还有新上车的旅客身上那呛人的马奶子酸味儿，组成了一种粗鲁、勇敢、无忧无虑的骑士世界的空气。

在一个小站上，乌马尔别克老汉和我下了车。他的终点到了，我也决定在这里住上一夜。长途汽车把我们留在一排用圆木砌成的尖顶小屋旁，就急急忙忙地沿着山麓向特克斯上游跑掉了。

乌马尔别克痴痴地站着，背对着小店。他的眼睛里燃起怎样奇异的火花呵！他忘了收拾什物，忘了回答小店的维吾尔老太婆的问候，更忘了招呼我这个同伴。

这是一个峡谷。沿着山麓往上，一直到白里透蓝的雪线，次第参差生着斑斓的树林。一片片高颈的鲜花，像是贴在草梢尖上的一层层彩色的玻璃片。从花丛里，从松枝间，从山谷的深处和雪峰之巅扑来一股浓郁醉人的风。这就是哈萨克草原的风。我觉得，乌马尔别克已经完全被这风所融化。他已经不复存在。他的躯体，他的心灵，早就随着这自由的风儿向草原四方飘去。在这种时刻不要打搅他。和我们这些过于爱动感情的同胞朝夕相处，对于这种情景我已经习惯了。我默默地站在一旁，拎着他的马褡子和那把冬不拉。我的手指触着了琴上的两根肠弦，那弦绷得紧紧的。我凝视着同伴紧闭着的双眼，在那儿，在深陷的眼窝和黑褐色的睫毛旁，凝着一粒浑浊的泪。

……不过这一切很快就过去了。

我和他斜靠在圆木房里的床上，吸着烟。今天他的神情很古怪，谈话时有些语无伦次。他总是呆呆地盯着我，盯得我心里发慌。他有时刨根究底地打听有关广播电台的消息，打听一个又一个闻名全疆的冬不拉手的情况。而当我奇怪地反问他时，他却含糊其辞，欲言又止。

房子外面，那当服务员的维族老太婆摇起了铜铃铛。该去吃饭了，我站起身来，这时，乌马尔别克突然拦住了我。

“等一等！艾力肯！……”他急匆匆地端起那手工制成的冬不拉。“艾力肯，我的朋友！是这样，您要知道，这柄冬不拉是我父亲亲手做的。他的技艺就和黑林拜克一样精巧。这是他伐倒了一棵松树做的——这棵树就长在我故乡的泉水旁，它的根整个泡在泉水里……我想，如果这冬不拉在它的母亲，在那眼泉水旁奏响，那么一定会有最美妙的曲子传出来……艾力肯！胡大使我认识了您，而且您还提来神奇的机器！告诉我，艾力肯，那时弹响的冬不拉曲子，是不是能在收音机里放一下，让世界都听到哈萨克人的心声呢？……”

原来是这样！他希望我录下他的演奏，然后送到电台播放。

我接过这柄没有漆过的、油污滑亮的冬不拉，轻轻地拨了一下。叮咚一声，高音的和低音的两根肠弦奏出一个单调的长音。怎么可能呢？就用这样原始的乐器，甚至连音也不准的、粗糙的手制乐器！……我完全理解他的真挚感情，但哈萨克人不应该许给别人不值钱的应诺。因为那种应诺也是欺骗。与其欺骗这样淳朴的感情，不如立截了当地告诉他全部真情。

“老人家，您能原谅我的坦白么？……要知道，这需要一些素养……我们哈萨克的民间冬不拉手都是从小玩着父亲的琴学会弹奏的，我见过从六岁就玩冬不拉的巴郎。但是他们不懂艺术，不懂科学的弹奏方法，甚至不识乐谱。而电台需要的是准确些的，水平高些的，——也就是说，更美些的……”

乌马尔别克愣住了。他眨着眼，笨拙而费劲地嗫嚅着嘴唇，可是没有说出什么。我鼓起勇气直视着他，等着他再次现出气愤的或委屈的表情。我决心冷静地、认真地给他讲解音乐的含义，讲解艺术和美的哲理。

不过，乌马尔别克这次还算平静。他只是吸着烟，思索着。莫合烟的浓雾完全挡住了他迟滞浑浊的双眼。他在想什么呢？我猜不到。

这顿晚饭我们是一块吃的，乌马尔别克还买来几百克酒和我喝了一阵。

饭后，小店里变得热闹起来。走廊里同时能听到哈萨克语、维吾尔语、汉语、蒙古语和俄罗斯语的谈话。敞开的松木门里不断传出响亮的大笑和白炽化的划拳声。我遇到一个熟人，就到他房间里谈了一会儿。

挺晚了，我才回到自己的房间。

第一眼就看到门口垛着乌马尔别克的马褡子和冬不拉。抬起头，我发现老汉端端正正地坐在凳子上，一手扶着黑条绒的肥大马裤，一手捏着一支莫合烟。

他立即扔掉烟，拘谨地站起来给我让座。接着，这牧马人咳了两声，慢吞吞地开口了：

"艾力肯，我要去的地方离这里只有几公里。嗯，我准备步行回去了。你看月亮已经升了起来，路很好走……我想，就在这儿和你告别了！"

我握住他的手。这手被牛毛绳磨得又粗又硬，像松树皮一样。我什么也说不出来，只能带着歉意把这双手握得更紧。

"若是胡大允许，我们还会再见的。年轻人，明天你会遇上晴朗的天气。嗯，祝你平安！……"

也许是急着赶路吧，他佝偻瘦削的背影晃动得很快。月色里，我靠着门前的一根拴马桩，望着他渐渐远去的影子，心里不知为什么涌起一股怜悯和怅惘的潮水。

我躺在板床上，吸着烟。明天，我就要独自前行了。前方有什么在等着我呢？除了天山的青草，特克斯河的绿波之外，我只能一个又一个地结识乌马尔别克这样的牧人。然而我的未诞生的乐曲呢？我的将为赛里木的蓝蓝湖水献上的交响乐呢？……哦，艾力肯，难道你就这样虚度年华么？……

砰地一声，房门撞开了。那个胖得像汽油桶似的维族老太婆喊道：

"喂！小伙子！你的朋友呢？他不是明天要回伊犁么，我给他找了辆便车！明天新疆时间六点钟开车！……哼！乌马尔别克可真行，十年才来一趟，来了还不肯住……"

什么？我猛地跳了起来。

"您说什么，乌马尔别克明天要回去？他不去看看亲戚么？"

"他哪有什么亲戚！最后一个离开他的是他的父亲——唉，也有快四十年啦！倒是我一直和他做邻居。这苦命的人哟，你可不知道他是怎样一个人——"

我似乎预感到什么。我猛地推开那维族老太婆，跑出门外。

乳白色的月亮高悬在山顶上方，清晖映出了冰冷淡淡的亮光。山谷间一条小溪哗哗淌着，抖动着水面上的那薄薄一层银白。

我顺着溪水踉跄走着，心绪茫然。到哪儿去找他呢？……传来一阵沙沙的响动，我止步聆听。却是风儿掠过宽叶的马莲草丛。在淡淡的柔和光线中，甚至能勉强辨出那马莲的蓝紫色花序。萤火虫蹲在那些浅色的小花上，一闪一闪。

山谷在前面劈成两岔。黑洞洞的大山其深莫测。我望着月光下这似明似暗的夜牧场，沮丧透了。没办法再找啦……我停下来，擦着额上的汗珠。

有一丝不易觉察的凉风拂来。我浑身战栗了一下——不是风，是风中挟着的几个音符。严格地说我并没有听见它，只是感觉到缥缈中有这样几个音在传送。

我屏住呼吸。第二阵夜风徐徐吹来了，几声冬不拉的叮咚声又隐隐出现了一下。虽然它倏然消逝，但这次我是真切地听见了。

在黑暗中，我不知又摸索了多远。琴声渐渐清晰了。绕过一个山脚之后，我看见了乌马尔别克。

他全身正隐在山石的暗影里，只有头上那顶白毡帽和眸子中闪烁的一星晶莹的光，点缀了这浓重的黑暗。他正聚精会神地拨弄着冬不拉，夜的寂寥更显得那琴声清晰悦耳，就连低音的那根肠弦发出的和声，也是那么圆润柔美，如泣如诉。

琴声中，又听见汩汩的水声。我定睛搜寻，看见老汉面前有一个喷涌的泉眼。引我夜行的那条小溪原来就是从这儿发源。刹那间我听清楚了他正弹着的这支曲子，其实这首歌曲我小时就曾唱过，它的哈语名字叫 Ak bulak——白色的泉。

这牧马人的手指正在琴颈上轻柔地、急促地滑动着，他脸庞上的一抹银晖也随之抖动。我发觉这民间琴手有一些不同于传统的弹法，弦上吐出的一些变奏，说明他揉进了维吾尔族热瓦甫的声音。许多在维吾尔、柯尔克孜，甚至塔吉克民歌中似曾相识的旋律，都被他聪明地加了进来，使这支从 Ak bulak 成了一首含量丰富的、优美的变奏曲。

突然，乌马尔别克低低地、悄声地唱了起来。当他用喑哑的男低音轻轻唱出开头的“哎咿”时，我的身体，我的心，还有整个熟睡中的草原，都不由得颤抖了一下。

你洗去我身上的层层尘土

你抚摸我心头的斑斑创伤

我苦苦恋着的白泉哟

离开你后，世上已没有鲜花开放

月亮升高了些，冬不拉的声音变得强烈了。夜幕中我辨不清他的动作，但我知道他一定正飞快地抡开五指，激动地划过冬不拉的音箱和琴颈。手指最初拨动肠弦又打在音箱上发出的整齐的刷刷声，在松木音箱里回荡不已的金属般颤动的回音声，伴随着天山深处松涛的喘息和草丛的细语，在共鸣着的两根琴弦激烈的震颤中，浑然形成一支 Ak bulak 的主旋律。它高昂中带着委婉，优美里又掺着悲怆，回响在这天山腹地的月夜里。而这一支动人的乐曲，又轻飘飘地，一个乐段接着一个乐段地沉入那眼清泉，再融入泉水琤琤琮琮的鸣响，像于阗河水冲激着碎玉片一样，组成了我从未听过的一阙完美醉人的音乐。

就在那蓝玻璃般的清流旁

在那里妈妈把汲满的水桶提起

就在那白珍珠般的泡沫旁

在那里爸爸把饮过的马儿跨上

我猛地想起了小店里维族老太婆的话。难道真有这样的事么？……一股说不出的感情开始一下一下地啮咬着我的心。啊，尽管我也是哈萨克人，但我仍不相信人间会有这样痴情的爱。他竟然真的来了！我万没有想到，这首我从幼儿时代就熟悉的歌词，竟会有这样的注释！艾力肯，你亵渎了怎样的一种感情呵！

他还在专注地弹着，唱着，声音逐渐变得更低沉。那声音里掺着浑浊的、不易察觉的哭音……

童年对于我早已是朦胧遥远
记忆中只留下你温柔的波光
随着日月浮沉我走遍了天下
天下没有能超过你的地方

泪水悄无声息地从我的脸颊上滑下，我感到自己和这深夜中的天山草原一样，在沉重地、激动地喘息着。

我倾听着，也在杂乱无章地想着。蓝得醉人的赛里木湖，艺术系的玻璃砖大门，戈壁滩上的烈日和砂子里的水珠，波士顿交响乐团的长号，乌马尔别克松树皮般粗硬的手，都在冬不拉悦耳的琴声中闪灭相击。我很想扑上去，抱住乌马尔别克，请求他宽恕我的无礼和肤浅。可是我不敢，那样会扰乱这美好的演奏。是的，是演奏，是冬不拉在为白泉演奏。那些在金碧辉煌的剧院里的演奏，根本不能这样地打动人的心。我忍着羞愧的泪水，听着……

你眷恋着天山上的小草
你滋润着牧人们的心房
你哗哗地唤着干渴的生命
再为它们挤出清甜的奶浆

不知从什么时候起，我已经半跪在湿漉漉的草地上，一只手浸在正汩汩淌过指缝的泉水里。我驱赶着心头那难以名状的纷乱，贪婪地用耳朵和整个身心捕捉着这首由大自然和冬不拉，由特克斯草原和哈萨克牧人合奏的乐曲。我清晰地感觉到：我提着录音机穿越整个北疆草原的山山水水，也许就是为了寻找她。她是我的梦想，我的追求，我的痛苦，我的焦渴……清凉的夜风阵阵吹来，泉水在我的手上溅起细碎的浪花，我忘记了自己和世界，那由无数和弦组成的饱含丰富的乐曲的每一个音符，正在我的心上录下来……

一九八〇年五月

锁儿罕·失刺

传说祖先写过一部神奇的书
写好后，又把它秘密地藏起
我请教过草原上白发的长者
他却不知道这秘密的含义。

一

铁木真费劲地趟着水，一步步登上陡峭的河岸。他的皮裤已经被水泡得精湿，滑溜溜地往下坠。

尖硬的芦根茬子和河边箭一般的干芨芨草刷刷地打着他的脚踝。远远地，在雄伟的不儿罕神山那黑黝黝的山凹里，一轮淡黄色的圆月悄然升起来了。团团乌云被月儿衬得微微透明，无声地又迅速地擦过月儿皎洁的脸庞，朝草原的尽头流去。

“唉——”铁木真沉重地坐在河岸的草滩上，心里一片迷茫。“可真是到了这样的地步啦——除开尾巴再没有鞭子，除了影子再没有朋友！唉！”他又叹了一口气，斜躺下来，小心地枕着套在脖颈上的那个用没剥皮的粗柳树干做成的木枷。

天上那神秘的月亮正望着他。这是什么启示呢？大概是告诉我那个马鞍子的预言吧……那天本来不会被泰亦赤兀人捉住的，如果听从神的劝诫的话。前后肚带都扣得好好的，而马鞍子却翻转过来了。这明明是神在告诫。而自己太年轻了，忍不住肚子饿，所以下了山。下了山——就被捉住了。作为蒙古骑士的首领，作为也速该汗的儿子，被万恶的仇人用木枷锁着，在阿寅勒[①]里示众，是多么耻辱哟……咦，看那月亮，它游进了云层。

铁木真翻转过身体，不快地摸着出血的脖颈。被磨烂的伤口上粘满了尖硬的树皮木刺。若不是……若不是牵枷的那个泰亦赤兀少年瘦弱无力，恐怕一枷还不会把他打翻。嗯，记得有一次，自己一手抓紧马鬃，一手抡圆弯刀，一连砍了一个鞑靼人三刀，又猛地撞了他一肩，但那个魁梧的鞑靼人还是骑在鞍子上。对，月亮不是贪恋云层，它是告诉我：连那一枷也是神助。一般说来，一枷就打翻一个牧人是不可能的。

他皱着眉思索着，心里稍稍平静了些。可是，冰凉的露水又透过薄薄的、刮净了毛的羊皮裤子渗了上来，浸着他疲惫不堪的身体，冻得他牙齿打战。他睁圆双眼，搜视着四周漆黑的灌木林，真

① 阿寅勒（ayil）：《元朝秘史》释为“营”，即蒙古包的聚落。

想发现一头不会走路的小鹿或睡熟的黄羊，刺开它的血管，尽情地喝个饱。……

可是，四面八方他视线所及的一切，只是那瑟瑟作响的、散发着浓郁的苦艾味儿的夏夜草原。斡难河在这儿并不宽，也不太急。万物中，唯有它在呼应着空中那淡黄色的明月，闪闪地抖着黯淡的银色波鳞。唉，荒凉的、空旷的、被各个部落的马队践踏了多少年的草原哟……

一阵夜风轻轻吹来了，抚着斡难河上的细浪。寂静中，若隐若现地传来了一阵用木棰捣着牛皮桶里的酸奶子的声音：咕咚！咕咚！……

二

那是锁儿罕·失刺家的记号——鲜马奶子盛在酸奶皮桶里，咕咚咕咚捣到天明。

锁儿罕·失刺……铁木真眼前浮起了那个矮胖的牧人的面影。一张滑稽可笑的脸，一双总是惊恐不定地灵活地打转的小眼睛。当那对小眼睛紧张地瞪圆时，连那几根稀疏的小胡子也翘了起来。他家的记号就是这样：整夜地捣着马奶子，好像急着要在天明时分一气把它喝光。

河边草丛里的蚊子发现了他。它们肆无忌惮地嗡嗡哼着，叮咬着铁木真被河水泡得几乎失去感觉的皮肤。他意识到这一点，努力展开套在木枷里的双掌，想驱走落在脸上的蚊子。可是，由于饥饿，连心跳也愈来愈急了。铁木真咬紧牙关，费劲地拖起发胀的身躯，站了起来。脸上马上感到一阵夜风的抚弄。随即——咕咚，咕咚，又听见那单调的捣奶声。那声音就好像是诉说着一些女人枯燥艰辛的、年复一年的生活。

锁儿罕•失剌……其实，锁儿罕•失剌是速勒都思氏族的人。但上天却给了他慈爱的心肠。当自己一枷打翻了那个瘦弱的泰亦赤兀少年，跳进斡难河的浊浪，只露出一个鼻子，屏住气，小心翼翼地躲避着泰亦赤兀人的追捕的时候，——哦，那些奸狡的泰亦赤兀仇敌像梳马鬃的梳子一样，排成横队，在斡难河的河滩和苇丛里搜寻着他。可是，那根将要划碎他肢体的梳齿，却是上天安排的锁儿罕•失剌。他昂着头骑在马上，用一对乌亮的小眼睛瞪着前方，可是嘴里却在叨叨着："哼，我能看清四十箭远的山岗上一只旱獭是公是母，难道还看不见你那颗翘上天的臭鼻子么！……我是看你有本领，而且脸上闪着不寻常的光芒，所以我才不会告发你。老实躺在水里吧，把鼻子再埋深些！……"

一会儿工夫，"梳子"又梳了回来。锁儿罕•失剌慌慌张张地说："喂，听见了吗？躺好！小心些，你的仇人又回来啦！……天哟，看来你今天是溜不掉啰！"铁木真躺在水里，一动也不敢动。隔着一层半透明的水，他看见一个矮胖的骑手催着马，哗哗地趟着河滩上的水洼，擦身而过。

后来，有十几个骑手聚在离他几步远的地方。铁木真听见马匹在烦躁地跺着前蹄，骑手们则粗野地尖叫吵嚷。有人不断地用腰刀砍着灌木丛，冰凉的河水把恐怖的欢声传到他耳朵里。他听见那些勇士说，如果捉住这个蒙古部落的逃犯，一定从他的脚趾骨折起，一直到脊骨和颈骨，把他的骨头全折断。一个沙哑的粗嗓门喝令众人：要横着梳，竖着梳，直到捉住那个贵族再回家喝茶！……

就在那时响起了锁儿罕·失剌的尖嗓子："咦——噫！你们这些泰亦赤兀的血统高贵的诺颜[1]哟！既然是白天丢掉的人，我们难道能在晚上把他抓住吗？骑手没有了马，他能走开几步呢？何况他还背着木枷！嗨，算啦算啦，明天再来捉他也不迟呀……"他说得又快又急，而且口气轻松。大概，只有躺在浑浊的斡难河水里的铁木真才能听得出，那尖细的嗓音在恐怖地颤抖着。……

圆月潜入了一片一直连到天际的云朵，草原尽头那峻峭的不儿罕神山也消失在黑夜的帷幕之中。静谧的夜里，听得见草原战栗的簌簌声响。斡难河，这弯弯曲曲地蜿蜒在大地胸膛上的长河，疲乏地放慢了浪潮的步伐。视野里充斥的那个混沌世界上缀着几星闪光的萤火，不知究竟是天上的星，还是牧人帐幕的灯。

咕咚，……咕咚，……

当铁木真又一次听见那断断续续的捣马奶子声时，他忍住痛，扶着枷，站到一块石头上。在那儿，这个身材高大的青年人睁大了忧郁的眼睛，凝望着莽莽的天穹。薄薄的星光把他的影子投在斡难河的河面上。

他艰难地踏着那些芨芨草断茎，顺着河水的方向朝下游走去。

三

锁儿罕·失剌惊恐地睁圆了眼睛。他一下子从铺地的牛皮上蹦了起来，像是那牛皮下面有一块烧红的牛粪。

① 诺颜（noyin）：官，老爷。

“你！……”他尖细的嗓子带着颤抖的哭腔，从他手中一只镂花的双连木碗里，洁白的马奶子洒了出来。“你怎么……到我家里来了？”他愤怒地喊着，害怕地朝后退了一步，脑袋砰地碰在斜斜的、熏得黑黑的帐篷顶上。

“你还嫌麻烦事少么？你为什么不去找你的母亲和兄弟？你知道被力士们折断脊梁骨的滋味么？……”他又急又恨地，气势汹汹地嚷着，白沫从嘴角喷出来。他的牙齿打着战，一丝懊悔闪过心头。

唉，何苦呢？在河滩苇丛里何苦对这个陌生的蒙古贵族表示怜悯和帮助呢？其实，自己从来没有见过他，只是听说他是一个有神助的人——听说他出生时，手里曾握着有魔力的髀石大小的血块。……而且，泰亦赤兀贵族把他的家乡蹂躏得那样苦，他怎能心甘情愿地为他们拼命效力呢……可是，黑驹子长成了白马，好心招来了麻烦！

铁木真倚着帐幕的木门瘫坐下来，无力地把头靠在门柱上，两只黑眼睛痴呆呆地望着这大发雷霆的矮老头。他大口地喘着，什么也说不出来。

“不要这样讲，阿伽，”一直沉默着的锁儿罕·失剌的儿子开口了，“别说气话。当鸟儿被鹰赶到草丛里时，连草丛还要搭救那可怜的鸟儿呢。”他站了起来，晃着黑熊一样宽阔的肩膀，拍拍铁木真的额头说：“草地不会总是一个季节，灾难不会总在一个地方。你跟我来，——喂！合娜安妹妹！”

一个姑娘从帐幕背后转了出来。她穿着一件臃肿油污的单皮袍子，头发像没有擀好的牛毛毡片一样粘成一团。她低低地垂着头。铁木真看不见她的脸蛋。姑娘胸前挂着的几串骨头和松绿石磨成的项饰也正在发抖。

听见吗，妹妹！你把这个人藏到羊毛车上去，要藏得严实，像把夹子下在旱獭洞口一样不露马脚。”

锁儿罕·失刺跳了过来，一把推开儿子，尖着嗓子叫道：“把他藏在羊毛最下层！把他藏在羊毛车最深处！……不要怕他热死闷死，那总比折断脊梁骨好些！……你听见吗？合娜安！藏在最里面的角落里！”老头子跺着脚，挥舞手里的木碗，声嘶力竭地嚷着。

那姑娘一声不吭地走着，头依旧埋得深深的。铁木真随着她，悄悄瞟着她乱蓬蓬的头发。他不禁想起了自己的妻子孛尔帖，当然蒙古贵族是不会这样蓬头垢面的。她们头上总是闪烁着骆驼商队从遥远的突厥草原以西运来的金首饰和他在战斗中亲手从那些鞑靼或蔑儿乞贵妇头上扯下来的中国丝带的光辉。……

锁儿罕·失刺的粗壮儿子在背后吼着：“记住！对所有活着的人，都不能透露一点风声！”这时，姑娘浑身一抖，她的赤脚正踩在营盘上的一摊稀牛粪上，险些滑倒。

此刻，半片粉红色的、轮廓模糊的朝阳从远方平展展的草原尽头露了出来。一片明亮的、柔和的光裹住了那个穿着光板皮袍、赤着粗糙的双脚的速勒都思姑娘。

四

正午时分，马队围住了锁儿罕·失刺的营盘。

“你看！马腿跑得淤了血，马背也磨得退了毛。……那家伙不会跑那么远，肯定是我们这里有人收留了他。只有这么办：搜查每一个帐房！”一个骑手愤愤地擦着汗，对锁儿罕·失刺说着。

“还算是泰亦赤兀的勇士呢，连一个带着枷徒步跑的人也抓不到！”锁儿罕•失剌捻着小胡子，嘲笑着那群满头大汗的骑手。“咦！”他突然兴奋地拍了一下前额，“昨天夜里捣的马奶子正冒着气泡呢！你们看，皮桶已经胀圆啦。怎么，不喝几木碗？”

可是骑手们已经到处搜查起来。

矮老头端着那镂花的双连木碗，像个萨满①一样灵巧地跑来跑去。他嘲弄地盯着泰亦赤兀战士们在棚车里，在牛粪堆后寻找着。每当他们转过身来，他马上吱地一声呷上一口酸马奶。他快活地打着嗝儿，对那些大汉说；“喂，好好找，你们要是找不到那个家伙，明天也许就要变成有两副脊梁骨的好汉啦！”

合娜安静静地蹲在羊毛车旁边，紧紧缩着肩头，头埋在怀里。当两名战士走过她的身边，开始打量那架装得满满的羊毛车时，她头上的黑牛毛毡片似的乱发微微动了一下。

“到帐房里去，合娜安！不要妨碍泰亦赤兀的英雄们干正经事！”锁儿罕•失剌怒喝着，一颠一颠地跑了过来。这时，那两个战士已经开始动手，把一团团羊毛从棚车里扯出来。锁儿罕•失剌的儿子提着一根马棒，晃着汗水淋漓的、长满黑毛的身躯，慢慢地踱了过来。夏天从沙漠里升起来的太阳就是这样，从早晨起就酷热灼人。羊毛堆在营盘的地面上，散发着油腻的、呛人的味道。

锁儿罕•失剌捻着胡子，舒服地倚在那羊毛车的木轮上，啜着木碗里的马奶子，心满意足地看着地上的羊毛。“真不错呀，遇上这样的好天气。呃——”他又打了个很响的酸嗝儿，看看已经空了一半的羊毛车。“太好啦，雨停以后，我一直没空晒晒这些羊毛呢！……”

① 萨满：一种原始宗教的巫师。

两个披着牛皮胸甲的战士犹豫了一下。当然，难道勇敢的骑手会愿意帮这个胖老头干这种脏活儿么……他们狠狠盯了一眼老头子，正遇见老头幸灾乐祸的目光。

“聪明的泰亦赤兀血统的好汉呀，这样热的天气，难道人还能躲在羊毛里么？……”

“你再聪明，也不过是个聪明的酸奶缸！”两个小伙子嘟哝着，用油污的手抹抹汗，跳下车来。

……马队在夏季牧场的碱草地上扬起的长长的黄烟，已经渐渐地散尽了。那兄妹俩拖出已经奄奄一息的铁木真，为他除掉了木枷，然后一块围到锁儿罕•失剌身旁。铁木真吃力地抬起眼皮，尊敬地、感激地望着老人。

锁儿罕•失剌却神色严峻地继续注视着那烟尘散去的方向，一直望了好久才转过身来。突然，他发疯般地把那只古老的双连木碗猛地摔在草地上，对着铁木真捶胸顿足地大骂起来：

“你差点毁了我！毁了我的家！我敢对上天的神发誓：只差一点儿我的家就会像风吹灰尘一样，毁得干干净净！……你还要干什么？快滚吧！去找你那找不着的兄弟去吧！……”

老头儿气得青筋跳起，稀胡子一掀一掀的。也许他还想骂些不堪入耳的粗话，但不知为什么没有骂出来。

五

那只羊羔真肥呵，有经验的牧人一眼就可以看出来：它一定是吃两只母羊的奶长大的。铁木真默默地盯着铁锅里煮着的那只鲜嫩的羊羔，一动不动。危险已经过去，弓弦已经松弛，他累得连说句话的力气都没有了。

锁儿罕•失剌牵过来一匹黄马，惋惜地摸了摸那马儿白色的嘴，又搔了搔它剪得平平整整的黑鬃，然后叹了口气，把缰绳递给铁木真。

“没有马鞍。不过，比没有脊梁骨还是好些。”他顿了一顿，像是在挑选着教训人的字眼，不过，嘴里讲出来的话却很柔和，“走吧。别以为我的酸奶比你们部落的好喝。早走比晚走要好。……先找到你旧日的营盘，然后留心着草地上马踏的痕迹。记住不要离开斡难河太远。走吧，去找你的母亲和兄弟去吧……”

他的熊背儿子还递给铁木真一张弓和两枝箭。他询问地看着这高身材的青年：“怎么样，对一个骑手来说，两枝箭足够了吧？”

沉默的蒙古青年用眼睛微笑了一下。

铁木真跨出帐幕。明晃晃的太阳烤炙着无边的草原，远处斡难河那儿升腾着蒙蒙的雾气。他深深吸了一口气，然后大步朝马儿走去，赤脚踏着被太阳晒得暖烘烘的大地。

合娜安正把装着肥羊羔肉的一只皮桶替他拴在马背上。铁木真站在她身后。当姑娘忙碌地把皮条拴紧在马肚子上，然后挺起胸脯，擦掉脸上的汗水时，铁木真第一次看见了这速勒都思姑娘的脸。

这张脸一点儿也不漂亮：粗糙、黝黑，颧骨上被烈日晒得脱了一块皮。然而，那双眼睛却是那么清澈，就像斡难河秋天的碧波。铁木真注视着这双眼睛，但是，姑娘马上又垂下了头。

他跳上黄马，试着走了几步。马儿走得很有弹性，装羊肉的皮桶也绑得很牢。铁木真收住缰绳，扯过马头——

锁儿罕•失剌一家人都静静地站在那顶熏黑的小帐篷旁，默不作声地凝视着他。

一阵感动的潮水涌上了铁木真的心头。他很想说些什么：道谢的话和吉祥的话。可是，他什么也没有讲。他用闪闪发光的眸子望着这一家人，同时催开了那匹黄马。就这样，蒙古部落的铁木真和速勒都思氏族的锁儿罕·失剌一家在斡难河畔的草原上分别了。

铁木真信马由缰走在河畔芦苇丛里。青青的嫩芦草被那黄马用健壮的胸脯分开。斡难河泛着白浪，浩浩荡荡地流向草原腹地。一只叫不出名的、黄胸脯的小鸟盘旋着，跟着他的马儿朝前飞着。铁木真想：也许这就是锁儿罕·失剌一家的化身吧。看来，纵使我远离他们千山万水，他们也会帮助我的……

“哦，我永远会想念着你们，黑夜在梦里，白天在心里。”他喃喃地说着，凝望着头上那只黄胸脯的小鸟儿。

那小鸟儿啾啾叫着飞去，铁木真夹了夹马肚，也随着它驰上了前面的山岗。

尽管并不是在不儿罕神山的顶峰，这儿却能看得见整个草原。斡难河顺着大地的倾斜面，向下游辽阔的牧场流去，一直消失在天地之间烟云迷蒙的远方。白蘑菇一圈圈地嵌在嫩绿的山坡草滩上，像是女人们用羊骨磨成的雪白的环饰。就是这片一眼可以望尽几十道山脉的、无涯无尽的大草原，正强烈地呼唤着这个骑黄马的青年。

铁木真缓缓地下了山岗，然后向斡难草原的深处驰去。在永恒的草原传说的河水中溅起的这朵浪花流逝了。斡难河几度改道，速勒都思氏族的血也早已溶进了后来的牧人们的体内，人们早已忘记了在斡难河畔，曾经有过身材矮小的锁儿罕·失剌老人和他的一家……

当铁木真催开黄马驰向远方时，无论是草原，或是斡难河，还是他自己，都不可能在这时想到，他居然就从这里开始，走遍了整个世界的北方；当然更不会想到，他后来能得到成吉思汗的称号，并被蒙古和突厥草原的人们代代传诵。

红花蕾

很久以前我就注意到：在乌里雅斯山东侧，在大道连续拐了三个弯曲的地方，有一块三叶草滩。每年夏季天气转热以后，那儿总是密密地开出一大片红玻璃一样鲜艳的小花。眯着眼睛、顺着地面看去，斜阳映射中的这些花连成薄薄一层，像块硕大的红玻璃一样，闪闪发光，把这片少见的三叶草地衬得格外好看。

多少年来，我总是在夏季吆喝着单马的轻便双轮车穿过这片草滩，去乌里雅斯送货。那儿是最偏僻的一个牧业生产队，不用说商业网点，就连大队部办公室，也只是一个行踪不定的、六块木墙撑起的毡包。每年春末化雪以后，我就忙着收拾车子和马具，等翻浆的土地晒硬了，我就赶上马车，把茶砖、烧酒、布匹和日用百货运到那儿卖上几天，同时，也收购药材、羊毛、干蘑和旱獭、狐狸皮。

当一个人寂寞地坐在货箱上颠簸的时候，我只能眯着开始昏花的老眼打盹儿，或者随便想起一支简单的旧曲子，没头没脑地哼些心里想到的词儿，给自己，给驾车的黄鬃马，给死去的朋友听。不过，每年当车子穿过荒凉的戈壁和碱地，驶进那片暗绿的三叶草滩的时候，我的精神就会振奋起来。我仔细地欣赏着、察看着那些火红的花瓣。如果花期迟迟未到，我就耐心地研究那些红珍珠般的小花蕾，看它们是否汁水饱满，估算它们开花的时间。

习惯在这片草滩上驻夏的只有一家放骆驼的牧人。那骆驼倌是我的老朋友，不过他常常因为烧酒和那几十头喜欢四处游荡的骆驼而整月地出门。所以，在我卸下黄鬃马，跨进牧驼人的小毡包时，通常只能看见一个老太婆和一个黑眼睛的小女孩守在家里。

黑眼睛的小女孩名叫巴达玛，她总是赤着脚，穿着一件变成土黄色的白色单袍子，奔过来喊我“老爷爷！”可以说，我也是看着她长大的：九年前，三叶草开红花的时候，我看见老两口战战兢兢地从遥远的克什克腾抱养了刚刚半岁的她，后来，我又看见她奶声奶气地在红花丛中爬着叫嚷，最后是看见她蹦蹦跳跳地、挥着一根短鞭子追赶驼羔。八九年过去了。我习惯了在穿过这里时，顺手揪揪她的小辫子。每年夏天，当我驾车走着，看见了那片薄薄的、鲜红的花儿的时候，总是想到：唔，巴达玛又长大一岁啰……

记得去年这里已是一片绯红。那是一个雨后的早晨，巴达玛赤着脚迎面奔来，搭我的马车去乌里雅斯新盖的学校去上学。她的小脚丫又黑又脏，沾着潮湿的草叶和驼粪。我问她说：

“巴达玛，你赤着脚丫去读书吗？怎么，没有鞋子？”

“有一双靴子，”她怯生生地说，“很大，也很重。额吉说，等我满十三岁的时候，正好穿它去亲戚家玩……”

我没有再问。但我发现：这小姑娘一直偷揄地想用袍襟遮住黑黑的脚丫。

有她搭车，我的路途就变得富有生气了。她会快活地哼些莫名其妙的歌儿，也会突然从车上蹦下来，去扑赶一只蝴蝶。有时她激动地拉住我：“老爷爷！看，燕子！”那时，我会看见一只墨蓝羽毛的鸟儿正在那红红的花层上面低低地掠过。

那时乌里雅斯小学校已经有了四间草秆土盖的房子，紧挨着新盖的牧业队办公室。我在收购或是卖货的时候，总少不了和孩子们打打交道。谁都可以想象，这个五光十色的小货摊是多么强烈地吸引着这些穷乡僻壤的儿童。下了课，巴达玛有时会久久地坐在我身旁，小手支着下巴，注视着摊子上的文具、手帕和头巾、鞋袜，还有水果糖。

我抓起几块糖球丢过去：“努，巴达玛，吃吧！”

巴达玛一块块地捡起糖球，捧在手心里，小心翼翼地还给我。她认真地说：“不行，老爷爷！老师昨天教给我们，只许帮助您干活儿，不许动您的东西。”

我的脸颊滚烫。我怀疑连满脸的花胡子也烧得发红。我支支吾吾地说：“唔，嗯，你这个老师，嗯，他说得也对……其实，糖球吃多了牙齿会坏……”

后来，骆驼倌来了。他刚掏出一卷钞票，我就对他吼起来：“你呀，太不像话啦！难道给孩子买双鞋也不成么？你看巴达玛光着小脚丫在草地上跑。”

牧驼人醉醺醺地看着巴达玛，好像第一次见到这女孩似的。他把那卷纸币丢过来：“那么，老伙伴，你数数这钱。如果……买完一块茶砖，三条烟卷，还有两瓶子那种贴金纸的酒，还够买鞋的话，就买一双吧！”

我拿给他茶砖后，只抓了两条烟和两瓶低廉的、没有金纸商标的酒给他。这样，我用硬扣下的钱，给巴达玛精心挑选了一双黑条绒的带绊小女鞋。还剩下两角多钱，我给巴达玛买了糖球。

巴达玛兴奋得满脸通红。她紧紧抱着那双新布鞋，看看她阿爸，又看看我。她挑出一块糖球捏在手心里，剩下的全放进了阿爸的马褡子。

等骆驼倌走了以后，她扑到我的腿上，把一块发黏的、剥了纸的糖球塞进我的嘴里。

可能我当时深深地受了感动。因为从那以后，我就没有再随便吃过卖的食品。而以前，我当了二三十年售货员，随手往嘴里扔点什么早成了不值得一提的小习惯。

——那都是去年的事了。

去年乌里雅斯山的积雪要比今年融化得晚，可是这片绿得发蓝的三叶草地上，红玻璃般的小花却比今年开放得早。今年草地上满布着的只是沾着露水的小小红花蕾。

从很远的地方，我就看见了牧驼人的毡包。等我的小马车靠近它时，一个小姑娘张开双臂，欢呼着朝我奔来，白袍子在傍晚的清风中翻飞着。

“我一直盼着你来呢，老爷爷！”巴达玛快活地拉着我的手，“你明天就开始卖东西么？”

“是的，小巴达玛。”我揪揪她的小辫子，“今晚赶到乌里雅斯，明天开始卖。怎么？你的鞋子穿破了？”

“不，新新的！你看。”她抬起脚给我看。鞋子刚刚洗过，黑绒绒的鞋面又新又干净。我知道，她一定会很爱惜地穿的。

“巴达玛，不坐我的小马车去上学么？”

“不，学校没有上课……不过，明天我要去找你。你知道吗？我一直等着你。我想买一件东西。”

这次，我只能独自一人坐在货箱上，数着道旁草梢上的红花骨朵，慢慢地朝乌里雅斯淡蓝色的山影前进了。数着，走着，有时也看见白肚皮、蓝翅膀的燕子掠过双轮马车的两侧。不知为什么，我心里涌起一丝微忽的怅惘。

第二天，巴达玛来了。她迫不及待地跑到我的摊子旁看了一会儿。很快，她抬起头来，眼睛闪着喜悦的光。

“果然有！”她叫道，“我知道，你一定会给我带来的！”

说罢，她把一只圆鼓鼓的小口袋递给我：“喏，这是钱。”

我打开小口袋：是夹着草棍儿的羊毛。在我用秤和算盘给她算钱的时候，巴达玛告诉我，这些羊毛是她从很远的牧场上拾来的，她一直想用自己挣的钱买一件心爱的东西。从去年有了新布鞋以后，她看见一小撮羊毛就拣起来。但牧驼人的营盘上没有羊。于是她常常跑到很远的草场上去，有时一次只能拾到一点点。

“就是那片开红花的草地的尽头，知道那儿吗？”她问。

“怎能不知道呢？啵，一共两块六角钱。说吧！巴达玛，你一直想要的宝贝是什么？”

“漂亮的花袜子！”

哦，是这样。刚穿上一双新鞋的女孩子，一定会盼望一双鲜艳美丽的花袜子。这是多么简单的道理哟。然而，无论是我还是那个牧驼人都忘了这一点。我们使它成为小巴达玛心中的秘密，而小巴达玛为了它奋斗了一年。

袜子是尼龙的，颜色像湖水一样蔚蓝，织着雪白的浪花。巴达玛立刻穿上了它，然后再穿上那双黑绒布鞋。她欣喜地低着头，望着脚尖，走开几步，又退回来。

“巴达玛，”我蛮有兴致地看着她，“还剩下三角钱。你打算买点什么呢？”

“还剩三角吗？”她侧着头想了一会儿，“那么，再买块手表。”

我哈哈大笑起来，近来，牧民们买手表的多起来了，尤其是那些一心盘算着出嫁的姑娘们。巴达玛一定常常看见她们炫耀自己的表。但在她天真的想象中，手表远不及花袜子珍贵。

我费了很大劲儿才使巴达玛明白了这些。最后，我建议她买两个练习本，因为她正在学习。

“不，”巴达玛摇摇头，“我有很多练习本，可是没有用——老师走了。”

“老师走了？去哪里？”我想起了去年巴达玛从她老师那儿受到的严格教育。

“一个去拉——拉木龙？是吗？去看神。另一个在乌里雅斯大山里。听我阿爸说，等下雪的时候，老师可以从那儿拉回整整一车干蘑菇和獭子皮。”

噢，一个去甘肃拉卜楞金瓦寺朝拜活佛，一个在山里挣钱。

“那么，学校呢？是放假还是派来新老师？”我问道。

“还不知道。”巴达玛神情有些忧郁，“我也许再不上学了。阿爸从去年就在生气呢。他说：算啦！女孩子还读什么书！”

我沉吟了一下：“没关系，我去找你阿爸骂他。不过……你喜欢读书吗？”

“喜欢。老师说过，我是个聪明的孩子，将来一定会像一朵盛开的巴达玛花！”

我沉默了。

我揉搓着手里的三角钱硬币。我觉得它分量不轻。这是一年来一个十岁小姑娘的追求，是她美好的梦。让她用它买些什么呢？我费劲地思索着。这时，巴达玛问道：

“老爷爷，买一只手表要很多很多羊毛吗？”

我突然看见了一个熟悉的影子。那是一个悦耳动听的音符，一个带着清润迷人的香味儿的幻象。我心里一亮：

“巴达玛！你想念——不，你爱你的老师吗？”

“嗯。”她使劲地点点头。

我从货摊上拿起刚刚被我发现的一件东西。那是红蓝两色的铅笔。在烫金的“花蕾牌”三个字旁，印着一枝颈子长长的花蕾。我想了想，迟疑地问道：

“那么，你愿意给老师买一点礼物吗？”

巴达玛叫起来：“当然！当然愿意！”

“那么，巴达玛！”我急急地说，“你买下这种红蓝铅笔送给你的老师吧！一支送到乌里雅斯山里，另一支我们想办法带到拉卜楞大寺。”

小姑娘欣喜地接过笔来，抚着笔上印着的花儿。“真好，老师一定会高兴的。不过，”她抬起明亮的眼睛，“这笔上的花儿没有草原上的美，我去那块开红花的草地上采两枝吧，然后用羊毛线把它们拴在笔上送给老师！”

“你想得真好，巴达玛。记住，要采那种像红珍珠一样的花骨朵！”

“老爷爷，我明天清早就去采！”……

第二天我们就捎走了这两份礼物。过了几天，我也结束了今年在乌里雅斯的工作，装好了双轮马车返回。

晨雾刚刚从大地上散去，我的黄鬃马就已经驰进了那片蓝幽幽的三叶草滩。远远望去，牧驼人的毡包上面正升起缕缕炊烟。轻马车节奏均匀地跑着。一会儿，我满意地看见巴达玛又张开双臂，欢叫着朝我跑来。

“你一直要等到明年才来吗，老爷爷？”她问我。

“是的，咱们又要分手啦。”我说。

风儿轻撩着这孩子的额发。我感觉到她的小手正紧紧地、湿乎乎地拉着我的手。我的心里涌起一阵潮水，一阵对这小女孩和长满红花蕾的草地的眷恋。

滚滚而去的草浪载着风儿，笔直地朝天边吹去。我想到她的两位老师。当那年轻的一个擦着汗水，那年老的一个放下经卷，手里拿起一枝鲜红的花蕾的时候，他们一定会久久朝这里眺望。随着岁月飘逝，人世浮沉，将来他们还会继续慢慢地体味这礼物的珍贵。

那时巴达玛也许已经是一位美丽的姑娘。她会穿着绣着金银花边的雪白袍子，戴着玲珑剔透的晶莹手表，像盛开的莲花一样朝我们微笑……

黄鬃马嘶鸣起来。太阳已升入高空。再见了，神奇的三叶草地。再见吧，我的小巴达玛，你使我带走了这么美好的感受。

我觉得，我也应该留给巴达玛一点什么。可是送她什么呢？我苦苦思索了很久。最后，我走进这片绿得发蓝的草滩里，挑选着，比较着，最后，我选中了一株。我小心地把它采下来，捧到巴达玛面前。

这是一株沾着露水的红花蕾。

一九八一年八月

北望长城外

1

若说起“闯关东”这三个字，好像没人不知道。其实，那不过是因为路上有沧海大浪、“天下第一关”等障碍，而使山东人在名气上占了便宜。旧中国，穷地方不止山东一处。甘肃民勤县人闯关西，下新疆；陕西绥德、米脂，还有榆林府人拉骆驼走西口；冀察热坝前人上坝后奔草地，都一样有着源远流长的历史。原因不外是荒年灾月，夺路逃生，后来，就渐渐成了一地传统的乡风。穷庄稼汉们仗着铁木泥瓦手艺，硬是敢桦木平车、枣木扁担，装着家伙妻小，穿过夯土坍塌的长城口子，闯到人生语异的关外。而此风最盛的一些县份，便也渐渐地扬起了名声。甘肃有民勤，河北有阳原。在这些县输出的移民中，每三五十年，又总能冒出一些个侠肝义胆、身怀绝技的人物来，众口流传，十分神奇。不过，这些传奇式的人物，和历来文人编排的那些正统传奇人物又大有不同。因为在这些故事中，难得找到蹿房越脊的奇能，名山古刹的修炼和摄人心魄的艳遇。他们是下九流中的土包子，有的只是两膀子棒硬的腱子肉，吼破天的粗嗓门和一个抗饿的肚子。

在S旗一带，阳原丁二哥，就是这么一位颇有名气的人物。那年我刚从财贸专科学校毕业，分配到S旗工作。一路上，听得“阳原丁二”这个名字，总被那些赶大车的、打井的、做蒙镶的、干泥水活儿的，还有公出的干部、伤了筋骨的病人念叨。打井的说：“算咱爷们倒霉，跟着瞎头儿跑东跑西，一冬一口干井。要能请阳原丁二哥定个井位，嘿！”胳膊脱臼的蒙民说：“走遍全旗也没治好。要是找见阳原丁二哥早就不受这份罪了。”大车把式骂蒙镶银匠：“你砸了个小银耳环，坑人家一两银子！真他妈黑心！阳原丁二哥给我小舅子本家的赵四伯打那银铃铛，不要钱还贴了一片银叶子哪！”干部则训斥泥水班头儿：“学学阳原丁二。看人家，连打带踹，轰赶着几十口人像一营兵似的，连礼堂也盖起来一座！不信？不信你去赛淖儿公社看看去！”唉，小地方不出英雄文豪，S旗也不比那湖北省啥啥县的老红区，一县里出了将军几十个，老土农民的泥糊墙上的相片，贴的净是一杠两杠的金肩章。阳原丁二哥心正艺高，是个民间传奇人物，也是S旗的名流。若是能认识认识他，也不枉在大千世界闯荡一回啊。

凑巧，我前去当干事的赛淖儿公社，便是阳原丁二哥的屈尊之地。从一九六五年到一九七五年，我在赛淖儿干了近十年的干事、秘书、助理。我不单认识了丁二哥，而且蒙他不弃，还得以和他结为毗邻密友，目睹了发生在这个硬汉身上的各种鸡毛蒜皮的事情。

外边对他的传说，总的说来不免有牛皮之嫌。其实，他并没有什么绝招，更没有丁点儿文化。他只有一条，就是会干，肯干。任何又累又脏的营生，一到他手里，马上就冒出无数的讲究、典故、门道，成了比秀才写字、闺女绣花还有规矩的一套本事。他只要一抓住活计，瘦棱棱的身板立即爆发出极大的劲儿，这股劲儿狠狠地、干净利落地从他手里，更从嘴里那些夹杂着笑话、脏话、怒吼的话语里迸射出来，作用到活儿路上，作用到给他打下手的人们身上。借句文词儿：那可真有点子魅力呐！

比如说，我就亲眼见过他的这么两天一夜：

一九六七年公社盖配种站。房框已然立起，但还缺五张苫顶的条笆。老兽医请来五个柴沟堡北边来闯坝后的编笆匠人。领头的是黑胡汉子，他伸开五指："五十块一天。不用下手——祖传手艺，恕不外传。"老兽医忙问几天交活，他说："芨草笆，活细，七八天吧。"嗬，整个基建队停工，还得一天五十块钱供着他们。当时，我押着几车砌井的石头，来到喇嘛庙背后打井的土坡，顺口把这事说了说。丁二哥斜着眼，听了一会儿，吩咐打井的："给我再下二尺五。一寸不许多。"说罢，扯着我来到了兽医站。

老兽医正和柴沟堡匠人讨价还价。丁二哥蹲在那帮子乐得自在的基建队里搭话了："喂，请问老兄，您们几位几天编一张笆？"

"几天？那得看活儿、看料、看饭食、看老天爷赏的脸色儿。这芨芨草得一根根插，一趟趟编——不像叉腿吹牛皮，比撒泡尿还痛快。"黑胡子出口不逊。

丁二哥站了起来。看得出，他是生气了。他说："老兄，八成您是看准了我们这儿没笆卖吧？"

那黑胡子更硬："嫌贵嫌慢，您就另请高明。要不就坐上五天汽车半天火车下柴沟堡买去！谁叫这块宝地光养丫头片子，看不见个能吃能做的男子汉呢！"

丁二哥"唰"地脱光了膀子，大吼起来："好小子，就凭你这一句话！"他手臂一挥，"给我码草！老子明天不拿出这五块笆给你看，就他妈的撕下这身皮苫房顶！"

刹时间，丁二哥骂着吼着，在草垛泥房框子前疾速地起了五个笆头。吊儿郎当的基建队员们着了魔似的紧张起来，扛的扛，码的码，插的插。五个大地摊上，只见黄黄的芨芨草梢在晃动。下手们在丁二哥的吼叫声中，把一束束草插在茬口子上。丁二哥弯着腰，侧着步，灵巧的手指飞梭似的拨着推着。"他妈的叫你看看山高水深！"一排插齐的草束折了过去，马上又逆转回来。"奶奶的掰断这些狗脖子！"第二排刚插上的草又嗖嗖地折了过去。老兽医目瞪口呆，五个匠人冷冷瞅着。活儿，愈干愈快，几十个下手也步步加紧。直直立起的草束，风轮般划过弧线，唰唰倒下。在人们忙匆匆的脚下，五截子黄闪闪、光溜溜的芨芨草芭片露出头来。太阳西沉了，镇上传来妇女们吆鸡唤猪的叫声。丁二哥吼道："没种的回屋搂老婆睡去！阳原丁二这一宿撂在这儿了！"黑胡子一听，变了脸色。眼神一递，五条大汉全溜了。

第二天早晨，五块崭新的芨芨草笆像金黄的粮食囤子一样，笔挺地立成一排。丁二哥推开我的门，挣扎上了炕，瘫软地喘着，眼睛血红血红。"找口饭吃。"他说，我忙给他端出馍馍来。他大口嚼着，胸脯急速地起伏着，好像还在生气。我说："丁二哥，这么干不行。争那口气，伤了内脏，不值。"他把馍一摔："我他妈本来只想劝他们压压价，妈的，小子出口伤人！"过了一会儿，他声调黯淡了："哼，外头还得说我丁二不仗义，摔人家饭碗！"叹口气，他不吃了。

外面人喊："丁二哥！上井不？给你挖下去二尺五，一寸不多，一寸不少！"

他浑身一抖擞，眼中又冒出了火。"哎，跟我走一趟！"他对我说，"也许有个急事，用着你这大秘书往公社跑。"见他累成这样，我自然不能推辞。

到了井上，打井的那一伙正等着。丁二哥下了井，察看完毕，用手指捏着块料姜石，歪脖想了一阵。他吩咐："再挖半尺。"大汉小伙们攀绳下井，刨的刨，拽的拽。不一会儿，一些闲不住的嘴又扯起淡话来。"丁二哥，咋没听说你还会编笆呀？""丁二哥，给哥们露个底，你一共有多少手，还会个啥？"等等。丁二粗声说："会啥？娘的，除了生孩子，啥都会！"大伙儿更乐了："别吹牛，二哥。这口井怕是要栽你的跟头。一丈五深了，咋还是干筒子呀？"丁二哥闻言，直起腰来，像是下了决心："这井呀，我看不一般。上去，做饭喂脑袋！"一伙子正巴不得，忙撇了家伙，一面挤着眼，等着看丁二哥的笑话，一面连忙往上爬。

此地时兴冬季打井。用羊粪烧化冻土，慢慢挖。等打透了冻结的水层，就在井筒里砌好井圈，等来春冻解水出。而喇嘛庙一带已经挖过五六个干窟窿，从不见水。今年丁二哥在公社拍了胸脯，说他定了井位，不仅能出水，还能保证今年年内就让水喝进肚。所以，这一阵由我督办石料工具，准备见水抢砌。

饭熟了，小米肉粥。帐篷里一片稀溜声，只有丁二哥心神不宁，端着碗，进进出出。

不一会儿，突然听见他在井场吼起来："快！快出来！拿绳子！"

跑去一看，我呆了。一丈方圆的井底地面上，正隆起一个锅底般的土包。那土包越鼓越大、越高。鼓包上的土块在噗噗裂响。猛地，那土包碎裂，汹涌的水流冲了出来。只见丁二哥怪叫一声，纵身跳下井去。井上人们也忙提起绳子，把一块块石头吊下去。丁二哥气喘吁吁地砌着井，放一块石头骂一声娘。这样，他在齐腰的水里站了两个小时，一直等我把柴油抽水机运来。

后来，每当我给别人海哨这两天一夜时，那些久闯江湖的家伙们却大多不信。他们说："别吹啦，阳原丁二会干活不假，难道还干得成了精？"

不过俗话说得好：墙里开花墙外红。阳原丁二的名声也只是在外头叫得响。在我们赛淖儿公社，人们却对他不大恭敬，习以为常。甚至，似乎人们还有点欺负他。比如说吧，这地方三教九流、蒙汉两族、干部知青，只要觉得肚子饿了，就卡在那母鸡回窝、牛羊入盘、太阳擦山头的时分来到他的两间小土屋里，扯天扯地，扯谁家谁家爱搞破鞋、扯谁家狗崽会抓狐狸，一直扯到丁二哥搬出一笼热腾腾的小米干饭或是莜面猫耳朵。再有，就是敲着窗框子，直着嗓脖叫唤："丁二哥！马绊断啦。您给接上！""丁二哥！灶火倒烟。您帮忙盘一个！"事事理所应当，人人心情坦然。

赶上谁家娶媳妇，就更离不开丁二哥了。事先不用请，上房泥，打方砖地，拉水，掌勺——丁二哥全包了。看热闹的还凑趣说："丁二哥，往后'稍'着点儿。光棍儿可别往前凑，憋着点劲，别吓着新媳妇！"

人们为什么敢对这么一位名人放肆呢？除了外乡、本土本不是一支，再加丁二哥本人心宽意大，处世随和；另外，他阳原老家成分是富农，这一点兴许是个主要原因。从打我来到赛淖儿，他已经常常在时冷时热的运动集会上胸佩白布条儿，听阵子批判。虽说此地乃远离王法的僻远去处，挤在大草地上一片东倒西歪的土屋里的小民们谁也不比谁强哪里去，会议一散，大眼瞪小眼还是这几口子人，人情掺和着立场，抬头见面还是打个招呼，称兄道弟。不过，饿死的叫花子看不起贼，人们心中总还是悠悠然带着一丝高于地富子弟丁二的优越感。

后来，知识青年到了。本来，这伙人是在乡不沾牧主，在镇不沾四类，红红火火搞革命的。可是，在白毛风里骑着马钻进冷清的公社小镇时，人马却空着两个肚子。于是，我隔壁丁二哥的两间半地窝子慢慢就成了他们的堡垒户。

门口的破驴车上常常拴着一排高头大马，丁二哥买的莜面、小米更多了。年轻人，男的来了吃饭过夜；女的呢，轰丁二出去，反锁上门，用丁二哥烧的一锅热水仔细地洗拭她们的身子。

小伙子们跟着丁二哥挤在炕头上，不加批判地听他讲古，灌输些个“封资修糟粕”。

“酒是穿肠的毒药，色是刮骨的钢刀。”丁二哥哨上一段，就引上一段典，“这个话是专门说给你们小哥儿几个的。”

“得啦！丁二哥！”小青年们反驳，“你呢？去年冬天打苇子，你干吗住在达赉家？他家那丫头，嘻……”

丁二哥最听不得这种玩笑。他扯开哑嗓，梆梆拍着胸脯喊：“老子答理她？！姥姥的，老子要正眼瞧那些老娘们家一瞧，就不叫阳原丁二！”

“那，丁二哥，你找不找老婆？”

“我找她？哼！”也不知那个“她”是谁，他的口气那么恶狠狠的。

通过长年累月的观察和调查，知识青年们渐渐信了。他们发现：丁二确实不沾女人。住在达赉家打苇子，恐怕是因为达赉是牧主，他觉得“比下有余”吧。

难道这浑身是劲、里外是艺的汉子就真的不想女人、不娶媳妇么？以前我也这么胡想过几回。不过事有凑巧，他的些儿女轶事，可是让我从头看了一遍。

2

一九七一年秋，北边闹海庙公社苗圃的老徐家放出话风，爱怜丁二哥一身本事，不嫌弃他的富农出身，愿意把年方二九的闺女嫁给他。听说，那闺女又白又俊，性情又好，只是一样缺陷：哑巴。

人们兴奋起来了：老徐头这手够厉害！你丁二再能，可别想娶个囫囵老婆；哑巴再次，可是清白人家黄花闺女。反过来，闺女再好，却是天生缺陷；富农子弟虽臭，却是一县知名的能人。嘿，较上心劲儿啦！风儿愈刮愈盛，众人心里也愈加抓痒。起哄的、出谋划策的，整天围着丁二哥说个不停。

丁二哥却依然嘴硬：“妈的，老子稀罕她！”

众人说：“先别吹牛，明儿个进了老丈人门，还不溜溜的挑水烧火堵鸡窝！”

丁二哥笑骂道：“老子管那些老娘们干的活儿？放屁！”——可骂声里已经透着有点美滋滋的。

果然，丁二哥来找我了。

“给开个信，大文书。”丁二神情认真，“闹海庙老徐家捎信来啦，叫去相亲。我寻思，要是带张公社开的大红印的信……行不行？”

我乐了：“开信好说。只是——丁二哥，用得着吗？帮老丈人勤堵鸡窝、细盘炉灶不就得了！”

丁二急了：“那大红印，那大红印一盖，多……”

我明白他的心思。有公社管一下子，多正派，多显得人是好人，事是好事，路子光明！我凑劲建议：“丁二哥，再骑上我的大红马，给闹海庙露一露！”

第二天，秋高气爽。草甸子上满洒着日光，金黄灿亮，蓝汪汪的天上云朵白得赛雪。丁二哥翻开箱底，身穿深蓝蒙式羔皮“夹不卡”，头顶三块瓦栽绒帽，脚蹬一对包皮头的大头鞋，跨着我的枣骝马，马褡裢里装了十斤干羊肉条子，三斤九块S旗自产的月饼，朝北边闹海庙公社方向碎步驰去。他挺着脖，挺胸收腹，两腿站在镫子上。三块瓦栽绒帽帽耳一掀一掀，汉不汉，蒙不蒙，哈，真是一副阳原人的骑姿！

黑夜。“咚咚”，我被砸门的声音闹醒了：嗬，丁二哥回来了。他显然一点没有睡意。我刨刨碗柜，摸出半瓶宝昌产的“草原牌”白干，听他一五一十地从头汇报一遍。

“……她原来在外当间。一见我来了，扎进里屋再没露。我就瞅了一眼：个头儿倒是不高不矮，脸儿没看清，大辫儿可真是黑……”

我噗哧笑了，情人眼里出西施。忙问：“老丈人呢？没打发你堵鸡窝？”

“哪能。”他一本正经，“三个菜：腌羊肉炖萝卜干、黄花菜溜鸡子儿、蘑菇炒野兔子肉。酒我没多喝。问我生活，我告诉他：不怎么样，不过去年拴了一盘鞍子，今春缝了这件羔皮袍子。他又说，我闺女年轻哩，命苦哩。我告他说：明人不讲暗话，咱成分高，论命强不过你闺女，不过咱两只手干十八路活计，吃喝求不着旁人……”

他滔滔地说着，吱吱地呷着盏里的白酒。我给他斟着酒，睡意朦胧。丁二哥一口干了一盏，眼睛红红的。“我丁二，不比别的阳原乡亲。十三岁哥哥娶了嫂子，受了两年气。十五岁，我跺跺脚就离乡背井二十年。二十年，守着两间地窝子，挂着一根白布条，干遍了天底下的脏苦累活儿……唉，我他妈还以为，这辈子就抱着自个儿大腿了事了哪。”他声音浑浊得很，喉头一下一下地动着。我静静看着他。他抄过瓶子，瓶底朝天倒进杯盏，一仰脖干了。突然，他瞪着醉眼，朝我吼起来：“他奶奶的！说什么这辈子不能打了光棍！”

我有点震惊。

外头夜空上，月明星稀。我摸黑把他的小木门拨开，伺候他睡下。当我正要起身离去时，丁二哥扯住我，沙哑着嗓问：“老弟！听那些青年赤脚医生说，口里扎针扎好了不少哑巴，能喊共产党万岁呢，是么？”

回到屋里，我浮想联翩，一夜未能成寐。我心里有些淡淡的遗憾。丁二哥，这么一位人物，竟要去与一个哑巴成亲啦。唉，看他那神态，这个陌生的哑巴女人给予他的，是多么温暖的憧憬啊。

——可是，连这哑巴也没他的份。

隔了些天，闹海庙老徐家托个知识青年带信来说：闺女还小，嫁娶事大，婚事还想先搁几年。劳累丁二哥骑马奔波，特捎上月饼两斤……云云。

丁二哥不动声色，只是托来人把礼物原封带回。

谁都明白：老谋深算的老徐头思忖再三，最终还是嫌弃丁二哥成分不好，决心好合好散。不过这事，就好比旱天上来了一块黑云彩，风一吹就散了。

时光迅忽，有如白驹过隙。一晃，我已经在赛淖儿和丁二哥为邻七八个年头，并且业已和在D旗文教局工作的一个同学结了婚。丁二哥在一阵子落实“给出路”政策的风中，竟难以置信地被摘了白布条；我呢，也从公社秘书、文教助理、宣传干事，干到了“再教育”办公室的副主任。

知识青年来如潮，去如水。一九七四年那阵儿，“去”的洪水已成汹涌之势。我每天在兜里放本空白介绍信。知青们来找我，办病退的，我写上“不适合在高寒地区工作”；办困退的，我写上“本公社调查情况属实”。后来，用不着信本子啦，因为一百多名小将中残余下来的这三四个人，大多数也都沾了和丁二哥差不多的光：家庭出身有问题。

最后剩下的一个女青年，叫李莹。不知她爹妈作了多大孽，招工的翻翻她的档案，摇摇头扔在一边；招生的和她面谈一次，也不再打听她。她呢，十天有七天在公社镇上转悠，为自己奔波。因为公社所在的这片地窝子干打垒，可是个政治文化的中心，消息和机会是不会越过公社，先钻到草地上的帐篷里的。而且，往往是一切大小好事，若能经过区、盟、旗、县一层层的过滤，剩下一星半点到了公社，也就算到了最末一站。

这李莹来到公社，住在学校的云老师和卫生院的白大姐家，吃喝却一律找丁二哥。因为丁二哥见了她，从来是先端出饭来，而不像别人家，先问句“吃没吃”。哼，吃没吃？谁能腆着脸说出“没吃”二字呢？若是赶上她常借宿的两家来了男客亲戚，她没了去处，晚上就只好来敲丁二哥的门。那时，丁二哥就率领着他约来打牌吹牛的那伙子大车老板子和泥瓦匠，转移到隔壁我屋里，把小屋腾给她。

“丁二哥，这个可比闹海庙那哑巴强哪！”那伙人关上我屋门，一边上炕，一边就胡说上了。

“丁二哥，这就叫时来运转，交了桃花运哪！”

他们当然是狗嘴里吐不出象牙。人散后，夜里我和丁二哥挤在炕上，后脑勺就顶着那堵把一个大姑娘隔开的土坯墙。不知咋的，我也有点想入非非了：

“丁二哥，知识青年扎了根，嫁了大老牧的也不是没有。兴许这个也有意？要不，我找她探个口风？”

丁二哥压低嗓子，庄重地说：“你他妈可别往我脸上抹黑！先别说柳下惠坐怀不乱，人家正在难处，我阳原丁二能干那趁火打劫的事？我每天晚上都招一伙人来，晚上又和你挤一条炕，就是为了把事办在明处，避着这个嫌疑！”

我不禁连连点头，佩服他的心计。

又到了秋天。有一天，我和丁二哥赶车上镇子外边的草地上去给卫生院买肉羊。正好路过三眼井饲料基地，看见李莹正站在门口遛达呢。我们第一次进了她那小屋，喝着茶。这屋里光光溜溜，炕毡上只堆个老羊皮袍子。此外，除了一块巴掌大的小圆镜，一把小梳子外，姑娘家那些花花绿绿的小玩艺儿一丝不见。靠墙一个大手提包，看来是晚上当枕头；白天呢，只要一得信，随时拎起就能走。丁二哥打量够了，问：“李莹，你那铺盖呢？”李莹笑道：“烂的烂，扔的扔，像样点的，运家去啦。”丁二哥不满地说：“再做一床呗。还能光盖张皮子过？不嫌人笑话？”李莹一撇嘴：“再做一床？哪来那么多钱呀！”

过了几天，丁二哥预支了工钱，买了二十尺白布，一块红底黄花布被面，十斤棉花。等李莹再来公社，他把这些一摊：“拿走自个儿缝去。过日子总得有铺盖。”

李莹刚想开口，丁二哥眼一瞪：“趁有人在这听着，我丑话说在前头：我丁二一不想图你点什么，二不放你的印子钱。别费唾沫，不值得。丁二和块泥，动动手，就能扒拉出这点东西。别扫我的脸，让我再搬回来。不要，你痛快说，我这就扔公社马圈。”

李莹被噎得说不出话来。她靠门站着，用筷子慢慢扒拉着碗里的米粒。一会儿抬起头，腼腆地朝炕上那些破衣烂衫的汉子们笑笑，一会儿又埋下脸，用鞋尖蹭着地上的一个小坑。后来，她还是抱上棉花布匹，推开门，轻捷地走了。

奇怪的是，屋里那伙满肚坏水的家伙们谁也没吱声，一个个都在炕上老实坐着，想着什么。

秋草打霜没几天，阴历八月底就下了雪。一冬里，人们数着、熬着，盼来了春天；而口外的春天呢，又是一个比冬天还冬天的多风多雪季节。一九七五年春节，我上D旗看老婆带过探亲假，接茬又办了两个月学习班。回来时，已是阴历五月，冰融雪消，草皮泛青了。

在车站下了车，老远看见丁二哥夹着一个大包袱，踩着泥泞，咕唧咕唧地在前头走。我忙追上去，忽然发现他夹着的是床棉被。

“二哥，你这是抱的谁的铺盖？”

“李莹的。这会儿，又他妈是我的啦。”

“怎么？不是给她了么？”

丁二哥不答。我看着那床大红布底印黄牡丹花的被子，心里纳闷。

晚上，我揣上从家带来的一瓶洋河大曲，推门进了丁二哥屋。丁二哥正盯着他那“向日葵”牌半导体出神。我一听，里头念的是秀才们诌的“反击右倾翻案风”之类。我伸手掐灭了那广播：“丁二哥，有好酒！”丁二哥一见，忙摆开小炕桌。

我们对酌起来，可是只有我絮絮叨叨，丁二哥却默默无声。我放下杯盏，一眼又瞥见旁边那床铺盖。

“二哥，这被子怎么回事？哎，关上！听那个干啥？”——他一边喝着，一边又开了那个半导体。

“等等，嗯，被子？李莹走啦。困退，回家半个月啦。”

“办回去啦？噢——临走，没给你说句什么？”

那凶狠狠的广播念完了。丁二哥关上半导体，慢慢端起酒杯，呷着。半晌才说：“我在芦苇场干活儿呢。许是怕误了车吧，她把被子搁在汽车站王贵生家，说这是我的。我没见着她。”

哦，就这样走了。

静坐了一阵，丁二哥用低浊的、粗哑的声调又开口了：“今天上午，王贵生娘们告诉我，化雪天呀，被子潮乎乎呀。我抽了个空，上王家把它拿了回来……潮他娘的，老子犯不着晒它。”

我轻轻放下了手里的酒杯，久久地看着堆在返潮的屋角的那床被，看着那红底子上大朵的黄花瓣，想说点什么，又找不着词儿。

就在这年夏天，我的请调报告批了下来。我被调到爱人所在的D旗文教局工作，从此告别了丁二哥，而且一别多少年，再没有见过他。

在D旗，有时在接触车老板、泥水匠们时，我又听见“阳原丁二哥”这几个字。我很少插嘴。我觉得，神吹海哨之中，也许倒能安慰那痛苦的真实。我很想念丁二哥。他这几年怎么样？还守着那两间小地窝子？我记起他说的话：“说什么这辈子不能打了光棍。”可是，我对他的话失去了信心。丁二哥呀，珍重自己吧！我悄悄在心里叫着他。

就这样，一直到了今年，一九八一年。

3

今年夏天，我出差去S旗赛淖儿一带办事，终于又见到了一别五年多的丁二哥。

长途车碰见一个熟人，他告诉我一件重大新闻：丁二哥已经结了婚！娶的是个寡妇，带过来四个孩子。那女人原来是S旗供销社赶车的老孙屋里的，男人肺痨死了，撇下老小一屋。车老板们就商议着，把她说给了丁二哥。那人还告诉我，丁二哥把那两间小屋改成了三间草垛泥房，而且进了公社水利队，挣工资啦。

当天就见到了丁二哥。他不许我住招待所，把老婆撵到西屋，在东屋炕上给我铺了被窝。可等我钻进被窝，点着一根烟，拉开架势准备作彻夜长谈时，他却抱下柜上的半导体，拧开短波，美国、日本，挨个地听起新闻节目来。

“听那干啥，快上炕吧！”我烦了。

“嘿嘿，这就完。李先念今天晚上到了菲律宾，不知道他说了点子什么。听说，黄华还打算上趟印度。”

“丁二哥，你怎么啦？中邪啦？”我想起五年前，他就爱听那些紧箍咒似的广播，“还能派你出国上印度编笆打井？”

他这才恋恋不舍地关了“向日葵”，上了炕。

我压低嗓音：“我说二哥，这娘们怎样？”

“还行——文化不浅哪！高小毕业。”

“娶她，花费不小吧？”

“没花什么钱。就是替她堵了四百块钱饥荒。办事时她娘家来了个小舅子，临走我给他掖上了二百块。另外，就是收拾这个窝，置了一对柜。”

“一轿子娶过来五张嘴，生活紧张不？”

“凑合混呗。”

“丁二哥，现在到处自留地，个体户，外头可有发起来的人——不比往昔啦。你怎么，还不露一手？”

“不，”他斩钉截铁地回答，“六十块一个月，饿不着就行了呗……哎，这黄华现今是什么官儿？”

我挺奇怪。他不是除了生孩子什么都会吗？这么紧的生活，却不去抓挠几个钱。外头——听说，有一个镶牙的，在供销社买个罐头台阶上蹲着吃了，使罐头皮镶牙，净捞了千把块呢。可丁二哥，藏着一身本事不露，倒在这儿操心李先念、黄华的事儿，难道是真的中了邪？

炕头躺着一个小男孩，叉着手脚，睡得呼呼的。我问丁二哥：“这个是你的？”说完，觉得这话那么别扭。

“是个小子。我这小子可行啦，从来不兴尿炕。撒尿也不许人看他小鸡子。”我听着丁二哥这种亲昵的口气，觉得很新鲜。

“二哥，可别偏心眼哪。当后爹，别太由着自己。”

丁二哥摔下烟头：“生了这个，我就让老婆子上卫生院结扎了。四个大的，我要了他一个闺女，姓我这个丁；那仨大小子，还姓他那个孙。”他看见我惊奇的脸色，又说：“我有个心眼儿：咱成分高，将来再有点什么，别让人家孩子背我的黑锅。”

啥，原来他还留神着这件事。果然，他问我了：“老弟，你看这形势将来会怎么样？”

应当认真给他参谋一下子。我沉吟了好久才说：“我也不敢说有谱。不过，这经济上的办法，我看十年八年怕是不会大变啦。丁二哥，你还是趁着身子骨硬朗——”

“不是问你这个，”他打断了我，“我是问你这世界形势。前些天联合国的瓦尔姆，是吧？哨了半夜。今儿晚上，瞧，李先念又奔了菲律宾。”

第二天，我正在公社办事，丁二哥老婆慌慌张张跑来找我：“丁二在家发脾气，挨个地打孩子，连暖壶也摔炸了。”我听后忙跟上她往外跑，那女人一路叮嘱着：“您可别说是我喊的您。”

进了门，见几个小孩吓得缩在角落里，只听得丁二哥在屋里怒吼：“他奶奶的爆米花！吃你妈的爆米花！”嘭的一声，又是一个暖瓶爆裂在地上。我冲进屋，劈手夺下丁二哥高高举起的长方挂镜。闹腾了半天才搞清楚，原来是大小子看见来了个走巷崩爆米花的，回来要挖玉米去爆。丁二哥说爆一斤得贴上一毛钱，十斤就是一块。拿一块钱上供销社称一斤糖球不比贴十斤粮食吃个煳焦味儿强！孩子不依，老婆帮腔。结果舀了两茶缸子去爆，和后巷老韩家那个十六岁的崽子争先后打起来了。让人家揍了个满脸青不说，韩家那娘们还堵着门骂。

“她——”丁二哥两眼血红地指着西屋吼，“他奶奶的连脸也不要，趁老子干活不在家，就在这大门口和韩家那老婊子对着骂！丢我的人！”

我来个快刀斩乱麻。一把把他搡进东屋，倒扣了门，又把一屋小的撵出去玩，接着吆喝他女人搬簸箕扫地。然后我进了东屋，狠狠插他嘴里一支烟——这才算平息下来。

当夜钻了被窝，丁二哥趴在炕沿上，抽烟生气。我开始训他：“二哥，你这就不对了，她和人家骂架丢脸，你当后爹的打孩子就不丢脸？恐怕这回也得传出去了：阳原丁二，狠心后爹，不是自己生的就打！”

他蹿起来，急眼了：“我拉扯他们容易？四个上学，妈的两个补考！学期一到，书本笔墨、穿戴学费，一下就是五六十块钱，我含糊过？学校老师还变着法儿地折腾我，今天白布衫，明天白球鞋。我不吭声，给他们奔来！我跟大小子说：‘你满了十八，杀人放火我不管；现在归我管，我他妈拼死拼活供着你。只有一条：老实念书。’他跟不上班，我给老师拉了一冬水，求老师腾出空给孩子补补课！去年冬天雪封路，粮店断粮，我干他妈一天活儿回来，饿着把粮食让给这些小的吃，我容易？我……”

我感动了。“丁二哥，”我说，“我得尽点心意，补补婚礼。你说缺点儿什么吧，要不我给你留下些钱？”

“住嘴！”他气泄了，“你怎么忘了，老子可是有名的阳原丁二呀。你在那阵儿，我屋里开店似的，任吃任住，哪个月不得买一百五十斤莜面小米？这会儿强多啦。”

我递上一根烟，擦亮火：“二哥，介绍介绍经验，你怎么维持这个家的？”我在取经了。我在 D 旗的家里也添了个孩子，日子日益显紧了。

他伸个懒腰："冬天买下大队快死的老马，五十块。养一冬，卖食品公司二百三。这不，落一百八。维护连的解放军没工夫凿井拉水，我套自己驴拉水供他们，末了落五口袋料。驴才吃两袋子，剩下的，给猪！大猪三百斤，这不，又是钱。看准眼，出死力，不揽扎人眼的手艺活儿，只干点公社吩咐的、解放军来求的、家家户户都干的活儿。今天公社又叫各户去打苇帘、砸石头。苇帘子一张一块五，十张十五块；石头一方两块五，五十方一百二十五。说必须完成，是任务。各户抢着包苇帘子，抢上十张乐得忘了姓啥。他妈的，老子报了五十方石头。五十方，哼，反正老子抽了大腿骨当杠子，也把这五十方石头撬出来！明天看好地方，下了窝子，夜里干！瞧，这不，又是一百二十五。就这么生活着呗……"

我听得出了神。

丁二哥突然又嚷起来："哎！小五尿炕啦！他妈——的，好儿子，起来，起来。不是从来不尿炕么？是爸爸揍的。非要吃他妈爆米花么，哥哥也叫人打啦……"

他忙着撤下精湿的褥子。我见孩子光腚下露出炕席，也下炕趿鞋，打开靠墙的油柜。里面只有一条叠成方块的被子，我扯出来递过去："铺上吧。"

"不用那个。老弟，把我的棉袄递过来。"

我一看，朝里的被面是大红的，印着大朵的黄花。一下子我想起了五年前和十几年来的往事，心头不禁有些酸溜溜的。我默默地上了炕，掐灭了烟。

"你睡吧，"丁二哥侧身又扳亮了收音机，噼噼啪啪地在噪音中寻找着，"我再听一阵子，也不知道黄华去没去印度。"他自言自语地说。

我离开赛淖儿公社，打道返回D旗那天，是个星期天。那天天空蓝得干净，白云彩拉着长长的薄丝儿。我在供销社买了一对暖瓶，红红的塑料壳。到了丁二哥家，全家大小正围着毛驴车转，像是要全家出动，出发上哪儿。

“上黄花山！他奶奶的！”丁二哥精神抖擞，“老子是铁饭碗，吃工资，歇礼拜。摘一天黄花，晒干了吃卖都行。”

“这么多人，”我笑着问，“能摘多少？”

“带了四个麻袋。这种事，孩子们比大人能干。”

我把暖瓶递给他女人：“后补的婚礼。丁二嫂，往后二哥要再发狠，你就让他摔这两个暖壶！”

他女人不好意思地笑了。丁二哥也笑骂道：“他奶奶的！”

我站在公社石垃子敖包山旁，望着他们的小毛驴车顺着蜿蜒的小路，朝大草滩深处缓缓而去。女人和孩子们已然坐在车上。远远地，只看见丁二哥一手提鞭，一手牵着驴笼头，挺着倔硬的脖子，大步地走着。那姿势也跟他以前骑马一样：挺胸收腹，一副阳原人的劲头。

我一直看着他的身影消失在茫茫的草海里。

我想，自从他十五岁离开故乡热土，出了张家口，北望长城外，踏着大漠流沙，走上了他人生的弯曲小道以来，大概一直就是这个劲头。

静时

一

我的眼前摇曳着野草。每当风儿低掠着地面拂来时，那野草就晃动着蓬松的长穗、柔韧的细颈。狭长的、毛茸茸的草叶子瑟瑟擦响，我能清楚地看见引起每一点声响的、那草梢的相碰。它们赤裸的根须顽强地、野性地插进黑黑的泥土，甚至擦着我冰凉的躯干，攀住我粗锐的棱角。

它们总是遮挡着我的视野。我只能静等着，等它们飒飒摇摆时露出大地尽头的远山。那儿总是罩着淡淡的雾，连接着扶摇而上的解州盐池的水汽。在雨后还晴的日子里，我能从草缝中清晰地辨出盐湖雪亮晶莹的水；那时，那遥在天际的中条山脉显得线条历历可数，黄褐色的山体雄浑又悲壮。

在默默之间我爱上了这屏风般一字摆开的中条山。它毫无江南园林的过分娇媚或三山五岳的过分神奇。在它莽莽的黄褐色中蕴含着一种感人的真朴，就像蠕动其间的农民们那毫不粉饰的生活。可是——我只能等着风儿催动草浪，野草闪开，露出这片一望无际的视野。

我心平气和。县知识青年安置办公室的那个胖老李很会办事。他让我远离县城的嘈杂，也背离墓场的感伤。他把我葬在这个山岗的最南端：前面是陡峭的斜坡。我可以把一切置于脑后并不再回顾，只瞭望着南方宽阔的涑水河谷和那粗犷苍凉的远山。

我被胖老李笔直地插在这里。被石匠打磨后，质地坚硬的躯体呈着我喜欢的淡青色。我的名字和一行“因窑洞倒塌致伤、经全力抢救无效”的字样刻在这淡青之上，薄漆着一点红。偶尔有人来到我面前，拨开野草，读读这些字迹，他们会说：“噢——原来是个知识青年的坟。”

我凝眸不动。但我并不看他们，我等着他们走开后，再去眺望蓝蓝的涑水河，闪闪的盐池和层层叠叠的中条山。

二

我变得这样安静，静得似乎可以注视着眼前出现一次冰川。因为一切对于我已不复存在，我对一切也不能发出哪怕是一声感叹。

静，已是我剩下的唯一性格了。从来到这里的第一天我就发现了这一点。那天开过一个草率了事的追悼会。我听着胖老李给我念悼词。他的秃顶上沁出一层细细的汗粒。他是一个好人，实在编不出适合我的词汇。我既不是烈士英雄，也不是因公而亡。逮燕子——我是钻到长着蛛网的旧窑洞里逮燕子，而死掉的。硬要胖老李背出“永远活在我们心里”，是太过分了。与会者们在倒替着脚稍息，有的不时吸一口烟，再把夹烟的手背过去。

会开完，人们拥挤着走开时，山头上腾起一片憩息的麻雀。那小鸟儿被人群惊吓，“喳喳！喳喳！”翅子扑楞楞响着，暗红色麻点儿的胸脯刷刷掠过我的眼前。

我只是目不转睛地凝视着千里迢迢赶来的母亲。她失神地站在我对面，形容憔悴。“妈——”我叫她。我已经快有两年没回过家。我想和母亲说点悄悄话。“妈，您看我多不像话。逮燕子——其实燕子也没逮着。带累您伤心，还得花钱坐火车。”母亲直愣愣地盯着我，继父在旁边扶着她。“妈，我还不如上个月跟村里男生回家呢。他们说，过了茅津渡有一班夜车不查票。他们男生敢扒车，可我没敢。”我絮叨着，人们都纷纷散去了，只有母亲和继父留下来。从小我们家孩子已经同母亲有了一丝隔阂：因为这个后爸爸。现在看来是多么可悲呵。在我被长埋在涞水河畔这座荒芜的小山上时，还不就是他们，使我感到了最后一次的、血缘和人情的温暖么。……我曾经是个任性的小姑娘。过年时，妈叫我给继父拜年，我瞪她一眼就跑出了门。她追上我，用好多关于吉利的话软声软语地规劝我，我早没了气，可还是犟着不回家。

哦，那任性的时候我忘了自己是在享受。享受一种反正不会失去的、任凭自己挥霍和折磨的爱。我奇怪，在那些时候自己为什么反而总是觉得委屈。

胖老李慢慢地、最后一个走了。母亲黑布鞋上的湿斑也在变干。她蹲下来。她额头的一绺遮掩不住的白发在朝阳照射下丝丝分明。她呆呆地盯着我——那墓石上的漆红的字。她的眼睛里布满了鲜红的血丝。我看见她的嘴角抽搐了几下，突然她嚎啕大哭起来。她摇撼着我，我感到她的泪水在我纹理细腻的、光滑的石面上涓涓细流。

我记起了以前要小孩脾气的种种情景。我一下子体味到了那种真切的享受。

她站起来，继父扶着她。她啜泣着。恐怖一下子袭上我心头，我忽然感到可怕的孤单。我意识到了远方屏风般的山影被朝日照亮的含义：母亲不可能永远哭下去。无论是对她还是对我，新的一天都开始了。

她缓缓经过我的身旁，步履声在我背后渐渐远了。而我岩石的躯干无法回顾。当我忍不住想大叫一声“妈——”的时候，我发现，我也已经不能出声。一种新的秉性赋予了我：静。

不过，那还不是真正的静。

三

在我附耳细听着母亲远去的脚步声的时候，不，甚至在胖老李他们把我轻轻放入黑土里的那一刹间，我还曾经有过一种感觉，也许，是一种生活过的、满足的感觉。

因为我毕竟得到过爱情。对于一个女孩子来说，这样的一生就如同系在一个飘向蓝空的风筝上一样，永远带着憧憬的安慰。

世雄从来没有来过这里。但我却一连几年在默想着他站在眼前的幻景。高高的、瘦削的他蹲下来，拨开野草，在对我絮絮低语。他会把一个金黄花瓣的向日葵花盘摆在我的眼前，因为我以前总爱嗑瓜子。我想象着正透过密密的金黄花瓣的间隙，注视着他的背影的情景。那金黄的花序遮到他的两膝，我正目送着他走向美好的前程。……他已经回城了。听说村里已经没有一个知识青年。也许他从那次，就是我没敢跟着扒车那次，就告别了这荒僻的晋南。但他给我留下了多么好的想象呵：踏着金色的花瓣，他大步走向新的人生。瘦削的肩头搭着一件布衫儿。在这个可以一目千里的小山上，他走多远我都能看见。等到他的身影消失在中条山那一面以后，我还可以长久地想象：他到了茅津渡。渡船劈开黄河浑浊的激流。他登上了陡峭的河南岸。他到了三门峡。火车轰鸣而去……

然后我再回忆。那是一个月明星稀的夜晚，我们在场院看场。我快活地叽叽喳喳着，一边说一边嗑瓜子。

“喂！今天真逗，”我说。

“怎么？”世雄斜斜地靠着一捆玉米秆子。

我咯咯笑了：“今儿下工时，水儿他爸托瞎会计给我递了个话。哈哈！真逗！……”我笑得前仰后合。

我瞟着他。他正在黑影里注视着我。“水儿他爸说：你要是中意我家水儿，我就算托会计跟你提个亲。另外，城里你娘那头该送些甚，你也回个口信。咯咯咯！……”

“你呢？你说什么？”世雄喉音浊重。

“我说：快别逗我乐啦！水儿——就那个穿红兜肚的傻大个呀！哈哈哈……等他不穿红兜肚那会儿再说吧！……”

可能是因为那天夜晚月亮太圆吧，我心里觉得那么快活。我笑个不停，不住地拿水儿和他爹穷开心。

世雄一直注视着我，默不作声。我的心跳了一下，也沉默了。我抬起头来，看见天上的繁星。他的双眼也像星星般晶莹。他伸出一只手，轻轻地抚摸着我的头发。那是男性的大手。那暖流像触电一样传遍我全身。我突然哭了，嘴里还含着没吐掉的瓜子皮。

茅津渡是黄河上最美的渡口。他站在渡船上。我猜想，当河面上的风掀动他衣角和头发的时候，他一定显得非常英俊。在这青草婆娑的山岗上，当我凝望着远方那障人眼目的山影时，曾经长久地这样遐想。

所以，这一生虽然太短，但也不算过分缺憾。

我心上还带着淡淡的温馨。也就是说，还不是灵魂的静。那时的静还是感伤的、美丽的。

四

人生的滋味不是一世能尝尽的。

我习惯了这小山岗上的永恒日夜，甚至也不十分感到寂寞和孤单。我望着朦胧的中条山脉在晨曦中浮现，在夜幕中消沉。我看着涑水河水的涨落，白杨树林的枯荣。星夜，我闭上眼，倾听着四下里野草拔节的一片毕剥声。清明，我蹲踞着，让扫墓人调子古老的悲声和纸钱化成的青烟越过我的头顶，朝空旷的河谷尽量远地飘去……

倒塌的窑洞只是折断了我的生命，而人间的滋味却刚刚开始注入我的灵魂。

打我妈的哭声逝去算起，第三个年头的夏天，胖老李来了一次。他领着个姑娘，悠闲地踱着上了小岗。

“嗯——对。就这座。”

“哟，草长得这么高吔。”

“草？哈——反正你认识地方就行啦。”

“没甚该管的杂七杂八事吆？”

“别让人刨了就行。哎，坐。抽支烟。”

胖老李沉重地坐了下来。我听见几根草茎压断的噼叭响声。香烟的白雾一缕缕飘来，胖老李如释重负地、长长舒了一口气。“行，往后就归你管啰。……知青办，知青办，先是忙着接，后是忙着散。我陪着他们，一晃也是五年。唉，人人落地归根，连我老李也回了财贸局。想来想去，只有她可怜：埋在黄土里啦。”

那姑娘织着毛线：“这女学生，有对象么？”

“唉，所以说她可怜。我翻了她留下的日记本子，才知道她那男朋友的名姓。电报打去，光来了后爹亲娘。那小伙儿，话都不回。我怕误了政策，坐火车跑去一趟。嘿！人家堵着门不让进屋，说是没那码事。我溜门缝一瞧：哈，好水灵个大姑娘哟，正床上歪着呐！……”

“后来呢？”听的人津津有味。

“咱管那个。向后转——回呗！”

绝对的宁静是多么奇异呵，我甚至深深感激这本来是强加于我的宁静。我也感激杂生的野茅草。它们把我藏在一个不为人知的世界里，永远不会遇到那些令人难堪的目光。多好，胖老李和那个接管我的姑娘直到离开，也没有发现我的存在。我纹丝不动地深嵌在草丛里，毫无表情地静默着。

我依旧凝望着南方地平线上的山影，凝望着河水在夕阳中的粼粼波光。那迷蒙的天地之间弥漫着若有若无的雾霭，淡泊了山水的色彩，遮断了飘忽的遐思。

我不激动，更不心跳。这宝贵的静忠实地保护了我，并溶化了我的心。在这永恒不逝的时间里，我得到了平和与休息。

我觉得，那时我得到了灵魂的静。这是透明的、彻悟的静。

五

涑水两岸地势开阔。若是愿意，我可以一眼望尽这条河谷的一切：红的拖拉机，青的渠水，黄的菜花儿，花的庄稼人的布衫儿。赶上逢集的日子，抄近路的人们赶着毛驴，挑着担子，敞着襟怀，就从我面前坡下的小路上穿梭来往。

这天许是集日，小路上蠕动着光着脚板大步流星的庄稼汉。有一个穿红的人影在前面山脚甩开路，趟着茅草，朝这儿走来。太阳快落山了，他的影子斜斜地伸在草坡上。

拉煤回来晚，主家出门看——

那人漫不经心地哼着旧社会晋南扛活的小调。县城南关的集市怕已散了。这人准是赶集买卖顺心，声音懒懒的：

人家操心车和马，不是关心咱——

他停住了。我听见他粗粗的喘声。他马上就会看见我那油漆剥落的名字，然后恍然地拖长声音："噢——原来是个知青坟！"我漠然地等着他看完，说完，走开。然后我再接着眺望暮色中的远方。

但是，他没有看，没有说，更没有走。身旁响着"嚓嚓"的响声。他在割草。我感到身后透过习习的风。"嚓！嚓！"他飞快地割着。是在割我的坟草。我冷冷地闭上眼睛，静等着这打扰的结束。

"嗵！"一锨土重重扔在我的背后。又是一锨。钢刃喳喳地切入土壤，土扑扑地堆在我背后——堆在坟头上。新翻起的新鲜泥土散发着热乎乎的苦味儿。

这是在给我的坟培土。我的心绪乱了，无法再继续凝神屏息。我清楚地感受着那越堆越高的坟土的重量。好奇——这种陌生的东西出现了：这是谁？这是为什么？

那柄钢锨有力地拍打着墓土。转着圈拍着，从上往下拍着。最后轻轻地平拍着墓顶。背后高高的地方传来的拍击在心在意，一直传到我的心里。

他扔了锨。他转到我的前面。我看清了那红衣——是个汗流浃背的汉子穿着的红布兜肚。

他弯下腰开始拔草。一束束长蒿草划着弧线飞下斜坡。残阳映着他古铜色的肌肉和那条红布兜肚。

水儿！我认出了他。笨头笨脑的、村西头黑石窑里排行老三的壮小子！

"快别逗我乐啦！水儿——就那个穿红兜肚的傻大个呀！哈哈哈哈……"我听见了自己笑得泪水直流的声音。"咯咯咯！哈哈哈！……"哦，真刺耳哟。

水儿劲头十足地只顾拔草。他那手一定又硬又粗。连蜇人的刺儿麻他也不在乎地搂住就拔。

差别真是主宰。被人看不起的我，又看不起水儿。他在我一生中只是充当了一回使我乐不可支的笑料。而我，在世雄的一生中，大概也只充当了一回……什么呢？

我为什么会那么刺耳、那么讨厌地笑呢？而且是笑给那个人听！……

水儿在拔着我身旁的草。我感到紧紧攀着我的石头棱角的草根须被拔起来，擦着我凉冰冰的躯干破土而去。水儿憨里憨气地忙乎着。红兜肚——的确，小伙子穿这东西实在太可笑了——在我眼前闪来闪去。最后，他干完了。

他坐下来，从包包里摸出一个馍，大口嚼着。

此刻看来，我该不该给他当媳妇呢？我静静地想着。

他掰下一块馍，填到嘴里。又掰下一块。他香甜地嚼着，腮上一动一动。他望着远处庄稼的景色，没有看我。

不，——我感到这结论的可悲——当初没答应他爹恐怕还是对的。……如果，如果我没有那么讨厌地咯咯笑。

他站起来了。他朝我迈了一步。他把吃剩的一小块馍掰成小块，码在我眼前黝黑的新土上面，然后又站了起来。他要走了。这多少年来唯一的一个给我扫墓、给我上了供品的人，这唯一被我嘲笑和伤害过的人要走了。

突然，我又凉又硬的体内猛地涌起一股强烈的愿望，我盼着他伸出那只粗糙的大手，抚摸一下这块青色的墓石。哪怕一下也好，摸一下我的头发吧，水儿！

他没有。他抄起锨、镰和小包包，转身下了坡。他稳稳地、大步流星地趟着斜坡上的茅草，朝山下那条小路走去。他扛在肩头上的锨在落日余晖中闪着光亮。

我久久地、默默地凝望着他的背影。野草被拔净了，我不用等着风儿拨开草梢。田野的清风顺畅地拂过我的躯干，再向远处慢慢地吹去。

水儿的身影已经很远。只是在小路弯曲的地方，我能隐绰看见他的兜肚闪出的一点红色。慢慢地，这一点红也混进涑水河谷那许许多多的黄色、青色和花色里，溶进中条山脉那粗放荒莽的黄褐之中。

我静立着。伴随着逝而不尽的时间，体味着属于我的这宁静。我得到了真正的、灵魂的静了么？不知道。

现在，我的静是湿润的、安详的、温柔的。

一九八一年九月

绿夜

他终于登上了那座小山。他抬起头来，深深地吸了一口气，向远方望去。

明亮而浓郁的绿色令人目眩。左右前后，天地之间都是这绿的流动。它饱含着苦涩、亲切和捉摸不定的一股忧郁。这漫无际涯的绿色，一直远伸到天边淡蓝的地平线，从那儿静静地等着他、望着他，一点点地在他心里勾起滋味万千的回忆。

在这一望无际的绿色上方，只有他的思绪在无声地盘旋轻飞，像是那绿中充盈的情调的旋律。他感到身心都透明般地宁静。

小奥云娜那时才八岁。她骑在马上，抓着鞍桥不肯松手。她紧闭着小嘴，牢牢地盯着他。后来她哇地嚎啕起来。本来把她抱上马背不过是为了冲淡分别的感伤。淡蓝的地平线上涌来了浩荡的白云，蓝空上排着云朵的长阵。奥云娜，这八岁小女孩的心理是怎样的呢？那天地间的一抹浅蓝中，又为什么能绵绵不尽地涌流出白白的云朵呢？

这是多么新鲜的感觉呵：可以自由地遐想，但用不着真的去寻找答案。大海般的绿色滤去了嘈杂、拥挤、热腻的昨天。此刻，在这儿，可以独自站一会儿，静静地想想过去。整整八年，他总是难得有机会这样站一会儿。也许是没有适当的时间和环境。可是在那匆忙的奔波中，他又确实常有过这样的念头：喂，该停下来，该仔细想想。也许，在人的一生中，需要留一些时间给这种独自一人的、平和的、不受干扰的思索。

八年了。八年前，他就是从这个小山坡前，顺着这条三股车辙印的道路走向那喧嚣着的、熙来攘往的都市的。最初他常常回忆。他想起过小奥云娜驼羔般聪慧的大眼睛和甜甜的酒窝。他甚至曾经发表过一首关于小奥云娜的小诗。在那首儿歌般的小诗里，他把小奥云娜称为一条“欢快的小河”。可是，哦，生活——冬天运蜂窝煤、储存大白菜，夏天嗡嗡而来的成团蚊蝇，简易楼下日夜轰鸣的加工厂，买豆腐时排的长队……淹没了诗。在深夜里，有时心里也曾闪过一眨星光，但他已经很难捕捉住那曾使他的心颤抖的一瞬。

而这一切都已离他远去。这茫无涯际的青青的原野，这弯曲的三股车辙印，这低缓的小山坡，正把他带回到昔日。在这儿他曾被晒成黑红色。在这儿他曾恶煞般和人打架。在这儿他第一次懂得了劳动的艰难和自豪。他凝望着这无边的绿色。蓝空中巨大的白船般的云朵无声地驶去了，深黛的云影移开后，那三股车道在阳光的直射下显得明亮而线条清晰。那里通向他逝去的青春。他已经听见一声遥远的呼唤。他的眼睛湿润了。“哦，草原。”他轻声说。

这里是锡林高勒。是由左右苏尼特、东西乌珠穆沁、阿巴嘎和阿巴哈纳尔等响亮的地名组成的锡林高勒草原。他终于回到了这里。他觉得自己就要打开紧闭着的、心上的门。表弟说过："祝你在洛西南特的瘦背上骑得稳。"为什么呢？"因为堂吉诃德为寻找假想的敌人踏上征途，而你为寻找想象的净土而提起旅行袋。"他默默地看了表弟一眼。应当对属于不同世代的人闭紧心扉。他和他仅差十岁，但属于两代人。他怎么能把小奥云娜的事告诉他，再被他恣意挖苦嘲弄一番呢！不，小奥云娜是不能玷污的……也许，八年前的一切都已烟消云散，但岁月、生活和动荡的历史留给他的唯一礼物，就是小奥云娜的笑脸。他比表弟仅仅多这么一点财富。当然，表弟是不会承认这种结论的。承认他、同意他、等待和安慰他的，是这锡林高勒大草原。

他等不及捎口信给毡包。他一到公社，就大步踏上了这条三马车道。他解开衣服，草原的长风直入胸怀。草梢在脚下唰唰地分开。他渴望看到那可爱的小姑娘。他的眼前已经清晰地现出了一对甜甜的酒窝。

"老弟，这回采风，时机难得。怎么样？计划捞多少？"人流正匆匆地涌向办公楼底层那长长的楼道。河南口音的侉乙己追着他问个不休。"这回弄个长篇小说，抓它个两三千！上回那不中——咋写个小妮儿！"脚步嚓嚓，人流匆匆。"你别以为人人都和你一样，光想捞钱……""咋？"侉乙己恨恨地嚷起来，"你咋着了？你崇高多少？你编小妮儿那几句词，还不是落了十块！少一分你能行？"一阵哄笑。原来下班的人都在满有滋味地听着。他们赞成侉乙己。楼道光线很暗。脚步声、谈笑声在墙壁上击出回音。他默默走着。孤独使人痛苦。缺乏沟通彼此的语言使人孤独。人们为什么更欣赏侉乙己的或表弟的语言呢？难道大家都讨厌用真诚的，亲切的，尊重别人感情，也使自己更纯净的语言交谈么？

这个河南侉子就这样无耻地嘲弄了，不，是侮辱了他神圣的小奥云娜。他觉得自己的心里也涌进一股污浊的脏水。这脏水居然那么轻易地冲进了他一直悄悄保留在心底的，使他的心温柔和潮润的、那一小块淡绿色的领地。他突然感到疲倦，他累得要命。

他微喘着，大步走向草原深处。这里是驰骋着自由酷烈的风儿的、开人胸襟的莽原。在这里可以不必心有城府。在这里可以把市场上大葱和烂西红柿的气味，把十二平米的家和它的拥塞，把楼下加工厂的噪音和冷冰冰的售货员，还有那河南腔的下流语言全部忘掉。在这里可以把疲惫的肉体埋在茂盛的箭草、马镰草和青灰色的艾可草丛里。他满怀感激地吞咽着这里的清爽空气。他这时才明白来到这里的必要。

“今年夏天，你回内蒙去吧。”“开玩笑！哪来那么多钱？”他奇怪地望着低头织毛线的妻子。“我能领到五十块奖金。另外还可以再挤出一些。”“算啦。连我喝酒抽烟你都叫唤。”“不，这回不一样。你下周就请假走吧。”“为什么呢？”“不为什么……我觉得，你一直盼着回去一次。”她原来有一双锐利的眼睛。他迟疑了：“可是家里，老人，孩子……”“没关系，去吧。”他吻了吻她的眼睛，心头掠过一道生疏了的温暖的波动。

那天晚上她炸了花生米。可是他的筷子却总是夹滑。在他若有所思时总是这样。妻子也许就是常在这种时候注视着他。一个扎着两只羊角小辫的小姑娘正在对他笑。侉乙己骑在一匹马上指手画脚，马儿把他摔在地上。小奥云娜笑了，露出小酒窝。他忍俊不禁，所以又把一颗花生米掉在地上。一旁，妻子拍着襁褓中的儿子，微微地也笑了。夜里他一直在做梦。小奥云娜缠着他，要他翻译那首小诗。他绞了一夜脑汁。

他走完了三股车道在草原上画出的那个巨大的弧形。那座熟悉的敖包山从地平线下慢慢浮现出来。清凉的风带来阵阵苦蒿和艾可草的呛人苦味儿。在远处，在开阔的盆地中心，隐约能辨出一个小小的灰点。那是一座破旧的，颜色发灰的蒙古包。炊烟随着流雾，正从那里袅袅升起。小奥云娜，我可爱的小妹妹，我清澈的小河，你好么？你还记得我们分别时，你骑在我的马鞍上不肯下来的往事么？你还记得父亲、母亲，还有老奶奶流着泪水，望着我们的情景么？

他的眼眶里盈满了晶莹的泪。“小奥云娜，是我。你的哥哥回来了。”他轻声说。

哦，青春，你好！我来看你。因为我没有能留你永驻，像保尔·柯察金，像那些生命之树常青的勇士一样。我已经与你分别日久。但我也不同于表弟。表弟说：“我们没有昨天。”这是他的宣言。而我却既有昨天也有你。你由憧憬、艰辛，低下地位带来的屈辱感和自尊感，真正养活自己的劳动中留下的深深脚印组成。当然，还有爱情，尤其是对它激动的想象。表弟说：“没落的人才回顾过去。我们只面对现实。”但他也应该感到缺憾。至少该为他没有唱过、而且是没有在暴风雪之夜的帐篷里，在通红的牛粪火旁唱过那些歌子遗憾。“我们的旗帜火一样红，星星和火把指明前程。”“老伯伯请我们来到果园。孩子们是谁呀打哭了伙伴。”“少先队，我们快乐的少先队！快快来，快把歌儿唱起来！”我们起劲地、一支接一支地唱。当然，也唱《红河村》《长征组歌》《十五的月亮》和那个听说作者被判了十年刑的知识青年的歌。那种唱法会给人带来神奇的感受。我们唱着，传递着会心的眼神和微笑。心里盈满着泪珠、醇酒和露水……后来，人走了。但那声音、那灼烤、那旋律、那心境却和迁徙后的营盘痕迹一起，在此长留。它就是你，青春……

白发苍苍的老奶奶拄着一节断马杆，颤巍巍地，伸着瘦骨嶙峋的手迎面奔来。没有人扶她走。她虎背熊腰的儿子已经先她辞世。老人声音微弱地叨叨着，缓缓地跑来。她捧住他的头啧地亲了一口。这亲吻电流般击穿了他的肉体，击碎了他心上的锈垢。表弟不会理解，伶乙已不会相信，一个穿风衣的城市青年就在这片箭草地上被一个白发蓬乱、衣袍肮脏的蒙古老太婆搂在怀里。老奶奶摸索着他的脸和肩头，唠叨着说他瘦了。她坚信他八年来是在城里受苦。“多奇怪，”他想着，但却又感到老奶奶说得切中隐痛。他忍不住流下了泪。他把头埋在老人怀里。

这个家仍然喜欢在夏季靠敖包山居住。青草如旧。山岗如旧。小河如旧。永远沾着一层细粪末的垫毡和油腻的撚金线枕头也如旧。羊群还是在敖包山上散成一个星群。酸奶桶里舀出的奶子还是稠稠的、散发着熟悉的凉味儿。嫂子给他煮的还是拳头大的饺子。她还是把舀起沸茶的铜勺举在孩子头顶上威胁他们。女人们还是在濛濛细雨中跪在一片泥泞中挤奶。马儿在奔跑时还是在耳边掀起呼啸的风。歪着骑马的牧人还是那样姿态浪漫。套马杆子还是那么富有弹性地在空中划出弧线。酒还是散装的更受欢迎，当然，用兽医的酒精兑井水也不错。一口喝掉半小碗还是烧得胸口发痛。可是老头门德如果高兴地使劲拍他的肩膀，并且瞪圆眼睛朝着脸色阴沉的瘸子乔洛吼一会《金翅小鸟》的话，再喝半碗也可以考虑。晚霞还是那么鲜艳。月夜还是那么清澄如洗。沉睡的毡包内还是那么静寂。直径四米的圆形地面上，不同民族、不同辈分的人的呼吸还是那么酣沉而平和。半圆形天窗里嵌进的那块蓝紫色的夜空，和点缀其上的三颗亮晶晶的小星，还是那么使他联想到阿克肖诺夫的《带星星的火车票》。

到达那天，他没有见到小奥云娜。在她赶着牛车从敖包山北的亲戚家回来以前，他想象着八年后那扎羊角辫的小女孩的模样。他心里在悄悄呼唤着她。小奥云娜，回来吧，你快活飞舞的破衣衫，你让人心疼的小酒窝！骑到我的马背上来吧，我的黑眼睛的小天使，我明净的小河！

第二天，一个穿着蓝布袍子的少女从牛车上下来了。她把蓬松的长发低垂在沾满油污、奶渍和稀牛粪的蓝布袍上，不声不响地从他身旁走过，躲到嫂子背后。她没有羊角似的翘小辫，没有两个酒窝。她皮肤粗糙，眼神冷淡。她甚至没有亲热地喊他一声阿哈——哥哥。他慌了。他从提包里掏出塑料袋，那是妻子跑遍全城买来的尼龙衫。玫瑰红上滚着几道雪白的浪。他的手在抖。“奥云娜，”他唤道，“呶——这是给你的。”声音也在抖。他没有叫她“小奥云娜”。这不是那个“小”女孩了。少女接了过来，低着头走开了。他听见她在门外收拾牛车。他感到此刻妻子、表弟、侉乙己都在盯着自己的脊背。这是他的小诗、他干旱心田中的绿洲、他青春往事的象征、他的小奥云娜么？

生活露出平凡单调的骨架。草原褪尽了如梦的轻纱。就像肥嫩的手抓肉吃完以后，人们开始更心平气和地煮那些晒硬的肉干一样。穿上玫瑰红的尼龙衫又套上蓝布袍子的少女不会再是梳羊角辫的小奥云娜、小天使和欢乐的小河了。她满不在乎地用捧过牛粪的手挤着玫瑰红和雪白上的虱子。她躲在门外听着老门德和她母亲议论着娶她当儿媳妇的话。她抓起勺子和靴子朝哭个不停的弟弟扔去。她把满脸盆面粉擀成面条。她摔倒一米高的肥羊，骑在上面撕下滑腻的夏毛。她用大眼睛好奇地直盯着她在八岁时曾经那样留恋过的兄长。她若有所思，又猛然一甩辫子走开。她像母亲一样把盛着沸茶的铜勺举到弟弟头上吓唬他。她像老奶奶一样拖着长调，在没有月光和星星的黑夜里吓狼。她像每一个蒙古女人一样，睡在门外的勒勒车上，盖着一块条毡守夜。她淋着细雨，踏着泥泞，她长高了，她成熟了。她粗糙的脸庞上留着两块冬天的冻疤。小河、小溪、小泉奏出的明快儿歌已经逝而不返，浑浊的内陆河水正在干旱的大草原上无声地流。

他常常在奥云娜忙碌的时候注视着她。奥云娜有一只属于自己的青花山羊羔，那是一个亲戚家的出嫁姑娘在春季送给她的礼物。当时小羊羔只有一丁点儿大。她用弟弟的奶瓶每天给它补奶。傍晚，当归来的羊群悄悄出现在山坡上时，那只系着铃铛的青花小羊就咩咩叫着离群而来。他注视着小羊羔冲进乳青色的薄暮或是桔红的落霞，朝奥云娜奔来。这是奥云娜一天中最快活的时刻，也是他能听到奥云娜清脆的、使他感动的“阿哈！阿哈！”的喊声的时刻。水一样平静和怅惘的日子在这时掀起一层微微的喜悦的涟漪。这银铃样的喊声刺着他的耳鼓。他在其中辨出了八年前小奥云娜天真稚嫩的音素。“哎——阿哈来了！等一等！”他笨拙地答应着跑去。他把奶瓶高高地举起，小青羊羔急得直立起来。奥云娜格格地笑了，她红扑扑的脸蛋上又深深地旋出了两个甜美的酒窝。“阿哈！阿哈！”她快活地摇着他。

在这样的时刻里，他感到陶醉。因为在他发现自己失去了那个八岁的小天使和“欢快的小河”以后，还是捕捉到了这美好的一刻。小奥云娜在他长达六年的草原生涯中，也只是在最后一天不让他上马离去。妻子也仅仅是在那个晚上使他感受到奇异的、心的亲近。他自己也一样：八年中仅仅一次产生过那样美好的情思并把它变成那首小诗。

过了几天，半醉的瘸会计乔洛来到毡包里。他乜斜着醉眼，冷冷地盯了他一眼，然后栽倒在毡子上。他开始对奥云娜说出一些难听的秽语。嫂子不在家。老奶奶睡在角落里。乔洛嘎声笑着，把碗里的酒泼在奥云娜的赤脚上。奥云娜躲闪着，咯咯笑着，又给他添着酒。她鼓舞了这醉鬼。于是乔洛借着酒劲，拖着瘸腿凑过去。他推倒了奥云娜，放肆地扯开奥云娜蓝色和玫瑰红的领口，把酒咕嘟嘟地灌进她的怀里。而奥云娜却似乎十分快乐，她咯咯的笑声更清脆了。

他的心在剧烈地急跳。他抑制着怒火。白发的奶奶在一旁嘟囔着梦话。奥云娜的笑声使他联想到简易楼下那加工厂女工们的吵闹声。“想象的净土”，表弟一定正露出富有哲理的微笑。她贴身穿的玫瑰红和雪白的紧身衫一定浸透了乔洛的酒。他逼视着乔洛。这不是可以谅解的强悍的驯马手，这是一个阴沉的、五十来岁的丑恶瘸子。是讲蒙语的侉乙己。“小妮儿——”他突然恶心，想吐，他撞开小木门冲到了包外。他又感到那首小诗淹没在恶毒的舌头和哄笑中唤起的痛苦。他在民族印刷厂有个熟人叫乌·巴雅尔，“嗨，蒙古人嘛！”乌·巴雅尔说，“你过去问一声好，他们就杀一只羊。”事实可没有这么简单。而对青春的记忆却比这简单。在岁月冲刷了很久之后，它留存下来，留在记忆里，像一个梦。可为什么又有瘸子乔洛、侉乙己呢？他们专门消灭这些梦。

后来，他看着奥云娜扶着那醉鬼走过去。在棚车那儿，奥云娜热心地把瘸子扶上马。她走回来时惊奇地望了他一眼。他斜靠着毡壁，看着姑娘从他身旁匆匆走过。哦，奥云娜，难道我们之间也没有了那种亲近和纯净的语言么？那为你写的诗句，难道竟溅不起你心上的一点波浪么？

奥云娜从山脚赶来一群乳牛。她敏捷地把牛一头头拴在车上。随即又从箱车里舀出一盆面粉。她飞快地提来一桶水。她揉好了不成形状的馒头，然后用蓝袍子前襟兜来一兜牛粪。炉火熊熊烧起来了。可是最小的弟弟在哭。她塞给弟弟一个染成红色的羊拐骨，然后拍着他，哼着催眠曲。她洗净一叠瓷碗。她斟上一碗热奶茶，加上一勺黄油。她走了过来。“阿哈，喝茶啦。”她的声音平静自然。他抬起头，奥云娜黑黑的眼睛正凝视着他。他接过碗来。奥云娜添上燃料，然后走到那排乳牛跟前。她单膝跪在牛腿下的泥泞里。“嗤——嗤——”白色的奶浆喷射到木桶里。就在这时，太阳沉入了敖包山。乌云和白云都变幻了色彩。一派金红从山顶的云霞中朝这儿斜斜投来，镀红了一条狭长的草原和这座毡包。奥云娜成了一个披着红霞的、不认识的美丽姑娘。

哦，岁月不会为你而停止流逝，小奥云娜也不会为你而永远是八岁。和你一样，她也正迎面走向自己的人生，在生活的长流中浮沉。执拗地醒着去寻找逝去的梦是件可怕的事。应当让那种过于纯洁的梦永远萦绕在心头。因为在现实中追求梦境就是使梦破灭。你来到这荒莽的草原，而表弟只向往黄山和庐山。那些名胜只有服务，不会有梦。侉乙己则只向往钱，钱更不是梦。他们都比你更实际，因此也比你更安宁。

梦的破灭不是坏事，这使他将把献给梦的爱情投入现实。抓住生活中那瞬间的美，向奥云娜讲述那首小诗，和她一块走进晚霞，朝小青羊羔高高举起奶瓶，在奥云娜的笑声中，舒展开疲惫的躯体和感情，享受这美好的一瞬吧。

日子一天天过去了。他在草原古老的、日出而作的秩序中，在那循回不已的低缓节奏中平静了，感悟了。他开始更深地理解了奥云娜。生活总是这样：它的调子永远像陕北的信天游，青海的花儿与少年，蒙古的长调一样。周而复始，只有简单的两句，反复的两句。连风靡当代世界的“folk song”唱法也未离此宗[①]。生活只是交响乐中两个主题永远矛盾的第一乐章。瘸乔洛的酒疯就是贝多芬著名的“命运的叩门”。正因为矛盾永恒才被人们代代咏叹，正因此，听到信天游、长调、花儿与少年才会有相似的感受。表弟错了。侉乙己错了。他自己也错了。只有奥云娜是对的。她比谁都更早地、既不声张又不感叹地走进了生活。她使水变成奶茶，使奶子变成黄油。她在命运叩门时咯咯地笑。她更累、更苦、更艰难。冲刷她的风沙污流更黑、更脏、更粗暴和难以躲避。然而她却给人们以热茶和食物，给小青羊羔以生命，给夕阳西下的草原以美丽的红衣少女。为什么要打搅她，也折磨自己呢？不，要和奥云娜和睦相处。要使这有限的几天假期更和谐和更有哲理，要使它成为人生旅途的一道清流。

他的心平静了，呼吸均匀了，眼神柔和了。他骑着大白马悠闲地串门。他去找那和善的老头门德学唱《金翅小鸟》。早晨，他在清爽的晨风中活动着筋骨；傍晚，他和奥云娜一块沐浴在红霞中喂小青羔。他舒适地枕着那个油腻黑污的绣枕，吸着透入毡墙的夏夜草原的清润空气。晚上，听完收音机里那个关于名叫烟筒的丈夫和名叫灶火的老婆的烟鬼夫妻的蒙语相声，带着忍俊不禁的神情，他香

① folk song：英语，民谣。这里指现代歌唱的一个流派。下文中的日本歌唱家冈林信康、佐田雅志均属这种唱法。

甜地睡着了。现实比表弟预言的美好，比乌·巴雅尔介绍的真实，又比他自己想象的复杂而合理。被大白菜、蜂窝煤和简易楼下轰鸣的噪音折磨得太累的肉体和他的神经、感情一起，正在这广袤的草原和如水的星夜里得到休息。他感到安慰和满足。他惬意地裹紧白发老奶奶给他盖上的毯子。他的呼吸和夜草原上牧草的潮声和谐地融在一起。

这一天，他在六十里外的牧马人帐篷里喝了不少酒。当他歪歪斜斜地跨在马背上走向归途时，远处快要沉没的一轮红日上方正拥着一团团深蓝色的乌云。

天黑了。没有星星。马儿快步小跑着，它认识路。他抬起头，嗅到腥腥的雨气。他猜想漆黑的夜空上一定也正奔跑着、聚集着乌云。九点半钟，他刚刚涉过诺盖乌苏小河，沉重的雨点落下来了，草原上响着密麻麻的噼啪声。

夹布袍子湿透了。雨水淌过灼热的脖颈，冰凉地滑在胸脯上。微醉的骑手不会讨厌夜雨。淋着雨会产生一种空旷的、踏入人生漫漫长途时的勇敢。他纵马前行。两小时后，他催着马儿踏上了高高的敖包山。

雨丝漾漾的夜色中闪烁着一点光亮。像一颗翡翠的夜明珠。绿幽幽的，等待着他。是手电筒的灯光，是打给他的信号，就像暗夜的海洋上那灯塔的信号一样。他抽了马一鞭，向那灯光驰去。

奥云娜站在门外的雨中。披着雨衣，举着手电筒。“阿哈！”她啪啪地踏着地上的积水奔来。她接过缰绳。她扶着他的手臂。她帮助他跳下马来。雨声淅沥。这雨声中飘着一个陌生的乐句。瘸子乔洛也是在这儿被她扶上了马。他看见奥云娜面颊上紧贴着缕缕湿发。那个奇怪的乐句轻悄悄地叩着他的心弦。锅里已经煮开了香气袭人的羊肉面条，嫂子快活地问他是骑着马回来的还是马驮着他回来的。老奶奶搔着银白的乱发，可能那儿有个虱子。她告诉他今晚收音机又讲了那个烟筒丈夫和灶火老婆的有趣相声。面汤滚烫。羊肉喷香。这个家真好。侉乙己如果听见这个“家”字，一定会露出黄牙。下雨的夜里谁都是往家跑。在锡林高勒的千里草原上，他在下雨时只往这儿跑。人世间只有这里在雨夜为他举起灯光。他吞着面条。牛粪火烤着赤裸的胸口。他给嫂子讲着牧马帐篷的位置，给奶奶学着烟鬼夫妻婚礼上的发言。他笑着、吃着、说着。而心里却满盛着另一些话。原来是这样：最由衷的话语是不能说出来的。说出书面语式的词汇反而使人发窘。他有点想哭。有人推他，是奥云娜端着一只小碗。酒味儿又香又烈。他一饮而尽。一股滚烫的暖流慢慢向肚肠滑去，又击响了那个轻叩心弦的神秘乐句。它不属于信天游、花儿与少年和蒙古长调。它是什么呢？“阿哈！”“嗯？”“还喝吗？”“再倒半小碗吧，奥云娜！”

以后他有意在夜晚回来。全家也完全可以理解去找老门德学唱《金翅小鸟》的必要。他跋涉了两千里来寻找地球上一个直径四米的毡包。他还想反复体味在白天和黑夜从远方奔向大地上这一点的深切感受。

迷濛的、潜伏着一脉生机的原野蒙着浓重的夜幕。万籁俱寂，苍穹宁静。大地的弹性从马蹄那儿传遍全身，轻摇着惆怅的心绪。他从暗夜中辨出一种均匀的色素，那是溶入夜色中的、七月青草的绿。浩淼的暗绿中亮起了一颗明亮的星，那是奥云娜为他举起的灯。那灯光也被染上了淡淡发绿的光晕，像是雾霭弥漫的拂晓湖面上跳跃着一簇萤光。蹄声惊起了宿鸟，引出了那个轻盈的乐句。那么优美，那么感人。哦，绿夜，四季的精英，大地的柔情。这绿夜抚摸着他，拥抱着他，安慰着他，使他不顾一切地朝前走。他又在编织着一个梦么？表弟已经皱起眉头。办公楼楼道的人流中已经响起哄声。但他微笑了。他已经不能承认关于两句矛盾的歌词的醒悟，因为这绿夜中有一个新奇的旋律正在诞生并向他呼喊。

时间飞快地过去了。他收拾了行装。

白发老奶奶送给他一个红布缝成的小方块护身符。嫂子送给他妻子一块绿绸子。牧人们送给他一罐罐黄油和花斑透明的瓷碗。门德阿爸送给他一壶奶酒。罔林信康唱过：“逝去了，那往日的亲切。”佐田雅志也唱过：“你去了，带着脸上的泪水。”而他没有带着泪水，而是带着绿夜中奥云娜为他点燃的灯光。逝去了的已不能追还，但明天他又会怀念此刻的亲切。人总是这样：他们喜欢记住最美的那一部分往事并永远回忆它，而当生活无情地改变或粉碎了那些记忆时，他们又会从这生活中再找到一些东西并记住它。这是一种弱点么？也许，人就应当这样。哪怕一次次失望。因为生活中确有真正值得记忆和怀念的东西。

奥云娜欢叫起来。就在此刻天空中又出现了那金红的云霞。“阿哈，快！”他忙答应着跑去。小青花羔已经在围着奥云娜蹦跳。他高高举起了奶瓶。这最后一个傍晚应当这样度过。他暗暗希望，在太阳、云层、时间、草原、小青花羔和奥云娜相会时迸射出的，那自然与人的美好画面中，也能有他瘦削的微小身影。

“阿哈！”“嗯？”“你明天就走么？”“哦，明天不走不行啦”。“还再来么？”“嗯……”“能带我城里的嫂嫂一块来么？”“她吗？不，奥云娜，连阿哈自己也不知道能不能再来。”“路很远，是么？”“……”“阿哈！”“嗯？”“我想把这只青羊羔送给你。”“真的吗？”“当然！你已经会喂它了。”“傻瓜，城市里不能养羊。”“那怎么办呢？我还能送你什么呢？”“今天夜里，你再给我打一次手电光吧，小奥云娜！”

奥云娜惊讶地望着他。他从她手里抱过小青羔，把它撒在草地上。小青羔咩地叫了一声，又扑回来，朝他蹦跳着。奥云娜快活地咯咯笑了。这个身穿破旧蓝布袍子的姑娘全身通红，她鲜艳的脸颊上现出了两个深深的、动人的酒窝。

夜晚，他告别了老门德一家，纵马驰向等待着他的毡包。诺盖乌苏小河的水面上闪烁着暗淡的波光。清凉的夜风掀着流动的草浪。朦胧的、茫茫的黑土地厚实又温暖。七月的夜，绿色的夜，把他悄悄地抱入怀中。他纵开马儿，在这绿夜中飞一般疾驰着。

表弟会问：“你找到了什么？”妻子也会问：“你感觉怎么样？”不，他寻找的已不复存在。他的感情也未必轻松。但只有他自己知道：这也并非是一个新的梦。他的脚已经深深踏进了这真实的无边青草，他不会再写那样幼稚的小诗。像成年的保尔·柯察金为孤独的妈妈奏出的手风琴声一样，他也将把自己的歌唱得沉着、热情而节奏有力。他用力扯住飞奔的马儿，伫立在茫茫的绿夜中。那个神妙的乐句已经展开为一个新的、雄浑的乐章。这音乐的旋律和夜的纯净的绿色，流进了他的心。他感到这颗心从来没有这样湿润、温柔、丰富和充满着活力。他凝望着莽莽无垠的、亲爱的夜草原。“哦，别了，草原。别了，绿色的夜。别了，我的奥云娜……”他轻声说。

这时，那极远极远的绿夜深处，亮起了一颗星。

一九八一年九月

婀依努尔，我的月光

我又来到这里。当喀什噶尔那饱含着异乡情调的空气扑面而来的时候，我不禁紧闭了双眼，任那从干燥的戈壁滩上刮来的酷烈的风儿撩动着额上的头发。

哦，喀什，差不多二十年来我一直想念着你。你那炎热晴空上的蓝色的云片，你那掺和着无花果香味的浓烈的空气，你那蒙着一层冰雪的朦胧的远山，都依然如故地存在吗？夏日，在都市永恒的蝉声里，我总是不安地听见你那震颤着的、焦渴的呼喊般的歌声。几乎就在刚刚恢复了我的名誉的那一天，我便已经按捺不住要来看看你的欲望。现在，我来了……

这中亚名城鼎沸的声浪使人头晕目眩。卖酸奶子的，卖烤肉串的，卖酥油馕的，卖布票的，都声嘶力竭地放开粗嘎的和尖细的嗓门，互相比赛着唱着或是唱一样喊着叫卖。苍蝇围着油烟，黄尘飞扬旋转，两头冲不出人群的毛驴子在绝望地吼着。

砍士镘帽子，花格衬衣和带点幽默的眼神在我面前闪烁。起劲的吆卖声围着我喊成一片，夹杂着粗悍的大笑。他们活泼调皮，我却心绪低沉。他们嘲弄地瞟着我裤线笔直的裤子，朝我挤着眼睛，我低头匆匆走着，一种不舒服的、不胜今昔的感慨充满着心。

在一个拐角，我放下了手里的油画箱。我掏出手绢揩着汗。油画箱里有刮过的画板，画笔都用松节油洗得干干净净。但是我一点儿也不想画。看来我错了：原来以为，旧地重游的感触，一定会唤起创作的灵感呢……根本没有。我根本没兴趣画。

我从这嘈杂的人世抬起头来。在青白的树林和被气浪抖动着的绿叶上头，艾提尕尔，这座在新疆和甚至整个中亚都屈指可数的清真大寺庄严地矗立着，三座奶黄色和暗绿色的尖塔正伸向云端。

真的，你真是永存的，艾提尕尔。多少世纪来，你就这么静静地注视着人间。你从来没有人们那些痛苦、不平或是麻木。真的，即使是名誉和金钱也治愈不了心中的麻木，就像阳光不能照亮夜的黑暗一样。你是对的，世上并不存在什么真正的幸福和痛苦……

我长长地吁了口气，弯腰提起画箱。这时——

两个暴晒在烈日下的维吾尔族汉子，正在汗流浃背地唰唰拉着大锯。土壕里的那个下锯手只露出半个肩膀。半个像用紫红的油彩刚刚涂过的、汗水纵横的肩膀。那肩膀升上、落下，和谐地随着飞溅的锯末。

“一个新手，”我盯着地壕里的年轻下锯。给单干的大锯匠当下锯破木头，是我干得远比绘画时间更长的职业。“唰——”他怎么这样干？和我拉崩了锯条那次一样。那次——我挨了那个河南口音的上锯一记狠狠的耳光。

唰——唰——那两个维族汉子平静地拉着，我走上前去，鬼使神差地蹲到那稚气未脱的下锯手旁，用维语说：

“锯口吃上木头以后，你往怀里收着拉。不然，下半张锯刃会坏……”

我听着自己近二十年来第一次讲的维语。这是我在讲么？

他们惊异地睁大了眼睛。我摇摇头，离开了他们。我继续走着。高入云端的奶黄色尖塔。吱吱冒着油烟的烤肉摊。我定定神，暗暗嘲笑着自己，心已经恢复了安静和麻木。

嗯，他们会奇怪的。一个衣冠楚楚、戴着遮阳镜的人，怎么讲出了拉大锯的行话呢？但我确实是喀什噶尔城拉大锯的匠人。在喀什、阿图什和叶尔羌，我破开的木板能堆成小山。那时，有谁相信那个削瘦的、光膀子的小锯匠，居然是美术学院油画系的讲师呢？

今天，也许喀什的人们已经能够毫不费劲地猜出我是美院的副教授了。日本进口的黑皮鞋在土路上印着一个个清晰的花纹印。可是，去哪里呢？你不顾一切地离开繁华的都市，走过不毛的瀚海和冰封的雪山，来到这僻远的小城，究竟是来寻找什么呢？去找那些二十年前恣意凌辱过你的人们示威么？去找那些你曾栖身的窝棚土洞，画上一幅色调低暗的，题为“记忆”的油画写生么？……

我茫然地沿着街市走着，肩膀和手里的油画箱不断地碰到那些热气腾腾的地摊。在靠近艾提尕尔广场和它两旁黄泥庭院门前的喧闹集市的地方，一股热烈灼人的气浪挟着一种微熏的、使那些熟识的旅人心旌飘摇的魅人情调迎面拂来。这是一种真正的中亚情调，一支永远独特而难以捕捉的美妙旋律。歪戴着格子呢鸭舌帽的维吾尔男孩神气十足地吹着口哨。老练地用一丁点儿鞋油把顾客的皮鞋擦得雪亮。虬髯老者端坐在摊满明晃晃的英吉沙匕首的黑毛毡上，脸上带着捉摸不透的微笑。挽着手，踏着轻盈优雅的步子走来的姑娘们一色伊犁式的西装革履，把一连串悦耳的维语留在身后。来自绿洲边缘的农民满腿污泥，一面激烈地和卖主争论，一面急速地用骨节粗大的手指卷着莫合烟。戴着雪白缠头的艾提尕尔寺的阿訇们威严地踱着，审视着人头攒动的集市。烟雾腾腾，人流滚滚。粗糙的赤脚踩着喀什城巷子里的软土，晒得红黑的脸庞和深陷在眼窝里的眸子不断地闪过。在一株无花果树的枝干下，一个赤裸着胸脯的黑胡子大汉斜躺在驴车旁，旁若无人地专心拨弄着一柄热瓦甫，沙哑的粗嗓子唱着一支难懂的歌。

我扶着街旁的一根檐柱，痴痴地注视着他们。哦，喀什噶尔，我们又重逢了。你还记得我么？命运曾把我推进你的怀抱，只有我知道你们的真实。许久以来，每当我在那些装潢豪华的名画家个人画集里，在画展或舞台上，看到了过分明媚的色彩或顾盼时，我总是不由自主地联想到你们。二十年了，你们依然如故吗？围绕你们绿洲的密密白扬，还是在晚风中簌簌地抖动那闪着银光的树叶吗？

——然而，我听到那歌声却在一个叠句上周而复始地吟唱着。

我的心又被空虚的麻木填满了。我真怕这种简直能摸得着的麻木，它使我觉得自己正在失去最后的一点什么。

清真寺右侧的巷口围着一群人。我走上前去，从路人的缝隙里，我看见泥泞的水洼里坐着一个十二三岁的维吾尔男孩。他嚎啕大哭着，泪水在污脏的脸上流成浑浊的沟，一条裸露着的腿在泥土里使劲踹着，那腿上有一个伤口，正淌着黑红的血。我听见人们在议论着，猜测这小流浪汉究竟是来自库车还是阿图什。

就在这时，一个妇女走了过来。礼拜寺的三座尖塔之间投来的一道黄色的阳光落在她的背上，使她宛似一张反差分明的剪影。她撩撩裙子，半跪在那哭得喘不过气来的少年身旁。在人们默默的注视下，她把一只冒着热气的陶碗放到少年嘴旁。

“啵，快喝吧。一切都会好起来的。”那声音沉静、伤感，又带着奇异的甜美。

多么熟悉的声音呵。我费劲地绞着脑汁。在哪里听见过呢？这甜美的、柔软的声音！……在哪里呢？我抬起发疼的头。

广场上的人群和艾提尕尔墙上巧夺天工的蓝琉璃拼成的图案都模糊了。迷茫中，只看见大寺尖塔顶端挑着的弯弯镰月。

一只陶碗的硬边，冰凉粗糙的硬边触着我滚烫的嘴唇，带着一丝诱人的水味儿。什么在熠熠闪亮呢？艾提尕尔顶上的三只金属月亮么？不，渐渐清晰起来的，是两只忧郁的，维吾尔女人的黑眼睛。闪着莹光的黑眼睛。

“啵，快喝吧。一切都会好起来的。”她轻声重复着，声音是那么奇异。我艰难地、小口小口地啜着。我咽下一小口，她睫毛就颤动一下。大概喝了好久才喝完。这时，她的脸上显出了两个浅浅的、凄凉的笑涡。——尽管衣衫褴褛，她仍是个很美的姑娘。

一个独脚男人一蹦一蹦地走来，把一床烂棉絮盖在我身上。我任他摆布着，听着他胸腔里忽噜噜的痰声。

“拉锯师傅，喀什的夏天很热吧……？”他眼中闪过一个顽皮的神色。

……就这样，一连六天，我躺在喀什噶尔巷子里这家乞丐的烂棚子里。每天晚上，我总猜想他们会在我熟睡时悄悄离去，但每天早晨我又惶惑地望着那女人给我端来一碗馕块煮成的糊糊。当她小心翼翼地喂我时，我发现：自尊心是人的一种可耻自私的属性。我责备自己说，喂！你为什么不自己去讨饭？你的病态正是乞丐的本钱！……但我又总是顽固地想，不，我不能那样，我是大学讲师，是艺术家……

就在我默默地躺在他们的棚子下面的那些日子里，我的心里不可思议地滋生了一种对他们的崇拜。我觉得那维吾尔姑娘是那么优雅，一举一动都显得那么美好和富于风度。至于那个独脚男人，夜晚，当我们都沉默地静躺着时候，他有时会轻轻叩响木拐，低声唱起一支圆润温柔的歌来，歌声慢慢诉说着自己，自由地飘荡在夜空。我久久地听着，一动不动。哦，维吾尔！人们常说，你们不仅有自己的语言，自己的血统，还有自己独特的、音调和谐的心灵。那么，喀什噶尔夜空上低旋的歌呵，难道你就是这和谐的心灵么？

六天后，我撑着一根棍子，默默无言地向他们深深鞠了一躬，然后蹒跚踏上灼人的戈壁滩，向着比喀什更遥远的叶城走去。记得走了很远之后，还能望见那飘拂的破烂红裙……

我忘了。忘了这对乞丐和许许多多救助过我的好人。但要我记住他们的全部是不现实的苛求。决不可能。那时最最关键的依然是食物，夏日的棚子和冬天的皮袄。

难道是她么？……

我精神抖擞起来。在悄然降临的暮色和飘浮不定的尘雾里，我只有牢牢地盯住那妇人远远的裙角。

艾提尕尔，这座鼓舞着全疆穆斯林的虔诚的伟大建筑，已经沉入了水一样淡泊的夜色里。高高耸入空中的那三座箍着蓝玻璃圈的乳黄色尖塔，此刻正被墨色的夜空中升起的一抹微白衬得肃穆挺峭。渐渐地，就在那蓝紫色的天空上浮起了一牙弯月，她无声无息地滑过一条流云，轻轻升了起来。

"阿娜！你快看！快看呀，四个月亮！"

像是热瓦甫琴上突然迸出了一个欢乐的和弦，空阔的广场上响起一个清脆的童音。那是谁？

朦胧的广场上有一个白色的生灵在跳跃。纯洁的、透明的薄云流开以后，洒下来的清凉月光照出一个小姑娘轻盈的身影。她穿着一件淡白色的小连衣裙，两条从肘部撕烂的长袖在欢快地飘舞。嘈杂的浊世隐去了，空旷的宇宙中只传荡着她银铃似的嚷嚷声："啊，四个月亮，四个弯弯的月亮！"她旁若无人地、快活地嚷着，跳着，朝天空伸开两只小手，暗夜中流动着她眸子的莹光。……白衣的小天使总是在夜间降临的，瞧，她是多么神奇呵！

"四个月亮！天上有四个月亮！"

一股有魔力的甘甜泉水，徐徐流进了我麻痹的心田。那银铃般的声音在空旷中激起的奇异回声，震落着我心上厚厚的锈垢。

此刻，那一弯弦月正挂在艾提尕尔的尖塔和浑圆的穹顶之上，塔顶挑着的弯弯的金属月牙——伊斯兰神圣的标志，已被上升的明月镀上了一层银光。在清朗的深蓝色澄空上，这三个弯月和那一牙初升的上弦月一起，正好组成了四个月亮的奇观。它们一起熠熠地闪着光，照着广场上那雀跃欢呼的小女孩，那么清新宁静，又令人神驰心往。

永远和夜的黑色羽翼一同震颤的那撩人情思的歌声远去了，连喀什噶尔满城的白杨也停住了窃窃低语，只有我苏醒着的心在急跳。我屏住气息，望着她，不敢眨一下眼。

"阿娜！你快看呀，你看有四个月亮！"

她轻灵地奔到广场一角，摇撼着那个我跟踪的维吾尔女人。而她的母亲正领着两个大些的孩子，围着一堆篝火忙碌。

小女孩得不到响应，就转过身来寻找可以说话的人。她犹豫地走过来几步，用黑亮的大眼睛盯住了我。我战栗了。

“看见了吗？天上有四个月亮在一起。”她小声地、探询地说。

我鼓足勇气走了过去。

“是的，四个月亮都在照耀着你。对吗？”我轻轻扶住她柔嫩的小小肩头，尽量把自己的维语说得流畅和亲切些。“告诉叔叔，你叫什么名字？”

“婀依努尔，”她怯生生地回答。

“呵，多美的名字！”我说。婀依努尔，在维吾尔语中，是“月光”的意思。

她甜甜地笑了。“真的么？真的美么？”正是我想象中的小天使的模样：翘翘的小圆鼻子，光滑鲜嫩的小脸蛋，美丽又带些顽皮的黑眼睛。只是那浅花的小白裙破旧褴褛，衬着她颊上的小酒窝，让人心疼。

“别人为什么从来不说这名字美呢？”她问着，忍不住地伸出小手，摸了摸我的黑胡子。

那柔软的小手触着了我的脸。电流般的一股温暖一下子击穿了我的全身。我差点哭出声来。

“你怎么啦？胡子疼吗？”

“不，婀依努尔，你再摸一下吧！”

一条长长的黑影遮住了她明亮的小脸蛋。我抬起头来，她的母亲，我追踪的那个女人正默默地望着我们。

“您……有什么事情么？”

又是那个熟悉的声音。我跳起来，急急地对她说：“阿帕，请告诉我，还记得二十年前一个病倒的拉踞匠人吗？您和您的丈夫曾经救活了他。那就是我。一连六天我吃着您煮的馕粥。您想起来了吗？您对我说：一切都会好起来的……”

她警惕地沉默着，望着我烫得笔挺的西装裤。她的手已经揽住婀依努尔的肩头。

“您……认错人了吧？”她轻声说。随即，她牵着孩子朝那堆小小的篝火走去。

难道不是她么？可是，那充满着忧伤的甜美声音！是她么？可她又是这样的冷漠！

我慌忙追上她们。我热烈地说着，试图用各种细节唤起她的回忆。我说起那腿上受伤的少年，也许她这样的人会因为助人危难的习惯而忘却往事。我追着，说着，而她却不近人情地、冷淡地走着，根本不理睬我。

“阿帕！……那么，”我擦了把汗，气吁吁地掏出一叠钞票来，“请您收下这些钱吧……就算是为了婀依努尔。即使我不能找到我的恩人，但我也一样可以报答。”

她站住了。她终于抬起了那夜一样深不可测的黑眼睛，好像这才开始仔细看着我。沉默了好一会儿，她缓缓地摇了摇头。

“不。”她说。

喀什噶尔河浑浊的湍流上面，有一座宽宽的木桥。坐在桥边陡峭的红土河岸上，可以看见远方戈壁滩那刺眼的沙线。桥这边，在胡杨林和无花果树的浓荫里，小轿车沙沙地驶过柏油路面，疾驶向近郊新建的宾馆。

你也去那儿么？先前来过的几位画家都是住在那儿的。一切都在那儿。镁光灯闪亮的座谈会。恭顺诚恳的学生。调色板上大胆的尝试。然后呢？北京的沙龙。卖弄着风情请求画肖像的将军小姐。深刻的议论。欧洲的约稿电。附庸风雅的胖子要求在左下角写上名字。

哗的一声，喀什噶尔河溅出一片白色的泡沫。我看见，那是穿着小白裙的婀依努尔在跳，在笑，在无忧无虑地嚷着。河水的哗哗声变成她银铃样的童声。转眼间，白色的婀依努尔，白色的泡沫，又成了长长的白浪，飞旋着顺流而下。像一个短暂的旋律，像一支流逝的歌，迅速地远我而去。

不！我要去看婀依努尔！她稚气的黑眼睛正一眨不眨地看着我，她的小手也正在摸着我的脸颊，我清楚地感到了这触摸的真切和柔软。此刻，她那褴褛的小白裙在哪儿飘闪呢？……

"婀依努尔！"——我失声喊了起来。

喀什噶尔河中流的一道细细的白浪正在远处翻卷着，好像正回头喊着我：哗——我要去了！哗——我要去了……

啊，二十年前，妻子和我分手时也曾经反复说过这句话："我要去了"，当时——

当时我一把抱住她说："把孩子生下来你再走吧！也许……是个女儿呢。"

她嚎啕起来，揪扯着我的袖子。她说，"不，孩子已经……没有了！"

我的话多傻呐。我问："为什么没有了？"

她回答说："因为……不能让孩子，从出生就一天一天……想着反动的爸爸！"

我只记住了那些嘶喊和泪水。只记住了我从此失去了妻子和爱情。我认为我因此而早已洞彻一切。其实，我忘记了我还失去了自己的——孩子。那时的我太年轻了。二十年来，我以为我遍尝了并淡泊了人生的苦痛，我哪里想到，父亲对一个儿子或是女儿的需求竟会如此可怕地啮咬人心！

我要去了！哗——哗——哗——河水拍溅着泡沫，卷着旋涡急速地离去。

我跳了起来，沿着河岸旁的小路朝城里奔跑。哦，父亲，父亲，二十年前我真是什么也不懂。醒来的这父性的干渴像热病一样笼罩着我，我简直忍受不了这种残酷的折磨。我跑着，泪水夺眶而出。什么艺术，什么前途，什么温饱和荣誉，不！我要女儿！真主啊，给我一个女儿吧！……

艾提尕尔的塔影正消融在夕阳晚照的玫瑰红里，人群正在苍茫的暮色中散去。隔着飞扬的尘雾，我搜寻着我的婀依努尔，搜寻着那白裙的小天使。

一根斜卧在地上的车辕绊翻了我。我爬起来，在地上摸索到眼镜戴上。一个模糊的影子在镜片中渐渐清晰了：通过毛驴车底下的空隙，我看见婀依努尔正咬着手指，痴痴地盯着一个大嚼烤肉串的汉子。

我发狂地冲了上去，一把搂住这可怜的孩子。

……等我牵着婀依努尔的小手，慢慢走到她母亲的身旁时，我已经冷静下来。婀依努尔老老实实地跟着我，咬着一个我给她买的涂奶油的甜馕。我思索了好久，选择着字眼儿：

“阿帕，您知道，我喜欢您的婀依努尔，”这时她正从两个大孩子手里接过五颜六色的干粮块，放进一只篝火上的小锅里。我望着那两个孩子，又开口说：“您愿意……愿意把婀依努尔让给我吗？您知道……我的女儿已经……已经去了。阿帕！您肯把婀依努尔给我当女儿么？我将永远永远感谢您。而且……这样您也会减少些困难……”

这维吾尔女人缓缓地站了起来。她轻轻地、坚决地把小女孩抱了起来，深陷的黑眼睛直视着我，这眼神是那样的刺人。

我痛苦地蹲下来，使劲地捂住了脸。

“黑胡子叔叔，”一只软乎乎的小手轻柔地抚摸着我的脸。

我抬起头，婀依努尔正站在我面前。她忧郁地睁大着眼睛，一只小手像哄小孩似的不停摸着我。

我从小女孩的肩头望过去，那妇女正注视着我们。遇上我的目光后，她笑了。我似乎又看见了二十年前那美丽的维吾尔女人的、凄凉的浅浅笑窝。

我感动极了。因为她允许我和婀依努尔一块玩。

和这可爱的女孩在一起，我麻木的心就注入着生命的暖流。我忘情地奔跑着，追着她飘飞的白裙。我和她捉着迷藏，感受着她从背后猛地蒙住我双眼时的快乐。也许广场上还有夜市的人吧，但我根本看不见他们。我只记着那铃声般的欢叫，那闪闪的明亮眸子，那跳跃的娇小白影。我终于得到了父亲的幸福，我复活了！

婀依努尔没有一刻的安宁。我很难捉住她的肩头，仔细端详她一会儿。在凉爽的夏夜广场上，她像一只白色的蝴蝶，又像一只银翅的夜莺，轻盈地驾着一支幻想和憧憬的维吾尔旋律。我觉得她是那么美好。是的，尽管她穷，浑身褴褛，但美是属于她的。我心甘情愿地跟着她乱跑，可怜巴巴地盼着她来摸摸我的胡子……

等到一钩明月又冉冉浮起在艾提尕尔大寺顶空时，婀依努尔安静下来了。我蹲在地上，一只手抱着她。我们静静地眺望着那夜空中的四弯明月，享受着这人间只有我们俩知道的幸福时刻。

“瞧，四个月亮！”……娴依努尔痴痴地、羡慕地盯着那高远的月群，忧郁地低语着。我想说“四个月亮都在照耀着你”，可是，我没有能说出来。

……

我该离开她了。这个时刻总要降临的。可是，难道就这样离开么？我该留给娴依努尔些什么礼物呢？背包和油画箱里只有油彩和纸张。

突然，我想起速写本里夹着一张精致压印的年历片，画片上印的是灰姑娘高举着水晶鞋。我激动了：灰姑娘，这对娴依努尔是多么合适的礼物啊！

娴依努尔捧过那张硬硬的年历片。她像哄洋娃娃睡觉一样，欣喜地、轻而又轻地摸着那凸起的、金发的灰姑娘；摸着高擎在灰姑娘手中的那只灿烂夺目的水晶鞋。接着，她又小心翼翼地把这精美的画片用破裙子的一角包了起来，像是怕折皱了画片，又像是怕碰疼了画片上的小女孩。

她踮着脚，轻轻地朝她的母亲那儿走去，一面走，还忍不住掀起裙角，再看看那张小小的画片。走了几步，她回过头来，静静地望了我一眼。就在这一刹那，我觉得一道纯净的月光照进了我的心……

夜深了。

我提着油画箱，慢慢地走着。夜神正低垂着缀满银星的深蓝色羽翼，广场上寂静无声。淡白的流云一丝丝地穿过天上和艾提尕尔清真寺尖塔上的四个镰样的弯月，悄悄无声地朝着戈壁深处逡巡而去。手里的油画箱显得很重很重。是的，人们会奇怪的：我连一张也没有画，就这样离开了喀什。

没有画么？不，我分明在心上画了一幅最成功的作品，一幅婀依努尔的肖像。虽然没有用画笔和油彩，但她却栩栩如生。她就在这儿，在我心底最深的地方凝望着我，好像在用眼睛悄悄地和我说话……婀依努尔，我的穿着白裙的小天使，紧紧地握住你的水晶鞋，等待着那四个明月的上升吧！……

喀什噶尔夜市上的橙黄色灯火熄灭了。一直到塔克拉玛干大沙漠那样远的地方，胡杨、沙枣、夜莺，一切都沉睡了。广阔无涯的宇宙中只充满着淡淡的、水一样柔和的月光，这月光照亮着人间的轮廓，也照亮着我的心。是的，能照亮我这样一颗心里的黑夜的，只有这纯洁的月光。

我转过身来，深深地、长长地吸了一口喀什噶尔的清凉夜风，向艾提尕尔大寺朦胧的远影，向中亚细亚这座古老的名城，向我的婀依努尔那黑黑的大眼睛告别。

永远这样悄悄地照亮着我的心吧，婀依努尔，我亲爱的月光……

老桥

对于雪线以上铁色的岩隙中长硬双翅的兀鹫来说，冰封雪砌、层峦叠嶂的天山也不过像一条宣泄于浅滩中的小河。

一头兀鹫正平舒双翅，静静地飞着。

地面上，山谷里，一个人正沿着天山融雪汇成的蓝色溪流蠕动着。

他踏着一簇簇碧绿的荨麻丛叶，顺着峡谷朝一座木桥走去。脚踝火辣辣地疼，而他那双穿着黄翻毛皮鞋的脚却仍然重重地踩向那些丛生的蜇人毒草。海珠广场和黄浦江外滩，还有华灯初上的北京长安街上，那一双双脚迈出的步子是优雅的，踩着古典的夜曲或是流行曲的节奏，那些脚步照样走向未来。这山谷一定是久无人烟，因为肥大的荨麻叶已经覆盖了小路。不过这是条熟路。以前黎明顺着这条路走来时，手里抱着野花，圆润的嗓子哼着一支老式的歌：

“一条小路曲曲弯弯细又长”。大皮鞋踏着石子，喀嚓、喀嚓，锵然有声，又沉又重。这是戈壁滩上培育的步伐。

他走得又燥又渴，似乎愤愤地生着气。有支题为《缘切寺》的日本歌曲，唱的是景色依旧，人事全非的心绪。“从源氏山到北镰仓，在和那天一样的路上，走近了，近了的是——”前面看见一座障人眼目的石岬，他咬紧嘴唇，加快了步伐。

那兀鹫在松林梢尖上方蓝晃晃的天上盘旋着，注视着死寂般的山谷里这个奇怪的独行人。那个人正快要走近一座木桥。

四个人：老Q、才子严琪和他，外带一个姑娘，看见了一座桥。好像见到了休息的信号，小队停下来了。这是一座用天山上伐下的圆木垒筑起来的、汽车底簧式的木结构桥。这种木桥为风景如画的天山峡谷平添了一分异乡风情。

“……每向上垒一层，圆木向河心伸出一米。老Q，注意后面情况！”严琪说着，眼睛闪着光，“顶层用结实的圆木铺成桥面，桥体就形成一个拱。这种桥在叶尼塞河上游、天山山地、西藏和甘南、青海都很流行。嗯，还有蒙古高原西部。”严琪讲完，转向黎明说：“一个挺好的画面。不照么？”镜片后面沉思的黑眼睛里闪着温和的光。

老Q粗声粗气地吹着口哨，悠闲地在胸脯上拍着少先队队鼓的拍点儿：“你从哪儿懂得这么多桥的事儿？”“《中亚自然地理》，我从新疆大学偷来的。”严琪回答，“你小心点老Q，咱们还没有离开危险地带。”老Q漫不经心地打了个唿哨：“没事儿。别说那伙笨蛋老保，连雷达也发现不了咱们。这地方——嘿，纯粹罗曼蒂克。”

那叫作黎明的姑娘正举起一架卓尔基I型相机，对准幽谷深处河上那座老朽的、古铜色的木桥。她高高地站在石岬上，一动不动，山风勾勒出她的胸脯和腰肢，掀起她的黑发。“角度，光线，构图都很理想。”她心里说。

他望着三个同伴，没有说话。他把一个背包从背上卸下来，放在石岬上。背包里是米。“嚓！”快门响了，但黎明仍端定相机不动。她的黑发飘飞着。

他瞟了女孩子一眼，然后也端详起那座桥来。他脸上还带着掩饰不住的紧张神情，唇上细细的茸毛上沁出一层细微的汗珠。“这张风景拍得一定不坏。”黎明说着，从他身旁走过去，坐在一块挨近严琪的石头上。

他奋力攀上石岬，翻毛皮鞋有力地踩着石头棱角。他蹬着，扳着，沉重的身躯一晃一摇。最后，他站稳在那石岬上，扯开了衣扣，山风立刻掀起敞开的衣襟。

在宁静的峡谷里前进，原来是件最惬意不过的事。世界远去了，只剩下大自然和他一人。就像海明威笔下的那个犟老头和灰蒙蒙的大海，也像没有台词的《裸岛》描画的那一家沉默的日本农夫和褐色的土地。一个人走在这荒莽的山谷里，烦恼和痛苦都轻飞远逝。迈着男子汉的沉着步伐，满足的自豪会慢慢充满胸膛。

那木桥已经在眼前。这是一架高高修在雪线附近的桥梁。桥彼岸不远的山坡上有座哈萨克式样的松木房子，不刨皮的圆松木大刀阔斧地榫卯相接，垒成水平线条的四壁。没有铁钉泥胶，古旧得成了铜色——就像那座老木桥的颜色一样。

那时他们称这桥为“老桥”。多么古怪又亲切的称呼，好像这木桥是他们家庭中一个活生生的成员，一个长者。蓝白的泡沫在桥下喧嚣而过，在长长的乳色冰柱上击出清脆的、金属般的音响。他凝视着这容颜未改的老桥。岁月流逝，而他终于成人了。他的眼神里已不见了那活泼的孩子气，望着老桥，他像是在同一个同年的朋友平等而冷静地交谈。“一切都在这儿。才子总是坐在这儿吹牛，那是老Q的座位，那是她。”

他慢慢走近那几块石岬上突露的石头，突然举脚踢去，一片尖石断裂了，顺着斜坡滚下去。他又举起脚，——但是，他没有再踢。

“太过分了。”他自语道。每块突出的石头都连在一起，连在石岬的岩基上，也许还连在天山山体和地球上。“为什么那样苛刻呢？”他暗暗责备着自己，眉头紧紧锁在一块儿。

他小心地绕过那几块石头，朝老桥走去。

天上那只兀鹫还在盘旋。

“砰！”响起了一声震耳欲聋的枪响。他抬起头，看见一个穿黑条绒皮袄的人正缓缓放下一支猎枪。枪口冒着一缕青烟。一条铁青色的大狗挺着宽宽的胸脯，一派见过大世面的绅士派头，安稳地站在前面。紧缩在猎人脚下的是条火红皮毛的小狗，它瞪着一双圆眼睛，两耳尖尖地竖立着。

他愤怒地转过身去，盯着面无人色的老Q。

老Q失魂落魄地呆立在草地上，手里颤颤地握着一支加拿大二号手枪。

才子严琪脸色苍白，一动不动地看着一头还在抽搐的黑鬃野猪，那野猪口泛白沫，肮脏的肚皮一起一伏，往外喷着血。石岬上，黎明昏瘫在死野猪的一边，仰倒在荨麻丛里的头上血痕斑斑。

“Rahmet。”他用哈语向那猎人开口致谢，心里恨透了既暴露了他们暗藏的武器，又在千钧一发之际软了的老Q。他的手心突然钻心地疼痛起来。原来，刚才他竟死命抓住了一丛蜇人的荨麻。他的脸红了。

那哈萨克装束的猎人蹒跚地走过来，原来是个白髯老人。他不理睬这伙不伦不类的来访者，踢了那野猪一脚，恶狠狠地嘟囔起来。后来，他竟怒冲冲地扭身踏上木桥，钻进了那座木屋。

三个小伙子架着黎明，垂头丧气地跟着他走进那座古老的房子。两条狗守在他们旁边，那狐狸般的小红狗一路好奇地瞧着昏迷的姑娘。

第二天他们和老人摊了牌。

黎明紧挨着那老汉，抓着他的手臂：“收下我们吧，阿爸。我们是中学生，不是坏人！我们只不过写了一张大字报，他们就抓我们……”

老人默默不语。这老人不是哈萨克。特克斯河流域的厄鲁特蒙古人不十分容易分辨：男人像哈萨克一样穿黑条绒棉袄；女人则像伊犁街头的维吾尔人一样，西服窄裙。

才子接着说：“阿爸，我们有米。钱不多，喏，全都在这儿。留下我们吧，我们能干活。”

他咬紧嘴唇坐在角落里，听着同伴们轮番地向那厄鲁特老人劝说。那老人顽固地磨着一枚铁针，一句话也不说。

他站起来，走到屋子中间，朝老Q伸出手，狠狠地盯着他。老Q畏缩着，朝大家使着愤怒的眼色。“交出来，”他说，“你这脓包！”旁边老人似乎微微地睁开了眼。“交出来。反正你他妈的也不敢真用它。”

他掂了掂那乌亮的手枪。才子朝他递了个赞许的眼色。那老人还在低头磨他的针。他走到门口，猛一甩手，手枪在空中划着弧线，溅入白浪翻滚的河里。

老猎人站了起来，毫无表情地挥了挥手说："住下吧，女孩子住隔壁。"……

后来，才子企图让老人进一步了解他们事业的正义。但老人却没有兴趣，"有人追，有人跑。马仲英、盛世才，从来如此。"看来他只关心他这座老桥，"哼，自从下游修了新桥，这座桥连辆汽车也见不到啦……这可恶的野猪！敢跑到桥那边去，哼……"

四个逃犯住进了老桥旁的圆木屋。

他去关里的时候是春天。五月初的几天里，首都下了一场透雨。清晨空气清润宜人，过午则又是黄沙滚滚的北京之春。烟尘中浮现出三层立体交叉桥的远影。塔式起重机已从前三门一线转移到劲松区和团结湖区。今夏姑娘们不知打算玩什么时髦，目前她们流行的是窄马甲。商店里和林荫道上的外国游客已不再引起北京人的好奇。橱窗里杂志和英语教科书花色繁多，千方百计地招揽生意。蠕动在王府井、大栅栏的人群，忙中有闲，带着让人捉摸不定的神情。巨型广告牌上写着："阿童木推荐，三菱汽车……"哦，八十年代。十几年前你完全是一种憧憬和幻想，而今你的到来居然又是那样自然和轻而易举，只是在那些为迎接你而奋斗了一番的人们脸上添了几道皱纹……

他准备按时赶回新疆。现在他需要找到一个故人。他登上地铁的电气列车向西郊驰去。车厢里的人默默地挤在一起，只有两个穿紫红筒裤的姑娘操着难听的京腔，大吵大嚷地议论着她们班组的某个人。其他人静静地听着。他们也一定在静静想着什么。他从他们脸上，似乎感到一种交流，心里很满意。下一站是翠微路。地铁列车多准时。他也要做到准时：算好时间，六月一日到达。

“黎明，你听着——”他费劲地挑着字眼儿，望着斜靠在石岬上的姑娘。她被正午的、富于紫外线的阳光映得神采四射。怎么开口呢？他只是有几次看见才子偷偷一个人吃“丰收饼”。当然糕点只能在山口村庄的供销社买到，这说明才子并没有实行他宣布的“共产主义状态”，而是隐瞒了一些钱独吃独用。但这样的事——讲出来不觉庸俗吗？想到黎明会投来那种惊异的目光，他直觉得害羞。她不会对才子，而是将对自己鄙夷不屑……要不，就根据自己对才子的一些印象，比如才子的利用人、权力欲，诸如“既然目标正确，手段可以不择”之类的言论，向姑娘忠告一番么？

“说呀！你怎么啦？”她眯着眼睛等着他开口。看来她兴致很好。

他终于没说。他提起水桶，走下河滩。

追捕他们的风声散尽了，这些中学生从通缉犯变成了知识青年。公社护林队员——多么好的称号！兼有农民的自由和知识分子的思想。生活已经不再像原始公社一样清苦，所以他更缄口不提才子的诸种小节。

才子正在一部接一部地啃哲学著作。狄德罗、卢梭、德热拉斯。后来是黑格尔的《历史哲学》、《小逻辑》，甚至弗洛伊德的著作。“我们得天独厚，我们磨砺心志。十年生聚，十年教训。”傍晚才子经常站在老桥上慷慨激昂一番。外界的消息很少，但那时诸大报刊由于或多或少的忘乎所以，所以在字里行间有时却传递着更强烈和刺激的时代气息。“呆板的宣传画！”黎明嘲笑地把一张印着王洪文会见某国首脑的新闻照片的报纸丢在草地上。才子走过去，俯身拾了起来，神情专注地看着那照片。半晌，他冷冷地笑了：“好一个——风云人物。哼！机缘。如果天下英雄能得到一半机缘，他就未必是草头王啦。”那张报纸从桥栏上盘旋着飘入水中，转瞬间便无影无踪了。才子凝视着那翻腾的河水，脸上充满了一种坚毅。黎明久久看着才子的侧面，突然，她举起卓尔基I型，对准了他。

——连老Q那样的军区副政委的儿子都望尘莫及，你一个工人儿子的智与识又怎能同全市中学界的才子严琪相比呢？……以后，每当他看见姑娘同才子在老桥上谈天论地的时候，他就悄悄避开了。

才子在桥栏上刻了两句诗：“曾经沧海难为水，至今仍羡弄潮儿。”他甚至读起了荒废已久的俄语。就在那个儿童节，才子赠给大家每人一份激励朝气的赠言。送给老Q的是：“为了一切，造就伟大的个性吧。”送给黎明的则是：“作神圣的选择：以真正高尚的精神。”不过黎明并没有公开这赠辞，他是后来看到的。他撕碎了才子赠给他的那张纸。那上面写着：“读书、实践，让时代为我们启蒙。”但他又从才子的书箱里，翻出一本最薄的小书：《简明政治经济学教程》。黎明厌恶理论，她总是反复翻着他们唯一的一本有点文学色彩的书，《马克思的青年时代》，尤其把有关燕妮的章节读得烂熟。此外，她把大量时间花费在老猎手和那只火红皮毛的小狗身上。她为老人洗净了所有油腻肮脏的衣服，也趴在那少言寡语的老人膝上，听凭他用粗糙的大手捉着她黑黑秀发里的虱子，同时对小红狗使着温柔的眼色。

唯一没有心事的人是老Q。他已经用旧军衣换了老猎人的一件鹿皮坎肩，拦腰束着老汉不知什么时候从一些白俄匪帮那里搞来的机枪弹皮带。他蓄了一点黑胡子，并且只要一出圆木小屋，就在帽子上插上一根花哨的鸟毛。他喜欢负责去山口村庄买粮或是同村民办外交，无论见到哪位哈族或是维族姑娘，他都快活地朝人家打个榧子。那条铁青大狗和他关系不错。而且，有一次，他居然得到老人的恩准，用那支破旧的单筒猎枪打死了一只野兔。“纯粹——浪漫！嘿！”他回来时这样喊着。喊声粗得像熊吼。

哦，时代的婴儿！……

他从地铁车站出来后，整整找了一个小时，才找到老 Q 的家。这是一道高高的青灰砖墙围起的院落，浓密的树荫遮住了内部的建筑。

在警卫室打通电话以后，他静静地把莫合烟盒摆在值班员的办公桌上，然后慢慢卷好一支吸着。屈指十年，他也老练了。他眯着眼睛，望着灰蓝的烟雾，毫不理睬值班的白面小生对这呛人烟味的反应。

老 Q 驾着一辆烤蓝闪亮的摩托驶来，把他带进大院。摩托在窄小的混凝土路上转了几个弯，停在一栋门前栽着青竹的米黄色小楼前面。

“我说老 Q，”他笨拙地撕着一筒可口可乐的易开封，决定开门见山：“已经五月底了，什么时候开拔出发？——啾，你大概没有忘了老桥的事吧？”

老 Q 没有听懂，“什么？去哪儿？喂，垫上这纸。不然手指会把温度提高。这样垫，”老 Q 把一张折好的餐纸帮他垫在那铝罐底部。他从老 Q 凑近的身上闻到一丝香味儿。“老桥，去老桥。十年前说好的，忘了？”

老 Q 乐不可支地大笑起来。他抡开手臂，打了两个榧子，笑得前仰后合。

“哈哈，老桥！哈，记得，记得！你真——纯粹是一个浪漫！哈哈，老桥！”

他也微笑着，打量着嵌在墙壁里的杨木书橱。那儿图书琳琅满目。“老Q当秀才了。”他看着老Q。老Q笑得虽然快活，但已带着一点分寸，不是那个头上插鸟毛的傻乎乎的老Q了。那个老Q也许和老猎手一块，埋在老桥那儿了。他早有预料，这说不上是白跑一趟。

他马上转入闲扯。半小时后他站起来，向老Q道别。突然，他眼角一瞥，淡绿绫纸装饰的墙上——

穿着白纱礼服的黎明同老Q的合影。

“黎明！”他失声地叫了起来。

“对。”老Q双手插在裤兜里，“介绍一下：老Q wife。你不知道我们结婚了么？”

他犹豫了一下，转过身来：“那么，我还应该问问黎明去不去。她在么？”

她当然应该去。那本是她的提议。而且，从黑鬃野猪的獠牙下被救出的是她。在绚烂的阳光下躺在莱丽克花瓣上的也是她。生日在六一儿童节的和紧紧搂住那厄鲁特老人泪流满面的还是她。当然……他望着镜框里的妩媚新娘，——在天山月夜的银晖里和才子亲吻的，同样是她。很久，他脸上浮出一丝冷漠的微笑。“我能见见尊夫人么，老Q？”他问。

“她不在家。”

老Q的声音不知怎么变得沙哑、低浊。这声音抑制了他几乎想说几句揶揄话的念头。他抬起头，老Q局促不安地用鞋尖拧着绒地毯，拧得那地毯上出现了一个涡旋。

“对不起，”老Q抬起一双清澈的大眼睛，脸颊绯红，“希望你原谅。说真的，我马上要参加企业管理进修班。下星期就要开课。……不然，我一定跟你去老桥。”

两个青年人沉默地站了一会儿。

老Q抓住他的肩：“难道你不相信我也想念老阿爸么？即使为了打场猎，我也想回趟天山的。何况，还有咱们的老桥。”

他默然了，感慨地拍了拍老Q的肩。老Q说的是实话。那时候，他就整天缠着老头儿去森林里打猎。

“那么，至于黎明，你要负责转告，老Q。”

天山腹地的月夜神秘渺茫。清晖泻在冰峰之顶，反射着清冷的光。而河谷两岸的青草地上，白日的暑气未尽，野花正散发着幽香。圆木屋的炊烟旋绕弥漫，静静地飘着。

他常看见黎明和才子在这长满野花的阳坡幽会。在老桥上、木屋里，他注视着黎明的朦胧倩影，紧咬着嘴唇。黎明舒适地躺着，手臂撑着长发垂落的头，肩膀、腰身、弯曲着的长腿，都洒着冰峰折射下来的月光，构成姣好的轮廓。她正专注而痴情地望着身旁的才子，望着才子热情自信的手势和动作，还有雄辩中兴奋得发光的脸。

偷看是小人所为，他责备自己。可是每当这个时候，他总忍不住溜上老桥，往那块草地瞧上一眼。当那对恋人坐在石岬上时，他就躲在圆木屋的小窗往那儿看。有一次，他看见黎明甜甜地偎在才子的怀里，享受着爱抚的快乐。

他忍不住了，大步冲过了木桥。失修的老桥桥面下，排排圆木拱剧烈地颤抖着。在桥下木拱的阴影里，他用力抹掉眼角的泪。他抡起拳头，用力擂着自己的头。河水正轰隆隆地闯过桥底石滩，朝特克斯河、伊犁河冲去。水声淹没了他痛苦的发作。

“呜呜——”一个古怪的声音。他吓得蹦了起来。

那条神气的火红小狗正盯着他。

他平躺在松木地板上，上身盖着棉袄，下身盖着几块熟过的兽皮。老Q正在和厄鲁特老人比赛打鼾。浓重的黑暗中，才子回来了。他听见他脱着衣服，小声吹着轻松的口哨。最后，手电筒关掉了，才子的呼吸声就在耳边。

他低声问：“严琪，你——真的爱她么？”

“嗯，”才子沉吟了一下说，“我以为，这是个落后的问法，……怎么说呢？”

他知道才子找不到一种浅显的方法来阐明自己复杂的恋爱观。在大家还都那么幼稚和单纯的时候，才子已经懂得权术和一些更高级的东西了。这一代人成熟得是多么迅速啊。然而他从心里为黎明难过，“才子对她不会忠诚的。”他想。也许，他也在为自己难过，为自己那可怜的爱的萌芽……

才子翻过身去，睡着了，发出一声踌躇满志的、满足的呓语。

从第二天起，他不再去偷看或关心才子和黎明的事，他开始一本接一本地读才子的藏书。当然都是薄本儿。后来他开始小心翼翼地打开一本精装的厚书：《法国革命史》。他读这本书读了很久，又抄又划，像是入了迷。他每天清晨都走到木屋外面，牵着火红色的小猎狗，到山上林子里转一圈。中午趁阳光明亮的时候，他扒去上衣，边哆嗦着边用冰得刺骨的河水擦身。他从老桥旁边的一个石堆里拣到两枚生锈的苏制迫击炮弹，拆掉引信，当成健身的哑铃。

他的胸肌和肩头三角肌渐渐凸露出来。

当他提着“哑铃”走进小木屋时，老Q通常只穿件水手衫，满脸油污地忙碌着。熊皮上散放着枪托、铁管、牛皮风箱和难闻的獭子油瓶。老Q常常抬起一双清澈的大眼睛，孩子气地嚷起来：“看，我们自己造的军火！……”

那是一颗黄澄澄的单筒猎枪子弹。自铸的铅丸和废弹壳之间的嵌合部，是老Q用牙一下下咬紧的。

老猎人呵呵笑着，拍拍老Q汗渍的脑门。

当老Q又把猎枪弹塞到嘴里咬，像啃一个有滋有味的伊宁白杏子的时候，他微笑着走出小木屋，扛起一柄长斧，上山去伐一棵枯树。两条猎狗一齐窜来，簇拥着他。

他大步走着，步子又快又有劲。

才子没有老Q那么好的运气，仍住乌市二道桥。

他从北京起程西归后，在火车上仔细分析了才子。不用说，才子是不会把十年前那个年轻人编造的誓约当真的。像找老Q一样，他不过是想见见他。十年前，才子不仅仅是个叱咤风云的人物，而且是他的启蒙者和追赶的目标。

他撕掉月份牌上积了三天的日历，对才子开门见山：“今天是五月二十七日。你去不去？”

才子没有被噎住：“对，离六一节还有四天。十年前咱们约好的，去老桥，给那个蒙古老头扫墓，过六一节。对吧？”他揶揄地说。

“你不去？”他逼视着他。

“废你妈的话！活腻啦？假天真嘛？过他奶奶的儿童节！……”

才子气冲冲地吼起来。接着冷笑一声，背诵起来：“‘纪念和回顾我们患难与共的历史，缅怀那些使我们懂得了善恶的人们，拂去心灵上岁月的灰尘，找回一颗永远热情和纯真的童心！’——对吧？我背得一字不差。”

到底是才子啊。他苦笑了一下，拉住门把手：“那么，再见。”

他大步走出了屋子。

“站住！”才子在背后怒喝着。他站住了，默默地走了回来。

才子踱着步，嘴角叼着一支烟。几年来他们常常见面，但他这次突然感到才子变老了。眼镜片后面似乎闪着光。额头上密密的满是皱纹。房间里书很多，床上、写字台上、方凳上到处堆放着。“才子这些年又学了多少学问啊。”他暗自想。

“你听着，”才子叉着手站在他面前，“你这样很讨厌，懂吗？一群三十多岁的半老头子，跑到那种荒山野岭去振奋童心，这本身就很讨厌。这种誓言不值得恪守。嗯，妈的任何誓言都不值得恪守。而且……我觉得你这股劲儿也招人讨厌——扭头就走。怎么，忘了你以前那副笨相啦？不许走。”

才子抄起外衣出去买酒菜。临出门，他似乎想起了什么，又回过头来：“我劝你注意点儿。谁也不会喜欢你这种过分认真的别扭劲儿。合群点。社会不会容忍你的。”说罢，他走了。

桌子摆好了：马肠子、凉皮子、茄汁沙丁鱼罐头和三十串烤羊肉。他向才子举起玻璃杯。他们默默地喝着。才子若有所思，摆弄着切得薄薄的马肠片。

“严琪——哦，才子，你愿意告诉我吗？”

“什么？”才子不解地抬起镜片。

“黎明。她为什么把你甩了？”

“哈——简单至极。”才子斟满酒，一饮而尽，然后张开嘴，呼出浓烈的酒味儿。“你的问法——唉，总是那么低水平。她以前把赌注押在我这才子二字的外号上啦。回味起来，她那时也许猜我能当上副总理呢……现在，她明白过来了，才华不如门第。那个白痴老Q肯定比我有前途。”

他默默啜着酒，听着。才子也沉吟了一会儿，用筷子玩着马肠子。“其实，这一步，我比她明白得早得多。哼！想他妈的当人上人！……”他低声地咒骂着，眼镜片一闪一闪。

两人闷闷地喝着酒。

才子突然抬起眼镜，高兴地说：“你看，搭成啦！哦，咱们的一老桥！”

原来，他用马肠片垒成一座拼拱式的桥。

“来，再端它一杯。为老、老桥端它一杯。”才子举起满溢的杯子，认真地说。

他们一饮而尽。

才子一把抓起那堆建筑成拱桥的马肠片，桥消失了。他睁大醉眼，盯着他说：“别以为那女人会留给我什么……伤痕之类的。我们俩，谁也没吃亏。”他露出一个难看的笑容，“告诉你，倒是你——你这小子让我不好受。心里不好受。再喝一杯。瞧，我的老桥……没有了。你去吧！我祝你找到你的老桥……”

老Q正哼着“远望黄河水水天一片”，在猎人黧黑的破枪托上刻一颗星。陶盆里盛着热气腾腾的燉黄羊肉。

两条猎狗正在咯吱咯吱地啃着肉骨头。黎明用已经没有胶卷的卓尔基相机跟踪着它们，最后，终于在小红狗发怒地用脑袋撞击大青狗胸脯的时候，按下了快门。她笑着说，这两条狗这样聪明，就是因为只吃熟食。才子同意地回答，它们也许会像直立猿一样，迟早完成一次向高级形态的转变。

他向篝火里添着木柴，随手翻着那本《法国革命史》。每天傍晚的生活都这样重复着。他们来到这天山峡谷，已经三年了。

那厄鲁特的守桥老人并不像他们开始想像的那样富于传奇色彩。每天，这老猎手摇晃着，缓缓步入松林峡谷。火红皮毛的小狗和铁青色的猎狗一左一右，高高翘着尾巴相随。

他们发现：这老人并不是神枪手。他在端枪瞄准时，双臂上青筋突起，手指剧烈颤抖。他已经老眼昏花，分不清远山上的黑点是一匹马抑或是一头牛。他百发百中的原因是他超凡的靠近野兽的胆量和本领。为了节省那几颗宝贵的土制猎枪弹，他总是冒险走到野猪的鼻子前才开枪。

每天傍晚，青年们坐在木桥上或是石岬上高谈阔论时，老头背着手，嘴角叼根粗大的莫合烟卷，远远独自站着，久久注视着苍郁的杉树林、天山的冰峰、翻卷的河水。那两条狗总是一左一右地卧在他的脚边。有时他慢慢地踱着，茫然地审视着老桥的每一根圆木。等到年轻人煮熟了晚饭，老汉就坐在木屋台阶上，慢吞吞地吃完。然后，他很早就躺下睡觉。香甜的鼾声一直轻轻响到次日清晨。

他性情平和，小事上从来没有主见。他尤其心甘情愿地听从黎明对他生活的干预：顺从地扛着枪去山口村庄理发，呼哧哧喘着用热水擦澡（当然只洗上半身）。当黎明咯咯地取笑他的时候，他会眯着眼难得地露一下笑容。也许，黎明在这小王国里那种近乎公主的地位，更多地是由于他的无言顺从而造成的。

他只是对那头已成死鬼的黑鬃野猪仇恨不减。他把它的两锋獠牙系在老桥桥头上，“看它们还敢过桥，哼！”他愤愤地说。奇怪的是，自从那长长的獠牙挂上桥头以后，再也没有一只野猪敢越雷池一步，去桥对面通向山口的一侧蹓跶过。

“看，老头儿又在那儿坐着。”老Q说。他们从树林里回来，披挂着长斧、盘绳和公社护林队的袖标。

“他总是这样，”才子笑道，“平和、自然的典型象征。”

“喂，你们说，在他对着老桥和大山出神的时候，他有思想吗？”黎明幻想地问。

“可能有，”老Q迟疑地说，“没准儿他满脑子都是过去的浪漫故事。”

没有。一直到他们离开这座圆木小屋，跨过老桥，顺着来路返回都市；一直到他们在木屋旁的草地上掘了一个墓坑，那厄鲁特老人一直如此：日出而作，日入而息，直至他在老桥旁坐着溘然而逝，都是那么一副样子。

这老头及其人生的印象深深地进入了四个年轻人的心，虽然以不同的形式。那个时期的最后一段时间，他们只是为着老人才留在山里。时代和思想的潮流已经又都汇向都市。年轻人在埋葬了他们亲切的长者以后，就永远地离开了那里。

黎明寄来了一封航空信。他在走出山口村庄的时候，邮递员追上了他。姑娘的心总是精于计算，她那么准时地使这封信在他抵达村子这天寄到。他拆开了信：

……你好！今天是六月一日，你会到达山口村子，并开始进山。我意识到此刻在我的笔尖之下，十年的时光正在疾速流过。十年前的今天，是我坐在老桥上，唱了那么多少年时代的歌曲，是我在那天对今天寄予了深深的憧憬和盼望。也是我，在那儿向老人的墓穴里撒下了第一把土和泪水。不是吗？你此刻正在鄙夷我，唾弃我这重聚老桥于十年之后的倡议者。

瞧，竟是这样轻巧的，十年时光和它连接的两个时代就从我笔尖下滑去了……即使没有你的鄙弃，这逝波难挽的失落感已经在宣判着我的被淘汰。我完了。虽然我生活得舒适而清闲，顶多不过玩弄一下尼康相机的长镜头。我完全可以比这封信更快地到达你现在读信的村庄，并且走进山口，走向我们的老桥。但是……我不能去。因为我已经不再是那个黎明。我明白，在那种引人反省的故地，我能得到的，只会是黑白鲜明的反差和这种反差那触目刺心的滋味。

老Q要我再次向你致歉，——他马上要进修去。当然，你已看到了：他现在是我丈夫。我应该也很想把我离开才子的心情向你解释一下，因为你是我们中的一个，又是唯一的局外人。可是，此刻笔端墨浓，我又颓然没有了一吐为快的心境。在印成的照片上凭空涂上一笔淡蓝有什么意思？那简直是伪造。我不能再自欺欺人了！总之……你不知道，在那个时期里，我们不少女同伴都注意到了一个政治史的现象，中国话把它总结为‘夫贵妻荣’四个字。我的悲剧即在于此。现在看来，真可笑透了。我不愿再见到才子，这也是我决定不去老桥重温那段无聊梦幻的原因之一。

然而，老桥，它毕竟是我的老桥啊！……我没有想到，你站立出来并大步朝它走去。我第一次发现了我们中的你。

再见吧。当你最后站在老桥旁的时候，请你替我采一束野花，放在那亲爱的老人墓前。

黎明五月二十二日

他默默地把信撕碎，大踏步地朝峡谷走去。天上有一只灰翅的兀鹫在远远跟踪着他飞翔。

走下石岬以后，眼前便是一座黑黑的木桥。那木桥坍塌了一条桥板，黧褐色的古老圆木灰尘密封。桥中心，有几堆兽粪。

“老桥……”他喃喃着，久久望着它。

天山雪水奔腾而下，势不可挡。河水在桥体的圆木拱上溅起雪白的泡沫，击响着雄浑有力的共鸣。它年年如此，永远这样激动、勇敢和年轻。他双手轻轻扶着栏杆，微微地笑了。他终于来到了老桥。

当年和这雪水轰响相奏鸣的常常是黎明的歌声：“你看那天空多么宽广，你看那海鸥自由飞翔，”她的黑发在峡谷的长风里翻飞，闪闪的眸子传递着快活的神色。“你看那划船的小伙子多么健壮，他就像真正的水手一样。”当然，那时和“真正的水手一样”的人是才子。而现在老Q应验了：老Q不仅健壮，而且那时总爱穿蓝白条的水手衫。没有被黎明姑娘瞩目的只是他，“唯一的局外人”。

他走进了守桥老人和年轻护林队员的木屋，察看了所有小房间。他抱来十年前他亲手劈好的木头拌子，从炕角找出黑铁小锅。他点燃一根火柴，熊熊的篝火烧起来了。

他用煮开的水冲了一杯背囊里的海南岛咖啡，又取出一个面包，大嚼起来。他的下巴有劲地一动一动。

饭后，他来到守桥老人的墓前。墓上野草丛生。当他转身想去小屋找一把芟镰时，他呆住了——

一条火焰般通红的大猎狗正在一旁静静地蹲着，双耳高耸，两眼牢牢地望着他。

“哦，是它！”他激动地冲过去，抱住了那条红毛皮的猎狗。

“呜呜——”红毛狗哀号着，挣扎着，从他怀里挤出来，朝一丛灌木奔去。“呜！呜！”它围着那灌木丛转着圈子。他甩掉背囊，拔脚跑了上去。在那密密的灌木丛里，他看到一个隐约可辨的铁青色死狗的残骸。“呜——”火红色的狗悲伤地哭着，用头摩擦着他的膝盖。

……他和红狗默默坐在厄鲁特老人的墓前。草地上缤纷的野花轻摇着花冠。黎明信上请求他，采一束野花为她放在老人墓前。他迟迟没有采。“不觉得这一套太廉价吗？姑娘！”他在心里愤愤地朝她喊着。

他抚着火红猎狗的脖颈，缓缓地在老桥上踱着步。桥身发出沉重的嘎嘎声，仿佛在和他对话。这桥是他和同伴们人生历程的标志，也是他们思想和心灵历程的标志。这桥是难忘的厄鲁特老人以全部身心坚守的世界一隅，是黎明留下了歌声和生活的选择，老Q健壮了体魄和得到了罗曼蒂克，才子丰富了思想并立下雄心的地方。这桥也是他获得启蒙的课室，是他开始了热烈追求的起点。这桥联系了山和水、过去和明天。“老桥！”他感激地默默摸着桥栏。

他转身走回老人墓。他迅速地采来一大堆野花，扎成六个花束，围在那坟墓四周。黎明、才子、老Q、铁青狗、火红狗，还有他。大家都在这里。他想，那些天各一方的朋友，此刻一定都在想着这里。不管怎样，他们的心都在这里。

在高远的雪峰上面，那只兀鹫仍然在平稳地滑翔着。

在高高飞翔的兀鹫眼下，一个背着白色背囊、穿着风衣的人和一条毛皮火红的狗，正在宛如滚滚波涛的天山群岭里，朝着一座铜褐色的老桥走去。

那兀鹫高升而起。在明亮的阳光下，那人，那狗，那桥，都显得极小极小，像是绿得发蓝的波涛中几点白色、红色和铜色的光点。

一九八二年五月

大坂

从邮电局的绿漆窗口里伸出一只手臂，朝他拼命地挥舞着。

“嗬依！jihdel! 嘿！jihdel!”那邮递员用生硬的乌梁海方言朝他吼着——就这样知道了那个消息。他茫然信马走去时，已经听不见雇来带路的瘸老头怎样和那乌梁海人胡扯。远山像一线刺目的闪烁的银霞。

他皱紧眉头，心里感到一片苍凉。马缰一下下地扯着他的手。

一个精光赤裸的小孩正在路边厚厚的尘土里爬行着、蠕动着。细细的淡黄色粉末均匀地涂遍所有的小胳膊小腿，还有肚皮、屁股、脸蛋。他盯着那干土堆里玩得专心致志的土黄色肉体，“是男孩，”他想。这光洁的肤色和白亮炫目的远山都频频向他闪着捉摸不定的光。

这是什么信号呢？马儿却自顾自地走着。她的眼睛里一定也闪着光或信号，也可能是泪光，她是挺软弱的。

走过县文化馆。吴二饼站在台阶上，正慢腾腾地擦着那副变色眼镜。“真的上么？小伙子？”他问。显然声音里带着点酸味儿。

“还有假的？咱爷们又不是你这号废物！”向导李瘸子不屑地插嘴骂道。

“别吹啦，瘸子！”吴二饼戴上眼镜，反唇相讥道，“你能。从青海，到新疆，咋连个老婆也没混上？……”

他费劲地听着。两个老家伙的声音极淡极远，飘忽不定。jihdel应当是信件，而不是电报。但又是走了四天的电报。电波总不会在哪里排队、等车、喂马料吧？居然四天才到达目的地。

干燥黄尘里那裸着的小孩朝前爬着，强烈的阳光晒着那涂匀了一层粉末的小光屁股。马喘着，牢牢跟定那小孩前行。再向前就是汽车站了：赶下午班车，明天能回到城里。接着，坐火车需要七十多个小时——也就是说，一共需要六天才能赶回她身旁。

这内陆亚洲的山前平原酷热无比。大地不仅暴烤在白日之下，而且蒸腾着昨天和几天前饱存的热气。马无言地走着，向导老李跟在后面。汗水淌在胸脯上。电报，jihdel。横亘前方的天山遮断了视线，像一线狰狞的银色屏障。她此刻一定在流泪。一定那样：默不出声，任泪水在颊上流淌。单调的马蹄音也随着这一切，踏着枯燥的节奏，啮咬着人心。

不管那乌梁海蒙古人怎样称呼电报，这该死的消息已经走了四天。而且他至少要六天才能赶回去。十天，十天后她会怎样呢？平安地度过这场劫难，还是死于大出血？

“流产。大出血。住院。能回来吗？”这电报语言也和马蹄声、和倾泻在大地上的白晃晃阳光、和这肮脏街镇的呼吸、和一切保持着同样可憎的节奏。踢踏，踢踏。马耳朵一耸，一耸。树叶子哗啦，哗啦。十天，十天。

“走哟，尕兄弟！”瘸老李催促着。光屁股的小孩儿在阳光里蠕动。前方的天山像露出牙齿。他感到头疼起来，似乎牙龈也肿起来了。毒阳狠狠地灼着他的脸，烤着他的心。他觉得心里也燃起了一片毒火，那火苗烧得他要发疯了。

这县城的土街很长，他收着马，慢慢走着，一言不发。他紧张地想着什么，汗流浃背。

耀眼的阳光下，那小孩还在土堆里滚着，爬着，若有所思地。奇怪的孩子！他不觉被那赤裸的小小肉体吸引住了。

“大出血。能回来吗？”这样的电文一定会使邮电局的人投去惊奇的一瞥。十天以后，她会怎样呢？难道她真的会从这世上消失么？那可能消失的，难道真的能是她——那还在少年就结识了的、温柔而真诚的她么？

当他坐在西去列车的窗口时，曾默默地下决心要干成件什么事。他想到过那些当装卸工和卖大碗茶的同学，想到那些在麻省理工学院已经读到博士课程第二年的朋友，也想到过那些拆开了能熏死人的、文质彬彬的人。他们都似乎催着他到这儿来。

这条尘土飞扬的街一会儿就将走完。十天，这个冷冰冰的数字。他还什么都没干成。而十天之后一切只会剩下结局。还有五千公里以上的路程——不管结局怎样，反正他已经决不可能跨越这十天和五千公里的时间和空间了！

那孩子在黄土粉末里沐浴够了，站起来朝前跑去，横着穿过他面前的土街。

哦，这挺着鼓鼓的圆肚皮，逆着阳光奔跑的小崽子，简直就是一个玩弄大自然的、胜利的生灵。而自己的那一个却——失败了，夭亡了，悄无声息地无影无踪了。

她也是一样。如果十天以后他捧着一个骨灰盒从地铁车站里走出来，那些大都市里流水般涌来的姑娘们女人们照旧会快乐喧嚣，向着他迸射出生的活力。就是这样：弱者的悲哀分文不值。

“能回来吗？”她真能选择语汇。电报纸上这行打印的灰色字迹里，既有她的心境，又有她的冷静。马儿走着，前面是银行的高台阶。

他慢慢地收着马缰，手上青筋突起。马儿站住了。让艰辛奋斗的弱者也得到一份胜利、一份补偿吧……他目不转睛地盯着那白漆的银行牌子。

“牵着马。”他低声吩咐向导。

当他从银行大门里走出来时，全部公款都已汇至大坂彼侧的县城。这是一种自带凭证的汇寄方法。

现在即使后悔也晚了。只有翻过那道银色的、像大地的狰狞尖牙般的大坂。

路过长途汽车站时，他闭上了眼。两匹马用力跺着坚硬的土路，甩着鬃走着。心头那火苗变小了，开始持久地一舐一舐地燎着他。牙龈完全肿了起来，生理的反应居然这么迅速。

他踢踢马腹，两骑马奔跑起来。

前面那大坂冷漠地矗立着。

李瘸子爱吹牛。据他说，他精通各大山脉里的每条道路，几十年专给各路军头、诸色衙门当向导。

“你这匹马，”他怀疑地盯着这瘸老汉胯下的那匹三岁杂毛红马，“这马能上大坂？”

“行，行呢。”老头不介意地应着，“那一年，我们的马子全垮啦。走到贼疙瘩梁，有个庄户。他妈的，门口绊着个马子。我枪栓一拉——”

他厌恶地打断了这老江湖：“你专门给盛世才的兵带路？”

“还有老毛子俄罗斯。那年回回马仲英进来，也掂一摞子银洋求咱。再后，帮咱解放军干过。再后——”

他不愿再听这青海老汉吹牛。马放开大步，芨芨草从唰唰擦过马腿。松树林子近了，白桦林子近了，大山四下围合过来。那个光屁股的娃娃在阳光烤透的尘埃里安静地爬着，肤色像熟悉的小麦。世界多丰富：钻山钻熟了也成了一种职业。这老头为着每天两块五的工钱，骑上匹小马就往冰山上爬，而且像去娶媳妇那么瘾头十足。雪线稍稍上移了，大约在两千米海拔以上。广播说山口风力七级。山口就是大坂，在那道传说是冰封的大坂面前，科学院的考察队撤退了。

他只担心瘸老李那匹粉色杂毛的三岁马。

“这马是春天驯的？”他问。

“不价！去年它才两岁口，咱就把狗日的压出来啦。”

他不快地说：“去年你骑的就是它？”

“哪！人家科学院一下就雇了好几匹！又驮人又驮料。就是走个半截子。他妈的，工钱少挣十几块。”

这回你骑个癞皮狗找我开心来啦，他敏感地想。“快走。”他吩咐。

牙疼。用舌头轻轻一舐，妈的，所有牙齿都松动了。他皱紧眉头，阴沉地望着前面的深谷。潮闷的风从云杉林子和密丛丛的草棵里吹来，马蹄踢动石块，单调地响着。

你骑着个马吔，我扛了个枪
诺们子两个嘛——浪新疆

老李乐滋滋地甩开右镫，弯过瘸腿在马脖子上盘了个二郎腿。这小调八成是个青海的土匪调。“诺们子两个”，他知道就是“我们俩”。可这歌调门很野，他感到山谷里明显地被这老头嚎得变成了绿林世界。

“老李，”他喊道，“走快点！”

马蹄重重地踏着石块。山脉正缓缓向背后迂回。蹄声嗒嗒——离妻子、离夭亡的孩子、离电报或者 jihdel 都愈来愈远了。

“能回来吗？能回来吗？”他紧闭上干裂的眼角。这已经是第二次了。

上一次是在婚后不久。

“怎么办？我们刚刚开始补习啊，生孩子时，正赶上结业考试……”她注视着他。

他心烦意乱地大口吸着烟，坐立不安。

“……而且，那会儿也正好是研究生考试的日期，你怎么温书呢……”她自言自语地和他商量着。

他一口烟呛在肺里，剧烈地咳起来。

“咱们不要了吧——不要了吧？”她扶住他，轻轻地问。奇怪的是，她像是在哄他。

他心乱如麻，一拳猛砸在墙上。几个指关节都沁出血滴。

生活，你对这一代人太苛刻了……“不，我们回家！回家！”他疯狂地吼着，在妇科门诊“男同志止步”的玻璃牌子下，他一把抓住她的手，转身就走。

这是真实的么？……其实这是一种懦弱的推托。把残酷的选择推给一个弱女子来作。只是那烦恼是真的，现实从四面八方压来的烦恼。也许，这烦恼的气氛混淆了夫妻双方本质完全不同的心境。

他们太年轻了。当年轻的夫妇在社会的选择面前挣扎的时候，他们还没能体会诸如“父亲”“母亲”这些深沉的字眼儿。

“你知道么，”从手术室出来时，她虚弱地倚着他的肩，缓慢地沿着医院昏暗的楼道走着，“我们组里的徐玲，想要孩子有好些年啦。我说我不要这个了，她说我不敢。哦——”她惨白的额上沁出细汗，露出一个疲倦的笑容。好像她终于攀过了一道冰大坂，很欣慰似的。“好啦，不怕那些考试啦——”她沉重地吐了一口气，闭上了眼睛。她用手指抚弄着他结实的臂肌，“别烦，只要你心里别烦，我就不怕。”她低柔地喃喃着，缓缓地走着。

也许她觉得很高兴：熬过了这一场苦难，又能倚着这么高大健壮的男子汉。

向导李老汉得意扬扬地甩着缰绳头，指着山崖上的小路，“那一年，阿勒泰的哈萨反啦，盛世才派兵杀。走的就是这个道。”

牙疼得难忍，一跳一跳的，像是在跳脓。天山腹地的景观应当是迷人的：黛色的流雾，翠郁的松林。而现在充斥他视野的却是一片铁色。他盯着那些石垃子和断崖，马蹄无止无休地踏在那冰冷的铁色之上。

“……一个哈萨丫头子躲在水渠里头哩。妈的，老子正饮马，马子吓得蹦高。”瘸老李还在吹着牛。这老汉每时每刻都在絮叨，瘾头十足地吹牛皮。为着几壶酒钱，他美滋滋地朝大山里钻，骑着个小杂毛三岁马。

这老头一定没有孩子。

“……后来，我给那丫头子披了个军服，扣上个军帽子。趁黑，把她窝在艾比滩一个把兄弟家里啦。”

“老李，生火煮茶吧，歇会儿。”

老汉从脏污的马褡子里摸出两个又黑又硬的包谷馍。

他用力掰下一小块。咬了一下，松动的牙根立即刺入牙龈。他痛得眯起了眼。从嘴里掏出那块烤馍，上面染着红红的血。

“后来呢老李？那哈萨克丫头——”

老头大嚼着，不经意地回答说：“她非不走嘛——咱还不拿上。咦，你吃呀！”

“不吃，不饿。”

“再说，那阵子，她只要一露头，骑巡队见了就是一刀。嘿，山上那死人哪——”

他截断了话头：“有娃娃么？”

“……呃，养了一个。唔，尕小子。”老汉咽下了一大口。

这瘸老汉也有浪漫史。被搭救的哈萨克姑娘哭着抱住了他的瘸腿。牙齿会全烂掉的，现在已经不能吃东西了。十天——已经不是十天，而是更多。一个肮脏而结实的光屁股小孩在爬着，他一定是在追着一只蚂蚁，他也一定是在一个蓬头垢面的哈族女人身旁。也许年轻时代的李瘸子也站在旁边。

他啜着茶水，一杯接一杯。现在只有喝水，要多喝水。他凝神望着前方的冰山，牙龈还在一跳一跳地疼。那冰山轻蔑地朝他闪着冷光。

“走吧，老李。”他站起来。

自从二十世纪初法国探险队在敦煌发现了一份珍贵的唐代写本卷子以来，这条空寂的山峡连同它中间的那道冰大坂，就成了历史、考古、地理世界里的响亮名字。

“你们为什么撤回来了呢？”他曾经奇怪地问过科学院那几位中年人。

“我们不会骑马。”

“什么？”

“我们不会骑马，屁股疼得厉害。”

他愕然了。真不是一代人哪。不会骑马。屁股疼。他们就这样轻易地放弃了光荣。那份敦煌地理文书现在锁在巴黎的博物馆里，而关于它描述的那古道上的种种，至今没有一个中国人去考察。

“我打算过冰大坂。”他对县文化馆的权威吴二饼说，“麻烦您帮我找找马匹和向导。”

“你过不去，过不去。雪线还低呢。去年我都没敢过。你不懂，山口风力七级。算啦，过不去。”这是县境之内惟一的一个眼镜。他看见镜片里反射着嫉妒的光和一种地头蛇式的恼怒：“马么？马匹困难哪！向导也难找——都搞包产啦，谁愿意跟上你钻大山？”那镜片里甚至闪射着快乐、得意的光。

他默默地把桌子上那杯白开水喝下去。

“那么再见。我明天就上山。现在，和您辞行啦。”他站起来，冷冷地和那人握了握手。

多么狂妄的口气。简直是锐气逼人。而此刻，哪怕妻子丧亡的电报飞到身后的县城，不管那乌梁海人怎样再次把它称为 jihdel，他也无从知道了。一步的勇敢，一次男性的证明，背后深埋着多少难言的牺牲呐。牙齿又疼起来了，头晕。他摸出一包土霉素片，数也不数地吞了下去。

两骑马攀到了雪线以上。

“人哪，谁也有个山穷水尽，”老李又把二郎腿盘上了马脖子，“那回在贼疙瘩梁，咱不是拿了那老回回一个马子么——后来，日他哥，有一回我领着兵上北道桥子浪，沙窝子边边上，嘿！两个土匪绑了一伙淘金的客。顺着跪了一溜，吭吭，大刀抡着砍头。”

“里头有那个人？”他问。

“啊唻呀！”老汉嚷出一句青海话，“——见了面就哭着磕头。咱一说情，就留下他一个。你看，这家伙赚不赚？给了咱个马，落下了条命。”老头吹得唾沫星子乱溅。

走着，走着。马喘着粗气。

薄暮时，见到了一座哈萨克人的毡房。一个肤色黝黑的女人正在门口忙碌。夕阳染黄的山坡上散着羊群。

那个女人惊讶地望着这两个装束奇怪的骑者。她的眼睛是标准突厥式的，深陷的双眼皮俊目。“她也像这个哈萨克女人一样，”他心里想道，“在都市的深山险谷里迎送生涯。”女人，为什么也把她们驱赶到这种险恶的生涯里来呢？难道这儿不是男人们拼斗的世界么。

“住下吧？这地场美得很！”瘸老汉问。

“离大坂还有多远？”他犹豫了一下。

“嗨，远得很，那狗日的冰大坂。那一年，盛世才的兵——”

突然，他看见一个小孩，一个光屁股的哈萨克小男孩，追着一条小花狗崽儿朝山坡跑去。金灿的斜阳照得那小小的肉体分外明亮。

“够啦，接着走！”他猛地抽了马一鞭。

“哎，急啥嘛！公家人，住几天也不花自家的钱……哎，下马，下马呀。”

“快，走着说。”马匹已经跑起来。

“走着说，”老汉急了，“走着还说啥！”

“天黑再住。再赶一程。”他头也不回。

“哎呀你这尕娃娃！那年盛世才的兵——”

“老李，看看黄历，别一嘴一个盛世才。”

“……”

他们不再顶嘴，默默地走着。黄昏的山谷清脆地回响着倦乏的蹄音。山道陡峭起来。他们下了马，牵着马登上了一道山脊。

他吃惊地用劲一把拽住了马嚼子。

——山体在此分为几脉，磅礴地朝四方滚滚而去。来路像一根线，缝在深谷崇山之中。层峦叠嶂移开了，正前方是一道明亮耀眼的冰岭。

那冰岭拦住了没有阻挡的夕阳余晖，闪烁着，静卧着，冷酷地斜睨着这渺小的两骑马。

“狗日的，就是它。妈的大坂。”瘸子老李恶狠狠地嘟哝着。

天将黑的时候，在紧挨大坂脚下的石崖旁发现了一个松枝石块搭的窝棚。

“啧啧，美得很！”老汉打量着窝棚，赞不绝口。“猫下！就这儿猫下。”他嚷着，也许这里比帐房人家更对他胃口。

水烧开了，老汉撒上一把砖茶末子。

他试着咬了一口馍，疼得嘴角又抽搐起来。“饿了么？啧啧。”老头子吃得喷香，用狡猾的眼神瞅着他。夜幕正在降临。她如果——她一定正躺在医院里，在昏暗中睁大着眼睛，凝望着漆白的板壁。他用手指轻轻捻着烤馍块，用茶水泡了一缸糊糊。篝火烧旺了，毕剥响着。烤焦的苞米馍块没有泡软，他使劲嚼着，咽下一些咸咸的东西。篝火跳跃着，火苗黄得透明，像一个赤裸在炫目阳光下的小孩在舞蹈。

绊马时，发生了冲突。

拐子老李摸出一根细细的硬麻绳，把马的两条前腿捆在一起，像捆一个贼。

“不行吧，老李。”他担心地望着老李，想起以前在军马场当牧工时的一些往事，“老李，马腿会淤血呀，不行吧！”

“哪里的话！嗨，就这个章法！”

“马走了十来个钟头，这么一捆，明天就瘸啦。”他劝道。

“管它！畜生嘛！明天睡醒，狗日的在眼皮底下要紧！”

“你这是在盛世才队伍上学下的章法？”他生气了，恶意地问。

“哈，就是嘛！尕娃子！”老汉却乐了，龇出一口黄板牙。

“明天马瘸了，咱们也去抢两匹换上？”他愤怒了。

“瘸不瘸，在它的命。人安生要紧。不行，真不行——回到哈萨帐房浪上两天嘛。”

“解开马腿。”他命令道。

“你——”老头子也火了。

“解开！”他低低地喝道。

老头双手叉起腰，蔑视地打量着他，“你懂还是我懂？尕娃，老李咱五十六岁啰！”

正在这时，那匹粉红杂毛马一下子摔倒在地，而那土匪式的麻绳绊仍死勒在它腿上。小杂毛马绝望地放松了肢体，呼呼地喘着。

他决心乘机压住这江湖老汉，“看见了么？论骑马，你得喊我先生！”

老汉一抡鞭子，喊起来：“这么个难侍候！妈的，咱回呀，不干啦！”

“滚！随你的便！”他吼道，双手攥成拳头，“老子自己走！你卡不住老子的脖子！不信我就能死在这鬼大坂上！”

他狂怒地推开瘸老汉，劈手夺下马缰，把自己骑的红马解下来。土匪！兵痞！老江湖油子！他拔下一束马尾。大坂！大坂！万恶的大坂！他用马尾编着一根辫子。刹那间他看见了许多人的脸。吴二饼，“科学院”，还有别的一些人。他用马尾辫联住两条前腿绊。红骠马低头吃草了——它走不动，但又没有勒疼。他飞快地干着，一声不吭。心里那毒火吞噬了他。

老头子呆呆地站着。浓暮中看不清他的脸色。瘦骨嶙峋的、翘着一条瘸腿的身影，显得可怜巴巴。他迟疑着，迈开瘸腿，一拐一拐地解开了那根硬麻绳，小杂毛粉马站起来了。他扣好皮绊，与红骠马联上。他又一拐一拐地走开，抱来一捧松枝，添在快要熄灭的篝火上——他顺服了。

怒涛平息了，一丝羞耻浮了上来。为了马，伤了人。而且是为了马腿，伤了人心。但他又必须使这自行其是的老江湖就范。他抬起眼睛，夜空星汉灿烂。那些星星在凝望着他。妻子和夭折了的小生命也在凝望着他。

又是这种莫名的烦躁的发泄。上一次的烦躁是为了让一个女人承担一切。这一次是要对付一个瘸老头。老李当然会顺服的，他要挣你的钱。当向导一天两块五毛钱，你是公家的人么……他慢慢地咬紧了牙关。三十二个牙齿的尖尖齿根一齐向肿胀溃烂的牙床刺进去。你用金钱的优势压服了一个穷人，一个老人，一个男人。星光下，青蓝色的大坂一片朦胧。哦，为了越过这大坂，他已经不择手段，不惜丑恶。莱辛说过，古代艺术家即使在表现痛苦时也避免丑，他们的法律是美。他觉得，这位德国古典美学家的眼睛，似乎也在那永恒夜空的星群中注视着他，像注视着一个渺小的例子。他垂下了头。咸咸的液体流向喉咙。

篝火熄了，只剩下暗红的灰烬。

两人枕着马鞍，裹着毡鞯和皮袄睡下了。

天地一片漆黑。一股刺骨的寒气无声无息地浸入了膝盖以下没有盖上的肢体。双腿渐渐麻木了。

他一动不动地躺着，睁着眼睛。

李老汉似乎轻轻一动，大概也冻得睡不着。

“老李，抽根烟么？”他侧过脸去。

“嗯，不，咱……”

“喏，抽这个。我白天在马背上卷的。”

嗤的一声，火柴的亮光照亮了那张干枯的脸。“这莫合烟……是伊犁的么？”

“不，县城买的。”

“怪。咱这烂县城能出这号好烟？”

“不坏吧？真有点伊犁烟的味儿。”

“就是。好烟。”

两个烟头一闪一闪。红光映亮两人的嘴唇和鼻尖。他们小声地谈着。

“狗日的。真冻人。”

“老李，你常在大山里睡么？”

“嗯……不。日他哥，这鬼地方。”

“抽烟，接上一根。”他又摸出莫合烟。

“不，抽我的，尕娃。给——”

“冷哪，忘了带上瓶酒。”

“狗日的，是忘啦。有瓶子古城大曲才美。”

“三台白酒也行啊。”他赞同地附和道。

“河南大裤裆的红薯干烧酒也行啊。”老头向往地说。

两个人都嘿嘿地笑了。

“尕娃子，我有个章法。”老头来精神了。

“什么章法？”他问。

“插筒子睡。你脚伸我怀里，我脚伸你怀里。就是——咱脚臭。”

“好！”他蹦起来，“插你老的筒子！”接着他又笑道，“不然，明天马腿不瘸，人腿倒瘸了！”

“咱反正是瘸子。怕可惜了你城里人。”老头子狡猾地回答。

两人调整了睡法。脚和膝盖立即暖和过来。老汉放肆地把脚丫子踹到他胸前，恶臭阵阵袭来。他也痛快地伸直两腿，满心希望把脚伸到老汉鼻头上去。

两个旅人沉沉地睡熟了。

他梦见了一座冰雪砌成的大坂。梦见了两匹联着绊子吃草的马。他看见了妻子。他走过去，想用双臂使劲地搂住她。但她却飘忽难即。他眼前闪过一道金黄色的电光，一个赤裸着胖乎乎屁股的小孩在正午的太阳地里爬着。满天的星斗都深不可测地望着他。妻子也用那星斗般的眼睛在望着他。不是每个女人，不是漂亮的女人和热恋中的女人就能有这样的眼神的。他好像揍了那当向导的瘸老汉，老汉哭了，又笑了。邮局的那个乌梁海人喊道："jihdel!"文化馆门口，吴二饼慌张地跑来想拦住他。"能回来吗？"他终于从妻子的眼神中看到了这句话。"大坂，大坂"，他在梦中沙哑地嘟哝着。

大坂，在探险家 A. 斯坦因爵士的地图上写为 Daban 或 Dawan。几乎中亚和蒙古的一切语言中都有这个语汇。已经很难判定它究竟是一个古老的汉语借词，还是一个汉语对某种民族语的谐声切意的译写。谁都知道，大坂是指翻越一道山脉的高高山口，是道路的顶点。

清晨，两骑马越过了松林，登上了植被稀疏的高海拔山顶地带。

"老李，你常年在山里跑，不想家么？"

"啥家！吴二饼不是说么，咱是光棍子。"

他想起老汉的浪漫故事，"咦，你不是娶了个哈族丫头，还养了个儿子吗？"

"嗨！早跑了个毬的啦！"老头不耐烦地一甩鞭子，像轰了只苍蝇。

石头上有一处游牧人的岩画。一只抽象派的岩羊。他取出笔记本、地图和罗盘，临摹着。他又问道：

"老婆儿子还能跑么？"

"日他哥，一块过了六七年，她家里亲戚闹事。马队来了把她拿上，跑毬啦。咱也没敢声张。"

"你也没去看看她？"

"前些年，我给地质队带路，山里见着她一次。妈的，一进帐房——”

他举起手止住老汉。石头裂隙中有尊残破的石窟造像。他举起照相机，按下快门。

“接着说呀，老李。”

“我一进门，她哇地就嚎开啦。”

马匹汗水淋漓，停住了脚步。他们下了马，朝上步行攀登。老汉一瘸一瘸地走着，说着。

“我吆喝她说，你嚎个啥，嚎得你男人回来一准揍你。快烧些茶，咱喝了上路。她不听，捂着脸，哇哇地嚎。狗日的，嚎得昏天黑地。”

“后来呢？”年轻人听得很紧张。

“后来没喝上茶。地质队那些人说，别惹个民族矛盾。嘿，帐房外头挤了不少人，偷听哪……她男人回来准揍了她。”

年轻人问：“后来呢——再也没见她？”

“没。也不知他们上了哪处，是死是活。”瘸老汉擦了擦汗，想了一下，叹了口气，“唉，那丫头，是个好丫头。”

远处那鞍形的冰大坂白雪皑皑。他想起了那双凝视着的眼睛。哦，她也是个好丫头，她现在也不知是死是活……现在他和老人心里体会到的，可能是一样的、过来人的滋味。

他们默默地上了马，穿上皮袄。马弓着背，在青灰色的缓坡上一步步走着。山风带着尖锐的哨音掠过耳边。他觉得头晕得更厉害了。巉岩陡崖已低低沉向脚底，两侧山沟里满盛着白沙般的粉雪，明晃晃的。

在这片青色砾石的漫坡尽头，就是那鞍形的大坂之顶。

他转过身来，向老头问道：

“儿子呢？也和他妈在一块？”

“嗯。”老汉点点头，“那回没见上他。”

他失望地转回身去。这时，一股寒气逼人的风突然迎面冲来。他抬眼一望，前面是一道白色的山口。

他的心突然激烈地跳了起来。摸摸前额，有些发烫。

那快要伸手可触的山顶突然传来了一声呼唤，像是他逆境中的妻子发出的绝望叫声。他突然无比强烈地仇恨起这凶险的巨大山脉，仇恨起这高踞在上的大坂和这强大的欺凌人类的大自然。刹那间他也记起了吴二饼和他熟知的那些恶人，记起了所有侮辱过他和侮辱过他热爱的人们的人。他还记起了那制造又消灭了老李的家庭和使他沉默寡言的因素。肿起的牙龈一跳一涌地折磨着他，但他没有向挎包里去摸那些消炎药。他使劲地咬着那些背叛的牙齿，任咸咸的血向嗓子里流。他已难以压抑一股冲动，一股野兽般的、想蹂躏这座冰雪大山的冲动。他想驰骋，想纵火焚烧，想唤来千军万马踏平这海洋般的峰峦。他疯狂地感到一种快乐，感到自己终于找到了什么。他想呼喊，想喊来世上一切英雄好汉和一切专会向生活耍光棍的坏种，在这里和他一比高低。他想告诉无病呻吟的诗人和冒充高深的学者：这里才是个够味儿的战场，才是个能揭露虚伪的、严酷的竞争之地。他的胸中正升起着勇敢，升起着男子汉的气概。他想一步跨过这可怕的大坂，纵身飞下彼岸的绿洲，然后向那无援的女人飞奔。“能回来吗？”她用了问号。她已经安心承受一切苦难，为他留下了向这座大坂冲击的可能。“坚持住！”他默默地向她喊着，“等着我，坚持住！”他坚信只要迈过这最后一步她就能得救。但是——这里海拔已近四千米，他不仅无法驰骋，甚至不能加快一步。他僵硬地屹立在马背上，颜色铁青的脸上，两只血丝密布的眼睛死死盯着前方那白色的、迷蒙的大坂。

马匹喘着，拐着之字形，缓慢地向大坂顶端的分水线蠕动。其实，从远处或从空中看去，那黑甲虫似的两个影子已经和那鞍形的山口融为一体了。

他在霎时间平静了。

世界化成了斑斓的地图。在分水线上，他同时看见了山脉两侧的准噶尔和吐鲁番两大盆地。唐代敦煌文书描述的古道正静静地深嵌在弯曲的峡谷之底。山顶的一块巨石上铭文剥落，旁边堆着一匹驿马的骸骨。大地峥嵘万状地倾斜着，向着南方的彼岸俯冲而去。这是从海拔四千米向海平面以下伸延的、大地的俯冲。剧烈抖动的气浪正从吐鲁番低地淡白色的中央地带扶摇而起，化成长长一片海市蜃楼。在赤褐色的南侧深涧里，嵌着一条蓝莹莹的冰川。

他从未见过如此雄壮的景观。

大坂上的那条冰川蓝得醉人。那千万年积成的冰层水平地叠砌着，一层微白，一层浅绿，一层蔚蓝。在强烈的紫外线照射下，冰川幻变出神奇的色彩，使这荒凉恐怖的莽苍大山陡添了一分难测的情感。“大坂——”他失声地喊起来。他想不到这大坂、这山脉、这自然和世界会用这样的方式来安慰他。他久久勒马伫立着，任那强劲的山风粗野地推撞着他。

“他妈的，这大坂。老子的马子累垮了！”拐子老李满头大汗，咒骂着走上山顶。那匹粉色的三岁马浑身透湿，簌簌地打着战。

“畜生！这么个熊样！”老汉恶煞般朝小马怒吼着，“趴蛋啦？挨刀子啦？这号熊样，能回来吗？”

他颤抖了一下。“能回来吗？”他听见一个低柔的声音。一个最后的声音。他下了马。豪迈和勇敢突然消失了。他慢慢把照相机放进了挎包。“不能在山顶上冒充英雄，”他想。他把马料倒在雨衣上，看着那匹精疲力竭的小马嚼着。风卷着积雪，在冰川顶上堆起乳色的一层。这层层砌起的冰川里不知葬着多少人的不幸。今天的这层雪会在夜里结成新的一层冰。每天冰川上都结着新的冰。不要照相了，哪怕为着已经粗现轮廓的论文——留下些缺憾吧。

“喂，抽些烟吧，尕娃。”

“抽莫合烟——帮我卷一根粗的。”

“这王八大坂，真难走。”

“喏，老李，点上火。”

他吸着浓烈的莫合烟，望着冰川顶的乳色积雪。今天的这一层里埋着他夭亡的孩子。这一定也是一个在阳光中光彩照人的、赤裸着的小男孩。他在今天被父亲葬到了这冰川之中。

他们休息了很久。粉色杂毛小马吃饱了苞米粒子。马褡子捆扎稳当。他们上了马，走向古道的另一半路程。

你骑着个马吔，我扛了个枪

诺们子两个嘛——浪新疆

瘸老李又乐陶陶地唱起了那支野蛮的青海小调。马蹄又在岩石上敲出单调的响声。南来的骄阳烫着脸颊，他们走离了分水线。

古希腊的艺术家是对的，经过痛苦的美可以找到高尚的心灵。这一点，她已经做到了。她不会死，她只会得到更坚实的爱情。因为，她以一个女人的勇敢，早已越过了她的大坂。死去的儿子也做到了，他将在这永恒的冰川上化成一个洒满阳光的胜利的小精灵。

下山道上，马儿走得很快。他朝那冰川，朝那大坂投去了告别的一瞥，然后不动声色地追上了他的向导。

一九八二年七月

凝固火焰

走出来几个小时以后，我开始后悔没有听从里铁甫的劝告。说是劝告，其实只是一个威吓的眼神和一个词：kün。里铁甫夸张地眨着眼皮，满眼都是恐怖。他翘起那个粗硬的大下巴来，让整个脸膛都浴进白熔的毒日光里。

感谢主，我幸好知道这个词，kün 是太阳。我也抬起下巴，试着朝上瞟去，额间和脸颊立即淹进一片火烫的灼烤中。我当然知道 kün 是太阳，一个人哪怕只学了三天维语也知道这个词的。可是我觉得茫然，尽管满天都飘洒般密布着那灼烙般烤人的光线。那光芒如水如银，在天穹间流溢着逼近，从里铁甫的小庄院里出来时，我完全没有想到这个 kün 的厉害。

路左一字排开默默的火焰山。我们的毛驴车微微颤着，匀匀地响着一个寂寞的节奏。维吾尔人在车前斜斜立起两根交叉的木棍，使车子显得重心均衡。我微微感到有一点对里铁甫的歉意；此刻他不再劝我了。他的眉宇间流露着一丝忧郁。他有时轻轻抚摸着青驴子一耸一耸的尾巴，脸庞总是在一动之间就倏然变换明暗，阳光照耀的颧骨下巴，还是那么沉默着，硬硬地前伸成一个铲形。我猜这下巴后面的喉咙里可能也有不少生动的话，可是没有希望，我不懂维语，他不懂汉语，天上有一派刺人肌肤般灼烧着的毒花花的日光，地上是一条蜿蜒不语的鲜红得炫目的火焰山。

我每分钟都想捧起那只水壶，咚咚地把凉水灌满肚皮里面那些焦干的肠子。我觉得驴车在颠簸的时候，那些肠子像些干芦草一般叭叭地裂响，毒日头仿佛刺着它们，要快快地把它们全烤干烤碎掉。可是里铁甫瞧也不瞧那两只水壶，我不知道他是真的不渴，还是在默默地忍着干渴。

我们已经在火焰山里转了两天了。

天气实在太热了。我发现理解吐鲁番盆地好像用不着读那么多书，只要在这片土地上曝烤几天就够了。可是我已经决心走遍火焰山里的几条山沟，因为它们实在是大名鼎鼎。我找到里铁甫的时候依靠了翻译，所以我一路上总是安慰自己说，没关系，里铁甫当时肯定全听懂了，他明白我要干的事。

可是我不懂维语，他不懂汉语。我们俩在赶着毛驴车走进干裂得沟壑密布的火焰山以后，就陷入了无言的沉默。

白晃晃的蓝天上有一个烧成白炽的球，阳光撒在戈壁滩上，噗噗地溅着轻飘不落的灰尘。额上留不住汗水，举手一抹，手指沙沙有声地擦下一层白碱。漫野摊开的青灰色砾石吸尽了光亮，黑沉沉地像是一片烧烫的铁块。只有火焰山依然鲜红地壁立路旁，一道道颤抖般弯曲的深沟交相拧扭着向上挣扎，在利齿般参差的山顶一线攒成一个个凸起的赤红的尖。这真是一道不可思议的山。没有植被，没有河水溪泉，没有矿藏，没有能够耕作的土壤。但是有惊心动魄的鲜明的红色。无法理解的、愤怒般的焦渴红色。在山脚下，沿着平原戈壁和山体之间的小道，我们的毛驴车在缓缓蠕行。我最后忍不住还是摘下水壶，可是里铁甫动也不动地依样握着鞭子。我想了想，又在心里狠狠地拼了一口气，然后把水壶挂回车前板上交叉支着的木棍叉架上。“吐鲁番学”，我想着这个新名词，眯细眼皮躲开明晃晃的毒日光。眼皮不知是浮肿了还是干裂了，睁眨一下都觉得疼痛。学者们为这道荒山和这块盆地写了堆成山的书，可是他们也许从来没有被这里残酷的炎热灼烤过。对他们来说，“吐鲁番学”也许只是一个虚假的梦。青毛驴踢踏有致地踩着碎石小道，拐进了一个沟口，两侧鲜红浓重的山崖猛地挤压过来，我觉得眼帘里充斥的红色强光刺伤了脑子深处的什么地方。

“里铁甫江！”我把书本和电影里的知识用上，试着加上了一个尊敬称谓“江”。

“唔？”他在浓眉下挑起眼角瞟着我。

“里铁甫江，……yol—？”这是去哪里的路呢？

“……Murtuk。”他回答说。

道路通向木头沟，我想。Murtuk 一定就是木头沟。我回忆着法国国会图书馆和大英博物馆里的文书编号。“M”，我想起这个字母就是代表文书出土地木头沟。我马上想和里铁甫滔滔不绝地谈一谈，可是话语在喉咙里堵塞着。我急了，伸手在额上抹了一把，粗糙的汗碱渍得手掌有些难受。赤裸的鲜红山岩纹理狰狞，岩缝深处的暗红最后化成黑暗。我没有敢再抬起头瞟瞟太阳，毛驴趟起细蒙蒙的干燥粉尘，在车旁浮摇着淡红的浅色。

“木头沟吗？”我又问道。

“Murtuk。”里铁甫肯定地点了点头。

“亚克西 yol。”我想说好地方。但我说的是“好路”。

“yahxi yol。”他又听懂了，他赞同地点点头。

木头沟。好地方，好道路。我想不起我还知道几句维语。亚克西这个词连他妈的上海幼儿园里的小孩都懂。木头沟里的山崖笔直地曳出一条斜坡，均净的细红沙平平滑滑的，像一面斜斜撑起的红镜子，引逗着人想往上爬。在这面红镜子顶端，那些鲜红吓人的沟壑又颤抖着上升起来，一股股一道道地纠缠着，拧挣着，前后在一个圆圆的尖山头上汇攒成一团拱起的火苗。我觉得那山像是一个血流满面的粗野哑巴，他愤怒地向上蹿跳着，可是喊不出声来。

次日，我们已经来到南麓。倾斜的盆地边缘升腾着灰蒙蒙的尘埃，太阳依旧从清晨起就毒辣辣地高高蹲踞在高空之上。我们是清晨五点启程的，从清晨五点起天气就一直保持着残忍的炎热。空荡荡的水壶在木叉架上寂寞地晃荡着。我已经丧失了意志，一口口地，终于还是我一个人把那水喝光了。

“kün，”我困难地挣开烤烂的嘴唇，想挤出一个笑容。我觉得嘴唇上那层硬痂正慢慢地想要封住我的嘴巴。“kün，”我笑出来了。

里铁甫也笑了笑，点了点头：“kün。”他做了个夸张的、威吓又无可奈何的姿势，对着天上那轮白炽的球比划了一下。我觉得他像是在安慰我。白晃晃的强光还在倾泻着，在触着戈壁的地方激起阵阵炫目的蜃气。

“yol——”我想说“路远”，可是我只会说“路”。

里铁甫赞同地点点头："啊，yol，yol。"

南麓的道路笔直地伸入迷茫的白朦朦尘埃。我们的毛驴车像一粒青石子，在空阔的戈壁上缓缓滚着。火焰山现在矗立在路右，密密的纹沟竖立着，绞结成一个个圆光的火苗，连成一条红褐色的山脊。我再也搜寻不出一句维语了，我只会说 kün 和 yol 天地之间也确实只有那轮熔化的烈日和一条焦旱的道路。

"yol——"我又挑起话题，做了个无奈的手势。

里铁甫笑了，维吾尔人都笑得有风度。

"yol。"他点点头，重复说。

我们的路还长，四天里我们只穿过了吐峪沟、胜金口、木头沟，前面应该有一个更加大名鼎鼎的葡萄沟。这些地方我终于亲眼见过了，虽然我只能和它们在沉默和烤晒中对话。yol 正长，kün 是残酷的，我不懂维语，里铁甫江不懂汉语。可是我们的小青毛驴拉着我们，我们的驴车已经在火焰山里穿插了四天了。

"yol……亚克西。"我想出了一句话。

"yol yahxi。"里铁甫肯定地答道。我觉得他没有一丝迟疑。"道路，是很好的。"我在心里又为他翻译了一遍。

当路过村庄的时候，我们在井口上灌了水壶，也让小青毛驴喝足了井水，吃饱了玉米粒。可是奇怪的是：里铁甫即使看见清冽的井水，也依然微笑着不喝一口。我把头埋进吊桶，把头浸进那透人心肺的清凉之中，一直浸到耳朵和后脑。我潜在桶底憋足气长饮不休，一直到觉得肚子里的水上升着，涨到胸口，涨到喉咙，一直到我确实知道我的干焦的肠子已经被水完全浸泡透了，我才猛地冲出水面。

"里铁甫江！"我大喊道，我拼命指着新汲的满满一桶水。

他说了一句。我知道他在说："我不渴。"

"里铁甫江！"我摇晃着水桶喊着，清亮的井水从桶边溅洒出来。

他笑着走过来，但还在说着那句"我不渴"。

我对他的耐渴能力感到生气。"kün！"我愤怒地指指那高空中熔成一团模糊的毒阳，又一挥手，"yol！"这是艰苦的长征！你为什么不喝水：我大喊着，觉得似乎是对他报答着，也觉得在喊叫中获得着发狂的欢喜。

"kün！ yol！火焰山！"我又一挥手，指向那道逶迤的鲜红山脉。

"嗯，火焰山。"里铁甫点着头说。原来他也懂一句汉语，他知道这道山脉的汉语名称读作"火焰山"。他不情愿地在水桶旁蹲下，绅士般轻轻掬起一捧水，啜了两口，又站起来。

我简直惊呆了。"你难道不渴呀，咱们在四十五度高温中，在戈壁滩上曝晒了四天了，这水多么清甜！"我干脆用汉语说起来。

他又重复了一句我已经熟悉了的"我不渴"。我真想趁机学会他这句格言般的维语，但那声音轻灵地飞远了。

"火焰山！"我绝望地又指指那狰狞的山脉。

"火焰山，火焰山 yahxi。"他赞同地说，我不知道他在赞同什么，虽然我也没有说火焰山不好。我坚决地端起桶来，端到他的脸前。

里铁甫快活地笑了，不好意思地接过桶放下。他又绅士般掬起一捧，像喝咖啡似地轻轻啜了两口。"……"他又轻灵地说了一遍那句格言，我刚想捉住那句话，它又飘飘地飞远了。

我想临出发前再喝一次。桶里满溢的清水上映着一团晃闪的暗红火焰。我迟疑了一下，没有把嘴浸进去。井水渐渐静止了，那水面上浮动的山脉影子也慢慢凝固成一个清晰的影像。我望着它，觉得有些舍不得，于是我就学着里铁甫，决心不再喝了。

毛驴车疲倦地走着，我斜躺在车板上，借着里铁甫的脊背遮住一些毒日头的白光。我们已经穿过了几条山沟，调查了那些闻名已久的圣徒墓和千佛洞。里铁甫还是正襟危坐地扶着木叉架，垂下的鞭梢在青驴子的屁股上轻拂着。

火焰山依然在路侧一字排开，万道沟壑直直竖立着，在蓝白的炫目阳光下颤栗。它真的是火焰，我想。谁知道远古时代、史前时代、地质时代的事情呢？我猜那时这里一定曾经燃着一片疯狂的火。一定是因为什么原因骤然变冷，熊熊的一山火焰还在闪跳着，就原样凝固了，变成了这样一条不可思议的山脉。一定是这样，我想，除此无法理解。我盯着烈日曝烤下的这道低低的山脉，觉得那战栗着颤跳着的火苗纹理使我心里无法平静。

“里铁甫江！”我唤道，“——火焰山！”我望着这道低矮地压抑着的鲜红连山，忍不住想和里铁甫交流一番。激烈的、残酷的、流血的、喑哑的鲜红荒山，你埋葬着什么呢？

里铁甫转过头来，也望着那道连山。我看见在里铁甫眼里流闪着亲切忧郁的神情。“火焰山，”他应道，他的“焰”字发音很奇特，“火焰山 yahxi。”他漫声说道。

火焰山好，可是为什么呢？我叹了口气。毫无办法。我们两人只凭着三个单词无论如何是无法交流的。就像我和这火焰山一样，只凭着这颤抖的鲜红颜色，我们是无法互相交流的。

每一个山尖都是一簇熊熊的火。当它正战栗着激动地燃烧的时候，突然不知什么使它凝固住了。但它一定拼尽全力地挣扎过，所以造成了这些密密的垂直纹理。它也许满心痛苦，我想道，它也许饱含希望。它也许永远死了，它也许暗蓄着伟大的力量。我心里掠过一股空空的遗憾，脸上又皱又疼，我感觉到了满颊结成一层薄壳的汗碱。我失败了吗？也许我失败了，我想。我无法和它交流。我也许和那些吐鲁番学家一样无法和它交流，因为它不告诉我，它只是神秘莫测地向我露出一派跃动灼眼的红色。我只能……我只能围着它转转。

我忍不住扯住里铁甫的肩。

“里铁甫江！火焰山——？”我努力挤开脸上的碱壳，向他做出一个探询的神色。

里铁甫漫不经心地瞟瞟山脉，轻轻地点着头说：“啊，火焰山，火焰山。”我急了，我没办法从他这副和事佬式的表情中找到回答，我又扯过他的肩头来，狠狠地对着他的脸做了一个表示决不能理解的、疑问的姿势。

也许……他懂了我的问题。他迟疑着，谨慎地打量着那鲜红的山脉，久久没有说话。我盯牢了他的表情。我觉得，我的同伴知道得很多，他和这山之间隐藏着一种理解。

他开口了。“火焰山——yahxi。”

我失望得愤怒。可是我没有说什么。因为我听出他的这个格言似乎很复杂。

傍晚时分我们来到一处坍塌的小泥屋旁。

这座建筑很古怪。不知是谁用火焰山上的红岩石堆砌起几面墙壁，再用红胶泥抹在一把红柳条子上充做屋顶，把它孤零零地安放在这个荒僻的地方。里铁甫也变得很古怪，他卸下毛驴，独自一人跑到那里去了，睬也不睬我。天空终于收敛起可恶的毒焰，四野里变得开始清晰宜目，戈壁滩也开始显现出难得的铁灰色。我揉了揉眼睛，长长地吁了一口气。

此地正倚着火焰山的崖壁，股股扭挣般弯曲的沟纹就在眼前红红地升起。我懒懒地踱着，深浅不平地踢着地上的沙，朝那小小的泥石建筑走去，一边走一边想：我好像正在直直地走进火焰里头。

里铁甫在那石头墙里独自跪着。

后来他就忙着修理小屋，他搬来山崖上滚下的红石头，补着石墙上的洞。又爬上屋顶，整理着那片柳条盖顶。我不知说什么好，默默地随着他干了起来。天色迅速地暗了下来，可是抱在怀里的石头依然滚热。汗水开始还只是一滴一线，后来就顺着脸颊纵流起来，搅和着脸上的碱污。

天黑透了。

我和里铁甫铺开驴车上的垫毡，并排睡在戈壁滩上。风正在脑后的山崖上唰唰地剥着碎石和沙土。那里也许埋葬着一位圣徒吧，我暗暗地想。我很想听里铁甫讲讲那座小屋的故事，可是我们之间没有语言。

我转过脸，望了望一旁的里铁甫。

在薄明的夜色里，里铁甫朝我微微一笑。

又走了一天，我们终于看见了葡萄沟的浓浓绿荫。习惯了炫目的黄沙、戈壁和焦裂的火焰山的眼睛，突然间酸疼难忍，仿佛那一条狭长的浓艳绿色反而刺眼难看似的。

当毛驴车一摇一摇地靠近了那片绿荫以后，眼睛不再酸疼了。可是我仍然像进入了幻梦一样，觉得一切都是和谐的。只有那片浓翠欲流的绿地反差鲜明，显得那么扎眼。

后来又看见了渠水。一条有些浑浊的水翻着白浪，流势很猛地在渠道里哗哗喧嚣着，向前面的村庄流去了。

我不断地扭过头来，瞟着兀立在一旁的那条赤红嶙峋的山脉。我愈来愈觉得怅然若失，我知道这绿荫掩映的渠水正向我告知着一个终结的信号。在这静悄悄的焦旱的鲜红山脉里，我已经跋涉了六天，我已经体会过了我应该经受的残酷烤晒，我已经尽了全力，我得到了些什么呢？

里铁甫也时时转过脸打量着我。他在侧着脸庞瞟着的时候，表情安详又漂亮。我在心里苦笑着，回忆着我们之间那四个可怜的共同语词。戈壁滩在远方浩荡地伸展着，茫茫无际又平坦得出奇。火焰山渐渐移向侧后，开始变得遥远。我把水壶送给里铁甫，他微笑着摇了摇头。我想了想，拧开壶盖，也学着他的样子，像绅士喝咖啡似的轻轻啜了一口。

渠水边出现了一株茂盛的大树。

里铁甫开始活泼起来，他勒住车，向我比划着说着。我茫然地摇了摇头，我已经没有勇气继续用那四个词奋斗。而里铁甫还在耐心地解释着，用粗硬的手指打出一个个手势。

我叹了口气，点了点头。行啊，行啊，我同意你，我同意你的任何一个词。可是我真想听听你给我讲讲那间奇怪的石屋子，那里埋葬着一个伟大的圣徒吗？

里铁甫爬上了树。我立即明白了：桑椹！原来这是一株根深叶肥的大桑树，原来里铁甫在建议我一块上树吃桑椹。他在树上勤奋地摘着，明晃晃的阳光从树缝里倾泻着，遮挡着露出的蓝空。

我也爬上一根枝杈，摘下一颗湿润的、水嘟嘟的白桑椹，我的手指立即湿了，又湿又黏。接着，我们两人就大吞大嚼起来。我们彼此递过一些特别饱满的肥大桑椹，成捧成把地填进嘴中。叶缝里泻下的阳光被搅乱了，在我们的手上、在碧绿的叶子上、在里铁甫的肩头上忽明忽暗地闪烁着。我突然心花怒放了。

“里铁甫江！”我快活地喊了起来。里铁甫转过脸来。他大睁着眼睛，活像个贪馋的孩子一样笑着。

“kün！”我乱嚷着。

里铁甫快乐地笑了，露出雪白的牙齿。维吾尔人笑得真是优雅。

“哈哈！ yol！”他也喊道。

我又喊道：“火焰山！”我学着他的“焰”。

他大笑着回答：“yahxi！”

阳光在枝杈树叶间闪烁着，疯狂地从一片叶子上跳到另一片叶子上。我捕捉不住这阳光飞行的路线。我大嚼着甜蜜的吐鲁番白桑椹，不时瞟着那道鲜红醒目的山脉。火焰山依然一言不发，默默地逆着骄阳向上挣跳，每一丝火苗都历历可数地凝固着。我心里突然掠过一阵难过，不知为什么，我觉得我和这道坚忍的山脉已经有了深深的爱情。

我们的小毛驴又匀匀地走开了。车身轻微地晃动着，循着一个寂寞又舒适的节奏。葡萄沟两侧毗连的农舍和白杨树在晃动中缓缓后移着。这是考察路线上的最后一站，我想着，结束啦，就要告别里铁甫江啦。我疲倦得沉沉欲睡。我仿佛感到一丝惋惜。我又感到对里铁甫的一种莫名的歉意，于是我把头歪靠在他风尘仆仆的肩膀上，昏昏地睡了。kün，yol，火焰山，yahxi，我好像在睡梦中念叨着这四个词。

辽阔的大地上燃起了一条长长的火。火苗快活地疯狂地蔓延着，在崇山峻岭和深入海底的盆地之间举行了一个壮美的祭典。但是突然之间，火焰被魔法凝固在原地，从此后流逝了千年万年。火焰感到愤怒，它仍然不屈地保持着熊熊的姿态。

在它的怀抱里，在它挣扎时裂开的条条山沟里，白杨树和桑树，小麦和葡萄沿着沟水成长起来了，浓稠的绿色装点着赤裸的鲜红色。

雪路

前方一片黑蒙蒙。雪原即使在这样晴朗的夜里，也像弥漫着雪粉一样，什么也分辨不清。他摸着黑，把沙狐皮的帽耳又系了系紧，回头望望白狮那儿，只见一个微微发红的烟头在闪着亮。那小子真能抽，他想。他试探地用脚趾头舐了舐毡筒里垫的马鬃，都冻得梆硬的了。可真冷，他抬眼瞧了瞧那浑沌的夜空，冻得黏在一起的眼睫毛轻微一扯，眼皮随着一疼。那小子真能抽，一直没见他灭了那烟头。这么个抽法，走到陶森泡子得抽他妈两包。尖厉的寒风似乎远了些，隔着皮帽耳，他只听见均匀的呜呜声。他也慢慢地从怀里摸出一支“战斗牌”。我也抽，妈的，早抽光早算。省得看白狮子那副涎皮赖脸地要烟的讨厌相儿。牛车颠簸了一下，他瞟了瞟——眼皮没动，不然结冰的睫毛又要拔掉——驾车的那头大牛，狠狠划了一下火。火苗却被风、被冻透骨头节子的寒气吞熄了。妈的，他又更小心地划了第二根。那伙臭鞑子最喜欢朝人伸手要东西。火苗照亮了袖口补丁上的一层薄冰。他看了看雪地，雪地在夜里是灰黑色的，稍显些暗红。睫毛又被拔了一下，他举起手，用指头贴住眼皮。眼皮不疼了，一点点儿水沾在手上。他放下手臂时觉得胳肢窝那儿似乎开了点儿线，冷飕飕的。他恶狠狠地吐出了第一口烟。烟倏然消失在黑沉沉的夜幕里。

谁都知道白狮子不是好东西。游手好闲，不会抓马，不会放羊，更不用说自己祖传的那些实打实的木匠手艺。牛车真颠，屁股下头那点热乎气儿都晃荡掉了。什么都不会，所以那小子活该夜里雪地里出来拉硝，就像口里那伙子抬大杠、埋死人的下三烂一样。他又吸了一口烟，不，白狮是自个儿争着来干这份鬼都不干的活儿的。听说这小子为来拉这趟硝还跟他哥打了一架。烟已经剩下不长的半截儿了，他开始细细地品尝这暖人的烟味儿。在这种地方混，连个带女人的毡房都没混上，算什么蒙古人。呸——他吐掉燎着嘴唇的烟屁股。没准儿，那小子争着来拉硝，是为着叛他妈的国吧？他懒洋洋地想着，斜靠在车杠上。这雪地迷迷茫茫的，看不清却又使人觉得光溜溜的。得防他一手，陶森硝泡子就在边界线边上，闹个事儿不是玩的。万一那小子一溜大吉——他小子可是熟门熟路，以前因为跑到线儿那边偷过木头，“文化大革命”时落了个“国际小偷”的帽子。想想，国际小偷还有干不出来的事儿么？而且那小子又一没房子二没老婆。

没老婆？还管人家呢，你自己不也他妈没老婆？他烦了，又摸出一支烟卷。这回只划了一根火柴。他听见木头车轮子歪歪斜斜地碾过了一个雪下的獭子坑。前天白海宽回来了，说家乡这阵子娶个媳妇得掏一千——还是丑的。牛车又重重地颠了一下，屁股下头不光跑了热气，而且颠得生疼。这老牛，你他妈的卖的什么傻力气呀！

晃荡了约摸两个钟头了。周围显出不是黑泥巴地而是灰蒙蒙的厚雪地了。在淡淡的暗雪映衬下，他瞅见那头锯了半截角的大黑牛正精神抖擞地大步走着，带劲儿地甩着半截犄角上拴的缰绳。

他不满地瞟了那庞大的黑影一眼——哼，有种你就再快点。拉你上屠宰厂那天，有种你也走这么快。

“十五的月亮升上了天空哟——”没意思。“我的那小花马，哥哥我——”唉，不哼了。如果连这支《小花马》也唱得没味，那就不能再唱了。他闭着眼，只凭这牛车的摇晃，就能猜出这尾车上的红鼻子牛正被拖着跑。狗东西——他恶狠狠地咒着领头车上的丁老壮。你急什么？又不是去找女人。这种夜晚，冷得刺骨但又不刮风。更没有下雪——照理说该去找尼玛或者是巴依拉喇嘛家的儿媳妇。不过，那有那的麻烦。还是出来拉硝吧，省得在家里生气。这茫茫的黑夜，茫茫的积雪多让人痛快。牛车可以爱往哪儿去就往哪儿去。只是天冷得受不了——今年冷得太奇怪了。秋天里他就猜到了准会有个难熬的厉害冬天。那时草根上还带着绿色，草尖儿就又白又干，可以一下子折断。他把狼皮垫得舒服些，朝暗夜吹出一个烟圈。慢慢走有多好。这种冬天，又是这种黑夜，无家可归的人最好就是赶夜路。走啊走，天黑黑的，什么也不说，也不想。只管抽着烟。尖锐的风哨在空中掠过，地上却没有起雪——是个好夜，虽然太冷。

丁老壮根本不会赶牛车。汉人会什么？牛车都不会赶。听说这个丁不是汉人，而是，而是什么呢？难道不是蒙古人，还能不是汉人么！他盯着前面五辆勒勒车压出的深雪中的辙迹。能这样赶牛车么？六辆车，一百五十里路，那头锯了角的巨大的黑牛会把后面这五头牛拖得吐出白沫子。等一会儿要教训教训那家伙。漆黑的天上，今晚没有月亮，他懒得去算月亮应当在哪天升起来。他盯着蜿蜒的勒勒车队在大雪原的黑夜里蠕动着，好像也能看见空气的寒冷在缓缓降下。住在哥哥伯依纳的家里真不痛快，他咯咯地咬着牙。昨天嫂子居然不给他烧茶。牛车又噔噔地颠蹦起来。笨家伙！狗屎！难道你不会拉住那根绳子吗？“嗬——喂！”他愤愤地朝天吼了一嗓子。用不着欠身起来朝前吼，反正他应该明白我是在教训他。

他又点燃了一支烟。昨天他去赶牛，一天从黑戈壁跑了个来回。回来时牙齿都快冻碎了。而嫂子却只顾在角落里缝花边。她是假装在缝。但愿今天夜里有条饿疯的老狼闯进营盘，咬死那黄脸的坏女人。这种夜晚月黑风高，正是饿狼偷偷地顺着雪原上的小沟溜进营盘的时候。他脸上绽开了恶毒的笑容，仿佛他正瞧着一头蹑手蹑脚的瘦狼。风呜呜吹着，他觉得腰冻麻了，于是翻了个身，把烟头叼到嘴角上。

走呗，走呗，他想。拉硝土也行，打冻井也行，就算跑到“一辈子只敢去一趟”的宝格塔山运木头也行。日子总得捱着过。尼玛的蒙古包到底不是你自己的。找她只有等到住进夏营地，毡包连成片，虱子都快活地串门的季节才方便。他讨厌帮哥哥放羊，何况那是群改良羊，最难看的牲畜。一看它们吃草他就倒胃口。走呗，他慢条斯理地把一根烟接在燃着的烟屁股上。走呗，这么歪歪地倚在勒勒车上，走到天外头、地边上都行。他深深地把烟蒂的辣味吸进肚子里。

现在牛车行驶得均匀了。也许那家伙，那个丁，听见吆喝学乖了。要不就是勒勒车队已经走完了乃林戈壁那坑洼不平的碱地。

估计那打头的大黑牛正摇晃着断犄角，沉着气走呢。走吧，前头是一百里宽的伊和塔拉，这么深的雪，够你走的，他想。

夜低罩着这一望迷蒙的雪原。怎么停下来了？他很奇怪。他听见扑通扑通的毡靴踏碎雪地的声音。“丁！怎么了？”他问。原来丁老壮找不准方向了，让他去坐头车。

狗屎，他暗暗骂道。傲慢地伸伸懒腰，从车上下来。他束束腰带，提起装食物的黄羊皮口袋。他轻蔑地打量了一会儿丁老壮的脸。真是狗屎，他想。他满不在乎地朝头车走去。

他怎么也睡不着。换到尾车上已经抽了三颗“战斗牌”，心神不定。真冷呀，天亮前保准更冷。在这块草地上混可真不易。在老家河北——再苦也有个冬三月的热炕头呀。这车怎么朝东奔呢？虽然天上没有出星星，他还是觉得牛车一个劲地朝东奔。他终于下了车，毡筒拔出雪窟窿时真沉，扑通扑通的。

“喂，白狮子，走迷了吧？”他问。他听见白狮子轻狂地用鼻头哼了一声，“我怎么觉得，觉得咱们朝东扎下去啦？”“你还懂得东呀西的吗？”这小子出口不逊，“汉人嘛，夜里难道还知道什么东呀西的吗？”老子当然知道。老子还知道南北呢，知道你这掉了毛的白狮子，呸，白癞皮狗，心里想往哪儿窜。而且老子也不是什么汉人，老子是你先人。

“是偏东了，白狮子。咱们得朝左手扳着牛脑袋才能朝北走。”他压住气说。“住嘴，缩住你的舌头。”这小子果然是个下三烂，想找不自在呢——“喂！告诉你，我是怕今儿夜里摸不到陶森的硝泡子。今儿夜里摸不到，明天就装不上硝。”“陶森有你老婆么？嗯？”白狮子居然恶毒地咯咯笑起来。“对啦，有我老婆，那个一条腿的尼玛；还有巴依拉喇嘛家的那个烂鼻头儿媳妇。”他恶狠狠地回敬道。还有几句更上口的词儿，他咽回去了。

他气鼓鼓地回到尾车上，点上一根烟。走你的，有种你就一直这么走。老子陪你上爪哇国也不在乎。不过到了那一步，老子非给你点儿颜色看看。

恐怕是迷了路了。伊和塔拉南部该有一条窄窄的干沟。走了怕有八九个钟点了吧，离开乃林戈壁的碱滩也走了三四个钟头。怎么还不到那条窄窄的干沟呢？那一年，是鸡年吧。他就是在那条干沟里追上了尼玛的棚车。那儿的芦苇密丛丛的。他懊恼地拨拨大黑牛，狗屎，大概真的迷路了。哼，偏东些呢，还是偏西些？他又拨转了牛头的方向。哼，我马上可以找到那丛芦苇和那条小沟。那年尼玛可比今年让他顺心，今年……他盯着黑牛巨大的身躯摇晃着步上一座山梁。咦，这是什么地方？哪儿来的这么一道山梁？他急忙扯转牛头。别让丁老壮发觉，要偷偷地把路找到。他突然想起了黄脸的嫂子。她大概已经快被那条恶狼啃干净了吧。既然他在这一尺多深的雪原上受罪，她为什么不能尝尝挨狼啃的滋味呢？丁，那个汉人总是叨叨什么朝左走，朝左走只有狗屎。

“往左走，白狮子。”他吓了一跳。丁老壮正默默地瞪着他。“缩着舌头，你懂什么左呀右的。”他顺口教训道。“听见没有，往左走。”这家伙火气挺大。我的火气比你还大呢：“听见没有，缩起你的舌头！”他吼道。

我正在考虑乃林戈壁、伊和塔拉、干沟和芦苇、鬼变的山梁。我满脑袋都是左和右，东和西，尼玛和黄脸嫂子，还有该来啃啃你丁老壮的狼。我用你来指手划脚吗？“往左走！”你吼什么？哈，你夺走了牛缰绳？愿牛顶死你——他一声不吭地凶猛地扑向丁老壮。“臭汉人！”他扑了个空。那家伙闪了他一跤，他的手插进深深的雪地，冰凉的雪灌了他一马蹄袖，凉丝丝地粘在热皮肤上。他一甩袖子又扑上去，捉住了丁老壮的衣领。可他也被那家伙抓住了领口。“你敢撕！”他哧哧喘着。“你撕我就撕！”这坏东西不敢撕的，他疾速地想。“放开！”丁老壮叫道。瞧，这汉人害怕冻死，他松开手，放了丁老壮。他脖领子上那双铁钳般的大手也松开了。

他喘着，凶狠地瞪着丁老壮，心里正用各种难听的话骂着。他知道那个犟鬼也一定在肚子里臭骂着他。他俩默默地对峙着。他知道，在这种黑夜和荒漠的雪原上，骂架根本用不着出声。

他猛地看见那锯角大黑牛沉着地卧了下来。他望望白狮。他吃惊地瞪着那黑牛。糟啦，这黑牛是在发脾气。瞧它那斜着的眼睛，可真有点儿怕人。他和解地抓起铁锹：“干脆歇了吧，这牛魔王不好惹呀。”他没等白狮响应，就闷着头开始铲雪。雪块刷刷地投在灰蒙蒙的远处。他慢腾腾地丢掉烟头，提着一柄木锹走近丁老壮。“去、去！连雪也不会铲。难道有用铁锹铲雪的么？”他吭吭干着，看着一块黑黑的冻土地在木锹下露了出来。他瞄了瞄尺寸，在一旁给另一头牛铲着它卧的黑地。已经是下半夜了，睡吧，明天还得和白狮子、和老黑牛，还有这遍野的厚雪费神哪！

唉——这些牛倒比那笨蛋丁老壮聪明。你瞧它们一个个卧进黑地时多快。顺过车来，嗯，把车辕搭上。妈的，这简直真像是和白狮子在这野地里搭房子过家家啦。羊圈就是这样，排成队的车，支着挡风的毡。靠南缩着冻得咩咩叫唤的羊。可是这里挡风用的是垫车装硝泥的臭皮子——连羊的福分也没有哟，有的是丁老壮浑身的倒霉气。怎么会不倒霉呢？既然命里注定和这种狗屎一道出门。铺开这条大毡——唉，应了古人“爬冰卧雪”那句话啦。不过拉硝这种苦活可以挣满十个工分，而且一天一夜记两个工，和白癞皮狗干架也值啦——反正记着工哪。钱没有那么容易挣的，得受罪也得出力。要么抡锹，要么打架，反正都是出力气。他心平气和地干着。他不觉用口哨吹起了《小花马》，这个小窝倒是个不坏的家呢！在这儿住着心里痛快——不过得把这犟鬼换成个女人。

他点燃了篝火，把冻得像铁蛋的馍馍煨在红灰里。他也摸出一块羊腿骨，在桔黄色的火苗上燎着。“苏武牧羊节不辱，”他听着白狮子的《小花马》，也五音不全地哼了起来，“丁，你这个歌，还挺好听。是个想女人的歌么？”“哈，你猜对了。喂，咱们睡吗？”

他抹抹嘴站起来。把那张狼皮垫上，别说睡在冻透的黑草地上，就是睡在陶森泡子的冰面上也不会腰疼。他担心和丁老壮合铺那张狼皮；合铺着，只能横铺着，那就可能冻坏腰。“丁，你睡里面吧，我给你裹。”他客气地建议说。

大毡半铺半盖，睡在里面当然美。不但半边有毡挡严，还能裹得紧。自己裹是裹不紧的，连在蒙古包里睡时他都得靠别人掖皮被。可是，这里面怕是有鬼——白狮这小子可不是好东西。这儿肯定已经在边界边边上，闹不好这小子想溜之大吉呢。反正他当国际小偷时早摸熟了路。“丁，快躺下吧，我给你裹上脚。”他瞟着丁老壮。“不，白狮子，你先躺下吧——我靠外睡。我夜里喜欢起来撒泡尿什么的。”“靠外——可冷哟！”他狡黠地露出笑容。“不怕，光棍抗冻。”他催着白狮先铺自己的褥子。他警惕地看着白狮挟着一块皮子一骨碌卧倒在大毡上，然后迟疑地坐下来。他扯过那半边大毡。他听见蒙在毡子里的那小子又吹起了口哨。

他紧紧挤着丁老壮，在漆黑中褪下皮裤，用裤裆暖着脚。他舒服地打了个大呵欠，吹完了《小花马》最后的一句。“狗屎。”他窃笑道，突然又想到尼玛软和的胳膊。伯依纳哥哥家里的黄脸嫂子忽然又代替了尼玛，他烦躁地哼了一声。他沉沉地睡熟了。

皮裤滑下去了，而皮袍子又卷到膝盖以上。他觉得两膝之间飕飕地走着风。他翻身起来把大毡更紧地压在腿下。没有那飕飕的风了，但肩膀旁边又漏了气。白狮子鼾声如雷。他后悔了——忙着叛国的主儿能这样打呼噜么？如果他是假装，哎，他小子叛哪儿去又关你他妈的什么事呢？冷，冷啊！快冻僵啦。他又翻身起来，更严实地裹了一遍。他折腾了半夜。天明时，他自己也闹不清究竟睡着没睡着。

他蹦起来，顺便踢了丁老壮一脚。他兴高采烈，简直是有点儿得意。他梦见一头饿狼闯进了营盘，又闯进毡包。那可憎的黄脸女人跪着朝他哀告。他奚落够了那个女人才命令狼不啃她。后来他又梦见了巴依拉喇嘛的儿媳妇和尼玛。他不但没冻着，而且过了一个暖烘烘的销魂的夜。

他嘲笑地瞟着丁老壮抽清鼻涕。他听了丁老壮说的几句硬话以后狂笑了一阵。你硬骨头，你好汉，愿你没成个老寒腰。男人没有了腰就像牛没有了角。他朝那不幸锯了角的巨大的黑牛望去——他惊呆了：

他看见锯角黑牛正朝着正东的晨曦缓缓走去。在东方远远的被白雪罩着的丘陵中间，有一凹闪着炫目银光的水泡子。

“陶森泡子！”他听见丁老壮惊奇的喊叫声，他冷冷地瞧着那家伙脸上那傻憨的惊喜神色。昨夜他俩全错了。他们既没偏东，也没对准伊和塔拉那条干沟。他们窜到西边来啦。他想嘲笑一下丁老壮的那个左呀东的糊涂方向，但又觉得没什么意思。

“我的那小花马，哥哥我骑上了它。姑娘呀——”他牵着勒勒车队朝那冰封的硝池子走去。四野都是茫茫无边的雪原。他满脑子空空的，只觉得满心快活。瞧这锯角黑牛，它大概也睡得很美，瞧它走得多有劲儿。他打了个粗野的唿哨。咦，啊，大黑牛跑起来啦！“站住——”噫！噫！我马上砍下你剩下的半截犄角，“噫——”这雪太深啦，使劲儿追上去！他猛地捉住了车梆，连滚带爬地攀上了牛车。他看见连在车上的牛绳断了，后面的五辆牛车被甩在了后面。让丁老壮去对付那些车吧。哈哈，我先走喽！他怪笑着，朝背后的牛车接连打着尖锐的唿哨。哈，那些牛全疯啦，都撒着蹦子跑起来啦。又断了一根牛绳！嘿，又断了一根！他看着所有牛车都散了编队，争着朝自己追来，他高兴极了，乐得手舞足蹈。

我先去装车，然后我就坐在这黑牛的车上。等往回转去，牛绳还会叭叭地拉断，我就把那傻瓜扔在雪地里自己回家！他得意地盘算着，看着愈来愈近的陶森·宝力格闪闪发光的冰面。

嘻，你小子再猴精也是枉然。他懒洋洋地靠着小红花牛拉的那辆车上，有滋有味地品着烟卷。老子不到，你自己舍得下力气破冰么？看看，你连在哪儿下镐头破冰能挖上好硝也不知道。这里头学问大啦，我的白癞皮狗兄弟。你会看冰纹么？会看硝色么？会挖干的漏稀的么？会卖这股子硬力气么？不会？不会就等着咱爷们。不掏现钱咱还不教你。让你拉一百趟硝还是睁眼瞎子一个。他冷笑着抄起十字镐，走上冻着厚厚冰面的湖。“站过来！白狮子！不要命啦——那块冰薄着哪！”他吼着。他看见白狮子耍蛮地一跺脚，咔咔——冰裂开了。“信了吧？那个地方冰最薄，下头硝太热么！”他觉得神气。他笑着看着那小子吓得尖叫着，两腿颤得都不敢迈步。熊包！简直是娘儿们。“笨蛋！跳，跳过来！”他神气地吼着。其实那冰厚着呢，根本塌不下去。吓吓那小子，嘻嘻。他睬也不睬脸如土色的白狮子。走过去，选了一个开刨的地方。他抡起十字镐，一下，两下。他用力翻开冰块，下面是黑油油、热腾腾、臭味呛鼻的硝泥。那硝泥正富有弹性地颤着。这东西可是宝物。羊群吃了抗寒，冬天住土圈掉毛的羊吃了不再掉毛。“快干。”他吩咐着白狮子说。这小子再不冒狂言找别扭啦，干得还真欢。

一车装够了。“白狮，用木锨抹，把车上这硝泥上下四面抹光溜。这东西黏，抹光溜了，走的时候它光打颤，不漏。”他心情蛮好。教训这个横小子，心情当然好。他直起腰，六头牛一动不动地在泡子旁边的芦苇丛里大嚼着枯干的苇秆。饿坏喽，不知重车回去，这些畜生还顶不顶用。装第二车时，他告诉白狮，得少装一点儿，硝泥太沉。接着他声言这个窝子挖得差不多了，他再去选块地方；然后他就在冰面上遛达起来，背过身点上一根烟。真像当年批孔会上讲的——劳心者治人。老子轻而易举就整治得你小子服服帖帖的——卖劲儿干吧，老子可要偷个懒，歇一会儿。

他使劲把木锨一摔，木锨把子摔断了。不能让伯依纳和那黄脸女人太舒服了。他想象着兄嫂打量着吃硝的羊群的样子，恨得直咬牙。他大摇大摆地走过一字排开的黑乎乎的硝车，怪声叫起来：“丁，你不给我一根烟么？”

他不情愿地递过一根“战斗牌”。这小子从来这么不要脸。瞧他，又痒痒地来毛病啦。忘了你刚才吓的那副熊样了么？“喂，白狮子，再把硝抹抹光溜。光溜了，走时光颤不漏。”

“我不干。你抹吧。抹了走着光颤不漏。我要抽烟。”他挑衅地朝丁老壮吹了个烟圈。

他灵机一动：“要不，这么着吧，我抹硝，你去抓牛。咱们该套车回去啦。”他看了一眼西边雪原尽头的火烧云。那火烧云被灰沉沉的铅云压得窄窄的。你小子别想闲着，他心想。

他懒洋洋地抡着牛缰绳抽打着芦叶，枯黄的芦叶碎片散落下来。“嘿！丁丁——抹光溜些，光溜的不漏！”他喊道，随后又大笑起来。

他插好铁锹，摊开两臂帮助拦住赶到冰面上的牛。“喔，喔。”他吆喝着，捉住小红花牛的角，套上缰绳。他吹着《小花马》，满不在乎地去握大黑牛的半截断角，“回去时我要坐这条牛拉的车，赶快点，拉断牛缰绳，甩了那狗屎。”他突然瞪圆了眼——那条浑身犹如黑缎的巨大锯角牛甩了甩大脑袋，白狮子像个瘪口袋似的被抡了起来，咚地砸在冰泡子上。他狂怒地咆哮着跳起来，两手像鹰爪一样攫向那对断角。跑？你这畜生哪儿跑！他在光滑的冰面上死死盯着那牛，飞跑着。“丁，快来！你是木头么？”他老练地“喔喔”着，静静地挪着脚，封住黑牛的去路。这小子连套车都忘啦，真不是东西。毛躁躁地能套住牛么？这牛你又不是不知道，还在四岁那年就戳死了一匹马。糟啦，这黑牛疯啦，不是发点儿普通的牛脾气，看它那红红的眼睛！他迟疑了。完了，抓不住这条牛了，完啦。“丁，看你的本事吧！”“喔——喔”他和气地开导着那黑牛，一步步逼近着。那匹马死得多惨，就因为和这牛拴在一辆车上，被这家伙在肚子上捅了个拳头大的洞。为这才锯了它的犄角。他猛地抢上一步，闪电般揪住了黑牛的尾巴。这牛疯了。不，这是命里注定的，它不是疯，它专门在今天，在这雪路上等着我。它想把我白狮子冻死饿死在这大雪原上。他看着丁老壮像坐雪橇一样被黑牛拖着在雪里、冰上、芦苇丛中疾速滑行。好粗的尾巴呀，像条蟒蛇似的扭着哪。“白狮子——”他大吼起来。它去年在草场上把一辆灭了火的拖拉机拖着跑了一蹦子呢！他恐怖地盯着那条身躯巨大的黑牛。那牛身上肉腱在跳动，断角在鸣响，浑身闪着耀眼的黑漆漆的光。它在玩咱们哪！“丁——”他绝望地嚎起来。他在黑牛血红的圆眼睛里，看见了一瞥毁灭的、快乐的凶光。这牛魔王跳起舞来啦！“唷……吭……白狮子！”他惨叫着，那黑牛在恣情发泄着兽性，左一蹦子右一蹦子地奔跑着，用粗大的尾巴把他毫不费劲地左一抡，右一摔。他被摔得发晕了。“白狮子——跟它拼啦！咱爷们不在乎——”他嘶声尖叫。他突然感到一股兴奋。“呀——”他怪叫一声，拔出了细长锋利的蒙古刀。“丁——别放手哇！”他嘎嘎大笑起来。一股泪迷住了他的眼睛。他看见白狮子又叫又跳地追上来了。他看见这小子和黑牛并排正跑着，还晃着手里的刀子。他看见丁老壮死死地揪着牛尾巴，像攥着套马杆子不撒手的骑手一样。他紧闭着眼。牛蹄子扬起的雪和土迷住了他的双眼。雪粉、石块、荆刺儿、草棵子呼呼地打着划着他的脸。他跑丢了一只毡靴。咦，我怎么愈跑愈快，愈跑愈有劲呢？他突然觉得这么干比住在黄脸嫂子家快活得多。他的头不知是被牛蹄子还是被石头撞了一下，昏昏沉沉中他听见那小子乱叫着，活像一头白色的狮子。

他看见丁老壮被拖成一个雪人，一条烂口袋，一坨大泥块。“白狮子！”他挣扎着，绝望地大喊了一声。他不顾一切地攫住了半截牛角，并且用身子绊住了牛的前腿。咦，这畜生跑不动啦。他用力腾起身来，用脚撑住一块露出雪地的黑石头。他咧着嘴，狠狠地把刀子刺过牛鼻孔中间的肉膈。黑牛疯狂地直立起来，他再也无力握住那可怕的扭动着的粗尾巴了。他觉得自己像瘫了一样软软地摔倒在雪地上。“啊哈——”他快活地嚷起来。他已经把刀子整个儿捅了出来，刀把上拴的皮条穿在了鲜血淋漓的牛鼻子上。“白狮！有种，好小子！”他晃晃荡荡地站起来。“丁，你，你是好男人数里的！”黑牛正在他骄傲的手里可笑地探出长脖子，疼得吸着鼻子，浑身的黑缎抖动着。他扑打着浑身的泥土、雪块和恶臭的硝泥巴。他看见白狮子眼睛里朝他闪着亲切的光。过来吧，黑牛兄弟。他小心地牵着牛鼻子迈开脚。他觉得脚背痛得钻心。白狮子被牛踏了，他想。他艰难地拖着瘫软的腿走过去，扶住了白狮子。丁老壮软得像——像硝泥巴。“走着光颤不漏。”他莫名其妙地笑了。他倚着他一步步挪动着。白狮这小子脚背跟那牛鼻子一样，淌血呐。“喂，”他说，“扶着我肩膀。”

他看着西天的红霞。茫茫的雪原又平又光滑。他跌跌撞撞地搂抱着丁老壮走着。他瞧见昨夜他们来路上那深深的辙印和毡筒踩出的一串窟窿，歪歪扭扭，像踉跄着一样，伸入看不清的雪原的尽头。

他没有哼那首《小花马》。他默默地靠着丁老壮坐着。勒勒车的颠簸使他心神安宁。这寒冷的夜也使他安宁。巴依拉喇嘛的儿媳妇不会想到他脚背上淌了血。尼玛——昨天听说她正忙着缝出嫁的衣服呢。羊群吃了硝泥巴当然不冷，这东西在这么冷的夜里都不冻。不冻，还一颤一颤的。“光颤不漏。”丁老壮是好男人数里的。这个汉人。“咦，丁，怎么有人说你不是汉人呢？”他摇晃着丁老壮的肩。狗屎，睡着啦。他又想起了伯依纳哥哥、嫂子、该修理一下的鞍子。想到怀里究竟有几块钱，想到该买件衬衫，换掉身上这件黑脏油腻、像雨布一样水也不沾的背心。他又胡乱想到一个个女人。

今天夜里和昨夜一样冷。没有星星，月亮大概还要七八天才能出来。他感到黑暗中似乎也有一层雪原的微微银光。这路真长，他想。两天不知能不能走回家。回了家以后又会去哪儿呢？反正还得走这种雪原上的路。这一天过得够味儿，真想立刻喝一瓶子酒。

浑身像散了架一样累。靠着白狮子的背，打着盹真舒服。老子没睡着，小狮子狗兄弟。老子不是汉人，是回回。白海宽前几天刚从张家口回来，托他办的事儿吹了个屁的了。家乡娶老婆开口就是一千块钱……小生三十五，衣破无人补。这身衣服今天被那个牛魔王拖了个稀巴烂。想起来真后怕。白狮这小子有种，节骨眼儿上真他妈有种！原来还以为他小子打算再去当国际小偷哪——真他妈胡扯。

天黑得赛锅底，地上也是什么都看不见。这地方真宽真大呀，一溜几百几千里的大雪盖平川。冷得连眼睫毛都冻在一块儿了，这算是零下多少度呢？人真行，硬是冻不死。有朝一日抱着个热火炉子养老的时候，谁知道在这条长得没有尽头的雪路上，咱爷们儿受的罪呢？只有白狮子知道。

他摸了摸怀里。唉，就剩一颗烟啦。

丁，真想，真想喝它一瓶子！可惜，咱们没揣上一瓶子来呀。这么个夜里，要是能——要是谁给咱们一瓶子——嗯，咱们马上把大黑牛送给他也不在乎。喂，丁，我知道，南边伊和塔拉大队部有一个供销社的小房子。哈哈，白狮子，你想去那儿偷一瓶？不，咱们砸门，砸开门买他一瓶。真的，买他一瓶还不行？要不，咱们去？你说吧，去，可得绕路，绕三十多里路。三十多里，唉，绕三十多里，到了那房子天也亮啦。唉——

白狮子，别想酒啦。酒和老婆一样，不能想。喏，我还剩一根烟。一人一半。给，好好抽吧。

哦，你这烟是什么牌？真香呀。丁，你今天夜里靠里睡吧，咱们把狼皮褥子横着铺上。我有条狼皮褥子。

丁老壮和白狮子下了车。他们检查了一下锯角黑牛的鼻子，又一块儿对着暗夜撒了泡尿。望着南方影绰的一点儿山影争辩了一会儿。丁老壮说那是什么山，白狮说不是。白狮骂道："狗屎。"丁老壮骂道："白癞皮狗。"他们回到勒勒车队旁边，硝泥巴完好如初。"光颤不漏。"白狮说。丁老壮笑了："你这小子！"他们整理了一下车具，在屁股底下垫上了狼皮，再把烧痛了嘴皮的烟蒂狠狠吸了一口，然后把它扔在雪原上。烟头的小小红光在黑暗中划出了一条弧线。

（勒勒车队蹒跚地、费劲地起动了。车队的影子和它刻下的细细的长线，消融在低罩的夜空里和莽莽无边的雪原上。）

春天

在东乌珠穆沁最偏僻角落的一个小山坡上，住着一个驼背的矮小老人。他安静地在一座熏得黑黑的小三角包里住着，一天天打发日月。牧人们只是在看见三角包顶上飘出青烟时，才偶尔想到他还活着。谁也懒得和他说话，也没有人下马到那个黑色的小毡包里坐坐。人们都忘了，这佝偻着背的矮老头曾经放过三十五年马，曾经是个名震全旗的套马手。老头儿有时慢慢地走过人群，口中念念有词地絮叨着，可是骑手们烦了，他们唿哨一声，骏马驰骤而去，把老头孤零零地甩在后面。

这一天也是这样。当几个慓悍的马倌哈哈大笑着纵马远去以后，那矮老头在空旷的草滩上踽踽独行。他不时从草丛里拾起几块干牛粪，用袍子前襟兜着。他偶尔看到新绿的大地尽头升起的热腾腾的白色蜃气时，总是慌慌张张地加快脚步。他不停地絮叨着，好像在和草地、和靴子、和拾来的牛粪谈心。等他赶回自己那座小黑毡包以后，他急急忙忙地把干牛粪倒进盛燃料的木箱。他还在絮絮不休地说着，一个人在忙得团团转。

来啦，它来啦。老头自语道，它来啦，要下大雪啦。

乔玛是被奶奶从睡梦里揪起来的。他满心不痛快地穿着袍子和马靴，脑袋里还全是梦里见到的那个奇妙的姑娘的面影。不过他没有和奶奶顶嘴。当马倌既然是件又威风又舒服的事，当然在下马夜和寻找马群时受点罪也就算不了什么。反正我在这几天玩得蛮舒服，他想，就算有一天能把那个名叫红花的女孩子娶进这个毡包，骑马放牧也总是我的事呀。他慢腾腾地束紧腰带，顺手从哈那墙上摘下鞭子。

“雨衣！”奶奶朝他叫道。他不乐意地扭过身子，借着手电筒的光，在漆黑的包里找他的帆布雨衣。鬼知道雨衣放在哪儿了呢？他想。已经一冬天没有穿过那雨衣了，奶奶还偏要逼着人找。他翻着皮被堆，把那儿弄得乱七八糟。根本没有雨衣。雨衣恐怕到了夏天才会自己溜回来呢。他在碗架上抄起一块肉骨头，啃了一口。他又想到那个姑娘，真奇怪。她怎么会穿出一件粉红色的袍子呀？她穿着那件粉红袍子一走上草地，小伙子们就屏住了呼吸。明天饮完马群以后，他想到红花姑娘家那一带遛遛。鞍子上拴着一件大帆布雨衣，姑娘会觉不出这银鞍的漂亮的。

“哟……累死喽，”奶奶已经用皮被蒙住了头，“带上雨衣，嗯，春天雪湿呀……”奶奶像是在自言自语。后来老人就在皮被下面酣沉地打起鼾来。奶奶准是一直在门外站了半夜。她从来是这样，给羊群下夜也要当件大事。其实根本用不着。可是雨衣究竟到哪儿去了呢？乔玛不耐烦了。手电筒的灯光突然暗了下去，乔玛在微黄的光晕中看见了自己的黑影。奶奶一定是亮着手电光，吆喊着，一直在雪地里站到邻居家那个懒老婆出来换班。完全用不着，他在心里对奶奶建议说，你应该呼呼地睡，一切等天亮再说。明天饮了马群，见到那女孩子的时候，她不会不理睬我吧？她当然还会穿着那件奇怪的粉红色袍子。噢，那是多么神奇的、让人心跳的一种淡红色呐。

乔玛熄掉手电筒，顺手抓起奶奶的破塑料雨衣。他低头推门，跨进了黑茫茫的雪夜。

好凶的白毛风呐，马群一定顺风跑啦。他连着打了两个寒噤。真是见鬼啦，草地变绿了还下雪。暖烘烘的睡意和红花姑娘那张红润的脸庞都消失了。他靠着毡包的门定了定神，辨清了方向，然后拿起倚在毡包上的套马杆，大步朝绊在雪地上的马走去。

乔玛追上马群时，大概已经是下半夜了。他一直顺着宝勒嘎斯•浑迪的长长山沟疾驰。马群准是顺着这条长沟被暴风雪裹胁着南去的，他伏在马背上想。丛生的荆条和灌木林在侧面黑黝黝地闪过，雪片不住地贴在脖子上，化成冰凉的水顺着脊梁流下去。这雪真是湿的，他默默地想，奶奶到底是见多识广。如果穿着自己那件宽大的帆布雨衣，这冰凉的水就不会顺着脊背流啦。乔玛又用力把那件破塑料雨衣裹了裹紧。这时他的眼睛在暗闇中辨出了他的马群。混浊的白毛风拥赶着马群嘶鸣驰骤，滚滚向南顺风惊逃。乔玛握紧套马杆子，吆喊出第一声——但他绝望地发现，平日里还显得蛮威风的喊声一出口就消失在漫天的风吼里。他腾出左手，重重地抽了马一鞭。现在只有冲到马群前面，才能截住这些吓疯了的畜生，他想。这么快地跑，很快就会顺风跑到乌拉盖河。奶奶不是讲过么，春天里脱了长毛的马群一冲进河水，就会一匹压一匹地冻死。见鬼的日子呀，他愤愤地抱怨着，偏偏轮在这一天该我放马。昨天轮乌力记的时候，天气还温柔得像姑娘。其实今天也该轮乌力记放马的，可是，乔玛无可奈何地摇摇头，昨天傍晚，乌力记的腿摔伤啦。现在我必须截住马群，至少使马群跑得慢一点。春天里的马群怕冻，它们身上只披着一层短短的毛茬儿。

在马群最前头，他终于看见了领头逃窜的那匹马。安巴•乌兰！他狠狠地咒骂着。他早就仇恨这匹披着青白色长鬃毛的儿马子。在整个东乌珠穆沁草原上，安巴•乌兰的名字像雷一样响亮。在强悍的摔跤手和套马手的圈子里，安巴•乌兰被描绘成一匹神马。可是乔玛恨它。在那些嗜爱玩摔儿马把戏的大力士们一对对地站成门户，粗声叫喊着赶着安巴•乌兰驰过他们的长阵时，乔玛总是心跳不已。安巴•乌兰能拉翻一个个大汉，脖颈两侧拖着好多根套马杆，穷凶极恶地闯过那种长廊。没有人套得翻它，乔玛想，这匹马有一个钢铁的脖子。我若是套住它，它会把我的胳膊拉断的。它一低头，喏，我的胳膊就会血肉横飞地断掉。瞧它那惨白色的身子，简直不像儿马。乔玛从来不敢加入那种危险的游戏，他怕丢人地被白色儿马子拖得嘴啃泥。这简直是一匹巨大的白色恶狼，他厌恶地想。他纵马冲上去，怒声吆喝着，骂着那匹领头顺风跑的马。

暗白色的安巴•乌兰斜瞟着他。他看见那马猛地把满颈拖着地的长鬃甩过头顶。这白鬃毛像白色的旗子，乔玛想，猛地甩起一面沉甸甸的白色大旗。雪片还在脖子那儿化成水往下淌，他感到背部已经完全湿透了。冻硬的薄皮子像石片一样刺着肉。已经过了热清明，难道在热清明之后还应当下这样的大雪么？他阴沉地盯着在暗夜中一闪一闪的那片白鬃。“嗬依！嘿！滚回去！”他怒骂道。这场春天的暴风雪肯定是安巴•乌兰引来的。若不然，这样的黑夜里，它那鬃毛怎么能显得又亮又白呢？真是一个白色的魔鬼。

肯定已经是下半夜了，地上积起的雪已经埋过马脚踝，乔玛捉摸着马蹄踏进雪里的声音和感觉。这雪真的很湿，听这嚓嚓的声音。奶奶说得可真准，她现在正在家里呼呼地睡觉呢。风愈刮愈凶啦，这样跟着马群跑，会一直跑到西藏去的。乔玛一直觉得眉头上又麻又重，他把马杆子挟在腋下，腾出手来在眉头上抓了一把。一块硬硬的冰坨被他抓了下来，白毛风冷飕飕地刺进前额。他觉得头骨里的脑子在这一刹那被风吹凉了。哦，你这可恶的白鬃毛的安巴•乌兰，他瞥见那惨白色的巨影又在前面一闪。我应当换匹马，他想，一定要换匹快马。这样的夜里必须骑着一匹最快的马。他开始留神辨认黑夜中的马群，他来不及去想自己那件帆布雨衣了，他只想快点找到一匹合意的快马换上。一道冰冷的雪水缓缓淌过前胸的肌肉，这么下去，前胸也会被湿雪打透的，他想，他又觉察到膝盖也凉凉地浸过水来。他有些恐怖。我会全身湿透的，这样下去我会全身湿透的。我要快点换马，然后想办法截住马群。他对着黑蒙蒙的雪幕睁大了眼睛。

乔玛抖擞起精神，轻轻地把套马杆探了出去。柳木梢做成的马杆在他手中均匀地、轻微地颤着。真好，他心头掠过一丝满意，他感觉到杆头的牛筋绳圈正听话地切过雪幕。他也对自己的眼睛感到满意。我在这样的黑夜里也能清楚地看见杆头的牛筋绳圈，瞧，它正冷冷地俯视着逃跑的马群。我的眼睛不比乌力记差，并不只有乌力记那一伙人才会在夜里套马。这不是一场春寒，像收音机里说的那样。这是老天在下一场白色的刀子。马群已经疯啦，像滔滔的大河在流，这白毛风的尖叫和马群的蹄音混在一块，简直像夏季那种倾盆大雨。我换了马就要截住你，安巴•乌兰，你不要以为你可以带着马群一直窜到西藏。

乔玛发现了他最中意的黄骒马。好极了，这匹马又快又老实。我要把马杆子在这黄骒马头上轻巧地甩出一个漂亮的弧，然后一毫不差地套住它的一只耳朵和半边脸，像奶奶讲过的那个故事一样。奶奶说她只在年轻时看见过一个人会这么套。包括乌力记在内，这一带没有谁能够套得那么讲究。乔玛从牙缝里嗞嗞地吹出一声唿哨，催着马斜斜地冲了上去。他轻轻地抡起马杆，盯住了黄骒马那美丽的头。他仿佛看见前面是一个飘忽难即的姑娘。啊，神奇的、粉红色的姑娘！她好像突然间从草地里破土而出，使人眼花缭乱地一下子变得那么漂亮。乔玛继续轻轻地把套马杆子伸出去。他仿佛看见了她的粉红色的倩影。他有些陶醉了。他左手挽紧缰绳和鞭子，右手慢慢捏紧了马杆磨得尖尖的底端。我要像乌力记那样，一杆子就把这马扯个回头。他用最气派的姿势抖动了马杆。套马杆子弯弯地弹成弓形，套索在暗夜中嗖地切过密密的飞雪，朝着黄骒马正前方的空中落去。我要正好套你一只耳朵半边脸。就在这时，他听见一声可怕的马嘶。

安巴•乌兰！他吓得哆嗦了一下，同时猛地竖起了马杆。它打算撞断我的马杆哪，他听见自己的心怦怦地跳。白鬃儿马愤怒地嘶吼着，闪电般地冲进了黑暗的雪夜。乔玛举不住迎风竖着的高高马杆了，他顺风松开了它，马杆子可耻地倒拖在雪地上。你这白色的魔鬼！他小声骂着。不过，没有人会看见这可耻的竖杆子。他狡黠地笑了一下。他不失时机地纵马扑向黄骒马，像抡一条大棒一样，把马杆子胡乱揍在那黄骒马的脖颈上。

温顺的黄骒马立即害怕地站住了，委屈又害羞地垂下头。

乔玛偷偷地打量了一下四周，下了马。幸好是这种黑糊糊的夜，幸好不是在打马鬃、擀毡子那种阳光明媚的白天。他用冻僵的手指扳开肚带上的铁扣，费劲地卸下马鞍。根本没有甩出什么漂亮的弧，也没有准准地套住什么一只耳朵半边脸。哼，你像个欺负小孩的二流子一样，一棍子抡过去，硬梆梆地揍在马身上。他垂头丧气地给黄骒马上嚼铁。那嚼铁冻得太凉了，粘着黄骒马柔嫩的嘴唇。他看见黄骒马疼得耸动着双耳。如果红花姑娘看见了刚才的事，她一定会鄙夷地躲开。她会看也不看我一眼，就跑开去找乌力记他们。你算什么男人呀！他仿佛听见姑娘在嘲笑他。她会像只小鸟一样围着乌力记转，因为乌力记总是在套马场上袒露出半个满是横肉的肩膀，野心勃勃地堵截着安巴•乌兰。乌力记早就扬言要干脆利落地一杆子把这匹著名的烈性儿马套翻。那姑娘会被乌力记引走的，我会看着她那粉红色的姣好身影摇动着远去，像一朵粉红色的、飘去的轻云。

乔玛撑着马杆，跃上黄骒马的背。他发现脚底也湿透了。天呐，这雪太湿啦，他想，换一匹马的工夫，靴子就被雪浸透啦。但他不再去幻想那件宽大严实的帆布雨衣了，他松开缰绳，黄骒马放开轻灵的快步，流星般追向远去的马群。

乔玛左驰右突地拦截着马群，不知不觉地，天亮了。他已经可以看清近处的马，能数数一个个披长鬃的儿马子了。我全身都湿透了，他麻木地想，从脖子，到胸口和后背，还有腿和膝盖，全身都湿透了。连靴子里都泡着水。他冻得僵硬地跨在鞍上，听着袍子外层的冰壳在咔咔作响地相撞。风雪还在穷凶极恶地驱赶着马群。他想，我该在乌拉盖河以北截住它们，这样下去不行。他抬头望望混沌的天空，行啦，天上的神！在马群跑到河边以前，你收回这满天的白刀子吧，我和我的马群该回家啦。

乔玛奇怪自己骑坐得和平常一样稳。我骑得又稳又快，可是我不知道这是怎么回事。我的两条腿早就冻成冰了，可是它们还是稳稳地夹着马。他决心截住马群，他明白如果照这样扑向横在前方的乌拉盖河，四百多匹马的马群就会成堆成团地冻死、淹死在泥水里。奶奶说过的，春天马群吃了青草以后，就脱了长长的旧毛。只有一张皮的马最怕冷，更不用说结冰的河了。我也一样，我也会死在那泥泞的冰水里的，他不安地想，所以我要想办法把马群赶向那片芦苇地，芦苇地旁边的河水窄，只有一马杆子那么宽。而且那儿还有一座木桥。

乔玛抽打着黄骒马疾驰着，渐渐使马群奔向西南方向的芦苇地。可是我的腰是干燥的，我的腰没有湿。他感到被腰带束住的腰部不仅没有湿，反而热烘烘的。他感到从干燥的腰部一点点地滋生出力气。风更大了，但他很有信心。天和地都在飞舞的雪中旋转，在遮住天地的大雪中，他隐约看见了一片芦苇地。

命定的时候到啦，他默默地想。瞧，前面就是乌拉盖河。他看见第一批到达的马群正扑嗵扑嗵地冲进河水，随即不动了，凝固了，静静地堆在灰蒙蒙的水面上。它们死啦，他觉得有个白色的影子一下子攀住了他的肩头。它们全死啦，他恐怖地想，它们甚至没有嘶叫一声就冻硬在那儿，水面上像是堆上了一堆石头。他哑声吼着，怪声尖叫着，拼命地抡圆马杆子，把马群赶上木桥。木桥剧烈地晃着，马蹄在木桥上擂着吓人的狂暴的鼓点。这时他一眼瞥见了安巴•乌兰。

白鬃儿马正伫立在死马堆上，目不转睛地注视着他。真的，这是个白色的魔鬼，他害怕地避开了那儿马的目光。它今天要杀死我们，我和我的四百匹越了冬的马。

安巴•乌兰突然跃了起来，长长的白鬃像一幅长旗飘在身后。他看见那儿马高高地飞了起来，然后轻悄地落到了河对岸。我要再换匹马，他盘算着。风雪不会停的，你看那白色的家伙兴致正高哪。黄骒马已经没劲了。再往南走就是我不熟悉的草原。以前我最远只到过这条河。马群会逃到哪儿才停下呢？昭乌达？哲里木？还是造马靴的张家口？难道真的要一直跑到西藏么？我必须马上再换匹马。

乔玛费了很多力气才套住他的最快的杆子马，那匹新六岁的铁青马。可是在套马的时候腰带松了，护着腰的那一圈干燥的皮肤立刻被湿透。细细的水流从脖子一直流到后腰，流进结冰的裤子。他觉得自己像是裸着身子，而且又罩着一个贴身的冰壳。换下来的那匹温顺的黄骒马身上也罩着一个污脏的冰壳。他看见它跑了几步就一头栽倒在雪地上。但是乔玛没有理睬那匹骒马。在短短的半夜一上午的时间里，他的眼睛已经习惯了看冻硬的僵尸。

乔玛甚至觉得满心喜悦。草原多大啊，他想着，不断迎面出现的陌生的草原使他感到新奇。我已经离家乡很远啦，一夜半天我跟着马群穿过了东西两个乌珠穆沁旗的土地。这可是个可以大吹一顿牛皮的经历呢。等天晴了，我赶着马群回到家乡时，要大模大样地就这一路的景观和老人们谈谈。乌力记算什么？他不仅没有到过这里，连西乌珠穆沁也没到过。而我，我是在千百只铁蹄的声音里一下子穿过西乌珠穆沁的。也许我的马群会一直跑到西藏，那就更好啦，那么连公社小庙的喇嘛们也会尊我为师。我回到家乡时，一定会在绿色的原野上看见一朵粉红色的云，看见那个诱人的姑娘。

乔玛昏昏然地遐想着，信手挥着套马杆。白毛风推着他愈跑愈快。他觉得自己似乎是在急匆匆地去办什么事。我已经不冷啦，真奇怪。我一点也不冷，虽然风雪刮得比早晨更凶了。他不可思议地望着自己的右手，那手是紫黑色的。这手是我的么？它完全冻坏啦。天晴以后它会起泡，会流脓，可是它一点也不冷。而且这么有劲地攥着套马杆子。不管怎么样，年轻人来到陌生的草原总是快活的，这陌生的世界多大啊。奶奶现在已经该烧茶啦，她正等着我回去喝茶。那姑娘现在在做什么呢？她实在太奇妙了，她那粉红色的身影简直叫人心旌飘摇。

乔玛已经把马赶得很密集，已经数清了儿马子和它们率领的每个骒马群。大约死了六七十匹马，乔玛算着，不过剩下的全是健壮的好马。剩下的这三百多匹马不会掉队的。如果白毛风能停，顶多再死十匹。如果——他的心猛地一沉，如果风雷这样再刮一夜，他的心正重重地朝一个白蒙蒙的深渊沉下去，如果那样就完啦。我会像黄骒马一样，默不出声地一头栽在雪地上，立即冻得硬硬的。

但是乔玛很快就忘了这个念头。他感到脑子又沉又重，想事情累得很。他甚至懒得去体会结冰袍子咔咔折裂的声响。反正我不冷，反正我一点也不冷。我的铁青马休息了一秋一冬，它跑得像飞一样。只要我从牙缝里吹出那种嘘嘘的口哨，它就可以追上任何一匹马。它可以追过安巴·乌兰，把那个白鬃恶鬼甩在背后。他看见前方出现了迷朦的山影。我很可能会穿过整个蒙古草原的，他想，要知道还没有一个牧人守护着马群横穿过蒙古草原。暴风雪总会停的，到了草原尽头它自然会消失。草原的前面是南方，南方是温暖的。我要在南方火热的太阳下晒干这件皮袍子，然后赶着马群回家乡。乔玛又伸手抓下眉梢上新冻住的一块冰。现在他只想着穿越蒙古草原以后回家乡这件事，他不能再想别的了，他觉得头骨里面的脑子已经冻硬了，这脑子只能反复想着这么一件事儿，这是件快活的事儿。

天色又昏暗下来了，可能又接近了黄昏。这风雪刮得一切都颠倒啦：白天昏黑一片，夜里却是白茫茫的。喂，你不累么！乔玛嘲笑着老天说，我看你好像累了。你好像已经不再那么憋足劲嗷嗷地叫啦，你只是耐着心在抖着空气，像呼呼地抖着一块布。难道不是么，我已经能看得清山上的树林啦。你真的累啦。

乔玛忽然被自己的念头惊醒了，他猛力勒住了马。啊，风真的变小啦，他绞着脑子想。风已经弱得像冬天里的每一天一样。应该截住马群，让马群慢慢走，歇息一下肺和心，蹓蹓充血的蹄子和腿。应该找一个避风的地方，找个树林子，山凹或石头棚圈。马群早累坏啦，风小了它们该停下来。为什么还这么拼命地跑呢？你要追到马群最前面，截住它们。他从牙缝里吹起了口哨，铁青马骤然飞奔起来。

安巴•乌兰！他恨得格格地咬着牙。这匹白鬃儿马在领着马群跑呢，他狂怒地想，它正在拖着马群去死。他感到嘴里迸碎了什么。“你这白色的魔鬼！”他大叫起来。几块咸咸的硬东西从嘴角溜了出来。这是我的牙，我的牙齿咬碎了。原来冻坏的牙一咬就碎啊。这全是安巴•乌兰的罪孽，我明白了。乔玛纵马冲上去，追上了安巴·乌兰。他瞪着那巨大白马凶狠的眼睛。我明白啦，我看透了你的心。

乔玛咆哮着，横马堵在安巴·乌兰前面，“滚回去，嘿依！”他高声喊着。“停住！嗬依！你这白色的鬼！”安巴·乌兰慢慢低下了头，笔直地对着他撞过来。铁青马闪在一边，那白鬃烈马像恶狗一样低着头冲了过去。乔玛明白了这匹身躯高大的儿马子在这种凶恶姿势里向他传达的意思。他完全清醒了，他又感到结冰的袍子在粗糙地割伤着他的皮肉。好吧，他默默地想，好吧，就这么干吧。他从牙缝里吹出一声难听的唿哨。他同时听见心中在响着震耳的号角。铁青马嘶叫着，箭一般超过了安巴·乌兰，远远地冲上了南方的山坡。

乔玛在山坡上扯转了马头。他沉重地跨下马背，冻结在鞍上的袍襟嗤地撕掉了一块。他看见，铁青马一动不动地站在雪地上，白毛风正卷过它披满冰霜的躯体。你也死啦，我的小青马，他想，这是我骑死的第二匹马。他拖着套马杆朝侧面走着，一面看着安巴·乌兰率领着马群追上来。他笨重地跑了几步，使自己和冻僵的铁青马形成了一个门户。来啦，它来啦，他斜眼盯着安巴·乌兰的长鬃，慢慢地探出套马杆。它对准我们这个门来啦，他冷静地计算着距离，转身又朝死去的铁青马走去。门要小一些，他想着，探着马杆，它决不会绕开这个门跑的，因为它安巴·乌兰是东乌珠穆沁唯一没有被摔倒的儿马。他继续把套马杆探出去，来吧，我知道你最喜欢闯这种套马手的大门。他站定了，摆好了姿势。你向来喜欢这么玩。你从来都是穿门而过，威风凛凛地拖着好几根套马杆。你拉倒了牧人，掳走了马杆，然后低着头撒着野飞跑。就像现在这么跑。他冷笑着盯着那匹近在咫尺的白马，那飘扬的白鬃毛像一面白色的大旗。他握紧了套马杆的底端，他觉得自己从来没有这么冷静、清醒和充满力量。

柔软的柳木长杆在空中划了一个好看的、简直是优雅的弧。乔玛感动得差点流下泪来。牛筋绳圈分厘不差地切过空气和雪雾，朝他意念中的那个位置飞去。乔玛清清楚楚地看见绳圈下切时正和一只尖耸的白色耳朵相会。半个神情凶恶的白色马头同时刚巧勾住那牛筋套的下沿。乔玛的心和头脑变成了一片空白，他在这一霎间用全部生命的力量猛地往后一坐。

他吃惊地看见，一个身躯巨大的白兽像车轮一样在他眼前旋转着滚翻。巨兽颈上的白旗栽进雪地里，缠着亮铮铮的铁蹄。安巴•乌兰被摔倒啦，安巴•乌兰被我乔玛干脆利落地摔了一个筋斗。他痴痴地坐在雪地上微笑着望着安巴•乌兰，那白儿马子正惊慌失措地爬起来，害怕地一步步踱开。他幸福地笑了。

乔玛静静地斜卧在雪地上。马群已经在那儿吃草啦。摔倒了安巴•乌兰以后，他徒步趟着雪一直在走。我走了多久呢？一天？一夜？不知道。反正现在我要歇一会了，因为马群已经在树丛旁边吃草了。热清明以后的这场暴风雪就要停啦，他安详地想，因为带来这场灾难的安巴•乌兰，已经在我的套马杆子下驯服了。

不知道这是什么地方，周围有陡峭的峰峦的影子。蒙古草原是没有这样的大山的。他猜想着，铁青马一定还留在那儿，四腿笔直地站着不动，浑身披着薄薄的冰甲。它不会动，它是牧人乔玛摔翻安巴•乌兰的见证。马儿为什么这样怕冷呢？我就一点儿也不觉得冷。白色的魔鬼已经驯服了，风雪要停了，春天已经来了。我已经感觉到暖融融的风吹来了。

乔玛慢慢地扯开了领口，他感到那种暖融融的春风拂着胸脯。他觉得满心喜悦。多好呵，我不单保住了马群，还摔倒了大名鼎鼎的安巴·乌兰。从此安巴·乌兰不再是摔不倒的儿马了，整个乌珠穆沁草原都会知道我乔玛的名字。我把安巴·乌兰漂漂亮亮地套了一个跟头。没有比这个更大的光荣啦，还有什么能和摔翻安巴·乌兰相比呢？那神妙的红花姑娘是我的啦，他想，我回到家乡那天，径直去她家的毡包。我当场就把她带走。不过，那姑娘不会躲在她家的毡包里的，春天已经来了，她一定是在那片绿色的、化净了雪的原野上。她会穿着那件淡红色的袍子在那儿等着我。她会一下子跳上我的马背，然后随着我回家。奶奶会心疼地亲吻她，给她取一个婆婆送给媳妇的新名字。全体牧人都会来祝贺我们的，当她给客人们烧奶茶的时候，我就给他们讲叙关于穿越蒙古草原和套翻安巴·乌兰的故事。

乔玛想得兴奋起来了，那暖暖的春风不断地吹入他的胸怀。他觉得自己像是醉了，觉得春天的明媚正在煽动着自己的血液。他索性脱下了两只袖子，轻轻地舒展着裸露的臂膀。春天里，小马驹和牛犊子就是这样的，裸着光滑的脖颈在暖风中嬉戏。最勇猛的摔跤力士和套马手也是这样，裸着胸膛走上摔跤圆场、站成玩儿马的大门。那样的生活多美好啊，他完全陶醉了。他感到心儿透明般纯净，仿佛那个穿着动人的淡红袍子的姑娘正和春风一起抚摸着他。嗯，春天，他想着，我要在这个春天修圈、打井，并且添置一副银马嚼，把蒙古包的小木门漆一遍。他索性解开腰带，把那件撕得稀烂、冻得梆硬的破皮袍脱下来扔在一旁。

这时，天放晴了。

从远方峰峦起伏的地平线上，渐渐地现出了一块蓝蓝的天空。

乔玛凝视着，觉得天地之间充满了一派宁静。马群已经散开吃草，风已经停了。他清晰地看见，在开晴的那块蓝蓝的天上，正飘来一朵神奇的、淡红色的轻云。

牧人们从远离千里之外的坝上，从河北省北部的大山里找回了乔玛马群。在全东乌珠穆沁旗遇灾的上百个马群中，乔玛马群损失最小。半个月后，在老奶奶的破旧毡包前，公社为牺牲的牧马人乔玛召开了一个小追悼会。一大群骑手牵着马，围着那位老奶奶，有些人低声地哭了。

散会以后，骑手们纷纷上马离开。他们都默默地走着，但心里却都想着他们看到的马倌乔玛的遗体。有两个人在路过驼背的矮老头那个熏黑的三角包时下了马。老头站在门口迎接了客人——有人肯在这儿做客，可是新鲜事。

两个骑手向老头打听，为什么冻死在风雪里的马倌全身都裸着。听说全旗一共死了十三个马倌，其中多数裸着身子。您见识广，阿爸，这是为什么呢？他们问。其中一个骑手又补充说，人们都说冻得快死的人只觉得热，是么？

驼背老人默默地走出了毡包。他把两个年轻人撇在包内，独自眺望着草原。大地一片新绿，暖和的风挟带着青草的苦味儿。

它来啦，这老人自语着，春天来啦。

一九八三年三月

戈壁

他赶着木轮车回到卡拉·戈壁的时候，天正渐渐变得昏暗起来。薄暮时分，这片荒原不觉间褪去了在阳光下闪闪烁烁的那种白亮的光点，它开始阴冷起来，在暮色中显得青蒙蒙的。驾车的老白马认出了这片戈壁，欢快地打了个响鼻，小跑起未。四只大圆蹄在干燥的碱土地上噗噗地踏起白烟。他斜歪在车上，瞟着这荒野中央那道平直的山梁。山梁像一道辨不出颜色的土墙，远远地静卧在视野尽头。哦，回来啦，他默默地想。他伸手轻轻抚摸了一下白马的后腿，马好像知道他的心绪似的，又换成原来那种沉思的慢步点。现在好了，他想着，摸出一支揉皱了的纸烟，然后擦燃了一根火柴。一点红红的光亮在浓暗中映出了他皱纹纵横的眼睑和粗大的下巴。车均匀地颠簸着，笔直地对着一望迷茫的前方，他觉得自己的这辆破车已经溶化在这片大海般无际无涯的暮色中了。哦，可回来啦，他在心里自语说。他的心里也是一片苍茫，那荒原的暮色已经浸透了他，连心里那孤独也已经麻木了。

当马车绕过积水很深的那道硝土沟以后，他就看见了山梁尽头的断崖，还有屋顶上那座孤零零的小庙。这时天已经黑透，一切都深深沉没到那夜幕里了。他倚在颠簸的车上，又感到那熟悉的宁静。噢——他长长地吐出一口烟，觉得心里微微地涌起一股感动。马蹄声、擦过草梢的风声、木头轮子转动的吱扭声都被这静寂滤掉了，听不见了，卡拉•戈壁已经睡熟，忘记此刻有一个人和一辆小马车正缓缓驶过它广袤的胸膛。

他拉着马走到那座歪歪的小庙门前，卸了车，仰起车辕，让白马先抖抖鬃毛，再走出来。他给马摘下笼头的时候，手触着了老白马暖烘烘的尖耳朵。他觉得那马耳颤抖了一下，不由得让手掌顺着老马光滑的额骨滑了下来。他看见老白马正神情黯然地凝视着自己，于是他也默默地望了那马一会儿。平常这马从来不这样看着他，即使在他在外面受了人的辱弄。它和他一样知道那些人就是那样的人，它和他都是在卡拉•戈壁长大的，他们都习惯了这一切。噢，他想起来了：原来它也记着今天这个日子呢。他不禁又拍拍白马的脖颈，抬起头看了看天空。就是今天，他想，五年前，也是在这个残月刚刚消失，新月还没有升上来的夜晚，父亲离开了人世，离开了他住了一生的这片戈壁。

老白马走开吃草去了，他还站在门前，继续眺望着迷茫一片的卡拉•戈壁。真是一块神秘的戈壁，他想着，看着老白马消失在那夜戈壁中。尽管它荒漠粗糙，遍地砾石，可是只要是在这儿住惯了的人，就怎么也离不开它了。五年了，他想，五年前就是这匹白马和他一块把父亲送进卡拉•戈壁深处安葬。真是神奇的地方啊，他回忆着，那天回来时，卡拉•戈壁已经是黎明。那时他亲眼看见了一道透明的、蔚蓝色的晨曦正悄然降落在那小庙顶上。白马在那时不禁嘶叫起来。他那时还年轻，虽然他已经能摔倒一头小牛，但他毕竟还是年轻。他看见那道美丽的晨光把父亲住了一生的小庙染成一派蔚蓝时，居然忍不住落泪了。

他扭头走进小庙，紧紧皱着双眉。想起年轻时落泪的丢人事，他的心情突然坏了。

他在黑暗中把刚买来的小米和面粉分别倒进箱子，然后掏出剩下的钱，叠好，从毡子下面摸出一个小黄羊皮口袋，把钱装在里面，又把那口袋用毡子压好。他朝铁锅里舀了几勺水，抓了几把小米投在里面，然后起身去取牛粪。他在黑暗中的动作又快又准，像父亲生前一样。父亲在世时没有教他干这些事，他自己也以为，将来会有巴达玛来管家的。可是没有，看来巴达玛连想也没想这桩事。不过这不要紧，现在他什么都学会了，而且能干得像父亲一样。他默默地干着活，把一条长长的干肉切成块放进锅里，又加上两勺羊油。最后，他点燃了一堆在泥灶里的干牛粪。

小屋里出现了摇曳的、橘黄的火光。

他摸到盛盐的皮口袋，抓了一把青盐投进锅里，然后扯过一块牛犊皮坐下，点上一支烟吸着，注视着那火焰的跳跃。一丝暖和的微风被他的脊背挡着，他知道这就是那种能把冻得铁硬的牛粪直接吹干的晚春时节的风。不知什么时候，黑狗尼斯格悄悄地卧在门口，一声不吭地把脑袋倚在门槛上。他回头瞧了那狗一眼，用勺子搅铁锅里煮着的小米肉粥。灶里的牛粪火旺了，火苗轰鸣着，猛烈地舐着黑黑的锅底，再向烟囱口扑去。他看着那活泼的火苗，看得出了神。渐渐地，一股浓浓的羊肉的油香弥漫开来，卧在门槛上的黑狗尼斯格的眼睛里现出了兴奋的光彩，这戈壁上的破旧小庙变得暖和了。

他如释重负地舒了一口气。现在没有人来打搅了。其实围着小商店住的那些人家都是些好人家，可是他怕听他们对着自己叹气的那种声音。“哟，卡拉·戈壁喇嘛的儿子来啦，怎么样，过得好吧？”有的老太婆还说：“卡拉·戈壁的水那么咸，嗯，来，到我家去喝碗好水煮的奶茶！”……买粮食的时候，那胖老头也说：“买这么多！——你是打算半年以后再来看我啦，那么，明天再回去吧，今晚就在我这儿睡。咱们喝点。”直到他走开很远以后，那胖老头还在后面喊：“明天再走吧！那个卡拉·戈壁有什么好的！……”

小商店那边水草丰美，而且靠着大道。可是他不知为什么不愿意把弱马圈搬到那儿去。何必呢？他牵着老白马走着，默默地想。这样在卡拉·戈壁住下去，和人们会愈来愈生疏，而且愈来愈不爱讲话，现在他已经觉得自己的嘴巴变得笨重了。

后来套车的时候又碰上了典森和莫乃。这是最喜欢胡闹的一对年轻马倌，也是他小时候一块玩髀石的伙伴。他们看见他手里提着一瓶太仆寺旗白酒，就凑过来逗他。典森说：“嘿，喇嘛不许喝酒！把酒拿来！”莫乃说：“住在卡拉·戈壁还喝什么酒？喝那口井的咸水就够了！把酒给我们！”他嘿嘿笑着，把酒塞进了米袋，然后牵着小马车踏上了归路。那两个马倌跨上马，不依不饶地缠着他，最后，他们扬言说，他们要把马群赶到卡拉·戈壁来，把那儿的几根草“一夜剃光”，同时也帮他赶赶那荒僻地方的鬼。

他没有介意，一直朝他们嘿嘿地憨笑着。后来，莫乃在马背上闹得太厉害了，弄断了马肚带。他停住车，帮莫乃接上了那条肚带。他总是随身带着磨好的刀子和黄羊角锥子，没有黄羊角马肚带是修不好的。

去买粮食总是这样，心情平静不下来。那儿人多嘛，他对自己说，大家高高兴兴地过日子不好么？所以，当他驱车返回远方的卡拉•戈壁时，虽然觉得心里乱糟糟的，但他毕竟习惯了。

可是最后他的心绪还是变坏了。

在夕阳西下的时分，他坐在老白马拉的勒勒车上，绕过泰莱姆湖，穿过伊和塔拉，顺着车道翻过哈夏特的山口以后，曾经在那座熏得黑黑的牧驼人的帐篷里喝过茶。他总是喜欢在赶长途的时候在这户人家帐房里歇歇脚，因为老骆驼倌是个好人，也是他父亲当年的好朋友。他和巴达玛是一块长大的，因为从他们很小的时候，父亲就总喜欢把骆驼倌请来做邻居，夏天里他总是从小庙里跑出来，钻到那座熏得黝黑的帐篷里去玩——不过那都是好久以前的事了，现在他要几个月才有空去一次，坐下就默默地啜着茶，一句话也不说。但是，那帐篷里充斥着的一股微淡的焦灼味还是使他身心松弛，老驼倌递给他的茶碗里，也还是放着一块粗硬的黑砂糖。

可是今天递给他茶碗的不是老驼倌，而是巴达玛。大概今天她是回娘家串门的，身上穿一件鲜艳的粉红绸袍子。他看见她一直躲在角落里懒洋洋地摇着那个小缝纫机，后未她歪在哈那墙上，呼呼地睡熟了。

他盘着腿坐在火旁，一声不吭地啜着那茶。茶是咸的，没有那种粗硬的黑砂糖。巴达玛出嫁那天，和典森骑着马，打扮得像朵花从卡拉•戈壁上驰过，手里捧着刚刚买来的这个手摇缝纫机。她当然不知道小庙里有个青年正目不转睛地注视着她。她当然更不知道，这个沉默寡言的小伙子这样注视着她已经有好多年。

他喝完了茶，把茶碗放在毡子上，然后悄悄地离开了牧驼人的毡包。他赶着车离开了哈夏特，又穿过长满荆条和芨芨草的宝勒嘎斯·浑迪，沿着敖包山的南麓，慢慢地朝卡拉·戈壁的归路走去。他觉得西斜的阳光像闪烁的针尖一样，刺得自己的眼睛又酸又疼，难忍的孤独一浪接一浪地冲刷着他的心，他感到自己已经被那冰冷的浪涛完全淹没了。

冬天里赶着车去买粮的时候，这片戈壁上盖着又厚又硬的一层雪，走过凹地时，车和马都陷在那雪里，他想着，可是我只有一个人，而且没有带着铲雪的木锨，我在前面踩出一个个窟窿，让马跟着走。就这样我度过了五个冬天。夏天这卡拉·戈壁整个漫着烫人的热气，老白马去拉一次粮，总是磨烂了四蹄，淌着一股鼻血。我把壶里的水灌在马嘴里，连帽子也不戴。我惯了，甚至路过水井我也不喝水。除了老骆驼倌的帐篷，我从来不在人家落脚休息。我喜欢顶着毒毒的太阳一直走下去，我惯了，我习惯了。像父亲一样，我习惯了独自当个卡拉·戈壁的人。

可是他的心情已经完全坏了，因为他发觉自己刚才见到巴达玛以后，完全不像个卡拉·戈壁的人了。其实，他责备着自己，巴达玛的事情难道能和那严寒酷暑相比么？

在空旷的草原上，他的车踽踽独行着，渐渐消融进那苍茫的黄昏。

肉粥煮好了，屋里溢着一股诱人的油香。他端下铁锅，放在灶旁的铁圈架上，然后拿起铜勺，就在这时，他听见一阵急骤的马蹄声在门外停住了。他用铜勺搅了搅锅底，满满地盛上了一碗。

马倌典森和莫乃两个吵吵嚷嚷地撞开了门。

“小喇嘛！小喇嘛！”

“小喇嘛！我们马群来给这个鬼卡拉·戈壁剃头来啦！”

他们乱嚷着，爬上炕，把沾污泥的靴子踩在炕毡上。“累死喽！累死喽，睡觉喽！”他们开心地大笑着，把炕上的皮被子翻得乱七八糟，典森高兴得干脆翻起跟头来。

他仍然低着头，慢慢地往碗里盛着小米肉粥。“喏。”他端着碗瞧着莫乃。莫乃咧开嘴笑了，接过碗来，解开了袍领上的扣子，然后划亮一根火柴，点燃了油灯。“灯也不点，等鬼来一块睡觉吗？”莫乃说完就开始唏溜唏溜地猛吃起来了。他又盛上一碗，“喏——”他朝背后递过碗去。典森怪声怪气地叫了一声：“放马的到处吃！哈哈，小米肉粥吗？”然后跳下炕来，夺过饭碗。

“真香啊！”莫乃说。

“真好吃啊！”典森也说。

“小喇嘛！过得真不坏呀，看来真是用不着娶老婆啦。”典森又说。

莫乃噗哧笑了：“谁像你，巴达玛一天不在家，你就像条野狗，赶得马群东奔西跑！”

典森放下碗，转过身来：“喂，小喇嘛！你说，想不想娶老婆？嗯？”

莫乃抓起铜勺，自己给自己又添了一碗，也帮腔说：“说！老实说！”

他一直在默默地用羊油擦着马笼头。

“想不想娶老婆？说呀！”典森蹦起来，一把夺走了他的马笼头，两眼火光灼灼地瞪着他。

他无可奈何地朝典森笑了笑，把手掌上的羊油抹在靴筒上，没有说话。莫乃在一旁抓起铜勺，给自己盛上了第三碗，顺口嚷道：“说呀，快说！”典森威胁地举起笼头，给莫乃使了个眼色，然后对他说：“说吧，想不想娶老婆。你不说——马群在外边给你的卡拉·戈壁剃光头，我们兄弟也给你，嘻嘻……”莫乃在一旁也会心地嘎嘎怪笑起来，丢开舐得干干净净的粥碗叫起来：“也给你剃个光头，嘎嘎嘎！”

他突然想起小时候，有一次随着父亲在卡拉·戈壁赶路的情形。那是一个一夏天没有落一滴雨水的、干旱的黑灾年，戈壁上几乎没有长出一根青草。父亲说，简直就和传说里讲的一样啦，传说卡拉·戈壁原来是没有水草的，荒野上到处都是晒得烫脚的石头。后来，因为有一户人家坚持没有离开这个地方，于是戈壁也就渐渐地变了一点，虽然荒凉，但已经有了一些稀疏的牧草，碱土地里的咸水井也没有干涸。那天的太阳像一块烧熔了的银饼，挂在天上，用白晃晃的光芒烤着他的头皮。他默默地拉着父亲的手走着，渴得一句话也说不出来。路上他几次甚至想哭，因为他实在太渴了，太累了，那荒野上的漫漫长途对他来说，实在太艰难了。那时他还是个孩子，就大口大口地吞咽了这卡拉·戈壁上的孤独和严酷。

他和解地舀起一勺肉粥，递给典森。

“不吃啦！”典森吼着，“不说老实话吗？莫乃，把他先捆起来！”

两个马倌举着皮笼头，朝他扑了过来。他刚刚把铜勺子扔回锅里，就被他们按翻在地上。两个马倌快活地嚷着，把皮笼头勒在他身上。他一声不响地挣扎着，使劲用一条胳膊支撑住身体，然后慢慢屈起被马倌们按住的右腿。等他感到右脚的靴子后跟已经牢牢地蹬住了墙壁时，他突然猛地一跃而起，把两个小伙子同时掀翻在地上。接着他绷紧两条臂膀上铁块般的肌肉，用力提起典森和莫乃，把他俩按成一堆，然后重重地坐在他们身上。他粗声地喘着，拾起根草棍捅着压在最下面的典森的鼻孔，但他心里却迅速地升起着一丝悲哀。被挤在中间的莫乃哀声嚎叫起来，开始求饶。典森呜呜吼着，分不清吼叫着什么。他开心地笑着，不住地用草棍捅着他们的鼻孔，但他的心里却愈来愈难过。他突然感到那干旱的戈壁其实更好些，因为那是他和父亲的世界，那里没有人侵入或者打扰。他继续逗了一会儿典森和莫乃以后，就把他们放了，骑在他们身上，他简直受不了那种悲哀。

两个马倌终于上了马，吵吵嚷嚷地赶着马群跑掉了。在一阵嘈杂的、使整个卡拉•戈壁都颤动起来的蹄音逝去之后，一切又都恢复了原来的宁静。

他慢慢地把锅里剩下的肉粥盛进两只盆子，然后吹熄了油灯，推开了房门。

老白马和黑狗尼斯格早就悄悄地在门口等着。他把盆子给它们放好，然后倚着墙躺了下来，天空是墨蓝色的，偶尔闪着一闪星光。

他不知道这座破旧的小庙是什么时候盖的，更不知道那盖庙的人为什么要选择这么荒凉的地方。他只知道父亲年轻时在这儿当过喇嘛，后来，小庙改成了越冬的弱马圈，父亲也变成了公社的牧人。大概父亲就是在这儿娶来了母亲吧，他想，不过母亲已经在他很小的时候就死去了。马和狗在一旁正吃得津津有味，听着它们舐肉粥的啧啧声，他觉得心情好多了。父亲说过，白马原来是一匹被丢在戈壁上的马驹子，父亲把它从荒野里抱回来，先是用牛奶，后来就用人吃的饭喂它。他想，父亲抱着白马驹在戈壁上走着的时候，眼神一定非常柔和。现在白马能吃手抓肉。二十二岁的老马了，还像匹年轻的马一样，肌肉饱满，毛皮闪亮，满口牙齿光洁又紧硬。他伸直了双腿，尽力躺得舒服些。他看见在笼罩着卡拉•戈壁的那深不可测的墨蓝天穹上，那种黯淡的小星一共有四颗。躺在这样的夜空下，他总是觉得自己的心也变得和那天幕一样：沉重宁静，又深不可及。这就是卡拉•戈壁的夜呀，他想，这夜一定曾经使很多牧人的心得到慰藉。因为它很古老，父亲说过，这片青色的荒原应当叫做哈拉•戈壁的，可是它偏偏叫作卡拉•戈壁。卡拉，就是更古老的哈拉，这是一个祖先留下的地名。父亲一定也常常这样，躺在这里，眺望着天上的星。也许那四颗星星里有一颗就是父亲，另外三颗是他、白马和小黑狗。他躺在地上遐想着，忘记了自己一天没有吃饭，这片无际无涯的、温暖深沉的黑夜把人心里的一切都遮盖了，隐没了，消融了。

老白马和尼斯格都吃完了，盆子已经舐得干干净净。突然尼斯格朝着戈壁深处叫了起来，白马也不安地刨着前蹄。他站了起来，束紧了腰带，朝狗吠的方向走去。白马和他并排走着，他听见脚下的石块被踏得格格响。

在漆黑的荒野上走了好久，他看见在一个水泡子里卧着一匹小马驹。他猜出这马驹子准是典森和莫乃马群的。那小马可怜巴巴地卧在泥水里，湿淋淋的躯体闪着一层漆光。晚春的水泡子里满是雪水，这样卧着它会冻得落下毛病，他想着，搂过老白马的脖颈，一跃身跨上了马背。老白马沉着地驮着他走进了湖里，尼斯格也扑溅着浪花，抢先冲到那马驹子身旁。

他用两条腿紧紧夹住马，身体朝一侧倾斜过去，一直把手臂探到马驹子腹下。当他觉得手指已经结结实实地托住了马驹时，他突然看见那马驹额头有一块白点。

一颗星——他想着，原来天上的四颗星里，有一颗是这匹马驹子的。老白马，尼斯格，马驹子和他自己。父亲的星已经从卡拉·戈壁的夜空坠落了。父亲用自己的人生默默地点燃的那颗星星已经熄灭了，现在的卡拉·戈壁已经轮到他自己来坚守。他咬紧牙关，绷紧肩头和手臂上的肌肉，慢慢地抱住了那匹小马。父亲也这样救活了白马，老白马原来也是这样一匹受了伤的马驹子。一切是多么相像哪，他想，看来卡拉·戈壁上的男人都要走同样的一条路。他左手用力攥紧马鬃，右手使劲地把那额上有一颗星的马驹子从泥水里拖出来。我会喂你吃小米肉粥的，只要你长大了，我还会喂你吃肉。你会变得和老白马一样，变成一匹额上有星星的骏马。他的两腿像铁钳一样夹住马腹，终于把小马驹拉出了泥水，放在白马肩上。小马驹的右前腿血肉模糊，膝关节肿成一个圆球。他明白，一定是当它跑得飞快的时候，典森或者莫乃的马杆子套翻了它。勇敢的套马手是不套马驹的；他摇了摇头，拨马向归路走去。老白马稳重地趟着水浪。有些顽皮的小孩子总是喜欢在马群玩，套二岁马，套马驹子。可是莫乃和典森都是成年的男人啦，他又摇了摇头，他们简直不像个男子汉。他们从那么远的地方跑到卡拉·戈壁来，破坏了这里的宁静。他感到心头又涌起了那种悲哀的潮水，抱着马驹子走在夜路上，他听见卡拉·戈壁深处传来自己孤独的蹄音的回声。

给小马驹治好伤已是深夜了。他没有奶牛，只好给小马烧了一锅小米汤喝。在炉火的光焰里，他看着那马驹子浑身铁青色的毛皮。真是匹好马，他想，将来会变成一匹铁青烈马的。他决定明天天一亮，趁草原上的女人们刚刚挤了奶，还没有来得及做奶豆腐的时候，就去给马驹子要一桶牛奶来。只喝米汤当然不行，他盘算着，不过青贮干草却有得是。像父亲一样，他也总是从夏天就开始用芟镰打草，他从来不等秋天打草机来帮忙。他打的草全是好草，是从营盘地上打来的，墨绿墨绿的箭草。父亲每年春天都把一冬里喂得强壮起来的弱马还给马群，卡拉·戈壁的弱马圈从来不会在风雪的日子里让马倒毙。

他又走出了房门仰面躺在地上。天穹还是那样深不可测，墨蓝的夜幕上，那四颗黯淡的小星还在隐隐闪烁。

这个晚上，他干了那么多事情，他实在累了。他微微地闭上了眼睛。小青马驹会活下去的，会变成一匹头顶带星星的铁青骏马。等它长成为一匹骏马，我也一定会变得像父亲一样。我现在已经在变了，他闭着眼睛思索着，我已经像父亲一样坚持着在卡拉·戈壁上生活；默不作声地，无论艰辛或痛苦，无论感情或力量，都不露声色地深藏在心底。

闭着眼睛，他仿佛听见了混沌一片的戈壁上传来了一丝捉摸不定的声响。那声响好像是这片莽原的心跳声化成的持久的波动着的动静。他屏住了呼吸听着，他能辨出这死寂的荒野之夜的音响已经好久了。现在连老白马也能认出这丝声音。有一次他在深夜里走出小庙，发现白马正竖着耳朵伫立着，他看见那老马的眼睛中满是庄重感动的神情。

他唤来小黑狗尼斯格，打着手势告诉它去把酒拿来。尼斯格衔着酒瓶子跑回来了，老白马也缓缓走来，站在一旁。他咬掉瓶盖，长长地喝了一口。滚烫的液体暖着他的肚肠，他的心情好起来了，他又接连喝了几口，他甚至想唱支什么歌了。

五年前的这个夜晚，他送走了死去的父亲，继承了这卡拉·戈壁的一切。草原上的人们都怪他为什么不搬到那些水草肥美的牧场上去。每年初雪刚下来的时候，牧人们老远地把分出来的弱马赶来，交给他的弱马棚喂养的时候，他们总是觉得他可能是有了什么怪病。可是他们为什么反倒觉得父亲住在这儿就是理所应当的呢？他有些不平地想道，父亲在这座小庙当过喇嘛，但父亲守着的决不是佛爷，这一点他知道得很清楚。

他一口一口地喝着那瓶太仆寺旗产的白酒，静静地回想着以前和父亲一块度过的日子。他觉得应该为纪念父亲做点什么事，最好是唱支什么歌；唱唱父亲喜欢的那首歌——《绿湖》。小时候，他常常倚在父亲膝上听着这首歌，那莽莽的荒野上只有他们父子两人。有时他看见，在歌声中，卡拉·戈壁的黑黑夜幕绽开了，银亮的一弯明月滑了出来。当那银月的清晖洒上父亲的面庞时，他觉得世上最动人的就是父亲这张脸庞了。

他看了看酒瓶，酒已经喝了一半。酒的香味和热量弥漫着，他觉得一旁的白马和黑狗的眼睛呈着一种透明的琥珀色。他又举起瓶子喝了起来，他记得父亲就是这样喝酒的，默默地，但喝多少也不会醉，眉宇间透着一股豪迈的神情。他想，大概只有完全懂得了牧人生涯的人才会有这样的神情。

卡拉·戈壁上浮动着一片迷蒙的雾气，天快亮啦，他想，我就要该去给青马驹找牛奶。第五年已经快过完了，我在卡拉·戈壁上的第六个年头就快开始啦。这片戈壁还会又荣又枯，草原也会青了又黄，青马驹会变成老白马一样的驾车马，父亲已长眠不醒，总有一天我也会告别这片戈壁，万物都是这样的，他想，关键是要坚持住走完自己的这条路程。瞧父亲走得多漂亮，他用自己的心，用自己的命坚守了卡拉·戈壁这一角世界。我也会守住的，我也会走得漂亮，我不会把弱马圈搬走，卡拉·戈壁养育了我们姓氏的血统，它再险恶，再荒凉，再孤独，在我看来也是美不胜收。

他举起那只酒瓶，一口气把剩下的酒全部喝干。小黑狗尼斯格快乐地蹦了起来，咬住瓶颈飞跑着，兜着圈子。老白马却走近他卧下了，风撩着它的白鬃，微微地飘动着。他明白，这两个伙伴也想用个什么办法，也许是唱歌的办法吧——来结束它们对老主人的回忆。

他想起了那支《绿湖》，但他已经不习惯唱出声来了。他望望白马和黑狗，它们也望望他。哦，那支亲切的古歌，也许卡拉·戈壁也在听着呢。

可怜的大雁的——小雏鸟啊

广袤空旷的荒野一起响起了回声。他奇怪地听着自己的嗓音，觉得这嗓音那么生疏。它现在又粗又哑，低沉得使草叶也簌簌震响，它那么有力和强悍，又那么深邃和温柔。这是我在唱么？他吃惊地跳了起来。

卡拉·戈壁东方的天际现出了一抹微明，在歌声中它渐渐绽开了，让第一束晨曦透射出来。他眼见着那束晨光缓缓地触着了荒野，在那一瞬间闪出一点蔚蓝的火花。他高举起双臂，向着那晨曦接着唱下去：

它飞也飞不到的——那个地方

卡拉·戈壁苏醒了，墨蓝的沉重天幕正一点点地向背后徐徐撤去。那美丽的蔚蓝色晨曦刚刚在遥远的东方染着山峦和草原，他看见那片神奇的透明色彩正笔直地朝他走来。

站在门口光秃秃的地上，他默默地站立着，等待着那一派蔚蓝的晨曦，他满布皱纹的粗糙脸庞上泛出一丝微笑。

一九八三年七月

二〇〇七年修改

顶峰

马群拥挤成一团，争先恐后地挤撞着冲进溪水，溅起高高的水珠。这是清一色的伊犁马，清一色枣褐色的、宽胸高背的伊犁马。其实，融雪汇成的溪谷很宽，从哪儿都可以下河。马群可以先啜饮一番，再慢慢走上对岸的石路的，但它们偏偏嘶着、吼着，甩着沾着水珠的长鬃，互相又撞又咬。马群到底是马群，不知道挂镫披鞍，它们自由自在惯了。

铁木尔勒马站在岸上，望着过河的马群。这条小溪往下流去，就成了大名鼎鼎的巩乃斯河。再往下游走，它还能汇进伊犁河。河水也是自由自在的，像马群一样。他瞟着河里的白浪，懒洋洋地歪在鞍上。

送马是件痛快的事，因为马群中都是精选过的大马，跑起来齐齐的，没有一匹会掉队。铁木尔不喜欢在家里放牧，尤其不喜欢像阿莫尔那样一年年地放羊。放羊算什么呀，那些卷毛的改良羊又憨又笨，绳索抽在背上也不肯跑一跑。他经常教训老实巴交的阿莫尔说，他宁肯饿肚子也不去放羊。放马呢，看起来威风，加登巴当上马倌这些年总是那样张狂。其实你张狂什么？他在心里恨着加登巴。你那一套，他想，实际上也没有什么。去吃硝，去啃盐，怀驹的骒马不能轰赶，像老太婆一样啰嗦。如今草不够吃，到处都在为草场闹纠纷。牧民们把马群叫做什么呢？他嘲讽地想着，黑打草机。其实加登巴那群马大半是枣红的，不是黑的。冬天快来啦，骄傲的马群就要老实啦。他喜欢幸灾乐祸地看冬天的加登巴那副寒酸的样子。你当马倌也不值得羡慕。值得羡慕的只有我，他想。他喜欢这种长途送马的活计，轰赶着精选的马儿跑过半个新疆。他不屑去和牧人们为草场的事儿斤斤计较。在这么宽广的天山草原里，为几口草天天吵架还不如去死。他总是随口打个唿哨，马群就呼啸而去，像一阵风，像一条河，加登巴即使气得咬牙，也只能被他远远地甩在背后。

铁木尔突然把两只手指咬住，打出一声尖厉的唿哨。胯下的马猛地跃出溪水，向对岸冲去。乳白的水雾高高地扬起来了。

二百匹高头大马嘶鸣着奔驰。数不清的铁蹄掌在山石上敲出火星。铁木尔粗声地吆着喊着，抡着扎手的硬牛毛套索，抽打着马群。嘿，让狂妄的加登巴为枯草去发愁吧，让阿莫尔围着歪坍的冬窝子和一块冒碱的硝泥地转一辈子吧。他连连磕着马腹，吹着吓人的口哨。马群愤怒地向前奔驰，洪流般涌过一道山谷，又涌过一道山谷。天山这样辽阔，他想，天山像天一样辽阔。让他们咒骂我马群赶得这么快，让加登巴嫉恨地咒骂我吧。我就是要这么奔跑，在我的天山里游荡。即使将来我能把那美丽的奥伽姑娘娶到手，在一个小湖畔搭起我自己的白色毡房，我也不会像他们那样半死不活地过日子。噢，真的，他神往心驰地想，奥伽——怎能想象她会看着我一天天地、没精打采地跟在羊屁股后头蹓跶呢？像她那样火热的姑娘！

铁木尔驱着马群，对准了特克斯河的方向奔驰。他喜欢这样纵马，特别是当他想起脖颈雪白的奥伽的时候。父亲总是骂他，但父亲也一生从不放牧，只是背着一支单筒猎枪在天山里流浪。父亲一生中走遍了整条天山，从伊犁到巴里坤，再没有谁像父亲那样熟悉天山了。铁木尔从小听着父亲的故事长大，那都是远在玛纳斯南山、远在神圣的古尔班•博格达的故事，所以窄小的羊圈盛不下他了。马群正抖鬃引颈，整齐地飞驰，像一条自由的河，像一阵自由的风。我能在一个夏天里穿越几个部落的住地，我用几天工夫就能从准噶尔跑到伊犁河以南。铁木尔沉浸在自己的遐思里，他喜欢能在回到家以后给奥伽姑娘讲这样痛快的故事。他喜欢当着人们的面，和父亲谈论千里以外的一口水井。那些围听的牧人只好缄默无言。当然他们只能闭上嘴，因为到过那样遥远的地方的，只有我们父子。他很清楚加登巴就因为这个嫉恨他；他也因为这个，从来不把自视骄子的加登巴放在眼里。而奥伽呢，他甜蜜而烦躁地又想起了姑娘的白脖颈来。虽然加登巴总是赶着马群在她家门口吹口哨，可是姑娘也根本不把那家伙放在眼里。奥伽是一团火，夏天剪羊毛的时候，她从早到晚都在快活地笑，弄得整个剪毛场心神不宁。她不喜欢用剪子，总是像男人一样大把地撕下油腻的夏毛。她跑来的时候浑身尘土，满额汗珠，但是笑声却像泉水一样甜。她轻蔑地朝加登巴撇撇嘴，然后就朝我这里跑来。他满足地想着，松松地提着缰绳。有一次，在小河左岸那片茂密的野生林里，她发狂地使劲亲吻他的嘴唇，吻得他的嘴唇疼痛难忍。铁木尔仿佛又感到了嘴唇的疼痛，他把手指塞进干渴的嘴里。锐厉的口哨响起来了，马群突然开始疯狂地骤驰。风儿呼呼响着，大山在两侧急急后退。哦，我的情人，铁木尔费劲地想着姑娘那鲜红醉人的脸蛋，我的情人，我的阳光般明亮的姑娘。他心疼地悄声呼唤着，马群轰轰地驰向特克斯。

铁木尔不太熟悉这边的路。如果他愿意，可以先跨过巩乃斯河，再从那拉提越过大坂。进入裕勒都斯大草原以后，闭着眼也可以把马群赶进乌鲁木齐背后的大山。但是临行时父亲说，毛头小子！老老实实地顺着这条路走吧！老头子那天喝得醉醺醺的，总是用枪通条敲着他的肩膀。他已经是强忍着怒火坐在毡子上，他总觉得那根讨厌的枪通条下一次就要敲在他的头上。如果敲了我的头，也许我会和父亲扭打一顿的。老头眼睛血红，满嘴乱吼着。老老实实地走那条路吧，胆小鬼全都走那条路，那拉提山口没有雪嘛！……老头在喝醉酒时总是侮辱儿子，他恨透了父亲这个坏毛病。就算你一生里走遍了天山，他想，你也用不着侮辱人嘛。那天夜里他下定了决心，要在深山里闯一条新路给老头子瞧瞧。我要走进峡谷，峡谷里水草都好，马群能保住腿劲。等我把马群赶上火车运走，我会回来找你，给你讲讲我走过的崇山峻岭。后来，在小河左岸那片茂密的野生林里，他把自己的决定告诉了奥伽。再后来——奥伽就使劲地亲吻他，弄得他嘴唇生疼。他轻轻叹了口气，又想起姑娘那醉人的玫瑰般的双唇。

在家乡的夏牧场上，等内地来买马的那三个兽医把两百匹马清点完毕，他就走到父亲身边。他说："再见吧爸爸，这回我要从您的汗腾格里峰顶上翻过去。"老头气得摘下那条破单筒枪，嚷嚷着要崩了他。但是马群已经快步起程了，清脆的蹄声中夹着他快乐的口哨。在天山里到处都是道路，让马群自由自在地跑吧，别去管峡谷通向什么地方。翻过汗腾格里峰当然是为了气气老头讲的话，因为铁木尔知道，父亲虽然在整条天山里处处肆无忌惮，但却把汗腾格里看成神。老头一提起汗腾格里，浊黄的老眼里就出现一种躲躲闪闪的恐惧神情。铁木尔微笑着摇了摇头，又抡起粗硬的牛毛套索赶路。

他在莽莽深山里已经走了三四天了。

铁木尔总是避开人人皆知的那些大路，边问边走。夜里他住在随便哪个毡房里，请新结识的牧人把自己的马群混进他们的群里一块下夜。晚上他能睡得暖暖和和，早上也能喝上滚烫的奶茶。他打的是这样的主意：在特克斯附近的峡谷里找一条通道，在山里把马群养得又饱又壮，然后突然冲过裕勒都斯大平原。他打算这一回在那片平原上日夜兼程，不是像牧民，而是像古代大汗的骑兵奔袭一样，一直冲到乌鲁木齐市郊的铁道上。特克斯地方水草肥美，四周环抱着绿绿群山，他的脑袋里从小就装满了关于那里的传说。奔跑在这种新鲜的旅途上，一道又一道地突破着地平线的阻挡，这使他精神抖擞，满心愉快。

这一天深夜时分，他和马群来到了一个三岔路口。远在伊犁河以北时，他就听一个察哈尔人讲过这一带有一座废弃的木屋，那儿本来曾经是一个小林场。察哈尔人告诉他说，那儿也许有畜群驻夏呢，既然小林场废弃了，牧民们一定会去占地方，水草好嘛。此刻他牵着马，望着在深山里埋伏着的这片隐秘牧场想，那察哈尔人猜得真准，瞧这儿草密得听不见马蹄声，厚厚的像铺着绸子。当他找到一户牧包安顿下来时，心里掠过一丝得意。父亲决不会想到我的马群到了这里。加登巴和阿莫尔之流更是做梦也梦不到这个地方。我要在这个秘密的角落里住上几天，养好马群，然后向东出山。加登巴，你不是一看见我就把马打得像鬼一样跑么。如果想比一场就来吧，我要叫你看着二百匹马怎样冲出山口，冲过裕勒都斯，一直狂奔到乌鲁木齐跟前。铁木尔在黑暗中绊了马，当他躺在木床上，看着那家厄鲁特人的主妇为他掖着皮被子时，他又想起了奥伽姑娘。他久久地想着她，耳际轰鸣着马蹄的震响，他的心里升起着一种攫获前的欣喜。

第二天，马群果然像粘在草地上一样，动也不动地吞嚼着汁液饱满的草尖和浆果。铁木尔百无聊赖地躺在草丛里，叼着根草棍。青草又软又稠，太阳又热又明亮。他美美地盘算着自己的计划，想象着冲出通往裕勒都斯大平原的出口时的威风情景。

傍晚的草坡上闪着耀眼的阳光，羊群在阳光里浴着慢慢蠕动。厄鲁特人羊倌走马过来，和铁木尔一块吸了一支烟。铁木尔瞧着分成三岔的山谷，谈起了这里的路径。

"向东嘛，当然就是你要去的裕勒都斯。"厄鲁特人指着山口，"那边呢，走进峡谷以后，一天就能看见汗腾格里。"

"汗腾格里冰峰么？"铁木尔问道。

"对呀，汗腾格里。"牧人回答。

他没有再说话，默默地含着湿湿的草茎。前方葱茏的松林遮住了视线，他觉察到自己心里正缓缓地涌起一阵潮水。汗腾格里，他想，天之王，天山之天，天山的大汗，整条山脉的传奇主峰。那个羊倌哼着懒散的曲子，走进了那片浴满阳光的草坡，被搅乱的光线闪晃着，像是撩逗着他。他轻轻地咬着那根草，觉得自己的牙齿奇怪地颤着。周身的血液正悄悄地变热，鼓动着心脏愈跳愈急。汗腾格里，父亲的神山，他想，父亲恐惧地崇拜的神山。有一次他用父亲的破枪瞄一只秃鹰，老头突然劈手打开他的枪管。住手！不许对着汗腾格里开火！父亲吼得声音走了调，眼里充满了血丝。他解释说，汗腾格里远在天边呢，但是老头吼得更凶了：住口，你这狗东西！不许把枪口对着神山！他难得看见老头露出那种神情。此刻，铁木尔仿佛又看见了老头的身影，仿佛看见老头正气急败坏地拦着路，端着枪站在那岔路口的松树旁。也许他真会给我一枪呢，铁木尔想，他为什么那样怕那座山呢？为什么一个百发百中的猎手还要那样怕神怕鬼呢？但是铁木尔不敢嘲笑父亲，毕竟有一百多头野猪死在那条破单筒枪前面呵。

夕阳沉没时染红了一大片云彩，松林和草地都镀上了一层红色。奥伽，这多像你那鲜润的双唇呐，如果你坐在这里，你会怎么说呢？想到这里，铁木尔的心突然收紧了。他知道那个火焰般的姑娘会毫不犹豫地说出什么话。她从井台上走下来时，沉重的大水桶把她坠成了一根弯弯的弓；她的靴子褪了色，被井水溅得半湿。可是她总是高高地挺着她的白脖颈，朝着原野上的骑手又笑又嚷。铁木尔使劲吐掉了那根草棍，心里一片烦乱。真不知道为什么奥伽姑娘就爱上了我，那种爱使人再也没有片刻安宁。于是，铁木尔回忆着那片小河左岸的野生林，在那片树林里，我说：奥伽，我真想——真想把汗腾格里的雪莲花摘下来送你！……铁木尔深深地叹了一口气，站起身来。他从山坡上牵回自己的黑走马，慢慢朝溪水踱去。

溪水也被落霞涂上了一层红光，黑走马埋头长饮。他朝岔口西面望了一眼，只见参差的松林在暮霭中一片迷蒙。那后面就是传说中的冰峰啦，他想。不知为什么他感到对姑娘讲的情话有些太重。

或者，走吧，明天就把马群赶上岔口西面那条路。他觉得自己正在聚起一股狠劲。有什么能难住我呢？我会打着唿哨，冲上那座冰峰。在天山里我怕过什么呢？去吧，去摘下那儿的雪莲花，把它扔到奥伽的怀里。把指头插进嘴里吧，吹一声又尖又响的口哨。他想着，心里燃起了一片野性的火，他的嘴角凶悍地扭歪了。

可是他清楚地看见父亲的影子。有谁一生中用自制的子弹和短刀杀死过一百多头野猪呢？有谁敢在冬季独自走过通往南疆的冰大坂呢？天山里，没有比父亲更勇敢的猎手了，然而这个父亲却把汗腾格里看成神。他忘不了老头子在讲那件事时眼睛里的恐惧。那一回，我等呵等的就是不开枪，父亲边讲边卷着一根莫合烟。那畜生靠着汗腾格里站着，它想骗我，那畜生！老头的眼睛里闪着兴奋的光。我瞧见——我瞧见那畜生正对着我笑，它对着我笑呢！那畜生！莫合烟折碎了，但父亲还捏着它。那畜生闭着嘴笑，咬着两根弯牙。你想，难道我会上当么？我就是不开枪。等呵等的，手指头已经冻硬啦。后来，那畜生也嫌冷啦，蹓跶着在雪里跺它的蹄子。我看见那畜生慢慢地离开了那儿，它的背不再靠着汗腾格里啦，它张开那个臭烘烘的大嘴打哈欠啦——老头讲到那里时，猛地跳了起来，把莫合烟一摔。我一枪就把子弹打进了那张大嘴，那畜生的半个头都掀翻啦。铁木尔当时惊讶地望着父亲。老头兴奋得眼角挂着泪花，双臂古怪地又挥又舞。那畜生输啦，半个头给打飞啦！你想，难道我会受它的骗吗？我决不会朝着神山开火的！……后来，有一次父亲神秘地把铁木尔唤到一边说，汗腾格里，那是神呐。告诉你，就是靠了它，我杀野猪才像杀羊羔子一样利索。你知道我已经杀了多少了吗？

铁木尔饮完马，独自走回那间松木砌成的小屋。晚上他借了厄鲁特人一条皮被，在松林里给马群下夜。

月亮升起来以后，岔口附近银光铺地，夜色清凉。他枕着马鞍躺在一株松树下面，目不转睛地凝视着那神秘的峡谷。这样的峡谷他已经穿行了不知多少，从来都是信马驰过，不假思索。他喜爱自己歪歪地骑坐着，风一般穿山而过的姿态。这种骄傲的姿态不知惹恼了多少骑手，所以那些马倌和牧人都帮着加登巴那家伙，不单不对他以礼相待，而且还时常冷言冷语。放羊群的人就更不用说了，他已经忘了是怎样得罪了他们。其实他从来不会有意伤人，他只是惯了。从小他习惯了随着父亲游荡，后来又一次次地这样长途奔驰。这样的生活使他变得总是随心任意，不愿意多费心思。美丽的奥伽更骄纵了他，使他一下子变得自信而好胜，使他再也不把虎背熊腰的加登巴看在眼里。和奥伽在一起的时候，他总是清晰地感到一股新鲜的活力正淌进自己心里。那么疯狂的亲吻，他禁不住地想着，简直是一团可怕的火焰。要是换了放羊的阿莫尔，也许会被吻得哭起来。奥伽，你真是个奇异的姑娘啊，他想，你把人点燃了，那火烧在心里，也许会把一颗心烧成灰烬。所以我冲口而出地说，我要为你去摘那儿的雪莲花。我怎么能不那样说呢，你使我觉得自己强健无比。

铁木尔冷冷地望着月夜中的山谷，觉得自己的心开始平静下来。去吧，去吧，他暗暗地说，哪怕触犯了父亲心中的神。马群已经抵达山口，箭已经搭在绷紧的弦上了。他感到四周的山都屏住了呼吸，传说中的汗腾格里冰峰正在寂静中诱惑着他。无论如何，他已经无法摆脱这强大的诱惑了。

黎明时，铁木尔的马群进入了峡谷。马群似乎知道自己正在背道而驰，通晓人性地不嘶一声。天山阴坡的松林也静默着，没有摇响那水浪样的松涛声。

马群在峡谷间蜿蜒着，道路变得陡峭起来。

走到中午，马群来到了雪线。

他望望前方，树林斑驳地刺破积雪，峡谷白茫茫地还在延伸。雪太厚啦，他掂摸着，虽然到了雪线以上，也不该有这么厚呀。他沉吟了一会儿，然后催着黑走马挤到前面，转身收缰拦住了马群。

马群开始沿着雪线散开了，贪婪地嚼着原生的青草和灌木中的浆果。又深又密的草丛一直埋到马腹那儿。他扯过马头，高耸的大山已经静静四合。前方的窄谷里，隔年的积雪层层分明。到底是离汗腾格里近了，他想，低矮的小山上也积着这么厚的雪。他又环顾了一下围合着的这道浅山，忽然歪着头笑了。他把帽子扣在脑袋上，再把帽檐朝后一转。他下了马，用力勒紧了马肚带，顺手拍了拍黑走马光滑的脖颈。当他开始匹马上山时，先使劲地打了个尖锐吓人的唿哨。

出发那天，他刚把马群赶出来，奥伽就追上了他。她没有骑马，径直从一道山坡跑下来，正好挡住了他的去路。姑娘跑得气喘吁吁，头巾掉到了肩上。她没有穿靴子，湿漉漉的赤脚在青草地里染上了一层绿斑。铁木尔从马鞍上弯下腰去，捏住姑娘的手。她的小手又硬又粗。整个夏天他都看见她在搓鬃绳，架起三角架用牛粪熏羊皮。后来姑娘把手抽出来，递给他一包炸面饼。当他和马群驰远以后，他远远看见了姑娘的身影，他看见那影子在快活地跳着跑着，奔向剪羊毛的棚圈。一角鲜艳的花头巾在绿色的原野上一闪一闪地飘。

山坡斜斜地陡立了起来，积雪忽然变得硬了。铁木尔打着马踏上坚硬的雪层，他想着奥伽那粗糙的小手，不觉间心情变得沉重了。

黑走马奋力地踏破雪层，向上登着。平滑光亮的雪壳被马蹄一块块地弄碎了。铁木尔望着断裂的雪块，心里有些惊奇。没想到这道低矮的小山脊上面有这么硬的积雪，他体会着马腿的劲头想，这样走黑马会出一身大汗。峡谷在这儿变成了一个山坳，一道白色的屏障，低低地蹲踞着，遮住了背后的世界。黑走马是一匹胸肌发达的好马，勇敢地甩着鬃毛，踏开一条扭曲的路。铁木尔咬紧牙关，耸起的身体向前微倾，两脚牢牢地踏紧铁镫。这雪已经埋到马肚子啦，他想，黑走马很快会乏掉的。他盯着黑走马脖颈上流淌的汗水，盯着一块块裂开的雪层，握紧了缰绳。但是父亲，你已经不能再挥着枪通条吓唬我啦，我已经走上了通往汗腾格里的道路。那朵雪莲花用不着送给奥伽，我倒是打算把它送给你，我的父亲。黑走马前进得更慢了，他的脚镫不住地磕碰着拔出雪层的马腿。这峡谷的端头是个避风的缓坡，经年越过坡顶的脊线被风卷来的雪沉积在这里，结成了白茫茫的一层壳。黑走马每一蹄踏下去，都通地踩破一个深洞，然后再用前胸和膝骨把雪撞碎。他看见马身上已是汗水淋淋，背后留着一道深深的雪沟。他解开了领口上的布纽。奥伽，我会把那朵花为你采来，这不是一句玩笑。你使我在那个凶蛮的加登巴面前感到骄傲，我也应当让你在草原上的姑娘们中间感到骄傲。

黑走马突然直立起来，两只前蹄搭在冻实的雪上，铁木尔就势猛地一提缰绳，但那雪面并不能经受住一人一骑的重压，“噗”的一声，铁木尔眼睁睁地看着自己的坐骑齐胸陷进了深雪，只留下一颈乌亮的长鬃露在外面。烈性的黑走马愤怒地暴跳起来，而铁木尔已经跃身翻下马背。他的靴子只在雪面上停了一瞬，随即也扑通陷了进去。他的脸涨得通红，嘴角狠狠地歪向一边。他拉着黑走马跳出了雪坑，又把马拉到雪浅的地方扔下，然后就转身朝着山顶的那道脊线爬去。

这个山坳里雪深及腰。

铁木尔两只袖管里灌满了雪。山顶并不高，恬静地横在上面不远的地方，但他没有办法加快步子，只能用大腿推着，用手扒着雪，艰难地开出路来。将融又冻的雪颗粒粗硬，刀割般划着他的皮肤。铁木尔心中怒火冲腾。这么低矮的山，这么丑陋的山也配拦着我吗，他呸地唾了一口。但是他只能挣扎着蠕动。当雪层硬得能承受住他的身子时，他手脚并举，猛爬几步；但只爬了几步，雪层又轰然坍塌了，他带着一丝难看的笑容，又陷进飞扬的雪雾。两只赤裸的手渐渐变成了青黑色，他无动于衷地瞟着自己冻坏的手，不出声地咧嘴笑着，继续向前爬行。锐利的雪块边缘在小臂上割开了一个口子，他看见一条鲜红的血凝在那上面。他的脑子里已经万念俱空，只觉得那白色的山脊线在前面闪烁。他觉得登上那条脊线并不困难，只要他这么耐心地挨过这烦人的时间。太阳已经西斜，但他觉得自己能在这个太阳下面登上去，他觉得这么干它一次挺值得，因为胜利的荣耀已经近在眼前。铁木尔觉得自己此刻经验十足，他意识到自己正在挑选方向，适当地使用力气。他挤破雪层，用脚在雪里先踩实一个立脚点，然后伸直身体升上一步。太阳在这时完全露出了云层，又黄又柔的光线撒满了山谷，在眼前沿着山脊勾画出一条炫目的银亮曲线。

铁木尔僵硬的脸抽搐了一下，他的双脚突然踏到了坚石般的地面。雪层中断了，上面是一道镜子般的冰坡。这冰坡只有一人多高，他就要翻过这道可恶的丑陋山坡了。铁木尔伸手死死扳住了波浪般弯曲的冰凌，竭力把麻木的左腿踏稳，然后把提起的右腿向上迈去。

他像一头死牛般重重地摔了下来。屁股砸在雪面上，深深地嵌了进去。他突然忍不住哈哈大笑起来，笑得眼睛里涌出了泪。笑够以后他又攀住了冰凌。这一次他忍住了一切，铁钩般的手指慢慢地把身体拉上了冰壁。他踩稳了两只脚后，贴紧了冰面又攀了一步，使山脊线靠得更近些。当他终于腾出一条手臂搂住了山顶的一块黑岩石的时候，他抬起头来。于是他的眼睛恐怖地睁圆了。

眼前一望无际地起伏着一个山峰的海洋。从这条可怜巴巴的小矮山梁向前望去，雪白的山尖紧紧毗连着，浪头一样地向彼岸滚去。他看不见这些雪峰的底部，只见脚下的黑石头正危险地向前通向一派迷蒙的海。挡在眼前的这片雪山之海傲慢又凛冽，铁木尔看着夕阳洒在那上面的金晖，觉得金色的暖暖的阳光正在那儿变成冰冷的银色。那银闪闪的一片迷茫把一切热力都吞掉了，淹没了，冻透了。这雪山的海绵延着，在远处的彼岸化成一片寒冷的白雾。而在那白色的雾里，铁木尔下意识地搂紧了石头——那白雾中正升起着一个晶莹浑圆的蓝色冰顶。铁木尔在看见这座冰峰的刹那间就觉得自己的心已经冻透。强烈的银光在那峰尖上夺目地闪跳着，灼着铁木尔的眼睛，它明晃晃地闪烁着，稳稳地升起着，两翼曳出坚冰的绝壁。铁木尔绝望地搂着石头，蜷起了身子，望看那俯瞰一切的巨大冰山继续在彼岸升起。汗腾格里，天上的王，他心里艰难地喃喃着，觉得自己的心在迅速地冻硬着。不可能，他麻木地想，根本不可能。他觉得那耸入天空的雄大冰峰正朝他逼近过来，把他冻成一个渺小的雪粒。他心里只觉得吃惊和恐怖，只觉得冷得要命。在这逼近的寒冷中，他觉得自己的身体里面有什么东西被冻得折断了。

太阳露出来了，云层在向下沉淀。万道强烈的光束射在那矗立的冰峰上，终于使那闪耀着上升的冰峰静止不动了。铁木尔挣扎着，拖起疲惫的身体，站了起来。他开始扣紧衣领，重新束好腰带。他发觉自己的手指在激动地颤抖着，心里一片慌乱。不可能，他想着，突然觉得自己的一切都那么凄惨。这件事绝对不能对父亲提起，他想，下山吧，找到自己的马群，这件事我要一辈子都瞒着父亲。这时夕阳挂在了山峦的西方尽头，天空完全晴透了。隔着这片被阳光照得线条鲜明的雪岭的浪头，他看见暴露在阳光中的汗腾格里冰峰屹立在天地之间，晶莹浑圆的极顶和微微发蓝的前裾美丽又残酷。一直到死，我也不把这件事告诉父亲。铁木尔不愿再去望那冰山一眼，他觉得往昔的自己已经在这里被埋葬了，连同着那些刺耳的口哨和散漫的姿态。现在只有快些下山，趁着太阳还没有落。他仿佛看见憨厚的阿莫尔从羊群里爬出来，朝着他不好意思地笑。马倌加登巴打马掠过他的身边，泥水溅了他一头一身。他慢慢地背着汗腾格里转过脸，融化了的冰凉雪水正顺着他的胸脯下流。我也不会把这事告诉你们的，他在心里悄悄地对那两个牧人说，我要把这件事永远藏在心底，这是我自己的一个永远的秘密。他挪动着沉重的双腿迈了一步，觉得背后那冰峰正用刺骨的寒气催逼着自己。他觉得眼里满是闪闪的晶莹和淡蓝的光点。他咬紧了牙关，在暮色中看准了冰坡上的棱坎。他探出一条腿，踩住了一个牢靠的地方。这时他想起了奥伽姑娘快活的笑声和粗糙的小手，他痛苦地抽搐了一下，使劲地闭上了眼睛。

下面已是暮色朦胧。在黯淡的雪坡上，黑走马正独自静静地伫立着。铁木尔隐约看见那马儿正朝自己高昂着头。哦，我的黑走马，他心里猛地漾起一阵感动的潮水。再往下可以看见雪线以下的松林，夕阳在那儿灿烂地照射着，弯曲的峡谷里披满了金霞。明天会是个好天气，他默默地想，明天一早就出发吧，把马群赶向裕勒都斯平原。

他扳住波状的冰凌，一步一步地滑了下来，在雪地上站稳了脚，双手扶着那面镜子般的冰壁。他感觉到那冰在灼热的手指下融化了一点，指缝里渗着一丝细水，他喘息了一会儿，然后就踏着深深的积雪，朝自己的黑走马走去。

一九八四年十一月

晚潮

黄昏在不觉之间降临了。

原野上，一个结实的高个汉子在闷头走着，他脚下的砂石在寂静中咔嚓咔嚓地滚响。仿佛只有傍晚时才有的那种阴凉的风已经吹来了，他走得很累，但却没有出汗。已经退化的旱季草原上丘陵起伏，裸露着赤褐的石脉，远远望去像炭火一样使人发热。但是这会儿，无论是这红褐的丘陵，还是周围光秃秃的草滩，都已经被徐徐降下的暮色冷却着。震耳欲聋的噪声也仿佛冷却了。但是，没有了那种一直在耳边锐声鸣着的噪响，人就像抽了柴的火焰一样，不知不觉地泄掉了力气。

那人看见路边有块半埋在土里的石头，他停下了。坐下的一刹他听见身上的骨节嘎巴响了一声。浑身都酸疼得难忍。点火的时候，火柴棍一下子撞断了，他瞅见捏着半截火柴棍的手指头在哆嗦。黄昏的暮色还在继续朝原野上降临着，那白天里习惯了的嗡嗡锐响还在被什么推着，远远地朝田野尽头逝去。

抽完一支烟再上路以后，他才知道这一天真是累了。两腿像是里头断了腱子，踩出去总有点不稳，两个肩膀空得难受，手像是悬在一根细线上那样不自在，坠得难受。那汉子觉得两只手上的指头一跳一胀的，像是肿啦，他闷闷地想着，大步地朝回家的路走着。暮色水一般浸漫着，大地慢慢地正在隐去着轮廓。

从挖砂场走到家整整十五里地。干那样的活儿，人就像疯了一般。干完活扔下锨就歇可不行，他猜要是扔下锨就躺下或许能死过去。所以这十五里路虽然远了一点，可是走路的时候能让呼吸平顺下来，僵了的骨节也能走着走着变得松活。前几天他总觉得到了家也就喘匀了气，脑子也在辽阔的黄昏里清醒了过来。

他只是心里觉得惊奇。在砂窝子干了几天了，他还是觉得那么吃惊。他从来没有这么干过活儿，他估计爹在活着的时候也没有这么干过活儿。那可真叫揭地三尺哪，砂场那边土地给成片成块地揭开了。他默默地迈着大步，觉得自己整整一天都像是做梦，到现在才一点点地醒过劲来。一天十几个钟头，他想，人都像是着了魔，入了咒。他也一样，像神鬼附了体，十来个钟头不知道累也不知道饿。到现在才觉出肚子饿了，饿得一阵阵发疼。可是他还没有明白这就是饿，他只明白自己正在渐渐地恢复知觉。不光肚子，全身都酸胀起来，皮底下一下下地跳血。灰云封住的天空绽开了一个边角，有两只燕子扑着蓝闪闪的翅子从脚前掠了过去。他听见那燕子留下的两声清脆的鸣叫，这阵听着，那鸟叫声怪玲珑的。他觉出自己的心情也正在放晴，原野上的风拂在脸上凉润润的。总之，他盘算着，今天又是十几方。城里人疯了，敢用四块钱买一方砂子。听头儿说，过几天再抬抬，要四块五一方。乡下人也疯了，因为这么一个月能净抓两千多块钱。卖一身力气换回两千块，这样的事不干才是真疯子呢。他们十个汉子挖砂的时候都一声不响。头儿说这块地底下的砂子不用筛，直接就能运去盖高楼。既然不用筛，那也不用堆了，他们直接把砂子从坑里扔上卡车。两手钳死锨把，把气足足地运到腰板，是汗珠子也攥干它，是血泡也捏碎它，不能让一锨锨飞出去的砂子断了线。从清早到日落，他的眼睛在流星般抛上天的砂子中瞪得肿了，发红了。那一锨锨飞上去的砂子在头上闪着，像是一片晃眼的金点。后来他只看见这满天的闪闪金点。连伙伴们油黑的脊背板子，连哼哼拱着的载重卡车，连天上的太阳和云都看不见了。他甚至忘了钳死的掀把和一折一挺的腰板。在那个呼啸着闪亮着的挖砂窝子里，他觉得自己干得疯了。

转过这座长着一棵孤零零的树的山岗以后，荒废的原野上就开始看见蓝幽幽的马镰花。前些年人们在这里种过苜蓿，也种了一片杨树苗圃。可是养殖地又荒了，后来还是马镰草多少盖着秃秃的野地。这两年他看惯了，一到了夏季里，这里还是被马镰的小花染上一片片又浓又重的深蓝。

远远可以望见缀落在草滩深处的几座家屋。像是远远的野地深处隐约卧着几头失群的骆驼。他猜想娘一定正倚着门纺驼毛呢。最后一辆运砂车开跑以后，他曾经犹豫是不是就睡在工棚里。伙计们说给他留了个地铺。头儿见他干了这么一天还要去走这十五里路，从牙缝里嗞地射出一股唾沫，冷冷地瞥了他一眼。你用不着翻白眼，他想道，多跑十五里也挡不住我挖你这一把钱。他讨厌头儿，讨厌他那么嗞着射出唾沫口水，也讨厌他一锨不挖就捞那么多钱。夜里也不怕做噩梦，他想。他弄不清头儿到底捞多少，但他估计那家伙至少劈两成以上。眼前的路在荒地里扭着弯，他觉得腿愈来愈重了，累得眼皮黏黏地发困。远处那几座模糊的小屋又不见了，四野苍茫一片，薄暮已经罩住了远近的一切。

但是没有头儿他们找不来这挖砂的活儿。头儿戴着墨镜，蹬着摩托，不出力还冷言冷语，可是头儿给他们十条汉子找来了挣钱的路子。不只是他自己，他们十个人这回都死了一条心，要从这块砂地里挖出两样东西来：老婆和房子。他什么也不想，什么也不问，他不饿也不累，他知道自己有这点本事，能从清早起把砂子流星般地扔上去，让它连成一根不断的金线。头儿好坏不干他的事，他瞧那头儿也像堆砂土。他只对一件事吃惊：那铁锨插入砂地时，竟像刀切进肉里一样凶。腰板子变成了一张硬弹簧，绷得又急又猛。整整一天，那腰一折一直，没个停歇。那锨更是牢牢地长在了两只手上。他不明白人身子里怎么能有这么大的力气，他没见过人能这么凶地干活。也许就是为了这个吧，他不愿住在砂场的棚子里。住在那儿的话，他想，连夜里都得梦见那砂子。住在那儿人就黑白甭想喘口气啦，为的是半辈子挣不上手的房子和老婆，为的不是累死。不能住那儿，那儿是个人和地拼命的场子啊。

天尽头升起来、并且漫延开来一片暮霭，他觉出天气已经凉了。垦殖过的草地显得斑斑秃秃的，在昏暗中看不清边际。牧村追着水草朝北方迁走了，只留下他们这几户人家。现在他已经辨认出那几座小泥屋的影子了，他粗声地喘着，加快了步子。

其实这片草滩还能放牧。如果夏季里有了好的雨水，这里的青草总是长得又脆嫩又茂盛。可是那些牧人逛荡惯了，像云彩似的一去不回。先是牲畜远去北方，后来牧村拔营而起，原来的定居点成了废墟。北面隔着退化的砂地，南面隔着农区的耕田，马镰草滩上的这几间小土屋成了一处分界。在空荡荡的荒野上，他望着自己家和邻居们那些歪矮的黄泥小屋，那些小屋默默地在那儿低低卧着，显得那么孤单。

这个大个儿汉子走过了一个泛白的硝土中的井。这时他看见一缕炊烟在前面轻轻地升了起来。他突然想起来什么似的，微微地皱着眉头。好像是小时候，在野地里疯窜了一天回来时，也在这个地方看见过前面升起炊烟。后来干活了也是一样，从采石场里和苜蓿地里回来，拄着一柄锄头或十字镐走到这儿，也总是看见眼前升起一道暖暖的炊烟。还是在家住，他想着，捉摸着心里那股滋味，还是回来睡好，每天一走到这井台旁边，娘在家就点着了灶火。他瞧着那缕熟悉的轻烟，心里觉得亲切。还是在家住，还是在家吃和睡，还是和娘作个伴儿。他也惯了，娘也惯了，不能去睡那个挖砂场的黑窝棚。

远近的那些小泥屋上都飘起了白白的烟。乳色的炊雾弥漫着，悄无声息地扩散开去，像是开始了一个什么。他踩踏着稀疏的野草，对准自己的家摇摇晃晃地走着，听着自己的双腿唰啦唰啦地、沉重地拖着趟过草丛。真是累了，他费劲地想，离家门不过百十来步了，可是身子突然间一下子软了。气也喘得匀啦，手指头也松动啦，他奇怪地想，怎么反倒累了呢。可是他明白自己真是累垮了，这会儿连这么随便想着都觉得费劲。

他使足力气，拖着两条断了一般的腿朝家走去。他已经看见了在昏暗的门里头晃动着的娘的白发。

老人使劲地举着勺子，翻弄着锅里的牛骨头。沸汤翻滚着，露出锅外的骨头显得又粗又大。她看着闪跳着的牛粪火，活泼的火苗照得眼睛挺舒服的。她在估计儿子该回来了的时候就朝外看了一眼，果然儿子刚好走过那口碱土地中的井。她点燃了灶火以后一直这么坐着，不住地翻着锅里煮好的手扒肉。

从敞开的木头门望出去，能看见一阵白雾正在眼前朝草地漫开去。那是自己家房顶上冒出的炊烟。虎背熊腰的儿子总是逆着这片烟雾从荒地那边走来。瞧他累得迈不开腿，老妇人思忖着，又去翻弄白日里煮烂的肉骨头。今天黄昏，西天上没有火烧云，厚厚的灰云彩罩着大地。太累喽，她心里唠叨着，儿子太累喽。她用铁夹子把一块干牛粪摆进灶口，看着一股新鲜的黄火苗低低地向着锅底舐去。屋里一片昏黑，而木门框外面的草滩却还很明亮。其实放羊的和放骆驼的用不着那么急着搬家；苜蓿地荒了马镰草又绿了，土地秃了也还是长草。其实他们在这儿也过得下去。但是都搬走啦，她想，人，房子，还有热闹的牛羊都远远地搬走啦。人家当然要搬，放牧人的家是不生根的。可是她和儿子，还有这几户外来的人家不行，住了大半辈子，惯啦。她拢了拢头发，又把一块干牛粪放进灶口。住惯喽。房子虽然歪歪斜斜，可是生了根。这片地方就剩下这几户没根没业的人家，这样的人家能住稳了就不易。她叹了口气，开始把锅里的肉骨头拣进饭盒。反正儿子身强力壮，能方圆百里跑着挣钱。什么活计不是一个干呢。什么日子不是一个过呢。有牧村的营盘在时，儿子采石打井；牛羊搬走啦，儿子修路挖砂，什么日子不是一个过呢。

老妇人揉了揉眼角，专心地翻着一根粗大的腿骨，那根骨头被压住了。幸亏前天帮了东边李家修房，今天人家送来一盆牛骨头。她耐心地翻着，幸亏有这样的饭食，那挖砂的活儿恶得很呢。骨头上满满地挂着肉，更不用说里头还有壮人的骨髓。不过再恶的活儿也得干，她想，四十岁的汉子不能再打光棍。这回把命拼到地底下啦，咬咬牙非得把儿媳妇娶回来。

她又瞥了一眼外面，把眼睛眯起来。她看不太清楚走近的儿子的眉眼，只看见了那个摇摇晃晃的宽肩膀。从地那头吹来的风赶着一个草浪，烟雾在草浪里消失了。瞧他累的，她凝神望着那晃动的身影想，走得一飘一歪的，他拉不开腿啦，这孩子。老女人吁了口气，赶紧把骨头盛进盆里。屋里弥漫起热腾腾的水汽。

那砂土里该不是有金子吧？她听说过，金砂从来埋在砂土里。活了七十多岁了，头一回听说砂土这么值钱。人为了地底下的砂子，揭地三尺，舍了青苗，这样的事七十多年没听说过。真是变啦，城里盖高楼要来这儿找砂石。为砂石出那么大的价钱，她听着都害怕。她挪开盛着肉骨头的盆子，在肉汤里下了几把小米。黄火苗又亮亮地舐着锅底，小米肉粥在铁锅里滚开了。用这么贵的砂石盖高楼，那高楼怕不是王宫呐。她又拢了拢散开的白头发，把瘦骨嶙峋的手搭在盛牛粪的木箱上。外面的天色也暗沉下来了，重重的铅灰云层压着四野，在一派灰蒙蒙中闪亮着马镰花的深蓝。

手边这只盛牛粪的木箱子已经使了五十年。从她二十岁嫁进这三间低矮的小黄泥屋，这只那时还描着红绿漆画的木箱就放在这儿。箱子上箍着一圈黑铁条，那时候没有现在的洋铁皮，在草地南沿的牧村串游的锡拉匠们都是使这种黑黑的熟铁条子箍桶打箱。五十年了，也许就是这只手摩挲的，黑铁条已经磨得又窄又薄。箱里的干牛粪是她今天从草滩西边拾来的。牧村迁走了，这里的牛粪愈来愈少，找烧的愈来愈不易了。跑到草滩西头去拾粪实在太远啦，她背着粪筐，撑着竹笆篱走得头昏眼花。儿子说打算抽空去伐些红柳条，可是挖砂场那儿人人都拼死命呢，不知道他什么时候才能抽出空。这个冬天不伐些红柳条是不行了，牧村迁走啦，草滩上牛粪愈来愈难找了。

她一只手臂扶住地，慢慢地想站起来。身子缓缓地起来了，浑身的老骨头咯巴咯巴地响。她赶忙换出手又撑住灶台，先喘了一阵，最后直起了腰。

她把盛着手扒肉的盆子端到门外，放在当院里。黄昏中她的白发微微地闪着银光。人是铁，饭是钢，她心里絮叨着，她想着儿子双手抓紧一条粗大的牛腿骨吞嚼的样子，白发遮住的老眼里闪过一个笑容。儿子啃肉的样子就像一头老虎。吃上这么一顿，累瘫的人也能再长满力气。她又慢慢地把肉粥端了出来，和盆子并排摆在一起。两样热腾腾的饭摆在那里，浸在一片冰凉暮色中的原野也显得暖和了。

老人拎起一只铁桶，朝门外的水缸蹒跚走去。两脚总是磕绊着地上的碎石头和牛粪块。去草滩的西头拣一筐粪确实太远了点，她想，累得浑身酸乏。从她还是个小女孩，跳跳蹦蹦地追着蝴蝶开始拾粪以来，长长的一辈子就这么过去了。无论是她还是别的女人，还没有谁为一筐烧的跑到草滩那远远的西头。她不由得又朝草滩西边望了望，那里迷茫混沉，天和地都陷入了晚暮。这时儿子到家了，正一边走一边脱着布褂。她往水桶里舀着水，盘算着想，明天再去那里拣粪的时候，要走得更慢一点儿。

“娘，”儿子低声唤了一声。

“嗯，洗洗吧。”母亲说着，递过手巾。

那汉子举起水桶，慢慢把水浇在肩头上。膀子上和脊背沟子里的砂粒顺着水淌了下来。她默默地站在一旁看着，晚风撩着她头上的白发。儿子又把水桶托起来，清亮冰冷的水哗哗地浇在厚实的胸脯肉上。在黯暮里，水溅起着透明的水珠，响着好听的金属声。

老女人觉得寒意正从草地里袭来，顺手把衣襟裹得紧些。等儿子冲洗净了，她就回屋运出碗筷和刀子。她用勺搅了一下那口黑铁锅，滚烫的油皮颤着碎裂了，一股强烈的热气和香味儿冲地而起。肉粥粘着她手里的饭勺，从熬透的牛骨头里散出的热劲儿扑着干燥的面颊，熏嘘着乱蓬蓬的白头发。她满意地吁了长长一口气，心里充满了踏实的感觉。

母子两人吃罢了饭以后，一天就到了这个能喘口气的时刻。

低掩的灰云稀疏地散开了。早已沉没的夕阳从地下把一道微明的光亮涂上长空。深埋在暗影里的几处小泥屋那里闪起了橙色的灯火，乳牛挤着牛犊子卧了盘，四下的狗也没有吠叫。一丝长长的风随着静寂，从迷蒙之中浸润而来，又擦着沉默的小屋向空旷的草滩远远飘散开去。儿子把碗放在地上，舒服地斜躺在毡子上，揉着手指的骨节。娘在儿子旁边蹲了下来，摊开一抱带着草叶的驼毛。一天里只有这个时刻母子俩能在一块坐下歇息歇息。天色也在这时迅速地暗了下来，散落在这片废弃的垦殖地上的山峦、水井、家屋、草丛，此刻都松弛了，融消了，变得若隐若无了。

儿子靠着墙，躺在门前的一条毡子上，吸着旱烟，把两条肿腿伸得直直的。砂坑已经太深了，该去和那几个伙计商量商量，把坑朝边上再扩扩才好干。他捉摸着，那就又得去揭砂层上头那黑土，揭土呢，当然又得耽误出砂。充血的两条腿一跳一跳地疼，他放松脑筋遐想着，估量着黑土层的厚度。没啥了不起的，他想，听说南边农区，发明这揭土取砂的人干得更野。人家连庄稼也铲倒了事。那真叫有眼力，他想，瞧这一招现在红的。明天非揭了那层黑土，他沉重地喷出一口浓烟。没啥了不起，何况吃着这么好的饭。娘把这牛骨头熬得淌油，吃上这么一顿，连手指头脚趾头都热了。他抬眼看了娘一眼，天太暗了，已经看不清娘的脸，只看见那头银丝般的乱发。一天里头就这个时候能和娘坐在一块歇息一会儿，他想。他觉得娘那头乱发丝丝分明，在昏黑的暗地里闪着淡淡的银光。

一阵风低低吹来，大地微微地涌动了，送过一圈圈次第扩展的草浪，像是在没有边沿的海上走着一个潮。

老母亲坐在一张带毛的生牛皮上，就着微明，用一柄牛前腿骨做的纺锤纺驼毛。这根牛骨纺锤已经磨得细腻光滑，手摸着心里觉得舒服。这一根比刚才儿子啃净的那根前腿骨要细些，她已经把那一根藏起来了。那根壮实些，她想，纺驼毛线时转得一定又沉又稳。儿子将来娶的媳妇一定是个健壮的女人，她想着又瞥了儿子一眼。靠墙的屋角已是一片黑暗，她只看见一扇宽阔的肩膀。她想，我要把那根骨头给媳妇做一根新纺锤，一柄转得好、摸着舒服、又细致又光溜的纺锤。

她心里悄悄地算计着。纺锤坠着一束柔韧的驼毛线，均匀地簌簌转着。天快黑啦，她望望空旷的原野，长马镰的那片草滩已经看不出那花的深蓝的颜色。她只看见草地轻轻动着，一道潮正静静地从那上面滑过。儿子的背影正衬着那草地，显得像头卧着的壮牛。旱烟的灰白烟雾一缕缕地散向原野，转眼间又消失不见了，只剩下四合着的黑暗。

"睡么？"母亲收拾着纺锤问道。

"嗯，睡呀。"儿子黑黝黝的肩头动了一下。

母子俩都困乏了，没有再说话。静得能听见草梢摇出的簌簌。星星点点地散在草滩里的小泥屋时暗时灭地闪着橙色的灯火。迷茫中拂来的潮头悄无声息，深沉的地底下仿佛也潜行着一个听不见的声音。娘和儿子又坐了一会儿，一天里的这休憩的一会儿又要结束了，曝烤充血的白日已经过去，安宁柔软的黑夜还没有降临。

儿子站起身来。“我睡啦，娘，”他说着，顺手提起那条毡。明天对付那层黑土，活儿比今天还重。他不能耽误了，得赶快去睡。

“睡吧，睡吧，”母亲应着，“明天要起早呢。”明天天气好，早晨出去借头牛，她想，去草滩西头拾一天，能拉回一车烧的来。红柳条的事还是不急吧，她又望了望儿子高大的背影，让孩子就只管挖砂。

母子两人默默地收拾着小泥屋门口的什物，准备安歇。天立刻就要黑透了，一切都陷进了黑暗。只有儿子晃动着的肩膀棱角和母亲头上的银发还闪着一道光亮的轮廓。灶口那儿一直活泼地跳跃着的黄火苗终于黯淡下去，只剩下一点暗红的余烬。黄泥小屋安稳地卧着，沉入了一派厚实的宁静。

黄昏 Rock

其实童年和少年时的记忆还没有消褪，可是当我这次回到家乡以后还是时时感到惊异：故乡居然存在于如此一片宁静中，我这样一个人居然曾长大于如此一派静寂得不可思议的环境中——这一点我还没有来得及对谁说说，但我明白自己心中是怎样地、一阵阵地漾起一种新鲜的惊异。

昨天，我走到村头的时候，看见妻子正和丁三奶奶蹲在洼地里拔草。妻子那块紫红格子的头巾使我心里倏忽闪着一个熟悉的旧影。丁三奶奶是我在这家乡的唯一一个亲戚了，我依稀记得自己小时候曾跟着她过过几年。我踢着田埂上的土块走着，呼吸着麦地里蒸腾起的清苦的凉气。这年头教师们为了添补家用，都学着农民喂羊喂兔，所以妻子每天在黄昏时分来拔羊草。丁三奶奶头上的白巾是用薄薄的软绸缝的，回家歇息的几天里，我总看见那方白绸子在老人那黑炭般的脸上飘。昨天傍晚时地气潮湿，田埂上的土是潮潮的棕褐色。我拖着琴漫步走着，琴的音箱在泥地上嗤嗤地划出了一条条湿痕。后来我觉得有个什么该留心——有个默默跟随着我的什么被我察觉了。我停住了脚步。上面秋天的太阳明晃又柔和，这乡下的秋天太阳烤得人心又酥又懒。我突然明白——

静，真静呵。

那一阵漾起了浓暗的绿色麦浪，麦地无声地凝望着我笑。我看着这麦浪涌过我妻子，涌过丁三奶奶，一直涌向村口那个模糊的峡口。其实都市同样有宁静时分。午夜的城市静得令人惴惴不安。她们并在一块紫红的和雪白的盖巾，不知不觉地从我的视野里渐渐远去了。我听不见，但我能清晰地觉察出那一下下的哗剥的拔草声。家乡这静寂——记得我昨天还这样搅动了一下脑子，可是后来我就懒了，我坐下来时把琴甩在一边。后来暮霭开始弥漫。吉他的音箱戳进了松陷的土壤，我看见琴上绷紧的弦沾满了带着根须草叶的泥块。

麦田流得像一面草原。村口前方对峙的那道峡在阻止着涌去的绿浪。昨天黄昏时的麦浪染上了晚霞，显得凸起又沉重，它曾经使我莫名其妙地感到安心：我觉得峡口以外无论什么也涉不过这么浓重的一面草浪了。

后来我干脆躺下。我瞟瞟那张琴，瞧见了弦上的泥巴草须，我没有一点琢磨曲子的心思。

丁三奶奶的白绸巾罩住了她的肩，在她的腰上一掀一飘。小时候她戴的就是这块盖头么？我看见她跪下以后朝我露出的两只缠过的小脚。小时候我看见过她的两只垂下的乳房，那时她曾经给你哺乳么？我想了一下又放弃了，那些记忆太遥远，我已经很难把它们想起来了。我在田埂上躺了一会儿，后来我闭上了眼睛，后脑枕着的草潮乎乎的，在闭住的眼皮上闪耀的斜阳的霞光灼得眼皮颤抖不已。

昨天的暮气浓浓地弥漫。闭上眼后，混沌的视野里充斥着古怪的暗红。我的脑子在颅骨腔里慢慢瘫软了，像琴上的六根弦一齐被拧松。我使了一下劲才制止住一个回忆：我不愿回忆那次我在演唱以后枕着舞台上的地板昏昏睡熟时的滋味。可是这个回忆可真清晰得过分。妻子在学生们散学回家以后，喂羊吃草。她喂的三只白山羊里，有一只要生羔子了。我知道她在地里挨着丁三奶奶的瘦棱棱的肩膀，她们俩在远处拔着草，我在这里就感到满足。我浑身酸痛的骨节后来都舒松了，我昏沉沉地半醒半睡，我偶尔睁开一下眼睛的时候，就看见了一面低卧在夕阳晚照中的金红麦田。

心静极了。落日烧红了西天的云带，落日要休息了。麦田已经浓稠得流淌不动，像一片快凝的熔岩。麦田也要休息了。两方女人的盖头巾再不能分辨清楚，拔草的声音节拍只能在心里猜想着数。家乡和田野都静极了，天宇和大地间的弦都被悄悄地抽掉了。昨天，就在那个时刻里我突然体味到了宁静。这才是真正的静，我昨天曾悄悄地想，以前在城市里在夜深人去在演唱已经结束以后感到的那些，那不是静。忘掉你的歌吧，我感动地想，既然是在这里，忘掉吧忘掉吧，让弦一根根抽尽吧。

我也能休息啦，我在睡熟以前闪过这样的一丝意识。

我沉沉坠入了一派暖和的落霞般的黯红深渊。明天我还要来这儿躺躺，我在梦里这样想道。

今天又是一片火烧云。我走着，神思飘浮在那面涌着金红草波的麦田上。田埂上涂着一层紫紫的彩，愈近处的东西景色愈像是假的一般又紫又红。

我来到地头上，能够望见村外的峡口和地里的拔草女人时，西天的霞火正烧得凶猛。我望了望麦田里的那两顶盖头巾，就躺了下来，顺手把琴一丢。

“咚——”

金属的弦尖锐而悦耳地响了一声。

西天斜立着的一条条霞云火苗，活像是 Rock（摇滚乐）乐队发疯时敲打出的噪声。我听着骤然响起的心跳，一霎间不知是该平静住自己的呼吸，还是该捂住琴上那仍在颤动的弦。停了两分钟我不禁苦笑了。

你不是来……放假么？我心里斥责着自己，我躺平身子，合上眼皮。黄昏正在红霞中悄然浮现，我觉出眼皮上又涂上了一层温暖的膜。我侧动了一下脸颊，鼻孔触着了翻起的泥土，我闻到了黑泥土清苦的味道。

多么可笑，我静静躺着。就像小时候偷偷迈过丁三奶奶酣睡的身子，蹑手蹑脚地去偷罐里的糖一样。那罐盖子倒了，“哐啷——”地响了一声，像这一声弦音。你忍住了惊慌和害怕，拼命地把偷到手的东西往嘴里一塞——

你偷吃了一把苦辣的碱面。

那把苦碱面也像一个预感的信号。后来还有过类似的信号：你蹦过窑坑的水去看邻村唱大戏；你知道那窑坑的厉害你还是要去。后来你陷进窑坑，她——居然是她后来嫁了你——揪扯你的时候，她的一只花鞋陷在泥里丢了。那恐怖的、泥潭为底清水为貌的窑坑不也是一个信号么？

而一个演唱Rock的歌手不能没有那预感的信号。Rock是疯狂，是滚木礌石，是炸弹盔甲，是歌手守住自己的武器。唱这种歌的歌手一面唱一面等，他只有等来了那气浪那热度才能唱好。这就需要一个信号，一个命。我总是拼出命来，用它唤来那个信号，然后再凭这一股神助完成演唱。唱完了，那信号也消失，它带走了我的一分命。

我突然想逃跑，于是一下子想到了妻子。过了几天，我已经躺到了她身边。

妻子说：我就在这儿教我的乡村小学。你呢，你累了就记着回家来。我说：我回来收集素材，我要不断地写出新曲子。妻子又说：写吧，至少可以写写你丁三奶奶，她的一辈子能编多少歌呵。

这样遐想着脑汁开始疼痛。我不满地把琴推得更远些，尽量眺望一边阴暗下来一边烧熔了边缘的天空。在这里再不会有Rock音乐的可怕嘈杂了，看这无边天涯的宁寂有多少神秘。这是远离都市的僻乡，天上落下雨露洒下阳光，地上滋生出一片青麦野草。庄稼养活了人命也规定了气氛；丰收的晚夏初秋时节里，四野充盈流溢的都是满足和安详的风。风拂来了，没有方向。风是柔软的，风是白色的，亲切得如同丁三奶奶肩头撩动的白绸子盖头。她总是披着这么一方白巾，我从小看惯了她头上的白巾。习惯得从来没有想过为什么。她的白绸子盖巾轻软地一飘，就罩住了她佝偻的躯干和皱硬的皮肤。这白绸子盖头在远处的麦子地里飘动着，让人看着渐渐地心里感到熨贴，感到纯净。它飘过来的时候，人心一寸寸地熨平开了，一寸寸地随着它的颜色变得洁白。

我闭着眼睛，没有开口惊动她。我知道丁三奶奶走近来了。原来温温地涂在皮服上的那层暖红的霞光，现在变成了一种要溶化我的乳白。丁三奶奶，我判断了以后仍然闭着眼。我不知为什么觉得自己很脆弱，好像我在自己的潜意识中盼着那白绸子盖巾，盼着它在自己的心头拂弄一下似的。

丁三奶奶蹲下了。我悄悄睁开眼睛。她的白盖头顺着她的枯干的脊背垂了下来。母亲在世的时候告诉过我：丁三奶奶有过一个儿子，那儿子被人骗走了，一走便毫无音讯。她也只剩下我们一家亲戚，独自侍弄着几只羊，孤苦无依地打发日月。丁三奶奶蹲在那儿，痴痴地盯着我的琴。后来我看见她探出一条瘦骨嶙峋的手臂，开始小心翼翼地抚弄我的琴。我觉得可笑，也觉得紧张，我怕她再拨响那个震人心魂的信号。我抬眼朝麦田望去，苍茫的麦田里泛着沉重的红浪，那田里只剩下一方似红似紫的头巾了。

“三奶奶，您回来了？”我开口问道。

她看了我一眼，又看看琴。

“就弄这个么？”她问。

“嗯，乱弹着，再唱几句。”我笑道。

“贵吧？——”她摸摸磨脱了漆的琴颈。

我笑了。“差不多值匹马的价钱。”

“一匹马！”

奶奶惊得把琴一放。“铮——”

我疲乏地叹了口气。那信号，我不安地想，那信号已经出现了两次了。丁三奶奶扯过她的盖头。白绸子轻轻摆着，在她枯瘦的腰身上旋了一下。我看见老人用她深埋在密密皱纹中的一双老眼谨慎地盯着我，我觉得她的目光里满是怀疑和不解。唉，Rock，我的歌能在大厅里掀起一场惊涛骇浪，我的歌像倾缸倾盆的暴雨一样倾诉着我的愤怒和喜悦。可是从小看着我长大的丁三奶奶却不知道它究竟是什么玩意儿。真的，我懊恼地想，这确实他妈的太贵啦。

“啧啧，要个马儿的价呢，”丁三奶奶捏起白盖头的一角，擦了那琴一下。我浑身微微地传过一阵战栗的滋味。暮气弥漫着靠近了那一抹红透的霞火，远近的田野变黑了，天边的黯红正在湮灭，凸起涌着的麦子显得沉甸甸的。老人不说话了，专心地擦开了，打磨着那把沾了黑泥的吉他。静谧的旷野里已经流星四溅般疾走穿飞着那可怖的信号，只是没有声音。

她独自留在地里拔草呢，我品味着。她头上的那块紫红格头巾此刻正逆着落日，她要拔一捆青嫩的野草喂羊，如今乡村小学的教师们都喂了羊养了鸡，她把老人支使过来，她一定是认为我需要这老人陪着。暖暖的潮在一片黑暗中悄悄涨了上来，那黑暗藏在一个看不见也感觉不到的角落里。我喘出了一口长气，刚才那些煽动我挣命地唱的信号模糊了，渐渐熄灭在这温柔的黑潮之中。

这温柔的黑潮，就像老奶奶肩上飘拂的白绸子盖头巾。

“三奶奶，今黑夜在我屋里吃吧。”

“不咧。”

“为甚么不？”

“黑里忙，两个羊儿要填草，三个鸡儿要剁食，妇道人家，唉，事情多！”

“你俩白天一道拔了草么，黑夜就一道吃！”我说着又朝妻子的方向望了一眼。那一抹霞云已经变细，变成了一根红艳夺目的火线。它反衬得田地昏暗迷茫，田地里山野里泛着分辨不清的斑驳，我已经看不见那方熟悉的紫红方格的头巾了。

“你两个，好吧？”

我被问得有些糊涂。“好呀，”我答道。

“不干仗吧？”

我诧异地看着丁三奶奶的脸。老人浑浊的眼睛凹陷在一窝深皱里，向我闪着迟疑的神情。我开始打量我这位儿时的乳母。她穿着一件皱巴臃肿的黑布大袄，袄面上硬巴巴的有些鸡粪泥点。

“昨黑下，你俩没干仗？”

她的目光撞进我的眼睛，我看见那目光的一丝不安。残存的一根烧红铁丝般的霞，在天尽头坚持亮着，扛着黑压压的半扇黑天空。老奶奶的脸侧上，每一根每一丝皱纹，都嵌进了一抹浓暗的红彩，这使她的脸庞活像一块半焦半燃的老树皮。她局促不安地搓弄着自己的手掌，那两只枯硬嶙峋的手掌是漆黑色的。

“她——”丁三奶奶艰难地张着唇。

觉不出有风拂过来，但白绸子盖头却在柔软地微微掀动。我忽然感到了歉疚，我又尽力眺望了一下那昏茫的田野。

“她心里憋，”老人说，“她为难呢。”

我嘟囔道：“我可没打她。”

“她刚才拔着草，一头拔着一头哭哩。”

老妇人的脸庞此刻像一个歪歪扭扭的铁塑，只剩下棱角上泛着一圈清淡的光。她不再说了，凝住神盯着我，但我的心却又重新安静了，静静地伏在一派暖暖的黑潮中，随着那潮一荡一漾。也许是时候了，也许已经应该握起吉他，试着弹出一个合适的旋律。也许总是连轰炸带呼啸的 Rock 歌手也该抒情，应该作一支宁静的歌。让那歌诉说一下天尽头那一抹红霞火，诉说一下歌手的妻子怎样默默地等待，诉说一下披着白盖头的老妇怎样用树皮般粗裂的手抚摸一把吉他。

不不，这黄昏的原野上一切都沉入了这不可思议的缄默。这黄昏用它的沉默告诉我，在它的怀抱里可以休息。不，不要在此刻让Rock来纠缠自己的心绪，Rock要休息了。你的泪水你心里的痛苦我清楚，你独在那苍茫的麦田上忙碌什么呢你为什么不快些回来呢？你那么主观地判定了，你判定我只需要这哺乳过我的盖白绸巾的老人。你不知道，其实我只需要这沉默的黄昏。Rock音乐是战场般的城市里孵生来的，家乡这青濛濛的静寂的麦子地是唱歌人歇脚喘息的地方，是Rock的休憩之国。

荡漾的暮色里终于出现了一个黑影。

那黑黑的人影正朝这边蠕动而来。天地都屏着气息，等待着天色一刻刻地向黑夜沉没，视野磨钝了，我看不见那块紫红的头巾。

“那——没干仗？”丁三奶奶严厉地盯着我又叮问了一句。

“没，”我说，我记得小时候好像上百次地这么坦白过。偷吃了吗？没。是你干的？没。

“俺知道，俺知道哩，”老人自语地点点头，焦树皮的裂皱间那两星严峻的目光柔和了。她意味深长重复着：“知道哩。”

我好笑地问：“您知道啥啦？”

“娃娃。”

她坚决地回答。两个字出了口，她就沉默了。我明白了她的意思，我也沉默了。丁奶奶的丈夫是谁，我没有听故去的父母说。丁三奶奶年轻时曾有过一个漂亮孩子，母亲曾多次惋惜地说过那孩子多俊多乖。那孩子丢了。沉默着的田野也像垂下了眼皮，白绸子盖头落定了不再飘动。真静呵，我惊奇地想着体会着，摇篮般盛着我的童年的故乡，此刻在这彻底的纯静中露出了它深不可测的神秘。喂，你是我以前的那个家乡吗，我觉得自己在怯生生地问。她亲生的那孩子丢了，但是她抱养的我回来了，这也是一个警喻般的信号么？

“娃娃。”丁三奶奶接着说，“你那女人，她盼你给她剩下个娃娃。”

我说不出话来。

“给她剩下个娃娃，”老人固执地说，“再就任你嚎去喊去，任你造反胡闹。”

我只有听着。我的琴在辨不清高矮的泥田埂上平放着，笔直的一束黯亮使我感觉到了那些弦。在浓暗的黄昏中，那个黑黑的人影愈走愈近了。它弓弯着脊背，像是吃力地负着重。

丁三奶奶一定从妻子那儿听过我的磁带。我知道她永远也不能承认我那疯吼狂叫的声音能算什么歌。是的，我的老乳母，我的Rock是雷电是炮弹是嘲笑是乱喊，是拉屎撒尿瞎胡闹，它不是您想象中的合情在理的歌。但它是我心上的甲，就像咱们家乡这块地也有一片罩着自己的沉默。大地从不诉说，所以田野静寂，麦浪无声，黄昏缄默。我也不会去诉说的，昨夜的黑暗中，那温柔的黑潮如潭如海。它把我暖暖地浸泡着。烫熨着我浑身的筋骨。我听见它喃喃地对我说：闭上眼，你累啦。于是我垂下了沉重的眼皮。后来我香甜地睡熟了，再也没有梦见那催命的信号。那时弦一齐松开了，摇滚的 Rock 中的每一阵节奏都变成了你那轻飏的白绸巾。

“三奶奶，您放心，”我站起身来，“我保准，让您老人家抱上个胖娃娃，您等着费心吧。”

老人家挣扎着起身。她口齿不清地咕噜着：

“谁信哩？谁信哩？”

我伸手扶住她。她从我的臂弯里挣着，忙不迭地弓身拾起我的琴。我俩在潮凉的田埂旁立着，等着那负着重的人影走来。丁三奶奶瘦矮地挨着我，任我握着她枯瘦的细胳膊。她硬撑般地稳稳站着，枯槁的身子架微微晃动。

妻子走到了我们跟前。

她背对着那空濛濛的田野，蓬松的发梢被暮色映得透明。她站定了，喘息着，肩上沉着一大捆喂羊的青野草。她喘了一会儿，没开口先不好意思地笑了；在暗默中我看不真她的笑容，也猜不出她是为了什么害羞地笑。依稀记忆中的那温暖的潮，那温柔的黑潮一激一撞地轻打着我的心底。我想说句什么，却一伸臂打了个哈欠。

她又在黑暗中笑了。

“呶，回家呀。”她轻声地对我们说。

已经是一日里黄昏的最后一刻时光，静静的暮色把村庄田野都变得陌生了。我想接过妻子背着的草捆，可是她已经抢几步走到前面，追上了一晃一跌独自走开的丁三奶奶。我想起了吉他；再一看才知道琴正抱在老人的怀里。我无奈地把手插进裤袋，悠闲地尾随着她们踱着走了起来。

走过了一条长长的湿漉漉的田埂。穿过一蓬酸枣树棵林，绕过了村头水渠的龙头。走过榆树林子时我朦朦胧胧地想起一个捧着大把的甜榆钱叶往嘴里填的我。我似乎还在努力想回忆起那榆钱儿的滋味呢，树林子敞着闪开了，眼前出现了村庄。

家，我想。家也随着万物在这沉默中静止了，凝固在一片房屋的脊影里。

真的有一种地方，叫做休憩之国么？

披白盖头的老妇人佝偻着一个枯瘦的黑影，姿态古怪地抱着我的吉他，像抱着撒浑耍赖的大孩子。她决不回头地一跌一斜，蹒跚在涂着一层微明的小路上。好像那琴不是我的，我觉得新鲜。好像那琴是她丢失了的那个亲生孩子。我记得母亲说过，她丢了那孩子以后疯痴了几年，后来因为抱我奶我，又渐渐复原了。她的白绸盖头在黑色的背影上，一扬一落，在暗透了的黄昏中显得又白又亮。

妻子吃力地背着那捆野草，靠着丁三奶奶走着。我从后面看见那草捆湿漉漉地晃闪着，在她黑色的腰干两边一坠一坠。我看不见那块紫红方格的头巾，也看不见那头熟悉的长发，我只是感到了那捆草的沉重，但那沉重的黑色草捆影子又溶开了，滴着泪水，化成一道温柔涌漾的黑潮。闭上眼睛，你累啦，我听见那黑潮喃喃地对我说。

温暖的村影默默地迎了过来。

像是家乡的黄昏在静静地迎面涌来，又像是四野的黄昏和我们一道正在回家。我突然觉得异样：我觉得自己正在享受。我在觉察到这心境的刹那间感到了眷恋。一切都不会太长的，歌手的假期是不会太长的。

——那时我又会握紧吉他的颈握得左手每个手指都痉挛。那时我又会抡开右手猛击琴弦打得每个指尖都疼痛。我有强大的胸腔有美好的嗓子，我知道我的歌声顷刻之间就能从空中招来那精灵般的信号。接着就是狂风大雨，接着就是奔马驰骤，接着就是滚木礌石的 Rock 恣情扫荡的时刻。接着就是祭典，就是生命转换，就是人人心中掠起的热风——那时我会得到一个歌手追寻的一切，只是不能得到——什么呢？

归宿之地，休憩之国。我默默想着，紧跟着她们两人朝家走去。

灰白浓厚的晚炊滚滚起伏着，已经能从一片黑黑的房屋的脊顶辨出高矗寺顶的那钩弯月。丁三奶奶走得急了，急促地晃着她头上的白巾，我看见我的吉他斜斜抱在她怀里，探出的琴颈上黯淡地掠过一点漆光。妻子肩头的草捆有力地摆动，一坠一坠地像两个黑色的浪头。我心中的那黑潮也许是因为见到了家——它突然澎湃起来，温柔有力地淹没了我。

黄昏在它即将消失的一瞬里是明亮的。偶尔响起的几声狗吠一星人语，像金属碰碎玻璃那样丝丝清晰。我满心安宁地走向村子，觉得这沉默的黄昏就像一支新歌。宁静和慰藉阵阵拂来，随着一个隐秘的暗示。只是，这歌子和我以前的歌不同，我想，这首歌的结尾有一个实实在在的家。

我们走进了村子。

写于一九八六年十月

九座宫殿

韩三十八遇上那个蓬头发的城里人，正是太阳晒得沙漠上一溜火光的时候。那小伙子下了拖拉机以后好像寻不着落脚的地方，慢悠悠的步子迈迈停停。韩三十八一眼就看出，他是打算在这几间红胶土垒的小村里寻个店呀招待所的。后来韩三十八到了地里，冒着火苗般毒烫的太阳光伺弄苞谷林子，没有顾上找那蓬头发搭几句话。

已经是三四天以前的事了。

韩三十八还是接着收拾自己的苞米地。日子已经到了，焦旱得又这么凶，再不灌水是不行了。他这几天一直为修渠的事发愁。他瘸着一条腿，一般活计显不出来，真的大动土木砂石就不行了。他在沙漠边上的地里干着，发现那蓬头发的外人也在一边溜达。怕是找着了住处？韩三十八思忖着，也不知是个甚么人。

官道以南，沙漠以北，上下几百里只有这么一个小村庄。韩三十八在小时候去过邻村一趟，那个村子离这儿整整一天拖拉机路。若不是父亲打算给他小小地就在那村里订下了妇人，怕是一辈子也出不了这块红胶土地呢。因为除了那一趟，他日复一日地就在这里打发日子，天天看着茫茫漫漫的白沙漠，守着这块红胶土。

腿不强，全身都跟着弱。他的胳膊上没有硬腱子，干着干着就累了。直起身子的时候浑身骨节咯叭酸响。扶住粗壮的苞米秆秆，韩三十八一眼看见了那个蓬头发。是个做甚的呢？他想着正看见那蓬头发朝他憨憨地一笑。韩三十八赶紧也冲着那人咧了咧嘴，然后又忙自己的事了。

火辣的骄阳烤晒着沙漠北缘上的这块小淤泥地，红胶土朝旱得透明的蓝空蒸飘着红色的粉末。四野空荡荡的，一眼望去哪里都是无人的荒滩，还有金灿灿的黄沙。在石头荒滩和南边的茫茫沙漠中间，官道穿针引线地通过去了，两头都不知道通到什么地方。

韩三十八揉着流淌酸水的眼睛，不再去望那烫人的沙漠，继续挥起锨平着红土圪垯，慢慢地在地里打一个笔直的畦。他从小落下了腿病，干活只能这么慢腾腾的。小村里的人，特别是开手扶拖拉机的马壮儿总是笑话他，说他下了地像个唱秦腔的女旦儿。马壮儿是他从小的朋友，韩三十八知道其实顶数马壮儿服着他。因为红胶土河滩上两家的地挨着，到了秋天苞谷就替他训马壮儿。韩三十八想到这儿心里就甜滋滋的。那苞米粗粗楞楞，像片树林子迎着风。一阵沙扑过来，肥大的叶子就哗哗地抖擞一阵，风静了又是碧绿绿的，绿得像墨。弄得马壮儿到入冬还蔫蔫的，后来就油耗子似的去折腾手扶。

韩三十八想歇息了，从地头拾起盛水的瓦罐。他忽然想起了那个蓬头发，就把身子扭转过来。怎么就不见了呢？他又去望通向村里的土道。土道上也空荡荡的，阳光里的泥房子和菜地的墙蒙着尘土，粉红红的一片蹲在那里。那蓬头发走哪里去了呢？韩三十八有些奇怪。他捧起瓦罐子，就着苞米秆的荫凉，喝了一口凉水。心肺里立刻觉得滋润了，火胀的眼泡子也舒坦了一些。

韩三十八怕的是自己的眼病。现在只要在晒得起烟的地里瞪一阵，咸苦的水就顺着眼角淌个不停。有时候只要一眼瞥见干裂的红土，眼珠珠就针扎般疼。眼疾没人理会，不像瘸腿拖在身子外面。其实瘸也没人理会，村里有个瘸老汉牵着骆驼跑外，家里妇人抱着娃伺弄庄稼，一急了就咒瘸鬼也不走快些回来。那妇人咒得在理呢，韩三十八想，拖累着五六个娃再耕上三十亩地，磨得个妇人家像个铁块粗黑。

他又捧着罐罐喝了口水，这时看见了那个蓬头发。那人进了沙漠啦，他惊奇得放下了瓦罐。真真地朝沙漠里走呢。在晃眼的白白沙丘上，那年轻人拖着条黑影子，一步一陷地背着这边走着。

奇了，韩三十八摩挲着瓦罐想。这个僻静的小地方从来不见外人，沿着大沙漠的北沿净是维族人的村镇。官道串着那些村镇铺在村北，隔着一大片吓人的不毛戈壁。这是个孤村，没有往来客旅的热闹。可是那人却来了，而且往沙漠里溜达。韩三十八遥遥望着那人影，不以为然地摇了摇头。那边是个海，是个洋，沙子浪头没边没际，你溜达个甚呢？他不再理会那人的事，放下水罐，接着平整自己的畦垅。

灰灰的石渣子戈壁连着一座赤褐的砂石山，污浊的红水沟就从那山上流下来。泥汤般的红水流下来，流久了，就在荒滩和南边的大沙漠中间堆了一个红胶泥的扇面子地。韩三十八的小村就落在这块红土地上。不知从哪一辈子起，人们就运来河边的红胶泥，盖着晒干了变成这种红得刺眼的鬼颜色的地窝子。韩三十八可不嫌弃这块酸酸的贫瘠红土，他使锨的时候劲头又准又匀，胶土块块给那铁锨打得粉粉的，摊得平平的。多少年啦，他们韩姓就靠着这块红胶土上的两样宝——雪白的苞谷面，香软的大黄杏——活命打发日子。将来打算活得美，也只有朝这块红胶土伸手要钱要油水。秋天的时候，七老八十的老太婆都挪着蹭着来到地头，叭叭地掰那硬实的苞米棒棒。在那时节，谁心里不觉得舒坦呢，谁又能嫌弃这红胶土又旱又酸，焦红刺眼呢。

所以韩三十八干活时诚实得很。灌水的时候，他不像旁人回家睡觉，总是整夜蹲在地里陪着庄稼喝水。一柄锨拦拦堵堵，引导渠水灌得又平又匀。现在地里正是闲的时候，四野里空洞洞的没有人影，可韩三十八已经在平畦整垅，悄悄地独自笨鸟先飞了。他怕自己泄了心劲儿，腿脚不便加上眼疾，他怕自己年轻轻的就撑不住了。

韩三十八眯着眼，躲开那闪闪烁烁的毒日头。地里暴扬着红土尘末，远处大沙漠那直直的地平线上晃晃闪闪地升着地气。那蓬头发不见啦，他望着那儿想，真走进去啦。他拖稳了残腿，巧妙地探着铁锨。土性黏，要打得碎些，畦宽宽地修成个长方。他心里有个秘密，那就是明年全换种小麦。这样的畦种麦最好，他盘算着，种十一行，用于扶播都能转得开。蓬头发进沙漠多久能回来呢？不管那人是为了啥，他挺想看看那人能进去多久。见过海么？他心里问那人道。不管见过没有，你前头那是个海。韩三十八从小长在这块红胶土上，他当然没有见过海。可是他进过这大沙漠，那回他使着最大的心劲在里头走了三天。三天在那沙浪头里走，于是他就觉得自己见到了海。

起了阵闷热的旱风，苞谷叶子哗哗地响了起来。南边一字摆开的沙漠在烈日下曝晒着，地平那儿的棱线上闪烁着炫目的亮光。

蓬头发最后摔倒在一丛红柳丛旁边。不是不能再走，而是不敢再走了。沙漠的夜好像是宁静的，但那只是夜幕刚刚降临时的感觉。他想，那是个初生之犊的感觉，也是个狂妄的疯子的感觉。那么静，他搬过背包垫住头，静得真使你以为离开了世界。可是此刻他的头发生疼，阵阵恐怖袭上心头，那头发根好像永远竖着顺不下来了。夜黑沉沉地低低罩着沙漠，不用说城址，连这丛红柳也可能是惟一的一丛。已经迷路了，他想，已经不知道是不是还在朝南走。这么混走不行，调查古城最要紧的就是方位。你不是来撒野的，你是要找到特古思•沙莱。

其实选题可以有很多，可以有不少能轻松地拿下的考察题目。还有更多的本来不存在的题目，自己和自己玩个搭积木就行。学报上的论文有百分之五六十都像是小孩玩积木。找到特古思•沙莱算是什么呢？蓬头发皱着眉头想，其实那也算不上真正的创造。也许是黑漆漆的夜太压抑人了，也许是因为这黑夜没有一轮明月或是星星的缘故，他发觉自己心情恶劣。历史书上记载着一个著名的古城，地理书上记着一个地名。这地名叫做特古思•沙莱，他猜它就是那座古城。黑夜里的沙漠上连点荧光都没有，应该有荧光，有枯死的大片树林，有改道后干枯的季节河床，有伸出沙丘的古代废墟的木头。哼，他暗中嘲笑着自己说，还应该有埋在沙丘里两千年容颜不改的美人呢，脸蛋又红又嫩，身上裹着丝绸。那美人应该埋在这丛红柳旁边，你一来她就蹦起来跳舞呢。找到特古思•沙莱又有多少意义？老得掉牙的历史地理方法。

他累得很。白天在沙漠边上那片红壤地里，该找那个闷头干活的年轻人要点水喝。他轻轻摇了摇自己的水壶，梳弄着头上乱竖着的头发。还有半壶，留在明天用吧。可是昨天他火气盛得很，在那个韩家工村里窝了三四天，他心里火烧火燎的。韩家工只有二十来户人家，都盖那种红胶泥脱坯搭的半地穴小屋。从地图上看他在韩家工下车是对的：那小村往南应该正对着大名鼎鼎的特古思•沙莱。可是也许因为太阳烧得太毒啦，他想，那村里的人都昏昏蒙蒙的，开口先“啊”上半天。没有村长也没有保长，女人们慌慌张张地只顾上闭大门。问问特古思•沙莱的事更是可笑，人们眯着眼睛打量他，最后就光盯着他的头发。晒昏啦，他又下着结论，想，毒花花的太阳把那些农民晒得头脑迟钝。那么火烫的太阳，一丝风没有都烤得大地起烟，在那么酷烈的环境里生活，大脑已经硬啦，干枯啦。他翻了个身，一片唰唰的沙流顺着后背注进领口，另一股细沙同时灌进鞋子。蓬头发心里一惊，这是沙漠里面啊，他想。我现在是在死海一样的大沙漠里面。别胡思乱想啦，小心起风。起了风沙子会盖住自己，一层层地给你盖个圆圆的坟墓。那会儿你就不能对韩家工发牢骚啦，那会儿你就只能在地底下找那个两千年前的睡美人。蓬头发警惕起来，竭力不使自己沉入昏睡，监视着死寂的黑暗沙漠。

但是沙漠却在黑夜里沉睡。静静的夜空上没有一丝风，沙丘也一直原样伏着，没有发生移动。午夜过后，天上浮出了几颗星星。

蓬头发自从干了这一行，还是头一次感到自己要失败。到博物馆以前，他一直在街道工厂烧锅炉。那时候他喜欢值夜班，就算是不愿意看书的时候，他也能久久地盯着温暖的炉火。炉膛里的火苗又浓又黄，亮亮地在眼前跳跃。他烧不出那种透明的、微蓝的火候。他的火总是像柴火一样，干燥而猛烈。反正煤有的是，他喜欢淋漓痛快地把煤末大锨扔进炉火，看着空荡高大的锅炉房里晃闪着自己巨大的黑影。那影子真大呐，他想得出神。坐在炉门前的时候他也总是望着墙上闪跳的巨影出神。原来那种卖力气糊口的时候也一去不返了，这些年哪里也没有一个静悄悄空荡荡的地方能让他独自出神。更没有那烤人胸怀的火光和神秘晃动的黑影啦，现在只能按照地图和指北针奔波闯荡。他不愿意那么惆怅地去想那美好的炉火。睁开眼睛，这片深陷着他的塔克拉玛干大沙漠却似乎潜藏着危机和不安，一点也勾不起什么亲切的回忆。

搭上那个名叫马壮儿的手扶拖拉机手的车，看起来并不算什么吉兆。韩家工连个车马店也没有，简直是个被世界扔弃了的小村。后来他在小学校找到了住处，一连三四天想办法调查特古思•沙莱的事。没有骆驼，没有驴，没有车，没有任何交通工具。这村就是天边地角啦，村里人说。沙漠？那怎么进得去！骆驼？只有两峰骆驼，走了快一年啦……在那种时候，他的头发就会竖起来。不知是什么遗传，每当他决心拼命干什么的时候头发就会竖起来，竖得蓬乱一团。在城里，人们常这么笑话他。朋友们给他起外号叫炸毛。在锅炉房里有一次和才交的女友闲聊，她说了句你怎么一丁点外语都不会，——头上就炸毛了。后来心大意高地考博物馆时又炸过一次。最后一次是在馆里考职称的时候。可是这一次不灵啦，他阴沉地想，这一次最聪明的办法是撤退。这是一个海，他盯着四周阴森森的黑色沙丘，一个死海。我不但没有车和骆驼，我连一头毛驴子也没有。只有一张地图和一壶水。水只剩下半壶啦，他觉得心里很伤感；地图呢，原来地图真正的作用就是把人引进一个死海。

那个开手扶拖拉机的小伙子说，韩家工以前都姓韩，后来娶了马家回回的丫头，就有了韩马两姓了。其实韩家根子不一样，原来是青海省的撒拉人。撒拉人，他想，撒拉人跑到这塔克拉玛干大沙漠边上干什么呢，难道这块红壤土长的庄稼好么？他一眼就能看出来，那红泥沟水的冲积扇是酸性土壤。鲜红得吓人呢，他想，能长庄稼真是奇事。紧挨着大沙漠，远避着交通线和人烟，可是又守着通向特古思•沙莱的门户。奇怪的韩家工，怪癖的小红泥村子。他暗暗琢磨着想，它为什么在地图上守着那传说的特古思•沙莱呢。也许真是晒昏了，这酷暴的烈日肯定能毁坏人的神经的。他这几天一直觉得，自己像是生了什么病，像是那白亮亮的太阳烤得他也病了。他捋着自己的乱发，尽力思索得冷静些，不去受那阴森森地蹲踞着的黑沙丘的刺激。也许不是病，他想起锅炉房那熊熊的炉火也是灼烫的。“那些事已经过去啦。”他自语着出了声。这时夜空中又露出了一颗星星。

应该找那个闷头干活的年轻农民要些水喝，蓬头发摇着水壶，听着咣啷的水声。他旁边的地头上好像有一只灰瓦罐。在红胶泥的田垄上那灰瓦罐的颜色很鲜明。那个农民小伙子在烈日下面那么安稳，平和，不紧不慢地使着铁锨，给他印象很深。看得出那农民老实巴交，看得出那农民在太阳晒烤下干活已经惯了，不但不觉得辛苦熬煎，而且像是有滋有味。心里也许还哼着小调。当时找那农民要口水喝就好了，走进沙漠的时候单凭着一股锐劲，忘了城里光会嗑着瓜子看电影的女孩都懂的道理：水是沙漠里的生命。现在想起来已经晚了，如果只背着半壶水往沙漠里面走还不如就在这儿自杀。他狠狠地挑着恶毒的词又咒骂了自己一顿，最后才平静了。他平静地躺在沙坡上，觉得沙漠之夜正不可思议地褪去那种紧张和不安。他一动不动地躺着，等着自己想出那个究竟。

天的一角微微地动着，深重的漆黑在那动静中渐渐变淡了一点。接着黑暗中平平地裂开一线，不易察觉地现出了一线微白。

他立即就判断出了四个方向。脸正对着的是回家的方向：北方。蓬蓬的头发不知什么时候贴伏了一些，他苦笑了。其实你出发时已经知道了，所以你只带了一壶水。出发时你已经知道了，凭着这个你，寻找茫茫大漠中的特古思•沙莱只能失败。

他爬起来，踩着松软的沙子，低头向归路走去。右手东方的那抹晨曦已经扩散开来了。

韩三十八又拄着锹慢慢来到了地头。剩下的事是修渠，河边引过来的老渠实在不成样子了。他瘵看着那歪扭着伸了过来的老渠，渠上长满野草，抹过的黏泥鲜红得让人看了难受。非得重挖啦，韩三十八拄着铁锹思量，这老渠听说还是前辈子人留下来的，像个浑身淌血的长虫。不像大渠，新修的大渠漫着青青的水泥灰，渠水放下来的时候溅着透明的浪花，让人心里凉爽舒畅。

可是自己这块地只就着老渠，韩三十八皱着眉想。那青灰大渠浇不上他的苞米地。马壮儿可真滑呢，滑得浑身像抹着清油肥皂。一想起马壮儿，他心里就感到烦乱，今天中午饭都咽得不香就跑到地里来了。他慢慢地坐在田埂上，茫然地望着自己那两条漂亮的庄稼地和干裂的老渠。老渠像个烂沟，上下缺残得不能看。韩三十八扭过脸来，他觉得太阳正故意把那烂渠晒得更干更裂，好像在逗弄着他。他的眼角又冒出了酸水。

河沟水冲刷着岸壁上的胶土，向南流渗进迷蒙的干沙漠。河沟狭窄，但长流水从来没有枯过。它一年年地淌，喂足了干渴的苞谷苗，推来了山上的泥土。后来的河水推着前边淤住的泥，朝沙丘边线上堆着。黄灿灿的沙丘挡住了红湿湿的泥，把红泥挡成了一个扇面。韩三十八坐在田埂上，遥遥望着远处一层层淤成的红扇面。也许就是仗着这块泥土，才有了韩家工这个小小村庄吧，小村子攀住了这片泥土，才停在了大沙漠的边边上。韩三十八瞟瞟自己的小村，他看见那曝晒着的一片土坯庄户蒙着一层黯淡的土红色。这可不是九座宫殿呐，他默默地想，不是老辈人讲的那个蓝琉璃嵌碧玉的地方。只有荒石滩，只有大沙漠，再就是胡大造化的一块红酸土和一股泥污的水。还是前人有种呐，他想，就硬是把自己的根子在这荒瘠的红胶土上扎下来啦。韩三十八站了起来，提起锹走上渠头。远处隐约的村子隔着明晃晃的地气，呈着一片淡淡的微红色，沙漠上空悬着个模糊白炽的太阳，一动不动地朝下界散放着逼人的酷热。

韩三十八先瞄了瞄老渠的走向，然后把锹刃剁在一丛野草根上。他把好腿抬起来踩稳锹，发动的时候留心让残疾的腿虚点着地。接着他沉闷地哼了一声，一大块连着草须的红胶土被翻了起来。他再顺势把磨得光溜的锹把子往膝上一架，健壮的好腿撑住全身，双臂绷紧，把那块沉重的泥土摔在渠帮的缺口上。翻转过来躺砌在渠帮上的那块湿乎乎的红胶泥立即变了颜色。水分迅速地散发着，渐渐褪去了深红的泥面，前后在斜削的锹痕上泛成一层发白的硬壳。韩三十八马上又在旁边堆上新的一锹，两块泥土软陷着堆在了一起。他喘着粗气，绷紧臂上的筋肉，稍稍给自己的伤腿分着点神，一块一块地把湿沉的黏土摔上渠帮的缺口。那豁牙似的缺口渐渐平满起来，一截难看的沟渠开始变得顺眼些了。汗珠很快流成了几道细线，咸咸地浸着肿疼眼角。湿淋淋的脸上有点烧闷，好像皮肤挡着里面的火劲散不出来。韩三十八不理会这些，心平气静地均匀着力气使锹。一大块一大块的红胶土吱吱响着给切断了根，服贴地躺在了渠埂上面。韩三十八觉得出布褂子湿着就被晒干，干着又给冒涌的汗浸透。可是他不觉得心痛。破布衫不是衣裳，庄稼人的破布衫是挡太阳的家什，要紧的是修出这条老渠来。村里别的人家都借上那青灰大渠的力了，只有他和马壮儿两家地远，还得靠老渠灌水。马壮儿耍滑说明天要开手扶跑个和田，而且当场油耗子似地把手扶黑糊糊地全拆开了。韩三十八不禁笑了，他从小就知道马壮儿这点本事。马壮儿的地在前面呢，老渠最后才进他韩家的苞米田。马壮儿知道，守渠尾的人家要修就得全修好，不然水淌不进自己的地亩来。这个松货，韩三十八漠然地想，等我一个人修好了渠，引来了水，马壮儿就回来了。他随手扒个口就把自己那地浇啦。天色已经晚了，西斜的太阳照射着空阔的沙漠，波浪般的沙丘上现出了明暗清晰的轮廓。转脸望望村子，还是蒙在摇闪的地气里，长长的一片暗红。

韩三十八专心地挖着渠，匀着使着力气，微微地眯着胀疼的双眼。累渴了就扯过瓦罐喝上一口。原来马壮儿溜了和田也不要紧呢。他想。昨天晚上找马壮儿商议的时候，心里还有过一阵不痛快。其实你是怕拖着残腿干不了，暗暗地想靠着马壮儿帮一把。他噗哧笑了，觉得昨夜晚自己的心思那么可笑。要紧的是个心劲，他想。他又修好了一个缺口，慢慢地顺着老渠沟底往前走。人哪怕真的到了绝境，只要心劲不死就有活路，你用不着年轻轻地为眼病和这条不灵便的腿犯愁。听老人说，韩姓原来不是回回，是循化十二工的撒拉。十几个村子给朝廷杀得剩下没几户，可是这几户人心硬得很，从死人堆里逃出来，顺着大沙漠边边来到这里。从循化厅到这大沙漠千里万里，从撒拉变成回回转了几转，可是那几户人到底没绝掉。“一股心劲，”韩三十八想着，手下的锹使得更重了。挣份家业难呐：挖条渠，盖个屋，寻个妇人都难。稳住心，慢慢干，苞米地试试换上麦子，下一步再接过那个妇人。等有了钱，许也能在这红胶土上盖三间砖瓦房哩。他独自遐想着，不急不忙地运着力，一锹锹地挖着渠底的黏土，慢慢地干得天色近了黄昏。远处那片迷茫的小屋上升起了炊烟，沙漠上淡红的落日显得柔和了，浓绿的苞米叶子变得黄灿灿的。

韩三十八捧起瓦罐时又愣住了：在黄昏的沙漠上，那深褐色的起伏棱线上有一个人影。韩三十八费力地转了好一阵脑子才想起来，昨天中午有个蓬头发的外来人独自进去了。夕阳映照下，沙漠在南边舒展着又圆又滑的弯弯棱线。向阳的沙坡纯净平坦，没有星点杂色。那个小小的人影在迎面的沙丘上蠕动着，像个小虫那么清楚而微小。

是他呀，韩三十八惊奇地想，昨天中午他不吭声地过去了，在里面差不多两天一夜。该回来啦，他肯定渴得皮都焦了。你去那里头寻个甚呢？那是个海，人神都过不去的海。韩三十八摇摇水罐，还有清清的半罐凉茶水。我那次比你气血还盛呢，我在里头蹲了三天三夜整。韩三十八回忆起一件遥远的往事来，那件事已经像隔世一样模糊了。他不知道那个蓬头发的城里人是个干甚么的，可是他猜那人肯定心劲硬得很。也不能任着心劲呢，他默默地抚摸一回瓦罐，然后依旧把罐罐放进苞米林子的荫凉。他又拖着瘸腿走进渠里，趁着凉快挖起土来。晚风徐徐地拂过来了，暖暖地擦着脸颊，使人心里舒服。韩三十八让残腿虚站着，向前倾着胸，把身板的分量也压在锹刃上，双手紧紧握住滑溜可手的榆木锹把。锋利的锹刃带着切断草茎的喀嚓声，直直地插进了黏土，土壤胶着锹背和刃口割断须根的感觉从榆木把上细微清晰地传上来。韩三十八默不出声地干着活，穿过破汗褂的晚风轻抚着他胸脯上的肌肉。那半罐罐水留给那个人喝吧，他想，一准皮干肉焦了。一个遥远的焦渴感觉又在记忆里游荡。人的心劲呐，他喘着气想。听说先人们逃出了青海，一路上熬着磨难，可是心里念着真主，念着一个名叫九座宫殿的地方。韩三十八小时听爷爷讲过，传说那个地方是绿茵茵的净土，一字排开九座蓝琉璃的宫殿。韩三十八用力把最后一锹红胶土堆在渠埂上，回过头来。整齐的一截红泥深渠在他眼前伸着，渠背削直，渠埂上严密地封着黏土。刚干了一个半天，他满意地喘着，已经修好了这么长一截。有三四天就能灌水啦，马壮儿——他想到马壮儿一定嘿嘿笑着凑过来扒口子给自家浇水。他笑了，摇了摇头。马壮儿就是这么个人，从小一搭耍，他早惯了。

他望望沙漠，一盘浑圆的落日贴着沙漠的棱线，大地被衬得暗沉沉的，透出一层深红。托着落日的沙漠浪头凝固，像是一片睡着了的海。那个小小的人影还在蠕动，韩三十八看出来了，那人正直直地朝这里走来。

韩三十八坐在阴凉处，手指摸索着盛水的瓦罐。等那蓬头发喝上这罐凉茶再回家吧，家嘛早回晚回一阵都是一样。一定渴毁啦，他想，心劲太盛啦。韩姓那么刚强的祖宗，不是也没能找到那九座蓝琉璃碧玉的宫殿么，不是也忍着心里的冤苦在这块红泥滩上落了脚么。他叹了口气，撕下片苞米叶子，擦拭着铁锹上的黏泥。他看见，那从沙漠里走来的人影渐渐近了。

蓬头发踢着挡脚的沙子，咬紧牙关走着。沙漠软绵绵的，挑衅地让他一步一陷，一步也走不快。他试着狠跑过几步，结果一直陷进膝盖。他又改回那种骆驼步——轻提后腿，尽力迈大；于是沙漠又恢复了那懒懒的、单调的响声，像是耐性十足地折磨着他。他搔搔头发，狠狠地瞪着这个黄漫漫的无涯无际的大陷阱；沙漠又马上静寂了，不动了，像在充满恶毒地嘲笑着他。开始，也许是趁着清晨的凉爽吧，蓬头发取着直线，不问沙丘还是洼地，大步流星地前进，沙漠就在阴暗中退让着，闪开着，赶紧把宽阔平坦的怀抱敞给他。那时他好像听见沙漠在脚下喳喳地碎语：你英雄，你英雄！他听见它挑衅地说。他取下水壶喝水的时候，沙漠又像在背后忍不住地窃笑；等他盖着壶盖的时候，沙丘上一股风耍戏着流沙：多喝点，喝干它！他又听见那沙子尖笑着朝他嚷嚷。等到太阳升高以后，沙漠慢慢抹去了脸上的阴险，开始恣情地残酷地折磨他。阳光变烫后的第一个小时里，他就觉得浑身的水分被阳光金闪闪的亮针吸光。皮肤像一个干焦的口袋，绷得手脸疼痛欲裂。那一个小时里，他使劲地舔着起泡的嘴唇，可是在烈日下狂暴起来的沙漠还是毫不容情地把嘴唇烙成一层血痂。上午十点钟时起了一阵旱风，他觉得那风刮进喉咙，使他干哑得发不出音了。他一头扑倒在沙上，死死搂紧水壶。不能喝，无论如何要留到下午，他想。他知道下午会更难忍，可是那沙漠却快活得尖叫起来，一面猛烈地把沙粒打向他，一面高喊着：喝呀，喝干它！

但是蓬头发知道，这不过是一场折磨而已。沙漠无法使他失去方向，太阳每升高一点他就紧张地判断一次。用手表、指北针和太阳，他清清楚楚地知道自己正一步步走向绿洲，或者说走向红洲；他想起了那块静静的红壤土地。他只是进入了沙漠的边缘，现在又正在退出边缘。他冷冷地坚持着，顽固地把半壶水一直留到了下午。当漫天盖地的黄沙扑面打来时，还有当滚烫的太阳用毒焰燎烤他时，他奋力地挣扎着，也在冷冷地嘲笑着自己。他心里感到难言的悲哀。为了撤退，失败之后还要拼这种命，这件事使他从心底感到悲哀。其实并不存在危险，他想，我在天黑以前肯定可以走出沙漠，回到那个红土坯的韩家工。他一跌一摔地踏着沙子，不理睬干裂变焦的嘴唇和眼角，他已经习惯了头顶上那轮白炽的毒阳。特古思•沙莱，蓬头发绝望地想着这个名字，我不可能找到你啦。两天的时光使他开始认识了沙漠；他的失去感觉的两眼已经被这片强烈闪烁的黄沙灼伤了。我不可能到达特古思•沙莱了，他反复地想着这个，机械地挪着双腿在沙漠中缓慢地走着。

他想起以前翻阅过的一份杂志。那里面用漂亮的文字和大量图版介绍了法国科学家德日进在中国的探险和考察。几辆古怪的特制考察车正爬过新疆的一个山口和旧北京的东四牌楼。那山口怪石嶙峋，东四牌楼古香古色。蓬头发愤愤地咬住了出血的嘴唇，那是多棒的考察车呐，前轮是防滑轮，两排后轮包着履带，前面的保险杠上居然还挂着个铁碾子。那是坦克，那是叼着轧路机的铁狗熊，那是怪物。有那样的装备还怕什么呢？而我呢，在德日进以后快一百年的今天连个小毛驴也找不着。他气愤地咬着牙，继续踏进深陷的沙坑，趟开一条扭扭曲曲的沙道。他的脑子里好久也消不去那些古怪的考察车的笨影子，那些车正高举着轧路碾子隆隆开过，背后是二十世纪初的北京东四牌楼。

他曾经把那份杂志拿给博物馆的老头们看，热烈地建议他们也到哪儿订制这么几辆。可是他忘不了老头们打量着他的蓬头发的眼光，那眼光甚至在提醒着他当锅炉工的历史。是啊，他吃力地提起灌满沙子的鞋，心里一片悲凉。你错了，那是不可能的。到了太阳西斜，天气稍稍转凉的时候，他觉得自己已经快要被这股悲观心情压垮了，他几次提醒自己是不是被这沙漠和烈日折磨得患上了什么病。撤退，干干脆脆地撤退。愈是内行，愈是懂得地图和野外调查方法的人就愈明白，只有一条路，就是撤退。到博物馆后几年来他搞惯了野外，他的炸毛下头有根冷静的脑神经，他很清楚这条路。只有想入非非的姑娘家才在这种时候不识相，幻想充当鼓舞骑士进攻的浪漫货呢。他恶狠狠地想着，突然联想到自己的女友。她会说什么呢，他猜着，也许她会给我打个加油的电报。其实这片狰狞的大沙漠也许倒是我的知音。真的，他困难地咧开嘴笑了，沙漠才深知一切。

绵延的沙丘闪亮着，阴坡涂着浓浓的黑影。蓬头发突然感觉到这道绵延的沙丘像是最后一道了。你看它像一道单薄的屏障，他心里想，一起一伏得不仅单薄，而且——他皱紧眉头捉摸着正前方那道沙棱线——而且柔和了。瞧它的颜色已经松弛了，不刺眼了，正深沉地望着我。真见鬼啊，这一定是地道的沙漠病，他想道；他简直容忍不了自己接二连三的古怪念头，一会儿挑剔自己的女朋友，一会儿又觉得这万恶的沙漠是知音。我是病啦，他想，这打击来得太干脆了，我可能是经受不住，所以病啦。

蓬头发登上了那道横摆开的沙棱线。果然，他叹了口气，看那块红土地正摆在眼前呢。正前方的远山已被暮霭罩住，迷濛中一条弯弯的刻纹伸延而下，连着一片红褐斑驳的小小扇面。那是河，那是耕地，那是韩家工小村庄。他轻轻地小声数着。他在夕阳中挣扎着打起精神朝那里走去，突然变得坚硬的土地硌得脚跟生疼。他不愿再回头，他不愿再看那沙漠了。

韩三十八看着蓬头发喝水的时候心里挺高兴。一直到蓬头发喝干了瓦罐，一直到蓬头发喘平了气而且愣愣地出够了神，他们两人都没有搭话。韩三十八这时浑身累乏上来，眼珠隐隐胀疼着。他只是等到蓬头发来到，递上水罐，就不愿再多说什么了。

蓬头发有点惋惜地凝视着水罐，一直呆呆地坐着出神。在这块苞谷地头坐下以后，他的脸显得像涂了油彩一样又秃又红，颧骨上晒脱了一块皮。这农民一言不发就递过来凉茶，这使他稍稍有点惊奇。韩三十八静静地等着这外来人开口，他在村里是出名的蔫人，从来不主动和人攀谈的。韩家工就这么个小小的村，天色已经晚了，他觉得自己怕该打发这个青年到家去吃饭过夜才对。淡红的落日已经低低地挨着沙丘的棱线，金光闪烁了一整天的塔克拉玛干大沙漠已经变成了一片阴暗。苞米叶子哗哗地响起来了，传来第一阵带寒意的晚风。几颗沙粒打在韩三十八的铁锹上，微微发出金属的脆声鸣响。韩三十八打算回家了。

这时蓬头发开口了："老乡，回村么？"

"嗯呐，就回。您不回么？"韩三十八问。

蓬头发站起来时踉跄了一下，"走吧，"他说道，随手使劲地提提背包带，把包背得舒服些。他已经疲惫不堪，所以特别觉得这农民态度亲切。他挺想和这农民做一会儿伴。"别叫我您您的，"他说，"你看见我从那沙漠里出来了？"

"昨天看见你进去了。"韩三十八答道，"这两天吃苦啦。"他同情地望了望蓬头发的肿眼和结着血痂的嘴唇，出门在外不容易呢，"家去吧，吃碗酸酸的汤面。"

蓬头发感激地望望农民纯朴的脸。"那里头，"他强打着精神用下巴指指沙漠，"你进去过吗？"

没想到韩三十八点了点头："进去了三天。熬不住啦，后来就返了回来。那里头孽障呐，死死的一个沙子海。"他停了停，"所以，只有返回来了。”

蓬头发停住了脚步，瞪住了韩三十八问道：“那里头，有个叫特古思·沙莱的地方么？”

韩三十八茫然地望着他：“没听说。”

“这村里能找上个……骆驼毛驴的么？”

“没有。”

“车呢？拖拉机呢？有能进沙漠的东西么？”

“没有呀。走沙漠里去干甚？”韩三十八老老实实地摊开了手说。

蓬头发急了，大声问道：“那你们韩家工通班车吗？有交通吗？人靠什么出门呢？”

韩三十八睁大了憨憨的大眼：“没有，交通没有。”想了想，他又补充说，“就有马壮儿的手扶。前年马壮儿弄了台手扶。可那手扶要跑趟远脚，昨天马壮儿跟我说，明天他的手扶要走个和田。今天他还在家拆车擦泥呢，明天许真的要走个和田。走了和田，村里就没有一点交通啦。”韩三十八详详细细地讲了一遍，忽然又想起来一件事，“不，有骆驼。瘸老汉养着骆驼呢。”

蓬头发一把揪住他：“骆驼？！”

“两峰骆驼，”韩三十八说道，“去年拉上走了没见回来。是走了宁夏，瘸老汉亲房在宁夏。”

蓬头发默默地低头走路。旁边莽莽苍苍地横卧着的沙漠此刻吞没了落日，地平线上空一片火红的云霞。那沙漠像在和我告别呢，他想，或者像是在活活地气我。毫无办法，没听这农民说么，只有返回。村子渐渐近了，低矮的淡红泥顶牢稳地伏着地，墨绿的树木间飘着白白的炊雾。这村可真有意思，他想，远远地避着交通线，死攀着这块深深扎进沙漠边缘的红土。返回虽然丢脸，可也不容易呢，这村子完全没有交通。

韩三十八肩着铁锹，靠在城里人一旁走着，不知怎么回想起了自己的那一趟。那时候才十几岁，正心大意高呢。老人讲的传说像火苗，燎得心又疼又烫。祖辈的冤苦多深呐，听说循化厅那时候血流成河。朝廷皇帝点着名要灭韩姓一门。所以人世上已经断了讲理诉苦的去处。祖辈人忍着走着，要去找一个名叫九座宫殿的地方，那里是干净的乐土，绿草滩上一字排着九座蓝琉璃镶碧玉的宫殿。老人们说，祖辈们走到这块红胶土地的时候，眼前挡着这片海般的沙漠。闯了多少次都不成，进了那死海的人没有谁活着转回来。后来，祖辈就挖开红胶泥撒下种子，垒起红土坯盖起地窝子，藏起那个心愿蹲在了这儿。再后来就忘了家乡的土语，再后来娶着马姓的丫头慢慢变成了回回。再后来就少了一姓撒拉人，多了一个韩家工。那时候才十几岁呢，韩三十八想，从小听这个传说听得心里起火，背上一皮袋凉水就进了沙漠。他默默地想着，那事情已经过去好多年啦，那时候老渠还宽宽的，用不着费力修补。

韩三十八肩着锹，把蓬头发领到自己家门口。“进去吧。”他在门口放下锹，推开门往里让客，“吃上碗热热的酸汤面，焦渴就能解了。快进去，把包包给我。”蓬头发舀了盆水洗脸，院里母亲妹子一片忙碌。等蓬头发在当院的土坯台桌前坐定，酽酽地喝了碗盐茶水以后，韩三十八留心着残腿，双手颤颤地捧着个热气腾腾的大海碗走过来了。

“吃吧，吃了再添上。吃好了就在这屋住下。你沙漠里转了的人么，一准累乏毁啦。”他喜洋洋地说着，把酸汤面摆在蓬头发面前，然后站在一旁伺候，袖着手，眼睛亲切地睁大着。

蓬头发觉得有点害臊。这么朴实的人，他想，都不问问我的来路。“我是博物馆考古队的，上这里来出趟差，”他自我介绍着，“给你添麻烦啦。坐下就吃，看我多没出息。工作没能干成，还这么坐下就吃。”他望着冒热气的大海碗说。

韩三十八替他拿起筷子，双手递上说：“你受了苦啦，快别客气。工作，非得进沙窝窝？”

蓬头发解释道：“找一个叫特古思•沙莱的古迹。”他长长地喝了一口热汤，“特古思•沙莱，不懂么？是维族话，就是九个城堡王宫。”

“九座宫殿？”韩三十八惊叫起来。

“是啊。可是，我没本事，没找着。”蓬头发想起了自己烧锅炉时看见的那个巨影。那影子很大，它把我骗了。

当然找不着呐，韩三十八想，祖辈那么旺的血性都没找着么。我背了整整一羊皮口袋凉水，进去三天也没找着。原来，他仔细地端详着这风尘仆仆的蓬头发。原来这年轻人是来找九座宫殿的。蓬头发埋着头正在狼吞虎咽。这是个自己人呐，他注视着那一头乱发。当然，记着九座宫殿的人，一定是自己人。

“别难过，慢慢吃，要些辣子么？”韩三十八把辣椒油往前推了推。“那个地方，真主把它藏起来啦，咱们寻不上它。喏，辣子。”

蓬头发冒头大汗地吃了一碗又一碗。等肚子胀得再也填不下以后，他疲惫不堪地挥了挥手：“寻不上，是啊，没有办法。回去吧，明天我就回去啦。”

韩三十八赶紧提醒说：“那只有搭马壮儿的手扶。明天马壮儿的手扶走和田，”说着他有点不安了，“我去寻马壮儿说说，那人听我的。若不然，明天马壮儿的车一走，就没有交通啦。”

蓬头发沉默着，好久才说：“找马壮儿去。”

两个人走出土坯垒的矮院墙，天已经黑了。这个小村庄的顶空好像没有隔着云彩空气，黑黑的天上灿烂地缀满了银闪闪的簇星。歪斜的泥屋静悄悄的，明暗不等地点着橙色的灯火，南边暗蒙蒙的什么也看不见，只是凭着夜风能觉出那大沙漠低沉的气息。韩三十八瘸拐着，领着蓬头发，拐过一道道院墙朝小村深处走去，时而有一些细细的沙粒随着夜风，轻轻地拂打在他们身上。

一九八五年一月

铁轨

火车猛地放了闸。车厢发出闷重的撞击声，向后一退，又一冲，再一退，最后才哐的一声站稳了。满车旅客被这巨大的力甩过来，又甩过去，最后终于坐稳了。随即对司机恶劣技术的咒骂声从四座响起。

走在我前面的几个工人，恶狠狠地把一个空酒瓶子掼碎在小桌上，玻璃碴子溅了一地。我下了车，在晃眼的阳光里，好久才看清白漆站牌上写着“岔子口”三个宋体大字。我提着背包走过一个年轻的铁路警察身边，他正蛮有兴致地看着一群扛着大花包袱的乘客从一列货车下面鱼贯爬过去。我打量了一下四周，然后朝出站口的木栅门走去。

四周都是灰蒙蒙的砾石戈壁。几排低矮的砖房，簇拥着一股股闪亮的钢轨，灰色的砂子半埋着乌黑铁轨和杨树根，灼得鞋底发烫。

我走着，觉得那几株青杨的绿叶在这铁青色、灰白色的世界里，像一笔不协调的油彩那么刺眼。我走着，这时一台机车挟着烫人的热风轰轰地驶来了。我看见车头的前踏板上攀着几个灰黑的人影。他们身体半悬着，一手摇着小旗，脸孔黑得辨不出眉眼，只有白白的眼珠阴沉沉地盯着前方。

“妹妹，哎找哥——”后面传来捏着假嗓的歌声，几个小伙子走了过来。其中一个翻着花格衬衫领的哼得最带劲。

“劳驾，”我伸手拦住他们，“车站的胜利住在哪儿？货运室的胜利。”

花格领歪着头打量着我：“这儿有两大胜利。您找哪一个？”旁边有个家伙插嘴说：“找革命胜利还是找四化胜利？”我没理他。

“张胜利，”我说，“货运室的。”

“嗯——”他笑了，“正巧这一大胜利不在家。您要是找陈胜利嘛，咱就是。”他得意地拽开一个扣儿，花格衬衫露得更多了。

真晦气，我想，回候车室看看车次吧。我回头望望那个简易楼般的候车室。恐怕得蹲在那儿等下趟车啦，张胜利不在。而且，这帮小子恐怕不是好货，小心点。

“下趟回头车 379 次，凌晨三点十九分到，各位旅客，请带好您的随身物品，”花格衫捏着女嗓，学着列车广播员那种半生不熟的普通话，“还有 196 次，四点五十四到；488，明儿早起七点零三到。哈，您上哪去？”他最后作了一个幸灾乐祸的鬼脸，“候车室上锁啦。”

“真的？”我有点毛了。

“为了安全治安嘛。每天这趟客车一出站，候车室就上锁。”

“真——”我差点骂出声来。

“走，屋里去。我们两大胜利住一屋。”他嘲笑地盯着我，手已经抓住了我的手提包。来者不善，我想。不过，你们别把老大哥当成井底蛤蟆，走，先去混顿饭。我立即把提包递给他，并且向他道谢。

“胜利上哪儿啦？”我问。

“今天他轮休。昨晚下了班就坐1735，嗯，就是油龙，懂吧？油罐车。看他对象去啦。”

对面走过来一个女的。他立刻换了假嗓，哼起来了。“嘿，妹妹，呃找哥，泪花流——”

那女的被他们的歌弄得心慌意乱，低下头深一脚浅一脚地走过去了。几个小伙子马上又粗嘎地放声大笑。真野呢，这一伙，我想。我还从来没有往他们的堆里扎过呢。

“你是说，胜利去看对象去啦？”我问。

“嗯。他那女的在东站铁路小学，教书的。原来也是一块插队的知识青年。”

哈，胜利也有了女朋友啦，我想。可是那会儿他还完全是个小猴崽子。

“你们顶多算知青崽子，伙计们。”我向他们宣布，“第一拨儿是我们，六八年的。”那会儿我是他们房子里的常客，因为考古队里只有我一个是知识青年出身。

他们不服气：“可您命好呀——大学生！”

“大哥，在城里头，丫头追着您屁股跑吧？”

有一个竟喊道：“喂，大哥，借我穿两天您的背心！我要是勾不回一串丫头，就是——”

我不在乎他们这些淡话。说得挺野，就是奶声奶气。“少他妈废话！”我训斥道，“命好？小小年纪就命啊命啊。想当年我们插队那会儿，一人一个油灯，到了晚上，看书的，写诗的，有一个瘸子还作曲呢。谁像你们整天鬼混？”

教训他们并不费事。不过，我也不由得摸摸自己“北京大学”，字样的背心，找台阶下地说：“唉，也真是。你们穿着开裆裤就下乡啦。”

那时，屋里油灯摇曳着光亮，大炕上人影横七竖八，我盘腿坐上炕沿，胜利递给我一个向日葵花盘子。我嗑着生瓜子，瞧着胜利头顶上的两个“旋儿”。

“胜利，下乡那会儿，你妈哭了没有？”

“没！”他精神抖擞地说，“是咱妈轰咱下来的。咱拿铁锹拍了警察，妈吓得不行。”

我愣了。盯着他头发上竖起的那两个旋儿。真他妈的英雄，小崽子，我想。唉，难道和他们能谈什么理想，谈什么奋斗，谈什么自学英语或者是写诗作曲吗？

他往前凑凑：“大哥，吹个牛吧！吹个你们下乡时候的故事。”他摇晃着我，“吹个骑大马的！”

只好乱扯了：“那会儿我们队有个家伙，28 中的。从来不洗澡不刷牙，不洗脸。每天早上，只提提裤子，紧紧腰带。有一回，我们见他那老山羊皮裤上头露出一截蓝裤衩，松紧带高高地绷在胸脯上，问他那是啥。那家伙自己也纳闷，就揪住松紧带一提——嘿，一条又臭又馊的裤衩就从脑袋上头脱下来啦！”

知青崽子们都乐了。

胜利兴奋得满面红光：“大哥，再吹一个！再吹个骑马的！”他使劲摇晃着我。

花格衫做饭很利索。煤油炉上的铝锅里翻滚着开水，他嗖嗖嗖地把面片揪着投入锅中心。“妹妹，吔找——哥，”他哼着。

屋里有两张床，夹着个桌子。床头墙上满贴着女明星和其他美人头。那些色彩鲜艳的女人们用各种姿态朝这散着臭袜子味儿的小屋投来迷人的眼波，使这间单身汉宿舍充斥着一种刺激的气氛。

“——哎泪花流；嘿嘿，张胜利今天可是哥哥找妹乐悠悠。”花格衫胜利说。他晃晃脑袋，啪地把一撮盐投入锅中心。

看来刚才神经过敏啦，我想，这小伙子不是匪盗之辈。看着他围着煤油炉蹦来蹦去，我甚至觉得他又新鲜又热心。我问他多大了，他嚷嚷道，爷们儿二十五，衣破无人补。我笑了，接着和他聊，问他和我那个胜利是不是干一样的活。

“是卖一样的命。钩子手，”他搅着锅，“懂吗？大名叫调车工。车来了，一节节拆开，编了组，再挂上。”他盖上锅盖，甩掉勺子，“车滚了蛋，再等下一趟。”他捧出两个大碗，总结地说，“危险得很，不是人干的活儿！——要醋吗？”

“要。”我明知故问，“累吗？”

“累是好的！哪年也得有几个断手断脚。三十公里速度的车，扒上扒下。夏天这地方热到四十多度，车皮烫得能烙饼。春天冬天，大风大沙能吹翻火车。”他抡着菜勺嚷嚷道，神气十足，“火车可是没日没夜地来，我们这伙钩子手一辈子就扒在车上挂钩摘钩。最怕上夜班，一打瞌睡就他妈等于找死！”

他狠狠地扒掉了花格衬衫，露出背心上红色的铁路徽记。我们开始吸溜着滚烫的羊肉揪片子。远处，沿着乌亮的铁路吹来干燥的热风。哦，我想，胜利的生涯原来就在这闪亮的铁道上开始了。外面高音喇叭吼着：4937、4937进十一道！隔壁的一只录音机里传来一个娇滴滴的女声。从门口炫目的斜阳光线里看去，那几株青杨树绿得刺眼。轰隆隆、轰隆隆，一列货车驶过去，一些黑色的影子敏捷地扒上车去，一手抓着扶手，身体迎风飘场般地张开着。

“快瞧快瞧，”花格衫胜利用筷子指着那些迎风展开的黑黑身影，嘲笑地说：“那就是白班的钩子手！”

那些黑影攀上车顶，旋着货车上的圆转盘。很快，他们和列车一块驶过去。

我们吃着，聊着。“不容易。”我说，“能挣多少？”他回答说，干好了能开一百，一般也就是七十来块钱一个月。

我吃饱了，抹抹嘴，翻翻床上的杂志，“有书看？”我问。

“有——没劲。买点电影的翻翻。哎，看啊，我这儿有最新的大众电影。”他丢过那本杂志，不屑地补充说，“妈的冒富大伯！糟老头子，真糟蹋这张封皮儿。”

我笑了，瞟了瞟墙上的美人们，又欣赏了一会儿那张封皮儿上的八字胡老头。“有对象了吗，小伙子？”该问问这个好题目了。

他来了精神。讲得唾沫星子乱溅。

听着他讲，有两次我挺想扇他嘴巴，不过我还是沉住了气，而且后来也觉得蛮有趣。最后他咬牙切齿地说：“这回这一个，我们商量着这么办，几个弟兄把她堵到个角里，限她半个小时答复。非逼着她点头。”

我问：“要是人家偏摇头呢？”

他泄了气，没精打采地回答：“那，那当然咱也没啥招，——接着当光棍呗。”

他苦笑着又挤了个鬼脸，穿上一件黑黑的工作服，提起红绿灯，“住这儿吧。我上班去。迟到挨扣。妈的，跟当兵的似的，还得排着队，立着正交班哪。——胜利明天回来，等他吧！”

他走了。这小伙子，我默默地想，真有意思。远处站台上正驶进一列银白色的油罐车。胜利是坐这种油龙去看女朋友的，我想，这伙调车工，钩子手。录音机在隔壁美滋滋地叫着：“再过二十年，我们来相会……”门外浓绿的青杨树和灰蒙蒙的戈壁滩在残阳的光线中反差分明。“要靠你——要靠我——要靠我们八十年代的——那歌星怕没有穿着开裆裤插过队。我想起了和胜利一块发掘古墓的日子。我点上根烟，望着外面那闪光的铁道，胜利在这条乌黑闪亮的铁轨上挣到了七十到一百块钱，还找上了女朋友。这知青崽子，我暗自笑了。

考古队的工作是典型的文明与野蛮的结合。那时我们发掘的是一种彩陶文化墓葬，劳动强度和技术要求都挺高。因此，我们大量招募知识青年当民工，因为他们除了有力气，多少还有些文化。胜利分在我手下，每天早晨，他披着件他爹的带黄铜扣的铁路制服，扛着一把和平牌铁锹上工。

他经常旷工，或者就是溜号找地方去玩。“小兔崽子！”我总是一边抡着他那把和平锹挖土，一边低着头狠狠地咒骂，“非扣你小子的工不可！”

“大哥！”他举着一个盛着水的塑料袋，里头满是青色的小虾。

“吃虾！吃虾！”他热情地嚷着，嫩脸蛋上淌着汗。

“小兔崽子！”我怒吼着，“干活！”

收工回去时，他一路剥着那些半透明的生虾吃。我训着他：“胜利，从今天开始，你小子每天给我念书。念点书，别鬼混。我盯着你。别忘了上回你妈来时，她交代我管你。这几个月里，多少学点。”他老老实实地跟着我，嚼着生虾，不时偷偷地瞧我一眼。

我很喜欢这个铁路装卸工的儿子。说得确切点，我想影响他和改造他。我们这一代人似乎有了些莫名其妙的责任感，这种“感”使我们既担心老的，又发愁小的。我开始逼胜利代替我写发掘记录。墓底清完后，我逼着他学习在米格纸上画图，我给他当下手拉皮尺。

“基线两米，向北一米五，”我念着皮尺和钢卷尺上的数字，“想想吧，五十分之一的图，应该画几个格？”

他抓耳挠腮，算不出来。“笨蛋！”我趁机训他，“五十分之一，图上一格就是五十厘米嘛！两米等于几个五十厘米？”

他居然憋了半天才标出来：“四个。”

十分钟时间图纸上才标上这么一个点。画一个墓框我俩折腾了小半天。

“唉，真他妈的费事！”他打了个大呵欠。

“费事？当二流子省事！”我骂道，卷尺一拉，“现在量墓道。基线四米七五。”

当然这图纸又黑又脏，很难上交。休息时，他玩去了，我瞒着他又重新复制了一份图。

有一回，我正独自蹲在两米深的墓底画呢，上头喧哗起来，似乎听见有胜利的嗓子在吼。

我爬上地面，见他正抡圆和平锹，朝一个老乡冲去，而且连哭带骂。围观的人们正拦着他，堆成小山似的墓土被趟起阵阵黄尘。

“呜——呜——我拍死你！呜呜——”我看见他哭得鼻涕眼泪一齐流。“拍，我拍死你！”他声嘶力竭地挣着。

乱哄哄当中，我好不容易才弄明白，原来是胜利挖了人家自留地的红薯吃，主人兜屁股一脚踹了他个狗啃泥。

我一把搂住他，一下子跳进了墓坑。

他趴在那具屈肢葬的骷髅上，伤心地嚎啕大哭。我咬着嘴唇，恨恨地盯着他。他哭得肩头一抽一动，脑袋正顶着那个毫无表情的骷髅头。我看见土坷垃撒满了那张又黑又脏的图纸，但我并没有挪开图板。

唉，你们这一代呀，我心里想。

我信手玩着床头放着的三色标志灯。红、绿、白，这三种颜色都十分单纯，可是按着开关，一闪一灭地，我又觉得它们变幻得有些捉摸不透。胜利每天就靠这三个色彩生活吗？红、绿、白。今晚要睡在张胜利的工人阶级的床上啦。红、绿、白。天还亮着，出去转转。

二十分钟就可以逛完这岔子口小站的全部名胜，一个车站，一个公安派出所，一条小街，一个旅社（白粉墙皮上叫谁歪七扭八地写着几个字：“大黑店”），一个只有一个篮球架子的小广场。站在这广场上，不仅可以对全部房屋树木，以及行人一览无余，而且可以环顾小镇四周的茫茫戈壁滩。一目千里，寸草不生。

只有乌黑锃亮的铁轨从远方铺来，又朝远方铺去，在地平线上与残阳熔成一个刺眼的光点。

我蹓蹓跶跶地朝铁路宿舍走去，一路踢着地上的青石子儿。

宿舍门口有个瘦瘦的人影正在忙碌。由于帽檐一直压到眉心，他的脸部显得阴沉沉的，只有一双白白的眼珠在盯着我。

“大哥？”他嘟哝着，声音低浊。

我有点不敢认他。“大哥！吹个骑大马！”“大哥！吃虾！”我想起那些快活的、奶气十足的叫声。而眼前这人却操着浓浊的男声。

“我听陈胜利说有客人。没想到……”

“出差路过。听说你在这儿，下车看看你。”

我看着他，瘦高条儿，黑黑的脸膛，略嫌迟滞的眼神。“小兔崽子，”我想，但这个昵称没有叫出口。

“您……还考古吗？”他问。

“干着哪。——别叫我‘您’。”我说。

他不再多问，把我让进了屋里。

他点燃煤油炉子，坐上铁壶，扒下外衣，露出一件蓝运动衫。他抄起扫帚，把地打扫干净，收起桌上的碗盏，泡到盆里。他抄起水桶和扁担，挑上了肩。

“我去，胜利。”我拽住扁担，“你刚回来。”

“不，您歇着。”他毫无表情地推开我，匆匆跨出房门。马上又转回来，“大哥，给。”他把一包烟丢在床上，然后挑着桶走了。门敞着，铁道那边的噪音涌了进来。“咣咣咣咣……”一个机车头牵着两节车皮慢吞吞走过去。“要靠你——”隔壁的录音机又放上了这盘磁带。

他挑着两桶水进了屋。我帮忙接过桶来。戈壁滩上卷过一股旋风，头发、肩头、手臂和桶里清清的水上都微然有声地、唰地落了一层细沙。那台机车又慢吞吞地驶了回来，上面挂着黑黑的人影。隔壁录音机里那时代女性还在表白着：“——要靠我们八十年代的新一辈。”他用力摔上了门。

一下子，钢轨的震荡，热风的呼啸，高音喇叭的喧吼和录音机里那甜腻腻的歌都远去了。

他取出香皂毛巾："洗吗，大哥？"

"洗完了。你洗。"

"那，我就洗啦——"他哗哗地溅着水，使劲地擦着脖子，呼哧呼哧喘着。

"胜利，怎么，"我打破沉默，"提前回来啦？"

"唔。"他把毛巾蒙在脸上擦着，咕嘟着说。

"你屋里这小陈，挺神的。我是说挺热情。"

"哼，刚从局子里出来。"他冷笑一声。

"咋啦？"

"打架。"

我默然了口想了想，我问："你呢，没出毛病？嗯，没使铁锹拍人？"

他笑了："没。咱家里六十岁的老娘，还毒日头里推车卖冰棍哪。好不容易接爹的班才吃上这碗饭，不比人家。"

我舒了口气："那，这几年挺好？"

他淡淡地说："只是前年挨了个事故处分。放一车钢管，狗日的闸不灵。撞烂了车厢板，小腿也砸伤了。我不知道那闸不灵。加上是千分之三的下坡。"

千分之三。这数我都算不清。他恐怕忘了"基线两米五"和五十分之一的米格纸了。

"怎么样，把兄弟媳妇的相片拿出来，"我打算开点玩笑，"让大哥也高兴高兴。"

他微微一笑，朝着墙上努努嘴："喏，这就是。"

——那是一张山口百惠的照片。不是剧照，而是一张穿着连衫裙的、微笑着直视着人的眼睛的"标准像"。含情脉脉的眼睛深幽幽的。

我不禁笑了，小兔崽子。

打算喝点。我们一块上了街。

在那个知青供销点，我发现自己居然不是他的对手。他带笑不笑地推开我："不行，大哥，怎么能让你破费！"我想推开他的手，但那手像钢筋一样硬。"大曲一瓶。肉罐头，鱼罐头，一样一个。"他吩咐那待业青年打扮的姑娘。

我被牢牢地挡在他的手臂之外，不由得望着他。那张肌肉绷得硬硬的黝黑的脸上，充满了一种社会味儿十足的沉着与冷淡。他漫不经心地把找回的钞票团着塞进工装裤的屁兜里，甚至没有瞟一眼那个盘着马尾巴卷发、露出白嫩脖颈的女孩子。

我多少有些沮丧。酒过三巡以后，我觉得心里有一丝感伤。胜利变了。他再不是那个拥有与警察对抗的光荣史，擅于摸虾挖红薯的天真少年。他太冷、太沉着，心上罩着一层打不破的硬壳。他使我既不能从那些往事的回忆中得到陶醉，也不能在水平和世代的差异中感受兄长的心境。

天终于黑了。在火车轰鸣的间隙中，我听见青杨树抖动枝叶的沙沙声。

"胜利。"我慢慢呷着酒，"有了女朋友，这么大的事儿，也不和大哥说说？"

"要说也简单，"他垂下眼皮，"今天刚吹掉。"

"真的？"我怀疑地望着他那平静的脸。

可是，透过那张黝黑的面孔，我感觉到一种不妙的气氛。他喝得声音很轻，但都是一口抿干。他这股老练劲儿消除了我想轻松一下的兴致。这是真的，我想。

“胜利，”我又端起一杯，“别生气，我不该问。”

“不——就那么回事。”他又平静地微笑了。

我不再谈这个话题。“哎，咱们原来一块挖墓的那伙知青呢？”

“有本事的，老爹争气的，远走高飞啦。剩下的，大半上了这两根铁道线。铁路修好那年招工，拍拍屁股全来啦。”

“常见面？”我问。

“哪有那个瘾。谁能像您，老远来看看。多少年了，就算没结婚，也都忙着谈对象。”

我一听“对象”两字，忙掩饰地端起杯子。

他向我投来尖锐的一瞥。抓起瓶子，给我斟上酒。“昨天，夜里快十二点才到车站。1735 晚点啦。太晚了，我钻到铁路旅社混了半夜——那旅社的棉被黑得赛漆。今天一早，见了她。”

“你和人家吵嘴了？”我问。

“她前几天来信，说有事要谈谈。见了面，她就做饭，做了半天才熟。吃着，她说，家里一直不同意，她顶了多少次……什么的，其实，我明白。上月她妈来了一趟，来看我。正赶上我上白班——调的还是煤车……”

我眼前浮现出车皮上挂着的那些黑影和白白的眼珠。

“——我没吱声，扔下那半碗饭，就回来啦。”

平常的故事，处处都有的故事。只是，这样的故事也降临到我的摸虾刨红薯、缠着人讲骑大马的小兄弟的身上了……我勉强呷了一口，决定结束这种气氛。

“胜利，不错嘛。没拿铁锹拍人家丫头。”

“嘿嘿，那些事，您倒记得清。”

“小意思。再找个比她强的。现在，女的比男的多几倍——可靠消息。”我开导说。

他呷干一杯：“放心，咱不在乎。”接着还说了句难听的粗话。

我们喝着，随意胡聊着些陈年往事，慢慢地，他脸发红了。

“大哥。”他突然低声问，“这些女的真好笑——她为啥说，要认我当哥哥呢？”

我发现他的嘴唇微微发颤。

“胜利，听大哥的，把这事立即忘掉。”我命令地说。但心里稍稍酸了一下。

“早忘啦。喝酒。大哥——这酒不坏。”他淡淡地说。

接着，我们喝着酒，聊起别的来。

外面突然刮风般响起了音乐。嘈杂的脚步声咚咚震响着。高音喇叭吼着，但听不清。“电影！”有人喊着。胜利出去看了一下，回来说：“电影队刚下车。日本电影。看吗？”“看！”我说。

睡下的和没睡的人们都兴致勃勃地聚在那个只有一个篮筐的广场上，黑压压地坐成一堆，嗑着瓜子。放映机嘎嘎响着，电影是城市里已经演过的日本片——《远山的呼唤》。

戈壁滩上微热的夜风撩动着幕布。场上，烟雾从一个个红红的烟头上升起。在灰蓝的烟气弥漫的银幕上，高仓健，那位特级男子汉顺着两条锃亮的铁轨，迎面走来了。

我们默默吸着烟。看着。

那个叫武志的男孩子害怕地挟着被子，走进了小屋，躺在高仓健身旁。

“大哥，给，抽烟。”

我接过胜利递来的烟，伸手在口袋里摸索着火柴。这时，银幕上那男人正在给那个日本小孩讲着：

“……我就拼命地忍着，忍着，没有哭出来……”

我嚓地划亮了火柴，“胜利，点上。”我说。

他没有听见。借着一支火柴的光亮，我看见这青年调车工像铁铸一样挺直着胸脯，肌肉绷紧的脸上，那神情也像铁块一样凝固着，映着银幕上反射来的青青的色彩。

银幕上继续说着：“……一个男子汉，一生该忍的事，多着呢……”

我悄悄扔掉了火柴。

后来，那电影演到了结尾，广场上人群骚乱起来，妇女们尖声吆唤着自己的孩子。我和胜利只得站起来，继续盯着银幕。

——茫茫的雪原上，列车在疾驰。一条乌黑的、钢铁的轨，向遥远的前方伸展而去。

我在岔子口小站共住了三天。

我彻底地休息了一下，洗净了塞在挎包里的脏衣服。胜利招待我又喝了几顿酒，并且陪我踩着烫脚的戈壁滩，去看了一个据说是清朝将军的墓——其实对考古学毫无价值。

自从那天晚上以后，我俩再也没有谈过关于他那位女朋友的事。

我走那天，他上白班。当我站在站台上，等着378次客车进站的时候，一列黑色的货车正从旁边的铁轨上飞驰而过，我一眼看见了胜利和两个同伴一起，单手单脚攀在车上，一掠而过，像是几只张开翼的黑鸟。

在那一刹，我看见他黝黑的脸庞上那双白白的眼珠，正一眨不眨地凝视着前面的线路。他那黑鸟般张开的身影和凝固在脸上紧绷的肌肉，充满着一种我从未见过的坚忍。

小兔崽子，你长大了。我默默地想。你一下子就扫净了全部愚蠢、软弱和娃娃气，得到了我们用十来年的代价换来的真知。根本用不着为你担心。无论是你妈，还是我们这些大哥，我们过了半辈子，似乎却在同一天和你找到了同一个东西。不用为你担心，因为轨道是铁的，它不会移动，你也别无他途。

378 进了站，载着我开动了。一会儿，岔子口已无影无踪。

茫茫的戈壁滩上，只有乌黑的两根铁轨在延伸，在戈壁滩的尽头闪着冷冷的光。

残月

天色已经完全黑透了，可是退了耕的砂石山峦还显出浓浓的一层暗红。杨三老汉推开门出来的时候，先打量了一阵飕飕生风的山影。山沟和山坡一如往旧，可是那山上已经不种庄稼了。不种啦，他摇了摇头，再不用顶着毒日头在那秃山上受苦啦。白天在山顶上侍弄庄稼的时候，远近的梁上沟里，赤裸的红砂石就像红炭火一样烫眼。现在那些大山静息了，黑黝黝地把一条腿泡进河里，使得小河沟在星光下扭了个弯。杨三老汉顺着路走着，用鞋尖探摸着路上的疙瘩石头。河沟冻着肮脏的厚冰，黯淡地浮着片片淡亮。沟深得很，走了一阵就下到了沟底。四下黑糊糊的，头顶上高低不等地点着黄黄的灯火，还能看得见灯火映出糊着报纸的窗格子，还有夯着院墙的庄户。

沿河沟的小道上不见一个人影。冬天黑得早，家家在自己门口的小场院里拾掇麦子，场上干一阵子，夜幕就落下来了。长沟上下，鸦雀无声。杨三老汉走着路，盘算着退耕养草的事儿。那天吉普车上下来个黄头发绿眼睛的洋女子，县里乡里，公家的人跟了一堆。他昏头昏脑地和那洋女子说了几句，听口气这荒山退耕的事还有她一份。行距株距的挺有章程呢，老汉回想着听来的新词，好像这秃光光的砂石山沟已经满是嫩树细草。算是看了个洋风景。

从天黑时分这腰腿就疼。杨三估计等赶到寺里，晚祷怕是已经念开了。天黑啦，可黑影里的砂石山奇怪地显着一层暗红。他抬头看看天色，低掩的厚云浓黑重蓝，满天只有几粒针尖大的星星。如今真觉得出老了，不中用了。吃了那么结实的麦子酸面，腰腿还是缓不过来。若是以前呢，烤焦一个洋芋，刚咽下一半浑身就又有了力气。山沟还是那个见惯了的山沟，一条红石头山腿歪着伸进河水里。几十年看着这条歪歪的山腿，几十年就快要过完了。天色黑得更浓了，山沟渐渐展开，贫瘠的山影慢慢隐进夜幕。走遍西海固都是这种荒凉的山沟，冬天的夜清冷寂静。年年月月地看着这片山沟，等到腰酸眼花时才突然发现：这辈子的罪快受完了。

沟里的平地收拾得像样得很，黑暗里也能认得清那一块块翻着身子的土壤。走过犁的扭曲的垅沟深深的，蓄着前日落的雪。杨三老汉喜欢打量这些犁沟。他套牛犁出的沟比别人使手扶拖拉机犁的还深，翻起的土块还厚大。就着微微的星光，那伸进黑暗里的犁沟像活物似的，滚滚地起着浪。

这一阵可真静呢，静得人心一摇一荡的，悠悠地像是要想些什么。也许就因为砍了山上的庄稼，换上了树苗草籽的缘故吧，连积着雪的犁沟和暗红的荒山都显出一份不安宁。他慢慢地走过了犁翻的沟底地，就着星星的光亮过河。若是山上养出好草，闲混的娃们也能吆上几只牛羊上山了，就像自己小时候那样。记得那天他就是这么说给联合国那个洋女子的，他说自己当娃娃时放过两只壮羊，还讲了怎么烧石头煨洋芋吃。那女子听得哈哈大笑，真不知她乐的是个什么。其实以前山沟里也有过草木好的时候，黑夜里一起风，满山遍野都是树叶子和荞麦秆秆的响动。后来就一年年荒凉啦，他想，好像随着人的苦处，这茫茫的大山也荒了。

他在黑地里摸到了河沟旁边，先踏稳了一块光洁混蒙的冰，试了试平稳。夜色中的河沟岔子冻得硬梆梆的，表面上蒙着一层土灰。四周黑幢幢的山影围合着，低贴着冰面流着一股逼人的清冷。他踏着冰，小心地迈动着疼痛的腿。从冰河上看，悄悄的山影更透出一层赤褐的石头色。那些沟壑梁峁和满山的石头也像是在等着什么。养草也不容易呢，杨三老汉想，砂石沟背后是月亮沟，老虎沟，王家堡子沟；前面隔着清真寺和一片滩，还有杏树沟，铁驴儿沟，火石沟，石嘴子沟。整个西海固，半个陇东，一直到兰州城跟前都是这种粗砬砬的穷山恶水。都能长出青灵的绿草来么？他摇了摇头。他走得很慢，腰腿疼得迈不动步。晚上的礼拜准已经开始了，他估计老阿訇已经开始领拜。不过，退耕植草的章程像是硬得很，听说联合国还插了手，那个黄头发的丫头子听说捎来了大宗的钱，挨着沟检查去年栽的树活了多少。她叫个布……拨浪？老汉想了一阵，还是记不起那个洋名字。晚上不该贪吃那碗酸汤面，他估计寺里准已经念开了。心不诚哪，他暗暗地责备着自己，竭力拖起伤腿朝前走去。

过了这道冰河岔子，杨三老汉就看见了那块三条山沟汇着的河滩地。那块河滩在黑夜里混沌沌的，像是浮着的黑云，一些树林的高高丫杈刺进夜空，黑黝黝地和蓝墨般的天溶在一起。他睁大了眼睛眺望着，想从暗重的河滩地里头辨出礼拜寺来。可是他什么也看不清，虽然他知道那儿应该有四面汇来的砂山和沟水，有几排笔直湿润的青杨树，还有尖顶浑圆的清真寺。夜深啦，他想道，前方只有一片温暖的黑暗。那些见惯了的景物，那些牢牢长在他心里的东西，此刻都静静地沉入了一片黑暗。

若是在白天或者月亮好的夜里，沟水围出的那块河滩就浮在一层水汽上。隔着杨树林的梢尖，能看见新修成的大寺顶上的铜月牙。那青铜的半片月牙熠熠地亮着，使人心里充满欢欣和安慰。杨三喜欢远远地望着那弯月儿，慢慢走着，整座贴着半面绿瓷砖的大寺就会展现在庄稼汉的眼前。在陇东山沟沟的海里，在贫瘠得八方知名的西海固，从来没见过这么排场的建筑。以前哪里有这样的寺呢，青杨林子里只有三间土坯垒下的破屋。除开这里的人，谁敢信那就是寺呢。泥脚土脸的人们就跪在一领烂黑席上念。那三间破屋顶上也插着一柄铁铸的弯月亮，听说是这条沟祖传的宝物。杨三老汉记得那柄铁月牙的刃口上黑黑缺着一块，低低地立在长着乱草的土屋脊上。退耕养草以后，喂养牲口就成了大事。喂上一圈羊也顶不上养个乳牛。他算计着，又走上冰面。河汊子又拐回来了，窄窄的冰面带着一抹暗光。可是买个乳牛娃如今要二百多个元。二百多个元是多少呢？他想，他在青海熬煎了快十年也就掖回来三十个元。忽然鞋底下一滑，接着就听见身子重重地砸着冰层的闷响。冰冷的一股湿凉透过棉裤洇上来，前方暗暗中浮起的河滩地黑影还是迷蒙难辨。

他定了定神，才明白自己摔跤了。快三十年喽，他迟钝的脑子里闪着一个回想。那回也是这么一跤摔翻在冰河汊上。摔在冰上平伸着两只手，隔着几根枯草叶子，他看见跑在前面的马五爷后背心上的补丁碎开了，噗地冒出来一股血。他仿佛又看见那一汪子鲜血从马五爷的烂褂子里溅着冒出来。那天他摔得太狠了，他听见自己的身子砸得冰喀嚓一声裂开来。后来冰水泡透了他的烂棉袄。近三十年啦，杨三老汉扶住冰面，缓缓地撑着站起来，身上粘着一层雪粉和灰土。等他再颤巍巍地迈开脚步时，腰板子和腿脚更疼得钻心了。身子骨垮啦，他想，后来在青海蹲着时，该勤快些修修那孔破窑。窑洞漏着风，几年睡下来，人怎能不落下伤病呢。走上河对岸的砂土地后，他扶住腰先喘了一阵，等着心跳平稳下来。他吁喘了好一阵，然后又继续赶路。想起马五爷使他心思一下子变坏了，摔在那冻冰的河沟上时，他好像这么转了下脑子：这一辈子的事就要完啦。夜已深沉，斜倚着沟汊的崖上已经看不见庄户的灯光，这荒山里的小村已经歇息了。

现在离新修的大寺不远了。冰河绕着高高的滩地折头向左，眼前变得空阔起来。主啊——他忽然又听见了那个声音。近两年他常常听见这个声音，有时并不是在晚祷的路上，而是在山里，在井台上和炕上的被窝里。主啊——杨三老汉浑身战栗起来。这是哪里在颂圣呢？他真想一把拉住谁听听。村里的人们都笑他，说他是故意编传，好显着自己心诚。那些个货就是不信么，他气恼地想，心里觉得愤愤的。后来他不再对村里人讲这个了，他知道这些话不是和他们讲的。有个能听他这些话的人，可是那个人已经没了。那就是跑得比他快一步的马五爷。趴在开裂的冰河上，他眼见着一粒子弹追上了马五爷的快腿。在穿了两辈子的布絮絮般的烂褂子后背上，一汪子鲜血猛地涌了出来。他知道，若是马五爷在跟前，一定也会听见那个唤声的。

原先家里有两头壮羊。一头黑眼圈白绵羊，一头青花头直犄角的瘦大山羊。那年好像他刚满十二，东面过来的红军正在海原预旺那边打仗。他天天精着沟子撵着两头羊进沟。马五爷那阵怕还不满四十岁，给人看望着一些黄牛。只要上到后沟的砂石梁子，马五爷就爱惜地脱了裤子掖着。或者把裤递给他拿着，自己钻进刺棵子草窝子里去割柴。割下一捆柴回来，大腿小肚划烂得血道横竖，再笑嘻嘻地朝他要裤裤穿。他那时猴子般坏，抱着裤满山逃跑，跑着笑着马五爷的精沟子相。最后，少不了还是被身大力强的马五爷捉住，挨他连捏带揪的报复。那时山里更秃更荒，没棵像样的树，也没谁进来下种子收拾庄稼，红砂石的洼缝里长满了苦苦菜。马五爷和他两人赤裸着歪在石头上，顺手撕一把嚼一阵，成年地用那晒蔫的苦苦菜填着肚子。他还是个儿娃子呢，听不来马五爷胡说的那些吓人的花故事。他喜欢仰在石头上架个二郎腿，一边让火烫的太阳晒烤着自己的屁股，一边美美地听马五爷扯着嗓子唱。“三天没见上尕妹妹——阿哥的肉呀，你把好人想成个病汉。”有一日就是正听着唱时，小小年纪的他突然听见了那个声音。主啊——他看见马五爷已经跳了起来，神情刷地变了。一直好久，马五爷还痴痴地呆立在山梁上，呼呼的山风刮过来，卷着砂粒打在他们身上。村里人要么笑他编谎，要么笑他有病，可惜马五爷离他去了。人活一世原来只是一口气，那么刚强喜人的马五爷给一枪毁掉，也不过是眨眨眼的事，就像他在冰上滑一跤似的。马五爷冤屈着去了，留下来给他的不过是难熬的余年残月。这些事，谁说得清呢。他默默地走着，不愿再想马五爷的事。村里人们都不愿意再想那些事啦，上头人撂下一张平反证和几百元命钱，也就去忙别的了。可是，那年月的尕娃娃如今都抱着孙子了，眼看快绝了后的户，数数又有四五十口子人，洋芋舍了换成麦子，坡地退耕再养牛养羊，这山沟里的人命硬呐。心里还有主的念想，再苦也能寻个安慰。比如马五爷扑倒在河对岸时，血把一蓬蒿子草染泡得红红的。可他知道，像马五爷那么心诚的人不怕那个，马五爷扑在那砂石岸上时，心里一定满是天堂的光亮。杨三老汉穿过一块滩地，朝那片黑暗中的树林子走去。星星又露出来了，周围的山影显出了几条刀砍般的褶皱，在墨蓝的天穹下模糊又鲜明。

这块河滩上的台地比沟水高出一块，像是伸来的山脉在这里拱起的一个坡。今晚上实在太迟啦，他想，等到了寺里人怕都散了。他总是不能每天五次礼拜，庄稼人的事太忙，有时连晚上礼一次都顾不上。想到这个他心里就羞愧得慌。住得又太远，他打量着滩里的黑糊糊的房子，尽力走得快些。河滩里的庄户盖得紧密，夯实的夯土墙在夜里泛着一层白光。突然间狗儿吠叫起来，远近吠得连成一片。他有些慌了，那个神秘的唤声又轻轻响了起来，轻轻的像一缕游丝。记得在山里和马五爷在一起那次，那声音也是这样飘忽。那次马五爷流着泪，一声胡大一声主地唤了起来。才十二岁的他也嗵地跪下，双膝顶着尖利的砂石。杨三老汉的花白胡须颤抖起来，嗓子头上哽住了。真不该呀。他痛苦地责备着自己，真不该只顾着吃那两碗酸汤面，现在晚拜一准已经开始，他来得实在太迟了。他心里一片懊悔。密密的青杨林冷冷地拦着路，使他看不见那一牙熠熠闪光的青铜弯月。

十七岁那年远近的回民都反了。他又丢了人：没有找上一件铁器。月牙斧头，铁锨，叉子，连打场的连枷都让大人扛上走了。沿河长的都是野杏树棵子，他蹲在杏树丛边上，成天盯着通向外头的大道。可是大道上总是不见人影，父亲和一个亲房的叔都死在泾源北面河。等国民党的兵寻着转到这里，又杀了母亲和一个瘸腿的兄弟。两个哥都是小时候病毁了的，杨家满门剩下了他一人。那时候河滩里的石头蛋都被血腻住了，牲口过河都止不住地打滑。他学着乡亲们的样，不落泪，讨着饭走到泾源给亡人上了坟。人的命，有九个苦还有一个福，那时到处都是年轻的寡妇。他上坟回来拾上了一个，顶起门户接着过日子。三十三岁那年又赶上了劫难，饥民们剜着野菜又背上了谋反的名。马五爷和他正在山里剥榆皮呢，有人扛着钢枪来捆他们。马五爷推着搡着不叫捆，人家端起钢枪来。马五爷抄起斧子，把那条端枪的手臂剁了下来，转身就朝山外跑。马五爷在前面跑，他在后面紧紧跟。跑过结了冻的河沟汊时，他滑得摔翻在河当中，榆树皮撒了一冰面。马五爷命定的日子是那一天，血淌在砂土地上的蒿子草丛里。他那时随马五爷学的心硬气强，一声不吭地拾那水上的榆树皮皮。在这片山沟里长大成人，那种时候他总是心硬得赛铁。那种时候人得较着一口气，不像如今，太平日子白面馍馍，人过得没出息了。有时还莫名其妙地鼻子酸。有一回独个一人在山上刨洋芋，饿了寻个山洼洼，烧红了石头渣子煨洋芋吃。吃着吃着，日鬼的不知怎么落下两颗沉沉的泪来，弄得他又烦又奇怪。

马五爷给枪打毁以后，他给判了个管制分子。那时节正闹饥荒，没有饿毁的人一天到晚寻榆树皮，剜苦苦菜。万物最数野杏树的叶子难吃，可也慢慢地捋光了。他咬咬牙，舍了女人娃娃逃了青海。青海那地方穷人蹲得住，渠水清哗哗的。他寻了口破寒窑一蹲几年。心里冤屈，火气更盛，没想到天气凉伤坏了腰腿。从青海回来他就只会慢吞吞地走路了，一年年地就到了如今。村里有人耍着说，准是在青海浪得美，把身子骨伤下了，说得他心里不舒坦。几年逃难拿回来三十个元，那三十个元只有胡大知道攒得多难心。那眼漏风的破窑里没有灯盏，一夜夜地，心里就剩下个真主能唤上一唤。人受着那样的屈苦，若是心里没有一个念想，谁能熬得住呢。

杨三老汉还是看不见那闪闪的弯月亮，只见几株粗壮的杨树梢头刺向黑夜，树皮上涂着一抹青光。他使劲迈大步子，想早一点看见那个漂亮的青铜月标。在青海蹲的时候，夜里铺盖只有一堆烂草。寺里的阿訇夸奖他说，在青海那几年他的心一下子坚了。盖着那堆草，他满怀着诚恳和希望颂主赞圣，日子慢慢地不那么难过了，心也不那么屈得憋堵了。他总是想着三间土坯屋顶上，插在野草里的那个残缺的铁月亮，有时竟一直静静地想到天明。从青海回来那天夜里他就急着去了，在长满杂草的大殿里一直跪到金星升起来。记得那天透过坍塌的顶棚，他看见了那个锈斑累累，残了一块的镰月。那牙铁月亮漆黑地立在上面，沉重而神圣。

穿过树林子以后，空旷的夜空和巨大的山影又露了出来，山峦的暗影依然呈着一种暗红，在墨一般深邃的天幕前面沉默着。是血浸的，杨三老汉想，这砂山是给血浸红的。从清朝数下来，已经数不清了，沟里人的血就那么一腔一腔地顺着沟沟壑壑，浇在这片荒山野岭上啦。他扶着腰，小声地喘着，想起那天在寺门口和黄头发洋女子胡扯的话。洋女子说，她觉得这沟里的人有点奇怪，可是她又很喜欢这些人。杨三老汉半天没答上话，但心里想，若是这女子听说了这沟里的故事，她能信是真话么。

狗叫声不知什么时候又消失了。今天的礼拜耽误啦，杨三老汉感到心里有些苍凉。从家里出来时，他以为走快点不会误事，没想到今晚上腰腿疼得这么厉害。此刻像是夜深了，黑暗水一样弥漫着，轻摇着熟睡的山沟。都睡沉啦，他想道，寺里一准已经作完了晚祷。不能少吃那碗酸汤面么？如果换了马五爷——永远也别再念叨马五爷吧，想起亡人心里更愧。他责怪着自己，心里渐渐充满了痛苦。自从退耕养草的令一传下来，他知道，自己心里就单想着寻个乳牛。寻一个小牛娃贵得吓人，听说要二百几十个元。你就记着那二百几十个元啦，心再没有个诚味儿。想到这里他害怕了，因为这条沟里瘟牛病羊的事他见得多了，都是因为心不诚的缘故。等你花净了那二百几十个元，牛娃子牵进门许就烂鼻子烂眼呢！他恶狠狠地咒着自己，踉踉跄跄地走着。慢慢地，心里觉得平静了一点。

这一带的穷山里，人活得不像人样。日子是亡人舍下的一半，心是碎了一半的心，连寺上的弯月也缺着一块。可是，又万般平静。难怪那管林草的洋人女子觉得奇怪，杨三老汉想，确实是奇怪呐。若是这里的人出了外，坐火车，进京城，或是像那洋女子一样跑到外国外邦，——外面的人能一眼看出这些人的门道来么？就算是告诉人家自己进寺礼拜，不同族不同教，人家就能明白么？杨三老汉深深地叹了口气，摇了摇头，扶住路边一株树。岁数大了，剩下的岁月不多了，所以变得算计这些道理。老了老了钻了牛角尖。他嘲笑了自己一句，接着往前走。就在这时，夜幕后面那座堂皇的大寺浮现出来了。

杨三老汉感动得站住了。

想了想，他又慢慢地坐了下来，出神地望着正对着他的那安详的大寺。漆黑的天上已经看不见那几粒小星，暗红的山影还在左右耸峙。夜幕遮着一切，暗暗中清真寺的拱顶微显着浑圆的曲线。贴瓷的正墙只是浮着一层光滑的感觉，他甚至好久才从蓝黑色的天空里找到那支肃穆的弯月。可是他还是觉得眼前的大寺清洁似水，在均匀的夜色中，棱角清晰而端庄。他觉得这大寺和背后默立的山峦，还有浩渺的冬夜的怀抱都在醒着，一块体验着单纯而神圣的时刻。

老汉悄悄地坐在地上，乏累的腰靠着那株树。他知道晚祷早就开始了，他不能再闯进去。去年沟里盖这座寺时，他卖了家里的鸡，凑了一手扶拖斗砖瓦。小时在山上拦羊的时候，有一回到了马五爷家亡人的忌日。马五爷和他寻见一只跳着的嘎拉鸡子，想给亡人过一过日子。可是那不会飞的嘎拉鸡子蹦得可欢，顺着秃秃的红砂石山脊，直直地逃进了荒凉的深山。后来那鸡没了踪影，剩下老少两人，听着呼呼的风响，痴痴地盯着山上的红石砬子。按理说那嘎拉鸡逃不了，不会飞嘛。几天他都怕跟马五爷搭话，那时他年纪虽小，也觉得马五爷真是个前世的罪人。不管怎样，杨三老汉想道，如今日子好过啦，揭开锅是麦子蒸的馍。您老人家就闭上眼上您的路吧，那一小车砖瓦里算着您老的一份呢，他心里安慰着屈着走了的马五爷。那是自己喂大的家鸡，比瞎扑腾的嘎拉鸡子强得多呢。他又想到父亲、母亲和瘸腿的兄弟，他们都为着那三间破屋和那缺了一块的铁月牙毁了命。走吧，走你们的路吧，他暗暗唤道，如今的寺是绿瓷砖，铜月亮，国民党也喂鱼去啦。他独自想着，念着，不觉得眼里又落下两颗泪水。

那外国的洋女子刚看见这座寺的时候，大惊小怪得又喊又叫，摸了瓷砖摸大门，后来就远远地盯着那支铜月亮。那天刚刚散了礼拜，寺门口挤满了人。若不是一个公家的眼镜人揪住了他，杨三老汉怎么也不敢和那个洋女子乱扯的。眼镜人说：“布朗小姐说，这座寺使她激动。她问，为什么你们有这样的诚心呢？”那洋女子真吓人，一把捉住他的手不放。他使劲地抽着手，臊得站立不是。后来总算回过去一句：“丫头，慢慢地你就明白啦，人得有个念想。”眼镜人比划着和洋女子说了好一阵，又来问他：“念想，就是希望吗？”他觉着不太对，又回道：“说不清，这个念想，人可是能为了它舍命呐。”现在想起来，那拨浪小姐惊奇得有理，她管着退耕种草的事呢，天天盘算着退耕一亩山地她掏多少支援。她知道这沟里长多少粮食，能换多少钱，知道这沟里的穷汉修这么漂亮的寺有多不易。不过，自己那回话也还行，等她有了儿孙，经得多了，也许再有些三磨两难，心也缺上一块，她或许也能明白：人活着还是得有个珍珍贵贵的念想。

这时，那座暗夜中的大寺突然敞开了一扇门。一块方方的、灿烂耀眼的灯光一下子涌了出来，深沉的黑夜无声地打开了一个辉煌的入口。黄黄的、温暖柔和的灯火在那扇方方的门里满盛洋溢，把那茫茫的黑夜点缀得活泼可亲了。门外光芒洒上台阶，门里灯火里人影摇曳。一直深埋在冬夜里的贫瘠山峦又浮了出来，暗红色的山体雄壮而悲凉，山腰里沟棱鲜明，积雪斑斑，小心地环绕着中间的夜寺。杨三老汉吃惊地张大了嘴，目不转睛地看看这陌生的景色。这时那大门又敞开了一扇，明亮欲流的黄色灯光随着一涌而出，使整座大寺都在背后现出了棱角，瓷装的墙面闪烁着光点，浑圆的尖塔高高举着镰月。

杨三老汉紧紧地抓住了身旁的树，树叶子在他头上颤抖着簌簌摇动。他意识到自己余生的日子不会太久了，他没有想到自己此生还能看到如此辉煌的景色。从他十二岁那年心中第一次有了那个念想，第一次跪在山上尖利的石头上以来，他一直盼着的是什么呢？是眼前这灿烂的夜寺吗？他费力地想着，不知怎么心里觉得一片茫然。

他望望四周，苍莽的山沟仍在缄默不语。河沟的冰在远处环绕，犁沟翻起的土壤又重又厚，黑暗中的村庄还在沉沉酣睡，为明天的辛苦积攒着力气。不管怎么样，总算是到啦，他想。他久久地站在那里，望着那神秘的夜寺，一直望了很久。

一九八五年二月

终旅

他走过河岸上的柳树林子以后，就看见河水在眼前漫成一片黯淡闪光的浅滩。夕阳这会儿是柔淡浑沉的；静静地悬在柳林梢尖上面，安详地望着他。不像在下游那些烧成焦土的村庄见到的那样，枝杈和摇曳的叶子间缝里没有射过来那种强烈晃眼的光束。在那儿，烧塌的焦土上头挂着明晃晃的火轮般的太阳，那种白花花的光束总是扎得他双眼酸疼。而这会儿夕阳却黯淡淡的，温和得像个老人的脸庞。河滩宽宽地朝两边扩展开去，两岸黑压压的林子退得遥远。这么静，真怪哪。像是没有出事一样。像是在一个假的世界里一样，连太阳都这么柔静。他瞟着远处河面上浮闪的光点，觉得这里的一切都那么奇怪。太阳将没了，在水波上撒着捉摸不透的微光。河水在浅滩里汩汩淌过，浸泡着河心滩头的铁青石头。没有焦土，没有浓烟，只有波纹上涂着的粼粼的光点，四野静寂得像是沉进了一个梦。他大步走着，喉咙里嗯嗯地喘着，碎成烂条条的袖口和前襟上脱了线的一块补丁，随着步子一下下地上下飘飞着。

他走上河心滩的时候，天色已经晚了。河滩罩在一片青濛濛的雾气之中。赤裸的腿上满是污泥，破裤湿塌塌地贴在泥腿上。后来他走进浅浅的河水里，小腿立刻冲洗得干净了；净得泛着红润。这么趟着水走走，他想道，连心里也清爽啦。这片静悄悄的河滩地简直不像是这世界的，我这是走到哪搭来了呢？几天来心里一直堵着一堆火，疼辣辣地燎得心里难受。天一阵阵就要黑透啦，他想，歇息一阵吧。他拣了块湿漉漉的青石头坐下来，眺望着河湾。

暮色凉凉地水一般浸漫而来，天边残剩的半块淡红色的夕阳更黯柔了。他觉得奇怪得很，总觉着自己走进了一个假的世界。走到这搭，心就静啦。

在上游那些烧得焦黑的河湾叉子里赶路时，他总淌着鲜红的鼻血，一连几天那鼻血止不住。他知道那是心火盛得烧毁了身子。那几天哪怕是独自一人也常常浑身颤抖，两个拳只顾僵僵地攥。那时天上的太阳毒烫烤人，前晌像个栽满针的镜，光芒扎得人眼疼痛；后晌到了黄昏，像一盆血。他想，太阳那会就像一盆颤盈盈的鲜红的血。也许眼睛就是瞧那鲜血瞧的，现在无论看什么都觉得有一层红。顺着这条河，两岸全是一层淡红，连烧焦的土房子也像是溅着血。黑黑的炭土里掺着红斑，坍塌的泥墙上也满是红斑，往前走走也许强些呢。他宽慰自己地想，干硬的脸皮上绽出一丝苦笑。他揉揉眼睛，捧起一捧河水洗脸。水珠哗哗地溅响着，显得河滩上下空旷得很。流着的河水仿佛屏住声了，两侧的大山一声不吭。树林子上头只见叶片抖动，可是听不见一点声响。寂静的河滩地里，只听见捧起的水清脆地跌进河里，那声音空空地响着，朝空旷的河谷散开去，显得有些吓人。这是什么地方呐，他这么想着，双手不由得哆嗦了一下，一捧水全碰洒了。等他又伸出手臂打算再掬一捧的时候，他看见——清洌的河水里浓浓地荡游着一条鲜红的血丝。

他麻木地盯着那丝游着的浓血，慢慢地立起身来。他整了整裤褂，把腰带用力杀紧。后腰上硬硬地咯着一个什么。他用腰感觉着那硬硬的东西，心里涌起一阵快意。月牙斧头虽小，可是尕斧头磨得雪亮。朝廷，他狠狠地咬着牙，转身走离了河心滩，一脚踏进水里。那股血丝被溅出去的浪头打散了，可是很快又漂上水面，扭曲着继续漂浮。朝廷、官家，看来是要把这搭的人斩尽杀绝呢，他想道。他心里想象着那个从来没见过的官家的样子。怎么也想不出来。从下游马家渡口那儿，沿着石头寨、小丁庄、青石峡、海汪川，所有的村子都成了焦土。青石峡村庄靠着山林，连老树林也烧起来了。他走过那个村的时候顶着浓烟，嗓子呛得肿起来了。那天村子已经烧了三天，焦炭一般塌在那里。可是山林呢，他想，也许还要烧三十天。他忘不了那股盖住了山头的浓烟，那浓浓的黑烟吞没了山头，吞没了瓦蓝的天空。他的双手又不觉握成了一个拳头，痉挛地颤抖着。他哗哗地趟过河，大步踏上了河边的小道。原来官家，朝廷就是那个模样，就是那股吞天盖地的黑烟。原来不是因为什么官家或者朝廷，就是因为这黑烟。这股黑烟是回回的克星，它和这十七条山沟结怨结仇太久啦。

河湾依然静寂青蒙。太阳沉没了，暮霭在低矮的柳林里穿梭浸透。波浪上已经没有了那些金色的闪闪光点，只是黯淡地泛着一抹灰白。真是个假的世界呐，他愤愤地想着，望着这片静悄悄的河滩。像个老人们唠叨的故事一般，美美地一个太平地方。听说官军已经围住了沙家堡大寺，围了里外三层。沙家堡的大寺是这片秃山穷沟的盼望，是人心里的灯。他知道，远近十七条沟里的回回男人都正朝那里奔呢，像他一样腰里别着斧头。上游河里飘下来一股血丝，他寻思着，那血又浓又稠。怕是已经打起来啦，他抬头望望前方的大山。听说官军刚把大刀矛子换了火枪，沙家堡大寺要遭劫难啦。暮色浓重，天气突然间凉了下来。河岸的柳树林子里，顺着树干的缝隙飕飕地穿行着冷风。他想起前方的沙家堡，心里又燎燎地起了火。天快黑啦，往前路径不熟，可不敢走岔了沟哪，他焦急地想着，急急地加快了步伐。

在前方的昏暗里，远远地传来一声闷沉的炮响。那声音闷沉又威严，余音嗡嗡地震动着空气。他浑身冒出了一层冷汗，精神猛然间抖擞起来。

他不清楚是怎么迷的路。河岸上那条光溜溜的小道不知怎么把他引到了这片河汊里。前一脚还踩在硬实的地上，后一脚就落进齐膝深的水里。天上现出繁星的时候，他辨出了北斗，想试着找回方向来，可是那七星北斗却把他引到了这个鬼睡的地场。失了路啦，他盲目地趟着水，这么要紧的时候把路失啦。他知道这些穷山沟，沟沟都是一个模样。失了路，走迷了，一迷就是迷到底。沙家堡大寺在哪里呢？怎么又听不见官兵的火药炮响呢？要杀就杀么，把你鬼日的炮全点响。村村沟沟都烧焦了，活着的男人都去了沙家堡。我也得赶快去沙家堡，我三十岁的汉子活这一世原来就是为了走这趟沙家堡。他的心里突然一醒。真的，他奇怪自己的心情变得平和了。怪呐，好像上山受苦、进寺祈祷一辈子，就为了懂这么一句话。原来真的掖上斧头，真的在石头上磨利了斧头，把它硬硬地插上后腰以后，人就明白了。人生一世就是为了走这趟沙家堡。他走着，仿佛又看见那个沙山环抱的小村庄。那个小村四周绕着土墙，墙里头使青砖青瓦砌着个圆顶的清真寺。夏天的日子里，那小村整个罩在杨树叶子里，在沙窝里显得绿荫荫的。

这阵子他的心全平静了，不再火冒三丈地为迷了路发急。天上没有月亮，繁星在蓝空上灿灿地闪耀。荒山还是老实地蹲着，河面上涂着星星的微光。都不发急呐，他暗暗想，都悄悄地还是原来的章程。这算是个啥世界嘛，没有个厮杀的气象。他望着星影下淡白的波光，望着河水绕过石头和滩堆，朝弯弯叉叉的黑树林子下面漫过去。我可真日鬼哪，把好端端一条路走失了，日鬼到这么个泥泥汤汤的地场。他茫然地趟着水走着，最后终于站定了，立在平坦的河心中央。星光从肩后投了过来，他看见光滑的，暗暗发亮的水面上映着一个他自己的巨大无比的影子。多大的影子，他失神地想。瞧能认出肩膀和脑袋来。他觉得那个灰蒙蒙的黑影肩宽颈粗，腰板直挺挺的。这么大的个子，他回想起左邻右舍那些乡亲的话来。咋么个生养的么！那些老人说，从尕娃起不就是上山刨石头，下山啃洋芋么，咋长了这么大的个子！所以当朝廷的兵进了村的时候，他推开村里乡亲，举着斧子跑在前头。后来村子被朝廷放火烧着的时候，他的月牙斧子已经砍得卷了刃。所以在深沟里蹲着躲避的时候，听说沙家堡大寺被官军围了，听说寺里已经放出来舍命保教的口唤，他就在山石上磨开了斧。这大个子，他默默地望着自己的倒影，原来是这么回事。他盯着倒影，那影子混蒙蒙地躺在水面上，像是直愣愣地扑倒的一样。原来是这么回事，他觉出心里静静地正升起一股凄凉。

那巨大的影子还是一动不动地扑倒在水面上，像是真的死了一样。他有些慌，便从水里拔出腿来。

水里的倒影摇动起来。他苦笑了一下，不再胡思乱想。一圈涟漪轻轻地朝他脚下扩散而来。他走了一步，影子剧烈地震荡着，散乱在涟漪里，而且轻轻地摇响了波浪。他觉得有些不对，刚刚转着脑筋想，那水上忽然哗地溅出一个浪花。他惊恐地瞪圆了眼，右手猛地拔出斧头。“啊！——”他听见一声尖厉的惨叫。

他吓得接连踉跄了几步。后脚和腿肚子扑腾腾地踢起高高的浪花。可是他还是站稳了。黑黑的倒影移开以后，星光洒在水边低矮的灌木树棵上。暗黑的河水里有一个人正蜷缩成一团卧在那里。

他慢慢地放下了举着斧的手臂。真是见了鬼啦，他喘着粗气。这地场算个啥世界呢。他看出来了：那是个女人。他提着斧立在水里，好一阵才让心跳平静下来。

过了一会儿，他想了想，掂着斧走了过去。趟开的河水沉重地被腿划响着。他仔细地搜寻了一阵那黑树棵子，然后转过脸打量那蜷成一团的女人。

像是个年轻妇人，他想。这女人紧紧抱住头，半边身子卧在河水里，河水泡透的湿衣服贴在身上，水亮亮的。他叹了口气，逃难的。他猜想得出来，一准是上游庄子也给朝廷的兵糟害了。下头的庄子也是一样，老幼妇人此时也都在沟里蹲着呢。浪头里游着血丝丝，妇人家睡在河水里，他想，官家，可恶的官家哪，他实在想象不出那朝廷官家究竟是人还是物。他又想起那滚滚卷卷的黑浓烟来。他慢慢地把斧头在腰上插好，站了一阵，没有想出什么可说的话来。他搓了搓手，趟了几步登上了岸。

他抬头又看了看七星北斗。那七粒星星躲躲闪闪地眨着，黑暗的长天一望渺茫。他放下卷着的裤脚，振作起精神来，决心就顺着这条小路走。

他迈开腿走了两步，扭过头来朝黑暗中吼了一声："不能再睡在水里，夜里风硬呢！"

沙家堡，也不知怎么这个沙家堡就成了这片荒山沟的神圣。他已经三十岁了，他也忘了沙家堡究竟是怎么也成了他心里的神圣。后来他已经不喜欢打问事情的来由了，只要是为了沙家堡，他从来是提上斧头就走，连块干粮也不掖。寺里听老人们讲，西方有麦加圣地。他弄不清楚麦加在哪里。他从一个精腚沟子野娃长到三十，长成一条大汉，还没有走出过这片荒瘠的山沟。他只知道沙家堡。祖祖辈辈都是这样，太爷和爷都是为了沙家堡那座青砖的寺，就让血染红了脖子。十岁那年他随着爷出去讨食，在街上听见一个儿娃子咒沙家堡难听的话，他撇下讨饭篮篮就扑上去。后来他搂着那娃滚了崖，至今额角上留着一块疤。从那么小长到如今一条五大三粗的壮汉，吃糠咽菜，他只见了些土屋寒窑。可是沙家堡却有一座干净的大寺，他猜想回回几辈子的苦处大概就换来那座寺了。河里顺着浪头流下来一股子血，沙家堡已经给官军围了几天。有从暗静里传来了在沙家堡和朝廷决一死战的口唤，他知道十几条山沟里活着的男人，都流水般奔向沙家堡。在这样的黑夜里走着，不知为什么他琢磨起这件事。多奇呐，他想，人们好像是苦着累着盼来了这一天。苦上一辈子，最后盼来这一天。这一天有什么事要发生呢？他一清二楚。官兵已经把矛子换了火药炮，他知道那些男人们也都一清二楚。他大步走着，穿过密密的丛丛矮树。枝条不时重重地抽在脸上，他奇怪自己为什么不觉得疼。他心里又空又静，只顾走得痛快。夜空上仍然没有那亲切的月儿，只有繁星簇簇，晶莹地闪着，又远又轻，不知闪闪的是什么意思。

这时他又听见身后什么在咚咚地响。他浑身一震，闪电般拧过身来，斧头已经握在手里。一刹间他看见一个湿亮的细小身影，那身子收不住，朝他又跑了一步才站定。黑黑的夜里，那身影像个水鬼，浑身淋淋地闪着水的光亮。湿衣服紧绷着的身子一望就知道是女人。

又是那个妇人，他想到，从河里起来了。星斗熠熠地闪烁着，脚下的小路水渍斑驳地闪着白亮。都是走路的，他想着用手指头扳开布腰带，把斧头把子从腰带的缝里插进去。光滑的木柄贴着后脊朝下插去，沙家堡大寺，他又想起那个地方来。十七沟的穷庄稼汉已经给官家的兵杀灭了多少呢，他不知道。也许远处那些沟里没有这么重的残害。可是活着的汉子一准都顺着这些水溜子闪亮的河岸小道走着呢，腰后都硬硬地立着斧头。他们一准也和他一样觉得腰杆子硬得踏实，因为后头立插着一把磨开了刃的斧子。这妇人许是走迷啦，妇人们该躲远些才是。他已经继续赶路了，扰人的杨柳和灌木梢子又不时抽打在他的脸上。

星空仿佛升高了。小时候有时爬上过那沟头的高高山垴，浪着耍着天就黑了。那时候天也显得高高的。蹲在山顶上缩成一团，一手捂住烂成缕缕的膝头上的布片，一手捏个烤洋芋咬着。那时候山风峭峭地尖吼，可是天空却蓝得澄净，远得醉人。他回想着，叭叭地踏着小道上的积水，水珠在旁边的树棵子里落得沙沙响。这阵子可真静哪，这搭简直就是个假的边界。天也蓝静，心也平和，听不见火炮响，让人觉着天底下还是好，还是值得人恋着，让人忘了沙家堡，忘了那天灾般的隔些年就冒出来的黑浓烟。

他又发现了后面的动静。那女人还在后面跟着，无声无息的。他看不清那女人的眉眼，女人蒙着一块黑盖头。可是星光把眼前的路径照得明明的，他的心思都在这条路上了。

他走得一阵快一阵慢，心里也是一阵迟疑一阵发狠。主啊，他念叨着主。最后的日子了，指条路给咱。可是主已经指出了路：精赤着身子生在这条穷沟里，吃上一辈子洋芋野菜，最后在沙家堡得个轰轰烈烈。主已经指得真真的啦，他想。人不怕苦，只怕罪。十七沟的回回都怕心里背上罪。沙家堡也是秃山浊水，可是主把那辉煌的事情放在了沙家堡。腿上泥土成渣，肠子比牛胃还粗的庄稼人也就盼着能走沙家堡。不是别人呀，是咱这些受苦的种，居然蒙着混着还有那么光灿灿的报答。有谁能不感动呢？他想到这些心里又泛涌起一道酸烫的感动，眼眶子里立时就漾上了泪。还是爷爷讲过的呢，小时听阿爷讲这些个事，你尕娃子半句不懂也流了泪。现在能行啦，他心满意足地感觉着背后那硬硬的东西，看咱吃糠咽菜也长成了一条壮汉。明天到了沙家堡，——明天到沙家堡，今夜晚不能瞎黑撞进去——我要让官军的血也染红河水，我的月牙斧子要剁在他们戴着号帽子的头上。

他听见那女人又跟上来了。这次她像是不在乎动静，能听见她踏得水洼子啪啪地溅响。他心里烦了，回过身来。他吓了一怔：那女人紧靠着他，湿漉漉的身子裹着一层薄薄的光亮。她简直，他生气地想，她简直是踩着我的后脚跟走哪。

“你，你要走哪搭？”他气愤地吼道。

黑夜里嗡嗡地飘着他的吼音。他又压低了嗓子问道：“你……你是个谁？”

半晌那水湿的影子才应了声：“怕——”

“你咋睡在河里？”

“怕，”女人的声音清楚些了。

“你走哪搭？黑地里一个妇人家！”

女人默不作声。他看见她戴着的黑盖头像是在打着抖。定是庄子也给糟害啦，他想，这条沟准是刚刚过去了朝廷的兵。一个回回妇人黑夜睡在河里，还能是为了哪样呢。

“家里人都没了么？”他低声问。

女人在黑影里低低地啜泣起来。有一滴水从她的湿衣服上抖落下来，在星光下亮莹莹地划出一条直线。一个妇人是怕呀，他心里想道，可是条条沟里的妇人们都一个样。自家的母亲和妹子也正在山里蹲着呢。你该谢谢主呢，这么硬个命，他打量着眼前的蒙住脸面的女人。海汪川连个妇人也没能出来，整个庄都给官家抹灭啦。也许老人们讲得对，妇人们的罪是深呐。他叹了口气，奔你们的命去吧，此时男人家顾不上啦。他默默地转过身，迈开脚又走进了黑暗。

隔着山闷闷地响了一声炮。咚隆一声以后，嗡嗡的尾音震颤了很久才消失干净。他停住了，抬起头望望夜空。蓝沉沉的天穹上依然繁星簇簇。他很快就从那些星星中认出了七星北斗，此刻那七粒小星晶莹水汪得像是要从天幕上落下来。他苦笑了一下。一准是走迷啦。七星指着背后呢。老人们说夜路靠七星，看来这话也靠不住。这响炮若是在沙家堡响的，就该翻过左手这架山才对。不走了，他想，他坚决地一把扯出斧头。蹲到天明就知道啦，沙家堡一准在炮响的那个地方。十七条沟里只有沙家堡筑着护村的土城堡，官军搬上火药炮来，为的就是打开沙家堡。那炮声像是报时辰呢，他想，命里的时辰。明天上了山，什么就全清楚了。他知道等明天站上左侧的山垴，准能看见衣衫褴褛、腰插斧头的庄稼人从道道山沟里跑出来。像河沟里流出来的水，一个跟着一个。等他们汇在一处，拔出银闪闪的利斧，从怀里摸出白帽子戴上以后，一条疯狂的河就会扑向沙家堡。一条混浊的河，翻着白色银色的浪，疯狂地扑向沙家堡。歇下，他兴奋地用斧头打扫着地面，歇下吧，天亮再走。想起那条翻腾的河，他觉得身上的血悄悄地沸腾了。

星光把他的影子映在河岸上，他觉得自己从来没有这么高大健壮。浑身上下每一寸都活泼泼的，在黑暗中涨着涌着力气。沙家堡不比海汪川或者青石峡，沙家堡是灭不了的。他激动地想着，用树枝铺个地铺。沙家堡是什么？不，不是一个庄，不是一个寺，他骄傲地自问自答，兴奋得有点晕眩。“咚——”又响了一声炮。这一响不那么嗡嗡的震啦，他在黑暗里笑了，这是一声壮胆的冷炮。沙家堡是什么？沙家堡是一口气。你能灭了男男女女的庄户人，你能灭了条条山沟的庄院窑洞，你就是灭不了这口气。他咧开嘴无声地笑着，踢开地上的石头，准备躺下歇息。

他重重地躺了下来，又翻了个身躺得舒服些，脸对着一片黑朦朦的矮树林。树棵子在星光下微微地发着亮光。是湿漉漉的亮光。接着他就看清楚了：那个女人正静静地蹲在树丛下。

他怒吼起来：“跟着做甚？！你是个谁？”

奇怪的是他一直没有察觉。她什么时候蹲在那里的呢，还严实实地蒙着黑盖头。简直是个精灵呢，他紧张地盯着那一动不动的蒙面女人。也许她真的是个鬼精吧？走路不出声响，像是踩着棉花。

一阵风掠过树梢，高头的密叶子刷刷地响了起来。他惊得出了一头冷汗。这不是真的，他想，这是个精鬼来往的假世界。风过去了，漆黑的河滩又是一片死寂。

“你走哪搭？跟着我作甚？”他又厉声喊道。他看见那个湿亮的人立了起来，黑盖头依然披肩遮面。他到此刻还没见过这妇人的眉眼。“跟着作甚？”他心里冒起一股无名火，沙家堡已经近在眼前了，他忍受不了任何人搅乱他对沙家堡的幻想。他跳起来，手里的斧头上闪过一道冷冷的光。

那人影一下子扑在地上，匍匐着哭泣起来。“怕呀——”她尖叫着，湿漉漉的身子颤做一团。

他呆愣了半晌。他想起来了，这样的妇人其实他见得多了。听着她揪心地哭，他的心软了下来。妇人们的孽障大啊，男人们和朝廷结了仇，引来了扛着火药炮的官军。可是男人们总还有个报答，沙家堡是男人们走向天堂的地方。女人呢，他深深地叹了口气，撇掉了斧头。

他弄了一个火堆。火苗燃起来后，四周的黑黑山影都摇晃起来。半潮的柴炸裂着，把浓烟送上夜空。黑茫茫的夜被冲淡了，在一小团黄火苗上面游移。“烤烤吧。”他闷声说了一句，就坐了下来。

女人背对着他烤着火。他看见一缕缕白白的水汽从那女人瘦削的后背上冒出来，又被暗夜吞没。他一直默默地坐着。没有干粮，肚子也觉不出饿。他只觉得浑身燥热。走沙家堡的汉子是用不着带干粮的，他想。火光熊熊地烤着前胸，烤者身旁平躺着的那柄斧。就这么歇息吧，他想着又望望火堆那边的妇人。妇人正在烤那块盖头，晃动的火光映出了一个女人的柔细脖颈和蓬乱头发。三十岁就走沙家堡，三十岁就染成血脖子，他呆呆地想，连个妇人也没能娶上。连妇人也没挨过就走了沙家堡哪，他觉得有些凄惶。一辈子三十年，穿了些烂布索索，啃了些洋芋野菜，连个女人也没有挨过就完啦。他扭过头，斜歪在地上。铺的树杖子散着苦味，火光把滩地照得微微泛红。在那滩地上歪歪地斜着一个硕大的黑影，宽宽地印在闪烁着的河滩中间。都是影子，他想，这也是个黑糊糊的影子。他闭上了眼，听见女人那边弄出的微微声响。都苦啊，都是官家造的，他又想起那滚滚上升的黑浓烟。官家是些什么呢，他从小就费劲地想。看不见也不认识，旱季里像股干干的黄风，收秋时像阵冰球般的冷子，寒冬腊月呢，不像漫天的雪，像那股子要命的“冻”。官家这一回托的是黑浓烟的形，烟滚滚地卷来了官军。从下游马家渡口数吧，石头寨、小丁庄、青石峡、海汪川都成了焦土。简直是命呐，隔些年就是一次。他觉得自己想明白了，朝廷官家不是别的，就是十七沟穷回回的克星，就是他这辈子摊上的恶命。

他迷迷糊糊地想要睡了，又用劲睁开眼皮看了妇人一眼，心里又是猛然一惊。那妇人正正地对着他坐着，直勾勾地盯着他一声不响。他的心咚咚跳了起来。这里不是人世哪，这妇人活脱就是个精鬼。可是他乏困了，他烦乱地闭上了眼睛，随即就沉进了睡梦。

当那女人推搡他的时候，他正做着什么梦。后来那女人又重重地推了他一把，把他推醒了。他睁开眼皮，好一阵才看见身旁紧紧靠着的女人影子。他觉出一阵阵女人的喘息扑脸而来，这股新鲜的气味把他弄糊涂了。

“嗯？……”他诧异地瞪着眼前的女人影子。

“你把我——引上吧。”女人低声说道。

“引上你？走哪搭？”他奇怪地问。

那女人转过脸去。“引上我吧，”她又说道。

他听明白了。妇人，他昏昏地想，狂风撼树般地心跳起来。妇人，今天是怎么了，妇人自家撵着跟着来啦。莫非这是报应么？但他马上就想起了沙家堡。他费劲地说道：

“叫咱引上走哪搭呢，你自家走吧。”

女人又小声说道：“求求你，引上吧。”他听出黑暗里那女声带着哭腔。“求你行个善，引上吧，引上吧。”女人又蜷在地上，黑黑的一团伏在他脚旁，过了一会儿，这堆黑影里传出一阵难听的声音。他有些慌，女人哭了。

可是我是走沙家堡的人。你不会不知道提着斧走沙家堡是什么意思。我引不上人啦，他渐渐难受起来。妇人——他觉得自己的心里满溢地荡着酸酸的什么。是呐，女人不是走沙家堡的回回汉子该有的奢想。

“你自己走好吧，我——我引不成人啦，”他奇怪自己怎么有这么柔和的口气。“走好吧，等兵退了你就回家。”我怎么会有这么柔和的嗓音呢？他觉得天地都有些晕眩。

“家，家——”女人嚎啕起来了。深夜的河谷被她嚎得充满恐怖。“家——，一个妹子，”她突然尖锐地狂喊起来，“哇！——”

他被这惨叫声慑住了，死寂的夜被撕裂开来。他僵直的手哆嗦起来，碰着了光滑的斧头把子。火辣辣的东西又堵上心口，堵得他胸口发疼。月亮怎么不升上来呢，这七星北斗只会讨厌地眨巴眼。

突然一个火烫的身子扎进他的怀里。黑暗中他觉出女人在死死地揪扯着他，使劲地把热身子贴紧他。“一搭活吧，”女人喑哑的嗓音紧贴着他耳朵说着，“一搭活吧，一搭活吧，”他觉得怀里的女人浑身都在颤抖，那柔柔的嗓音急促又紧张。他又感到一阵恐怖。“行行善，莫把我甩下吧，”女人使劲抓住了他的胸脯。“河里满是死尸，怕，怕呀，”他忍住胸口的疼痛，一声不吭。“一搭活吧，求求你，”尖尖的硬指甲切进了他的肌肉，深深地继续朝肉里扎下去。“你是好人，我看出来啦，一搭活吧！”天空的星星隐去了，世界漆黑一片。他一点也看不清怀里的女人，只是觉得胸脯疼得受不住了。女人滚热的躯体紧紧攀着他，他出汗了。“这河滩里蹲不住啦，原先和妹子蹲在一搭，后来——”他疼得吸了一口凉气，尖利的指甲颤抖撕着他的肉。“后来我妹子给他们撕了，破成两片片，哇！——”女子疯狂地尖叫起来，那指甲钳住一块肉，正死命地朝下撕。他再也忍不住了，“怕，怕，一搭活——”他猛地跃起身，把摇撼着他的女人搂住，把她的两臂折到背后。

他根本看不见这女人。夜黑得不见五指。可是手臂和胸怀都清清楚楚地感觉着这女人的躯体。奇异的女人身体此刻瘫软了，软软地压在他粗壮的身躯之下。他觉出自己心里最深的底层涌起来一股战栗着的浪头，这颤抖的浪抚着漫着他的肢体，漫过了他狂跳的心。他觉得自己晕了。从小破衣烂衫，从小饥着肠子，没想到走沙家堡的时候他有了这个。沙家堡，此刻他觉得那地方像梦那么缥缈，他费劲地从怀里这暖热的肉体上分出神来，想回忆起沙家堡是什么。他的心全乱了，分不出沙家堡和这黑夜河滩究竟哪个才是个真实的人世。“不行呀，”他哑声地对女人耳语着，“我这是走沙家堡呢，你知道么？我引不上你啦。”女人的肉体却尽管紧紧地贴着他，他听见黑暗中女人一直在低声念叨着什么。他俯下头，从那温热的鼻息中辨听着。“不怕啦，不怕啦，主啊，不怕啦，”他听出女人在唤着主。“天一明我就走沙家堡呢，”他又说道。黑暗中没有应声。他感到这柔软得可怕的肉体正在更紧地贴住他。三十年的饥寒痛苦被这个肉体暖得融化了，消失了。他突然觉得这一生过得痛快又满足。沙家堡正在茫茫之中呼唤着他。他觉得女人的暖热正涌着浪流进他的胸膛里，他的力量正在陡长着。他好像触着了明天月牙斧头劈在官军头骨上时那钝硬的感觉。真怪呀，他想道。他从来没有过这样的感觉，他的脑子被这钝硬的感觉完全淹没了。他闭上了眼睛，猛地使出全身力气，把怀里的柔软肉体抱紧了。

响第一声炮的时候，他懒懒地一动也没有动。连弥漫的黑夜都松弛了。他舒服地躺在柔软的黑暗里，好像没有听见那响闷哑的火炮声。“咚隆——”又响了一声炮，炮音连着山谷里撞出的回声，低沉又清晰。四掩的荒山苏醒了，嗡嗡的余音在林子梢尖和静立的崖坎上传动。“咚咚——”第三声炮简直近在耳朵根上。他一惊，立即跳起身来。

夜空稀薄了，蓝黑的云凸现了出来。河滩、荒山和林子开始微微露出轮廓。七星北斗退去了，大团的蓝黑云块急匆匆地流着。一丝紧张渐渐传遍了他的全身。是时候啦，时辰到啦。暗夜还在退去着，已经是天明前最后的黑暗。“咚！咚！”又是两响急促的炮。他一下子扭过头来，盯住左手的山岗。恐怖的不安宁的空气已经充满了河滩。沙家堡就在那边，他狠狠地咬紧了牙关。沙家堡，大寺和官军，斧头和破衣烂衫的激流都在那边。

他急急地束紧了腰带。他撕下一条袖子，搓拧成一条布绳。他呼哧哧地喘着，弯下腰把烂鞋子用布绳绑紧。他站直身子，试着跳蹦了两下。现在上下利索，他想，再跑再冲也不会掉了鞋的。他从怀里摸出一顶污脏的白帽子，他把白帽子戴上头时，双手忽然激烈地抖起来。山那边又咚地响了一炮。他张开嘴大喘起来。他使劲地忍住手臂的抖动，一把攥住光滑的斧头把子。一道黯淡的银光在镜子般的斧面上掠过，他的心被一片疯狂的鼓点淹没了。那密集的鼓点像火焰一样蔓延着，烧得他浑身发烫。时辰到啦，他兴奋地一挥斧子，拔腿朝那座山岗走去。刚迈了一步他又站住了，慢慢地转回身来。

女人蜷曲着缩在一片黑影里，默默地望着他。他看出女人其实是被他粗大的身影遮住了。自己的影子遮黑了半面河滩地，轻轻地晃动着，巨大而宽阔。他痴痴地凝视着黑影中的女人，悄悄地移开身子。黑暗无声地滑开了，微明重新洒上河滩。那女人此刻显现出来了，瘦削的身条上已经没有了湿漉漉的晶莹。

“我得走啦。”他终于说道。声音好像不是自己的，陌生又古怪。

那女人动也不动。他觉得这瘦削的黑影不像是个人，像是一截河滩里的树桩。黑黑地默立在那儿，像是在责备着他。天空迅速地变薄了，最后的黑夜正在匆匆逝去。

天明以后，官府的兵又会走进河滩两岸密密的杨柳林，寻到逃难的回回老弱他们就是枪挑刀剁。她的妹子准是没藏严，结果就让人毁了。她会不会也跟她妹子一个命呢？“咚隆——”山那边炮声急了。天快明了，官军一准是把大炮对准了沙家堡的土城墙。满天蓝黑的云团团挤着撞着，流得没个安宁。十七条沟里饥饿的汉子们也一准都亮出了斧头，大步踏着沟底的卵石快跑着。女人又蒙上了黑布盖头，她一声不响地蹲在那儿盯着我。她若是怨恨我，我永世也解不了她的怨恨啦。突然，天色大亮了。半边天空刷地变成了耀眼的红色。他惊得刚刚咧开嘴，那明亮的红光又倏然熄灭了，随着响起了惊天动地的炮声。轰隆隆……闷沉的炮声响成一片。红闪闪的光一下下地映红夜空，蛮横地一下子赶跑了深沉徘徊的残夜。

他挥起斧头，狂怒地吼了起来。“哇——”他凶恶地朝半空里那血一样的红光怪叫着。抡着斧直直朝山岗冲去。他拼命地跑着，跳着，粗声吼着，拦路的树棵子从他身上撕下缕缕布条。手里的斧头沉甸甸的，他觉得这斧头也像他一样急躁。人活一世，求的就是这个。多少人熬白了头发，还挣不上这样的命。他觉得自己兴奋得发疯，浑身血液流得飞快。他冲开杂乱的树棵子，蹚开蓬蓬的野草，那座山岗正快快地迎着他靠近过来。

他在山顶上停了下来。回过头来，他远远地看见了下面的河滩地。一个女人孤零零地伫立在那河滩中央，静静地朝他这边望着。他心里猛地漾起一阵感动的潮水，喉头酸酸地哽住了。炮声已经汇成密麻麻的一片噪响，他停了一阵，然后扭身朝炮声走去。走过一道棱坎，他看见从远处山沟里流下来一股水，那水上闪跳着白色和银色的浪头。他咧着嘴嘿嘿地笑了，快活地对准那道流水跑去。他不再去想那个温暖的女人了，他只觉得自己心里满是自豪的激动。

荒凉的贫瘠山地挺立着。灼烫的红色的火光和冰冷的黑色夜幕交替着，遮蔽住这片山野。从秃秃的沟壑里流出一道道银白闪烁的波流，像是这苍凉世界的血脉。

一九八五年八月

GRAFFITI——胡涂乱抹

一

那真是排山倒海般的啸声，久久地震动着墙壁、耳膜、二十年没有油漆的烂纱窗。吹口哨的本事是人的一项不可思议的本事，口哨声在滚雷般的鼓掌和啸声上空穿插疾驰，像怒海上的水鸟，像受惊的三岁马，像原野上暴雨之中的一个愤怒的鬼。就在那一刻嗓子哑了。他觉得堵得难受，差点呛出泪来，嗓子变成了一个撒了气的皮球，又像一只给拉断了血管的羊在喘。水鸟和鬼一下子盖了过来，眼前将黑又明。他觉得心里微弱地闪过一道五彩缤纷的眩光。吉他上的弦紧绷着颤抖。我们大家盼望着的，不是活着的痛苦。我们大家盼望着的，是活着的喜悦。这是我的声音么？他不能理解这怎么会是自己的声音。我们大家盼望着的，不是活着的喜悦。我们大家盼望着的，是活着的痛苦。嘶哑的嗓子吼出的歌声如嚎如喊。那啸声猛地变成一道竖起的巨浪，变成一道坍塌而下的大墙。水鸟和鬼锐烈地掠着，朝着他淹过来，盖过来，冲过来了。……

二

对不起，我的朋友。这里没有抒情。这里没有一匹姣好的小马驹驰过晨雾迷蒙的草原，没有迎接着迟归的农夫的那些缭绕温柔的炊烟，这里也没有奔腾宣泄不舍昼夜的原野和峡谷间的大河。这里更没有动物园，没有供你评头品尾的玩艺儿，没有男人模型。

那老木匠摇摇晃晃地靠着他家的砖墙。砖墙应该写成碎砖头墙。学者们忘了建筑史上应当有描写这种砌墙技术的一章，而老木匠用泥巴、炉渣、麻刀、小孩拳头般大小的碎圆砖头砌墙的技术可早就炉火纯青。老木匠满头都是稀稀的短碴子白发。隔着那层短白发，能看清楚他的头皮晒得又紫又青。他从小就看见老木匠在和泥砌着抹着这墙，总是这么看着，他觉不出老木匠是愈来愈衰老，还是愈来愈硬朗。

见好么？还不见好？

嗯，他含混地应了一句。

唉——昨黑夜听着她咳嗽了一夜。

那些药她吃着不管事，他说。

你也小心点，别上火。老木匠说，给，我给你妈熬了点绿豆汤。搁的是白糖。我没买着冰糖。她喝了，你也喝上点。别上火。

确实不应该那么上火发脾气。他能那样狂暴野蛮，连自己也觉得不可思议。本来那是个执著而真诚的青年；本来刚见着那小子的时候，他直觉地（这个“直觉”正在我们亲爱的艺术界诸公和诸超级女士中流行）看出那小子是个难得的好人。他直抒胸臆，竭诚尽情，把五脏六腑都当凉拌菜给那小子下酒了——可是，那小子后来提了一个讨厌的问题，一个不该那小子提的问题，他就火了。

老木匠在隔壁听见了他发火。但是那是一种连自己都不曾察觉而且一直本能地深藏着的，一种鲜活湿淋的东西。他火了，心里一下子被一片烈焰吞没。滚你妈的！你滚！甭费劲努力啦，我现在就敢说你小子没出息！……什么，没有礼貌？我妈发着三十九度高烧你还来气我，你算有礼貌？快滚！你已经白活啦！……还有些更难于上纸的脏话和残酷的话。啸声卷起经久不息的滚雷，口哨吹得像高尔基那些鬼灵般的海燕。那时人们感觉到的是什么？你感觉到的是什么？在完全喑哑以后，那啸声，那滚雷，那疯痴的满场呼喊和那鬼魂、那水鸟，那闪电，就会逼着你用血、用心、用一条像活蹦乱跳的案板上的黄花鱼般的命去唱。那和骂人一样，也有一种神秘的快感。啸声那边和这边的自己都感到了：那是一种残酷的快感。

对不起，我满怀真心地给你道歉，我的挨了我臭骂的外省小伙子。不，也许我不该道歉，我们大家盼望着的，不是活着的喜悦。我只不过对你撕开了假面。其实你在离开你那个小城时并不想找一副欺骗的假药。怎么，你惧怕真面目吗？

三

大草原永远不死。人们应该知道：工业化进程和技术是不可能消灭那辽阔得几千里一望无边的大草原的。那里永远是草原：夏日绿波荡漾，冬季里冰封雪飘。

大草原也会死，会退化为沙漠。沙漠又永远是沙漠：夏日金光闪烁，冬天死寂空旷。

沙漠是草原的英勇的死。只有草原的真正儿子才可能理解沙漠。那外省小伙子好像还说过什么沙漠；他说他住在城里却从小热爱沙漠，他已经在日记里写过关于沙漠的诗。忘了再骂他几句。理解沙漠也不是你这块料的事儿，你应当去看看乌珠穆沁的蒙古人、阿勒泰或伊犁的哈萨克。看看那些晒焦了皮、长满了虱子的牧人。北亚的沙漠讲阿尔泰语。乌珠穆沁、阿勒泰、伊犁精益求精地滋润和养育着她们的悦耳语言，目的就是为了有一天，那一天她们的儿子将会理解英勇死去的草原，理解沙漠。

人们说，像你那样唱一次，只求一生像你那样唱一次，立刻去死也值得。那里是草原的边缘。旱獭子和地老鼠啮咬着充满弹性的草原，在地层以下用磨利的牙，用恶毒的啮齿切断着草原的命根。在那里草原衰老了；先是枯黄，再是败死。风会卷走枯硬的草蓬蓬团，剥开一层斑驳的地衣，把草原风蚀成沙窝子。那狂啸般的鼓掌和叫喊，那锐烈的尖尖口哨也像边缘的旱风。黄花鱼就是那样，在案板上渴得变干，停止了蠕动。但是朋友们，你们说得对：只要一生能赢得一次那样尽情的狂唱，人生便再无遗憾。

飞翔式的super（超级）lady（贵妇人）用不着转这些念头。对她们来说，无论草原或沙漠都不过是田七洗发膏和银耳珍珠护肤霜。一个袅袅婷婷走过来的丰腴身子，眼圈抹蓝，嘴唇抹红，明眸亮齿传情飞波。这块料也出现在神圣殿堂上了。super 1ady 们应该觉得紧张才对。她这号性感炮弹可决不飞翔，她扭着走过来，直逼着人的眼睛，直逼着她烟火人间的目标。“哟……”她的一声娇叫都与众不同。与她的前辈们不同。“还行，还不那么奶油——”逝去了的啸声还在屋顶梁间旋绕，水鸟和鬼灵还在疾疾掠过。在残酷的热唱之后，人就像处于一场大醉之中。他哑声地回答说：“你可挺奶油。我说你干吗不脱了这件旗袍呢？”说着他盯住那旗袍开缝里露出来的白大腿。

你太粗野了，已经有好多人这样说过。今天她烧退啦，只剩下咳嗽，他对老木匠说。当啮齿类的爬鼠们咬断地皮下的草根时，太阳总是冷漠又暴烈。在泰莱姆小湖南缘，在原来刚刚插队那年夏天驻营的那片碱草地上，有一条扭曲的沙线正默默地包围着吞食青草。一连四个夏季里，他守着羊群，盯着那条静静蔓延的沙线。那条火红的沙线啮咬着、淹吞着巨大的草滩。你应该换个地方撒娇，因为这里是歌手在失去嗓子之后用心和血演唱的殿堂。他吞咽着口水，使劲想浸浸肿起的咽喉。你干吗不干脆脱了这件紧绷绷的旗袍呢，其实你用不着在那条开缝里闪闪烁烁。老木匠熬出的中药又浓又稠，每次斟出来都刚好是那么半小碗。在和她逗完嘴再走向台中央时，他觉得心跳愈来愈重，重得咚咚地震着胸膛和肩骨。他感到虚弱得有些撑不住。咽喉肿得像是更高了，而且微微发烫。他扭过头望着黑暗。已经该是告别的那支歌啦，他想。可是我的歌里没有描写出、没有画出那片坚忍的风景。他痉挛的手握紧吉他。你还是扭着哼你的娇滴滴去，最好脱了那件黑旗袍才带劲。只是你不能批评我的粗野。因为草原在被那道沙线吞食的时候，草原也失去了稳重。

我有四个夏季睡在草地上的小帐篷里。夜里隔着一层薄毡，我听见草地深处响着一个不安的声音。在第四个夏天里，那声音变了调，像是吉他上没有拧紧的粗圆的E弦。它沙哑而颤抖，愤怒又恐怖。它从那天起就呼唤着我年轻的灵魂，我年年月月都从那呼唤里感受到一种真正的启示。我是听着那个声音才唱的，我一直想唱出那个声音，连同那个庄严又残酷的难忘画面。我的歌里没有强悍也没有弱柔，没有奶油也没有黑胸毛。可是泰莱姆南岸的绿草滩正在坚忍地死去，你敢嘲笑那些死着的草原的歌，我就要嘲笑你的白大腿。

音乐会题名为GRAFFITI，翻译成“胡涂乱抹”最好。有一个优秀的歌手曾经用这个题目装饰他的唱片，在那些胡涂乱抹的歌子里深藏着已经必须掩饰才能免受伤害的真诚。他不知怎么也理解了那个歌手，是的，真诚需要掩饰。

伟大的北京城，伟大的中国年轻人，其伟大的原因就在于他们也渴望一场胡涂乱抹。他们讨厌公允和平庸，讨厌解释的天才。管他妈的涂抹什么，只要是用血肉，用口哨，用恶作剧，用狂吼来涂抹一顿就成。大厅里鼓励吸烟，欢迎喊叫，目标是“我们一起唱”。那风暴般的演唱就是一场胡涂乱抹。每次音乐会以后他都觉得奇异，北京真是座奇异的城。它不会永远忍受庸俗，它常常在不觉之间就掀起一股热情的风，养育出一群活泼的儿女。北京还是一个港口，一个通向草原和沙漠的港口。

喂，你好，草原！那罪恶的沙线还在蠕动么？我举目、望去只觉得你那儿一片青蒙。那时我就轻轻拨着吉他，唱出一支低柔的歌来。我知道听过我的GRAFFITI的年轻人对这样的歌很不习惯，他们拿着二踢脚不知放不放。那是什么呢，一片青蒙。那是我对你的憧憬引起的假象呢；还是你忍着深处的疼痛，挤出断根中最后的浆液，给夏天献出的一个证明？……

四

老木匠孤单一人。小院子里的住户们都知道：他只是在寂寞得难忍的时候，才支上长凳、戴上一副水晶茶镜，反复地刨一根木头的。这会儿他又在那里刨木头啦。

您又刨上啦，他搭讪地说。

嗯，不烧啦，还咳嗽么？

昨天夜里咳了，今天早上好点。

下午我再替你给她熬药。再有两副药她就好啦。

您有孩子么？怎么一个人过，他又搭讪说。

没有。不，有呢。

怎么，到底有没有？

我那儿子，咳，是儿子。他丢啦。

丢啦？！……他愣得目瞪口呆。

人能“丢了”很多东西。人能丢了友谊、爱情、誓言、过去的历史。吉他上能丢了一种共鸣和节奏的感动；歌声中能丢了一种迫力、真实和直逼人心的神异的力量。那女人的歌里只剩下一截露出旗袍缝口的白嫩大腿，她的歌里丢了歌。草原能丢了碧绿的草浪和马蹄敲响的雄沉回声，你能丢了青春、力气和在演唱厅里掀起一片暴风雨的能力。然而，父亲和母亲能丢了自己的儿子么？

无论是谁也说服不了我。我认为儿子是不能丢弃的。为了最后的防线，为了最后一个堡垒，为了这最后的不丢弃；我你他，母亲和父亲，朋友和情人，歌手和草原，难道不是一直在退却，在丢弃着一切可以丢弃的东西吗？

外省来的那小伙子羞涩而固执。时时抬起睫毛下的眼睛匆匆望他一眼。“我觉得，你的歌里传达的对母亲的爱太多了，是不是，嗯，因为你在钻研弗洛伊德的著作……”于是火山爆发了。你妈蛋、滚你妈的、滚一边玩蛋去之类词汇一涌而出。“我还研究了一本名叫他妈的黑老粗写的书呢，那书里专门讲怎么宰你这号病羊羔子。你滚吧，我用不着你崇拜！你还做梦当什么歌手呢，快玩蛋去，别做梦啦！……”

你骂人时像个恶魔，像个臭流氓。

斥责吧，please，my super lady，please baby。

据说因为一场题名为“胡涂乱抹”的音乐会，又有一种新宗教诞生了，那就是拜草原教。有几个年轻人常常在一起神聊胡扯草原通宵达旦。他们精神会餐，唾沫乱溅，头晕眼花，结束之际在身心交瘁中体会到一种幻象。几名刚刚毕业美国的博士衔社会学青年学者认为：这种拜草原教与原吃大烟、改抽白面的现象一样，与欧美日诸国腐朽青年中的吸大麻一样，都是一种丧失自我的精神空虚症。学者们一致认为：拜草原教现象将自生自灭，因为它毫无存在的历史条件与社会基础。

下一次音乐会又临近了。

下一次。这种循回意味着什么呢？

前几天我又回到了泰莱姆小湖南岸的草原。那里红绿鲜明，赤红的沙漠和浓绿的草地正在对峙。原谅吧，原谅即“爱”。无论是外省来的候补歌手或是黑旗袍的娇艳型女歌星，一旦站在这里我就愿意请你们原谅。

在那红绿之间，我辨不清是谁战胜了谁。我只觉得心中漾起一阵酸楚，我伏在草地上，风摇着牧草拂过我的身躯。我睡着了。

那青年最后郑重地说：“我一定要超过你。”性感女星嫌恶地说：“你不是强者。”而当我伏在草原母亲的胸脯上时，我只是呼呼大睡。我后来梦见自己变成了一个三岁的小孩子。一个三岁的、蹒跚地从大地的曲线上跑来的、光着屁股的小黑脏孩。我盼着那外省青年超过我；我盼着穿旗袍的女星扬起动人的金嗓子。而我早知足了，人们已经说过：一生中能像你那样唱一次，马上去死都值得。我毕竟那样唱过，你们最好同意我这一份最后的自豪。

在狂风撼动般的观众欢呼中唱，其实是残酷的。关于这一点用不着谁来理解，我有草原母亲。甚至我也有过的对你们的好意和祝愿，都用不着你们理解。我有草原——你们懂吗？

母亲一生丢了一切，但她不能丢了我。这不是流行的弗洛伊德热的结果，这是沉甸甸的压在儿子心头的人生。草原丢了绿色，被火烫的红砂粒淹没了，但草原不能丢了她心底那深沉的律动。草原可以战死后变成沙漠，但那伟大的律动永远不会消失，永远搏动不息。他站在泰莱姆小湖边缘上，默默地想着。我呢，我也一样，我能丢了荣誉、地位、友谊和理解，但我不能丢了我的那些真正的歌。

他背上行装，转身走上归途。他心情沉闷，因为他没有找到一个办法，而下一次音乐会马上就要到来了。

在草原边缘上走着，他看见了：一个赤裸的黑污的小孩露出了地平线。那小孩摇晃着张开小手奔跑过来，不管不顾地叫喊着。辽阔的草原灼烫又富有弹性，有一支歌，有一种神秘和消息，从那小孩赤裸的双脚传了上来。那小孩像牛犊一样奔跑着，笔直地对准沙漠。

应该在“胡涂乱抹”音乐会的海报上，印上这样的一幅画。

五

在大学校园里应该有一种接近草原的律动。北京大学的校史就是这一定理的证明。何况，清华有它的深刻广阔，武大有它的湖山凝重，厦大有它的雄视碧海，民院有它的如歌如舞的气息。我知道这些大学，它们应当正在等待着真正的歌。GRAFFITI 是年轻人最后的特权，也是古老民族再生时热烈的噪音。在海报上我把这个洋题目注释上“噪音”二字。在幅员辽阔的大陆上应该潜伏着躁动，在一片狂热的轰鸣之中，它生殖五谷，唤雨布云，它舒展江河的脉管，挺直山峦的肩臂，它催生文明，蜕变血统，它造就着种种的差异，养育着代代的诗和歌。

母亲咳得喘不上气来。他束手无策地看着。

再喝一口，再喝一口么？

那药……不能再喝了，她说着又咳起来。

他束手无策，默默地注视着她。

最后，一切静了下来。

几点啦，孩子？……

嗯，三点……他说。窗帘外已经透出微明。

快睡……快……

他转身走开，回到自己的小屋。

就正是在那个清晨，他写出了一首歌。他拿着纸和笔激动万分，压不住想和谁分享的渴望。但是小屋里一片宁静，母亲已经沉沉地睡熟了。也许，从此以后，他就要成为一名真正的歌手，唱自己的歌了。他拿着五线谱纸和钢笔站着。但是母亲沉睡，没有人能听听他想说的话。晨曦冷淡地扩散着，窗外已经大亮，没有人知道他已经能够自己写歌作曲；没有人知道一个歌手诞生了。

六

他站在台子中央。他想了想，提着麦克风走了下来，走进大饭厅中心。强烈的聚光灯像在剥着他的衣服。他又提来一把椅子。一把椅子不够，他想着望了望周围的学生们。大学生们站了起来，其中……有一个姑娘长得真漂亮。不，不是漂亮，他想，这是一种说不清的纯洁和憧憬造成的美。他站上了那几个方凳拼成的小平台。不稳，他用力地踏住两脚，站稳了自己的位置。

大饭厅里黑漆漆的，只有光滑的脸颊的微光和晶莹的眸子的闪亮。他扶了扶吉他，左手弯过，按在G7和弦上。这个和弦撑开了痉挛的手指，他觉得压在第一弦上的食指像是被割破了。空荡的舞台被扔在背后，现在满场鸦雀无声。

音乐会仍然命名为GRAFFITI，副标题是“牧歌的噪音”。他紧紧握住吉他，微微把嘴唇靠近话筒。他轻轻地抡起了右手，就在这时，他满意地觉得双腿触着了青绿的牧草。

那已经是古时候古时候的事了，你知道那时候大山还是一座小丘。那时候山岭被雨染绿被雪染白，那时候鞍子做枕草地做床谁也没有家……歌手突然用手掌按住琴弦。一个黑幽幽的水鸟突然出现了，尖锐地撞散了抒情的轻唱。他看见那道闪着黑色漆光的轨迹了，他心里涌起了一阵滚烫的感动。右手狠狠地击打着吉他的音箱，疯狂的马蹄声鼓噪而起。那湖岸上远远跑来了一匹小马，它浑身漆黑两眼如银。沿着湖岸上一道道山岭，你看它四条腿上鲜血淋淋……突然卷起的疯狂节奏震耳欲聋。大饭厅里黑压压的学生们惊讶地睁大了眼睛。可是那热燥不安的歌声和吉他声已经不容思考，像一群群水鸟和幽灵顿时腾起，空气骤然间激动了。嘿，你小黑马，小黑马！嘿，快跑啊受伤的小黑马！……莫名其妙的快感攫住了大厅。他的心跳得失去了节奏。他的嗓子正在渐渐变哑。嘿，你小黑马，小黑马！嘿，快跑啊快踏上草原的胸膛！……眼前出现了赤红的一线。他望着四周那些年轻的晶莹的眼睛。灼热的沙漠慢慢出现了，他挺直了胸脯。嘿，你小黑马，小黑马！嘿，快跑啊快踏上草原的胸膛！……

他觉得干渴得难受，但他觉得自己的歌声中愈来愈充满了迫力。他唱着，喊着，吼着，眼睛死死地盯着暗影中那个像纯洁和憧憬一样的年轻姑娘。他看见那双美丽的大眼睛里充满了惊奇。他唱着，重重地敲打着琴弦和音箱。终于，一群年轻人，像一个涌起的浪头一样，猛然在他眼前跃起，欢呼着唱起来了。又是一群，又是一群，其中有那个姑娘。他的眼睛里泪水夺眶而出。我们大家盼望着的，不是任人赏赐；我们大家盼望着的，是自己的夺取！我们大家盼望着的，不是戴上闪光的装饰；我们大家盼望着的，是新的我们自己！……

大饭厅在摇晃，声浪在愤怒地冲撞。年轻的学生们跳着，挥舞着手臂，唱成了一片汪洋大海。墙壁在嗡嗡嗡地鸣叫，窗子在成排地咔咔作响。年轻人们撕去了一切遮挡，狂欢在那两句粗糙的歌词和疯痴的节拍之上。

沙漠在临近。当手里只有一把吉他，当嗓子已经嘶哑之后，在那狂啸之中演唱原来是残酷的。沙漠一步一步地，随着歌子的节奏，一步一步地逼近过来。当众人都袒露出真诚，真诚地要求时，歌手像站在沙漠边缘上一样感到残酷。嗓子完全嘶哑了，吉他的弦已经断了一根。但是痴醉的合唱像洪水大浪，正卷持着他急速下滑。额上汗流如注。他觉得自己的嗓音里充满着美，这嗓音正一次次地在大厅里掀起浪涛。沙漠急速地逼近了，心正在一寸一分地燃烧掉。但是他清晰地感觉到了；他感觉到两条硬固的腿上那青草的触摸。

一匹小小的黑马驹子变成了一个光屁股的小黑孩子。那小脏孩又变幻成一匹昂首耸耳的小黑马驹。万里草原一字摆开，卫护着托扶着这个小小的精灵，正无所畏惧地奔驰而来。它的眼前伸延着红灼灼的沙漠，但是它笔直地，笔直地跑过来了。

一九八五年六月

废墟

其实根本用不着轰炸。那会儿路不平一天到晚老是说轰炸什么的。远处能看见泡子在夕阳下面闪烁，像一面银色的镜。路不平也戴眼镜，左眼裂了一道纹。想起来也真够难为他的：又瘸又瞎，只有一副眼镜，还摔裂了。那家伙最喜欢畅谈第三次世界大战，一屁股坐在牛粪箱子上，吹得唾沫乱溅，镜片闪光。

用不着苏联轰炸机来辛苦。这十多年里，我明白的最大道理就是这个。

大草原到了夏天就这么懒洋洋的。蓝天空上那些白棉花般的云团静静挂着一动不动，准是丢了方向。起伏的丘陵草原稳稳卧定在十几年前的老地方，像是一直在昏睡。我也叉开腿在确加老汉的套包里躺着不动。应该学习草原，做个人应该懂得宁静。草原不像那些蹩脚电影和小说里描写得那么热烈，我在这儿插过八年队，草原的本质该说是宁静才对。

山冈起伏，草梢摇浪，静默的地势凝固着，任他冬去春来，草枯草荣……这才是和谐。鲁子一天到晚醉得像滩泥，打井时脏话说得连我都臊得去听，可是他也和谐。找老婆他是揣着刀子把人家逼答应的，招工他是赖在人家车上跟了去的。李小燕也和谐——她一直唱歌，那会儿他们听她的尖嗓子听得惯惯的；现在她还是在唱，唱到文工团里了。我见过李小燕一回，正对着大镜子练山口百惠的姿势呢，可惜她过了好时候了。

不和谐的只有那口红井——在碧绿的草滩上，只有它红得那么刺眼。缓缓走过来吃草的羊群被它一挡，就分成了雪白的两群。从确加老汉黑污的小毡包里望去，我觉得那滩红胶泥真是刺眼。草原么，我想，应该就是一幅白白的羊群飘过绿草滩的图画。

你应该学习，小徐老师说。她还是用那个姿势一撩头发。那头发斑白，她还是那么撩，我闷闷地想。你那时候多好——行啦行啦！我皱起了眉头。我知道她想说“多好玩，多自尊，多要强”。他妈的三十年都过去啦，她还使这三个词儿说我。我强憋着才没有跑掉。

确加老汉才是一个和谐的象征。我喜欢看着老汉忙碌：费劲地从马背上跨下一条腿，慢慢——慢慢地把那条腿在鞍子后面划个歪歪的圈，前后沉重地咚一声踩住地。踩住地以后还要喘一口气，然后才把左脚从铁镫子里往外掏。最后老汉一边慢腾腾地迈开步子，一边自言自语地叨叨一句什么。迈开几步以后，才懒懒地朝我问候：“扎，今天，过得好吧，你？”

“不好。”我故意逗老汉。于是老汉和善地笑了，古铜般的脸膛上皱出密密的纹。老汉和善地笑了，还摇了摇头，两腿一直慢吞吞地朝这边迈着步子，开了线的靴子无声地踩着包前营盘上柔韧的细草。

我从来没有见过这样善良的人。我要是能干上李小燕那差事，我一定编个歌唱唱这个老汉。从他那破开缝的香牛皮靴唱起，唱他的系得像女人那么高的油污袍子，唱他那战战兢兢拴不住马的枯手，唱他那古铜色的脸膛，唱到他那双简直不像蒙古人、简直不像饱经风霜的老人、简直不像酷烈草原上度过人生的男人的善良的眼睛。他走过来时，背后那些白云朵就和蓝天空化成一片，变得模糊了。碧绿的草滩也变得模糊了。我只看见他背后浮动着一大块灰蓝，一大块暗绿。

他歪在毡子上，接过确加老汉递过来的茶。确加家夏季也喝黑茶，因为没有女人挤奶。可是我宁肯喝黑茶也懒得去那些奶食丰盛的包里串门。老天安排得好，工作在呼和，家在北京，来回串的中间我一年可以遛一趟苏尼特草原。可确加老汉呢，每次来都毫不变样。我总觉着他那双善良的让人心烦的老眼该变变啦，可是来了一看，他就是不变。慢慢地，惯啦，遛这儿一趟，喝几天黑茶，我也像是从老头身边捎回去一丝安静。

在斜缓的山麓下面，正当那条窄窄的凹地中间，有过一口井。井台用山上的砂岩块砌成，井口收得小小的，冬天可以用一块牛犊皮盖严，即使是大雪覆盖草原以后，这口井也不冻。从井上瞭望出去，能一直看到敖包泰•塔拉背后的青色丘陵。夏季里，由于阳光的强烈照射，这片辽阔的草原上每一道滚滚的草潮都显得浓重又鲜明。

打井队由我、鲁子、李小燕、路不平、老汉确加组成。严格地说，由老汉做饭烧茶，我们仨打井，路不平搞鼓动。因为路不平是瘸子又姓路，所以李小燕给他改名路不平。沤井要用羊粪，拉粪可以坐牛车，就派李小燕和瘸子去戈壁拉了一天粪。牛车颠散了，李小燕灵感一来，就诞生了这个名字。后来回了城一叫，连路不平他爹妈都随着叫了，挺顺口的么。只有确加老汉不叫。

我翻译给老确加，路不平就是“jam-mao”，老汉摇摇头，“真可怜。不好，这名字不好。”吃肉的时候，他总是把胸叉骨夹给路不平吃。小徐老师笑了，她笑的时候脸上就露出两个酒窝来，和三十年前一样。那时候每逢我们一（2）班开晚会，小徐老师就跳舞。我三十年前就记住了她那对深陷在双颊里的酒窝。只不过，她那时头发没有花白，我后来问了，她那年才十八岁。小徐老师笑着摘下花镜，“真有意思。”她说，然后又一撩头发。

大雪那年封住了苏尼特草原，有谁知道困在雪原上的这支打井队的遭遇呢。路不平的枣红马在清晨卧在雪里，半个腔子给狼掏得血肉模糊。茫茫的、冻硬成一层坚壳的白雪冷冷地闪着光，一言不语地铺向天边，在天边和灰蒙蒙的寒气凝成一片。没有救援，牧民们早就四散着搬到雪小的远方去了。鲁子缄口不骂人了，只是有一回确加老汉不知从哪儿变出了一壶白酒，鲁子喝醉了大哭了一场。李小燕也陪着哭了，泪水冻成冰挂在她脸蛋上的冻疮上。是为了什么呢？我对小徐老师讲是为了“活动活动，别冻僵了”，对别人讲是想挖挖看能不能碰上金子。为什么呢？如今我对自己也想回避这个疑问了。

尖厉的白毛风怪吼着从头顶上那片圆圆的天上疾飞，雪粒打在井筒上一片沙沙响。路不平不能溜绳下井，蹲在井上头朝下头大喊着风凉话：他妈的别挖啦！苏修一炸全他妈是废墟！……要不就喊：小燕！你怎么不唱啦？舌头冻住啦？……小燕甩一锹红泥巴上去："去你妈的！"鲁子闷头对准没烧化的冻土犯狠，一顿十字镐乱刨。我那时有个毛病，干活不能戴手套。赤手抡一顿镐，再把冻青的手塞进怀里贴在肉上，登时浑身就冻得一激灵。挖完这一层，再铺上羊粪点燃沤着，三个人抓住粗绳往上爬，雪人般蹲在井沿的路不平伸手一个个地拉着，就这样爬上雪地，蹒跚回家。

不过，我们的日子也不光是那些，若是白天沤上羊粪以后，整整一天都能缩在雪丘般的毡包里。那时候我们五个就紧紧围着炉火唱歌，从上午唱到半夜。蒙古包遮得又严又暗，隔着毡墙能清晰地听见雪原上狂风的号叫。斜撑着天窗的巴格那棍，还有我们那截又粗又锈的洋铁皮烟囱轻响着来回摇晃着，像是暗合着我们那不安的烦恼和憧憬。小燕其实在那时才是真正的明星。她那尖脆的嗓门和夹在唱错的歌词中的一连串铃铛般的大笑，成了我们暗淡生活中的生命。她唱《芒比》时，我们开头都有些不好意思，碰上词里的"爱"字时，我们就闭上眼"咪咪斗"一下混过去。小燕在那高扬上去的一句中总是显出了新鲜的温柔："姑娘她生得美丽非凡；她那双大眼睛又黑又亮"，那一瞬我们都颤抖了，好像一只温暖的手正抚过我们还太年轻的心房。于是我们用男声低低地接上去："从那时我变得更加坚强，更加热爱古巴我的故乡。"就像是诉说，就像是在这被世界遗弃了的雪地上立着一个没有人听的誓言。那时炉火熊熊地烤红了我们的脸。我看见鲁子、路不平和小燕他们粗糙冻裂的脸上正流着晶莹的目光。我们衣衫褴褛，皮袍子上缝着布补丁，狗皮帽子磨得秃秃的，七八只放肆地伸向炉火的赤脚丫子上黑垢成巴，人人顶着一个冻成紫黑色的圆鼻头。是的，我们就像真正的牧人一样，我们就像穷苦的牧人一样。我们就在那遥远的草原上，用牢骚和咒骂，用憧憬和失望，用忍耐和歌声，用沉重的劳动匆匆送走了我们的青春……

阿伽，我朝确加老汉唤道。一片云影移过来了，草浪上涂上了一大块暗蓝。那片红胶土不那么刺眼了。

唔，老汉漫声答道，要茶么？他举起铜勺子。

我累了，我想睡一会儿。

睡吧，伸直腿，解开腰带睡吧。

可是我还没有饮马。

我去，孩子。你睡吧，一会儿我去饮马。

那……我睡啦。

凉爽的风从撩起的围毡下面穿过。使劲地伸直双腿，那风就梳弄般拂过全身。我沉沉睡了。牧草的潮声簌簌索索，我辨不出那是流水还是老确加缓慢的蹄音。

有一匹白鼻梁的小马在一条汹涌的大河里奔跑，那河浩浩荡荡，一泻而下。小马踩着波浪，惊惶又奋勇地睁着一对琥珀般的眼睛。听不见蹄音，只听见澎湃的流水轰响，那河卷着小马冲过来了。

小徐老师在那小学校里被人称做“徐老”。她愤愤地说我太消极太放纵。你简直是完全变了！她说。鲁子娶了个卖酱油的，鲁子一掏刀子，她就乖乖的了。现在鲁子正忙乎着帮她调到卖卫生纸那个组去呢。确加老汉一辈子骑过烈马吗？十几年前他就骑一匹打也不走的褐色马，十几年后他还骑一匹打也不走的褐色马，每天为饮他这匹老懒马辛苦。路不平不宣传第三次世界大战了，一心想上苏联留学，他叫我给他找路子定做一双帅点的皮鞋，一双一脚高一脚低的皮鞋。我告诉他说，穿什么鞋也没用，你上了莫斯科一样是路不平。小燕给我唱完以后等着我夸奖，我说，跟他妈猫叫差不多。她气急了。我又哄她说，你要请我吃一顿我就夸你。还有那口井，那井现在是一滩红土，一堆废墟。我也是一堆废墟。我没有小燕的嗓子也没有路不平的文化水儿，我也不打算天天瞧着一个会骂大街的货回来把胭脂搽在酱油味十足的嘴上。

那口井玩完啦，现在是废墟。我告诉李小燕说。

小燕的眼睛瞪得圆圆的。半晌，“他妈——的，”她骂起来。

我又去告诉路不平。

“什么？！”路不平愣了一下。“亏啦，咱们哥们。”他总结道。

鲁子，咱们那口井，现在他妈一片废墟。

鲁子瞟瞟自己的肩膀。“废他妈的墟去！”他低声说。

我做点买卖。要用蒙语，苏尼特草原上还没来得及引进“转卖商品专业户”什么的新措词。所以，牧民问：“qi yaude ireju bei（你来干什么呢）？”我就回答说：“Bi 投机倒把 hina！”意思不用说就是：“我投机倒把来啦！”于是大伙哈哈大笑，乐得不行。我从北京弄点时俏衣服，在呼和的沿线上，随走随卖随花随玩。中途我在确加老汉的小套包里住几天。只住几天，帮帮他饮那马，再好好睡上几天。

草原变成了大海，草浪哗哗地激荡起来，扬起半天高的水花。

从远方敖包泰•塔拉那片青蓝的山影里，弥漫着一派朦胧的水气。每当傍晚没有云霞的时候，草原就在我跟前渐渐地变成了这样的大海。我能一直靠着毡墙坐着，一直盯着这个海没入黑暗。确加老汉也不打搅我，他叭嗒着一支锡烟嘴的烟袋，也盯着那个海。

你看见那个海了么，阿伽？我望了望老头的脸庞。在青色的暮霭中他脸上的皱纹丝丝如刻。我们目光相遇后他就微笑了。我又觉得不能理解，世界竟会有这样善良又安分的人。他铜一般的脸庞衬在弥漫的青青暮色中，我受了感染，在那样的瞬间我觉得自己也深沉了。

那烟一样青蒙蒙的海飘摇着，红井的废墟已经看不清了。

小徐老师，那个舞叫什么名字？

《大坂城的姑娘》，你怎么还没忘掉它呢？

井水是在春季里，是在五月初涌出来的。我们打井时，在寒气袭人的井筒子里，只看见过壁上的冰层。鲁子一镐砸下一块冰来。小燕第一个咬了一口：“妈呀！甜——”于是我们就都啃起来，满井筒里都是嘎嘣嘎嘣的脆响。

砌井时，粗粗的大绳磨断了。有一块石头擦着鲁子肩头砸下一丈八尺深的井底。鲁子肩膀上嗤地一声，先跳出一团白白的袍子里的厚羊毛，接着就渗出了殷红的血。路不平从井沿上跳起来，暴怒地朝我大骂：“× 你妈！”我吓呆了，哆嗦的手提着那截大绳。可是鲁子说没事，果然，那血止住了。鲜红的一块血冰冻在鲁子硬梆梆的肩膀上。

水是五月里涌出来的，老确加在井上提出第一桶水，饮了他那匹打也不走的褐色马。

然后我们撤走了，去新的地场接着干活。我们像游牧的羊群，像流浪汉，我们转悠着卖力气，我们忘了我们干过多少活，住过多少营盘了。

那井后来被牧民称为红井，为的是那些红色的冻土。水很清，水深五尺，秋季一天能饮一群马，四五群羊。

那回我走的时候，确加老汉问我什么时候再来；我说，临死以前再来。我每次和确加老汉分手都这么告别，我恶意地想看看他那有些难过又有些难堪的躲闪开眼睛的神情。

下次我再来时，你还骑这匹臭褐马么？

嗯，也许吧，这马别人都不爱骑么。

我恨恨地真想揍他一拳，如果他不是老头的话。

我们不愿意走近那堆红胶土，但我们俩不觉地都瞟着那堆红胶土。它真红得刺眼，准有一天有人会把它埋了。草原就是草原，应该是绿绿的一片。路不平说对了，真用不着苏联飞机来费事，该变成废墟的自己就会变成废墟。

明年，冬天来吧。确加阿伽说。

为什么？冬天太冷。

冬天我可以给你杀只羊带上，他诚恳地望着我。

你应该学习，小徐老师绝望地对我喃喃道。

学习？行啊，我想转学进你们的学校。可是，我狠狠地从牙缝里挤着说，你们要敲两千块才给办转学手续。我无畏地盯着她。不对吗？给一个学生转学就得两千块！小徐老师，你想让我学这个吗？

小徐老师眼里一下子涨出了泪。我后悔了。我总是对自己最喜欢的人蛮不讲理，我真想扶住小徐老师瘦瘦的肩膀说，我只对最好的人才蛮不讲理！可是我一动不动，心里充满了歉愧。我第一次发现：我好像把她当成了……妈妈。

小徐老师，我叫道，冬天放寒假时，别犯傻给那伙臭学生补课啦，我带你到一个地方去。

她叹了口气：到哪里去呢？

去草原。去苏尼特草原。

噢，去你那个插队的地方。可是——

没有什么可是，小徐老师。去吧，我带你去，那地方我熟。我可以把小燕也拉去，让她陪你。小燕？小燕也是我们那儿的知识青年，现在在文工团练猫叫呢。去吧，小徐老师，回来的时候我保准给你背上一只肥羊！……

可是，可是——

别可是可是的啦！我冒火了，憋出一句娃娃话来：你要不去我就不理你了！小徐老师笑了。我知道她一定又想说我“好玩”，于是我赶紧喊道：“一言为定！”

小徐老师缓缓地点了点头。

冬天的大雪会覆盖一切。当燃料充足，毡子厚实，新买来的粮食堆在包角，冰硬的肉塞满门外的箱子车时；特别是当你没有畜群的牵挂，没有沉重的活儿干的时候，草原上的冬天是美妙的。

茫茫的大雪从十月份就不再融化，当然不算“胡天八月”的初雪。雪层在没有成灾的年头里是柔软的，晶莹雪白地铺满大地。晴天的日子里，有时雪原上也会出现虹彩，当然不像雨后的七色天桥。雪原上的虹彩是捉摸不定的，只在难得的刹那间出现。那时，山峰堆白砌银，平原一望素白，人的心情会像安睡那样清醒又平和。

我要领着小徐老师到雪原上去，在那里，我会丢开油滑又粗野的腔调，随便给她讲讲雪原。我知道用套马杆拧住沙狐的长毛把它从洞里提出来的故事，我知道许多她听了一定会感动的牧人们的故事。我们一块喝着确加老汉的咸咸的黑茶，过上一段休息的日子。我还会把小徐老师的话翻译给确加老汉听，我估计老汉听的时候一定是正襟危坐，一副敬重的姿势。你会深深地陶醉的，小徐老师。你会在傍晚时分，背着明亮的暗雪，为老汉那张古铜般的饱经风霜的脸庞吃惊，你会试着慢慢骑在那匹褐色马的鞍上待一会儿。你也会在那生活中找到宁静与平和，在不觉之间增添些应付万事的本事。你会在温暖的夜里听见雪粒打在毡墙上的沙沙响，会听见柔软的雪片冻结时的清脆折裂声。我知道确加老汉知道了你的艰难，一定会在送行那天塞给你几张又皱又脏的钞票，也许是七八块，也许是十几块。那时你就会露出你的酒窝，露出你十八岁从师范毕业，穿着一条黑绸裙来到我们一（2）班时常常挂在颊上的那对醉人的深酒窝。我会起哄，不给你翻译你推辞的谢语，我告诉你蒙古人风俗是分手时客人跳舞。那时老确加会羞答答的；而你也许倒会真的跳一个。我觉得，你在茫茫雪原上，撩着花白的头发跳一个《大坂城的姑娘》是一件伟大的事，你不觉得吗？

是的，冬日的大雪会覆盖一切，会覆盖住那片刺眼的红泥废墟。雪后的天空下，大地是纯白无瑕的。

大雪会把那片废墟掩盖。我也会把关于它的事藏起来，不让它去扰乱小徐老师的童心。那口井要不是成了废墟，我们到今天就连废墟也没见过呢。而现在，我们的心上有了一座废墟。

我要躺在那雪封的草原上悠闲地吹口哨，呷着酒和确加老汉漫声闲聊。这是我的休息方式。一个月以后，我就会觉得又放松又壮实。遛在大街上，觉得自己活像个西部枪手。那会儿，我猜我还是得做点买卖，背上一包袱港裤港褂到处转悠。不过那是以后的事，少不了的事，用不着现在盘算。

现在我只盼着冬天快来临，只盼着在大雪遮盖的纯白世界里，无拘无束地遛一遛。我在这大都会里也总是无拘无束地遛，可是我不知怎么回事觉得遛不够。

在冰封雪飘的冬季草原上，我会梦见一匹奔跑在汹涌大河里的小马。它毛色漆黑，神情天真，踩着翻腾的波浪，挺着光滑的脖颈。你也会梦见的，小徐老师，你会梦见一个从高高的大坂城的石路上走来的美丽姑娘。

等我们醒来以后，等老确加慢慢悠悠地备好了他那匹打也不走的褐色马以后，我们可以在青蒙蒙的黄昏雪地上走一走。也许，我们三个会在那时看见一片无边无际的、深沉的大海。

一九八五年八月

三叉戈壁

这样的小村庄，其实只是个居民点。

几间快坍塌的土坯筑的小屋，在斜阳下孤零零地蹲在戈壁滩中央，漫漫茫茫的戈壁滩流泻般涌过。它们淡黄色的土墙，仿佛不屑理睬这些渺小肮脏的东西似的。也许在那会儿，在人还是虫子的时候，这儿有两条比长江黄河还凶还宽的大河吧。那还差不多；这两条戈壁滩宽得简直就是两条石头河，要不是以前有过两条那么猖狂的河，能有这样的河床么。有一条密布着皱纹般的干沟的山脊，像条怪石嶙峋的大鱼脊背一样插在两大片戈壁之间，赤裸的铜褐色的岩石都烤得开裂了。在鱼脊背两侧，边际迷漾的一片铁色平坦地铺展着，空旷又死寂。

也许小村庄已经和河流一块化成了戈壁。那几间小房子疏疏落落地静静卧着，没有一丝生息。日复一日的时间就那么悄无声响地一刻刻滑过它们的粗砂剥落的土坯墙。可是它们却卧得更低，像是要互相再离得远些似地，不露声色地向自己那一小片黯淡的阴影里卧得更深些。她那话说得可真是太神啦，确实，人要是能变成一只鸟儿，变成这会儿正在阳光中间飘着的那只黑黑的鹰的话，人一定会有非常异样的感觉。多宽的戈壁呐，来的时候一路看见的都是这铁青的硬石头。太阳也晒不烦，晒得石头裂开了缝，一到傍晚就毕毕剥剥地响。可是她在那种时候怎么那么神，怎么能想到她要变成一只鸟儿呢。而且她还说了，飞着的时候心里一定会觉得异样的自由。这实在太奇怪啦。河滩宽得简直是无边，河已经完全干涸了，只剩下一些连串着的清清的水洼。

那个人正在河边蹲着洗脸，身子给正午的骄阳映得黑白鲜明。俯向水面的脸庞背着光线，显得漆黑黑的，迎着太阳和晴空的脊梁却薄薄地闪着一层白色的油光。

在晴得空荡的蓝空里满是炫目的阳光。那阳光看不清楚，只是呈着一层微红。它耐心地慢慢煎烤着山阳的赤褐页岩，岩石像是忍不住那无声的灼疼了，于是绽裂成了密麻麻的折皱和碎纹。其实，人是不可能一眼看尽一道山脉和一片戈壁的。也许喧嚣就在背后呢。她为什么在那种时候幻想那种念头呢，简直像一片飘来的轻云那样不可捉摸。

那个人撩起细碎的浪花，透明的水珠沾满了他的蓬乱头发。这可算是甚么事算是甚么事呀命注定的命吗也许真的有个命在引导着呢我不能再想她了我现在一咬牙就不想她了！他使劲一甩头，不再盯着那片干旱的荒山。接着他立起身来朝小村落走去。地上的硬砾石被他踩得咯咯响。铁色的砾石滩茫茫地填塞了两山之间的平谷，又在那道大鱼脊背一样的分水梁两边分开来，把迷迷濛濛的铁色向两个方向尽情伸去。

她那时才二十来岁，浑身强烈得逼人地散发着一道道光彩。那是什么光彩呢，其实她长得并不算多漂亮，换个人准说她不漂亮。我情不自禁地说你真漂亮的时候，她嗤了一鼻子。可是她身上那道光彩可真明亮真迷人。她说过，啊！如果变成鸟儿在天上飞巡，那心里一定会觉得异样的宁静，决不会再有喧嚣，那将是一派自由和宁静。

在三岔口这个徒有村名的几间泥屋附近，青灰的砾石滩和灼红的山岩裂壁平分了世界。只有几间粗砂土打的土坯屋，古怪地蹲在岔口上，早晚时分，轻吐出一股股乳白的炊烟，撩动一下这里似乎凝住了的空气。

他洗了脸，把毛巾搭在肩上往回走，咯咯地踏着脚下的坚硬砾石。这样的村子真太奇怪啦。它孤零得奇怪，待的地方奇怪。在这种寸草不生千里无人的世界，为什么要有这么个村不村庄不庄的地方呢？她在那个夏天，那时我还和她一样年轻，她就说，她盼着变成一只鸟儿，在天上寻找地面上的一块土地。她说哪怕是寸草不生的荒漠，也能找到自由和宁静。哎，我说你他妈的干吗又想她呢？不是下决心不再想她了吗？真他妈讨厌。你怎么又想起她来了？可是我居然记住了她说的那句话。我按着她那漠不经心地随口说的一句话干了，干得这么苦，算啦，不想她了。不——想——啦——他突然抡起腿，把一块灰石头踢飞了。他心里堵闷得难受，只盼着快些跑回自己那间泥坯屋里去。

三道浩浩荡荡的大戈壁在这儿汇合。不，是从这儿分道远行了，或者是两条戈壁河滩合成一股，朝着南方去了。异样的感觉，一点不假，我恨这里咒这里我盼望着一颗原子弹炸在三岔口上空，毁了这不如牲畜不如虫子蚂蚁的生活，我天天都想从这儿调出去溜出去反出去，可是——我心里又确实服气。我暗自称奇，我住在这儿干那点破事混工钱，我确实觉得这块地方真是不可思议。

他进了村。推开自己那间地窝子门，他一头栽翻在土炕上。暗闷和阴湿一下子淹没了他。

他在黑暗中躺着，目不转睛地盯着红柳条铺苫的顶棚，那里已经给灰土和油腻封住，模模糊糊的看不清楚了。

在冬天大雪覆盖以后，夏季里为了水草移牧山北的畜群，还有去山北割麦挣钱的汉子们，会陆续回到戈壁里。所以，这几间房子就像是为着那几个月的热闹些的日子，熬忍着焦旱的夏阳秋风，默默不语地留在这儿等着。割麦的汉子们若是回来了，就会刨个坑搭个地窝子过冬，谁也不愿在这里真的动土立木，修屋盖院。三岔口据传闻已经这么活了上百年了，可是从来没看见村子变得大起来。

那人摸遍了兜，寻不上一撮烟来。他跳下炕，角角落落地翻找着。

可是没有。所有烟屁股和洒在毡上、桌下的烟末子都绝对没有了。他知道他自己早就把那些剩货打扫了几十遍了。

他在喉咙里咕噜噜地嘟囔了一会儿，重重地长叹了一口气！又摔倒在炕上，闭上了眼睛。真是奇怪，离开她这么久啦，不，其实我从来也没有和她一块生活过。人的心情可真古怪，其实从开始我就知道我与她无缘，其实从开始我就知道我要开始犯傻，——那姑娘其实只是印象只是胡思乱想只是一个自己和自己过不去的梦，可是这个梦我一年年地做了这么多年。姑娘，你知道你制造了怎样的梦吗？没准她已经变成了那么一只不食烟火的鸟儿。没准她早忘了她那随心所欲的心思和那些轻声款语的话。可是她有光芒。那光芒一下子就把我的心映亮了，映勇敢了，映自豪了，也映傻了，可悲的是我既不能得到她，她也不知道我对这光芒的印象。

他睁开眼睛，立即又想卷烟抽。烟瘾已经熬不住了。他双手扳住炕沿上的木头，狠狠地想把指甲挖进那木头里去。昏暗的房子里只有一扇窗，嵌着一块方方的明亮。他透过那窗，看见干涸的河床上闪耀着水洼的反光，那宽阔的戈壁滩汇合以后朝着南方伸下去了，铁色的地平线上闪烁着一片蜃气，苍凉又雄壮。

可是没有烟。县农科站派他住在三岔口是叫他试着种一块抗旱苜蓿的，不是来种烟叶的。他来这里以前梦见的也是一大片在青灰戈壁中长得绿油油的苜蓿地，而不是几畦烟田。他咳了一声，轻轻地咽下去一口唾沫。那块方方的窗里的水洼还在阳光下闪着银亮。

有水，干涸的河里也还是有这么几洼水。种出一片苜蓿田，其实只要有水就成。在农科站学习的时候，那个老专家讲了半天，我听见的就只是一个水字。那么说，事情应该是能办成的啊。他木然地望着窗子，一动不动地躺着。

他听见了一个响动。接着又听见了一个什么声音。可是他木然躺着，出神地盯着昏暗中的那一方明亮。

可是他还是转了转脸。于是他看见靠门的黑影里站着的那丫头。其实他没有看见那丫头，他只是知道那怯生生地躲在黑影里的准是那个丫头。

“嗯，”他招呼地哼了一声。

那声响大了些。“吃饭呢，”他听见她说。

“吃什么？”他把手掌叉住垫住了头。

“馍，茶，”那声音柔细细的，但又憨又直。

他厌烦地一挺身坐了起来。“不吃啦！”他说，接着盯着那丫头。这一阵里，屋子里像是亮些了，连架在角落的锨把和书架子都显现出来，只是架子上的书仍然灰蒙蒙的，辨不清楚。

“说去，我不吃了。”他又说道。瞧她脸上像结着疙疤，蓝裤皱得成了雨布啦。还一个劲地低着脑袋，生怕人看不见这头乱草头发。三岔口连大带小七八个女人，都留着这么一头乱蓬草，都长着这么一张晒裂烤焦的黑脸。南头王家的女娃娃才锅台高，要是在城里怕是刚刚上小学吧，也是乱草的头发焦裂的黑脸。你知道吗你见过吗你在你轻轻地哼着一支曲子悄悄地说要飞到一片荒漠什么的时候你知道这些吗我真想问问你不过不应当问你因为是我自己要求到这儿来试种这种耐旱苜蓿的我来这儿的时候你根本不知道你根本没有记住我。他只顾出神地想着，盯着昏暗中的房东丫头，直到房东的丫头推开门走了出去，一道雪亮的强光猛地从敞开的门扇里洒泻进来，才惊醒了他。

“嗨！你家里有烟没有？”他朝门外吼道。

那丫头踩着一层松软的浮土走在阳光里，身影又鲜明又刺眼，散蓬蓬的头发透着光线，呈出浅黄的颜色。他目送着她走着，一双蹬着裂口的绿胶鞋的赤脚已经淹在那层松软的尘埃里。无声地溅起一股股土雾。

戈壁滩浩浩荡荡地涌向天边。灼热的青灰色上浮闪着火星般的光点。两条干涸的河床在三岔口汇合后，就这么舒展地向南流去。

苜蓿田能真的出现在这块地方么？别人开出过更大的苜蓿地、麦地和苞米地。农科站那个老专家讲得很细致。可是我根本记不起你的模样啦我使劲想也想不出来你的脸庞的模样我真的认识你吗真的和你一块儿在秋天的开满黄色的金针花的草地上听你讲过那些话吗我想不起来了我只有一个印象一个强烈的炫目的光彩的印象。

他突然在窗台上发现了半截香烟头。烟头已经被太阳晒得又蔫又黄了。他一纵身抓住了这截烟头，然后慌慌张张地摸索火柴。

烟雾缭绕起来，呛得他的眼睛里涌出来一粒泪。

他小心翼翼地捏住烟头，仔细地吸着，把每一口都深深咽下去。眼睛的余光瞟着烟头上的红火，模模糊糊的。他又吸了一口，红亮映出了变得粗糙的食指的骨节。好像，透过暗墙上的那一方敞口，外面曝晒下的戈壁滩已经变得黯淡了。

这几间屋子真行。至少要走出二百公里才能有别的村镇，可它们却稳稳地留在这里。真的不心急么？而且还互相躲开着，互相隔着一片空地立着。

“喏，”谁在唤着他。声音像是在出气，没有什么词和响声，又低又含混。

他抬起头。就在这时烟头烧了他的手指，猛然火辣辣地扎了一下似的。丫头低着头，把一盘馍和一只瓷碗放在炕沿上。

“说了么，我不吃。”他粗声说。

丫头不说话，揪弄着前襟上的一块油污。

“你们吃去，我不饿么。”他又说。

那丫头揉搓起衣角来，像要搓掉那块黑硬的油渍似的。

他愣了一阵。后来伸手拿起一个馍来。

“你爸你妈都吃了？”

“嗯。”丫头应道。

“你呢，吃了？”

“嗯，”又像出气般听不清楚。

他握着那块冰凉的馍，想了想，咬了一口。

天黑了，三岔口的戈壁滩深深地陷进了伸手不见的黑暗。漆黑之中什么也看不见，只有一丝微忽的动静在眼睛前面飘动。他在门槛上坐了一会儿，又懒懒地站了起来。什么也看不见，连那几间歪七扭八的小土坯屋也辨不出个形影。他倚着被子躺下来，不愿点灯生火。时间静静地在这间漆黑的屋子里穿行着。

看看，真的到了独自一人的时候，真的到了漆黑的夜里独自一人的时候，我就想不起来啦。使劲想也没用。她不是一个人，她只是一道耀眼的光彩。虽然她又明亮又激动人，但她比云更远，比虹更捉摸不定。这里真的会长出一块浓绿的、绿汪汪的苜蓿地么？打西头数起马长生家丁三疙瘩家曼苏尔家伊四尔家老李家瘦麻杆家还有她家一共七家人老弱残兵我住在她家可我是领头的农业技术员那就把我算上吧一共八家十来个劳力可是三岔口是三条大石头块子的河是三大片灰蒙蒙铁硬硬的戈壁滩。

他的眼前突然亮起一片红光。他吓了一跳，猛地翻身起来，看见自己巨大的黑影在那映红的土墙上晃动。

“你！……”他气愤地瞪着丫头，攥紧了拳头。

丫头继续往灶膛里添着柴草。通红的火光映着一头脏毡般的头发，活像一个褴褛的红毛鬼。她紧缩着身子，胆怯怯地烧着灶。

“我妈说，给你烧上些茶水。”她慌慌张张地说，没敢抬一下眼皮。

他叹了口气，重重地坐在炕沿上。红红的墙壁像是涂了一层掺了黑料的暗红粉子，他自己的那个大黑影最后稳住了，牢牢地贴在那面墙上，一动不动。

“喏，”丫头探过一条手臂，把一个什么东西轻轻放在炕边上，又飞快地缩回手去，在那火光熊熊的灶口缩成红红的一团。

他打开纸包包以前就嗅出了一股烟味儿。莫合烟！他慌忙剥开纸，心里只想着赶快卷上一支。强烈的莫合烟味突然噎住了嗓子，他觉得奇怪，就使劲咽下一口唾液。

又直又硬的一支烟卷好了。当他晕沉沉地吐出一口长烟时，嗞嗞的水声喧响起来。一些淡白的水雾冲淡了灶前的炉火，他突然感觉到：这小屋里暖和起来了。八家人，七家人，整理条田的时候，能驮驮砾石块子的只有这种半大丫头。男人都出外干活去了。赶着黑羊群的几个汉子这阵子还在几百公里外的木苏图雪山北坡。伊四尔是个盲眼，瘦麻杆是个麻杆。要数男劳力的话，只有她父亲、伊四尔、瘦麻杆和我四个人。鸟儿飞到这儿以后还觉得自由和宁静吗我说鸟儿我可觉不出半点什么他妈的自由和宁静两条大河流到这里就干涸了就死了它们自由和宁静吗？

"喝茶呀，"他抬起头来。丫头身上的皱衣服真的像雨布一样，在柴火的红光里闪亮。他看见丫头蹬着的绿胶鞋前头裂开了，露出里面的两个精脚趾头。

他端起茶碗。一股滚烫顺着嗓子流下肚肠，他小口地喝了起来。茶里的盐放得浓淡正好，他想夸奖一句，抬起眼正看见丫头在怔怔地盯着他。这可不是虹也不是云。这是能把你的小屋变得温暖的活物。三岔口的丫头们都是这样，默不出声地长大，默不出声地等着。等到从远处回来了放黑羊群或揽工的汉子朝她们伸出手来，就默不出声地搬到那人的地窝子或是土坯屋里。头上长着乱草，身上穿着破旧，手上脸上怕是连胸脯上身上都干裂了都黑污得结了茧壳可是她们续着三岔口的香烟族姓她们给放黑羊群或割麦地的年轻汉子们点燃了泥灶里的柴火她们是温暖不是印象和梦我已经在三岔口占了一块地场我该不该也在三岔口引上一个姑娘呢碧绿的苜蓿田鬼知道在哪儿呢我为什么在这种时候偏偏想起你来了呢你那幻想般的眸子和白鸟翅膀般的手臂！他猛地把碗一放，驱走了满脑子的鬼念头。灶膛里的红炭一明一暗地闪着。地窝子的泥墙这会儿似红似蓝，深沉地渐渐朝黑暗潜去。望望墙上的窗口，外面的戈壁和天空依然是一片漆黑。

丫头悄声地挪动着脚步走近前来，替他把茶碗续满。他的脸背着光亮，默默地望着丫头。

“喝么，”她低低说道。

那梦一般的白鸟又没啦，真的就像天上飘走了一丝云。两条那么宽的河床里满溢着有棱有角的石头，直到这阵子它们还像是在流着。你知道吗，那就是说有过两条河，有两条大河死在这里。不过我不会再想着念着你了，因为你根本不知道我曾经这样想念过你，想念过你那彩虹般的诱人光芒。明天我要领着她父亲伊四尔瘦麻杆还有一群半大丫头去整弄戈壁滩她准会默默地背着驮筐压弯着腰在那片灼烫的阳光下走那么我为什么不像黑羊群里的羊倌和割麦的汉子一样引上她呢为什么不呢为什么不让这地窝子也暖和起来为什么不呢为什么不握住她的开裂的手呢？

这年轻人伸出胳膊，一把抓住了丫头的手。

丫头默默地低下了头。蓬乱的头发在轻微地颤抖着。他抚摸着一只粗糙的手掌，不知为什么觉得安静了。

胖胖的小手上密密的厚茧和开裂的硬皮摩挲着他的手掌，清晰又细微。地窝子扒掉以后能得几根旧檩椽和一堆砖，刨土拉土再打土坯要用一夏一秋。等围着红柳梢条的土坯小院盖成以后，先要置一口黑紫釉的大缸盛水，再寻木头打一对红漆的粮柜。这手这脸这身子都会更粗糙更黑裂开更多的裂口早晨在冰凉的雾气里中午在烫人的阳光下用驮筐背砾石块的时候要帮她把筐上了肩不过那时辰用不着讲话要讲的话都给火毒的太阳烤干啦夜里搂着她那是自由和宁静的夜吗再生下几个黑得掉皮的娃娃让他们接着盼着看见一片碧绿的耐旱的苜蓿地自己蹲在门槛上颤抖着花白胡子吸上一袋旱烟。他突然心里一动，松开了手。

黑影里，他觉得那只又粗又胖的小手悄悄地停了一会儿，才慢慢地抽回去。

他低下了头。灶膛里的红炭火仍然在一明一灭地无声地闪亮着，他端起茶碗来，小口小口地喝起茶来，微咸的茶水滚烫地淌进肚子里。

一早晨弥漫在荒山沟里的冰凉渐渐被赶走了，旱热不知不觉地充满进来。满川的坚硬砾石显得发亮了，静躺着的青色断面上像是正散发着一股细微的灼烫。

三岔口那些孤单的半地穴屋子终于暴露在一望无际的晴空之下。衬着没有云丝的蓝天，那几幢小屋仿佛蹲卧得更低了。

等到太阳爬了一竿高以后，它就抖擞着从困倦和懒散中睁开眼来，狠狠地晃甩着万道炫目的光芒，把三岔口戈壁牢牢地攫住了。茫茫的石滩上抖动着一层颤颤的蜃气，白花花的气流在棱角鲜明的青石头上面摇荡。四野彻底寂静下来，奄奄一息地低伏着，在凶暴的酷暑中缄默地忍受着。

有十来个小小的人影在戈壁滩上蠕动着。他们有时古怪地排成了一行直线，有时又捉摸不清地四散开去。有些人影挤在了一团，像是阳光烤晒下的一团黑黑的蚂蚁；有些人影又始终独自摇晃着，像是一直在离群蹒跚着寻找着什么。到了下午，到了傍晚天色昏暗的时候，他们的身影在戈壁滩上拉长了，拖着一条灰黑的影子，各自呈出红红蓝蓝的颜色。

残阳最后沉下了荒山的脊坡。

那个年轻人挽起裤管，在几块巨大的圆石旁边下了水。只有浮在上面的一层给晒烫啦，下头的深水还是冰得扎骨头。水珠粒子溅起来，溅在腿上，就湿湿地贴在皮上，心里挺快畅。那道彩虹那个梦那个柔柔的声音已经消失啦我已经把她忘啦我的脚踩在三岔口这浅河里的粗砂子上我已经把你忘啦。把脚拔上来的时候都能觉出上头的水皮给晒烫了，太阳沉下去了，可是戈壁滩和河水靠上的一层水还是热的。今天搬了多少筐石头？今天整出了多少地？我怎么觉得背后的戈壁根本没有动过。我不愿再回头看一眼平整过的地方，也许真的就没有平整过什么苜蓿地。那时候这里将是怎么个样子呢，茫茫的戈壁滩上嵌着一长条碧绿的苜蓿地吗？她干起活来果然是默不出声。沉重的驮筐吱吱地在她膀子上叫唤，后来我看见那箩筐咔地断了一条梆，可是她一声不吭地驮着筐在走。她那红衫褂那雨布般皱的蓝布裤那烂了的绿胶鞋还有乱蓬草般的头发都忍着熬着一声不吭我猜今天这一天过下来她那胖乎乎的小手更粗了也许又裂开了几个口子我说你为什么默不出声呢难道你也是一个猜不出的谜吗？

他的脚嚓嚓踩着河边上的黑灰的粗砂，朝远远的那些屋子走去。

太阳隔着西山射出的霞光也黯淡了，三岔口戈壁的几道大川在暮色中开始变冷，不易觉察地抽去着热气。包藏在每块石芯里的冷冷的味道透散出来，眼睛里的一派铁灰显得苍凉了。

他觉得脸上干皱得别扭，就抬手抹了一把。脸上像是有一层硝，像是有一层盐。我的脸上也像是结了硬壳也像是裂成了干枣皮啦可是我还年轻。他不再理睬别人，把肩着的大镐换了换肩，直直地对着那座地窝子走去，尖利的砾石块在他脚下咔咔咯咯地响。

原来是这么回事，原来她们就这样变得黑瘦干裂。两条大河汇在一处干涸了，没有水可是还在向南方流，流出一川吓人的铁色。我忘了我已经这么干了多久啦，我是什么时候来到三岔口的呢？我这阵子心里一片宁静，也许这就是那个自由和宁静，虽然每一天皮肤都烤得焦了一层，虽然每一天脸上都裂开一些血口。

他在自己住的地窝子门口撇下了驮筐。在他弯腰钻进自己的屋子以前，他又瞟了瞟远处。他看见那三道巨大的戈壁还在汇合着，静默着，伸展着，单调而神秘的青石滩一片迷漾。

一九八五年九月

亮雪

隔着一丛晃动着的芨芨草望去，地尽头的那盘落日简直就像是一个浓红的木瓣子车轮。这时它下沉得快了起来，像剪了贴在西天上的一块圆圆的红纸。草滩上风儿拂着快要融尽的初雪，扬起来一些依稀的白雾。

乔玛费了好一阵工夫，才扣上了皮马绊上用楠木条子削的木扣。若是月亮古赫，他想着心里又酸了一下。这匹老黑马的髁骨太粗啦，和这副马绊不匹配。他疲乏地立起身子，环顾了一下空旷的草原，心里觉得没有着落，一片茫然。

红轮子般的残阳已经贴上了大地的地平线，真像个不圆不均匀的勒勒车轮子呢，乔玛想着，他觉得自己把太阳比成轮子，这事有些不祥。

落日像一团黏稠的红液，黏着动着，可是滴不下来。它微微悸动着，从草原上收敛着灼烤了一日的暑热。远近的草滩、毡房和四散吃草的马群都开始变得黯淡下来了。

我的月亮古赫，他叹了一口粗粗的气，低下头来，用脚拨弄着地上堆着的鞍具。三天里没有吃一根草，他想，你怎么能三天里连一根草也不吃呢。远近的牧人们都在议论，我走到哪里都听见“三天没有吃草”，你既然站得那么牢稳，为什么非要三天里不吃一根草呢？

红日颤抖得不再像个圆轮子了；它变成软软塌塌的一块，一下下地黏着地尽头的山影。这时，成束成束的柔柔的黄色霞光朝草原洒过来了，已经快要融尽的初冬的第一层雪上开始微微泛红。

月亮古赫那时是一匹美丽的骏马。走遍草原没有另一匹马长着它那样奇异的毛皮。还是在那日娜嫁给了烂鼻子桑布的那个春天，我就把它套住了；它那时刚是新四岁，胸脯上的肌腱已经长齐。我用手抚着它的胸脯的时候，它轻轻颤抖着，两只晶莹的眼睛眨个不停。唉，乔玛用脚拨正了鞍子，随即躺了下来。他的后脑袋硌在鞍面上的铜花上，硌得隐隐作疼。

有一条窄窄的乌云丝游过来了，插进晚霞里，天上的霞光立即染蓝了一块。到处都在议论着月亮古赫的事，都在说它三天不进水草，还说它一连三天直直地立在草地上，四条铁黑的长腿像是铸在地上。只有乌兰花说，乔玛，你饮完了马群就来喝茶嘛，我今年挤了三十只山羊；我家今年的奶豆腐和黄油多着呢。可是乌兰花已经给那木斯赖生了一窝小崽子啦。她虽然没有提马的事情，可是——我为什么要想她呢？那条长长的乌云还在推挤着落霞。天色有些阴沉，草原陷进了昏茫之中。乔玛觉得，今夜里，不会再有一片银叶般的弯月亮升上天空了。

难道草原上有谁见过那样深的、那样深得全黑的铁青马吗？在夏季里，当把它拴在阳光下面的时候，它浑身闪着一层电一般的蓝光。于是老马倌们说，这是一匹铁青色的马，不是黑马。于是草原上慢慢地传开了月亮古赫的名字。它长到新四岁还是一匹生个子，我套住它的那天跑垮了两匹杆子马。后来它又把我摔下来，拖着我一直跑到细戈壁的碱滩，把我穿的蓝布袍子拖得稀烂。哦，月亮古赫，我亲手套住我亲自压出来的漂亮的铁青马，你怎能，你怎么能三天里直直地立在草地上，不吃一口水草呢？乔玛躺在草地上，揉搓着自己的脸。他觉得自己的眼眶子里若是涌出眼泪，这会儿一定就要哭出来了。可是眼眶里又枯又涩，没有一星湿润。手摸在脸颊上像磨着粗石头。我老了，乔玛想，只在这几天里，只在这月亮古赫死去后的几天里，我突然变老啦。

落日马上就要沉没了。草梢摇曳着，在乔玛眼前晃成了模糊的一片。半个熔化了的暗红太阳堆在地尽头处，难受地喘着动着，不愿意就这样沉下去。

乔玛决心在这里过夜了。

在这样好的季节里下夜，乔玛想，牧人们会笑话的。那个又当了喇嘛的瘦老头还会说，总给马群下夜，马群会瘦的。可是我不能去毡包里过夜，乔玛难过地想。人人脸上都印着那匹三天不吃草的马儿。每一个茶碗里，每一团炉子里跳着的火苗里，都闪着月亮古赫的影子呢。

他索性躺翻在草丛里。一块湿漉漉的雪立即浸透了他的衣襟。四野里静寂极了，只听见耳旁的草梢尖上不时掠过一丝细微的凉风。天快要黑啦，乔玛凝神望着那一牙残日，悄悄地在心里说道。

天色昏暗着。乔玛闭上眼睛，觉得徐徐而降的暗黑正拂着自己的两颊向草地浸漫。

春天里化雪时节的草地也和这初雪一样，晴上几天以后，远近便是一片黑白斑驳。那年春天就是在三眼井北面的黄石圈旁边，马群像流水一样跑过。乔玛痴痴地想：当时他们几个都没有看见，只有我看见了。我看见一匹黑骒马的身边有一块雪暗暗地闪亮了一下，黑骒马是伊加•巴特尔乎乌兰马群里的。乔玛从小就听老人们说过：伊加•巴特尔乎乌兰是一匹特殊的儿马，它的子孙里快马不多；可是，若是它配上一匹特殊的对它胃口的好骒马的话，那么就会生出一匹神驹。我当时只是觉得地上的雪闪亮了一下，可是那雪和黑黝黝的草地动起来了，摇摇摆摆地嘶了一声。于是我看见了。那天多神奇，那天的事没有任何人知道。那天还是我成人的日子，当然只有那日娜和我知道这一点。

乔玛烦躁地翻过身去，脸正近近地靠着一大块挂在芨芨草丛根上的雪。乔玛把脸埋在那雪上，一股湿湿的冰凉飕地顺着筋肤流遍了全身。乔玛想，今夜里那片银叶般的月亮不会再升起来了，四野里闪着的都是融开的雪，草地上不会再铺上银粉般的月光了。

有什么办法呢？草地上土生土长的孩子，一旦他长到了十七八岁或是二十来岁，难道他能躲开那个带瓶子的东西么？冬天醒来的时候皮被边角上结着一壳子浑浊的硬冰，夏天醒来的时候草的苦味儿混着营盘里雨淋湿的羊粪的味儿呛进鼻孔。要么是冻得缩在骆驼的腰背后面，把脸使劲埋进皮袍子的领口；要么就呆呆地盯着马群挤拥着，甩着鬃毛和尾巴驱打蚊蝇，任毒火般的阳光剥着自己脸颊上的碎皮。有什么办法呢，难道这时节的草地年轻人能丢开瓶子里的东西么。人们都说，乔玛一连醉了七天，真亏他们数得清。我觉得像是醉了一个今生和来世。我只记得走过了那么长的路，闯进了数不清的星星一般多的毡包。我一头撞在毡包的门框上，倚着门框滑着跌翻在地上。那数不清的星星般多的毡包里的女孩子们和年轻的媳妇们为什么那样害怕呢，我觉得她们盯着我的眼神那么害怕。于是我灌下半小碗酒，半小碗在浅蓝花的细瓷碗里晃着漾着的鬼一般的辣辣的好朋友。于是我跨上月亮古赫，踏着今年这头一场雪，呼哨声声地奔驰到下一个毡包门前。你应当知道，你该发现了它身上结了厚厚的一个冰壳，可你还是拼命地踢它的肚子。不，我不知道，我没有发现它已经累垮了。我只觉得它浑身青黑，四腿笔直，额头正中闪着一片白白的月亮。我喜欢踢刺它时它那种猛然一震的神态，我喜欢当它浑身的肌腱抽搐着哆嗦一下，然后猛地甩起额鬃，露出头顶心的一簇月亮般的白毛时，我心里那满盈的快活感受。它灵巧地把四条漆黑的腿在雪地上弹着踩几下，然后就像风像电一样飞驰出去。那样的时辰，那样美妙的时辰，难道有谁能舍得丢掉么？

天黑了。地尽头再也辨不出那些隐约的霞色。流水般的黑暗迅速地蔓延着，吞淹着一片片的草滩和山岗。斑驳的残雪开始显得明亮起来，映出了芨芨草丛和山峦的轮廓。

马群安静地散开了。黑夜中微微响着柔软的蹄音和咀嚼枯草的窸窣声。乔玛闭上眼，心里也像流进了夜的黑暗。耳鬓旁边的那块积雪还在时时触着他，他全身都觉出了那股湿润的清冷。

夜幕终于降到了地底。每一株牧草的茎杆间都满渗着黑暗。草原好像悄无声息地动弹了一下，随即就沉没地坠入了夜的死寂之中。

它三天里一口草也不吃。它最后垂着头，四条铁黑的长腿插在一片枯黄的箭草滩里。它两耳间的那绺漂亮的额鬃耷拉下来了，遮住了那片出名的、卷曲的银白短毛织成的月亮。那天有许多牧人围着看，只有我没有敢去。我赶着马群去细戈壁吃硝草，我没有去它那里。那木斯赖散布说，乔玛狠狠折磨了那马儿七天七夜，乔玛把那匹漂亮的铁青马杀死了。可是乌兰花说，今年我挤了三十只山羊，另外加上家里的乳牛，我们今年的奶食多呢。她说的时候一把抹掉了她那最小的崽子脸上嘴上的黄鼻涕，顺手再把手上的那些鼻涕抹在自己的袍襟上。我不去看，乔玛默默地想道，我不能去看那木斯赖和烂鼻子桑布怎么用刀子剥下月亮古赫的皮，再使一把钝剪子咯吱咯吱地铰下它的毛尾巴。也许那样说是对的：是我杀死了月亮古赫。但我决不能去取它的皮尾，我不能用刀子再杀它一遍了。

月亮古赫，我的骏马，你一声不嘶，一动不动，你就那样默默地离开了我。你死去的时候已经是黎明，那天地上的积雪正一小块一小块地泛着微亮，那些亮雪和你额间的月牙斑混在一起。

乔玛把脸埋进鞍子，痛苦地蜷起了身体。

额上生着一丛细密的银白斑的铁青马是马倌乔玛最喜欢的坐骑。乔玛总是用粗麻布或者黄羊皮把箍银的嚼子打磨得银光闪烁；然后再仔细地给铁青马佩上。在中午，在曝晒的烈日下面，那马儿总是一阵显得漆黑，一阵又闪过一道电蓝。在耀眼地反射着阳光的银嚼子上面，那马不安地眨着一双暗黄的眼睛，里面满盛着让人吃惊的晶莹。

人们总是不出声地盯着乔玛骑着它驰过。

当乔玛信马走近营盘，在木箱车或是水车旁扯转马头准备下来歇息的时候，吆狗的女人和玩牛犊子的小孩们突然安静了；他们默默地望着这一骑马，心里像是醒来了一个奇怪的、遗忘已久的什么。虽然并没有谁提议，但人们都称呼他为“青马乔玛”。真的这样，他骑上月亮古赫以后，就成了草原上最英俊的牧马人。

那时候我真的醉了。后来我才知道我醉了，一连醉着喝着跑着过了七天。我以为那是一片草叶？一块土？一点肮脏？不，我只是伸手把它抠了下来。我只是不愿意让那片月牙被脏东西遮住。你应该知道，你应当发现那是一块冻在它头上的冰。你伸手抠下那块冰的时候你不是觉得嗖的一股冰凉么。乔玛难过极了，他使劲地闭紧了眼睛。月亮古赫浑身汗淋淋的，月亮古赫后来浑身结了一层冰，连额头上的月牙斑也蒙上了一层冰。可是你，你拼命地纵情地踢它的肚子，你让它整整飞跑了七个日夜。你永世也得不到那匹马的宽恕了，因为你那么残忍地抠下它额头上冻结的冰块，又踢着它在一个又一个毡包之间，在蒙着茫茫的初雪的草原上奔跑。

那木斯赖和烂鼻子桑布剥马皮之前，先铰掉了月亮古赫秀长的尾巴。牧人们传说，桑布用钝剪子铰的时候，那马尾上淌了一股鲜血。后来他们俩一个拖着马皮，一个提着马尾，跑到三眼井旁边的人家去喝酒。听说那木斯赖喝醉以后挥舞着那条马尾，嚷着说乔玛杀死了草原上最好的青马。

可是乌兰花偏偏就嫁给了这个那木斯赖。我杀死的还不单是这匹马呐，乔玛想，我把自己也杀死了。“青马乔玛”已经没有了，这会儿在残雪斑斑的黑夜里躺着的是一个衰老了的人。我现在两颊粗皱，眼睛酸胀，心跳得像一只快断气的、一步也跑不动的狼。那么，乌兰花，你就好好地和那木斯赖过完这一世吧，再也不要想以前那些事。乔玛想着睁开了眼，天穹低低罩盖着，像漆黑的锅底。果然没有月亮升上来，乔玛不禁在暗地里苦笑了一下，乌兰花不会记着你的，她已经给那木斯赖生了一群孩子。她忙得一天到晚喘不了气，她现在是个好心眼的随和粗心的大嫂子；她早不是在水车旁边的草地上替你解下年轻的月亮古赫的缰绳，又舍不得地攥着不放的那个姑娘了。

夜深了。初冬的凛冽寒气正穿过厚厚的暗夜降下，乔玛觉得脸旁的那块融化了一天的雪块正在渐渐冻结。不知是牧草在寒冷中变脆，还是雪粒在一下下变硬，乔玛仿佛听见耳际旁响着一片察觉不清的响声。黑蒙蒙的草原上一派宁静，只有一些散布的雪块仍然在闪着微明。

那日娜离得就更远啦，从她嫁给了烂鼻子桑布，我已经有好多年没有见过她。她家总是远远地扎在没有人爱去的地方，我只是听说她前几年害了病，一天到晚咳个不停。桑布倒还算个不坏的丈夫，听说他领着那日娜出去了一个月，转了好几个城市的地方，用电给那日娜查了查。后来又听说，用电查了以后，她咳得不那么凶了。乔玛漫无边际地想着，凝望着亮雪黯淡地点缀着的茫茫黑暗。突然，他想到那日娜可能正用月亮古赫的秀尾搓绳子，心情陡然恶劣了。

那能搓一根青黑结实的马鬃绳呐，乔玛惨然想着。去拴车，或者去绊马。乔玛想翻身坐起来，挣扎了一下，身子却没有动。我老啦，他想，我在这几天里一下子泄了心血，我变成老人啦。那准是一根青黑闪亮的好鬃绳。月亮古赫，他伤心地想着马儿的名字，那时你在马群里灵巧地飞跑，那时你的长尾飘得像一条云，像一道轻烟。我骑着杆子马，探出一颤一颤的套马杆追你的时候，我总觉得心里一阵阵酥麻，望着你那扬头飞奔的姿态，我总觉得我是醉了。

乔玛伏在鞍鞯上，睁大着眼睛思索着。已经过了午夜，原来一直缓缓散漫着的暗黯和寒冷，此时浓浓地凝固住了。乔玛想，冬天，就这么悄悄地来啦，冬天。曳着一长条弯弧，暗中画出一条山影的地平线若近若远，吃夜草的马群不知是走远了还是溶化到了黑暗里，乔玛发现，他的马群已经不见了。

他费劲地挣扎起来，从靴筒上解下下午换来的老黑马的长笼头。解那老马的脚绊时，他手指上磨掉了一块皮。他忍住疼，用力扳开嵌进粗壮的黑马脚踝的楠木条绊扣。他抱起鞍子，一扬手扔上马背。扣紧肚带以后他吮了吮磨破了的手指。不知为什么，他心里掠过一丝疼痛的快意。接着，他从地上摸索着找到了自己的套马杆。

乔玛撑着杆跨上马背，催着马走开了步子。不，这再也不是月亮古赫了。再也没有那种按捺不住的扯动了，再也没有那种轻灵的充满弹性的步点了，再也没有鞍子下面那又柔韧又强健的波动了。我也一样，我没有了那种又警觉又自在的歪歪的姿势，我的手臂上也没有了那顺着长长的马杆探出去的准确和力量了。乔玛难受地佝偻着身子，扯着缰让马转着笨重的躯干，在黑暗中踽踽独行着，寻找着散远的马群。

初冬在草原上常常只是一瞬即逝。当太阳在中午的炎热还能把头一场雪融成涓涓溪流时，巨大的寒潮早已冷冷地逼近了草原边缘。起伏的草浪几天里突然变枯变白，残留在草丛根上的一点绿色其实还在生长呢，就被遮天盖地的白雪压住了。若是再碰上阴云流过来挡住日晒，那么牧人们常常来不及多想，就赶紧换上了过冬的沉重大羊皮袍。这种冬季降临时节的夜是冻骨伤筋的寒夜，牧人和牲畜常常只要经过这么一夜，就变了形容颜色，变得迟钝皮实起来。

漆黑的、冻人的草原十月的夜呵……乔玛挟着马杆，慢慢地拢集着马群，心里木然地数着一个个儿马群。暗黑中星星般散布在大地上的块块残雪，在清冷中神秘地闪烁着白亮。

乔玛默默地数着一个个长鬃垂地的儿马子，磕着老马缓缓登上山坡。不管怎样，那个年轻漂亮的，穿着一件镶金边的深蓝袍子的牧人，那个跨着一匹青黑如铁漆毛闪光顶着一牙白斑的骏马的牧人，那个挟着乌珠穆沁式的长长马杆，扯着银光闪耀的银马嚼的牧人已经不在了。那个蓝袍青马的骑手在毡房前的车轮旁一扯偏缰，让马儿甩开额鬃露出美丽的雪白月亮，让吆住狗的姑娘女人羡慕地睁大了眼睛的时候，已经过去了。失去了月亮古赫，我就失去了年轻英俊的容貌，失去了抖擞的精神和闪闪的眼神。再见吧，过去的乔玛，他心里轻声地喃喃说着，再见吧，年轻的青马乔玛，闻名远近的青马乔玛。

静默的山峦潜伏在暗夜里，悄悄地像是同情着他。乔玛觉得心里满是说不尽的难过，他觉得幸而有这广阔的黑暗在围护着他。他稍微挥甩着马杆子的套索，催着胯下的老马提起步子。已经该穿上那件白山羊皮的达哈，下夜已经很冷啦。初雪好像不会再化，真正漫长吓人的冬季已经近在眼前了。他想到这里不由得打了个寒噤，那漫漫的长冬，那一直到热清明才会结束的长冬，真像一个缺少了骏马月亮古赫的衰败的生涯。牧草枯白了，被马蹄蹚着叭叭折响。嫩绿的夏天，落满红霞的傍晚的井台，在风驰电走的马群头顶悠悠颤动的马杆子，在一个站着惊喜的姑娘的车前拴好的青黑漆亮的银嚼骏马，这一切都不能追回啦。

马杆的梢尖触着了一匹慢慢走着的马背。在黑暗中，乔玛看见了一面直泻草地的长鬃。伊加·巴特尔乎乌兰，他麻木地想，就是这匹儿马：胸背像是佝偻了，脸颊糙得像块揉皱的桦皮。乌兰花明年可以挤五十只山羊的奶，她做出的黄油和奶豆腐准会装满一箱车。眼睛肿疼得看不清马群，看不清草根丛里的残雪。我的眼力已经不那么好了，而以前，我能看清黑夜里奔跑的马的两只尖耳朵。烂鼻子桑布现在还吹牛说他能看清四十里外的獭子是公还是母；而我不，我现在已经看不清这黑影里面那些马儿的尖耳朵了。

乔玛想着睁大了眼睛，使劲朝那匹粗壮的长鬃垂地的儿马望去。他突然觉得有些异样，他揉了揉眼眶再定神望去。好像黑黝黝的牧草在涌着凸起来了，地上淡淡地呈着微白的残雪也动起来了。乔玛猛然觉得，自己像是沉沉地落入了一个梦境。

他看见，在儿马子伊加·巴特尔乎乌兰那粗大颀长的身躯旁，有一匹刚生的小马驹正从黑糊糊的草地上站起来。那瘦弱的马驹蹒跚着，在一块积雪里一跌一滑。在那小马的额心，乔玛看清了：正亮着一块雪一样的白斑。

乔玛慢慢地竖起了马杆，把杆底端的尖头插进草地，然后倚在马杆上，勒住老黑马，感动地盯着那蠕动着的小生灵。

夜正深沉。朦胧的黑黑山影像一浪浪掀起的水波，在脚下，在眼前，在遥远的夜的怀抱里似涌似静。乔玛把脸贴住光滑的套马杆，脸上的骨头和皮肤硬硬地擦动着那根熏压直溜的柳梢条子。挣扎在暗黯中的小生灵一跳一跃，一星亮亮的白色也随着在活泼地跃动。乔玛久久地望着自己眼前这条鲜活蠕动的生命，他觉得自己昏眩了，视野里渐渐变得动荡迷蒙，心里甜甜地轻摇着一腔美好的感情。

黑糊糊的小生命终于站稳了脚，踉跄着跳蹦着，离开了巨大的伊加·巴特尔乎乌兰，朝在暗影里吃草的黑骒马走去。乔玛望着它，屏住了气息。他也认出了那匹黑骡马。

那小马没入了一片漆黑的夜，走进了它母亲和整个马群的深处。但马倌乔玛却依然撑着高高的套马杆，骑在老黑马背上静静不动，他的眼神变得柔和而坚定。他仿佛看见，在夜草原上黯淡地朝他闪烁的那些斑驳白雪中，隐藏着一牙姣好温柔的月亮。

一九八五年十月

美丽瞬间

那天清晨，当他踩着草地上的露水去牵马时，他并不知道一切竟会是这样。那时霞光刚刚从雪牙般的连峰缺口里流溢出来。他不知道，那些在蓝空中排列着的冰峰背后还有汗腾格里。后来他才恍惚回忆起来了：那天清晨当看见霞光从山口喷射而出的时候，整个天穹都传响过一派纯净的乐声，束束光芒都曾像颤抖的琴弦一样闪烁。后来马蹄的敲击淹没了那奇妙的音乐。他多少有些为自己的旧习惯懊悔，因为他莫名其妙地兴奋起来了，他微微虚坐，他踩稳铁镫，他用左手的三个手指勾住长长的缰绳，他微醉似的随意摇晃着腰杆，呼吸着黑马鬃毛间升腾着的一股汗腥。天山腹地里的景致先是迷住了他，使他兴奋而躁热，接着就使他醉了，他忘记了这里是天山，忘记了成排成片青春勃发的蓝郁松林，忘记了洒满阳光的明亮耀眼的绿绿的山间草地，忘记了在褐色的岩壁下静静地蹲伏着的一些榫卯式的木屋。他只顾习惯地纵开马，又快活地猛一仰身把马缰收住。他在那些蓝幽幽的巨大云杉的阴影里闪电般一穿而过，在那些明亮嫩绿的山间牧场的夏草丛上怒声大笑。他在自己潇洒又危险的骑法上头晕目眩，在胯间那匹漆黑俊美的马儿的颠簸中一刹比一刹更沉坠入一片和谐的快感。现在像是能够回忆了，像是又恍然听见了那些风的啸声。那激动的风啸从暗蓝而浓郁的松林梢头一掠而过，然后无影无踪地消失在深谷和绿彩鲜明的草地里，直到下一次又在远处那片云杉林上面尖锐地响起来。但是那不是风啸，他回想着，从那天清晨起一切就都不一样。清晨的早霞中传送着一支纯净的音乐，从上游，从阿合牙孜，从查干乌苏，从古城堡的断墙那边一荡千里地传来的一支启示的神圣音乐。他觉得一切真是异样的，只是很可惜，人往往当事而迷。意识不到那瞬间的启示，其实，那天山里传荡的乐声谁都应当立即听见，她简直像伸手就可以捉住的一只低飞的燕子，她简直像涂抹在蓝天上的一笔鲜艳的浓彩。

朝归路转过马头时，一切都骤然变了。一行人进山本来是要选择发掘的乌孙墓，这种圆圆的土堆墓在这里满山遍野都是。可是后来大家好像都忘记了选墓的事，几匹马就那样忽快忽慢地在峰峦山谷里奔驰着，像是几个随心所欲的流浪汉。墓葬处处可见，看来古代的乌孙人活得很兴旺。大家互相望望就决定了；其实挖掘可以随便开始，挖哪个都一样。工作么，怎么干其实都一样，用不着多想什么。后来连考古队的老队长也放松了姿势，他在纵马驰向一座长满野葡萄的小山时听见老队长哼起了一支古怪的歌。于是马队朝归途转头，天山里强烈的阳光把一串黑黑的长影印在明艳欲滴的嫩绿草地上。而他想起来了，他终于回想起来那一刹空中的风和乐声都抖响了一下，然后骤然变了。那以后一直到他们回到团部，耳际缭绕的尽是一派充满生机的欢畅乐响。

后来雷班长就答应了换马。出发的时候，团场政委叼着烟卷说，拣几匹老实得抽也不走的马子给他们骑。军垦团场是一支退役的骑兵，他们的马厩里没有抽也不走的懒马和老实马。海拉提骑的那匹黄骠马面目狰狞，光滑的脖颈上有一块手掌大的皱伤疤；他骑的是一匹身躯粗壮的大白走马。然而都比不上雷班长那匹黑马，雷班长的黑马简直美得迷人。在马队里又挣又跳，浑身闪着一亮一灭的漆光。他看见雷班长那漂亮黑马时简直惊呆了，那黑马在马队里简直像一个在人群里光彩四射的太美丽太出众的姑娘。天山的一座座雪峰在头顶盘旋着移动，扰乱着云层里泄漏出来的晃眼的光霞。绿得让人难以相信的山坡一片片地迎面浮过来，又默默地退开去。哈萨克人的座座静谧的毡房安坐在一些巧妙的角落，青灰的炊烟神秘地微笑着。他重心后倾，压住马臀，白走马拉开大步，两只打了铁掌的笨重后蹄击在裸石上，迸着一连串清脆的响声。雷班长开始还笑着夸奖他，后来就一直听他大吹蒙古草原上的故事。那里是乌珠穆沁。那里一望无际、一日千里。那里的草浪茫茫万顷，牧场舒展平缓，那里是真正的大草原。可是那里没有高傲得蔚蓝的雪峰，忧郁的挺拔松林，白色泡沫像雪一样不透明的冲腾放浪的河。那里没有这么绚烂的野葡萄和暗绿的含蓄地滑过草丛的特克斯大河。当雷班长稍稍惊愕地张开嘴巴时，当他讲到那匹蒙古马在山坡上摔了一个圆圈跟头时，他紧跟着一句提出了换马的要求。

哦，我的黑马，他默默地回想着。

我的腰肢那么敏捷有力，骑坐那么随意轻松。晶莹的冰川即使在夏季里也从不融化，它映出了一个黑马骑手的矫健影子。一行行一排排松杉热烈地张开枝干挺直胸脯。从发蓝的深色林间，逆着阳光，一派明晃晃的绿草地环绕在马前马后。归途上赛马接着赛马，黑骏马佑助着我永远跑在前头。啊，那从伊犁就打开了的五彩长画，那从阿合牙孜东部的远山就奏响了的天山的圣乐。我懊悔无法一一记忆。我庆幸我这么牢地记忆着。不是人人都有幸遭逢的，不是谁一生都能够有一次的。蓝的晴空，雪的山顶，被远远的松林染成蓝色的山腰，从斜滑的半山倾泻而下的明亮的草原，哈萨克人的神秘毡房，飘浮的炊烟和巡走的云团，下游河谷上空的迷蒙，青春的年华和快活的心境，渴望中的烈酒和疯狂的奔驰，和姑娘完全是两回事然而又比姑娘更美更有魅力的骏马，一匹漆黑闪亮的黑色骏马——都不是可以轻易获得的。它们的相聚，它们为你而在此时此地相聚为一个世界，这完全是真主的美意。

换马以后，雷班长跨着白走马不见了。他和行列中惟一的哈萨克海拉提并马在前。海拉提下颚坚韧，激动得面色通红。海拉提双手紧握缰绳，目不转睛地注视着。他觉得在海拉提紧锁的眉间源源流着一支急骤动情的冬不拉曲子。叮咚的音响清晰地震动着附近的空气。那是什么曲子呢，他想问问海拉提，可是他只是朝海拉提投去一个询问的眼色。海拉提微微侧转一下那张刚毅的脸，还给他一个紧张的笑容。悦耳的冬不拉曲子响得更强烈，此时完全合上了八只马蹄在裸石上击打的节拍。那曲子是什么呢？Ak bulak[1]？或者是

① Ak bulak 原意该是“白色的泉水”，而实际含义却远为复杂，词组中满盛着哈萨克人对自己故乡和民族的深情。同样对“白色”的这种理解也存在于蒙古等族语言中，它们共同构成了北亚游牧民族精神中的一种圣洁的角落。

Engbêk küyi? 不知道。也许那曲子应该叫海拉提，叫哈萨克，或者叫天山，叫美丽的生命。我们俩都不该去挖墓考古，他想道，我们俩也不应该去当农夫锄草耕土，不应该当干部和知识分子，不应该当兵团战士或康拜因手。我们俩都不应该工作，他快活地想。

喂，海拉提唤着他。

怎么？他笑了。

马奶子，海拉提挤挤眼睛，他露出一口好看的白牙。

前面山脚下，在三株又粗又直的巨大塔松旁边，静静地卧着两顶毡房。那毡房其实又灰暗又破旧，他刚刚望见它们的时候还曾经皱起了眉头，因为他觉得它们的天窗是歪斜的。乌珠穆沁讲究搭成稳重浑圆的毡房，他以乌珠穆沁人的身份想对这两座巨大然而有些歪斜的毡房评头品足。可是他没有能。海拉提脸上莫名其妙地涨起红潮，他看见海拉提变成了一个孩子。从海拉提颤抖的眼神中那冬不拉声奏得急促了，像是要冲上蓝天捉住并裹挟那支缥缈的音乐。一束锐利耀眼的光照在谷间露出来的一角冰峰上，那儿白炽得能使人双眼一黑。小小的马队突然低低地齐声唤道：哦，汗腾格里。他知道这是绵延两千里的天山山脉主峰。他没有想到能在这儿看见这座传奇的主峰。太阳的光点在嫩绿的阳坡上闪烁成明亮温柔的一片，有只毛蓬蓬的黑花狗在那阳坡上舒服地打着滚。海拉提不是精神抖擞，海拉提不是自治区考古队的干部，海拉提不是在工作，他想。海拉提是满怀神圣，海拉提是哈萨克巴郎子，海拉提是在认真地度过着他最喜爱的生活。海拉提正在不语之间蒸发升华着。海拉提的全身四肢和每一寸关节毛发都正在迅速挥发成音符，正在叛变成一根牧草，化成这山谷里的轻风，企图逃之夭夭。

唉，我理解你，他赞美地瞟着海拉提僵硬的骑姿和悄悄痉挛着的脸。我们都不该干这些，我们俩最好从今天起结伙流浪；今天你带我来天山腹地，明天我邀你去蒙古高原。人们往往太粗心了，他觉得和海拉提相比自己也太粗心了，因为只有海拉提最早意识到今天的含义。海拉提一上马就深深激动了，显然是他的哈萨克的血燃烧着他。海拉提一直按捺不住地满面通红，声音在古怪地颤抖。他心里突然涌起了一阵尊敬。人呵，他悄然地想道，人是多么不一样呐。

天山里的太阳不知藏在哪里，白昼是因为那些被强烈阳光照亮的一块块草地和山岩才存在的。群山夹着一个凹口，在那里露出了白炽的冰峰汗腾格里。它代替太阳照耀着天山草原，照射着向阳的草地和山岩。一共有五匹马在跑，五匹马的挂掌带铁的蹄子无声无息。头顶上，浓得像要坠下来的白云团疾驶着，蓝蓝的长空上层一定正起着风。马蹄无声无息地在一片片浴着阳光的绿草里划过，对准着那两座隐居深山的哈萨克人的毡房。太静了。四周静寂得像是人突然失去了耳朵。他在那一瞬间丢失了云间巡行的那支圣乐，也丢失了震彻他耳鼓的、从海拉提身上源源涌出的那支冬不拉曲。他仔细地想使自己想起来什么，他觉得自己正纵马跑向一个什么边缘。

忧伤的蓝郁和明亮的鹅绿都在无声中飞着。

其实，当他敏捷地从黑马背上一跃而下，扯过缰绳在拴马桩上打了一个活结时，当他匆匆瞥了一眼那位哈萨克姑娘就一头钻进昏暗的帐内时，他什么也没有意识到。他早就醉了。从清晨起，这世界就冲撞着摧毁着他，又多情地引逗着抚弄着他。似乎他在拼命地在空白一片的脑海里回忆一个名叫乌珠穆沁的地方，似乎他在拼命地寻找什么。但是实际上他醉了。他醉在其中又不知自己在哪里。

他只记得，几个人在那顶巨大得惊人的毡房里坐定以后，他用考究的姿势盘腿坐下——这是乌珠穆沁赠送给他的本领之一。他不明白他为什么偏要回忆那个万里以外的地方，他的头脑有些承受不了这么辽阔的遐思。

从那以后十年过去了。

他有好多个对于十年的数法。从那天以后，他在新疆，在地球上的这条美丽山脉里奔波了十年，或者说他的灵魂被空中穿梭在白云团里的那支圣乐挟卷了十年。后来他无数次睡过哈萨克人真挚的帐房，后来他能用哈萨克语向老人合乎礼性地问候安好，后来他看见过无数的哈萨克姑娘。可是他再也没有见过那一瞬间他见到的——美人。

那挤马奶的哈族姑娘美得使人十年后才感到目瞪口呆。Ak tamak①，他静静地想着。十年后他感到自己懂了这个哈语词汇。

那姑娘脸颈雪白。海拉提说她是柯扎依部落人。她衣裙上沾满奶渍和油污。她瞥过一眼，人们就慌忙纷纷低下头。她望门外阳光涂满的草地时，她的眼睛乌黑晶莹。她探询地环顾客人并端起酸马奶桶时，她的眼睛蔚蓝如水。海拉提已经舌头僵直额头冒汗笨头笨脑。他听不懂但他觉得出海拉提想讲得彬彬有礼但已经语法混乱。毡帐里高悬着一柄古铜色的冬不拉琴，悦耳动人的旋律在炉火上面轻盈地跳动。昏黑的毡顶被烟熏火燎得散着清苦的呛味儿，浑浊洁

① Ak：白色。这是一个需要神会的词。在北亚游牧民族的意识中，“白”是一种奇异的、需要感激的东西。也许这种意识与白色的奶食品有关。因此，这篇小说中的 Ak tamak，意即“美丽的姑娘”，原意却是“白脖颈”

白的酸马奶子咚咚灌下肚腹，再漾起来一股酸热的微醺。团场政委、雷班长摸出早已准备好的饼干糖果散给一群孩子，这尊重人的礼仪随随便便地把帐内的空气变得亲切愉快。考古队的老队长显然不习惯——他疲乏得睡了，可是他的脑袋和帐房角落里的一个襁褓中的婴儿挤在一起，逗得那哈萨克美女终于忍俊不禁了。她抿住嘴只笑了一声，就羞得走出门去，可是她笑的那一瞬他觉得心里烫了一下。他猜大家的心里都觉得烫了一下。敞开的小木门嵌着满溢的明亮绿色，那姑娘走进了那片绿色，在长方的门框里灵巧得像一头小鹿。她可能是去取马奶子，她在那有魔力的门框里消失了。宽大的毡房里同时响着一声放松的吁气。飘闪不定的那支冬不拉曲子划出一个调皮的滑音。

毡房内，上首坐着一位白髯老人，穿着一件厚实的黑条绒皮领棉衣。他很想试试使用几天前向海拉提学来的几句哈语，就向老人问好，并询问酣睡在角落里的婴儿是男孩子还是女孩子。是马倌，老人微笑着回答。海拉提解释这是女孩子的意思。那么男孩呢？生男孩则称为羊倌。为什么，难道不是牧马人更适合男子汉吗？因为我们喜爱马。马……它“俊”，您懂么？另外，马是真主造化的一种清洁的动物。还有，马儿的性情难以捉摸，就像姑娘一样。毡房里哄然一声，人们都惊服了。多么美好的思路啊。真的，这位美丽的哈萨克姑娘性情如何呢？这世上有谁能捉摸出她的心思呢？

正在这时，那姑娘提着一只牛皮桶出现在小木门框住的那块亮晃晃的绿色中。她弯腰进门，微侧着头把奶子倾入待客的大铜盆。她的姿态姣好幽雅。她的细细的马靴翘着后跟，像是轻轻踏着那支劳动舞曲——Engbêk küyi 的某个节拍。一束阳光照在她的脖颈上。一束穿过门框外的绿色的、被染绿的阳光照得她的脖颈像一截圆润的玉。海拉提已经喝了八碗，他也喝了八碗。海拉提一直沉默不语，那支从毡房顶飘下的曲子缠绕在姑娘身上。海拉提突然转过脸对着他："唱歌吧！"海拉提粗声地说。于是开始了歌唱。海拉提唱了一支又一支，其中唱了怀念故乡的 Ak bulak，这支歌昨天他听海拉提唱过一遍。但是海拉提没有唱另一个"白色"，另一个 Ak[①]，没有唱那支能概括一切爱情的 Ak tamak，虽然他知道海拉提胸中奔腾冲撞的音符全是那支 Ak tamak。

他喝完第八碗马奶子后唱了一支蒙古语的歌，《锡林河》的第一段。喝完第十碗时他又唱了一支赞颂乌珠穆沁摔跤手的《独龙章》。马奶子原来真的可以醉人。乌珠穆沁不挤骒马，听说在内蒙古西部草原上才挤骒马，所以今天他是初次喝酸马奶子。后来他醉了，这个醉是马奶子的醉。他隐约觉得自己在同时醉着两场。他摇晃着又唱了《高高山上的松树》，唱了《细长青马》、《紫红快马》和《四方褐色马》。他凝视着小木门外忽蓝忽绿的那块长方形的明亮，沉重的浪头冲激着他的心，使他回忆着乌珠穆沁草原。政委和雷班长合唱了《学习雷锋好榜样》，角落里的白髯老人点着头说："雷锋，雷锋 jakse。jakse 是人人皆知的词，它和蒙古语的'赛汗'一样都是好的意思。"考古队老队长被推醒后，唱了《有一个小和尚泪汪汪》。毡房里的人都昏昏半醉，但是没有谁敢请那姑娘也唱一支。

白髯老人摘下了冬不拉琴。琴面光滑地流动着暗淡的光。老人嗓音沙哑，似说似诉。海拉提大声宣布，这就是著名的《黑走马》——kara Jorga。乌珠穆沁也有一支同样著名的歌，他想，《黑骏马》，他

① Ak：白色。这是一个需要神会的词。在北亚游牧民族的意识中，"白"是一种奇异的、需要感激的东西。也许这种意识与白色的奶食品有关。

觉得喉头哽住了。kara Jorga 在快步前进。冬不拉琴的肠弦叮叮咚咚。划过肠弦的手指在音箱上敲出乱真的蹄声。他同时听见了一支悲怆辽远的《黑骏马》，眼前清晰地出现了乌珠穆沁的舒缓草原。两支歌在此起彼伏，两匹黑色的神马在比翼交飞。他心里深深地惊奇着，因为从乌珠穆沁到伊犁，整个北亚都在憧憬一匹黑马。

那哈萨克姑娘在门口送客人们上马。

他解下黑马的缰绳。海拉提正揪扯着那匹强悍的胸颈上结着光荣疤痕的黄骠马抖甩鬃发。他突然发现那姑娘近近地立在一边，他的心慌乱了。他想用学来的哈语向她致谢，可是他忘了“谢谢”那个词。他晕头转向地踩镫跨上马背，突然听见那姑娘高高的喊声：

“啊，kara Jorga!……”

他俯首望见了自己的黑马。哦，《黑走马》。黑色，他的脑海中劈开着无声的闪电。高贵、神圣、精灵般可望不可即的黑色。而你是白色，白色是真正的纯洁和绝美。Ak tamak，美丽的姑娘。kara Jorga，黑走马。黑与白，蒙古草原和哈萨克天山。深不可测的、永生的认识啊。

然而在那一瞬间他只是害羞得要命。他不敢看那双摄人心魂的若黑若蓝的眼睛。空中的乐声猛扑而下，草地上的灿烂阳光被撞击得迸溅出火星。幸福是不可置信的，幸福是千真万确的，他笑了，终于没有用哈语道出那句谢语。海拉提纵马驰出了营地，他身不由己地也纵马冲出。他曾想向那姑娘挥挥手或是说一句什么，可是狂风般袭来的音乐如潮如啸，他在疯狂的驰骤中被淹没了知觉。

这真不可思议，他想着，沉重的大步在戈壁上引出一声声单调的声响，戈壁上弥漫着烫人的热气流。他费力地把背囊换了下肩，继续在暴晒下赶路。十年前的事情了，还记着。他笑了。他用了十年时间细致地了解了这条山脉，现在这条山脉在他心中成了一本宏大的书。可是不知为什么他总是回忆着那一天。也许不为什么，他觉得他只是惯了，他只是习惯于在这回忆中反复咀嚼着一种辉煌的滋味。

从清晨起就一直高高逡巡的那支圣洁的乐曲，此时暴雨般倾泻下来。天山蓝郁的阴坡绷直了松枝，铮铮地摇曳着奏出节拍。迎着金黄的阳光，炫目的绿草地仍在流淌漫延，光彩照人地诱惑着激昂和英勇。海拉提的黄骠马卷着一连串黄黄的烟球，冬不拉曲子震耳欲聋。不可思议的疯狂节奏击打着大地的胸膛，前方一字摆开愈逼愈近的迷蒙河谷。扶摇的雾霭颤抖着，终于模糊了更远的视野。那姑娘临别时的一声高喊像一个掷向天空的银铃，疾走涌落的音乐立即吞没了抢跑了她。

疯狂的赛马愈来愈无法控制。骏马咬死了嚼铁，恶狠狠地冲突着，红黄的火星闪灭在裸石上。链状的古墓一排排苏醒了，草茎上噼啪有声地冒出新生的草芽。他放声狂笑着，莫名其妙地怪叫。天山多辽阔，生命多美好！黑马突然柔韧地伸长了腰腹，他觉察到身下的四条马腿突然离开草皮低飞。他收短马缰，伏下胸脯，顺手把帽檐拉转到脑后，一股强风立即拖着哨音顺着两耳向后逝去。黑马疾驰着，黄骠马转眼间已经失踪。抓住生命吧，他迅速地想。他从牙缝里挤出一声嘘嘘的哨声，那一派音乐又从马头前方轰然一声拔地而起。滚滚的裸石四处飞溅着粉碎，切入那疯狂的旋律之中。他已经听不见背后黄骠马的喘吁，听不见团长、雷班长和考古队长的声音。他大笑着，口中似唱似喊。他重重地抽了黑马惟一的一鞭。于是一切都飞起来了。明亮的草坡，晶莹的冰峰，蓝幽幽的松林和雪白的河水都飞上天空，旋转着欢唱着，托扶着簇拥着他和他的黑马在茫茫世界里疾行。

那狂热的音乐只间歇了微微一瞬，几乎觉察不出的一瞬。因为海拉提追上来说团场政委摔伤了。他疲惫地踏着陷脚的青沙砾赶着路，胶鞋底烫得像是已经被戈壁烧熔了。能记得起来的只是政委摔伤了，他搜索着记忆。后来为了包扎伤口进了一个村落般的地方。好像是个畜牧队。他完全记不清究竟怎么坐到那伙厄鲁特人中间的了，他只瞥了他们一眼就意识到马上有一场可怕的烂醉。那还是我第一次见到厄鲁特蒙古人，他默默地想道。音乐仅仅在那会儿停歇了一瞬，天上的云朵在重新聚集，它们颜色黯淡却滑走无声。一丝闪烁的细丝在云团之间飘游着，散布和连接着不安宁的气氛。一个新的大潮，一个要充斥“今天”的快乐精灵已经逼近了，它催促着畜牧队的那个细眼睛医生，催促着头上绑上白绷带的政委。

政委是一条山东好汉。他不耐烦地催促着医生包扎，又催促着备酒的牧民。于是真正的豪饮开始了。早已醉了的他又开始了第三场大醉。这里难道不是乌珠穆沁么？他在心里大声问道。次序是相反的，血脉带着习惯，这里首先是歌。于是政委粗声大笑，于是政委重重地拍着他的肩膀喊叫。于是海拉提跳起舞来，乐不可支地自己为自己吆喊着伴奏。他惊异地望着人们又望着外面逶迤的雪山，他抵御不了这样的醇烈，他彻底醉了。

那青草的苦味漾上来了，那牛粪的青烟漫过来了，那茫茫原野上隐现的三股辙印徐徐伸过来了，那逝去不返的知识青年的艰辛和青春复活了。这里难道不是乌珠穆沁么？

“在那绿色的湖边，有一匹马在拖着笼头跑；性情温和的诺伽，嫁到远离家乡的地方去了。”这是《绿色的湖》。“在它初生的一岁，你看它已经拴在车上；在它短尾的二岁，你看它已经飞奔如箭。”这是《阿洛淖尔》。“上阵的力士靠的是，靠的是好抓的银褡裢；吃奶的我们靠的是，靠的是好心的父母亲。”这是《有龙的柱》。他忘情地唱着这些过去的歌，人们应和着，女人抹着泪水。原来这些歌不仅在乌珠穆沁，原来在天山深处它们也在流传，他脑海里闪着这些念头，心里尽是发现了珍宝一样的快感和新鲜。

“看看吧！”政委酩酊大醉了，重重地用拳头砸着他的肩膀。“看看！这是内蒙古的知识青年！看看！骑着马像飞一样！……”海拉提狂笑起来，他知道海拉提是插队吐鲁番的知识青年。酒像用魔术变出来似的源源捧到面前。小小的土坯屋子里挤得水泄不通。他勾起了厄鲁特人对蒙古大草原的怀念，厄鲁特人勾起了他对青春往事的记忆。眼睛在兴奋地闪光，颧骨上泛出微红。喉音浓重的方言听不清楚但他已经听懂。哗哗注入酒碗的透明液体在燃烧，在流成一条不尽的小河。他纵开酒量开怀暴饮，他解除了对自己的一切约束。“mini hu,oje”，他听见有个衰老的声音唤着，他心里一热。但在那一刹间他没有敢相信这亲切的声音。后来，他又听见了一遍：

“我的儿子，喝吧。”

从人群里颤巍巍地站起来一个瘦骨嶙峋的老太婆。她的白发和捧着酒碗的枯臂一块抖着。她衣衫破旧，辨不清是蓝是红。她的嘴角埋没在皱纹的沟壑中，一双浑浊的老眼直愣愣地、专注地凝视着他。他有些忍不住了，他觉得自己也许会哭出声来。他用左手托住右手腕接过酒碗，把满满的一碗烈火吞到腹中。于是那老妇人慢慢站稳了，扯了扯硬油布般的袍襟。

一声尖锐的呼喊撕开了泥草的屋顶，辽阔的天穹和雪山草原喧嚣着涌进了屋中。低低伏着的音乐呼啸而起，刹那间淹没了一切。拴在门外的马儿嘶了起来，天山庄严地开始移动。“名叫特克斯的地方，是多么好的地方啊。你和我住着的家乡，是多么好的家乡啊。”那干瘦的老妇人胸音嘶哑，拖长的尾腔猛然间就变成一根细细的线，变成一股辨不出声音但有节拍的气。在歌子从高处直落而下时，吐出的单词和着曲调，才准准地接上原来在无声处行走的节拍。《特克斯》，有人介绍说。那老妇人仍然在引吭高歌，她神情紧急而郑重。她仰面朝天，毫不理睬满满挤着的人们。她双拳痉挛着攥紧，向那支高飞的长调竭尽全力地输送着单词、曲调、锐烈的拖音和全哑后仍在坚持不断掉的一口气。他惊呆了。人们开始随着合唱起来，合唱很快又变成互不相关的一片独唱。像拥挤着驰骋不息的马群，像阵阵兴起此起彼伏的天山松涛，像一望茫茫汹涌翻卷的大海的浪。“在北方山坡耸立着的，是金瓦的寺庙啊。在你我心里隐藏着的，是干净的希望啊。”……

告辞时分已是黄昏。暮色弥漫的天边霞火涂抹成一片斑斓。黑马飞奔时肌腱在闪动着，浓浓的红彩在黑缎子上明灭。裹挟着他的疾风掀去了扣在后脑勺上的帽子，热热的酒气溶进了额上的汗。黑马在飞驰中真的变成了那匹为半个亚洲憧憬的神骥，他自由自在地骑着，觉得自己是那样无畏、英俊、年轻和前程无限。黑走马，黑骏马，他在颠簸中搂紧了光滑的马颈。冬不拉，《特克斯》，他快乐地回想着那白髯的老者和银发的老妇人。辛勤劳动的哈萨克美人，Ak tamak 梦幻般的洁白，在蓝松林和绿草地环绕的天山雪岭中似沉似浮。喷薄迸射的晚霞映红了天宇中飞行的音乐，现在他能辨得出那支浑厚音乐中的丝丝毫毫。他烂醉如泥，又在清醒地体会。他和那匹黑马胶粘着浑成一体，在这天山的深处，在一派生机盎然的圣乐中忘情地狂奔着。

红艳的霞云渐渐黯淡，显出了沉重的分量。它斜斜地朝世界尽头沉下去，空旷开来的清冷的长天中出现了一片皎好的镰月。

他仍然在戈壁滩上大步走着，背包压得肩头火辣辣的。戈壁上空的太阳干燥而凶狠，烤烧得大地暴起一层焦糊的尘灰。古道偏开了公路线，在附近的村庄里他没找到马匹。

但他惯了。他习惯了一边大步踏着砾石，一边自由自在地遐想。真的，像那个哈萨克白胡子老汉讲的一样，他舐着干裂的嘴唇想，一生中能有那样一天，真是由于真主的美意。

他抬起头来，望了望天空。白炽的发蓝的强光立刻灼疼了他的眼睛。人生能有这样的一瞬是不容易的，他低头继续赶路。尖利的砾石被踏得陷下去，在铁色的粗砂中吱吱地响。人也许不但应该记着生活中的艰难，更应该记着体验过的美好。也许，能够争得并记住美丽的东西，要付出漫长得多的磨难和痛苦。戈壁隆起了一道低梁，迎着阳光的梁顶亮晶晶地闪烁着。他爬得很慢，鞋子吃力地从铁黑的热砂里拔出来。在梁顶上他仔细查对了地图，然后继续向前走。他心里充满了踏实和满足。还有二十公里，宿地已经不算太远。他可以走得再快一些，天黑之前，他就能走到那个有泉水的小村庄了。

一九八六年二月

辉煌的波马

——献给我的导师翁独健先生

风掠过松树林子的梢头，林子上空便一处接一处地响起了铮铮的弦音。云杉和塔松都轻盈地摇曳起来，抚着天山的前麓。山前的襟麓草原一派鹅绿，温柔地微微起伏着，直到舒展在模糊的远处，又悄无声息地没入特克斯河的暮色。我顺着这片向下倾斜的鹅绿色草地走。每天傍晚时分，当我顺着这片明亮的草地向下走去时，都觉得心里满是奇异的喜悦。长风在天上，在松林梢尖悦耳地响着，那里颜色蓝蒙蒙的那么神秘。我几乎忘了阿迪亚，更忘了碎娃子。有时我的甩动的手触着黑狗毛茸茸的脑门，可是我想不起来这是它。蓝蒙蒙的林子梢尖上次第漾流着一股尖锐的音响，像是琴上的弦被一根接一根地重重拨开。满眼的鹅黄嫩绿流溢着，沉重混沌地伸向前方的特克斯河谷。我们总是这么走着，从冰峰耸立的天山长峡里出来，顺着明亮亮的嫩草地朝家走，看着阿迪亚和碎娃子甩着小手的笨样子，我总觉得我一直就是这么走着的。眼睛太空阔，转着脖子也看不完这些蓝梢的松林、绿绿的前麓、浑浊的河谷。我不转着脖子看，我只是呆呆地盯着前方，眼睛里茫然模糊，心里却看见了特克斯雄浑的暮霭、向前方和两翼温柔地流动的山前草地、身后那愈来愈远的峥嵘冰冷的天山。

我醒了一般突然喘了一口气。

我停住脚望了望阿迪亚和碎娃子，于是我禁不住笑出了声。他们俩哧哧地喘着，一声不吭地正走得凶。一样地挺着鼓鼓的小圆肚皮，一样地撅着油黑的小硬屁股。我看见四只小脏脚丫已经给牧草染绿了，肚皮下面的两只小雀雀沾着泥。阿迪亚神色匆匆，碎娃子满脸严肃。他俩急急地甩着小手，活像两只精赤的直立着赶路的雪鸡。黑狗轻提四脚，一探一探的毛蓬蓬的头正巧和他们俩的脑袋一般高。看见我停住脚步，他俩就互相叽咕了一句话，他俩的话我听不懂。接着，他俩就急匆匆地擦着我走到前头，甩着的小手好像不耐烦地碰着了我。

他们急着回家呢，我想，快要落日啦。

阿迪亚满头稀薄的黄毛在阳光照射下透明了。穿过那片黄黄的透明，我仿佛看见他那颗急匆匆晃动的小脑袋。然后是一根黑油油的脏脖颈，连着他的可笑的直立的雪鸡般的小身子。你披着的是件什么呀？蓑衣还是草帘子呢？蓝颜色还是红颜色呢？也许还不能算什么衣服，不能算厄鲁特人的无镶边的袍子。你身上披着的那飘飘的褴褛片片只能叫做“阿迪亚服”。我从背后望着阿迪亚，心里一阵阵地涌涨起一种不可思议的感觉。阿迪亚却不理会我。阿迪亚挺着他黑亮亮圆滚滚的小肚子，那小肚皮下面连着的两根细细的小黑腿正在从浓草里唰唰地划过。天色迅速地暗着，阿迪亚心里急了，我很清楚他是为了一碗奶子泡的炸面块焦急。

碎娃子和阿迪亚长得齐齐的一般高。碎娃子的脏污的小脸上长着一对晶亮的眼睛。他干脆赤条条、裸着小搓板骨和两瓣黑得脱皮的小屁股。可是他戴着一顶白帽子。他那帽子被天山里的草浆、被山峡里浑黄的雪水、被田野里黑土壤的泥巴染得失了本色。阳光烤着碎娃子那两只小黑肩头，可是我知道碎娃子不会觉得烤烫；天山的襟麓上正飘来寒凉的暮气，凉暮正在这片夕阳染得一派金黄的草地上悄悄弥漫。碎娃子不会理睬天气。碎娃子也正急急地甩开被草浆沾得绿糊糊的小腿杆，拼命地朝波马走。中午，碎娃子家架起了炉灶火，说是要烤锅盔吃；碎娃子盼那锅盔的焦香味已经盼得红眼了。

我觉得背后的冰峰还在无声地稳稳地退着，退得离我们愈来愈远。松杉林的梢尖上那锐利的铮铮声还在一下下拨响，我看不见，所以我不知道究竟是空中的风拨响了松林的梢尖，还是松林用梢尖拨响了空中的风。它们都是蓝色的，我想道。出山以后视野突然间开阔了，在我眼前，嫩绿的柔软草滩像是从山口里一泻而出。它一泻而出，融进黄灿灿的阳光里，金黄夺目地向两裾散开，一直扩展到前方依稀可辨的波马。

这是人间么，我暗中在默默地想。或者，这是今世么？每逢来到天山深处，每当我在夏季里回到波马，我总是抑制不住这种胡思乱想。天山太美了。我重重咽下一口唾液。天山里的波马呢，我努力打断了自己的思路。波马是天山的中核。波马有多美丽，应该是我们自己独有的一个秘密。我自从干上水文这一行以来，年年夏天都往波马跑，我发觉我已经悄悄地把波马看成是自己私有的世界了。

阿迪亚和碎娃子突然扭成了一团。在耀眼的阳光里，两个黑亮的小肉体纠缠着在绒毯般的浓草里滚。他俩凶狠地捶着对方的背，口齿不清地咒骂着我听不懂的话。我一惊：打起来啦，这两个小崽子！我三步两步冲过一滩蓝绿的长草，在捉住他俩的那一刹那我摔倒了。

阿迪亚瞪着一对牛犊似的圆眼睛叫嚷着，尖嗓子嗷嗷地喊出一些什么。

碎娃子头上的脏白帽歪扣着，他鼓着小黑脸蛋，不依不饶地吼出一些更怪的词。

我听不懂。我没有办法，只好揪住他们的耳朵，一手揪住一只，把这两个刚三岁就想称霸天山的小泥鳅从草地上揪得站起来。我又掀起阿迪亚屁股上的布缕缕，扳过碎娃子赤条条一丝不挂的腚沟，毫不客气地一人揍了一掌。

两个小黑鬼怒气冲冲地往前走。

我喘了一口气，跟上了他们。我看见已经降得很低的太阳从西侧扫来一道金黄的光带，两个小家伙在光里浴着，变成了两只正在神气地直立行走的旱獭。金黄灿灿的小旱獭翘首挺胸，划过浓密的山麓上的牧草，急不可待又怒气冲冲地走着。前面波马的木桥已经显出了一个模糊的拱影。

两个小家伙突然飞跑起来，精光的脚丫啪啪地溅着取过土的洼地里的积水。圆木叠成的拱桥慢腾腾地扭转着，渐渐露出它的侧面。一间泥屋和一顶三角毡帐篷也悄无声息地从地面下一点点升起。阿迪亚啪地摔倒在水洼里，我看见碎娃子扯住他的衣领帮他站了起来。两个小黑孩不停声地哇哇嚷着，我听不懂他们的语言。那间泥屋和那顶黑帐篷还在稳稳地上升，渐渐地躯体露出地面。大桥还在旋转，显现出一个汽车弹簧般的侧影。碎娃子冲上那高高的地面，阿迪亚踢着滚落的砾石。他们突然分开，各自朝三角形的黑毡帐篷和泥糊的地窝小屋冲去。炊烟横扫着弥漫过来，灰白柔和的炊烟像纱像雾，把两个三岁的小黑孩子淹没在一片浑白之中。

波马的太阳就要沉没了。

木桥还没有腐朽。我拍着一根根粗糙的松木杆，下到河滩去查水文数据。其实用不着天天检查，埋在水池的测杆只不过是摆摆样子。天山的雨季还没有来呢，翻腾的河水这时候酷似一堆堆乱撞的碧玉。这不是大山洪，我想着，还是瞟了一眼。就在这时我看见了碎爷正在洗。我随手把测标上的数据写在记录夹上，然后踩着石头打算离开河滩。我看见碎爷的那一瞬好像意识到：我记录的时候只是顺手写了些什么，我可能写的并不是测杆上的数字。我只顾着向碎爷招呼：

"碎爷，洗洗么？"

碎爷慌忙站起身来。我看见他踉跄了一下，一只脚溅进雪花般的河水里。"莫慌！您老人家莫慌！"我忙喊着，埋怨自己碍了碎爷的事。

"娃娃们，我给捉回来啦。"我搭讪说。

"唔个碎娃哩。"老汉慨叹道。我听不懂碎爷的甘肃土话。我只是知道碎爷正在就着冰冷的雪山水"洗"呢。碎爷其实和他那宝贝孙子一样。碎娃子迷上了荒荒的天山，碎爷迷上了这股冲腾宣泄的雪水。

碎爷恭恭敬敬地站着，我看得出他是在等着我走。他的一只瘦骨嶙峋的脚动也不动地插在冰水里，碧绿的冰水冲漩而来，在那只脚杆上撞成粉粉的雪花。碎爷的脸庞是一张朴直诚实的脸庞，我从这张脸庞上看到了一丝警觉。我不敢再打搅了，于是我一下子跳上了岸。

“您忙吧，碎爷，我走啦。”我慌忙道着别，离开了河岸。

浓白的晚炊飘漾在河岸上。这里是波马，正对着天山大坂的山口，松树杆打成的木桥架在雪水河最窄的这个峭岸上，一条路从这桥上背着各奔前程，守桥的是两户人家——碎爷家住一间半地穴式的泥棚屋；巴僧阿爸家住一顶黑毡蒙成的三角形帐篷。这就是波马，天山最腹心处的小地方波马。在这里再也看不见别的人家，看不见一群牛羊。四方各有上千里的辽阔视野里，除了雪山、松林、山麓草原、冰融的河水、涌来的白云之外，什么也没有了。哦，还有我。但我只是每年夏季来监测一次水情，顺便检查一下桥架。我来的时候顺便住在这两家，可惜的是我听不懂他们的话。

我在巴僧阿爸门口的拴马桩前坐了下来。我舒了一口气，把记录好的水文观测本扔在草地上。巴僧阿爸褪下了两条袖管，像西藏人一样把它系在腰间。巴僧阿爸的赤膊上汗珠滚滚，一些硬腱子肉在赤裸又松弛的皮肤下游着跳着，像罩在薄薄铜皮下的一些小鱼。

“阿莫尔赛汗摆努？”

我用我会说的这么半句蒙语向他问好。巴僧阿爸立即兴致勃勃地回答了长长一串。我望着他那身铜皮般的干硬皮肤，我不能想象这身皱巴的铜皮真的是人的皮肤。在夕阳之中，巴僧阿爸起劲地用一把锉打磨着拴马桩，松木的呛鼻香味在空气中郁结不散。他锉着、磨着，可能是浮想联翩地用那柄锉在木桩上弄出一些奇怪的纹道。巴僧阿爸又用胳臂磨蹭那粗糙的纹道。他弯过手肘，吭吭地喘着粗气，肘部的皮肤里突出一个吓人的骨节头。他用小臂外侧嗤嗤地打磨锉过的木头。吭！吭！他倔强地喘着，那拴马桩渐渐呈现出一层黯淡油亮的光泽。

波马也渐渐凉爽了。

太阳又离西方天际的山影近了一分。

碎娃子咬着一块香脆的锅盔，嘴里咯吧咯吧地响着。他一边嚼着，一边挺着黑亮的肚皮走向帐篷，沾满泥巴的小雀雀翘着，一副神气相。

阿迪亚端着一只黄杨木碗，从帐篷里钻了出来。他的褴褛索索的小袍子在风里飘着，像一个破烂的披风。他很小心地捧着自己的木碗，但碗里热腾腾的牛奶还是不断溅洒出来。他扭动着小屁股朝前走去，嘴里咕噜不清地发出一些响声，不知是舔着奶皮子还是在发馋。

两个小黑孩各自挺着肚皮，站在傍晚的草地上，你啄一下我舔一下，互相吃着朋友的饮食。我伏在草地上看着他俩，看得津津有味。阿迪亚一块块从碎娃子手里掰下锅盔焦黄的硬边儿，填进嘴里细细地咀嚼。碎娃子探出细细的黑脖子，小口小口地喝着阿迪亚捧着的奶。就在这时炊烟散尽了，这边的帐篷和那边的泥屋都响起了清脆的锅勺碗盏的声音。

我抬起头来一看，碎爷晃晃悠悠地从河岸那儿走回来了。他朝我笑笑，也朝巴僧阿爸笑笑。巴僧老头也打磨够了他的拴马桩，满意地叉腰站着，铜皮般的皮肤上汗水滴滴。

要吃晚饭啦，我想。

两家人都在门口的草地上吃饭。碎娃子、阿迪亚和我三个人都左右乱抓地吃两家。巴僧阿爸和碎爷则端坐在各自的门口，默默地吃着自己的奶子泡“包尔撒克”和烤得焦脆的锅盔。我觉得两个老汉吃饭的姿势很相像，最相像的是他俩的嘴巴踏着一个拍子，同时同步地一嚼一嚼。有一块黑云朵，不，它又变成一条黑云丝，遮住了将沉的落日，四野里的山峦和草滩蓝蓝地黯淡了。原野和波马四外的世界都静悄悄地低伏在一派暗蓝的暮霭中，绵绵远去的天山峰峦伏隐了，变成一长排峥嵘的雕塑。远方特克斯河谷首先没入暗阖，那条荡漾的乳白色消失了。已经听不见松林梢头上掠响的那一丝锐烈悦耳的风了。

我知道碎爷隐瞒的事情。去年我捎来那张平反安抚的通知信时，碎爷仍然若无其事地摇摇头。“吾个事，吾个嘛，不，不。”他摇头时眼睛陷得很深，陷在眼凹里的一块阴影里。他安详得让人惊讶，他拂了拂身上的碎褂子，就慢腾腾地走向木桥。木桥那儿的河水正惊天动地地掀撞着雷一般的浪涛，大堆大堆的光滑绿冰急速滑下，在河石和桥桩上撞成粉碎的雪沫。他朝那桥走去，根本不理睬我手里的那块纸片。我拿着那块纸片不知所措。去年夏天波马下来了洪水，嚣天的狂涛猛冲猛撞地攻打木桥，在桥下面撞击起硝烟般的大团雪雾。碎爷该是甘肃的阿訇，五八年正念着经就被一根麻绳拴到了狱里。但是碎爷说他是青海人氏，甘肃那么好的地方他还没福气去浪一浪。碎爷该是住了三年狱，后来转成劳改时逃来新疆隐匿；但是碎爷说他是青海的金客子，淘金子追金脉，顺南疆的阿尔金山来到了北疆。我把那张纸片塞进他的泥屋里不管了，可是他把那纸片又抛进泛滥的河水里冲走了。碎爷吃锅盔已经显得牙齿不便，碎爷吃锅盔时用手掌在嘴边上捧着，把捧住的渣渣填进嘴里以后，碎爷总是闭紧嘴，再闭上眼皮，两腮一动一动地慢慢地嚼。碎爷闭上眼皮嚼着锅盔渣的时候，脸上千千万万的皱纹会舒展开来，舒展成一种幸福的表情。天山旷野的景色在那时悄悄围住碎爷，我在那时看见天山旷野的景色都渗着、混着变成了苍苍茫茫的一片。

碎爷搬过一只焦黄的大锅盔。碎爷把那只大锅盔摆在我面前，然后蹲下来。暮色愈来愈重，那轮落日正在黑云丝丝里潜行。碎爷用力搬牢那只白面锅盔，使劲一折把它掰成两个半圆扇。碎爷喘吁吁的，银胡须在他红红的脸膛上乱颤。碎爷又用力一折，再一折，锅盔整整齐齐地被掰成了四半。“呶，吾个，吃，”他朝我推着，烤熟的发面的香味扑鼻而来，“呶，吃。”他催促着。

我毫无办法。我知道我哪怕已经撑得半死也要再掰上吃。黄焦焦圆滚滚的一个大锅盔已经为我掰碎，掰碎的锅盔再不好存放了。碎爷根本不承认甘肃的那些事，碎爷根本不过问那张白纸上的事。我无可奈何地叹了口气，掂起一角香喷喷的锅盔。于是碎爷又回到他的老位置上盘腿坐好，细细地咀嚼起来。他用一只枯瘦的大手捧在嘴边，把洒落的渣渣填进嘴，以后，我看见他闭上眼，脸上就浮现出一种幸福的表情。

巴僧阿爸靠着他的三角黑包，一碗棕色的奶茶摆在他脚边。他看见我瞥见他时，就咧嘴露出一个憨憨的笑容。他笑的时候，眼睛就眯成了细细一条缝。巴僧阿爸放心大胆地敞胸露乳，古铜皮似的皮肤下浮出一个被奶茶灌得圆鼓鼓的肚子。黯淡的、已经像水一样柔和的阳光抹在巴僧阿爸的鼓肚皮上，我觉得我像是看见了一只铜鼓，看见了一只年深岁久、已经生锈的骑士的铜兜鍪。

波马是巴僧阿爸土生土长的故乡。我估计巴僧阿爸大概从来没有离开过波马。我为自己学不会他们厄鲁特人的话而讨厌自己，因为巴僧阿爸会讲哈萨克语、维吾尔语、柯尔克孜语，但就是不会讲倒霉的汉话。巴僧阿爸这一生打猎放牧伐木作战什么都干过，但是没有离开过波马。我望着波马迷人的晚色，我心里满是理解的心情。当然不能离开，这样的地方，像波马这样的地方，一旦找到了，谁会舍得离开呢。

巴僧阿爸又把我面前的大碗斟满。天山里的厄鲁特人也像哈萨克人一样用大碗喝奶茶。奶茶又烫又咸，在我浑身的血管中驱赶着劳累。我喝得满头大汗。我望望巴僧阿爸，巴僧阿爸也喝得汗流浃背。他望着我开心地咧开嘴笑了，笑得古铜色的脸上眯出了两条细缝。巴僧家有一头乳牛，有一条黑狗，但是没有马，只有拴马桩。巴僧阿爸对他的那根拴马桩充满感情，无论任何时候，只要他走过那根刻着图案花纹的木桩，他都要慨叹般抚摸它一下。“奥，奥，塔奥呀。”阿爸用手指着我面前的大海碗。我知道这话的意思准是“喝，喝，你喝呀。”我捧起碗，咕嘟嘟地长饮一气，又咬了一口香喷喷的锅盔。嘿，我心里怪好笑地想，大胖子和摔跤的壮汉就是这样诞生的。两个老人夹着你逼你吃，吃饱了还要逼你吃，怎么能不吃成胖子呢。

巴僧阿爸醉了一般，摇晃着站了起来，又摇晃着走了过来。我想欠身接过他手里的大茶壶时，他朝我做了个恐吓的手势。我半跪着身，看着巴僧阿爸又把我的海碗斟满，我下决心吃炸了肚子也要陪他们吃到底了。

巴僧阿爸顺手搂住那棵打磨得又滑又亮的雕花木桩。笨拙又温柔地抚着木桩头上的花纹，像只大棕熊在抚摸自己的熊娃一样。是啊，没有马，我同情地想。我企图从那根光滑的雕花木桩子中看见一匹漂亮的骏马。可是我没有看见。也许阿爸看见啦，我想。正在这时突然有一抹红色显现在那根雕花木桩上。我吃惊地一抬头，看见了——波马的日落。

天地间万物都镀上了一片金红。

波马的太阳正在鲜艳的红霞中沉没。

碎娃子惊奇地停止了玩耍。他撅着黑亮的光屁股，向前迈了一步，浴进了那红艳得难以相信的霞光里。镀红的草地上挺着肚皮站着一个赤裸的婴孩。这婴孩浑身火红，头顶上那小白帽子像是一块燃着火苗的旗。

阿迪亚发出一声欢叫，他拽拽一身褴褛的红布条，赤红的小脚丫踩着燃红的草地，无声无息地走向他的伙伴。长风从远方、从夕阳庄严沉没的天际直直吹来，阿迪亚身上的火焰抖闪着，时明时暗地变幻着。

波马刹那间陌生了。我认识的那个天山腹地里的波马不是这样。我突然觉得恐怖。我紧张地环顾四周，只见峻峭的冰峰变成了熔红的剑，山峦变成了蔓延的火，草原变成了鲜红波涌的一片大海。我又觉得欢欣，觉得我的这双眼睛正注视着一个庄严辉煌的什么。我静静地坐了起来，双手搂紧自己的膝盖。我的心里似乎也流进了那燃烧的红霞，它此刻正在我的胸腔里烧得凶猛。一天难道就是这样结束么？草原变幻的大画，巡视着草原和天山的太阳，还有生机勃勃的万物，难道就是这样终止么？

在一片红彤的天山心腹的中心，两家人和一座桥组成的波马在这一刻间燃烧起来。半埋在草滩里的那间歪斜的泥糊屋像是一只烧炽了的红岩。尖尖翘着的那顶三角毡帐篷变成了一柄火苗蹿起的火伞。河床里奔走着浓红的熔浆，松木桥像烧掉了妆饰的灼灼钢骨。两个三岁的孩子惊奇地站住了，舒服欣喜地伸展着他们纤细的挂着霞火的手臂，像两块烧得发红的石块，像两只误入了火海的旱獭。

两位长者凝视屏息地坐着，倚着他们各自的家。我猜他们一定也和我一样感到五脏六腑都在燃烧熔化，因为他们的前胸上也鲜艳地镀着金红的霞焰。这是人间么？我激动得痛苦难忍。这是今世么？我觉得我简直发疯般盯着望着这一切，好像我要用眼睛吞掉这瞬间出现的陌生波马。它马上就会消失的，我难过地想。

红醉的残日已经完全沉没了。

巴僧阿爸突然引吭高歌。阿爸唱歌的姿势很有意思：他盘定双腿坐在自家的黑三角包前，双手按膝，身子却前俯后仰地剧烈地大摇大晃。他时而低头，时而下巴朝天，嘶哑辽远地唱起了一支长调。

“阿睦尔……撒纳……嗨依哟嗬依……”巴僧阿爸的这支歌我不知听了多少遍。但我只是在波马听了这么多遍。古歌《阿睦尔撒纳》是厄鲁特人的英雄颂，也是公认的反叛之歌。在伊犁、在乌苏、在乌鲁木齐，我从未听到任何一个人敢唱这支歌子——然而这里是波马。巴僧阿爸不读报，巴僧阿爸不理睬外面对他这位不沾亲的远祖的闲话，巴僧阿爸在波马唱什么也没有人管。这首歌我听得太熟了，所以我已经懂了几句：

> 阿睦尔……撒纳……嗨依哟……
> 命里平安的……英雄……嗬依……

巴僧阿爸唱得如痴如醉，半个天空中燃遍的红光被他的久久拖着的长腔渐渐送走。巴僧阿爸端坐着，撑着双膝的两只手上又渐渐恢复着古铜色。歌声又尖又粗，又细又厚，在红霞收褪着的青空上激烈地起伏飞翔。我看见阿爸凝视着那夕照美景的一对眼睛里，隐约闪露着一种沉重的忧伤。美丽的红霞就要消失啦，我想，它真的只出现了一瞬间就要消失啦。巴僧阿爸，用颂歌送别了天空中的烈火。他看着红霞褪去的时候，一定想到了阿睦尔撒纳的命运，也许还想到了自己生命的垂暮。我心里突然一怔，感到我这次可没有白来一趟，我在波马看到了一个终止。

这时有一阵音乐不易察觉地浮现了。它缓缓如诉说，沙哑又动人，重负和悲愤中流行着一股——我仔细地听着——希望和祈念。一泻千里的雪山冰河陡然肃穆了；最后的、黑暗来临之前的青色的明亮中突然呈现出一派神圣。草潮开始激动地摇曳，流水又恢复了轰鸣，我觉得猝不及防，我差点流出泪水。

碎爷开始了礼拜。

碎爷长跪在黄泥糊抹的泥巴屋前，嘴唇颤抖着正在诵经。他那枯瘦的沟壑密布的脸膛上，那紧张地凝聚着的诚挚、苦难、渴求的神情简直摧人肺腑。碎爷滔滔地低声倾诉着，那奇妙的话语出口迎风，倏忽化成音乐向长空飞去。碎爷也老啦，我望着那束飘颤的银须想，碎爷也像巴僧阿爸一样，面对着自己的暮日。可是碎爷心里盛着一个海，碎爷有他深藏不露的惊天动地的阅历。无论是造反举义、背井离乡、冤狱折磨，碎爷一概不谈不论。碎爷在长流水里沐浴，在洁净的波马举礼，碎爷用不着一张白纸片证明自己，碎爷有一颗打不垮的心。

这是一天中的最后一刻了。

波马要在焰霞洗过的青空中终止这一天。

碎娃子和阿迪亚手拉着手，在露珠挂满的草地上玩耍。我们这些大人没有事情，都蛮有兴致地看着他俩。阿迪亚披一身褴褛，一甩一甩地迈着大步，像个没有上马的小骑手。碎娃子仍然全身精赤，撅着小小的黑屁股蛋，头上的小白帽在微明中骄傲地闪亮。

他俩突然争吵起来，争得激烈而凶狠。牙牙学语的厄鲁特蒙语和甘肃土话谁也听不懂。我猜他俩都说不准一句自家的语言，可是他俩却不觉得别扭。巴僧阿爸摇摇头笑了，碎爷也摇摇头笑了，两位老人相对看了一眼，又摇摇头。我知道两家人互相不通语言，阿迪亚和碎娃子是两家交流的纽带。

两个三岁小孩又突然和好了，狂笑着搂作一团，在明亮的草滩上抱着打滚，空旷无际的波马传响着他俩铃一般的欢笑声。两位老人坐在自家的毡包和泥屋前，看得入了迷。

只有我静静地躺在两家之间的草地上，心里久久涌荡着难言的激动。这是我在波马度过的一个傍晚；波马在我这双还年轻的眼睛里，辉煌地终止了它的这一天。我静静地躺着，舍不得离开还带着体温的大地草原。我不再去遐想，我只是让身体吮吸着这徐徐传来的温暖，等待着波马的残昼一丝丝地从我身边抽尽。

一九八六年五月三十日

北京草原

古谚云："绿草不会燃烧，恶棍不会失眠，贪官没有信仰，城市没有草原。"

我检验了这四句话（用一根马鞭子和一只牛犄角），发现它们确实是终极真理并坚信了多年。但是有一种例外——

阿拉角·驴拨儿琴呵呵大笑着说，没问题，没问题。他呵呵大笑时，肥得恐怖的一叠厚肉在下巴和胸骨之间危险地哆嗦着。

那么，那时候我就领她们来啦！我叮了一句。说实话我有点不放心，阿拉角·驴拨儿琴尽管是我多年的老同学，但是他借着他舅舅家和小姨子公公的风儿，今天快要高升啦。我怀疑地想：这小子还会搓着脚丫儿泥，跟我大吹神聊破除资产阶级法权吗？瞧今天已经不搓脚丫儿泥。

第二天我们去电影院看录像。

录像演的是美国西部牛仔打斗。牛仔们都是骑马好手。我的目的是想听我哥巴特尔乎评论评论美国西部牛仔的骑术。

我哥惊叹地啧啧着。牧民都是诚实公正的批评者，他们承认乌珠穆沁马之外有好马承认他们之外有好骑手。巴特尔乎挺直腰板伸长脖子，他脸上僵固着一个微笑一动不动地盯着屏幕，“啧！啧！”我听着，心里懒洋洋的。屏幕上扮牛仔的是美国著名西部片明星史蒂文森•罗罗，我看他狞笑着从鞍子上一扭身拔枪就打的镜头早看腻了。可是我懒洋洋地困乏着却睡不着。你们是怎样看待这世界呢？巴特尔乎哥哥，这是一伙子伪装惊险的纸糊英雄。你们是怎样用一双乌珠穆沁草原上的锐眼看待这一切呢？耳边又响起“啧！啧！”的惊叹。没办法，我想，从今天起我承认这些牛仔棒。老牧的态度不像城市知识分子，你瞧老牧向外界学习的态度多诚恳。我莫名其妙地心平气和了，我挑开沉沉发黏的眼皮，也开始欣赏那位史蒂文森•罗罗的凶残枪杀。砰砰！又是两个人栽翻，边死边摔了个剧疼而干脆的跟头。砰！那匹马斜斜地歪着摔翻，凄惨危险地砸在牛仔身上。“嘿——啦啦啦”，我听见额吉叹道。

在暗暗中我瞟着额吉。额吉觉察到了，微微地朝我转了下头。屏幕上的光映着她的银发，额吉你比二十年前老啦。额吉仍然无法猜透，她总有一些讪讪的味道。额吉好像也挺喜欢拔枪快得惊人的史蒂文森•罗罗。额吉好像也觉得半个钟头里银幕上躺倒了一大片死尸挺逗乐。额吉好像——只要我说一句走吧额吉就会立即站起来离开这半截电影回家；额吉好像只要听巴特尔乎哥哥说一句回家就会头也不回地离开这北京城回草原。

额吉，你仍是那么不安。你为什么总是那么不安宁呢？

难道这繁华的北京城使你住着心乏身子累吗？

我决定要领他们俩去逛逛。去我认识的阿拉角·驴拨儿琴家去坐坐饱餐一顿，去我们队知识青年小晃家遛遛说几句蒙古话，去我的导师城角关清真寺蓝阿訇那儿参观参观。额吉闷了，我心里想，二十年前说要来一趟北京，说要来北京说了二十年了，这回来了我得让他们痛快点。

我们出了电影院。

北京八月，天如流银，风如火烤。我们走在烤软了的黏鞋底的柏油路上，头皮上结着一层蜇人的盐粉。苦难的酷暑从袖口从脚腕从头发丝缝里泻进来，金针扎心般烙烫着我们的强忍着的命。北京佬挤过来跑过去地围住了我们（在电车站上），一边放肆无礼地打量我们，一边耗子啃箱底般吱吱喳喳着："嘿！西藏人！西藏人！"我闭紧了眼睛。垂下的眼皮立刻挨了一下火烫般的直射阳光。我为北京佬的无知愤怒，他们能瞪眼盯着蒙古袍子喊"西藏人"，我估计他们见了真的西藏人又该嚷嚷"新疆人"啦。

"喂，师傅！喂，哥们儿——您旁边这两位，是哪国的外宾呀？"

"阿联酋。"我说。

"噢，噢，啧啧，瞧人家穿得这精神。"

我买了两根冰棍。

额吉盯着卖冰棍的。我突然发觉额吉想要的不是这种雪糕而是"雪人"。我忙问巴特尔乎哥哥："你要哪一种，哥？"巴特尔乎不好意思地脸红了，他拔拔黏在柏油地上的大马靴说：

"要那猫儿的。"

我忍住笑，给他们改买棕色熊猫一般的大雪人。额吉扳紧冰棍车，敬佩地盯着那卖冰棍老太太的一举一动。他们接过冰棍，但是握着木棒，都不吃。我知道他们想带回家去吃，忙给他们解释了半天。

巴特尔乎哥哥一逞英雄，狠狠一口咬掉了那个猫儿头。

额吉不知所措地望着我，捏着冰棍的手在微微发颤，她满头都是汗水。最后她决心先走，使劲吱地从柏油路上拔出靴子来。

没关系，咱们就这么在北京城遛吧。让北京城的老土们倒爷们增加知识。虽然北京不是乌珠穆沁，但是我有了你们就仿佛有了一座毡包，你们有了我就算是有了一匹马。

我已经被晒晕了。我看着巴特尔乎哥哥的蓝缎子袍子和额吉的绿绸子袍子，觉得眼睛里炫闪着出现了一个幻境。蓝蓝绿绿像是一片草地。在北京接待插队时的我家牧民的生活，就这样开始了。我眼里总是闪烁变幻着蓝色绿色，我怀疑自己患了眼疾，也许是遗传：我家祖辈都有人患青光眼。为什么总是一片青绿呢？

我无法捉摸透你，我的额吉。

你的神情不可思议。

你艰难地套上拖鞋走过去。可是你在肮脏的小厨房门口又脱掉拖鞋，赤脚站在那块泥泞油污的地上。你不知所措地喊我，你不会关上哗哗流水的水龙头。你从扫地的笤帚上折断一小束高粱穗茎，堵在我家那只自动压力水壶。你舍不得把壶里的大堆大堆的旧茶叶扔掉，可是北京卖的砖茶煮一遍就没有颜色了。你想了一会儿，你慌乱地喘了一口气。你探询地望着我，我猜着你的意思。偌大个城市里只有我们语言相通，可是你不讲话。我只好猜着说，额吉你要是热就脱了那衬衣吧。你脱下来。我惊奇地发现你两臂上汗水如流。

北京城的夜也是热的。

黑暗的凝滞不流的酷热，像炉底像——不吉利地说像火狱。

你喘着气，喝了一口滚烫的奶茶。你不说什么，只是坐在沙发上忍耐。你要忍耐到睡觉的时候，明天你还是要在这酷热和使你心神不安的都市里忍着。

我看见巴特尔乎哥哥消瘦了。我每天指挥简易楼厨房里的妻炒出一盘又一碗，但是巴特尔乎哥哥消瘦了。一盘又一碗的菜肴凉了，堆在桌子上摆着没有筷子伸向它们。额吉疲惫地望着我笑了一下，额吉的眼睛里满是血绿。

我要带他们去串门，我想。

我们去找了阿拉角·驴拨儿琴，他不在家。

城角关清真寺呢，我犹豫地想，我不知道他们能不能尊重我们的寺。寺不是庙，寺不是闲人参观的地方。我盼巴特尔乎哥哥和额吉能弄明白我是怎么一种人，我盼他们嘴上常说的“给他的”[①]，并不是除了蒙族就包容全人类的一个词儿。而冥冥之中的主“给我的”却是伊斯兰的回族。我犹豫着，我一直没有去找蓝阿訇。

那么，我想，还是找知青哥们去。我领着他俩上小晃家啦。小晃家在北海后门。

小晃高呼道：“额吉，好吗？”

额吉微笑地摸着小晃的头，引得我一阵嫉妒。额吉轻声说：“好，好，你呢？工作忙吧？父母康健吧？孩子们上学了吧？”

小晃瞪着眼不出声。

我奇怪地捅捅小晃：“嘿，额吉问你哪。”

小晃憋红着脸，使劲摇头。

听不懂？

① Kitad，蒙语：汉人。这个词源于“契丹”。

小晃，你现在干什么工作呢？教大学吗？

小晃憋紫了，眼凸出来。他听不懂。

小晃，孩子是姑娘还是儿呀？告诉额吉。

小晃的眼睛往外凸着。他更不懂了。

你家阿爸今年身体垮啦，小晃，他病了。

小晃的凸眼要流泪。我惊奇地看着他。

别难过，没关系，你阿爸当过十五年马倌，小晃你不知道他结实，他怎么也能活过明年。

小晃终于落泪了！

瞧瞧，小晃这孩子心好，好孩子。没关系，你家阿爸，如今他反正住土坯房子，用不着再骑着马受累啦。

小晃绝望地朝我摇摇头。

我心软了。我问："真的……听不懂？"

"一句也不懂。"

额吉惊讶地望着小晃："孩子，你是哪一年回了城里的？"我干脆帮忙翻译了。

小晃这回懂了："一九……二、五、九……"

我哈哈笑起来："小晃！用蒙语数个数。数'一二三四五六七八九十'。快，给额吉数一个！"

小晃破涕而笑。"真可悲，连数数都他妈的忘啦！"他一挥手，"喝酒！喝酒！"

小晃是个心慈面软的小伙子，他为我们的访问准备了各种酒、菜、茶，还有酸牛奶。两个客人对酸牛奶最感兴趣，母子俩吸了一瓶又一瓶，又连声"啧啧"地对酸奶厂工人表示敬服。我和小晃则干开了白酒。我们举杯迅速，咽酒不露声色，在暮色消融的窗下很快地醺醺醉了。我开始用一只空酒瓶敲小晃的脑袋，一边敲一边逼他用蒙语从一数到十。额吉面前摆着一个满满的玻璃茶杯，沾也没沾的泡花茶已经凉了。巴特尔乎哥哥皱着眉毛，好斗地瞪一会桌上的菜，然后勇士般举起筷子吃一口。小晃的老婆在角落里好奇地看着我们，独自偷笑。

小晃突然劈手夺下我的瓶子："我要唱歌！听（这个'听'字是蒙语）着！我要唱歌啦！"接着他用酒瓶一顿一顿地砸桌子，在咚咚的鼓点中，小晃突然用蒙语（不仅准确而且流利地）唱起了著名的《套马手之歌》。我一下子呆啦。

得心应手的呀套马杆子
是来自黄河的柳林
又胖又强的月亮褐色马
是那黑骒马的呀驹子

从那边呀从这边呀望不见边的
牧马人的摇篮
儿马子们带着的散开的马儿
是我放牧的马群

小晃从天而降的蒙语震得我又呆又傻。你准是打算当流行曲歌星呢小晃。我保证你准是天天练这首歌练得吐字如流水运气如跑马。你肯定是一连二十年每天上班都拿它当进行曲你把它练得滚瓜烂熟啦。小晃，你难道不承认你一连二十年都在心里唱着这支歌吗？

夜深时，我们离开了小晃家。我们约定改天一块去动物园看老虎和斑马——这是巴特尔乎哥早就要求的一件事。我问他看不看熊猫，他说："猫儿有什么好看。"

打电话给阿拉角•驴拨儿琴，小子仍然不在家。我估计那小子是正玩命奔着当部长呢，这年头反正捞着了就捞到手再说，谁也不会说驴拨儿琴当部长有点滑稽。

但是，北京实在热得疯了。

额吉默默地熬着。

巴特尔乎哥哥一天比一天消瘦下来。

我们静静地闷在家里，盯着电视。巴特尔乎看见广播小姐就说"还是那个媳妇"，额吉漫声应道"可不是，真可怜"。我们在音乐欣赏节目里发呆，在爱情连续剧中打盹，看打斗片特务片时精神抖擞，在恶心的广告中用蒙语大声嘲笑。我们围紧这个"有画的收音机"，眼巴巴地盼着《动物世界》，可是一连几天演的又都是他妈的蛇和鳄鱼！第一次看见那条大鳄鱼时，巴特尔乎哥的脸颊惨白，额吉死死闭紧了眼睛，我一把扯下了电线。

斗室如蒸笼，夏夜如不冒火苗的黑煤。

白天出去买缎子，买不到。

白天从清晨六点钟就满世界银花花毒太阳逼人。树上的叶子都蔫了。又到了晚上，整个大片大片的混凝土世界开始释放吸在没浇结实的糟水泥板孔孔缝缝里的炎热，于是那满目黑煤又热烫起来。

我只穿一条三角裤衩。

额吉身上粘着一件湿淋淋的半袖小褂。

巴特尔乎哥哥不顾死活地跑到厨房，赤脚站在水龙头下，把脑袋塞进哗哗的自来水里。我心酸地望着他，等他冲洗够了我给他拧上水龙头。

阿拉角•驴拨儿琴还是不在家——他那驴电话总是呜呜空响。我发愁了。

我决定找蓝阿訇。

我们的清真寺藏在十几个“小区”的混凝土悬崖陡沟深谷中央。原来城角关只是城外的一个小村，因为小村正瞄着北京城一个角，村子又当着往北的牛道，所以官厅在村口设了一道税关。回回们钻不进城，被排挤在这郊乡之间的村子里，贩牛拉脚，娶妻繁衍，一座清真寺也就渐渐从棚户地窝子中间矗立了起来。我就生在这个村子里，蓝阿訇从小看着我长大，送我插队时蓝阿訇替我家老人一直送到张家口，我在张家口认识的几个念经人也是蓝阿訇介绍给我的。可是这些年一忙，我反而很少看望他老人家。

有什么念想吗？蓝阿訇问。

没，只是……我混乱地回答道，只不过是想让他们在北京这个杀人夏天里有点新鲜事儿。

蓝阿訇犯愁地望着我。

来吧，看“寺”，他说。

我们去了城角关。

额吉小心翼翼地紧紧揪住我的衣角。巴特尔乎哥哥两眼直勾勾地、汗珠密密地挂得满脸满腮。额吉迈着细细碎碎的步子，踏上寺门的石头台阶时我觉得她的手使劲攥紧了我。巴特尔乎哥哥腰杆直直，两腿古怪地犟着那不晃的肩膀，像上了绊子的马。

主麻的聚礼还没到时辰。水房门口挤着来礼拜换水的白帽回民。额吉和巴特尔乎哥穿过一群白帽回民，走到蓝阿訇房门口。

蓝阿訇彬彬有礼地领他们参观。城角关清真寺年深岁久了，斗拱和檐柱上的红漆已经剥落。我随口翻译着，领他们转了一遍，最后来到了大殿前。

“请，老人家。”蓝阿訇伸出一只手邀请，“请上殿看吧。请把鞋脱在那垫子上。”

额吉突然站住了。

我回过头来。我看见额吉眼神中有一种古怪的、紧急而严肃的光芒。怎么啦，额吉？我很奇怪。额吉犹豫着不动。我突然心里一动。不一样，我想，额吉准是以为宗教不同，不该随便进这座她不熟悉的殿。

巴特尔乎哥痴愣愣地一动不动，一言不发。

我说：那就别进殿吧。额吉的心思，不是我们能全猜得透的。

蓝阿訇赞许地轻轻点着头。蓝阿訇说：“老人家，难得呀。教门不同，还是不要进殿好。那么请，请屋子里喝茶。”

八仙桌上摆开八只果碟，正中堆着水果和糕点。泡着冰糖的茶浓浓地沏上了。额吉这才稳下心来，抹了抹额上的汗水。巴特尔乎哥哥端起茶碗，可是端着不敢喝。我听见他低声地和额吉说什么。

“说什么呀？额吉。”我喝着茶问。

额吉说以前又望了望蓝阿訇：“你哥说，问问你老师：我们放羊放牛，我们也不吃那个肉呢。这杯子——”

我心里掠过一阵湿潮。

蓝阿訇也感激地点着头：“喝！请喝茶呀！”他把桌上的糕点掰开，一块块放在我们面前。巴特尔乎哥早渴坏了，一口便把一盏茶喝干。旁边伺候的一个小孩立即又把杯斟满。

蓝阿訇起身告辞：聚礼开始了。

我们默默地喝着茶，听着殿里领拜的颂唱。额吉直直端坐着，听得神色肃穆。巴特尔乎哥紧紧捧着碗，不再喝也不敢把碗放下。我心里快活得很，提起水壶连声催道：“喝茶呀！喝！”但是他们不动身地静坐着，一直到主麻结束。

窗外，白帽回民们谈笑着出寺了。

额吉突然白发一颤，声音古怪地大声问我道：“——你不能借给额吉十块钱吗？”

借什么呀，我嘟囔着，心里好奇怪。我刚摸出钱递过去，蓝阿訇一掀帘子回来了。

额吉用颤巍巍的双手把钱捧过去，敬给蓝阿訇。“苏木……苏木……”她喃喃着。巴特尔乎哥哥两臂垂下，恭敬地陪额吉站着。

我把“苏木”译成“寺”，对蓝阿訇说：“这是我额吉的乜贴，修寺用吧。”

我给阿•驴拨儿琴打了八十次电话，他永远不在。我忽然觉得没有必要。为什么非要找他呢？难道我额吉就一定愿意见他吗？他为什么不像个晚辈一样来这里看望看望我额吉呢？

我挂断了那呜呜叫的电话。

巴特尔乎哥松了一口气，他喊道：咱们今天去看老虎！还有看那匹花马！

不看大熊猫吗！我逗他。

不看猫儿，他说，也不看蛇和那有骨头的大嘴蛇（我也不会讲鳄鱼的蒙名；我们给那恶心怪物起名大嘴蛇）。

北京仍在毒太阳灼烤中忍受着。

我们三人遛上大街，又踩上了那黏脚的软柏油。额吉步履艰难。我搀着额吉的手臂，突然瞟见：她满头的银发那么稀疏了。额吉默默地一言不发地走着，靴子黏在柏油里，又被她拔出来。她真的衰老啦……我暗自想道。天空中静悬着数不清的银针炽线，空气被死死钉绑在一块火烫的蓝空上了。我们仨费劲地走着，好像哪一年在残酷的雪地上的那次迁徙。行人盯着我们，有人问是哪国外宾我就说“阿联酋”。公共汽车上有人居然让座，使我又觉得北京到底还不用骂臭它。走近动物园大门时，我们挽着手臂闯过人群正想往大门里走时，突然——

阿•驴拨儿琴！……

阿•驴拨儿琴正陪着一个绿眼睛妞儿遛呢。他早发现了我，这时正假装没看见地背对着我。我大吼一声：“嘿！驴拨儿琴——”

额吉拼命地一扯我，严厉地训我说：“不要骂人！你这坏孩子！”（——我忘了解释了，驴拨儿琴，顾名思义，在蒙语中的含义是：二流子，流氓，听说还可以译为强奸犯。）

我不理额吉，揪住小子肩膀一扳：“喂，驴拨儿琴！你小子敢情是跑这儿遛来啦！”

驴拨儿琴脸上青一块白一块：“忙！忙！哥们儿失陪！……实在对不起！”说罢就拉那绿眼睛妞儿。

我揪住他：“睁开眼看看：我们家额吉驾到啦。你小子还有点礼貌吗？”

他半句蒙话也不会，一匹马也没绊过。

我介绍：“额吉！这是阿拉角•驴拨儿琴。”

额吉以为我开玩笑呢：“你干什么骂人。”说着巴特尔乎哥哥也扯住我，把我拉开了。我一边被两人拉着走一边对驴拨儿琴说：

“听说你要高升啦！”

驴拨儿琴急忙摆手说：“别嚷嚷！还没批下来呢！还没批下来

呢！再见……我，我看熊猫去！”

我们终于看到了老虎和斑马。先看虎——

老虎在威严地蹲坐着。

猛虎在阳光中闪烁着火焰般的文身。

额吉静静地站着，不肯朝虎笼走近，巴特尔乎也远远地站着，痴痴地凝视着那头斑斓猛虎。我本来已经挤到虎笼前，回头一见他们都远远站着，于是我也退回来和他们站到了一块。真正懂得牲口畜牲的，真正野兽的内行和理解者，驯兽的主人和狼狐的克星，猛虎兽王的真正崇拜者，正在我面前第一次注视着他们畏惧和尊敬的对象。

我们久久凝望着，最后尊敬地退出了狮虎山，去看闻名已久的斑马。

额吉这回扑在铁栏杆上，双手抓着栏杆像孩子一样。多聪明哟，她喃喃着。巴特尔乎哥轻声说“那腰没办法备鞍子”，眼睛还在打量着斑马。我摇摇头说：有人说它跑得快极了，我不太信。巴特尔乎说：不，看那蹄子又亮又圆。额吉又叹道：多聪明哟。瞧那花纹！……我们总算是满足了最后一个愿望。我们从动物园出来的时候，我发现额吉已经筋疲力尽了。

我扶着额吉，巴特尔乎拎着东西。我们赶上的那辆无轨电车上没有人。黑暗在车里颠簸着，我和额吉挤在一张长椅上，像是深夜里赶着勒勒车穿过戈壁。我困乏得睁不开眼，不知不觉地，挤着额吉沉沉睡着了。

额吉推推我：“喂——孩子。”

我迷迷糊糊应了声“怎么”。

“——额吉该走啦。”那声音也随着黑暗颠簸起来，“我想，明天就走吧！”

我醒了。

空荡的黑暗热乎乎的。我盯着额吉，刹那间我明白额吉真的已经命在垂暮。她真老啦，我吃惊地想，不能留她在这火炉子里烤得太久啦。颠簸中，额吉一双深陷在银发里的黑眼窝依旧深不可测。

送他们走那天，北京酷暑三十九度，无风无云，树叶呈可怕的黄绿色，混凝土“小区”呈焦干的沙色。我发现这才是个真北京，而前些天，除开见到驴拨儿琴和绿眼睛妞的那一小会儿，我确实产生了错觉。

额吉默不作声地坐在台阶上，等着上车。东风轿子从北京放到锡盟只用一天（我插队时要走三天）。她手足无措地坐在台阶上，消瘦憔悴的脸埋在稀疏的白发里，像一团羊毛裹着一块树皮。

怕是永别啦，我心里可恶地不祥地缠着这么个鬼念头。你不可能再来，额吉。你来北京只是教我制造一片绿草地幻象的办法。现在我既然学会了这点金术，那么你也就不会再来。额吉，巴特尔乎哥哥，一路平安啦。

我独自一人，久久地站在路中间，看看那辆长途车在路尽头消失。

它终于消失了。

别了，额吉和巴特尔乎哥。我已经同你们道了别，只有我一人知道这道别有多沉重。但是我不再怕孤身一人，因为无论我在哪里，你们传授的异术都使草原环绕着我。

草原永远和我同在。

我在熙来攘往人声鼎沸的夏日北京大街上走着。人流如潮水，我如分水石，我注视着万物众生涌涌而来又喧嚣而过。毒水如焚，阳光如烙，混凝土楼群像排山倒海的浪头。我迎着这一切睁大眼睛，对准城角关方向走去。渐渐地眼睛朦胧了，视野中幻出了一片绿一片蓝。渐渐地，绿草在眼前摇曳起来，可以辨清草茎和沾着露水的草瓣。

草原漾动着，绿波托浮着我。

一九八七年四月

奔驰的美神

一

其实，像我这样的人，跟那些时鲜词儿是没缘的。比如青春啦，回忆啦，梦啦那些录音机里一天哼的词儿。瞧，你像只油耗子般坐在驾驶室里，双手端着粘乎乎的方向盘，已经跑了二百多公里路。半路上早就闻见一般焦糊味，可是你累啦，忘了想起来那是轮胎磨得冒烟了。突然间，嘣的一声，汽车像踩了地雷，跳起来老高，接着嗖地就朝路基下头栽去。你吓得魂都飞啦，还“青春”吗？拼死命扳住轮。路上有冰溜子，不能刹车！换挡别住减速。一挡，再踩下离合器。他妈的下车一看：后轮子炸飞个逑的啦。那破轮胎早就该换么，早就架不住这么一天四百公里地磨么，这话你早说过。可是头儿搭理你吗？你尽可以“回忆”个够。磨牙那阵子，头儿说你这回放空车就记着给我老丈人捎车啤酒。一瓶在那边卖一块四毛五，一箱子净捞他妈八块钱哪。不过你一边回忆一边还得赶紧扒那焦糊的烂胎，钻到车底下摇千斤顶。车厢里正巧有个备用轮还真算你命大。换好了轮胎再打火的时候，天黑啦。等你开车到了地方已是深更半夜，贼都睡啦。交通旅舍的大门敞着，人可是不知蹓哪儿去了。你摸进一间屋，上床就睡。刚睡着又醒了，浑身刺痒得难受。手电一照：妈吔虱子排着队赛跑呢。你火冒三丈，破口大骂起来，拣脏的野的骂了二十分钟，黑夜里静悄悄的没人理你。最后还是钻驾驶楼。窝着挺了半夜，你能有梦……“梦境”啥的吗？第二天清早你赌气饿着肚子发动车。四挡出大门，先把这黑店门口的酒旗撞倒，然后上了公路。夜里着了凉，这一天你一边抹清鼻涕一边打轮。

我就是这么一个司机，就是这么一块料。看电视时，我们这伙人一边噗噗地吐着瓜子皮，一边大声拿电视里那些粉皮嫩脸的小媳妇开玩笑。一个小娘们正扭过来扭过去地唱呢，电视室里的娃娃问爹：“这姨可是干啥哪？”我就接上说：“撒尿哪！”于是大伙全乐了。我可从不胡思乱想。我的东风 140（原先是台解放）上总是高高地装满了私货。连头儿求我办事也得先乖乖上供。路边蹭车坐的高高举着手，像希特勒的兵给我敬礼，我紧贴着他一加油就冲过去，给他一屁股灰。我这么干已经多少年了，我打算这么开车开到五十五岁，然后退休回家开个烟酒小铺。我从不胡思乱想。虽然有时候我觉得自己像个猴子，会玩方向盘的猴子，而不像个人。虽然在极个别的时候我也似乎走过一会儿神，好像在那条不断地滑过来的路里看见了些什么怪东西。

可是人是个怪东西。有时候日子过得四平八稳的，心突然乱了，接着就出怪事。出车去黑曲的前一天就是这样，那天简直是白日见鬼。

当我路过头儿的调车室，听见他们商量往黑曲送货的时候，我突然吼着闯进了那扇门。喊叫完了，抓上了那趟差以后，我觉得脸腮烧烧的，心里好一阵别扭劲。我晕晕乎乎地去找王大仓。大仓正在家里抹墙泥呢，他那眼神也挺古怪。

“跑黑曲？……跑呗。能行就给捎根檩子木头。”他说。

他也挺古怪，我走了。装货时也是心神不定，妈的不就是去趟黑曲么！我咒着自己。我觉得自己的愣司机身份和十几万公里的颠簸日子都在咒着自己。直到晚上找上几个修理工甩了半夜牌，灌了两瓶子啤酒，才过去了那股劲。

第二天早早醒了。点火，上路，太阳升起来的时候，我已经开出了一百公里。我全神贯注，卡车跑得又猛又稳。道路迎面唰唰地滑过来，路标呼呼地闪着往后边退。可是有一阵我发现自己在下坡路上加着油门，心里飘过一股惊奇。我赶紧抖抖精神，车子又开得正常了。

当远远望见天尽头那黑水河的一线亮光时，我觉得气喘不上来了。心里慢慢翻涌起一个又重又沉的浪头。车飞速行驶着，连山在两侧缓缓扭转着身子。我一阵阵进入了下意识驾驶，好像是断续做着一个梦。清醒过来时我怕得很，使劲眨着眼皮，拼命捏捏硬胶木的方向盘。

这不是人常说的白日做梦吗？……我生气了。在工具盒里捣了一阵，摸出盒《美神》填进录音机。一个香港娘们娇滴滴地哼哼起来了。我松了口气，叼上根烟点燃，半眯着眼继续驾驶。上坡时我抢挡又快又稳，下坡时我一关钥匙，灭了火溜溜滑行。车头直直地指着前方，两侧连山还在扭动着后移，我觉得一切都正常了。

卡车飞驰着，绕过一直挡着视线的山脚。那道河突然显得靠近过来，在一条洒满阳光的地面上悄没声地显露出来，弯过一个半圆的、亮晶晶的弧线。黑水河，我想。这时那条细细的弧线斜过来了，和阳光碰了一下，闪出一道耀眼的银光。

我连想都没想，就顺手扯了一把方向盘，接着又扯了一把。车头转了过来，离开公路，笔直地对准旁边的山梁冲了过去。

我脑子里混沌一片，像是陷入了梦境。黑水河，我心里唠叨着，那边穿出沟就能看见。鬼知道这是他妈的怎么回事。我把油门一踩到底。车子呜呜低吼着，凶猛地向山梁顶扑去。出沟就能看见红马滩，我心里唠叨着。

这时我既不脸红也不心慌。我静静地握住方向盘，痴呆呆地盯着前面。这是开睡车呢，我这么想了一下，后来就什么也不想了。车子好像在飘，可是又很平稳。

人就是个怪物。人心里原来还藏着一个心。像惯会打潜伏夜袭的黑马四连那样，风不吹草不动地静静藏在一片黑暗里。我记起有一回看见电视里跑过一匹红马，当时我浑身猛地抖了一下。它和我的“土匪”简直一模一样……记得当时我这么想过。可是那只是一眨眼的事，几分钟就忘得干干净净的了。我像在昏睡但又清醒冷静，像是麻木不仁又觉得兴奋。我好像正在“土匪”的背上骑着，手里攥着一把带护手的马刀。我只是牢牢踩定了油门，不论坑洼石块一律不避。山梁顶迅速地逼近了。你这是怎么啦，我在心里问自己。

卡车冲上了梁顶。我狠狠地一脚踏下去，踩死了刹车。

我跳下车来。呼啸的风和马达的轰鸣一下子消失了，四野寂静无声。我一眼就看见了红马滩。我在看见红马滩的那一刹间突然变成了另一个我。红马滩！我在心里叫喊起来。我笨手笨脚地钻进车里，几下子就把车速加到六十迈。车疯狂地颠簸着冲下山沟，很快地冲进峡里黯淡的阴湿中。可是远处沟口正浮闪着一片洒满阳光的绿色，我仿佛已经闻见了那片绿色中流动着的凉爽草腥。我不管不顾地放开高速，东风140凶狠地跳撞着，歪扭着顺沟冲下。袭步，我想，这么跑就和骑兵下山撒开袭步一样。我的头不断撞在顶棚上，我觉得在这剧烈的颠簸中，身上的油污锈垢像一层裂开的硬壳，正震响着碎落下来。那片明亮的绿色正在愈来愈宽阔，正远远地朝着我送过来一股长风。我觉得腔子里的这颗心正跳得活泼，一股从来没有过的滋味正随着那凉凉的风，柔柔地熨过我的全身。

二

红马滩，我们三连的驻地，这会儿正夹在两道雪山之间，随着激烈起伏的地势，滚动着绿油油的草浪。强烈的高原上的太阳光照射着它，把绕过滩边的黑水河照得像一条明晃晃的银带子。

我的东风140冲上了红马滩。一直冲到红马滩上来啦，我兴奋地想，直至这会儿我还是觉得自己像在做梦。

连队在红马滩上列成一列长队。清一色的红马，数不清的前腿齐齐排着，站成笔直的一条线。“立正——”突然一百多匹红马同时两蹄一靠，草滩上轰地传过一响闷沉的撼动。我们一共四个新兵崽子，战战兢兢地挤在一堆，看得心里直跳。长长的一道火焰正整齐地燃烧在黄昏时黯淡的草滩上。一百多个脸色黝黑的老兵眉眼不动，静静地骑在那条火焰上，像是一排铁打的煞神。领头的一个老兵独臂撑开，握住一杆猎猎迎风的红旗。旗杆底尖插在他脚踩着的一个大铁镫上。

连长倒背着手，一晃一晃地朝我们蹓跶过来。只有他不骑马，不穿黑靴子，窄腿的黄马裤上敞着扣子。他脸上漾着一股凶气，那样子就像是正在这里占滩为王。他漫不经心地走走停停，歪头瞟瞟队列，又抬眼瞧瞧太阳，胯上一柄日本指挥刀咣咣地响着。这个连长脸黑似铁，一双亮眼嵌在那黑脸盘上，让人觉得心惊。他的背后也跟着一匹红鬃烈马，走走停停地一副官相。我看见那马时心里更紧张了，总觉得它会随着一声口令恶虎般朝我扑来。

我紧张地盯着这个连长，攥紧了“土匪”的缰绳。铁蛋是和我一个村的老乡，他悄悄地后退了半步。我俩，河南佬王大仓，还有藏民扎西都慢慢朝一堆挤着，心神惶惶地看着那连长在我们面前站定了。

连长盯了我们一阵子，“上马！”他低低喝道。

藏民扎西轻巧地蹦上马背，顺手扯得马嗖地转了一圈，然后屁股一歪，斜斜骑在鞍上望着连长一笑。不想连长手一扬——他拎着根鞭子哪——对准扎西那半个撅出来的腚就是一鞭。

“耍什么花腚，妈的！”他骂道，又对着我们仨吼起来：“快上马！骑坐要端正！”

我满头大汗，转来转去爬不上“土匪”的背。“土匪”炸煞着红鬃，龇牙咧嘴，打着响鼻吓唬我。王大仓已经爬上了“尕拉鸡”，铁蛋也骑到了“老虎”的背上。我急眼了，扳住鞍子猛地一蹿，一下子从“土匪”那一面栽了下来。火龙阵上轰地腾起一阵笑声，“土匪”一惊，瞪圆眼一挣，抢走了我手里的缰绳头，驮着空鞍一溜烟跑了。

“笨熊！”我听见连长在背后大骂。从此以后这笨熊就成了我的外号。“你在新兵连一天吃多少干饭？目标正前方，成袭步，前进！”

一顿土圪垯砸过来。铁蛋、扎西、王大仓三个已经踏着黄烟窜出去了。我爬起来，刚想撩起衣襟抹抹脸上的土，连长突然兜腚就给了我一脚！“追！袭步——前进！”

我气急败坏地跑起来。惊吓加上屈辱，两粒子泪忍不住落下来了。我顺着那条长长的红马排着的大墙踉跄跑着，哧哧地气喘不上来。

铁蛋也栽下来了。我瞧见他死死揪住缰绳，身子在草滩上嗤嗤拖着。他那“老虎”也不是个好种，一边拖着铁蛋跑，一边还扭着腚想踢。我追上了铁蛋，想帮老乡一把，可是三捞两捞抓不着那根缰绳。

红马阵上的老兵们突然齐声低低吆起咒语般的口令：

“立——定，噢噢！”

凶恶的“老虎”居然站住了！它轻轻回过头来，像是不好意思似地望望土猴似的铁蛋，可怜铁蛋的一身新军服已经稀烂。

“尕拉鸡”也汗水淋淋地回来了，驮着胖胖的王大仓。王大仓像是个面口袋，轻一下重一下地砸着鞍子。黑黑的扎西也回来了，忍不住满脸得意的神色。

“下来！”连长怒吼着，“看把马子累的！”

他慢慢踱着，打量着我们四个，最后露着赞赏的眼神盯住了铁蛋。他歪着头，眼睛一亮一亮地想了一阵，问道：

“为什么参军？”

“家里粮食不够吃！”铁蛋瓮声回答。

连长气得脸青了。他转向我：“你呢？”

“俺俩是一个村的！”我大声报告。

当骑兵的日子就那样开始了，一眨眼就到了冬天。我们四个新兵崽子也习惯了红马三连的生活。早晨起床号一响，全连都嗖地从松木板拼成的大炕上蹦起来，在黎明中的黯淡积雪中冲向马厩。马厩是用不打皮的圆松木段子和铁扒钉筑起来的，左右挂开两溜大标语牌。一面是“严肃紧张团结活泼”，一面是“爱马光荣打马可耻”。班里从来是副班长带一半人清理马厩人铺，班长领另一半去黑水河湾饮马蹓马。当战马回到营房前面时，迷濛濛的红马滩才刚刚洒上第一道冬日的霞光。

老兵差不多都是甘肃、陕北人，也有少数是山东或河南人。藏族战士都是贫苦牧民出身。这就是说，都是穷地方来的，都是会吃苦的汉子。只不过，人家老同志要是回答连首长的考试，准是胸脯一绷，眉头一耸，斩钉截铁地吼一声：“保、卫、祖国！”或是“为，人民，服务……”决不会像我跟铁蛋那么丢脸。

我们几个开头一直闹事故。

先是扎西。扎西从来舍不得脱下那双漂亮的黑绒皮战士马靴，走来走去美滋滋地，不知道节省着点。可是他别的地方又省——副班长命令他刷牙，可是他根本不理，也不去买牙膏。

连长来干涉了。“不买牙膏？不刷牙？打算臭烘烘地混日子？你是军人！”

扎西愤愤地争辩说：“我嚼松树油！我们藏民刷牙就是嚼着松

树油刷！”说着他龇出牙来，像是等着连长也龇出来跟他比比谁白。

真的，扎西那口牙齿简直像雪一般白。他是个真正的英俊小伙，宽胸细腰，动作像条柔软的豹。我看见他的马褡子里有一束束的、闪光闪亮的红绿丝线，就凑上去打听：

“喂，扎西，对上象啦？啥时候成亲？”

扎西快活地笑了，露出一口雪白的牙齿。

“扎西，你对象叫个啥名？给战友说说！”

“卓玛草，”扎西介绍道，“就在那边山里放牛呢。”他指指红马滩背靠的一溜冰山。

我们几个都是吃糠咽菜才长满了十八，从小精赤着脚片子直接穿上马靴的，所以只有钦慕人家扎西的福气。人家都有了“卓玛草”啦。

扎西的毛病是歪骑马，课目结束后又喜欢赖在“红毛”背上不下来。于是惹连长在一边骂开了：

“扎西！那马子又不是你的卓玛草，咋骑上就不知道下来！”

队列里一阵哄笑，扎西羞得脸通红。从那以后，他那匹马不叫“红毛”了，改名叫“卓玛草”。

铁蛋虽然讨连长喜欢，可也惹了祸。

星期天洗完了衣服，铁蛋这鬼小子不知怎地摸出一条大裆的黑布裤穿上了。头上扣着军帽，扯上我去马厩给马上草。

我俩刚进马厩，一匹马突然拦住了铁蛋。铁蛋不客气地推了推那马，不想那匹马猛地扬起后蹄，狠狠地踹了铁蛋一下！铁蛋一个斤斗栽到草堆里，一股血浸透了那黑布裤。军马只认识黄军裤。

说实话我是拼了命才把铁蛋战友从那马的铁蹄下救出来的。但是连长一来，事情更严重了。

铁蛋跳起来一个立正。连长瞪眼看着他那土民兵模样，捏着鞭子的手哆嗦了。

“谁他妈的叫你打扮成老百姓的？”连长吼得嗓音都走调了。

铁蛋嘟嘟嚷嚷地说不清楚。

连长火了。“你是安下心丢我们三连的脸吧？我还打算叫你当旗手呐。你给我说，从哪儿刨出来这么条烂黑裤的？”

“从俺家里带上来的。”铁蛋交代说。

“当了兵还穿便衣？新兵连教给你的？”连长一生气，就喜欢找新兵连撒火。

“俺寻思，俺寻思省省那身军装。”铁蛋低着头说。我在一边抖抖胆子补充道：“连长，铁蛋上回给老虎摔下来，新新的衣裳不是拖破了么。”

连长噎住了。半晌，他一甩手，走了。

我俩偷偷啐了一口：“军阀作风！……”

我们四个里数王大仓稳重，可王大仓的娄子捅得比谁都大。他一下班就当了机枪副射手，每天背着四个圆盘弹盒，哗哗哗地敲着节奏，压得他那匹“尕拉鸡”浑身是汗。

领到当上骑兵以后第二个月的津贴那天，王大仓在马厩里拦住连长，摸出来几张钞票。

“连长，说个事中不中？”他问。

连长正精心细致地给自己那匹“轿子”梳毛搔痒呢，头也没抬：“什么事呀？”

“刚发了津贴。这钱，这豌豆，”大仓顺手从连长的爱马嘴边抓起把豌豆来，“家乡生活正困难呢，连长。咱跟连里买上五元钱豌豆，给家里邮去中不中？”

“什么 ?!”连长大吼一声。

“马子也吃不净么，”大仓还在心平气和地盘算，“若是一元买二斤，中不中呢 ?”

连长暴怒地揍了他那只手一拳。亮晶晶圆滚滚的豌豆在地上乱蹦着。连长气得浑身都颤了：“战马！……”他猛地扬起了拳头。

大仓慌了，一屁股迅速蹲下，又抬手指着标语牌喊起来：“打马可耻！……连长！”

连长气得咬牙切齿。第二天，连长打发文书在马厩里又挂出了一条新的标语牌，巨大的十个字摇撼着全连的心：

“战马是我们的无言战友！”

三

我在昏茫的暮色中，顺着黑水河岸边的牛道朝黑曲县城疾驶。东风 140 的马达均匀地突突轻响着。穿过我们乘马射击的靶场，穿过我们斩劈训练的长满灌木的山包，我的卡车正指向那座营房和那个河湾。我下意识地换挡给油，打着轮抓住那条约绰的牛道。我没有目的，却笔直地对准了一个熟悉的影子，我的身心都已经被回忆深深地淹没了。

迷迷糊糊的新兵阶段很快就过去了。当白茫茫的大雪覆盖了红马滩时，我们也已经洗白了第一套军服。“土匪”见了我已经不仅老实而且严肃，还深知荣誉。全连整队去黑水河下游压马时，只有我的“土匪”又闹又跳，而我则目不斜视，上身绷直，双手扣紧马嚼。于是连长说，算啦笨熊，你就让它放一蹦子吧。我双手一松，“土匪”箭一般掠过全连，把那些骑兵们撩惹得气鼓鼓的。

连长原来是个英雄，怪不得脾气那么大。听老兵说他身上有两处刀伤一处枪伤，要不是那个炮仗脾气，早干上副团长啦。碰上他高兴的时候，他还拔棵野花递给扎西说：喂，给未婚妻戴朵花嘛。扎西就乐得露出那口好牙，把那朵鲜艳的小花系在“卓玛草”额鬃上。

每逢星期天，连长就独自把他的“轿子”牵出马厩，远远在阳光明亮的山坡上梳理那马。他能这么整整泡一个下午，一直到那山坡上他俩的影子斜斜地伸着没入一片阴暗的草。我能听见他说说叨叨地和“轿子”谈心，可是从来没听清他说的一句。他那双剑眉总是那么怒气冲冲地竖着，铁黑的脸膛上每块肌腱都绷得紧紧。在那种时候骑兵们可以趁机会捣个蛋淘个气什么的，可是没有谁敢凑到那片山坡上去。太阳总是慢慢地沉下去，转着角度把远远山坡上的一个人和一匹马照得又柔又亮。

王大仓早早地提成了机枪射手，不再背弹盒子了。他那匹“尕拉鸡”还是给压得汗水淋淋，可是自从大仓寻来两个鸡蛋给它灌了鼻子——河南人这些小本事就是多——“尕拉鸡”就硬壮了。王大仓压迫得它长不高，那马就狠狠地往横里长肉。动一动，毛皮下就鼓起一串串的硬肉腱子。

铁蛋闹了半天还是连长的宝贝，现在已经正式当上旗手。全团会操的时候，铁蛋军服笔挺，两眼雪亮，铁铸罗汉般地立在“老虎”上面纹丝不动，牢牢地握着我们红马三连的军旗。

我们渐渐地和老兵变得一样，都穿着洗得发白、打着补丁的军服。我们大口大口地吞咽着糙米饭和黑面馍；我们喘着粗气捏着针，补缀着给松枝和马鞍扯破磨烂的衣服；我们在夹雪的寒风摇撼中静静骑在荡木上，单手端着铁柄的冲锋枪瞄准；我们在陡峭的雪坡上裹着雪雾飞速冲下去，左右开弓地挥舞着马刀斩劈。我们节假日休息进城，在邮局的柜台前面排成一条队，把八元五元的人民币寄给贫瘠的家乡。我们出公差或搞爱民劳动时满心快活，因为又摸着了自己嫌弃过的锨锄。我们的食堂里没有浪费。我们对炊事班没有怨言。可是我们又确实变了，锐利的号音，铁打的命令，挟风带雷的军马都使我们意识到这一点。我们的马裤夹裆和膝盖上缝着一层黄羊皮，鲜红的五星顶在淡黄的军帽上。我们进城出山一律穿上黑黑的翻毛战士马靴，在一色漂亮的红马背上精神抖擞。我们还怀着一颗贫穷的农民儿子的心呢，就突然在这片偏远的高原草滩上换了筋骨，变成了骏马背上的矫健军人……

我们连有一匹特殊的军马，和百十匹枣红马不同，它是匹黑鬃青马。这匹马曾经把一位牺牲了的师首长的尸体从敌人炮火中驮了出来，因此荣立一等功。这匹青马按规定可以不拴、不骑、不打鬃、不受罚、不退役，终生由我们这个骑兵团喂养照顾。听说为了把这匹功臣马抢到我们手里，连长和“草原铁骑连”黑马四连的连长吵了一场。

清晨，红马滩上一派宁静。

我们用铁锤砸开了黑水河湾子里的硬冰饮马，看着清黑的泡沫高高地飞溅起来，化成弥濛的水雾。冰凉的水雾扑拂在我们冻红的手上脸上，弯曲的河岸上战马正在埋头长饮。远近的雪山还没有显出来，草滩上依然夜色浓重。饮过水的全体军马走成两路纵队，慢慢地踏着河边的卵石，发出清脆的声响，渐渐走成了一个巨大的圆圈。那匹功臣青马不入队列，独自踱入圆圈中央，悠闲地走走停停，时而啃上几口野草，时而奋力甩起满颈几尺长的黑鬃。圆阵忽然静下来。红马们不再出声，尊敬地望着它蹓着。控马的骑兵们也转过脸，崇拜地望着它，默默地牵马走着。在苍茫的冻硬的石滩上，冰凉的雾漫过闪乱的马腿。百余匹马隐隐现现地转在一个巨大的圆圈上，像是一个强压着火焰的原野胸膛上的火环。那匹长鬃青马在火环中央自由自在地走走停停，像是群马中心的一个捉摸不定的沉思的魂。就在这时，红马滩悄悄苏醒了，雾气散去，草滩升浮在一派寒凉的高原晨曦里，显得凝重又苍茫。

四

晚上我开着车进了黑曲县，街上已是家家灯火。我找到供销社，砸开门把车开进去停好，又寻下了宿处。天太晚了，卸货要等明天。我吃了些饭回到屋里，点燃一支烟，一个人闷闷地吸。

吸完烟更觉得枯坐着无聊，我决定上街去蹓蹓，就出了供销社的大院。

过县武装部的大门时，我看见那小楼上还亮着灯，灵机一动，就跑进去了。

打听的结果吓了我一跳：连长就在这个供销社！

我发了疯一般跳回供销社大院。绕到后面，拼命地砸一扇黑糊糊的门。“开门呀！连长！”我急得吼起来。

有一阵漆黑的死静。

“谁呀？”一个瘦老头站在黑影里，端着一盏油灯，火苗昏黄地映出了他头上的白发丝。可是我已经认出来了，一眼就认出来了。那佝偻的白头发瘦影子立定了。

“是我！我是——笨熊呀！连长！”我沙哑地喊着，鼻头猛地酸住了。

“笨熊！”瘦巴巴的黑影突然一震，半截身躯像老虎一样柔韧地蜷缩了，我忍不住一下子挤出两粒泪来；他揪住我的肩膀子，那手像铁钩子一样。“笨熊，妈的是你！”他粗野地摇晃着我，嗓子呼噜噜地响着，声音嗡嗡震动着屋顶。

那年夏天草特别好，早晨起来，滩上的草尖上浮着一层晶莹的露水，马子走过去就印下一条深深的湿迹。

我们奉命配合地方围捕武装土匪。

连长带着一个班——其中有我和扎西——进了大山，每天清晨出发，搜寻草地上的这种不易发觉的湿迹。

三天以后，我们顺着湿迹发现了一支折断了的英式破枪。枪上带着弯弯的双叉支架，已经锈成稀泥般的颜色了。

扎西变得少言少语。他的“卓玛草”也懒懒地，跑一步就啃一口野草吃。“有这样的土匪吗？”他唠叨着，“我敢说，他们一共三个人，而且还有一个是妇女！”

开始连长没有理他。第五天，连长自己发现了一只女人的烂靴子，那靴子又窄又小，靴帮是用染成红绿色的粗帆布缝的。连长把扎西喊了过来。

“扎西，你怎么知道是三个人？”

“三个人，两匹马，”扎西肯定地说，“而且有一个是姑娘，他们穷得很。”

“扯蛋，”连长说，“你怎么知道的？”

扎西认真地说：“连长，他们饿呢。他们把路两边野果子已经摘光啦。”我看得出，扎西已经动感情了。他紧紧锁住的浓眉下，一双清澈的大眼睛里充满了不安和严肃。

连长扳住扎西的肩膀，“你听着，革命军人要有立场！穷也好，富也好，妈的只要是土匪开了火——”他凶狠地瞪着扎西。

当天傍晚，我们和那三个人遭遇了。

他们只有一条枪。子弹尖叫着掠着草梢飞过我们头顶。我们和军马伏在山坡后面，把冲锋枪换上了实弹梭。

连长愤恨地卷起了袖子。“他妈的，一条七九枪还这么猖狂！拿枪来，笨熊！”他朝我一伸手。我忙把冲锋枪递过去。连长的枪法百发百中，这场战斗，大概用一个点射就能完啦。

突然，扎西猛地跃出掩蔽，站上山坡大声喊了起来。扎西喊的是藏语，他满脸涨得通红，激动得汗水淋漓。喊着喊着，他声嘶力竭地吼了起来，可是那条七九枪还在啪啪地打。

连长呆住了。我们全都呆住了。我们呆愣地卧在草丛里，望着扎西气急败坏地吼叫。

忽然对面寂静下来。

三个衣衫褴褛的野人从草里站了起来，歪斜着身子，脚步踉跄地走了过来。一个白胡子老汉，一个大下巴深眼睛的男人，再就是那个妇女。我从来没有见过这样的人。他们脸色蜡黄，两腮深陷，眼睛红得像在淌血。那个女人掩着脸低头走着，我只能看见她那一头杂草般的蓬蓬头发。

扎西颓然坐在草地上。我看见连长惊奇地盯着扎西，像是忘了那三个俘虏。“笨熊，”他哑着嗓子说，“升火做饭。煮粥，多煮点。”他还在望着扎西。

审问的口供是：白胡子的儿子当年跟着达赖集团跑了。工作组下乡碰上老汉，就跟他算这笔老账，把老汉捆起来了。姑娘夜里招来了她的男人，偷了工作组一条七九枪，抢下老汉进了山。扎西翻译完了，那白胡子又说了一阵，我看见他眼里灼灼地闪着光。

“他说什么？”连长问扎西。

扎西抬起眼睛，望了望一旁的军马：“他说，小伙子骑上这样的马，可真漂亮呀。”

连长站了起来，默默地走开了。他走到草地上，独自一人躺了下来，把我们都撂在这边。

那次归途是沉重的。我发觉一夜之间连长变了一个人。骑在“轿子”背上，他一阵阵地痉挛，牙齿咬得咯咯响。从上马以后他就不再回头看那三个俘虏一眼，危机的气氛压在我们每个战士心上。

我们都明白：连长正在痛苦的熬煎中受折磨。他想怒吼一声放走这三个俘虏，想疯狂地把他们赶走，赶得他们像野鸭子一样地窜回山野，可是他头上压着雪山般冷酷的军令。扎西要把“卓玛草”让给那个蓬头发姑娘骑上，也被拒绝了。于是扎西低着头追上队列，挨着连长和我走在最前面。闷热的草滩上空压着湿云，我们的三匹红马默默地点着头，用力地踢着草走着。我简直受不了这么难堪的空气，心烦意乱得恨不得后边那三个老藏快点逃跑。

可是那三个缠着褴褛、黑瘦潦倒的俘虏没有逃跑。

昨夜在宿营地他们挤着坐了一夜，浑身被露水打得精湿也没有挪动一步。他们歪歪地侧着身子，忧郁地望着原野，偶尔不经心地望望天空。

那个大下巴汉子赤着胸脯，把一身破羊皮缠在腰上，不踩镫的两脚在一匹小黑马的肚子下面晃荡。白胡子老汉温和地骑在一匹光背骒马上，每当我一回头都朝我微微一笑。只有那蓬头垢面的姑娘不骑马，她倔强地小跑着，紧紧地贴着父亲和情人的坐骑，流汗的脸上像涂了油彩那样，泛着一层亮亮的红光。

他们牢牢跟着我们，不说话也不溜走。我后来也恼了，不再回头看他们。骑兵们都勒住红马缓步徐行，谁也不再回头，可是那三个轻生走险的穷苦藏民，他们那破衣烂衰的褴褛影子，却像烙铁一样烫着我们的后背，灼疼着我们的心。

在供销社里住有个好处：不愁弄不上吃喝。我和连长找来几个罐头和一瓶酒，两个人都喝得醉眼迷迷的。隔着一盏煤油灯，连长那佝偻瘦削的身子不断地晃着，微微发白的短头发茬弄得我心神不安。

“连长，你怎么——你怎么头发都白啦？”

“谁知道。妈的，这么呆着，呆着，它就白啦，就他妈变白啦……”他又端起酒来。

“笨熊，”他唤道，“如今没有骑兵啦。”

“是呀，连长，”我说。

“如今……没有……红马三连啦，”他醉了，歪瘫在桌上。我心里一阵酸，也跟着他哼哼起来：“没啦，没有‘土匪’啦，没有‘卓玛草’啦，没有‘轿子’——”

连长一跃而起。又像头老虎一样，弓着背敏捷地一跃而起。我猛地惊醒了。他揪住我的领子，低吼道：

“你说没有谁……‘轿子’？”

我喃喃地：“你别生气，‘轿子’它……”

连长哭了。揪着我的两只铁爪子在剧烈地抽搐。他潸然地哭，热泪纵流，但没有声音。

“是呐，”他沙哑地说，“‘轿子’死啦。”

当我把东风140开上红马滩，顺着黑水河漫无目标地乱窜时，我总在想：我为什么当了几年骑兵，我们心里就永远地留下了一个鬼魂般扔不掉的怀念呢？我见过无数步兵出身的复员兵，也见过海军里和飞机上下来的复员兵，他们心里好像并没有藏着这个鬼魂。为什么呢？

是战马么？

那么骑兵和战马又是什么，是一个不可接近和弄不明白的鬼魂么？

扎西离队那天，正巧连长的“轿子”生了急病。扎西自从那次围剿“土匪”的战斗以后，就被连长任命为他的通信员，我们这些骑兵们并没有觉出连长和扎西有多少友谊的发展，倒是发现“卓玛草”和连长的“轿子”像是拜了把兄弟。

“轿子”是一匹改良种的高头大红马。胸脯又宽又凸，脾气跟连长学得又凶又暴。当了骑兵以后我才知道，原来马和人一样喜欢结伴。连队里按着这些伴子给射手和副射手安排坐骑，副射手的马能保证机枪在奔驰中连打几梭子弹不喘一口气。马厩里拴马若是不注意这些不离不舍的伴子，那整座马厩就会被闹腾得天翻地覆。“轿子”是首长马，军马们难得跟它交朋友，只有扎西的“卓玛草”例外。自从和“卓玛草”拴到一起之后，它们俩就阴谋在马厩称王。抢草，咬，踢，什么坏事都干。无论是去哪儿，这两个家伙都要黏在一块，一个威武雄大，一个灵活苗条。打起架来凶恶极了，除了稍稍回避着一点那匹黑鬃青腹的老功臣之外，连队里几乎哪匹战马都被它俩欺负过。

开会时，战士委员会主席，三排的一个机枪手站起来了：“下面给连长提意见。”

铁蛋发言：“连长应当教育'轿子'的军阀作风。”

炊事班长发言：“连长的‘轿子’带领着‘卓玛草’，偷吃了灶上的红萝卜。这个责任在连长。”

炮手发言：“它们俩合伙揍我那‘炮车’。让它俩去驮炮吧！太不像话！”

扎西激烈地反驳：“是你的‘炮车’先踢了‘卓玛草’！‘轿子’来管它，它又先踢了‘轿子’！”

炮手跳起来：“你还有理！”

大仓和稀泥地说：“这么办吧，我那副射手的马子总跟不上‘尕拉鸡’，干脆我俩和连部换马吧。机枪架在‘轿子’身上，‘卓玛草’准准供得上弹药。中不中？”

连长和扎西同时喊起来：“不中！”

可是这两匹马也给我们连争过一口气。

有一次“草原铁骑连”黑马四连的连长来办事，吃罢饭来到营房门外。那不可一世的黑马连长建议和我们连长赛马。他骑着一匹漆黑的烈马，低着脑袋正狠狠地抡着前蹄刨地，一双闪电般的亮眼睛凶恶地瞪着我们的那群红马。

两骑马在草滩上拉开了长长的烟尘。一黑一红，像两枝箭疾疾地飞着。两个通讯员也各自跨着黑马红马，在后面紧紧相随。不久，前后两对马都消失在茫茫草滩里。

当地平线上又出现了它们的影子时，我们都惊呆了：两匹红马夹住一匹黑马，三马并排，火星在纷乱的蹄下闪灭。黑马通讯员给甩啦！

快接近营房时，我看见“卓玛草”一抖红鬃，横过身子截住了那黑漆马！说时迟那时快，我们连长的“轿子”长嘶一声，一下子冲到前面。

等连长勒过马，回头再看时，“卓玛草”还在横蹦竖跳，死活不放黑马过来。扎西在马上绝望地吼着，完全失去了驭马的能力。……可是当晚它又伙同“轿子”偷糖吃。

就是这样的一匹马，随着扎西走了。

扎西奉命调团部侦察排，按命令指定带走乘马“卓玛草”。

“轿子”病了。一连三天不吃不喝。

连长日夜守着“轿子”，默默不语。

第四天中午，“轿子”死了。

连长蹲在“轿子”身边，不出声地哭着。那是我第一次见到这刚硬的汉子在哭，他不出声，睁大着眼，两注热泪止不住地流淌。我们谁也不敢近前，全连骑兵，全连一百多匹红骏马都沉默了。连长一直在“轿子”的尸体旁坐到深夜，我把他扶回来时，发现他的皮枪套湿淋淋的。

我们是和平兵，没有打过真的仗。当兵三年了，我们的马刀磨了又磨，但砍断的都是树靶子。我们经历的只是训练、生产、巡逻执勤，我们以为我们的骑兵生活枯燥平淡。可是“轿子”死了，“轿子”在对“卓玛草”的炽烈的思念中死了，它的死突然间揭开了我们寂寞军人生活的重幕，使我们猛然窥见了自己的真实。当全连人马列队为“轿子”下葬的时候，我们全副武装牵马肃立着，目送着那具僵硬的马尸被埋进红马滩的沃土里。随着一锨锨掷进墓穴的泥土，我们感觉自己身心里猝然间突然出现的那奇异的滋味；咀嚼着吞咽着生命这个看不见的东西的含义，以及一种又美好又痛苦的体验。

五

跟着已经衰老枯瘦的连长，我把东风 140 开到了扎西的帐篷门口。在黑曲，再也没有其他三连的老兵了。

一个黑红健壮的女人露着喜悦的笑容，在帐篷门口迎接着我们。扎西兴奋得乱转，好一阵才想起来介绍：“这是——”

“卓玛草，”我和连长同声接上。那女人羞得低下头跑了。等我们在帐篷里喝着奶茶又谈起当兵的往事时，闻到一阵浓浓的羊肉香味正从帐房外面飘进来。

“笨熊，大仓好吗？”扎西斟着茶问我。

“挺好。当修理工，抱孩子。”我说。

扎西轻轻叹息道：“又见面啦。咱们一年的新兵，只有铁蛋，”他想了想又说：“只有铁蛋走得远呵。”

我瞟了连长一眼，没有说话。

连长抬起头来，锐利地盯着我。静了一会儿，他轻轻地吁了一口气。我看得出，他不愿多提那些激扰感情的事了。果然，他问扎西：

“扎西，你怎么样？”

“我么，已经没什么怎么样啦。牧人么。”

“几个娃娃啦？”

“五个，”扎西迟疑地回答，“可能……五个。”

“怎么？卓玛草又——”

“可能在冬天，要是什么都好，她就再生一个。”扎西不好意思地笑了，露出那口雪白的牙齿，“可是，牧人么，还能干什么呢？”

那次全团演习遇上了最冷的天气。

最后的一个项目是从两翼突破，夹击主阵地。两翼尖刀分别是黑马四连和我们三连。

团长在全团方队前喊道：“突破速度要快。四连长！这回看你们草原铁骑的了，但是你们要注意总结，演习完了全师还要开讨论会哪！别拿了第一还不知道是怎么拿的！炮连长，你那群白马要注意隐蔽！……”

他后面还婆婆妈妈地训了不少，可是我们没有听见。三连全体骑兵个个脸色铁青，僵硬的手攥紧马缰。团长对黑马连那毫不掩饰的偏爱，对他们那种适合夜袭的黑颜色的偏爱，深深地刺伤了我们的自尊心。我看见连长简直是近乎仇恨地盯着大声吆喊的团首长，他的嘴唇都歪扭了。

拉回驻地以后，愤慨的骑兵们沸腾了。“两翼包抄，他单讲四连，太欺负人了！”“团长是四连出身，事事偏着四连！”“给他们看看我们火焰驹的厉害！”“连长，这回死活要压住四连！”“连长，输给四连咱们就集体退伍当民兵去！”……

连队出发了。

年轻的、庄稼汉出身的骑兵们已经被一片激动的大潮淹没。我们的心里疯狂地升起着一股野劲，升起着一股高傲的蛮横。我们抄小道，蹚冰河，铺冰卧雪，在危险的陡坡上扬着一团团雪雾全速冲下。我们的变化通过马缰使战马感到异样，一连几天战马都在撕咬嚼铁，暴躁不宁。我们的心和红骏马的心都被荣誉吸引着，连队像一条燃烧的火龙，正在雪山里前进。

离主阵地加西嘎石门只有一天路了。

铁蛋拦住连长，急急地说："连长，我先上吧！我连夜上去，先把咱们的旗子插上去再说！……我轻装上，先把旗子插上石门！连长，你明白……"

连长盯着铁蛋，坚决地点了点头。

我们目送着铁蛋和"老虎"像一团火般地消失了。一条深深的蹄印落在白茫茫的雪地上，静静地没有了点声响。

当天夜里，下雪了。

连队被阻挡在雪里。炊事班给大家发了酒。我想起铁蛋，心突然抽搐起来。

凌晨时分，连长下令出发。大雪还在纷纷扬扬地落着，愈靠近加西嘎石门，雪下得就愈大。尖哨般的风掠过头顶，军帽上的雪结冰了，马身上的汗结冰了。手触着冰凉的武器立即就被粘掉一层皮。战马柔软的嘴唇被嚼铁粘得一阵阵哆嗦，我们给马嚼子缠上一层布，再塞进战马血淋淋的口中。

开始有了病号。——我们背过他们的枪。连队在深雪里陷着。铁蛋——

炊事班速度减慢。

炮班速度减慢。

正前方，两道笔直地竖立起的黑影渐渐从地平线以下升起。两道黑影之间飞舞着迷濛的雪花。在黑曲草滩上，加西嘎石门远近闻名，有谁不知道这咽喉般的石门通道呢？那两道黑糊糊的巨影愈来愈大了，在雪雾中隐约现出它们壁立的峭岩。

连长回马面对全连，高声喊道：“铁蛋危急，全连成袭步——前进！”

我们呐喊着抽出马刀，战马骤然间咬住了嚼铁。连队轰然变成了怒涛，疯狂地驰骋起来。铁蛋！旗帜！我们心里只是呼喊着这两个词，火红战马猛地搅散了加西嘎灰暗的颜色，暴雨般蹄声震得冻硬的大地战栗。

你见过这样的雕像吗？在高耸入云的岩石上，一个遍体鳞伤的骑手跨在马上。他手中握着一柄火炬，那火苗已经就要熄了。于是他把那火炬贴近心口，用自己弹洞的躯体遮住风雨。微弱的、美好而纯洁的一片火光还在闪跳，那火光映亮了他的眼睛和胸膛上中间的一小块地方……我活了半世没有见过别的什么雕像。也许我见过的说给人听还会被人嘲笑。也许这一切并没有什么意义。可是我只记着它，我知道它至少对我有意义。

我们冲进加西嘎石门时，在那一刹那间，我们看见了这样一座雕像。

铁蛋冻僵在“老虎”背上，弯下的头颅和佝偻的腰抱住怀里的红旗。那红旗翻卷着就冻硬了，一角翘起，像一块暗红的铁片指着天空。“老虎”卧在地上，肚腹已被深雪埋没，颈上的鬃毛挂着串串冰柱，它的眼睛已经闭住了。

加西嘎石门拔地千尺，肃穆地壁立着。

当团长骑着一匹大黑走马，随着一面“草原铁骑连”的旗帜和一股黑马的洪流，冲进加西嘎石门的时候，我们三连已经整装完毕，静静地列成一个凹字方阵。全连一百多匹红骏马随口令立正，战士胸前的骑式冲锋枪和腰间的马刀连成两条齐刷刷的直线。铁蛋和“老虎”严肃地矗立在石门顶峰的岩石上，拥护着我们红马三连的旗帜。

六

我卸完百货，装满一车皮毛，顺着黑水河边的公路返回归途。

雪山和红马滩都在背后。一条漫漫无休的道路迎面而来，迅速地在我的东风车前化成一片马达的轰鸣。连长已经被扎西留在帐篷里，扎西说要宰几头肥羊给连长治治病；大仓要找的松木檩子没有找到，车上装的是扎西家的卓玛草捆好的牛肉条和酥油。红马滩正一刻刻地离我远去，骑兵、战马和三连的旗帜正在我脑海里消褪，这条空旷的大路上只有我单车疾走，我不知怎么，一阵阵感到非常孤单。

路上站着两个拦车的藏民，远远地在前面挥着手。可能是他们后来看清了车上高高装着的货物吧，车开近时，他们已经离开了公路。

我不假思索地把车开下公路，颠簸着追上他们，一打轮把卡车横停在他们身前。那两个藏民害怕地跳开了，我又一踩油门，截住他们的路。

“上车吧！我是骑兵！”我又想起一句藏话：

“我是金珠玛米！”

……就这样，我一路带了很多人。我右边的助手席上挤着四个人，其中一个妇女还抱着孩子。车顶的货物上攀着挂着养路工，车门旁的踏板上站着两个农民。我准确地打着轮，东风车跑得又快又稳。我突然觉得应该有点音乐，就一巴掌敲下了录音机的按键。

一个洋娘们捏着鼻子哼起来——《美神》！我忙又一巴掌把机器关上，顺手把那盒带子扔出了车窗，身旁的藏民哈哈大笑了，他们立即扯开喉咙唱了起来。

我不懂歌词，可是我听得激动不已。那歌子不是在赞颂英雄，就是在歌唱草滩。我觉得那歌子简直就是在唱着红马滩，唱着我们的红马三连。我也跟着唱起来，追赶着歌子朴实简单的旋律。在马达的轰鸣和卡车的震动中，在那支用不着词句的曲调中，我流泪了，我仿佛又看见了当骑兵的我，那个我正骑着一匹威武的红马奔驰，样子又漂亮又年轻。唱着唱着那个我又变成了扎西，变成了连长，变成了雕像般屹立在石门之顶的铁蛋和他的坐骑，最后又变成了一个英俊的骑兵，变成了一个奔驰着的神。

我唱着，把车子开得像飞一样。我深深知道，生命中那最美好的一段时光已经永不复返了，那样的时光使我这个吃着粗粮和野菜长大的儿娃子变成了一个人，使我这个人的心里永远都活着一个奇异的、渴望奔驰的火焰般的灵魂。

卡车急速地行驶着，那条道路还在迎面而来。现实的一切，连同那个又痞又凶的愣司机都逼近了。

但是我微笑了。不，不会的，我已经不会再走向庸俗和堕落，尽管我可能时时露出那条尾巴。国家要现代化，军队要摩托化，红马三连消失了，骑兵消失了，但是，我们还活着。连长活着，扎西活着，大仓和我活着，变成一座雕像的铁蛋也活着。青春容易遗失，美好不易发现，但我们毕竟曾经那样活过。在我们的内心深处，有一个奔驰着的、年轻无畏绝美无比的神，它骑着火焰般的红骏马，它永远活着。

一九八五年八月

附录一　张承志著作集目录

1.《老桥》，小说集，北京十月文艺出版社，1984 ☆

2.《张承志集》，小说集，海峡文艺出版社，1985

3.《蒙古大草原游牧誌》，日文，朝日新闻社，1986

4.《北方的河》，小说集，北京十月文艺出版社，1987 ☆

5.《北方的河》，小说集，台湾新地出版社，1987

6.《黄泥小屋》，小说集，宁夏出版社，1987

7.《金牧场》，长篇小说，作家出版社，1987 ☆

8.《黄泥小屋》，小说集，台湾林白出版社，1988

9.《奔驰的美神》，小说集，四川文艺出版社，1988

10.《北望长城外》，小说集，中原农民出版社，1988

11.《张承志代表作》，小说集，黄河文艺出版社，1988

12.《骑马民族国家》，译著（江上波夫著），光明日报社，1988

13.《The Black Steed》，小说英译本，中国文学出版社，1989

14.《绿风土》，新散文集，作家出版社，1989 ☆

15.《心灵史》，长篇小说，花城出版社，1991 ☆

16.《Les Rivieres du Nord》，小说法译本，中国文学出版社，1992

17.《神示的诗篇》，小说集，江苏文艺出版社，1992 ☆

18.《神示的诗篇》，小说集，香港南粤出版社，1992

19.《张承志回族题材小说选》，小说集，青海人民出版社，1993

20.《热什哈尔》，译著（署名参与），三联书店，1993

21.《红卫兵的时代》，日文，学术类，岩波书店，1992

22.《从回教看中国》，日文，学术类，中央公论社，1993

23.《错开的花》，新诗集，北京师范大学出版社，1993

24.《美丽瞬间》，小说集，北京师范大学出版社，1993

25.《殉教的中国伊斯兰——哲合忍耶史》，日文，亚纪书房，1993

26.《清洁的精神》，散文集，安徽文艺出版社，1994 ☆

27.《金草地》，长篇小说，海南出版社，1994

28.《荒芜英雄路》，散文集，上海知识出版社，1994 ☆

29.《绿风土》，散文集，香港天地图书，1994

30.《黑骏马》，日译，早稻田大学出版社，1994

31.《黑骏马》，小说集，长江文艺出版社，1994

32.《大地散步》，散文集，群众出版社，1995

33.《张承志文学作品选集》（四卷），海南出版社，1995

34.《清洁的精神》，散文集，香港牛津大学出版社，1995 ☆

35.《鞍与笔》，以日文写作，散文集，太田出版，1995

36.《牧人笔记》，随笔集，花城出版社，1996 ☆

37.《张承志卷》，散文集，人民文学出版社，1997

38.《北方的河》，日译，露满堂，1997

39.《鞍与笔》，散文集，北京师范大学出版社，1998 ☆

40.《大陆与情感》，摄影散文集，山东画报出版社，1998

41.《张承志》，散文集，香港明报出版社，1999

42.《以笔为旗》，散文集，中国社会科学出版社，1999 ☆

43.《张承志文集》（五卷），湖南文艺出版社，1999

44.《北方的河》，作家出版社，2000

45.《一册山河》，散文集，作家出版社，2001 ☆
46.《东岳文库》，七卷袖珍本，山东文艺出版社，2001
47.《西省暗杀考》，小说集，北岳文艺出版社，2001
48.《金草地》，长篇小说，北岳文艺出版社，2001
49.《金牧场》，长篇小说，时代文艺出版社，2001
50.《鞍与笔的影子》，摄影散文集，学林出版社，2001
51.《张承志 20 年散文选》，散文集，青海人民出版社，2001
52.《粗饮茶》，散文集，春风文艺出版社，2003
53.《谁是胜者》，散文集，现代出版社，2003 ☆
54.《音乐履历》，散文集，上海三联书店，2003
55.《辉煌的波马》，江苏文艺出版社，2003
56.《金牧场》，长篇小说，春风文艺出版社，2004
57.《文明的入门——张承志学术散文集》，北京十月文艺出版社，2004
58.《金牧场》，作家出版社，2005
59.《鲜花的废墟》，游记，中国文学出版社，2005 ☆
60.《北方的河》，人民文学出版社，2005
61.《风土与山河》，散文集，作家出版社，2005
62.《张承志散文》，人民文学出版社，2005
63.《海骚》，小说集，台湾正中书局，2005
64.《草原印象》，散文集，浙江大学出版社，2005
65.《鲜花的废墟》，游记，台湾允晨出版，2005
66.《张承志精选集》，燕山出版社，2006
67.《正午的喀什——张承志新疆题材作品选》，新疆人民出版社，2006
68.《金牧场》，人民文学出版社，2006
69.《张承志自选集》（三卷），花城出版社，2007

70.《牧人行歌》，散文集，盲文出版社，2007

71.《长笛如诉》，散文集，盲文出版社，2007

72.《聋子的耳朵》，散文集，河南文艺出版社，2007 ☆

73.《五色的异端》，散文集，香港大风出版社，2007

74.《金牧场》，人民文学出版社，2007

75.《大西北》，散文集，中国青年出版社，2007

76.《鲜花的废墟》，游记，中国友谊出版公司，2008 再版

77.《荒芜英雄路》，散文集，中信出版社，2008 再版

78.《清洁的精神》，散文集，中信出版社，2008 再版

79.《鞍与笔》，散文集，中信出版社，2008 再版

80.《敬重与惜别——致日本》，中国友谊出版公司，2009 ☆

81.《黑骏马》插图本，上海人民美术出版社，2009

82.《黄土：张承志的放浪笔记》，江苏文艺出版社，2009

83.《饮虎池》，作家出版社，2009

84.《金草地》，作家出版社，2009

85.《你的微笑》，散文集，青海人民出版社，2010 ☆

86.《大草原与大西北》，散文集，广东教育出版社，2010

87.《匈奴的谶歌》，上海文艺出版社，2010

88.《张承志寄小读者：向常识的求知》，21 世纪出版社，2011

89.《黑骏马》，青海人民出版社，2011

90.《北方的河》，青海人民出版社，2011

91.《涂画的旅程》，青海人民出版社，2011 ☆

92.《金牧场》，长江文艺出版社，2012

93.《常识的求知：张承志学术散文集》，三联书店，2012

94.《心灵史》改订版，珍藏纪念版，2012 ☆

95.《相约来世》，作家出版社，2013

96.《张承志作品》（四卷），华文天下，2013

97.《北方的河》，花城出版社，2013

98.《骑手为什么歌唱母亲》，译林出版社，2013

99.《敬重与惜别》，台湾行人文化实验室，2014

100.《张承志作品系列》（十卷），东方出版社，2014

注：带星号的为初版。

附录二　张承志文学创作年表

1978 年

夏天，在研究生考试后写作蒙文诗《Arat-un hu boln-a》（做人民之子）及短篇小说《骑手为什么歌唱母亲》，因后者获第一届全国优秀短篇小说奖而开始文学道路。

1981 年

夏天，重返阔别的内蒙古草原。是年 10 月，毕业于中国社会科学院研究生院民族历史语言系，获历史学硕士。12 月，中篇小说《黑骏马》完成。

1982 年

年底，第一本小说集《老桥》编成。

1983 年

5 月，赴日本东洋文库进修。参加 UNESCO 举办的暑期土耳其语基础讲座。在东京外国语大学旁听小泽重男的《元朝秘史》。写作游牧社会学概要书《蒙古大草原游牧誌》（日文版）。同时被歌手冈林信康的艺术吸引，归国前完成《绝望的前卫》。中篇小说《北方的河》

在日本校订。

1984 年

6 月初自日本归国。为梵高的绘画和故事所震撼。是夏，再回乌珠穆沁草原。秋天，赴新疆调查。12 月，初次进入西海固腹地的农村。此后多年，在甘、宁、新疆等地的农村下乡。

1985 年

6 月写成短篇小说《GRAFFITI——胡涂乱抹》，刊于同年 11 期《上海文学》。12 月，由业师翁独健先生亲笔题署书名的小说集《北方的河》编成。

1987 年

长篇小说《金牧场》出版。

8 月调入海军创作室。

翌年开始，写作下列诗体作品：4 月写成《黑山羊谣》；1988 年 3 月，《海骚》；1989 年 3 月，《错开的花》。

同时更频繁地在黄土高原的回族农村下乡。

1989 年

第一个散文集《绿风土》出版。6 月号《文汇月刊》发表中篇小说《西省暗杀考》。

是年 9 月，开始写作《心灵史》。12 月，从海军退职（复员），辞退一切公职待遇。

1990 年

3 月，《心灵史》写成，交花城出版社。

为青年阿訇做秘书工作，校订他们译自阿拉伯－波斯文的宗教史典籍《热什哈尔》。

8 月，散文《天道立秋》。

11 月，赴日本。在日本岩波书店《世界》杂志连载，并在“岩波新书”出版文库本《红卫兵时代》。

1991 年

《心灵史》出版。

为冈林信康的 CD《信康》写作“解说”。

在日本的中央公论社出版《从回教看中国》。此为第一册独立使用日文写成的著作。

1992 年

在东洋文库，与友人合作学术著作《殉教的中国伊斯兰》。

诗体作品集《神示的诗篇》在香港出版。

1993 年

4 月，就职日本爱知大学法学部。带领学生进行“六十年代的世界与青年”讲座研讨。

应约为《世界》毛泽东诞辰 100 周年纪念专辑写作《毛主席 Greffitti》

1994 年

年初，提前结束契约，归国。

散文集《荒芜英雄路》出版。
秋，母亲病逝。
初访云南。

1995年
3月：《三舍之避》及《心上关山》。
4月：获首届爱文文学奖。发表《首届爱文文学奖获奖致辞》。
自是年起，连续三年赴新疆，比较和学习维吾尔文明的知识。此年赴塔什库尔干，在帕米尔高原，决定逐步写作系列的阐释新疆的论文与散文。10月：《冰山之父》，11月：《正午的喀什》，1996年6月：论文《从象牙塔到土鲁番》、1998年：《面纱随笔》、2001年：《文明的入门》。编辑了新疆题材专集，由香港明报出版为“当代中国文库精读”之一。此书并被湖南文艺版五卷本《张承志文集》收入，书题《冰山之父》。
在北京完稿的日文散文集《鞍与笔》在东京出版。
《张承志文学作品选集》四卷本出版。

1996年
在云南农村的小村寨里，迎来元旦。
散文集《清洁的精神》（修订版）出版。
3月，针对攻讦和诽谤，以及对穆斯林世界的歧视与偏见，写成《墨虽浓惊无语》。
6月，在内蒙古额吉去世后，亦是八十年代以来，又一次重赴乌珠穆沁草原。
8月，因无法前赴西北，在北京家中，接待来自西海固回民区的农民朋友。

9月赴南疆，在维吾尔社会深处探寻苏菲的源流。

岁末，为纪念这一年写作《让潮水三次淹没》。

《牧人笔记》出版。

12月，在中国作协第一届全国委员会上的表决中，就选举方法投唯一的弃权票。

1997年

为宗教史译著《热什哈尔》的台湾繁体字版代理著作权事务。

删改长篇小说《金牧场》，以《金草地》为题重新出版。

7月，赴乌珠穆沁草原。

12月，又赴新疆。在寒冬季节的土鲁番和伊犁，度过宝贵的日子。归途再去河州、宁夏、平凉，并抵达枯水的黄河壶口。

冈林信康在日文版《北方的河》封面围带上撰写短文。

1998年

散文集《鞍与笔》（与同名日文书内容不同）出版。

3月起，主编《三联人文地理》杂志试刊。写作发刊词《人文地理概念下诸学科的方法论问题》。此文与散文《二十八年的额吉》等作品一起，提出了“文明的内部发言”“文明代言人的资格”等理论观点。

抵达以前在小说中想象的黑龙江。

有意识地写作包含复数文化的散文。是年3月《粗饮茶》、4月《音乐履历》写成。

1999年

出版摄影散文集《大陆与情感》。

3 月赴江西，登庐山，踏查陶渊明的粟里。继赴绍兴，拜访山阴道上的名胜古迹。

7 月遍游甘肃河州各县。过河入青海，西马营。再访关川。

新散文集《以笔为旗》出版。自己设计的封面，以亲身参加的艾提尕尔大寺的聚礼为主题。

开始在大西北的清真寺，讲解学术研究的方法论。与这一实践同步的论文《寺里的学术》，已至三稿。

10 － 12 月，开拓新的世界学习，首次奔赴西班牙。深入地中海西部的穆斯林历史。

2000 年

3 月，再访江西。登梅岭、井冈山。

8 月盛夏，赴酷暑的乌珠穆沁草原。

是年前后，继续留意作品的学术性。它们涉及的学科分别有：

考古学：《时代的召唤与时代的限制》；

社会学：《一页的翻过》（2000.4）；

伊斯兰研究：《刘介廉的五更月》、《双联璧》（2000.7）；

古代交通史：《水路越梅关》（2000. 斋月）；

思想史：《波斯的礼物》（2000.6）。

腊月，再入黄土高原，在久别的山村，与农民朋友重逢。

2001 年

于除夕归京。

3 月，第三次游学江西，访景德镇、婺源、王安石故乡东乡、吉水吉安、瑞金；并进入福建，拜访泉州圣友寺、厦门鼓浪屿。

7 月赴青海，踏查祁连山脉南麓，大通河流域及扁都口。黄河李家峡以及东部农业区。

8 月，继腊月之旅后，再进旱灾中的西海固。

继续写作学术类散文。

建筑：《石头的胜利》（2001.10）；

植物：《幻视的橄榄树》（2001.8）；

新疆研究：《文明的入门》（2001.12）等。

新散文集《一册山河》出版。

10 月，游浙江，再上山阴道，访徐锡麟烈士遗迹。游舟山、上海，看古代港口形势。回山东故乡。

青海人民出版社出版《张承志 20 年散文选》。

2003 年

1–4 月，第二次西班牙调查。遍走西班牙、摩洛哥、葡萄牙的历史旧地和各种农村。

9 月，赴新疆。在天山南北巡游新疆全境。遍及昌吉、伊犁，从库尔勒经沙漠路进入塔里木南缘，遍访昔日的旧友。

2005 年

应《南方周末》纪念苏珊 · 桑塔格而写作的《他人的尊严》，反被《南方周末》拒绝发表。西方知识分子“左派的傲慢”的命题，与标榜自由的媒体之可疑背景的命题。

出版《鲜花的废墟——安达卢斯纪行》，此为对世界学习的一次总结，也是第一本描述外国的著作。

6 月，讲演河州城。

2006 年

远赴秘鲁、墨西哥三个月。开始尝试学习西班牙语。了解拉丁美洲的16 世纪及殖民世纪历史。对安第斯山腹地、亚马逊河丛林、太平洋沿岸、印第安人、殖民地及教育，白银、土豆、玉米等作物的传播，有了宝贵的认识。

为反省“文革”中的血统论并纪念红卫兵诞生 40 周年，写作《四十年的卢沟桥》。

秋，赴日本两月，日本历史文化调查。

组织阿拉伯文与汉译对照的宗教典籍《曼丹叶合》的出版。

2007 年

独自以学术散文《掩卷追怀亦邻真》纪念蒙古史业师翁独健先生诞辰100 周年。

新散文集《聋子的耳朵》出版。

四川，松潘。经若尔盖抵达甘南。再访东乡，帮助流落红军。

2008 年

曲阳、龙泉关、五台山。

4–6 月，赴古巴、西班牙两个月。了解古巴的殖民时代与革命时代。在西班牙南部调查摩里斯科历史。

第二本描述外国的著作、散文体日本概论《敬重与惜别——致日本》出版。书中以对大中华天朝思想的自省、以警告中国思想界浸淫传染的大国主义危险为武器，分析批判日本明治维新以来的“脱亚入欧”国策，呼吁新的亚细亚主义。

2009 年

1 月，在两岸四地华人抗议以色列入侵加沙的网上联合声明书上动员中国知识分子和穆斯林踊跃签字。

在《读书》杂志开设题为“尚能学否”的不定期专栏。

夏季赴柴达木盆地西端，访问荒漠尽头的马海哈萨克安置地。

10 月，再访西海固、将台堡与陈田玉。散文《重逢关川》。

多年神交的北庄老人家马进城逝世。用手机短信发出的唁电刊载在甘肃媒体。

组织印成一册农民学者研究乃格什板顶耶源流的粗糙论文集《为泥足者序》。批判体制豢养的伊斯兰学者及其方法论。

2010 年

2 月，写成寓言《磨坊目击记》。

3 月正式开始《心灵史》修改。

4 月，《敬重与惜别》获“第八届华语文学大奖盛典”年度散文家奖，在发奖会上使用 1995 年的旧作《首届爱文文学奖获奖致辞》。

6 月 20 日，在北大国家发展研究院讲演，题为《常识的求知》。

6 月，全国高考语文试题采用《大河家》为试题。

夏季赴青海与编辑共同工作，新散文集《你的微笑》出版。

动员西宁穆斯林援建的哈萨克马海安置区清真寺建成。

总结对从祁连山到积石山的甘青边界地域长达十数年的文化追究，发表《凡生命尽予收容》。

11 月，再访日本，在明治学院大学发表日文写作的讲演稿，题为《四十年之初衷未曾敢弃》（敢えて四十年の初心を抱えて）。

2011 年

2 月第二次倾注全力于《心灵史》修改版作业。

夏季赴青海，就地即写即编，编成绘画、速写、草图合集的美术散文集《涂画的旅程》，9 月出版，召开西北各族农村友人汇聚新书签售式的聚会。

9 月，《心灵史》修定版完成。在西北两座城市前后进入编辑阶段。编辑过程中，仍有重要的修改。

2012 年

《心灵史》改定版 750 册以真皮封面、银徽嵌饰、毛笔签字、孤版钤封的豪华装帧问世。书上明印对读者的允诺：收益将全数用于扶贫。

5 月 24 日，精装版成品运抵北京。7 月上旬，书以每册 1500 元的收藏价格销空。

9 月 7 日，前赴中东。

9 月 12−15 日，在约旦境内的巴勒斯坦难民营，将《心灵史》改定版所获收益实施捐献。一共对 5 个村庄、计 476 户巴勒斯坦难民及约旦穷苦农民，捐献了 10 万美元。五次演讲《越过死海》。

10 月 −11 月，在上海亚洲思想论坛、南京大学、复旦大学以及北京，共五次公开汇报此次巴勒斯坦难民营的捐献行动。

为强调少数民族的母语权利，长篇散文《启蒙的历程》发表。

2013 年

这一年的时间主要用在印刷两批各 5 万册简装本《心灵史》修定版的工作上。此版由友人印成，10 万册免费赠送不取分文。封底明印“全部赠阅，严禁营利”。

4 月，短暂韩国之旅。江华岛、釜山、首尔清真寺的印象。

9 月，念盼的土耳其之旅实现。震惊于奥斯曼帝国的文化辉煌，流连忘返。

10–11 月，赴日本，从北海道至对马岛，旅行一个月。

10 月 26 日，在日本中央大学骏河台纪念馆，用日语进行最后一次以《心灵史》收益援助巴勒斯坦难民行动的宣传讲演。题目为《从红卫兵到巴勒斯坦》。

12 月，《张承志文学创作年表》完成。

图书在版编目（CIP）数据

张承志作品系列．第1卷，短篇小说／张承志 著．—北京：东方出版社，2014.3

ISBN 978-7-5060-7348-6

Ⅰ．①张… Ⅱ．①张… Ⅲ．①中国文学—当代文学—作品综合集 ②短篇小说—小说集—中国—当代 Ⅳ．① I217.2

中国版本图书馆 CIP 数据核字（2014）第 055229 号

张承志作品系列：卷一·短篇小说
(ZHANGCHENGZHI ZUOPIN XILIE JUANYI DUANPIAN XIAOSHUO)

作　　者：张承志
策 划 人：张　杰
产品经理：傅　愈
责任编辑：姬　利　傅　愈
责任审读：宋春燕
书籍设计：张志伟　纸墨春秋设计工作室
统　　筹：吴玉萍
责任营销：王莉莉 010-64258071
出　　版：东方出版社
发　　行：人民东方出版传媒有限公司
地　　址：北京市东城区朝阳门内大街 166 号
邮政编码：100706
印　　刷：北京京都六环印刷厂
版　　次：2014 年 7 月第 1 版
印　　次：2014 年 7 月第 1 次印刷
印　　数：1—6000 册
开　　本：880 毫米 ×1230 毫米　1/32
印　　张：18.5
字　　数：430 千字
书　　号：ISBN 978-7-5060-7348-6
定　　价：59.00 元
发行电话：(010)64258117　64258115　64258112

如有印装质量问题，请拨打电话：(010) 64258029